天下粮田

高锋 著

作家出版社

图书在版编目（CIP）数据

天下粮田 / 高锋 著. -- 北京 : 作家出版社，2017. 1
（2018.12 重印）
ISBN 978-7-5063-9195-5

Ⅰ. ①天… Ⅱ. ①高… Ⅲ. ①长篇小说 - 中国 - 当代
Ⅳ. ①I247. 5

中国版本图书馆CIP数据核字（2016）第254616号

天下粮田

作　　者： 高　锋
责任编辑： 韩　星　苏红雨
特约编辑： 冯玉玉
书名题字： 俞胜利
图片提供： 俞胜利
装帧设计： 刘　璐
出版发行： 作家出版社
社　　址： 北京农展馆南里10号　　**邮　　编：** 100125
电话传真： 86-10-65930756（出版发行部）
86-10-65004079（总编室）
86-10-65015116（邮购部）
E-mail:zuojia@zuojia.net.cn
http://www.haozuojia.com（作家在线）
印　　刷： 三河市紫恒印装有限公司
成品尺寸： 170×240
字　　数： 488千
印　　张： 25.25
版　　次： 2017年1月第1版
印　　次： 2018年12月第4次印刷
ISBN 978-7-5063-9195-5
定　　价： 48. 00元

contents 目录

contents 目录

第一章

诸城县空仓验皇粮　紫禁城金殿验田鸟

公元一七四五年，乾隆王朝进入了改元后的第十个年头。

这一年入秋后的第三天，于山东诸城来说，注定是一个无比诡异、充满死亡气息和某种神秘暗示的日子。

天还未曾透光，诸城紧闭的城门就被涂抹上了一层带血色的曙色。据守城门的士兵事后回忆，这块红得黏稠稠的红光竟然还散发着一股刺鼻的腥味。城外，大块乌云紧贴着远方低矮的地平线滚滚流动。突然间，寂静中响起“啊、啊”的几声凄厉鸟叫。两只黑鸟凌空掠过。很快，一切又归于安宁。可是只一会儿，同样的鸟叫声又骤然响起，此起彼伏，渐渐响成一片，扎耳的鸟叫声夹带着巨大的扑翼声，像山崩一般扑向这座黎明中的城池。

先前在地平线上出现的并不是乌云，而是乌鸦！乌鸦满天！一群接一群地撞向城门，发出血肉与骨骼被撕裂的响声。很快，城门上便被层层叠叠地泼上了一团团殷红的鸟血，地上鸟尸积叠如山！

最后一只乌鸦飞走的时候，天地都静了下来，天也亮透了。守城的士兵执着兵器，一点点地推开城门，却惊愕地看到，在城外的乡路上，又来了一片比乌鸦更密集、更可怕的黑影。这黑影从四面八方朝诸城方向拥来。士兵很快便看清，拥来的竟是一眼望不到头的灾民，每个人的手中都托举着一只粗陶大碗！

此时，山东清吏司郎中纪衡业领着诸城一批衙官策马驰出城门。在他的身后泥道上，士兵们扛着一架架拒马匆匆设下路障。

纪衡业对着拥来的饥民大声道："都听好了！今年山东缺粮，本大人已如实禀报朝廷，等赈粮运到，即刻就办粥厂！谁要是胆敢破城而入，打劫仓粮，这就是下场——！"

几十个士兵举起手中的竹竿，竿顶挑着一只只血肉模糊的乌鸦。血淋淋的场面并没能阻止举着碗的灾民们像潮水般地继续拥来。士兵们拔刀挺戈，列着队，向灾民顶去。

刀戈与饭碗相距越来越近。一声碗裂，瓷片四溅！满天飞起雪花般的碎瓷！剑拔弩张之际，"咴……"一声长长的马嘶，木头车轮碾动干土"吱吱扭扭"地响，一辆满是尘土的布篷马车缓缓驶来。

灾民中有人大喊一声："刘大人来了！"

双方对峙的人群停下来，凝视马车碾着满地碗片在架起的刀戈下穿行。四十六岁的原内阁大学士刘统勋，拄一根拐杖瘸着腿从马车里探出来，睽别十年，他那张硬朗奇崛的脸庞显得消瘦多了，戴着一顶大结籽瓜皮帽，穿着一身粗布长衫，目光更为深邃。赶马车的是他二十三岁的义女琴衣。

一滴鸟血落在刘统勋的额头上。刘统勋抹了下血，抬眼看向头顶上一长排高挑着的鸟尸。刘统勋目光痛楚地道："古人说，庙刀滴血、营旗自焚、鸟撞城门，都是灾祸之兆！各位大人，放下你们手中的刀剑，就在这儿把粥厂先盖起来吧，等赈粮一到，就能埋锅煮粥了。"

纪衡业感到为难，道："刘大人，赈粮恐怕三天五天运不到诸城！"

"据我所知，诸城有粮栈二十七家，先向每家各借粮十石，那就是二百七十石。有了这些粮，眼下之难想必就能扛一阵子了。"刘统勋道。

纪衡业何尝不想借粮，只是今年山东大灾，粮栈就算有粮，任是天王老子到此，也不肯心甘情愿外借。心里如此想，却也不想在刘统勋面前丢了父母官的颜面，正不知如何开口，面上露出难色。

"不好借那就买吧。"刘统勋道。

纪衡业上前，压低声音："刘大人或许不知，诸城藩库早就捉襟见肘。"

刘统勋解下自己腰间的一枚铜印扔给纪衡业，"纪大人别说了，带上这个去买粮吧。我刘家有祖传老屋三进、水田三十九亩，外加四条耕牛、五头驴子，一块儿拢拢，作个价，就算是买粮之银吧。"

纪衡业神色凝重："刘大人！您这么做，不就上无片瓦、下无寸地了么？您曾贵为朝廷一品大臣，不能沦为乞丐！这买粮的钱，我下令诸城的文武官员自掏腰包捐了！"

刘统勋道："大灾之下，父母官要更体恤百姓，先把粥厂盖起来吧！好生安顿这些灾民吧！”

刘统勋乘着马车离开城门，行进在干燥的乡间荒道上。

太阳在云层里翻滚。土路两边，行走着一群群饥民；到处是饿殍、新坟和披麻戴孝的人。泥道上，饥民涌动，拖儿带女，哀哭声声。

琴衣道：“父亲，您说，鸟撞城门是灾祸之兆。这么说来，更大的灾祸还在后头？”

刘统勋道：“是啊，我担心的就是这个。诸城遇灾，鸟撞城门，倘若大清国各地都闹了灾，那么，撞的就不是城门，而是宫门了！”

深夜，刘统勋在书房沉思。突然，“哐啷”一声大响，书房的窗户被大风吹开，书桌上的烛台被风吹熄。刘统勋关上窗，取过火石击打出火星，将烛苗点亮，又打开水盂盖子，取过一只弯柄小铜勺，舀起了一勺清水，倒入砚台。一柄大墨在砚面上沙沙地研磨。

曾经在乾隆元年为守护“天下粮仓”立下过汗马功劳的内阁大学士刘统勋，因病还乡已有三年。然而，让他绝对没有想到的是，他此时在书案上舀起的一勺清水，将会在大清国掀起滔天巨浪。

一砚浓墨磨成，刘统勋取过一杆紫毫，掭饱了墨，犹豫片刻，在信笺上疾书起来。

大雨瓢泼夜，紫禁城在交加的雷电中时明时灭。殿前大铜狮的两只环眼在闪电中仿佛突然睁开！

猛然间，传来城门护军参领的传令声：“合符已验，打开宫门！”一列马队从宫内疾驰而来，马蹄声震得砖面发颤。

值夜的护军们急忙打开宫门的虎头铜锁，将横插着的大门杠子抬了下来，沉重的宫门轰轰隆隆地打开。一列又一列穿着黑色箭衣、披着猩红披风的禁卫军个个脸色如铁，策马驰出宫门，顶着大雨而去。

四十五岁的领侍卫内大臣兼兵部尚书讷亲骑在马上，穿着一品麒麟补服，身披桐油雨衣，一张令人生畏的大脸盘凝重得像块铁板，而目光中却透着一团柔绵的和气。与讷亲并辔站立的是刑部尚书孙嘉淦，着一品仙鹤补服，五十六岁，身板干瘦如石，双目奇大，目光咄咄逼人。

两人骑在马上默不作声，看着禁卫军一队队驰远。孙嘉淦转脸道：“讷中堂，皇上今晚上虽然没有明说，可意思还是听出来了，派禁卫军到各省办这趟密差，只能是你知我知，绝不可泄露了半点风声。”

讷亲笑了一下：“按理说，查验全国粮田一年之丰歉，该是户部的事，可这回，皇上不单把你这位刑部尚书用上了，还用上了我这个领侍卫内大臣，动用了禁卫军，看来，皇上是在提防有可能出现的乱局。”

孙嘉淦微微点头：“‘乱局’二字，是皇上想说而没说出口的话，你给说出来了。乾隆元年在乾清宫称验黄河水，验出了天下大旱，紧接着就将大清的粮仓来了个兜底翻，震动了朝野。我有一种不祥的预感，等你的禁卫军从各省捕捉田鸟回来，兜底翻的，或许不光是粮仓，而是粮田；受震动的，或许也不光是朝野，而是天下。”

讷亲叹了一口气，说道：“我还真担心刘统勋献上的田鸟验粮计，会烧香引出鬼。大清国太平了这么几年，来之不易。”说着他转头一拉缰绳，“不过，要是真引出了鬼也不怕。世治用文，世乱用武。你我补服上的一仙鹤、一麒麟，就是镇国重宝。雨大了，回吧！”

“轰隆”一声巨响，又一个霹雳打下，暴雨更加狂肆。讷亲一拨马首，马长嘶一声撒蹄而去，孙嘉淦掉马跟上。

诸城县的小镇里，刘统勋的马车正从狭窄的巷子穿行而出，所经之处，粮行早已被一抢而空，镇子里的绝望死气让刘家父女深感不安。

马车行至镇外农田，说是农田，干裂的土地上却是光秃秃的，一望无际，地里打着小旋风，卷起一股股尘烟。刘统勋取过拐杖，下了马车，瘸着腿向一洼地垄走去。他在地垄里拔起一棵枯秆，皱眉闻了闻道：“淡巴菰。看来，这大片大片的麦子地，都没种粮食，全都种上烟草了。”

琴衣道：“大舅爷来信说，要是再不送粮去，就活不下去了，会不会也是将粮地种上了这种烟草，才闹成这样？”

马车在临清乡村空荡荡的庄子缓缓行走着。整个庄子几乎看不到人，一片死寂。偶尔从街边屋子里传来揪心的哭声，村路上满地是黄白的纸钱。刘统勋越发不安，加快了脚步向大舅家走去。

院子里屋里都没人，锅碗盆瓢都是空的，灶灰也是凉的。此时，从矮墙外传来一片高高低低的哭声。

刘统勋和琴衣疾步走出院子，见是一队发丧的人家，空荡的街上到这会儿才站下几个来送行的街坊。刘统勋低声问旁边一个干瘦的老人：“老人家，这庄子里出什么事了？怎么荒成这般模样？”老人气弱地道：“作孽呀！好多年了，庄里人听说种黄烟能卖大钱，地里就全都改种了黄烟！今年遇上大旱，到处都在闹粮荒，有钱也买不到粮食，镇里年轻点的都逃荒去了，走不了的全都得饿死啊！”刘统勋指着大舅家的矮墙道：“你知道这家人去哪儿了？”

老太太道：“他家的收烟屋子，你去过了吗？”

刘统勋很是诧异，莫非大舅家办起了收烟屋子？他随即问清方位，与琴衣赶往村边运河。运河边一间瓦屋屋面的瓦缝里往外冒着一缕缕烟子。门和窗都紧闭着。一捆捆堆放着的干黄烟在阴燃着，一股一股地冒着蓝幽幽的浓烟，整个屋子全笼罩在烟雾中。刘统勋和琴衣被汹涌的烟雾逼得进不了门，忽然琴衣一把抓住刘统勋的拐杖说："父亲！快看墙边！"刘统勋透过烟子看去。泥墙边，靠坐着大舅家老老小小六口人！

刘统勋泪流满面，仰天长叹："大舅啊大舅，你为何要用黄烟将全家人活活熏死啊！我这个大外甥不是给你送粮食来了么！你就不能再等一等么！"

琴衣道："父亲，您看！"

刘统勋抬起泪脸，回头看去。身后的运河岸边，泊着一条大船，船上堆满烟草。桅顶上，飘着一面三角旗，旗上赫然写着三个字："寸土堂！"

刘统勋心情沉重地行进在诸城的街道上，到处弥漫着死亡的气息。

燥风将地面上大片大片的纸钱卷上半空。路边水沟旁，倒着一个个饿死的难民。几个尚有一口活气的老人孩子在用碗片刮着门楼前的木柱子，吞吃着刮下的木屑。

刘统勋照例来到医馆扎针。屋里躺满了咽气的饥民，几个还活着的饥民在痛苦地呻吟，满地打滚。医馆老郎中带着两个徒弟，忙着给饥民灌药。

老郎中满头是汗："刘大人来了？里头稍坐，我一会儿就来给您的腿扎针。"

"不着急，您忙您的。往外抬走的都已经无救了？"刘统勋看着死尸。

老郎中摇头说："都是吃了泥饼子，肠子给塞住，活活撑死的。"

琴衣从死尸手里掰出半块泥饼子，刘统勋闻了闻，咬了一口，急忙吐出来，皱着眉头问老郎中："他们吃的泥饼子是哪来的？"

"这些人都是住在土地庙附近的饥民，土地庙里有一个黑泥塘，他们就把麦麸和在黑泥里，烤成泥饼吃，都吃死很多人了！"郎中一边忙着灌药，一边无奈地说道。

刘统勋道："府志上记载，早在贞观年间，土地庙一带是官家粮仓，筑有十八座大仓廒，后来发了大水，这儿就废了。想必这口山塘就是当年的一口仓廒，没运走的粮食朽烂成了黑土，眼下他们在挖千年前的腐粮在当果腹之物啊！"

琴衣道："吃了这些泥饼子都得死，咱们得把这事告诉他们。"

老郎中回头看了琴衣一眼："人饿疯了，就听不进人话了。"

刘统勋思索片刻，在自己的白布内衣上扯下一块布片，用牙咬破手指，在布上写下"刘统勋求"四个血字，将写了血字的布片和泥饼子递给琴衣："琴衣，你马上去趟县衙驿馆，将这些交给户部郎中，就说是我刘统勋求他，请他尽快派人来土地庙办一间粥厂，只有这个法子才能把这批饥民给救下。对了，你再告诉纪衡业，我在土地庙等着他，要是粥厂迟迟不来，我刘统勋也得吃泥饼子了！"

琴衣用血布将泥饼子一包，往怀里一塞，奔下坡去。

灾情严重得超乎想象，几乎到了“人相食”的地步。户部山东清吏司郎中纪衡业心情异常沉重，他一动不动地坐在“诸城驿馆”的一间客房里，桌上放着刘统勋让琴衣送来的血字布片与泥饼子。一旁的条案上，县衙的几个官员在打着算盘，核对着发放赈粮的数额。

门外，琴衣焦急地站着，等着回话。

县丞从长案前站起，将一张纸双手递给纪衡业，纪衡业仍坐着一动不动：“你只告诉我，再开一个粥厂的余粮，还能挤出来吗？”县丞道：“已无可能。全县开着的六座粥厂，有四座已是存粮告罄，剩下的两座，一两日之后也将无粥可赈。”

纪衡业道：“那就只有死路一条了？”

在打算盘的县衙主簿从条桌边站起，捧着一个大册子，走到纪衡业跟前：“纪大人，本县的册子记着，诸城官仓尚有二千五百石计三十万斤粮食颗粒未动，下官以为……”

纪衡业眉头一颤，打断了主簿的话：“诸城官仓的这二千五百石粮食，都是皇粮，随时得听任朝廷拨用，一粒都动不了！”

一旁，心已提起的县丞狠狠地瞪了主簿一眼。纪衡业道：“诸城县令去哪了？”县丞道：“池知县好几天没吃一粒粮了，在门外吐酸水呢。”纪衡业道：“把他叫进来！”

客房外院子，一个两眼发青的干瘦老头弓着腰，双手扶墙，不停地反着酸水。听见纪大人差人喊他，一步三晃地走进客房，官袍上挂满了吐出的黏液。

纪衡业看着他泛青的瘦脸道：“池知县，你怎么饿成这样？据我所知，你们县衙在灾前就给每个官员送去了五石救急粮。你身为县令，难道没拿吗？”

“拿了，但一粒未动！纪大人，要在土地庙办粥厂，只有一个办法，把发给官员的五石救急粮都给要回来！”

“啪”的一声，纪衡业重重一拍桌子：“大灾之下，官命如蚁，民命如天！就照池知县说的办！”

池知县老泪纵横，伸出手：“谁带着绳子？”

纪衡业道：“你要绳子干什么？”

“等把发给下属的救急粮都给收上来，我就找棵树，把自己给挂了！免得再让下属们操棍子打死我，犯下死罪。”池知县道。

纪衡业动容，将自己的裤腰带抽了出来，扔到池知县面前：“本部堂成全你，把我的裤带拿走吧！”

池知县捡起裤带，在纪衡业面前哆哆嗦嗦地跪下，摘下大帽子，磕了个头，重又戴上帽子，整整衣冠，直起了腰。手里拿着上吊的裤带，跌跌撞撞地走出了屋子。

纪衡业没有看他，紧合上眼皮，眼角噙着两颗豆大的泪珠。

京城胡同里，一幢不起眼的小门楼上挂着一块更不起眼的宅匾，上书“寸土堂”三个绿色漆字，看上去像一座典雅精致的书寓。

四个黑衣人牵着马从门里走出，齐齐地翻身上马，静候来人。一个黑衣人快马驰来，在门前勒停，沉声道：“铁公子吩咐，今晚要办的是一件惊天动地的大事，谁也不准出半点差错!”四个黑衣人取出黑布将半张脸扎住，齐道：“明白!”

与此同时，一辆马车也在京师街面上狂驰着。车篷盖得严严实实。车架挂着一盏“气死风”车灯，灯皮上画着一只葫芦——这是军机处专用马车的标识。

马车越驶越快。车夫道：“大人，到十字街口了，这会儿去哪儿?”车门里传出一个男人的声音：“往西，去刑场!”

青白色的月光照着一只只站笼和一口口斩墩。几具未收去的犯人尸体裹在草席里，扔在一旁。驶进行刑场的马车在空旷处停下。车窗厚帘悄悄打开一道边缝，探出半张男人的脸，瞅了瞅四周的动静，又放下车帘。

猛然间“突”的一声，一支弩箭从黑暗中射出来，射在了马车的厢板上。显然，这是打招呼的声音。

军机处章京吴大屏手上拿着一个用明黄色绢帕包裹着的小匣子，小心地打开车门，探出身去，对着黑暗低声道：“既然来了，那就请出来吧!”

一匹油亮的大黑马几乎是悄无声息地从站笼背后走了出来。骑在马背上的人是京城二品户部侍郎铁弓南的公子、“寸土堂”堂主铁箭飞，身穿一袭靠身绛衣，手里执着一把弓弩，二十四五岁，长得眉清目秀。

吴大屏道：“为何要在行刑场见面?”

铁箭飞轻笑道：“人只有到了这种地方，才会知道已经没有退路。”

吴大屏一怔，旋即笑起来：“说得好！咱们这票买卖，谁想反悔都来不及了！东西带来了吗?”

铁箭飞将弓弩收回腰间，抬起戴着红皮手套的手，对着身后弱弱地摆了一下。黑衣跟班将一口沉甸甸的包袱扔到吴大屏怀里。吴大屏解开包袱，包里是二十个金锭，他将金锭收起，才把手里的黄绢包袱扔给铁箭飞。铁箭飞打开黄绢，眼睛里闪过一丝喜色。

“吴大屏，你们军机处的马车上都画着一只葫芦，代表军机处的任何事都是机密，你把军机处这么大的机密卖给了我铁箭飞，你还是一只葫芦吗?”

“铁公子的意思是……”

铁箭飞嘴角浮出一丝冷笑：“盗出军机处的密折盒，这可是大清朝开国以来从未有过的事。万一事情暴露，你定会死无全尸。”

吴大屏的脸扭动起来："那我……连夜就离开京城！"

铁箭飞嘴角浮出一丝冷笑："你还没长上翅膀，今晚上你出不了北京的五城十六门。要是我没猜错，军机处很快就会有动静了。既然军机处有了动静，那你就不该再有动静了！"

铁箭飞双手一抬，已将双箭弓弩拿在手中，顿时两箭飞出，一支扎在车夫的喉上，一支扎在吴大屏的喉上。铁箭飞道："拔下弩箭，将人车全都烧了，不留一点痕迹！"黑衣人道："是！"

马蹄急响，铁箭飞带着盒子策马驰离。

紫禁城中，两盏灯笼引着铁弓南飞快地在宫中长街上奔走。重雷炸响，闪电在撕裂夜空。雷声在天心响个不停。铁弓南竭力让自己定下心来，站在门前等着传唤。

突然，下起了雨。豆大的雨点在地砖儿上摔得啪啪作响。铁弓南用手护着怀里的密折盒，站得一动不动，任凭雨水浇着，一脸等着赴死的横劲。

惊雷声中，养心殿东暖阁熟睡的乾隆猛地惊醒，从炕上坐了起来，额头上渗着冷汗。闪电将他的脸照得惨白。乾隆已三十三岁，大清国皇帝十年阔别，容貌与身形虽无大变，可脸庞上却多了几分沧桑，辫子也似乎更粗更黑，目光也比当年更为内敛和深邃。

小太监田喜趴在一只杌子上半打着瞌睡，见皇上坐起，打了个激灵，急忙垂手起立："主子爷，您醒了？外头在起风干打雷……"

门声一响，领事老太监张六德匆匆进来。多年不见，如今他已满头白发，拖着一根细细的白辫儿。张六德跪下："刚才，奴才接闻，说是有大臣揣着十万火急之事要连夜觐见皇上，奴才怕有天大的急事会被耽误，所以就赶来了！奴才该死，把您给惊着了！可这一进门，就见皇上坐在炕上，像是老天爷……"张六德道。

乾隆皱眉道："像是老天爷也知道出大事儿了？此人是谁？"

满房子嘈嘈的雨声。田喜忙着关窗下帘。张六德将铁弓南连夜觐见之事说与皇上，乾隆急道："铁锤子来了？奇事！传！"

两个内宫太监领着满身雨水的铁弓南进来。铁弓南一进门便伏地磕头请安。

乾隆道："请安就免了。到了丑时还来扰朕，只要不说丑话就行。张六德，给苦耘搬把杌子，再取块手巾让他擦擦脸，好坐下与朕说话。"张六德拿来杌子和手巾便隐在一旁。

雨声中，乾隆坐在案前皱着眉头，面前放着打开了金锁的密折盒和那两封被扣下的两广督抚的密折原件。铁弓南坐在一旁，紧张地打量着乾隆的脸色。

乾隆的眉头渐渐松开，脸上恢复了平静："苦耘，朕问你，你是怎么知道这两份折子是被军机章京擅自扣下的?”

铁弓南道:“是户部郎中吕让三亲口说的!皇上若是有疑,可将去年军机处递上的两广秋收密折找出来,两相比照,就一目了然了!”

乾隆道:“张六德,照铁大人说的办,去趟奏事处。快去!”

而此时,交出军机处密折盒的户部郎中吕让三也同吴大屏一样,被铁箭飞的一支弩箭要了性命,正躺在街角,血水被雨水冲去,长街被雨夜隐去杀戮的味道。

大雨响亮地敲着军机处的瓦背。屋里窗帘密垂,沈菊台和三个章京在军机处值房神情慌乱,将一沓沓历年换下的密折接连扔入火盆,沈菊台四人脸上映着火光,面色惶惧。

紫禁城里雨已停,到处弥漫着雾气,宫殿沐浴在新鲜的晨光里。

乾隆背剪着手,在屋里来回走动。铁弓南的眼睛也随着乾隆的脚步不安地来回移动着。张六德取着两个折子,急匆匆进来,双手递给乾隆。乾隆急忙打开,与密折盒中的两份折子相互对照,目光左右看着。乾隆念折:“两广承蒙皇恩,今年风调雨顺,五谷丰稔;两广今秋,蝗从东来,食禾万顷,全邑绝收,大灾已不可免……”

乾隆的目光痛楚地眯缝起来,突然,重重地一拍案子。

乾隆厉声道:“两广督抚奏报的原折是丰年,而军机处递给朕看的折子却是灾年!军机章京敢如此造假,到底是谁给了他们这么大的胆?”

窗外,内宫太监领着讷亲匆匆忙忙走来。

讷亲跪报:“皇上!护军千总刚刚送来消息,户部郎中吕让三被人杀死在胡同口!”铁弓南一惊:“吕让三被杀了?”乾隆怒道:“这么说,有人要杀人灭口?”讷亲道:“微臣这就去彻查!微臣告退!”乾隆道:“张六德,传刑部尚书孙嘉淦即刻来见!”

是夜,差点把军机处一把火点着了的沈菊台与三个章京被孙嘉淦率领的禁卫军扔进了刑部大狱,大刑才过一轮,沈菊台便把知道的供了个底儿掉。自此,皇上身边的重臣——裕善的罪行浮出水面。

孙嘉淦带着大内禁军,押着一辆披挂大铁镣的空囚车,轰轰隆隆地赶往裕善府上。到裕府后院时,八师爷正领着裕府的家丁,扶着裕善,匆匆忙忙地往裕府私家码头的一条船上走。禁卫军当即将裕善从舱里拖出,披上铁镣,扔进囚车。令孙嘉淦奇怪的是,禁卫军的军官们将裕府的大小库房都搜遍了,却没能搜到一点赃物。只得先将裕善押上囚车,给皇上回话,又留下一队弟兄,在裕府掘地三尺,寻找赃物。连挖三天三夜,裕府院子的地下几乎被装财物的大箱子填满,赃物多到孙嘉淦这个刑部尚书瞠目结舌,只得请乾隆移驾刑部,来亲自点验赃物。

孙嘉淦陪着乾隆疾步走上刑部院的台阶，乾隆穿着暖袍，一只握拳的手背在腰后，脸色难看：“掘地三尺才把赃物掘出来，看来，裕善这老家伙又让朕低看他一眼了！”

孙嘉淦道：“找到的裕善赃物，堆满了刑部院的整整一间库房，除了金银珠宝，还有三大箱田契！微臣已将裕善侵占的粮田核查了几处，发现都用作修院筑楼之用，还有一处近湖的三百来亩上好水田被改成了私家园林。对了，还有几箱搜出来的东西，皇上若是见了，恐怕会……”

乾隆皱着眉头道：“打住！你先别吓唬朕！”

君臣二人说着话，疾步走向库房。

孙嘉淦道：“皇上，这儿就是存放裕善赃物的屋子，您请进！”乾隆向屋内刚迈进一步，猛然站住，打量着屋内的东西，倒吸了一口凉气！

乾隆闭上了眼，扭过脸去，摇头：“天哪！”

紫禁城的朱漆大门轰然关闭，太监将巨大的铜锁锁住兽环。一群群上朝的文武百官默默地疾步行走在宫中长街上，每个人的脸上充满了疑虑、惊恐与不安。

晨雾在窄窄的长街弥漫，砖地儿上靴声踢踏。

乾清宫正殿丹墀下，站满了百官，顶戴花翎在射进殿内的朝阳下暗沉沉地发亮。站在最前排的是辅政大臣张廷玉、讷亲和几位亲王。铁弓南、孙嘉淦等各部大臣排列在后。

户部侍郎梁诗正、浙江巡抚唐思训、江苏巡抚白文举、工部侍郎邹子旺、吏部侍郎赵宏恩等一干臣工脸色沉重，悄悄地望向孙嘉淦和铁弓南，又望望张廷玉、讷亲，暗暗猜度着今日在朝堂上将会发生的事情。

乾隆从屏后走出，坐上须弥座。众臣跪倒，拍袖山呼。乾隆脸色平静，他在极力克制着自己，不想因为裕善一案而让自己失态。

乾隆扫视了众臣一会儿，声音不急不慢：“看你们的脸色，不久前军机处发生的事，想必都知道了。朕御极以来，大臣中第一受恩者是谁，你们不会不知道。此人平日受朕这么多厚爱，自当奋勉。可他给朕回报什么了呢？他给朕只回报了一个字。朕想让你们猜猜，这是个什么字？”

众臣俯首：“臣等愚昧！”

乾隆道：“那就让朕来告诉你们。这个字，就是‘狠’字。也就是说，他狠着心在做官，狠着心在做人，狠着心在做局，狠着心在作祟，更是狠着心在做鬼。此人官居几品？官居一品！此人身任何职？户部尚书！此人叫什么？叫裕善！”

殿内鸦雀无声。伏地的大臣们相互偷偷张望，有的浆汗如雨，有的股栗不止，有的义愤填膺，有的幸灾乐祸。铁弓南耸耸鼻子，闻到了一股尿臊味。侧眼一看，身边的一个官员竟然被吓出尿来，他的嘴角不由浮起一丝冷笑。

乾隆继续说道：“光给朕一个‘狠’字，也就罢了，朕受得了这个字，无非是不知天高地厚、自恃过高，非得拿这个字来给自己添重。以往，朕每遇一个贪墨之臣，在下诏批斩的时候，总还会替他们往好处想一想，念着他们曾经有功于朝廷，有功于社稷，在他们行刑的时候，免不了还要替他们落下泪来。可今日，朕想明白了，朕突然发现在这个‘狠’字上，若是再加上一个点儿，那这个字就变成了什么字？变成了‘狼’字！一个大臣，若是变成了一头狼，藏着的是狼子野心，怀着的是狼心狗肺，朕还可怜他们干什么，朕还干吗要有怜悯之心？”

乾隆缓了一下气，让自己的声音尽量平静下来：“这个让‘狠’字变成‘狼’字的小点儿，就那么一点儿，是什么东西，谁能告诉朕？”

大臣们一片静默，谁也不敢大声喘出气来，生怕会被点名点到自己头上。

乾隆用手指点着官员们：“你们之中，那么多大学士，那么多两榜进士，那么多饱学鸿儒，竟然没一个人答得上来？”

铁弓南低着脸，眼睛却在转动着，显然在掂量说话的时机。他突然一咬牙筋，把头抬了起来。铁弓南大声道：“皇上，微臣有一说！微臣铁弓南不揣冒昧，想请跪着的诸王贝勒和文武大臣都把自己的大帽子摘下，托在手中！请皇上恩准。”乾隆道：“准！”

满殿大臣惊了一会儿，纷纷摘下头顶上的大帽子，直起腰，将大帽子托在左肩之侧。铁弓南把腰直起，也把自己的大帽子摘下，一手托着，重声问：“各位大臣，都请看一看自己的大帽子，那尖儿上顶着个什么东西？”

众臣朝大帽子上垂目看去，帽尖上，是一颗颗各色顶子。有一品红宝石顶子、二品红珊瑚顶子、三品蓝宝石顶子、四品青金石顶子。

铁弓南重声问道：“各位大臣看到什么了？”众臣齐声道：“看到顶子了！”铁弓南把脸朝向乾隆：“皇上！您问的那个把‘狠’字变成‘狼’字的小点儿，依臣之见，就是大帽子上的各色顶子！”

乾隆从宝座上霍然站起。他的目光在跪臣们的顶子上一一扫过，目光显然灼痛了，沉默许久：“铁弓南说得好！若是不为官，不戴上这个顶子，再狠的人，也不过是变成一只鼠，变不成一头狼！”

张六德走上来，在乾隆耳边悄悄耳语了几句。乾隆道：“抬上来，让众臣开开眼界！”

殿门打开，四个禁军抬着一口巨大的木箱走进殿来，将木箱在殿中放下，打开了盖。乾隆步下丹墀，在木箱前站停。“这是挖地三尺从裕善家中抄来的四十九口银箱中的一口，朕让人把它给抬来了。在这口箱子中，存放着裕善侵贪的银两，全都是五十两一个的银锭！朕这就取出来给各位看一看！”乾隆弯下腰，双手往箱子里一抄，捧出一捧白色的银屑，在众官中走动，痛彻心扉：“朕让你们看到什么了？看到的是一堆被白蚁蛀成了粉末的银屑！你们说，他要这么多银子干吗？买屋吗？他已有楼宇百间！买田吗？他已有良田百顷！买女人吗？他已有妻妾成群！朕已给了他享不尽的荣华富贵，他还要这么多银子干什么！”

乾隆看着众臣们低声议论着，双目泛红：“都说白蚁蛀木，朕还是第一次听说白蚁还能蛀银！若不是亲眼所见，朕万万不可信啊！”他垂下眼帘，眼中怒光闪动，猛然大声地问百官，“难道这就是朕的大清国吗？”他猛然抬起手，重重地将银末子向百官头顶撒去，银屑在金殿上的各色顶子间纷纷扬扬飘散。

回到后宫，乾隆依然心绪不宁。西洋大镜里，穿着衮袍的乾隆在发怔。皇后轻声道：“皇上去了乾清宫，怎么又回来了？叫大起都好一会儿了，想必百官都到乾清宫了。”

“刚才，朕在走向乾清宫的时候，不知怎么地，脚步就慢了下来，又不知怎地走回到了这面镜子跟前。”

“皇上定是想起了十年前乾清宫称验黄河水的事了。那年，您放鞭炮叫大起，本想称验出个好年成来，谁知道，验出了一个赤地千里、大旱天下。皇上担心今晚上的验鸟……”

“朕怕的是，今晚又跟当年那样，验出的又是一场灾祸。”

“臣妾有句话，定是不当说的，可这会儿，臣妾想说。”

“你是不是想告诉朕，今晚上金殿验鸟，不会再重像十年前那样，验出一个‘乱’字来？”

“不，臣妾只想告诉皇上，大清的天下是皇上的，真要是遇上天大的难事，皇上也能将它给扭转了。”

乾隆摇了摇头：“朕和你想的不一样。朕不是怕验出多大的灾祸，朕只怕验出灾祸后，该如何收场。”

田喜在一旁也忍不住插话：“能让主子爷担心的事，都不是好事儿。奴才想，今晚上就不用再叫大起了，主子爷下道旨，让百官们都回去睡回笼觉吧。”

张六德暗暗掸了下手，低声：“没你事，一边去。”

殿外，心急火燎的讷亲掏出打簧金表，一边看着时辰，一边几乎是小跑着赶来，与几乎同时赶到的孙嘉淦碰了个正着。

通报之后，讷亲和孙嘉淦被值夜太监匆匆领进了养心殿。讷亲跪道：“皇上，今晚验鸟的事，都按圣意安排妥当了！”孙嘉淦道：“官员也都到齐，只等皇上进殿！”

乾隆深深吸了口气，在屋里徘徊："今晚，朕要用金剪刀剪开鸟腹，朕这样做，其实是在给朕自己开膛。你们说，若是验出了有好多的省份在造假，那该怎么办?"

孙嘉淦摘下腰间一串大钥匙，对着乾隆抬起了手："皇上，我已将刑部大狱的牢房腾空二十间，钥匙全在这儿!"

乾隆震惊："这么说来，今晚要开的，不是殿门，而是牢门?"

孙嘉淦刚要开口，讷亲一抬手，抢了话："皇上！殿门从来都与牢门连在一块，二门同在，才是不二法门!"

乾隆道："牢门满了，殿门就空了，朕还指望谁来治理国家?"

孙嘉淦道："牢门高不过殿门，朝中的好官一旦抬起了头，都会会聚在殿门之内，皇上还担心身边没有良臣么?"

讷亲道："此话在理!"

乾隆的手指焦虑地盘扭着，突然松开。

乾隆道："皇后，看看朕的衮袍，穿平整了没？朕怎么老觉着今晚这身袍子穿得不顺心。"

皇后整了整乾隆的衮袍，脸露笑容，宽慰道："平整了，皇上快上殿吧!"

而千里之外，刘统勋与琴衣在山东诸城山道上和一群乡民刨着葛藤根。一只小鸟落在枯枝上，叽叽喳喳地叫着。刘统勋望着小鸟，沉思着给皇上献上的金殿验鸟计迟迟未得回音，想是已经在行动了。

在刘统勋的意料之中，此时的禁卫军们正兵分各省，在整个大清国的田野里隐秘地穿梭，将飞落在稻田垛和田野上寻找谷粒的田鸟收入网中。

乾清宫正殿殿内，六十四支碗粗的金龙盘绕大红烛将殿内照得通明。

丹墀旁，摆着一张长长的条案，依次放着十八个省份的牌名。名牌上分别写着：直吏、山东、山西、河南、安徽、江西、福建、江苏、浙江、湖北、湖南、陕西、甘肃、四川、广东、广西、云南、贵州。在各省的牌名下方，摆着上奏粮田丰歉的折子。

丹墀下，红顶花翎在灯火下闪闪发亮，各式官服在烛光下闪着宝蓝色光。匍匐在最前排的是辅政的总理王大臣、军机大臣；匍匐在后排的是各省督抚和在京四品以上官员。

殿里的空气压抑而沉闷，百官跪伏在地，都屏住了呼吸。

乾隆高坐须弥座上，脸上挂着一派平和的神色。他目光微微低垂，似乎哪儿都没看，似乎又像哪儿都看在眼里，嗓子眼里默祷着什么。突然，乾隆抬起脸，他的声音很低："十年前的今天，朕也在乾清宫半夜叫了大起，那天，朕在这儿称验黄河之水，称出了一个天下大旱，可朕知道称出的不是旱情，而是乱象！”

大臣们怔忡不安，屏声敛息，猜度着皇上这番开场白的用意。

乾隆道：“乱象，朕不怕，朕怕的是乱了方寸。一场天下大旱，让朕看明白了一座天下粮仓。它让朕知道，大清国若是要亡国，不在内宫，不在军营，不在藩库，不在民心，要亡该是亡在粮仓！朕，正因为看明白了这事儿，才没有方寸大乱，才有了治理天下粮仓的上策。十年一晃而过，朕以为，朕的粮仓已是固若金汤，所以朕的天下才没有乱不可治，才有了当今的国泰民安，才有了尔等大臣的锦衣玉食，才有了朕的这把龙椅稳如泰山。”

众臣山呼：“皇上圣明！”

乾隆道：“各位爱卿平身吧。”

乾隆扫视了一会儿众臣，朗声道：“朕今晚将众爱卿请到乾清宫来，各位想必都已经知道，朕要在这儿办一件千古未有的奇事！朕要通过这件奇事弄明白两个字，忠奸！”

百官再度紧张起来，有心虚的早已开始手脚颤抖、满脸滚汗。

乾隆道：“刑部尚书孙嘉淦告诉朕，就在此刻，刑部大狱的狱吏正在清扫牢房，腾出空屋子来，准备押人。朕不希望这么做。可朕之所以同意腾空牢房以押新犯，都是被逼出来的！但愿刑部的牢房今晚安然无事。”

百官中，打战的大员又多了几个，静谧得连呼吸声都难以察觉。

乾隆的声音在尽力充满信心：“验田鸟！”

讷亲出列，威严道：“将禁卫军从十八省密捕的田鸟送到御前长案，按各省牌名放下！”

十八个禁卫军依次走出，手里托着木盘，每只盘里放着一袋装满田鸟的明黄色布袋，对照着各省名牌依次将鸟袋放下，退后一步，扶着腰刀，脸色铁重地在各省的名位后头站定。众臣目光震惊。

讷亲大声道：“请御前总管张公公亲验！”

张六德一脸正肃地从屏后走出，手里捧着一把金剪刀。众臣终于明白皇上今晚上要干什么事了，心被揪得更紧。那几个在股栗的大臣颤抖得更厉害，似乎要瘫倒在地。

讷亲又高声道：“请孙大人监验！”孙嘉淦走到长案前，扫视了一圈各省督抚，沉默片刻。孙嘉淦突然道：“浙江开验！”唐思训浑身一颤，眼镜差点落地。讷亲取过浙江的奏折，当众拆开，念道：“浙江今年风调雨顺，加之田土膏腴，务农重谷，民可自给！”

孙嘉淦大声道：“验田鸟！”

张六德在浙江的牌名前解开布袋，取出两只被黄绸扎喉的田鸟，用金剪子剪开鸟腹，将田鸟嗉囊中的食物倒入木盘中，细细挑验，盘中尽是稻谷。张六德高声道："浙江田鸟，腹中尽是稻谷！"孙嘉淦重声："浙江所报，属实！"

须弥座上，乾隆露出宽慰的笑意。众官望向唐思训。屏着呼吸的唐思训松了口气，脸上露出笑容。

孙嘉淦大声道："山东开验！"山东巡抚萨哈谅眼皮狂跳。讷亲取过山东的奏折，当众拆开，念："山东今年秋粮之丰，甲于他邑，民间尚可足食！"孙嘉淦大声道："验田鸟！"

张六德解开布袋，用金剪子剪出田鸟腹中食物挑验。盘中尽是草籽。张六德高声道："山东田鸟，腹中尽是草沙，无粮！"孙嘉淦重声道："山东所报，作假！"

须弥座上，乾隆脸色一变，攥紧了一只拳头。众官纷纷朝萨哈谅望去。乾隆道："山东巡抚萨哈谅，你告诉朕，为何这般造假，要将灾年奏报成丰年？"萨哈谅脸上冷汗滚滚，"咚"的一声跪下，磕头如捣蒜："微臣知罪！微臣知罪！"

乾隆一摆手："下一个！"

孙嘉淦道："江苏开验！"白文举强作镇静，脸上挂着微笑。讷亲取过江苏的奏折大声念道："江苏今年喜获丰收，仓廒盈满，百姓欢畅，更有美田弥望，谷多至不可胜食！"孙嘉淦大声道："验田鸟！"

乾隆突然抬手："慢！江苏巡抚白文举上前一步！"

大殿内的空气顿时紧张得仿佛要爆炸，百官的目光搜寻着白文举，只见他身子一颤，脸相古怪地走了出来。白文举道："微臣白文举，恭聆……恭聆圣训！"

乾隆道："白文举，你给朕献上的《天下粮田图》，朕看了。图上所绘，正如你奏折上所说的那样，'美田弥望，谷多至不可胜食'。朕对你的操守和官德没有过丝毫怀疑。这会儿，朕可以当着众臣的面告诉你一件事，朕正准备将你擢升为户部尚书，接替裕善留下的空缺。"

仿佛是一把盐撒入油锅，殿中的臣工们"轰"的一声发出惊叹，高声议论起来。张廷玉分别看了眼铁弓南和梁诗正。三人目光交汇，迅疾闪开。

乾隆道："朕知道，一品户部尚书这把椅子，你们中没有一个人不在看着，朕将这把椅子留给了白文举，让你们都吃惊了。可不管你们怎么想，朕还是那句话，朕这个主意不会改变。你们都听着，张六德手中的这把金剪刀将江苏的田鸟一剪子剪下去，剪出的若是粮食，从明日起，白文举就可走马上任，替朕掌管大清国的钱粮要务！朕的话，向来算数，你们都听清了吗？"

众臣齐声："臣等听清了！"

乾隆道："白文举！你听清了吗？"白文举强压颤声："微臣……听清了！"乾隆

道："那就好。"孙嘉淦把目光回到长案，大声道："验田鸟！"

张六德格外细心地解开江苏的布袋，取出田鸟，操着金剪子，小心翼翼地开剪。殿上的百官都在踮着脚张望。嗉囊剪开，稀稀落落的草籽和草茎落在盘中！张六德暗叹一声，高声道："江苏田鸟，腹中尽是杂草，无一粒粮！"

殿内炸开了，百官们又"轰"的一声议论起来。孙嘉淦猛地回脸，目光如刀："白大人，还用本官报唱吗？"

白文举身如筛糠，脸色惨白，"咚"的一声倒地，当场晕厥过去。

天色大明。初阳照在金黄色的殿瓦上，发出暗红色的光芒。一群哨鸽拖着长长的啸声掠殿而过。天空大云疾走。铜镜一般的太阳越升越高，闪着青色的浮光。

孙嘉淦的声音从殿中传来："十八省开验完毕！"

殿门打开。执刀的禁卫军分成两列，将百官分成两队，空出了中间一条押囚犯的通道。丹墀下，跪伏着十个造假的各省大员。

须弥座上，乾隆目光冰冷，侧着身子，挺着腰，一只握拳的手平放在御案上，坐得像一尊雕塑。

孙嘉淦道："启禀皇上，此次金殿验鸟，十八省中，验出六省以歉报丰，四省以丰报歉。"

大殿里一片死寂，甚至连呼吸声都无法听到。

乾隆道："十位大臣，田鸟冤枉你们了吗？"十大臣抬起汗淋淋的脸，不作声。乾隆道："或许，有大臣会问，就凭这几只田鸟就能验出哪个省的丰歉吗？刘统勋在给朕献上这一良策之时，还特意交代，田鸟嗉囊化食，一夜为尽，而田鸟觅食，日飞不足百里。所以，禁卫军捕的不仅都是当地县境之内的田鸟，而且捕获之时当即扎喉致死，嗉囊再无化食之可能。也就是说，这些田鸟断无可能是他地之鸟！况且，禁卫军从每个省捕获的田鸟，都有上百只，都是从每个州县捕来的。好吧，倘若你们中有谁不服的，还可当殿检验！"

铁弓南淌着老泪，大喊一声："丧尽天良！"过了关的各省大员和京官们齐声道："皇上，此等罪臣，不可姑息！"

乾隆默默地坐着，久无一言。许久，他开了口："朕已经批了十年的折子。这十年里，最不愿写下的一句话，就是'十恶不赦'。可朕这会儿，面对诓朕、欺朕、害朕的这十位大臣，想到的第一句话就是'十恶不赦'！六个省以歉报丰，四个省以丰报歉。也就是说，大清国有一半以上的省份，都在对朝廷说着假话！这些省的督抚大员，都在干着吃灾卖荒、贪绩敛财的勾当。朕想问问，跪在丹墀之下的这十位大臣，你们对得起大清国吗？对得起天下黎民吗？对得起朕吗？对得起你们身上穿着的这袭二品官袍吗?”

十位大臣跪地磕头:“臣知罪了!”

乾隆的眼里浮起了一层薄薄的泪光:“‘知罪了’这三个字,或许能打动朕的心,可打动不了苍天之心!先贤说,王者以百姓为天!苍天就是朕的亿兆百姓!‘知罪了’这三个字,你们打动不了百姓们!他们的心,早被虚言、谎言、胡言、姑妄之言伤害够了!这些年来,你们可知朕是如何为百姓谋造福祉而日夜操劳的吗?天稍微晴了一点,朕便担心大旱来临;而天稍下几日雨水,就害怕成为涝灾。朕就是这样年复一年地祈盼和担心着,不知不觉已是十年过去了。可落到今天,朕在自己的‘正大光明’殿上,听到的,仍是‘知罪了’这句人人会说的套话!”

大臣中,张廷玉、唐思训、梁诗正等人淌起了眼泪。

“朕虽为天子,可也是个凡人。修行乞德,还远远不够,哪能下一道御旨就能让上天晴雨骤变?朕没有这个本事,老天爷也不听朕的话!”

臣工中有人失声抽泣起来。

乾隆眼眶里的泪水凝聚得更多了:“朕能做的,只有两件事。一件就是凭朕的悲悯之心,祈祷上天开恩于黎民,求神灵保佑国家能风调雨顺、百姓安康。第二件事就是,真发生了灾变,倾朕所能赈恤以天下,救无数黎民于烈火洪汤!”

众臣齐刷刷地跪倒:“臣等愿为皇上分担忧愁,随皇上赴汤蹈火!”

乾隆从张六德手中接过帕子,拭拭眼睛,将黄帕重重地摔去,站了起来。乾隆重声:“十恶何为首?朕以为,拿民命不当回事,渎职亵政、求官卖爵、敛财枉法,那就是首恶!‘十恶不赦’这四个字,让朕又想起了另四个字,那就是‘十面埋伏’!朕今日若是不除十恶,那么就是让朕深陷万劫不复的埋伏之中。朕还不想这么葬送自己,更不想葬送朕的大清江山!孙嘉淦!”

孙嘉淦出列:“微臣在!”

乾隆近乎咆哮:“取下你腰上的大钥匙,送十恶下狱!”

“呛啷”一声响,孙嘉淦已解下腰上硕大的钥匙串,一把一把地取下,扔在了十个犯官的面前。

孙嘉淦对罪臣厉声道:“把牢门钥匙拿在手里,举起来!”

十个罪臣哆哆嗦嗦地将牢门钥匙高举在手中,排成一列,被禁卫军押向殿门。剩下的文武百官屏气目送,个个心悬气短。十把举着的大钥匙在破门而入的阳光下一晃一晃地闪着刺目亮光,在众目中向殿门外缓缓移动。十大罪臣的队列走出殿门。

站在须弥座前的乾隆,失神地朝下望着。殿门外,排成一道的牢门大钥匙,像一支射向他的利箭。乾隆目光中含着泪水,痛苦地扭过脸。

第二章

冯三鞭强行配阴婚　宁古塔巧结苦姻缘

阳光孤零零地透进窗来，将宫柱的影子投在龙椅上。

乾隆孤坐在议政大殿椅中，内心怆然，乾清宫验鸟，深深刺伤了他。执政十年，乾隆总以为一心一意“承先帝之德，行宽仁之政”，国家的法规已然完善，国仓充盈，百姓温饱。可是，那一只只开腹田鸟和一份份造假奏章，都在向他诉说着王朝的实情。

大门“呀”的一声轻轻推开，孝贤皇后走了进来，静静地在乾隆身边坐下。

乾隆眼里噙着泪水说道：“十年前金殿称水，称出了一场天灾；十年后金殿验鸟，验出了一场人祸。谁能告诉朕，大清国的天下，到底出什么事了？”

“皇上，大清国好好的，什么事也没有。”

“不对，这不是实话……你没跟朕在说真话！你知道，朕用金剪子剪开鸟腹的时候，就是在给朕自己开膛！”

“皇上！您在开元之年说过，‘苍天不悯幼帝之心’，如今您已经不是幼帝，苍天定会怜悯于您……”

乾隆猛地站了起来，摇头：“不！朕不需要上苍的怜悯！朕只是想让身边的大臣们都知道，什么叫……切肤之痛！”

这时，张六德和田喜引着讷亲、张廷玉、孙嘉淦在宫廊上疾步走来。张廷玉道：“张公公，皇后陪着皇上在议政大殿坐着，有好一会儿了吧？”张六德痛心道：“退了朝，皇上就自个儿坐那儿了。”

讷亲长叹一声："那把金剪子伤着皇上了。"孙嘉淦道："咱们见着了皇上，别再给他添堵，拣些好话说。"

三人跪伏在皇上跟前，齐声道："皇上请回吧，龙体为重!"乾隆的目光懦弱、迟疑而又伤痛，甚至还有一丝企求怜悯的凄然。皇后在一旁拭着泪。

三位大臣又俯下身去，痛心道："皇上，听臣等一句吧!"

皇后的声音忧伤："皇上刚才问我，这个案子要是大翻起来，还会有多少炙手可热的大臣卷进去？我答不上，我只是对皇上说，这么大的担忧，您该问问身边的大臣……正这么说着，你们来了。"

张廷玉抬头道："只要皇上说一句话，此案就到此为止了。"

乾隆道："到此为止，行吗？十大臣举钥下牢的场面，在朕的眼前已是挥之不去。朕只要一合眼，看到的就是那十把钥匙……朕知道，只要再发一句重话，还会有十把、二十把牢门钥匙在朕的面前高高举起……朕，不知道该怎么办……这会儿，朕在心里反反复复念叨着的，只有一句话：历代的皇帝，没有被打昏的，都是被骗昏的……朕，就是这样一个被诓骗了的皇帝……"

说着，两行清泪从乾隆的眼眶里淌出。

讷亲道："皇上，从来为政之道，损益随时，宽猛互济。金殿验鸟，虽说验出了十个造假的各省督抚，使朝堂为之一冷，可也不失为是一桩好事。君侧当清则清，不清则乱!"

"验鸟之时，百官济济，而清出的也只是区区十条蛀虫，皇上不足为虑!"张廷玉道。

孙嘉淦道："皇上！医家说，'目病宜静，齿病宜动'，臣以为，治民如治目，以静为主；而治臣就如治齿，以动为主。金殿验鸟，验出十大罪臣，将其投入牢中，那就是动，是治理臣工的良策。此一动而震天下，皇上当欣慰才好!"

"朕听得出，你们都在劝朕要想得开，想得远，把坏事净往好处去想。可失去十个大臣，并未断朕十指。朕的伤痛，不是因为他们，而是因为不知道还有多少大清臣子要让朕不得安宁。你们替朕想过吗，如此下去，朕何以任用大臣，而大臣又何以身任国家之事?"

三位大臣看看皇后，不知该怎么说。

乾隆的脸渐渐移到了阳光里："是啊，有你们三位股肱大臣这会儿来陪朕，朕得谢你们。都别跪着了，起来吧，将膝盖上的尘土掸了，回去替朕好好想一件事，这场金殿验鸟，传开之后，必会轰动天下，必会有人怀疑朕坐朝十年创下的功绩，必会有人拿这十大臣的脑袋来重砸朕的爱臣之心，必会有人对朕今后要办的宏业横加质疑甚至不敢作为，出了这等事，朕该如何处置才好？你们想明白后，在今年的圆明园'北远会议’上，都拿出个办法来。”

三大臣齐声道：“臣领旨！”

刘统勋在写给乾隆的信中，除了献计金殿验鸟外，还另附一事，那就是坦承八年前自己在审理浙江钱塘决堤案时过于草率，被发往宁古塔终身为奴的原钱塘县令杜霄和原钱塘县丞谷山或许确有冤情。孙嘉淦奉命派出了两位刑部司官，匆匆赶往宁古塔。

宁古塔是极寒极荒之地，原钱塘县丞谷山与原钱塘县令杜霄被发配至宁古塔后早已不见了从前的样子。谷山三十二岁略有喜感的脸上横着一道鞭伤，蓬松的长辫胡乱盘在额头，像扣着一堆黑土。杜霄比谷山年长三岁，脸色清峻，眼睛里布满了冰锥似的寒气，一副木枷架在他瘦削结实的肩头上。令人惊奇的是，在他的枷板上竟然刻着一张张狼脸。

此时，谷山和杜霄在囚犯队列中一前一后踉踉跄跄地走进一间木头屋子，这座木屋是囚犯们集会的地方，几个披甲人执着兵器，站在门边，催着囚犯快进。不一会儿，囚犯已挤满了一屋。正中的一张大条案上，排列着二十片小木牌，有字的一面朝下，谁也看不分明上面写着什么。

两个披甲人护着宁古塔守备冯三鞭进来，冯三鞭手里拿着一口酒坛，站在一个木墩上，边喝边扫视囚犯，嘿嘿一笑：“你们这些被流放到这人间地狱的囚徒，有朝廷一品大臣，也有县衙的九品主簿，有学富五车的大学士，也有目不识丁的小跟班。本官问你们，世上让男人最受不了的，是什么？”

谷山和杜霄斜眼看着冯三鞭发酒疯。

冯三鞭道：“不是丢官！不是丢钱！也不是丢命！”又神色诡异暧昧地说，“是丢老婆！今儿晚上，本官就成全你们，让你们都带个老婆回去！——打开帘子，让娘儿们出来！”

披甲人将屋角的一道棉帘子哗哗啦啦地打开，从帘内小屋里走出二十个脸上盖着黑布的女人。每个女人的胸前都挂着块木牌，牌上编着号。

冯三鞭大声道：“既然你们平日都说这儿是阴间，那本将军今晚给各位配的，就是阴婚！”

囚犯们小声议论起来。谷山双目却在放光。

杜霄看了看谷山的眼睛：“你眼神有点邪。”谷山笑道：“你不邪，不也被人卸了官袍，扛着枷锁在垦地么？”

冯三鞭道：“都听着，桌上的小木牌都是编了号的，那些女人的手里，也拿着一块编了号的小木牌。各位挨个取一块牌子，和哪个娘儿们手里的牌子对上了，那就算是配上了阴间夫妻，今晚就领走，进洞房，扒小裤，快活去！”

囚犯们一阵骚动。

冯三鞭大乐，对着女人们大声道：“娘儿们都听好！当初你们都是跟着流放的男人上宁古塔来的，如今，你们大多成了孤儿寡母！本官可怜你们，替你们找个男人把阴婚给配了！本想给你们披上红盖头的，可你们配的是阴婚，不能见红，得见黑，所以本官给你们都披上了黑盖头！听着，配上了对，就让男人领回去，碰巧了，还能生个男娃女娃出来！”

冯三鞭满脸闪着被酒浆激起的兴奋：“你们这帮娘儿们，都偷着乐吧！取牌！”

披甲人挥动棍子，撵着囚犯去取案上的木牌。木牌被一块块抓走。杜霄看着谷山紧盯着木牌，打趣道：“也想配一个？”谷山对着手掌呼了口气：“不想。不，还是有点儿想！”杜霄笑笑：“配一个看不清脸的女人，你不怕手气不好？”谷山将双手往裤腿上猛搓。“别搓了，运气不是搓出来的，是撞出来的。”杜霄道。

披甲人大声道：“桌上还剩一块牌子，快取！”谷山低声：“哥，我让给你！”杜霄轻笑：“世间的男人，只有让命的，没有让妻的。”谷山推了一把杜霄：“这儿不是世间，是阴间！配的是阴婚！”

披甲人用鞭子指着杜霄：“你！快取！”谷山道：“哥，快去取吧！”

杜霄牙一咬，将案头上最后一块牌子抓在手上。

冯三鞭道：“好！听见本官下令，男人就把手里的牌亮出来，跟女人挂着的牌对上了，就配着对站一块，等都配齐了，本官再一声令下，就一起动手，将黑盖头给一把扯下！”

冯三鞭大声道：“壹号！”“贰号！”两对男女囚犯配对站在了一起。

“叁号！”拿着“叁”号牌的是大脸如锣的索王爷。他长着一双铜环眼，斜扎着一根大白辫子，端着十足的王爷架子。索王爷大吼：“我索王爷不稀罕小娇娘，喜欢胖婆子！这一大堆女流里头，有肥的吗？”冯三鞭斜眼道：“有没有，那就看你的手气了！”

陪伴在索王爷身边的是个长了一双胡椒眼、眼珠子一眨一眨地透着机灵的二十来岁年轻人，他是索王爷从京城带来的小跟班王不易。

索王爷将牌子扔给跟班：“王不易，照着牌面，替本王爷牵个来！”

王不易将牌子高高举起，喊道：“今日是咱们索王爷大喜的日子了！”

冯三鞭道：“我说索王爷，您要是有了个陪炕的娘儿们守着，还会不要命地逃跑吗？”

索王爷捋着大光脑袋哈哈大笑：“那要看这娘儿们有什么本事！”王不易接口：“对！没本事还得跑！”

冯三鞭道：“下一个，肆号！”

亮着灯火的木屋里继续传出唱牌声："捌号……拾叁号……拾捌号……"屋外，雪越下越大，呼啸的大风刮得雪朵一片狂乱。

女人堆里只剩下最后一个了，冯三鞭大口喝酒，将空酒坛往地上重重一掷，抹着嘴："拾玖号！杜霄，该你了！"

杜霄站着没动。

谷山暗暗搡了下杜霄，逗他："没事，阴婚也是婚，你要是害怕，我替你守洞房！"杜霄道："我说过，这辈子谁也不娶。"披甲人猛地抽出一鞭，厉声道："胡咆什么！快配！"

杜霄仍站着不动。

谷山急了："哥，这事犯得着挨鞭么？快动手吧！"杜霄压低声音："女人是什么？是祸水！别忘了，我们俩得离开宁古塔，在这儿不能有一丁点牵绊！"谷山恍惚道："要是这女人……能帮你呢？"杜霄将木牌往谷山手里一塞："那就给你吧！"谷山道："你刚才不是还在说，男人只能让命，不能让妻？"杜霄道："那就把牌子扔了！"谷山紧紧攥着木牌："不能扔！要是扔了，那女人不就守寡了？"

冯三鞭早急了眼，从披甲人手里一把夺过鞭，对着杜霄和谷山重重地抽来，大吼："快配！快配！"杜霄抹着脸上的血："配去吧！"说着，杜霄抬起手，一把抓住挥来的鞭子，重声："快去！"谷山狠狠心，朝站着的最后一个女人走去，在她身边站下。

"既然取了牌，就得认命！"冯三鞭摩拳擦掌，越来越兴奋，"好！等把黑盖头揭了，都乐死你们！哈哈哈哈！"

冯三鞭吼："揭！"囚犯动作划一，将身边女人脸上的黑盖头揭去。黑布揭去，囚犯们全都猛然惊退数步，脸上的"笑容"全都僵住。

"女人"竟然全是男囚！有麻脸的，有缺眼的，有矮个的，有白发的，有满脸伤疤的……被当成"女人"的男囚木然地呆站着。

冯三鞭和披甲人猛然发出得逞的狂笑声："哈哈哈……"突然，冯三鞭发现了什么，将笑声收住，拨开身边的囚犯。

囚犯后头，还有一人没被揭去黑布。此人的身边，站着谷山。冯三鞭道："谷山！给你配的阴婚老婆，不想认？"谷山回过脸："不是我不认，是他不让认。"

冯三鞭往蒙着黑布的人看去，目光落在两只粗糙的、裂着血口子的大手上。这两只手紧紧攥着布角，裂缝口子里渗着血珠。冯三鞭道："哟哦！本官见过不让揭棺盖的，还没见过不让揭盖头的！把手松开，不然本大官亲自来揭！"

紧攥着黑布头的手颤动了一下，往下慢慢扯去。黑布缓缓扯下，露出的竟然是一张女人的脸！

囚犯们震惊，发出“哦”的一声惊呼。谷山失声：“这不是大扇子吗?”杜霄也惊住了。

这是一张四十岁女人饱经风霜的脸，头发干枯如草，却梳得纤丝不乱，用一根红布条扎着，透着女人的一缕鲜活。身上的棉袄尽管破烂，却缝补得一丝不苟，保留着大家闺秀的最后一点痕迹。粗看之下，她就如一个老妇人，可细细看去，她目光安静如水，蕴含着苦难女人洞悉世事的那种坚毅、忍让、温和、豁达。她是囚官周伏天女儿大扇子。

囚犯们一片静默。吊在梁上的大油灯在掉着火沫子。

大扇子脸色格外安静，仿佛是个局外人。谷山不知所措：“大扇子……我……我没想到会是你!”

冯三鞭像在观赏着得意之作似的，看着大扇子：“这么多女人一下全都变成了男人，多好玩哪！可就数你大扇子好福气，就你是一个真女人！可知本官为何把你给塞男人堆里吗?”冯三鞭脸一沉，一把将大扇子的手抓住，抬高，对囚犯们四问，“你们看看！这是女人吗？她不是个女人，不是!”

冯三鞭盯向谷山：“谷山！你说，她是女人吗?”谷山道：“冯三鞭，我先问你，你是人吗?”冯三鞭一怔：“什么意思？本官当然是人!”谷山道：“囚犯营的人都说，你不是人，是狼。”冯三鞭道：“本官是狼?”谷山狠声：“没准狼眼里看出来，分不清谁是男人，谁是女人。”囚犯们哄然大笑。

冯三鞭老羞成怒，挥起大拳头，对着谷山的脸重重打出。谷山倒下，脸上鲜血飞溅!

囚犯坟场雪光明亮。坟场起起伏伏，连接着好几个土冈。坟墓不高，全是一个个小土堆，每座坟前都立一块枕头大小的石头墓碑，上头刻着死者的名字，排列得一眼望不到头。

一个深深的新坑里，一把双齿铁锄在掘着冻得梆硬的土块。听到有人踩着雪沙沙地走来，从坑里爬出一个人来，他是谷山。

坑边，大扇子捧着个用棉絮裹着的瓦罐，罐上搁着两只碗两双筷。

谷山道：“大扇子?”

大扇子递过瓦罐：“给你和杜霄送点儿热粥来。”

谷山道：“我哥干完了活，先回囚棚了。”

大扇子在坑边背风处坐下：“那你喝吧。咸菜疙瘩是今年腌的，盐少，没腌黑，将就着吃吧。”

谷山从大扇子手里接过碗和咸菜疙瘩，大口吃起来。喝完粥，放下碗：“你的手掌虎口裂了道血口子，抹药了吗？”

大扇子道：“抹了，血也止住了。”

“我看看。”

“不行。”

“我没把你当女人。”

大扇子迟疑了一下，把手伸向谷山。

谷山从怀里摸出一个小竹筒，倒出些药末，解开伤口中扎着的布片，将药面撒上。大扇子疼得打战。谷山道：“猛药治猛伤，用上几回，伤口就长肉了。”

大扇子轻声道：“我父亲说，用野蜂蜜能治伤。我抹的就是野蜂蜜，去年山上采的。你哪来的这么好的猛药？”

谷山道：“听说过我代人受鞭的事吗？”

大扇子点点头。

谷山道：“我每代一回鞭，背上的肉就裂一回，用上它，十天半月的，那肉就又咬合上了。这管药，是上回代索王爷鞭，他送的。”

谷山放下大扇子的手，看着她的脸庞。

大扇子眼神有点慌乱：“怎么了你？”谷山道：“你说，这头顶的月亮为什么是白的？”大扇子道：“你该问月亮才是。”“其实，不用问我也知道。月亮之所以是白的，那是为着照在女人脸上，让女人更好看。”谷山痴痴道。大扇子收拾起瓦罐和碗筷，站了起来：“我该回棚了。”

月光下，大扇子的身腰柔韧而苗条，仍然充满着女人的魅力。谷山冲动地站起，一把抱住了大扇子。

大扇子吃惊：“你……你这是干吗？”谷山喘着粗气：“大扇子，做我老婆吧！”大扇子道：“你把冯三鞭的戏弄当真了？”

谷山道：“信不信都一样！宁古塔就是一地狱，信也是鬼，不信也是鬼，没谁把你我当人！”

大扇子重重推开谷山，大声：“可我大扇子是人，不是鬼！”

谷山摇头：“大扇子，营里都在传，你向那个背尸的大疤脸求过婚！你连这种男人都愿意嫁，我……我谷山哪儿就不如他了？”

大扇子眼里浮起泪光：“你真以为我愿意？父亲若是不逼我，我会把个‘嫁’字随随便便说出口吗？父亲看着大疤脸刑期满了，想让我跟着他离开宁古塔。”

谷山发出一声苦笑：“我明白了，我谷山上了宁古塔，是终身为奴，我带不走你，所以……不说这话了，我给你赔个不是吧！”

大扇子道：“谷山，你是好人，我知道。可你不会相信，在宁古塔的女人，其实都已心如死灰，我不会离开父亲，更不会为着离开宁古塔就嫁给谁，我会一辈子守着他老人家!”

不等谷山再开口，大扇子拎起布包，匆匆往亮着烛光的洞窟跑去。谷山抬起手，看着刚才搂过大扇子的两只手掌。月光下，他的手掌上满是一道道刀刻般的裂豁。

宁古塔坟场旁的一个洞窟内，大扇子满是裂口的手握着短锤和钎子，在用力凿着墓碑，石屑飞溅。一旁的地上铺着块草苫，原刑部律例馆纂修官周伏天，一个白发苍苍的瞎眼老头匍匐在上头，手里握着一截木棍，在往一口小石臼里一边捣黑炭一边添水。捣完，老人捧起石臼，往一只破碗里倒出了半碗浓黑的“墨汁”。

大扇子抹去脸上沾着的石粉，抓住父亲的手掌，搁上墓碑：“父亲，您摸摸，凿平了么?”

周伏天伸出关节粗肿的手，在墓碑上摸了一会儿，点了点头：“知道今日刻谁的名么?”

大扇子道：“冯三鞭派人带过话来，让把索王爷的墓碑给凿了。”

周伏天道：“改了，改谷山了。”

大扇子一惊：“改谷山了？谷山今日会……死?”

“索王爷逃了四回，这次又被抓了回来，得受刑五十大鞭，便花了五百两银子找人代鞭。刚才冯守备让人传过话来，代鞭的又是谷山，五十大鞭抽下去，谷山定是活不成了。”

大扇子听了，脸色苍白，怔愣着。

周伏天抓过一支秃笔，摸索着在碗里蘸了“墨”，用手指在墓碑上码起了尺寸，工工整整地在碑面上写下“谷山之墓”。大扇子闭上了眼睛。

周伏天道：“女儿，父亲的眼睛瞎了，可写出的字来，跟当初纂修《大清律例》一样工工整整、不偏不倚，每个字都挑剔不了，是不?”

大扇子不作声，嘴唇在颤抖。

周伏天自个儿在唠叨：“你记着，等父亲一死，别顾着往墓碑上写字，先得在父亲的后背贴肉写一行字：‘大清律例纂修官周伏天。’父亲这一世英名，得带着它走，免得到了阎王爷那儿，没人认得我……你怎么不说话?”

大扇子道：“这话您交代多少遍了，您死不了。”

为掩饰内心的慌乱，大扇子将插在腰后的一把蒲扇取下，拼命扇着炉火。她的这把蒲扇用得已有年头，变成了紫色，扇沿缝着一圈羊皮，扇柄上挂着一小块残件白玉坠子。吊在火塘上的瓦壶冒出了热气。

周伏天大声咳嗽着：“人的头发一白啊，就该惦记白帐、白烛、白挽联的事儿了。父亲什么时候该见白，心里比你清楚。别管炉火了，快把谷山的墓碑给凿字儿吧。”

大扇子将蒲扇插回后背，咬紧牙关，取过锤子钎子，在碑面上一下一下地凿起来。

“谷山之墓”四个墨字在钎尖下跳着石屑，渐渐变白。

荒地旁窝棚内，谷山赤裸着上身，手里拿着一根带叶的树枝，往上抹了牛粪，对着裸背拍打着，将牛粪拍上去。

他的后背异常骇人，结着坑坑洼洼的厚疤，肉棱子高低不平，一道道还未愈合的鞭伤横七竖八，好几道正在渗血，牛粪拍上后，黑乎乎一片，血被止住。

棚门口，杜霄正冷眼看着。

谷山道：“哥，别看了，这是我自讨的。别忘给我找堆牛粪留着，等我回来，替我抹到伤口上。”杜霄冷声道：“八年前，我们俩一块流放到宁古塔来的时候，有过一个约定，谁后死，谁收尸。”谷山道：“对，我还记着呢。”

“我不想收你的尸。”杜霄转脸。

谷山笑起来，笑得有点调皮：“这个约定还真得作数，我真死了，还指望你杜大人……”

杜霄重声道：“别叫我杜大人！我不是八年前的那个杜知县了！你谷山，也不是八年前的那个谷县丞了！”

谷山回过身：“哥，我知道你心疼我，可我不能因为你心里受不了，就不去挨鞭子，哥，别像送葬似的看着我，行吗？”

“你真以为自己还能活着回钱塘，用赚来的银子把那笔欠债还了？”杜霄道。

谷山道：“那是我爹娘买田欠下的银子，被押到宁古塔来的那天，我对二老发过誓，这欠下的四十两买田银，做儿子的一定会还上！我不会食言，这你知道！”

杜霄道：“就算你有本事把银子挣够了，可你跑不出宁古塔一步！谷山，你听着！我们俩在钱塘一同为官的时候，我是县令，你是县丞，我是你的顶头上司！可自从一块获了罪，我就把你当自己的兄弟了！你要是真认我这个哥，就收手！”

谷山对着杜霄摇了摇头：“我这个人命硬，鞭子抽不死。我这辈子，谁都不欠，就欠爹娘的。”

不等杜霄再开口，谷山匆匆将囚服穿上，一手提着腰里的铁镣，一手拨开杜霄，走出棚子。

洞窟外的空地上，谷山光着上身一动不动地趴着，身上的大雪在一层层覆盖。他的后背全被打烂了，血肉模糊。在他面前的雪堆边，扔着三块碎银。谷山的手指突然蠕动了一下，向着那三块碎银挪去。

猛地，他一把抓住碎银，紧紧握着，掌心滴出血来，又一块白雪被渐渐洇红。

大扇子手里拿着一块桐油布，透过坟场芦棚木栅子窗，看着外头的雪地里趴着浑身血水的谷山。

大扇子转身哀求身后的周伏天："父亲，让我出去吧，没准他还活着！"

周伏天跺脚道："他已经死了！埋他的墓坑已挖好，他的墓碑也已刻成，他有归宿了！"

大扇子执拗道："不！父亲，您的眼睛看不见，可女儿都看见了啊！他是挨完五十大鞭才倒下的，这会儿，他还在雪地里喘气，还没死！父亲，让女儿出去吧，他就是死了，也不能这么躺着！女儿去给他盖上这块芦席，行么？"

周伏天道："扇子啊扇子，你现在出去，披甲人的刀可是要砍到你身上的！父亲常跟你说，你不能一辈子待在这儿！你要走，有两条路，一条是嫁个囚犯，等他刑期满了，好跟着他离开；第二条路就是等父亲死了，你就不用再陪刑了，就能离开了！可谷山被发配宁古塔，是终身为奴。剩下一条路那就是……"

大扇子道："父亲，您别说了，我不会离开您！"周伏天连连摇头："扇子啊扇子，父亲活不了多久了啊，你就不能忍气吞声等一等么？"大扇子道："父亲，女儿能眼看着一个活人，就这么死了么？"周伏天嘴唇颤抖："别说了，父亲求求你，给自个儿留条命吧！"大扇子道："父亲！"

周伏天对着女儿跪了下去，两行老泪从空洞的眼窝里淌出，恳求道："扇子啊，保全好自个儿，好好活下去，活着离开这儿，行吗？"

宁古塔的静夜，大雪又开始飘落。连绵的山峦笼罩在无边的雪片中。片片飞雪中，杜霄两只手扶着肩上扛着的枷板，跌跌撞撞地在通往坟场的小路狂奔，四下寻找着："谷山……谷山！"

雪窝里传来谷山微弱的声音："我……这头牲口……还没死……"

杜霄奔向谷山，双膝跪下，脱下自己的皮马甲将谷山紧紧裹住，把他扶坐起来。谷山的身下全是血水。

杜霄把手掌放到谷山嘴边，大声道："快，咬我一口！你要是能咬出血来，我就知道你还有多少力气，还能不能把这条命给撑住！"

"连你……连你也把我当咬人的牲口了……"

杜霄爆声："你以为你不是牲口么？你已经变成了一条连皮毛都不想再要的牲口！"谷山道："是啊，我比别的男人更耐得起打，比别的男人更活得像牲口……可谁告诉你……我不知道什么叫疼痛……什么叫流血……"

杜霄道："既然你都知道，干吗就不能让自己好好活下去!"

马蹄声骤响，冯三鞭领着披甲人团团围住了杜霄和谷山。

冯三鞭冷声："放下他!"

杜霄重声道："他还活着!"

冯三鞭的声音更重："放下!"

杜霄倔强地摇头："不，我不放下，他是我兄弟!"

冯三鞭笑起来："这么说，也得给你凿一块墓碑了！好让这两个兄弟一块儿下地狱!"披甲人抡起大棍子。谷山声音微弱："慢！我有话对……对我哥说……"

谷山看着杜霄，露出一丝笑容："哥……放下我吧……你得活下去！要不，咱们俩受的不白之冤，就没机会说清了……快放下我……算是弟弟求你了……"杜霄咬紧了牙，双手渐渐松开。谷山笑着："哥……这就对了……"

杜霄放下了谷山，从雪地里摇摇晃晃地站起。

冯三鞭牙一错："打!"披甲人抡棍，对着谷山狠狠抽下。

就在棍子落下的一瞬间，冲出洞窟的大扇子扑上来，一下扑倒在谷山的身上，紧紧将谷山抱住！大扇子的后脑勺鲜血迸溅，谷山嘶声喊道："大扇子……"

在洞窟中听着这一切发生的瞎眼老头周伏天，内心的疼惜和绝望到了极点，他知道女儿的这一冲一护，她的心便再也由不得谁了。

囚犯营采石场一片响亮的铁锤声中，大群囚犯在宕口里凿打着石头。冯三鞭神色怪异地将杜霄和谷山喊到工棚中来，一位老年司官拿来文书递给杜霄："都察院奉旨将八年前的这桩旧案发还重议了。可真要一一厘清，不知会拖到猴年马月，经三法司商议，派我等二人前来宁古塔，将你们俩发还当年任职之地钱塘，让你们好好戴罪立功，等待将来案子有了新的线索或有新的发现，再行复议。"

冯三鞭道："他们俩回到了原地，或许还能官复原职?"

"能不能官复原职，就看他们的造化了。如今，捐纳补缺等着封官的人多如牛毛，他们俩回到钱塘，恐怕得从皂隶干起。再说，两人毕竟是戴罪之身，只有立下大功，方有升迁之望。"年轻司官道。"收拾一下，尽快回钱塘戴罪立功去吧!"杜霄和谷山执着文书纸片看了又看，满脸震惊。谷山道："……我们俩……可以离开这儿了?"年轻司官道："今日就能走。""可你刚才说，我们俩是回钱塘戴罪立功，这不是说，我和我哥杜霄身上还扛着八年前的重罪?"谷山道。

年老司官道："要查清这桩旧案，想要脱罪，没个三年五载怕是不成。"

谷山想说再过个三五年等查清了，一并还他们清白再回钱塘，可看着杜霄欣喜的神情，欲言又止。

年轻司官道："实不相瞒，提请三法司重新审理此案的人，正是当初将你们俩发配到这儿来的刘统勋大人。若不是他上书皇上，你们俩就是变成了鬼也别指望离开这儿。要想尽快脱罪，你们自己也不能干等着，要是找到了能证明自己清白的证据，速速递到刑部来。"

两个司官骑上马离去。不一会儿，年轻司官又停马回过身来，看着杜霄石头一般的冷脸。

年轻司官道："杜霄，虽说你和谷山都曾经是刘统勋的得意门生，可当初在断案的时候，刘大人没有手下留情。我看得出，你还在恨他。可人一旦退出了江湖，就会想着好好洗一洗手！他已告老还乡了，有些结也需要解开。"两个司官拍鞍驰走。

冯三鞭示意披甲人给两人卸下刑具。冯三鞭大声道："实不相瞒，本爷今儿个也调任京城了！"

谷山和杜霄冷目相对。

冯三鞭大笑道："你们俩临走前，别忘了上麦子地撒泡尿，来年好给宁古塔多长两颗粮食！哈哈哈哈！"领着披甲人策马驰离。

采石场的囚犯们都在默默地看着，四遭一片死寂。谷山和杜霄回过脸来，四目相望，鼻孔翕动。突然，两人像爆发了似的，在嶙峋的碎石上双膝跪下，朝着头顶渡行在厚云中的苍白色的太阳举起满是伤痕的四条手臂，迸尽力气沙哑着狂喊："老天爷！我们还活着！"

洞窟的火塘里木柴在渐渐烧尽，大扇子取了几块柴片，扔进火塘，取过蒲扇扇着。大扇子将铜壶取下，挂上瓦罐："水烧开了，我给您熬点小米粥。"

周伏天道："扇子，父亲觉着，谷山这样的男人要是能带着你去钱塘，父亲也就此生无憾了……"

大扇子打断父亲的话："父亲，女儿从来没想过要跟哪个男人走。"

周伏天道："别说蠢话，你不能陪着父亲一辈子。"

大扇子往瓦罐里搅着，一绺头发披在脸上："父亲，我求求您了，别说这些了，我不会离开您！"

周伏天的手在干草窝里摸索了一会儿，道："把那罐野蜂蜜找出来。"

大扇子将一罐蜂蜜从草里扒拉出来递给父亲。周伏天道："记着，见到谷山的时候，你给他的伤口抹上。"大扇子道："谷山明日就要和杜霄一块走了，他用不上这罐野蜂蜜。"周伏天道："不，趁他还没走，你这会儿就给他送去。"大扇子道："都快后半夜了，女儿去找他，方便吗？"

周伏天将小瓦罐塞到女儿手中："再晚也得去！"

大扇子捧着蜂蜜罐："好吧，粥还得熬一会儿，我送到就回来。"

大扇子用破毛毡裹住身子，摘下灯笼，走了出去，将门又关上。

周伏天盘坐在地，听着女儿的脚步声渐渐远去，空洞的眼窝里又有泪水涌出。他从地上爬起，摸索着找到笔，在石臼里蘸了墨，然后摸到一块凿平的墓碑，用手指码准尺寸，在墓碑上工工整整地凿出五个字：周伏天之墓。

远处传来凄清悠长的囚犯吹奏的骨笛声。

周伏天回过身，找到那只盛满“墨汁”的石臼，心里想着只要自己一死，女儿就能跟着谷山离开宁古塔，他颤着手捧起石臼，对着自己的脑门重重地砸下。

“墨汁”掺着鲜血泼在脸上，成了周伏天最后的一笔书写！

大扇子跪伏在“周伏天之墓”的小石碑前，对着这座新垒的土坟磕了三个头。雪花漫天。谷山和杜霄站在大扇子身后，三人被雪片子包裹成雪白。

谷山从怀里摸出两个用采石场石头磨成的镯子，递给大扇子：“这对镯子，不是金，不是银，是用宁古塔的石头整整磨了八年才磨成的。我本想要是哪天能出去，就给我的娘亲，让她老人家在我娶上媳妇的那天，亲手给媳妇戴上。可如今我主意变了，我得娶了你，把你带走！今早晨，我就带着这对石镯子来向你父亲提亲，可真的没想到，他老人家会……走了。”

大扇子看了看石镯子，脸色苍白地摇了摇头：“其实，你真娶我为妻，也带不走我，我不会和父亲分开的……我答应过他，要替他养老送终……”

谷山道：“你父亲知道你不会离开他，所以选择了自尽，以死来成全你。把石镯子接了吧，大扇子。要不，你父亲就真的白死了。”

大扇子泪眼婆娑：“谷山，你真想好了，要娶我为妻？”谷山认真地点点头。

大扇子道：“你今年多大？”谷山道：“三十二。”大扇子道：“我四十了，长你八岁。”

“这我知道，我认你是妻，结发的。”谷山道。

“是个老妻。”

“老妻也是妻！”

“我已四十，难为人母。”

谷山道：“我回到钱塘，不也还是个戴罪之人么？我和你一样，也没想过要为人父！”谷山猛地从身上的内衣扯下一条布，系在头上，朝着周伏天的坟重重地跪下：“岳父大人，小婿谷山给您磕头了！”

大扇子望着谷山，眼里全是泪水。谷山抬眼看着大扇子：“大扇子，就当你父亲还活着，在看着你我成亲……”

大扇子拭干泪，在坟前重又跪下。

杜霄道："既然是成婚，就得拜堂。二位都直起腰，我来当你们俩的司仪吧。"

杜霄大声道："一拜天地！二拜高堂！夫妻对拜！"

两人在漫天大雪中，天地为证，结为夫妇。

大扇子泪眼看着坟墓，哽声："父亲，女儿要跟随谷山走了，临走之时，女儿想告诉您一句话：十年前，您向朝廷揭露的那些事，女儿会帮您去查证，女儿向您发誓，此生就是拼得性命，也要为您争回一个清白！"

浑身披雪的大扇子对着坟墓复又跪下，脸色沉毅，重重地连磕三头。再起身时，前额上鲜血殷红！

天空中雪晶明亮。载着谷山、杜霄、大扇子三人的马车在积雪的土路上行驶。车轮在冻土上打滑，走得摇摇晃晃。马车停下，车夫拎着皮囊去溪边打水。杜霄抱着肩，在草堆里睡着。谷山将自己的老羊皮袄脱下，给大扇子披上。

谷山跳下车，用木棍挑着些牛油，往车轴里抹。突然，他吃了一惊，大车底下攀着个灰头土脸、看不清面目的人！那人见谷山发现了自己，手脚一松，重重落地，将脸上的灰土一抹，露出的竟是一张长了一双胡椒小眼的瘦脸！王不易！原来索王爷在又一次试图逃出囚犯营的时候，让箭给射死了，王不易便在夜里悄悄攀上杜霄谷山的马车。大扇子看他可怜，便提议，既然这孩子命大逃出宁古塔，一路上四人结伴同行也有照应。

林子里月光溶溶。大扇子躺在草堆里，沉沉地睡着。王不易、杜霄靠着马车沉沉睡着。突然，大扇子听到什么动静惊醒，爬起身，悄悄向一旁的杂树林子走去。

她被眼前的情景吓了一跳。谷山光着上身，一只手紧抱着脑袋，一只手操着一根木棍，在重重地敲打着自己的裸背，边敲边满地打滚。大扇子失声惊呼："谷山！"

谷山似乎没听见，拼命抽打着自己，口里发出野兽般的喘气声。大扇子冲进林子，紧紧抱住谷山的手臂，大声喊问："谷山，你到底怎么了，告诉我啊！"谷山拼命挣扎，杜霄道："放开他！不然，他会死。"

待到谷山冷静下来，杜霄找来郎中，一只长满老斑的手在谷山的裸背上抚摸着，背上的伤疤层层叠叠，如同一张烤焦的面饼。老郎中收回手，长叹一声："是刚从宁古塔出来的吧？"大扇子和谷山相视一下，点了点头。

老郎中道："这就对了，出狱的囚犯常患二病，一是'囚瘟'，也就是时而身若火宅，时而身若冰窖，十日九发，只有服用'五石散'或许还有一救。二是'囚痛'，在牢里受刑过多，或棍刑，或鞭刑，不光伤筋动骨，还伤了五脏六腑，伤疤虽说愈合了，可只要碰上阴雨天，就会犯病，骨头就像用石臼在捣碎似的，非得用棍敲石撞才能逼退疼痛。此病一发，全身虚脱，大汗如浆，日子一久，人就废了。"

大扇子着急："这病能治么？"老郎中为难道："药是有，可只能治痛，不能治根。”谷山道：“只要能治痛就行！”

老郎中道：“实不敢瞒，这味药虽有镇痛奇效，可也会上瘾，服用久了，就戒不掉了。”大扇子道：“是不是芙蓉丸？”老郎中道：“你怎么知道？”

大扇子道：“早年，我在药书上读到过，此药用阿芙蓉膏半两，再添入冰片六钱、川续断四钱、半夏八钱、麻黄和独活各二钱，另加土鳖虫二十四只，煎熬成丸，可作三月之用。只是有人服上了瘾，要是不再服，那就比死还难受，真到了那时，即使是白刃加于前，虎豹逼于后，也视若无物，宁可俯首受死也非得服它一丸不可。”

谷山道：“要是得不到，有什么东西可替代此药？”

老郎中想了想：“那就只能吸食芙蓉膏了，也就是大烟。”

谷山道：“要是连大烟也找不到呢？”

一直沉默着的杜霄开了口：“别问了，我来告诉你吧！真到了那个绝处，犯瘾的人，十有八九会‘二吊’。”

谷山道：“‘二吊’？”

杜霄道：“就是不活了，男吊桑，女吊床。”

破庙里一堆篝火点燃着。谷山、大扇子、杜霄围火而坐，烤着玉米棒。

杜霄道：“这地是省界，我得和你们俩分手了，先回一趟江西，上杜家庄看看我哥去。”

大扇子抬起脸：“我也得走了，去江苏淮安，替我父亲查清当年受冤的真相。”

谷山一怔，将手里烤焦的玉米棒猛地往地上一扔：“你们都走了，那我上哪儿去？”杜霄道：“那两位司官不是说了吗，让你我回钱塘当皂隶。”谷山发怒：“当皂隶没事！就是当王八蛋我也认！可我……可我就是舍不得和我哥分手，也舍不得和老婆分手！”

杜霄道：“你放心，我会回钱塘找你。”

谷山道：“大扇子，你呢？你这一走，还会来找我吗？”

大扇子道：“这话我不敢说。要查我父亲十年前的旧案，会有风险，事能不能办成，人能不能活着，我心里真的没个底。”

谷山道：“那你就别去了！父亲已死，你就算是替他查明了冤情，给他立一百座一千座功臣牌坊，那又有何用？”

大扇子道：“人可以蒙冤，不能蒙耻。要替父亲洗刷耻辱，是我在坟前发过誓的，只要我活着，此事就一直会办下去。”

谷山近乎咆哮：“我和你一块儿做夫妻，你怎么就不愿意呢？”

大扇子看着谷山的脸：“‘夫妻’二字，这一路上我一直不敢开口。今日，我就把话说透，去淮安，还只是我该走的第一步，接下来我还得去好多地方，或许一年，或许三年五年，或许一辈子都在路上跑着了……我要是万一回不来，那就耽误了你谷山的终身大事……所以，有一样东西，我想让你收回。”

大扇子从怀里摸出那对石镯子，放到谷山面前：“谷山，这对镯子，是你的订婚之物，我给你留下。你迟早会想明白，我不合适做你的妻子。”

谷山震惊，一把抓起石镯：“你是在……赖婚？”大扇子道：“不是赖婚，是退婚。”谷山重声：“既然你不收，那我就扔了！”他抬起手，大吼一声，将镯子扔出去。就在镯子脱手的一瞬间，他的手腕被杜霄一把抓住。

杜霄道：“给我！你们俩在坟前拜堂，是我做的司仪。这司仪我还得再做一回！把手指松开！”

杜霄一把将双镯夺到手中，看了看，将一只递给大扇子，一只镯递给谷山。杜霄道：“双镯可以成单，两心不可背离。记住我的话吧！”他站了起来，背起自己的行李卷，头也不回地往庙门外走去。

谷山、大扇子站起身，看着杜霄离去的背影。大扇子将石镯套上手腕，也取过自己的行李卷背在肩上，拿起油纸雨伞。

谷山沮丧地道：“你真的……要走？”

大扇子点点头：“真的要走。”

谷山道：“连句话都不留了？”

大扇子想了想：“就留一句话吧：千万别碰芙蓉膏。”

谷山独坐在山岗上一块突兀的大石上。放眼看去，茫茫旷野上，两条八字形的土路伸向地平线。杜霄和大扇子的人影越走越远，渐渐消失不见。谷山把脑袋埋在双拳中，无比孤独。

王不易从大石后头走出来，怯怯地喊了声：“谷爷！”谷山抬起脸：“王不易？你没走？”王不易帮着谷山背上行李：“我无家可归，只能赖上你了！”

谷山从大石上站起：“两人做个伴，不累。走吧。”

王不易道：“不是两人，是三人。”

石后走出一个穿着大绿裤子大红袄的少女，身上背着的弓箭、大网和一只只鸟笼子，蹬着一双镶花边的皮靴子。人从石后蹦出来时身上挂着的捕鸟工具全都在稀里哗啦地晃荡。

少女歪着脸看着谷山，脸上挂着笑，一副既狐媚又天真的表情，眼里却是闪着捉摸不定的狡黠。在她的手里，竟然还攥着一支拭得铿亮的西洋小火铳！

谷山问王不易：“她是谁？”

少女道："别问他，问我！"

"你是谁？"

"我是小放生！本姑娘满天下到处跑着玩，饿了，吃百家饭；渴了，喝百山泉。没事了，捉几只鸟关笼里，见了个庙，就将鸟卖给烧香求佛的香客，再看着他们将鸟一只只地放生。明白了不，本姑娘就是江湖一游侠！"

"我说游侠，你是专靠卖鸟赚钱的？"

"钱为何物？我要是告诉你，本姑娘长这么大，口袋里没放过一个铜钱，本姑娘把卖鸟的钱全捐庙里了，要不，钱塘的明灯法师会给我起个'小放生'的法号么？"

"你是钱塘人？"

"人在江湖，不问来路。今日咱们走一块了，就是一家人！走吧，我跟着！"

谷山问道："我说过带上你了吗？"

"嘭"的一声，小放生手里的小火铳开了火，一枝树枝掉了下来。小放生将树枝拾起，扔给谷山。

小放生道："当拐棍用吧，过前头山谷，有一道悬崖，别掉下去了！"

一路火把在土道上奔行，马蹄嗒嗒。

户部山东清吏司郎中纪衡业领着一队骑兵，押着一队运赈粮的马车匆匆奔驶而来。一匹快马驰近，在纪衡业跟前停住。一个浑身是血的士兵滚下马鞍。

纪衡业一惊，急忙让人将士兵扶起："你是哪座兵营的？"

士兵口里喷着血："小的是……是诸城县官仓的库兵……"纪衡业一怔："库兵？那儿出什么事了？"士兵道："一群山匪听说官仓存有大宗粮食，来打劫了……弟兄们顶不住，派小的来讨……讨援兵……"

纪衡业震惊："来了多少山匪？"士兵道："少说有……有上百人！"纪衡业脸色顿变。押车的韩县丞低声道："纪大人，您不会不知，存在诸城官仓的这二千五百石皇粮，全是个虚数，官仓是空的！"纪衡业皱眉："这还用说，本官担心的就是这！"

韩县丞道："卑职以为，这是天赐良机！山匪前来劫仓，大人自可放任不问，等户部来人验仓之时，就说是仓场遭了匪劫，才成了一座空仓……"纪衡业狠声道："屁话！山匪要是打开了仓门，没见着一粒粮食，喧嚷起来，岂非一下就露了馅，咱们连补救的机会都没了？"韩县丞打起战来："这么说……咱们完了？"

纪衡业举起剑，对着骑在马上的十多个官兵大吼："横竖是个死，不怕死的跟我赴死去！"

马蹄声大作，纪衡业领着扔下粮车的士兵朝原路疾驰而去。粮车扔在了路边。

刘统勋正坐在马车里向着诸城山道的方向，焦急地等待着纪衡业的粮车，旁边琴衣和十来个士兵骑着马，不停地踱步。

琴衣道："按纪大人带来的口信，这会儿早该把粮食运到了。可怎么还没见到有粮车驶来？不会是出什么事了吧？"刘统勋道："别再干等，走，看看去！"刘统勋和琴衣带着十数个士兵，沿着山道迎了过去，在土路边上看到被扔在路边的粮车，却不见押送的士兵。刘统勋道："准是出事了！留下几人将粮车护住，剩下的跟我走！"

"诸城官仓"的大门外，一群山匪举着火把，嘶喊着，朝着门楼发起了又一轮冲杀。十来个守仓的库兵拼命抵挡。刀枪交迸。纪衡业领着十多个士兵赶到时，数十山匪正抱着大木头号叫着将大门轰开。纪衡业大怒："大胆匪徒！竟敢劫皇粮，是死到临头了！"

大门前，官兵与山匪混战成一团，死伤累累。两个山匪围上，纪衡业面前刀光一闪，一条胳膊被砍伤，鲜血飞溅。士兵扶起栽下马来的纪衡业，纪衡业忍着疼痛，紧捂着喷血的伤口，下令："关紧大门！任何人不准进仓！"

刘统勋和士兵马队快马赶到。士兵当即拍鞍入阵，与山匪厮杀起来。赤手空拳的琴衣一夹马腹，趁着马往前狂冲之时突然勒住马缰，马一声长嘶，蹬出的马蹄子不偏不倚踏在一柄砍刀的把手上。砍刀从地上高高弹起，在空中"唧唧"作响。琴衣凌空一把抓住砍刀，对着山匪冲杀过去。

刀枪绞杀成一团。

琴衣身手矫捷，与士兵和库兵前后夹击，一起左砍右杀。匪首拍鞍冲上，见到琴衣正背对着他，以为机会来了，狂号一声，在琴衣的背后举刀砍下。突然，他的脸一硬，一股污血从口里淌出。琴衣使出的拖刀计得逞，匪首中刀，跌马死去。众匪见首领已死，无心再恋战，呼啸一声四下逃遁，不一会就无影无踪了。官仓门前安静下来，士兵们纷纷勒马。

刘统勋下了马车，从车夫手中接过剑，掷给琴衣："你的刀法又有长进了！"琴衣抹去嘴角的血迹，一笑："在父亲跟前献丑了！"

刘统勋瘸着腿，走到纪衡业跟前，托起了他的身子。纪衡业道："刘大人……诸城粥厂的粮食……要不是遇上这些山匪，定能按时给您送到……让您担忧了……"刘统勋道："在路上已经见到了那几车赈粮，你就放心吧！纪部郎，你把诸城官仓保住了，为朝廷立了一功！好好养伤吧！"

库兵们在官仓外路边搬运尸体，清理杂物。韩县丞在与库兵交代着什么。刘统勋向韩县丞走去。

刘统勋道："韩县丞，听说咱们诸城官仓里还有二千五百石粮食？"韩县丞道："是，官仓里存放着的二千五百石粮食都是皇粮，等运河能行船走漕了，就得立马运往京城。”

琴衣道：“山东如此缺粮，没想到还有这么多粮食在仓里。父亲能不能先借用一些出来，送到各地粥厂去救急?”

韩县丞急忙抢过话头：“姑娘有所不知，按大清律，丢了一粒皇粮，那就是死罪，官仓的粮谁也不能动!”

显然，他的话是在说给刘统勋听。刘统勋道：“若是灾情再这么蔓延下去，必是民无活路，我这就回去给皇上写信，恳请将此官仓的皇粮改为赈粮，以济急用。走吧，粥厂在急等粮车呢。”刘统勋与韩县丞作别，匆匆离去。

韩县丞看着刘统勋远去的背影，脸上浮起惊恐的神色。

乾隆从宫中观象台上下来，铁弓南、梁诗正和几个官员紧随在后。

乾隆背着单手，脚步急促：“天象官告诉朕，近几个月，北方仍无大雨可降。若真是这样，山东的灾情就一日比一日更甚!”

铁弓南道：“山东赈灾已是十万火急!”梁诗正道：“刘统勋在信中说，可将存放在诸城官仓的二千五百石贡粮转为赈粮，以救万民于倒悬。臣以为……”

乾隆道：“不单是山东一地的事。户部要给朕一个什么说法，除了山东，其他灾省还该如何赈济?”

“皇上，今年全国至少有十二个省份是灾年。”铁弓南道，“臣等从户部的总账册上又细细归算了一番，发现各省官仓有一些未能及时解京的贡粮存放着，因各地清吏司的统计数字还没来得及呈报，尚不知到底还有多少，只有摸清这些贡粮的存仓实数，才能转贡粮为赈粮。”

“你们是说，尽快对各省的官仓普查一遍?”乾隆道。

梁诗正道：“正是，而且刻不容缓!”

乾隆想了想：“好吧，立即从六部官员中抽调一批干员派往各地，限期核实所存之粮，归总奏报后，按需向灾区火速赈放!”

东暖阁通红的炭盆边煨着一块块大卵石，孝贤皇后从田喜手中接过炭炉上烤烫的卵石暖袋，走到炕边，塞进被窝。乾隆披着暖袍，在椅上孤坐着，闭着眼睛，显然在打瞌睡。皇后轻轻退到一边，在椅上坐下。

西洋自鸣钟在一下一下地摆着钟锤。

乾隆忽然眼睛猛地睁开，被自己的短梦惊醒，脸上沁着冷汗。

皇后走到乾隆身边，不安地看着乾隆的脸：“皇上，您定是做梦了，看惊出了一脸汗珠子。”说着用帕子轻轻拭着乾隆脸上的汗珠。

乾隆目光发怔："朕梦见又有大臣下狱了……他们手里还举着……牢门的大钥匙……一个跟着一个，一眼望不到头……对了，朕还梦见了刘延清……"

皇后道："皇上，您这么惦着刘延清，依臣妾之见，派位大臣去趟山东看看他，不知能不能劝他重新回朝？"

乾隆目光一亮："皇后这主意好，朕就是这么想的！"

乾隆道："朕听人说，山东有两大奇事。一是，潍县夏日之林从来无蝉；二是，济南明湖之蛙从不鸣叫。你说，有林无蝉、有蛙不鸣，皇后可知这到底是什么缘故？"

皇后思忖一会儿："容微臣奏答：潍县无蝉可寻，是因为林中树少；明湖之蛙不鸣，是因为湖有响泉。"

乾隆脸上绽出了笑容："皇后实在聪明！不过，不知皇后是否知道朕为何会让你猜此二题么？"

皇后道："皇上是想借此两题告诉臣妾：皇上身边缺少良臣，一如潍县之树！刘统勋若能回朝辅弼圣上，有如明湖响泉！"

乾隆道："说得好！张六德，孙嘉淦到了吗？"

张六德道："在殿外候着了。"

乾隆兴奋道："快让他进来，朕要把刚才皇后说的话，再说一遍给他听听！让他尽快动身去山东，请回刘统勋！"

接了圣旨，孙嘉淦的远行宫闱马车和护卫已在整装待发。小齐儿手里捧着个缎面锦盒，喘着大气儿匆匆赶来，将锦盒双手捧给孙嘉淦："孙大人，娘娘前两日去了太医院，询问太医如何才能将刘统勋大人的腿疾治好，太医说，有一古法或许能行。娘娘听了格外高兴，就让造办处的公公连夜将这一古法给造了出来，放在这口锦盒里了。娘娘说，让孙大人将此盒带到山东，务必交到刘大人手中！"

孙嘉淦接过锦盒，高兴道："还挺沉的！回宫禀报娘娘，孙嘉淦不负娘娘重托！"将锦盒小心地在车里放妥当，下令，"上马！去山东诸城！"

身着铠甲的侍卫纷纷跨上马鞍。宫闱马车风驰电掣般地驰行。

穿着便袍的讷亲在花园剪着花枝。讷亲的贴身幕僚、京师巡捕五营参将潘八指匆匆进来。

潘八指道："中堂大人！孙嘉淦要去山东请回刘统勋了！"讷亲道："瞧你吃出这一头大汗，刘统勋是碗炸酱面么？"潘八指道："金殿验鸟这档子馊活，就是刘统勋出的点子，要是他真回来了，咱们……"

讷亲道："别说了，我能不懂么？看来，皇上是认定了死理儿，不把刘统勋这尊佛请来，就不成庙殿了。告知下去，本中堂也要在自个儿的庙殿里见见香客！"

第三章

铁靴子千里进朝堂　背棺材初心仍不改

落帆阁会议的前几日，高挂“果毅公府”匾额的讷亲府大门门首，停着一顶顶官轿。

讷亲的一群心腹官员端坐在厅堂太师椅上，看着坐在正首的讷亲。讷亲在厅里来回踱步数匝，站停道：“一口密折盒、十把大钥匙，犹如大鼓重擂，震得紫禁城落瓦纷纷。”

众大臣纷纷点头议论。讷亲起座：“不扰贪官，不得民安。民安不在，岂有国安？国安不存，岂有君安？君若不安，哪有臣安？只有将裕善、十大臣给毫不手软地杀了，才是顺了民意、安了君心、稳了臣营！”讷亲叹了口气，“今年圆明园的落帆阁会议，这一二日就得开了，你们之中有好多位是要赴会的。往落帆阁上一坐，若是只当个看戏的，还不如换身行头上戏馆去坐着嗑瓜子！”随后甩下一屋子的大臣，进了厅后的厢房。

大臣们看向潘八指，潘八指道：“今年此会之主旨，定然是如何处置二案。这次讷中堂找大家前来，讷中堂给各位一个尺寸，那就是‘杀’这个字，各位得同个嗓门给喊出来！”

落帆阁会议在冬日阳光闪着的刺目光晕下看似平静地开始了。大臣们脸色严肃地走在圆明园的甬道。偃伏在晴空下的圆明园恢宏壮丽。海晏堂阶下喷水池里，十二生肖兽首铜像在喷着水柱。一块黑底红字的御匾“落帆阁”挂在紧闭的紫红阁门上。

张六德道：“各位大臣！皇上有旨，各位进落帆阁之前，都将花翎顶戴摘下！”大臣们一惊，骚动起来，满脸狐疑地相互观望。讷亲一咬牙：“摘！”大臣们纷纷摘帽，搁在门边的长案上，落座。

乾隆扫视了一眼分坐两旁的大臣：“刚才，朕让你们摘去了大帽子才能进来。你们定是会想，身为大臣，摘大帽子那就是革职。其实，朕只是想告诉你们，摘帽的意思就是今日别把自己当成大臣，以便将此次‘北远会议’开得随意些，就当今日是跟朕聊聊家常。”

大臣们互相看着，松了一口气，绷紧着的脸终于有了笑容。

乾隆道：“今日，朕给各位一个字，一个‘官’字，让各位好好说一说当官是怎么回事?”

大臣们都低头沉默，谁也不敢第一个回话。

乾隆道：“你们都是些官居一品、二品的大臣，不会不知道，官怎么当。说错了，朕不责怪，更不惩罚。你们就轻轻松松地说话!”

大臣们齐声道：“臣等遵旨!”

乾隆道;“今日没有‘旨’，更不必‘遵’。君臣之间是在唠家常。”

张廷玉道：“那老臣就先来个信口胡言吧！方才在门外摘帽之时，老臣突然觉着，头顶的官帽这么一摘，头顶不是轻了，而是重了！重在热血涌顶，不得不去想一想，什么才是为官之德、为官之责、为官之难、为官之险、为官之惧!”

众臣纷纷点头。乾隆面露赞许之色。

讷亲接口道：“这五个‘官’字，其实是在说官员百态！咱们这些人，在做官之前，就开始学官话，走官步，入官学，读官版书，做官样文章！等好不容易做上了官呢，就打官腔，摆官架子，有人甚至做官商，缴官课，披甲为官军，嫖官妓，吃官宴，找官媒，听官戏，还有使官奴，行官法，坐官监，盖官印，执官帖，最终免不了下官牢！这小小一个‘官’字，无所不在，无时不在!”

乾隆频频点头。

梁诗正道：“早几年，我听刘统勋大人说过，有的人拼了命争官做官，有个‘六字诀’。”

“哦？真是刘延清说的么？好，说来听听!”乾隆道。

梁诗正道：“刘大人说，这六个字是：空——也就是空闲，有时间去锲而不舍地求官；钻——也就是钻营奔走，无孔不钻，有孔必钻；吹——也就是吹牛，什么场合都吹，不吹得七窍生烟不罢休；捧——也就是捧场，给自己、给上司、给亲朋好友捧场，只要有机会，什么都捧；恐——也就是恐吓，对下官、对百姓，甚至还要抓住同行的把柄，把同行恐吓得坐立不安，以便从中换取好处；送——也就是送礼，只要沾着个礼字，什么都敢送，轿子，屋子，银子，女子，补子，什么都送，就连官帽子也有人敢当礼品送！刘大人说的这六字诀，全在此了。”

众臣纷纷议声：“说得好！都概而全之了!”

唐思训道：“我也来放胆说几句！自从我当官之后，连我女儿都问我，做官是咋回事？我就告诉小妮子，这官啊，一做上，就清静不了，那些不想好好做官的人，整天跟唱大戏似的，说的全都是戏词儿。见了面，抱拳作拱，其实肚里没准就在骂着你的十八代祖宗！我这么一说，我那宝贝女儿倒说，那做官多好玩啊，天天有戏看！”

乾隆大笑道：“你女儿说得好。她叫什么？”唐思训心慌：“区区小女乡野之名，不敢玷污龙听！”乾隆道：“说来无妨。”唐思训提胆：“小女官名唐紫琪，外号小放生。”

大臣们再次被逗得哄堂大笑。

乾隆也笑起来：“那你就好好放她的生，别让她跟你学！”

唐思训急忙顿首，一脸认真：“臣领旨！”

邹子旺道：“我给唐大人接个茬吧。这做官哪，这么做着做着，总有一肚子话要说，回家给老婆孩说了，他们不信，也不愿听。那就有了两种去处。有一种人，就喜欢上外头找女人说去！还有一种人，就找自己的狐朋狗党，找个避人耳目的地方，把肚里的事，全端出来！这叫啥，这就叫结党营私！”

铁弓南冷声一笑，闭目不理。一时没人接话。

梁诗正见快冷场了，开口道：“邹大人说的这两种人，在咱们官场上比比皆是！可话说回来，他们不这么做，也没辙。他们身边有那么多把锁，那些朝堂要办的事都搁大箱子里，严严实实地锁着，让他们做官做得不踏实，想本分为官，又怕蒙在鼓里，连办差立功的机会也没了……所以，朝堂之事若是能件件像头顶上的明瓦似的透着亮，让为官者都能看明白、听明白、想明白，那么……”

张廷玉注意到乾隆的脸色在变，轻轻拱了下梁诗正，低声道：“舌头打个结。”梁诗正看了看乾隆的脸色，意识到什么，把底下的话咽了回去。

唐思训的近视眼没看清乾隆脸上的不悦，还在想借着话题表现一番，将膝盖一拍：“唉，这么窝囊地混着做官，官就做疲了，对朝廷也就越来越没指望了！官员要是对朝廷没了指望，他就得找出路啊，出路在哪，在银子上啊！这就是贪官的来路！……”

乾隆猛地打断唐思训的话：“朕怎么越听越离谱了？天下之治，众君子成之而不足，一小人败之而有余。你们议了这么多，句句都在刺痛着朕的心。你们是不是真的都明白了什么是为官之弊、什么是为政之要、什么是为国之难？”

众臣吓了一跳，急忙起身下跪，齐声道：“臣等明白了！”

乾隆道：“朕要的就是这‘明白’二字！好吧，今年的‘北远会议’开始吧！制治于未乱，保邦于未危。朝中出了裕善案和十大臣案，举国震惊。此次北远会议的主旨，就是要你们好好议一议，对这些人该如何处置？是宽是严，是留是斩，给朕拿出一个说法！”乾隆说完，站起向门外走去。

圆明园上空乌云推涌，突然下起了大雨。大雨如注，一片檐溜声。大雨连下了三日，北远会议也在雨帘中连开了三日。

三日之后，张廷玉与讷亲到养心殿西暖阁向乾隆禀报“远山会议”的结果。会议中歧见颇多，连张廷玉与讷亲都是各执一词。张廷玉主张施以严惩，但不可全杀，而讷亲则就一个字：“杀。”

乾隆听完，思绪沉沉。遣了张廷玉和讷亲，来到瀛台，想理一理思绪，恰遇皇后也在瀛台，二人便并肩漫步在亭台楼阁间。

乾隆心情沉重：“平日，朕来瀛台走走，图的是一日之清闲，可现在，朕心重如铅。历年的北远会议，都开得非常好，朕本指望今年的北远会议也能开出个好结果来，能将满朝文武都引归正道。可是，朕这回失望了。这也让朕想起了刘统勋当年说过的一句话：弯下腰来的，未必都是在收割粮食，还有卑躬屈膝的奴才。”

皇后道：“是啊，有些人对贪官污吏的宽容，甚至视恶而不见、惩恶而不坚，那才是大清国的危险所在。”

乾隆道：“朕之所以没有下旨斩了裕善和十大臣，并不是举刀而不忍，实在是为了让臣工们都能参与议案，从中得出教训，往后不再违政逆法。”

皇后道：“皇上的这番苦心，未必人人都能明白。或许还会有大臣以为皇上肃贪只是权宜之计，画了张虎皮吓唬一下人而已。更有甚者，或许还会有人这么私议：皇上打贪是在清君侧、除异己，立帝家之威。”

乾隆笑了笑：“皇后想得真细。倘若真是如此，他们就高看自己一眼了。误了一趟渡船，就没有下一条渡船了。”乾隆停了一会儿，叹了一口气，“唉！朕身边能得心应手的大臣越来越少，不知孙嘉淦到了山东，有没有将刘统勋给劝回。”

“刘统勋若是知道皇上此时的心境，哪怕爬也会爬来。危天下之臣不可不逐，安天下之臣不可不任。这句唐人的话，他以往是常挂在嘴边的。”皇后道。

乾隆道：“你给他送去了一只铁靴子，他真要是穿上了，想必他的这条残腿也就入史册了。”

令乾隆和皇后翘首以盼的刘统勋却正在诸城县城看一出好戏。

几日前，从京城赶来奉命查验官仓的户部主事侯祖本住进了诸城的“洪升客栈”。

客房的桌上摆着四碟炒菜、一壶烫酒。侯祖本正独自坐在桌旁，边喝酒边哼着小曲儿。忽然门声一响，手臂上扎着绑带的纪衡业披着一身雪花走进来。

在这雪夜的会面，纪衡业开门见山地告诉侯祖本，诸城官仓本就是个空仓，验不得。在侯祖本被吓出一身冷汗，断定纪衡业此次必死无疑的时候，纪衡业倒出六个银锭——三百两银子，将那个“死”字换成了“生”字。两人合力导演的一场验粮大戏，便在诸城县城，敲锣打鼓地上演了。

侯祖本收了那三百两银子之后，也无心喝酒了，在客栈住了几日，便做了几日的噩梦。终于挨到验粮当日，四杆火铳对着天空放响，诸城官仓大门外“嘭嘭嘭”冲天冒出一朵朵白烟。一支锣鼓唢呐队顶着风，吹打着喜庆乐曲。放铳的衙役齐声高喊：“山东诸城官仓今日验粮，万事大吉！”

临时搭起的“验粮台”上，搁着一张大桌子，正中并排坐上了侯祖本和纪衡业。韩县丞登台，在摆放着一大堆签牌的桌子跟前站定。一排大桌后头，十来个地方绅商依次走来，择位而坐。显然，他们是被请来监督验粮的。

侯祖本低声道：“后头这班人靠得住么？”纪衡业道：“他们都是地道的当地绅商，我要的就是借他们的眼睛。”

韩县丞在验粮台前双拳一抱，大声道：“诸城官仓今日奉旨验粮，已万事齐备，只等侯大人发验仓之令！”

侯祖本正襟危坐，重咳一声：“今日验仓，章程你知道么？”

韩县丞道：“知道！本仓有仓廒四十八座，分甲、乙、丙、丁四个仓场，为让仓粮粒粒见验，将仓粮全部运上马车，从甲仓开始运到这儿的验粮台来开验，依次到丁仓验完，每验完一车归仓一车，以保每粒粮食都在侯大人和各位绅商的法眼之中！”

侯祖本站起，对着身后的绅商抱拳相问：“各位大贾，这等验法，意下如何？”绅商们齐道：“此法甚好，甚好！”侯祖本道：“好，那咱们就一块睁大眼睛，替朝廷掌眼了！”

他回过身，坐回椅子，取过桌上的惊堂木，重重地一拍。侯祖本道：“开验！”锣鼓唢呐班子震天动地地吹奏起来。侯祖本威严地步下台去。

令纪衡业和侯祖本没有料到的是，这出喧闹的大戏也落入了明眼人的眼里。

谷山、小放生、王不易一行人，从宁古塔出来后，绕道诸城，来寻谷山的老师刘统勋，见诸城已然成了一座弥漫着死亡气息的空城。正纳闷时，却在路上看到一群士兵领着十来个穿着鲜亮马褂的绅商从横街走过。爱看戏的小放生按捺不住，拽着谷山和王不易跟上前来，正当了这出验粮大戏的观众。

验粮台边的锣鼓声突然停下，第一辆运粮的马车在大门外的围墙边拐出，向着验粮台驶来。车上，装满粮食的麻袋堆得高高的，赶车的车夫是个大麻子，执着长鞭，抽得啪啪响。

这辆马车后头，紧跟着四辆马车，车上也装满了粮袋。趴在墙头看大戏的三人露出头来。

王不易道：“看，来粮车了！”

谷山道：“来了几辆？”

小放生踮着脚看了一会儿：“像是有五辆！”

韩县丞高声唱报：“甲仓头车粮到，满车重二十石！验——！”

侯祖本走近第一辆马车，打量着鼓囊囊的粮袋。每个粮袋上都印着“诸城官仓”四个红字。侯祖本将大钎子往其中一个有隐秘标记的粮袋里一戳，抽出一看，是黄灿灿的谷粒。他闻了闻稻谷，又往嘴里扔了几粒，一嚼，嘎嘣响，满意地大声道：“大好稻谷！发签！”库官立即将一支竹签递出，韩县丞对着一排官绅一照，往马车上竖着的一根草柱子上一插。

韩县丞重声道：“甲仓头车验毕，入仓——！”

小放生道：“验仓原来是这么验的，真无趣！”

谷山皱着眉头：“验仓该是进到仓里去验，怎么把粮先装到车上，再运到大门外来验呢？”

谷山趴在墙头：“王不易，看出什么名堂来了么？”王不易道：“进去一辆又来一辆，就这名堂。”谷山道：“可这赶车的车夫难不成都是孪生兄弟？”

王不易道：“谷爷是说……”

谷山道：“已有五十多趟车进大门了，可赶车的只有五个人。那五辆车一进，最后头那个准是个大麻子，等五辆一过，这麻子又来了。”

小放生道：“这不奇怪，卸了车又装上车，就这么几个车夫在运粮。”谷山道：“可他们从大门进去，也没见着从大门出来。”王不易道：“对啊！这么一说，我也觉着纳闷了！”

王不易盯着看了一会儿道：“我也看清了！这么多辆车在往仓里运粮，其实只有五辆车，赶车的一个大麻子，一个大胡子，一个烧饼脸，一个塌鼻子，还有一个长得跟我有点像！”

小放生道：“你在给人看相？”

谷山道：“这五个人赶五辆车运二千五百石、共三十万斤粮食，这不能办到！除非，这五辆马车压根就没卸车，进了大门又从后门拐出来，再绕个圈，又回到了大门，藏下签牌又从后门绕出来！”说着起身道，“你们待在这儿，我去仓里看看！”说完，他翻过墙，趁着暗下来的天色，猫着腰朝官仓跑去。

谷山原本以为这个验粮的大日子，自己的老师刘统勋一定会出现，却未承想，验粮时没见着，官仓里没见着，却在诸城府的大牢里完成了师生二人时隔多年的再次见面。

原来，白天刘统勋乘着马车前来观看验粮时，被纪衡业安排的饥民缠住，耽搁了验粮的时辰，到时，验粮台上早已空无一人，便在城中打听了朝廷派来的验粮官住在何处，又踏着雪夜的淡淡月光向洪升客栈行去。

刘统勋下了马车，刚在客栈门口站定，突然，不远处“嘣”地响起了清脆的火铳声。正驾着马车的琴衣，听到火铳声，飞身下车，顺手从马车的辕杠夹缝里抽出了一把剑，几乎是眨眼间工夫就跃到近前，挺着剑，挡在刘统勋身前。

刘统勋道："别急，听听是哪儿来的动静。"琴衣侧耳一听，道："东边传过来的，像是火铳声。"话音未落，紧接着又是一声火铳响。

漫天大雪中，小放生边向后开着火铳，边和王不易奔跑着过来。两人身后，一群执着刀枪的士兵紧追不舍。

小放生靠在客栈的门边，对着追兵又开了一铳。王不易掀起棉衣，露出腰间的一个布口袋，往里掏出一把野核桃，对着追兵掷去。两个追兵被野核桃砸中，滑倒在地。

琴衣"嗖"的一声将剑挥出去，横在了小放生和王不易面前。

小放生打量着琴衣："你是谁?"琴衣道："你，把火铳放下！你，把手里的核桃也放下！刘统勋大人在此，谁也不得造次。"小放生和王不易看着剑，无奈地将手垂下。

刘统勋道："琴衣，去告诉追来的士兵，让他们也把刀枪放下。"琴衣将剑指向追兵，重声道："刘大人在这儿，把刀枪放下！"

刘统勋问士兵："为何追杀这两人?"士兵道："这两人私闯官仓！对了，他们还有一个同伙进仓去了，已被捉拿！"小放生跳起来："你们敢捉拿谷爷?"

刘统勋道："谷爷是谁?"小放生道："谷爷是从宁古塔回钱塘的爷！"刘统勋眼皮一跳："他叫谷山，对么?"王不易吃惊："对啊！莫非您认识他?"

刘统勋脸上露出一丝笑容，很快就敛去了。

小放生道："你真要是认识谷爷，就帮着去把他给救出来！"刘统勋道："你这个小丫头，怎么称呼?"小放生道："我外号小放生，官名唐紫琪，管我叫小放生就行！"

刘统勋道："要是我没猜错，你是浙江巡抚唐思训的女儿。"小放生深感意外："你怎么知道?"刘统勋道："我和你父亲曾经同朝为官，当然知道他有一个天不怕地不怕、外号叫'小放生'的野丫头。"王不易吃惊："小放生！你……你是巡抚大人的千金?"小放生道："没你的事——我说这位爷，要是我没猜错，你就是刘统勋大人，谷山的老师！既然刘大人是谷山的老师，学生有难，总不会不救吧？不然，你就不是我父亲的同……同什么来着？同僚！"

刘统勋没说话，一瘸一拐地朝一旁的士兵走去，"告诉我，是谁把谷山给抓了?"

士兵道："小的只是奉纪部郎之命，别的就不知道了。"

刘统勋吃惊："这么说，抓谷山的是纪衡业?"

刘统勋一行人快马加鞭，赶到诸城官仓的时候，韩县丞正挥着马鞭子狠狠地抽打着被捆在柱子上的谷山。案桌旁坐着纪衡业和几个随行官员。韩县丞道："说！你是哪来的？为何私闯官仓?"谷山咬着牙关不作声。鞭声呼啸。

纪衡业看到进来的刘统勋，先是一惊，示意韩县丞停鞭。

刘统勋看见谷山血淋淋地被绑在柱上，暗暗皱眉。纪衡业急忙行礼："刘大人，什么事把您给惊动了?"谷山抬起脸，震惊地看着刘统勋，双目圆睁："老师！我是谷山!”他绝对没有想到，竟会在这样的地方见到自己的老师!

刘统勋没理会谷山，问纪衡业：“纪大人，手臂上的伤如何了?”纪衡业道：“好多了。刚才那儿一碰，又在淌血。”

刘统勋道：“琴衣，带着伤药么?给纪大人一瓶。”琴衣取出一只小瓷瓶，递给纪衡业。

刘统勋道：“纪大人，把谷山交给我吧。他曾是我的学生。如今不管他犯下何罪，我都有脱不了的干系，容我把他带回去，细细盘问。”纪衡业一脸为难：“这……”刘统勋道：“看来，你让韩县丞抽鞭子还没抽够，还想着再抽。那好吧，干脆将师生俩都绑柱子上，一块儿受鞭吧。”

纪衡业道：“卑职不敢！——将谷山放了，让刘大人带走!”韩县丞着急，一语双关道：“纪大人！若是放了他，朝廷追究下来，怎么办?”纪衡业瞪起了怒眼：“由我顶着！放了他!”

韩县丞无奈，铁着脸给谷山松了绑。

谷山抹去脸上的血迹，在刘统勋跟前跪下，抱拳一拱：“谷山见过恩师刘大人!”刘统勋从椅上站起，冷冷道：“大湖里不死，死在尿壶里，不值!”

琴衣把马车赶到谷仓门口，刘统勋、谷山、小放生和王不易坐上了马车，车上的“刘”字灯笼在风雪中摇晃。

谷山的脸上还在淌血，他边擦拭边包扎着。刘统勋道：“说吧，怎么回事?”

谷山道：“我看出那些马车不像是在验粮，就趁着他们还没把灯笼点亮，翻过断墙，跑了过去。”

刘统勋拢着袖，闭眼听着。

谷山慢慢回忆着：

借着越来越浓重的夜色，谷山东躲西藏地向一辆正在领签的马车跑去。谷山钻到车底下，趁着车夫和库兵不备，抓住了车杠。车夫领了签，马车向大门内驶去。谷山凌空挂在车底，随着马车一起进了大门。

车轮转动，根本就没有停下。马车没有去仓廒，而是径直往官仓的后门驶去，马车轮子碾过一条满是泥浆的小道，驶出了后门。灯笼已经点起，从后门驶出来的马车径直奔向大门。

谷山看明白了，这五辆运粮车没有进仓运粮、卸粮，原封不动地在大门和后门之间来回绕着圈，每绕一回，取一支粮食进仓的签牌……

马车在官仓大门前停下，等着“验收”领签。谷山从车底下朝外望去，借着灯笼的光亮，验粮台前的每个人的嘴脸都被他看得清清楚楚。马车在韩县丞的大声唱牌声中又驶进大门。

谷山透过车板栓，用力扳下一小块木茬，扎了一下车上的粮袋，流出来的全都是沙子！

在这些绕圈马车上，粮袋里装着的竟然不是稻谷，而是沙子！谷山突然想到，这座诸城官仓会不会是座空仓？谷山朝仓廒跑去。

谷山把四大仓场都查看了一遍，没有一座仓廒不是空的！谷山明白过来，今晚他遇上的是大清国一桩骇人听闻的空仓案！

马车内，谷山已包扎完额头上的绑带，道："说完了。"刘统勋道："谷山，你说那粮袋里面装着的不是稻谷，是沙子？"谷山道："是沙子。"

刘统勋撈起车帘，对着琴衣重声吩咐："马车掉头，回官仓！"

是夜，都察院审房里肩头戴着重枷的十大臣的脑袋都架在了虎头铡下。十个院吏蹲着马步，双手紧扶着铡刀的刀把，等待讷亲下令开铡。一旁的张廷玉闭上了眼。

讷亲扫视一圈躺地上的十大臣，脸又浮起冷笑："本中堂最后说一遍，眼下你们将还没交代的事都交代出来，那还来得及，若是执迷不悟，想把那些见不得人的事藏在肚里沤屎，本中堂就手不留情了！"

张廷玉复又睁眼，低声："讷中堂……这可是玩真的？"

讷亲也低声："张大人少安毋躁。"

铡刀下，十大臣紧闭上眼睛，牙关咬得铁紧。

讷亲回脸继续望向十大臣："把你们的狗眼睁开，本中堂这就把一只手给抬起来，我问一句，你们就答一句，要是答错了，本中堂将手往下一沉，你们的脑袋就不在脖子上了！"

十大臣将眼睛睁开，看向讷亲的手。讷亲的一只戴着玉扳指的手缓缓地抬起。张廷玉的心一下悬起。讷亲近乎于咆哮："这是你们最后的机会，把实话拉破嗓子给喊出来，喊得越响越好！还有隐瞒的么?!"

十大臣在铡刀底下迸力暴喊："没了——!!!"

紫禁城夜空中，传响着十大臣的暴喊声："没了——!"

余音不绝。

火盆掉着火星。讷亲那只举在半空的手曲动着手指。

张廷玉的眼睛盯着这只手，紧张得喘不过气来。躺在铡刀下的十个大臣个个脸色惨白，像恶鬼似的喘着气，全都瞪大着眼，看着讷亲的这只手。讷亲的手突然往上一摆，重声道："松铡!"

十个院吏将铡刀松开。十大臣大汗淋漓，瘫成了一地。张廷玉也长长松了一口气。

第二天，讷亲、张廷玉跪伏在养心殿西暖阁地砖上。乾隆背着手站在窗前，沉默着站了许久道："如此说来，该招的，他们都招了？"二大臣齐声："都招了！"

乾隆猛地转过身来，目光凌厉："告知三法司，不要再拖了，尽快结案，朕要批斩立决！"

紫禁城里的滔天大案在养心殿西暖阁画上了句点，可乾隆心里的波涛却并未平息，他翘首以盼的刘统勋也正像他期望的那样，穿着铁靴子向京城进发。

当孙嘉淦的马车和护卫骑兵奔入诸城时，雪已稀落下来，晶晶莹莹地在阳光下闪动。

城门前的雪路旁，谷山、小放生、王不易三人在等着和刘统勋告别。孙嘉淦的官闱马车和刘统勋的马车从城门洞中驶出。大队侍卫拱护两侧，蹄声如雷。在刘统勋的马车后头，拖着一副大轮子车架，车架上搁着一具大红棺材——这是十年前刘统勋治理天下粮仓时带在身边的那副红棺。

马车队伍停下。琴衣打开车门，扶着刘统勋从车里下来。谷山震惊地看到，刘统勋迈下车的一条残腿上，穿着的竟然是一只乌亮的铁靴子！

谷山道："老师，您怎么穿上铁靴子了？"刘统勋道："是皇后娘娘托孙大人送来的，说是穿上它，我这条残腿或许就有治了。试试吧，这十来斤熟铁真要是能把弯曲的腿骨给吊直，那就万幸了。你回到钱塘后，别忘了自己的身份，尽快找到当年钱塘决堤的实情。要是有了新的发现，上京来告诉我！"谷山道："学生记住老师的话了！老师，学生还有一事相求。学生在宁古塔八年，见过不少在那儿服刑的罪臣，可据学生所知，他们之中有不少是冤臣！"

刘统勋道："臣有三类：功臣、罪臣、冤臣，古来如此。朝廷每隔数年就会抽查旧案复审，真是受冤了，当会开释。"

谷山道："学生说的冤臣，已经是无法再开释了。"刘统勋道："哦？"谷山道："他们都已死在宁古塔。"刘统勋道："举例说来。"谷山道："刑部律例馆纂修官周伏天。"

刘统勋道："周伏天的案子，是雍正皇帝御批的，至今为止，还没有人敢翻先皇定下的铁案。"谷山道："这么说，就算为周伏天找到了无罪的证据，也是白费？"刘统勋拍拍谷山的肩："先把你和杜霄的案子洗清了再说吧。"

谷山茫然地点了点头。

刘统勋拖着左腿上那只沉重的铁靴，上了马车，车刚要动，刘统勋又探出脸来。刘统勋道："谷山，你为何专提周伏天的案子？"谷山道："我娶了周伏天的女儿大扇子。"刘统勋道："这么说，你是这位大清律纂修官的女婿了？"低头沉默了一会儿说道，"告诉你妻子一句话：父有冤，女来申！"

谷山、小放生、王不易站在路边雪坡顶上，默送着马车远去。谷山道："走吧，去钱塘。"

刘统勋的马车跟随孙嘉淦的车队驶在大路上。琴衣远远地看到前面路中间跪着一个人，吆马放慢车速。

琴衣大声道："父亲，前面好像跪着一个人。"刘统勋从窗里探出头吃了一惊。

跪着的是个官员，额头上盘着一根花白辫子，戴着一副大枷板。

刘统勋失声："纪衡业?！你不是逃跑了么？为何又显了身跪在这儿，非要我带你去京城?"

纪衡业淌着泪水："诸城官仓的事，您都知道了，又见您从官仓带走了一袋沙子，卑职虽然逃跑，可也知道自己定然难逃一死。既然早晚会掉头，还不如我自个儿把脑袋递给皇上。死意已定，心里再无牵挂，我给自己戴上了这副三十六斤五两重的枷板，跪在这，来求您将我一同捎走。"

他说得泪水涟涟，不停地摇着头。

刘统勋沉默了一会儿："纪部郎，你能自个儿戴枷归案，说明你天良未泯。我知道，要将诸城这么大一座官仓弄成空仓，光凭你一个人办不到。告诉我，是谁指使你这么干的?"

纪衡业不再犹豫："山东巡抚萨哈谅！"

刘统勋眉头一跳："萨哈谅？他是验鸟案中下狱的十大臣之一，难道他早在干这种欺瞒朝廷的事了?"

纪衡业道："干了三五年了。不光诸城的官仓是空仓，临清和滕州的官仓也是空的！"

"果然不出所料！我问你，你明知道朝廷查仓之后，就会将仓里的贡粮转为赈粮，若是仓中无粮，此事立马就会穿帮，为何还要演这么一出马车绕仓的大戏?"刘统勋道。

"户部要查仓的通知下到清吏司后，我越想越害怕，就拿出了自己历年的俸禄和侵贪的银两，还将一帮狐朋狗党平日侵贪的赃银给逼出了三千两，派人上两广买回二千五百石粮食，只等着补进仓去。"纪衡业道："可没想到，戏一开场就演砸了……"

刘统勋一震，急道："从两广买下的粮食运到哪了?"

纪衡业道："我已收到急报，粮食不日就能运到山东！对了，我戴枷见您之前，已将一切安排妥当，等粮食一到，不再进仓了，立马就给各座粥厂送去！"

刘统勋长长松了口气："干得好……在这件事上，你干得好！"他撩起帘子，看着外面碧蓝的天空，又深深地看着纪衡业，"能告诉我么，你为何会在这节骨眼上一梦惊醒，想着将功赎罪?"

纪衡业道："裕善出事了，十大臣出事了，他们这些事儿不都出在一个'粮'字上么？连他们都瞒不过皇上的眼睛，我纪衡业身为督粮的区区户部郎中，能瞒得过去么？与其被揪出来，还不如自己站出来，扛下这个罪，也好给子孙积点德，自个儿在来生也有个好的投胎。"

刘统勋道："你这番话，在三法司审理此案时，我会替你作证。你刚才说，山东不光是诸城空仓，还有不少府县也有空仓，户部隶下的属员还有一大帮贪官污吏？"

纪衡业苦笑着摇摇头："我是罪有应得，知道会有个什么下场，谁也救不了我。这些年，裕善对各省户部清吏司疏于管束。官员与地方商绅相互勾结，像蝗虫一般能吃则吃，全然不将朝廷放在眼里，更不将天下百姓的生计放在眼里！"

刘统勋道："你把粮食补了回来，或许能免于一死。可那帮大大小小的贪官污吏或许不会去想，他们这一窝窝蛀虫不除不剪，会给大清国留下多大的祸害！"刘统勋说完，便闭上眼睛不再说话。

在颠簸的土路上，马车扬起的诸城尘土，也跟随马车一同驶向京城。刘统勋那辆拖着大红棺材的马车驶入城门的时候，京城雷声隆隆，大雨瓢泼。

十多个荷着刀枪的士兵守卫在京城刑场大门两侧。刘统勋和孙嘉淦的车队驶来，被士兵拦住。士兵道："这路不通了，换道吧！"孙嘉淦从车窗里探出脸来，边咳边大声问："这儿不是刑场么，怎么回事？"士兵急忙行礼："回大人话，皇上批了斩立决，这几日就要将十大臣押这儿来开斩。小的们奉令在加固刑场的行刑台和观斩台。"孙嘉淦眉头一紧。

刘统勋道："搭了这么大一个观斩台，看来这场开斩气势不小啊。"孙嘉淦想着什么："难道十大臣的案子就审清了？"刘统勋开玩笑："你以为缺了你这位刑部尚书，就办不成事了么？皇上是要快刀斩乱麻，尽快收拾民心，重整朝纲。锡公，这是好事啊！"

孙嘉淦也笑起来："是啊，十恶不除，天下难宁。等开斩那天，我和你再来此地。"车队掉过头，朝另一条路疾驶而去。

打在京城的青石板路上的雨珠渐渐变得轻柔，流在养心殿的飞檐上的雨滴也断断续续，下得闲适。乾隆正陪着皇后看书，张六德满脸喜色地快步走进来，跪下道："奴才张六德给皇上请安！"乾隆道："张六德，你嗓子眼里透着个喜字，朕听出来了。"张六德道："主子爷，今日打了两晌的冬雷，下了那么大一场透雨，刚才娘娘还问这老天爷给下的是不是喜讯，这会儿，奴才替主子捎话来了：刘统勋已从山东赶来，此时正在午门外等候传见！"

乾隆脸露惊喜之色："好啊！孙嘉淦果然把他请来了！备辇！朕和皇后一块儿去午门迎他！"

正门轰轰隆隆地打开，穿着一身青色土棉袄、戴着一顶瓦片帽、蓄着连腮胡子、穿着一只铁靴的刘统勋肩膀一高一低地站在自己的那具大红棺材旁。

张六德快步奔了过来，大声道："刘统勋接旨！"刘统勋一撩袍子，扶着棺材，艰难地跪下。张六德展开旨轴，宣旨："闻大学士刘统勋半夜回朝，朕与皇后亲赴午门相迎。钦此！"张六德伸手去扶刘统勋："刘大人平身！您瞧，皇上、皇后来了！"

刘统勋站起，抬眼看去，震惊。高高的正门洞里，两辆辇车停下，乾隆和皇后步下辇，一前一后疾步向刘统勋走来。乾隆道：“延清，你让朕好等啊！”皇后道：“刘大人路途劳顿，辛苦了！”

乾隆和皇后的声音从门洞里传出来，像空谷传音。刘统勋瘸着腿，趋步迎向乾隆。他在乾隆面前刚要下跪，被乾隆一把扶住道：“只要你回来，可见朕不跪，上朝之时可摘帽代跪！刘爱卿，大老远的给朕带什么来了？”

刘统勋道：“微臣带来了三样东西。一是给自己带来一副棺材；二是给刑部大狱带来一个犯官；三是给皇上带来一个不好的消息。”

皇后微笑着：“这三句话，也只有从刘大人的口里能听到。”

乾隆的目光落在刘统勋的铁靴子上，弯下腰，用手指在铁靴子上弹了一下，发出“铛”的一声铮响。乾隆道：“你少说了一样东西，那就是皇后送你的这只铁蹄子！”刘统勋道：“延清在此谢过娘娘了！”

皇后道：“送你这只铁靴，一是为治你的腿疾，二是替皇上传一句话予你：行路之时，脚下要有战马之声！”

刘统勋道：“行路之时，脚下要有战马之声！娘娘、皇上，刘统勋记住这句话了！”

乾隆道：“明日早朝，朕就想听听这只铁蹄子是如何上殿的！走，看看你的那口棺材去，几年不见，朕还念着它。”

刘统勋陪乾隆、孝贤走向棺材。候立在马车旁的琴衣急忙跪下。乾隆道：“这是何人？”刘统勋道：“从山东带来的义女，名叫琴衣。”皇后看着琴衣，笑着：“姑娘，你能认刘大人为父，定有一番来历吧？”

琴衣道：“回皇上话，小女子八岁的时候，父亲死了，母亲也病故了，成了孤女。有一天，刘大人来到我家，将我收为了义女，从此以后，刘大人就待我像亲生女儿一般。等我长到十三岁，刘大人就把我送到了京师健锐营，跟着大内武师习武数年。如今，小女子既是刘大人的女儿，也是马夫，危难之时，还是侍卫！”

乾隆点头：“嗯，好一段父女佳话！琴衣姑娘，刘大人能将你收留在身边，当他的女儿，是你的造化，好好侍奉这位腿残的老父亲吧，这是朕的旨意！”

琴衣道：“琴衣遵旨！”

乾隆走近大红棺材，在棺身上拍了拍：“延清啊，朕记得，乾隆元年的时候，朕差点因为那幅《千里饿殍图》让你躺进这口棺材去。此后，你人到哪，棺材就跟到哪，你是在借着棺材告诉世人，你刘统勋是铁着心要替朕干出一番大事来，哪怕是死，也在所不辞。”

刘统勋道：“微臣又把棺材给带回来了，那就是说，微臣初衷不改。”

乾隆道：“朕要的就是‘初衷不改’这句话！”

第四章

京城中风起并云涌　杜家庄天翻与地覆

从紫禁城出来，穿着铁靴的刘统勋叫上戴着枷板的纪衡业，两人踏着晨曦，叮叮当当地慢慢地走到京城一家有名的汤池。

早晨汤池没有人，两人脱掉枷板和铁靴，温暖的汤池水，熨帖了紧张的皮肤和神经。

刘统勋道："好好泡一泡身子，若是我没说错，这是你纪衡业此生最后一次泡澡了。闭上眼，把脑袋浸在池子里，出出汗，活活经络，好戴上枷板去刑部大狱。"

纪衡业在雾气里仰着脸："刘大人，我想请求上朝奏述诸城空仓案时，让我亲自把那袋沙子扛到殿上去。案子是我犯下的，我得将罪证扛着。再说，我若能上殿，就能对百官们说一句话，这句话就是……"刘统勋一抬手："这句话留到上殿的时候再说吧。"纪衡业道："刘大人愿成全我？"

刘统勋把一块布巾递上："好好洗净身子，等会儿再让剃头匠给剃个头，将满脸胡子也刮了。还是那句老话：剃剃头、刮刮脸，有点晦气也不显。若是有来生，再干干净净做官吧。"纪衡业泪流满面。为了不让刘统勋看见，他把脑袋泡进了热水中。

洗净一身的尘土之后，纪衡业穿好衣服，又重新戴上枷板，跟在刘统勋身后走出澡堂子，从袖里取出一张纸片，双手递给刘统勋："这是罪官在来京的路上写下的名单，我所知道的那些在户部清吏司的贪官污吏，全都在纸片上了！"

刘统勋接过纸看了看，收入袖中："这张纸，或许能换你不死。你放心，我会提请三法司慎重审理此案！"纪衡业苦笑着摇头："我这是在赎罪，谁也不必为我脱罪。"

次日清晨，大雨后的紫禁城皇城浮着一层水雾。乾清宫内，凛冽的寒风中传来

“啪啪啪”的上朝鸣鞭声。阳光似乎是被鞭子抽打出来的，在云缝间渐渐射下一道道淡黄色的金线。

众臣进殿，列班，乾清宫正殿一片异样的沉默。乾隆扫视一会儿众臣，目光落在刘统勋身上：“刘统勋，你这一路走来的时候，朕老远就听到你的铁蹄子底下传来了金戈铁马之声！朕好久没有听到这种响声了！”

刘统勋道：“皇上这是在告诫微臣，沙场之马该如何效力！”乾隆笑了笑：“说得好！”讷亲的眉头暗暗拧了一下。

殿前太监在大门外鸣鞭，众臣下跪。

刘统勋扶着残腿，痛苦地跪下。

乾隆道：“朕不是恩准你免跪么，你怎么也跪下了？”刘统勋的腿痛得直冒冷汗：“微臣若是哪天挺不过了，再恳求皇上免跪吧。”众臣对着端坐在须弥座上的乾隆山呼：“臣等恭叩皇上金安！皇上万岁！万万岁！”乾隆道：“都平身吧。”

众臣从地上爬起。刘统勋硬撑了几次，没把残腿给撑起来。讷亲嘴角露出一丝嘲笑。跪在一旁的梁诗正急忙将刘统勋扶起。

梁诗正低声道：“刘大人能回来，大清国有望了！”唐思训眼睛放着光，把手伸向刘统勋：“刘大人可回来了！”刘统勋与唐思训握了握手，用力摇了摇。唐思训低声道：“尽在不言中！”刘统勋也低声：“昨日回来，还没来得及拜望二位大臣，今晚上咱们聚聚。”

乾隆朗声：“昨日，天公打下了大雷，而且还打了好一阵子，乾清门的殿瓦落下了一大堆，听说太和殿的日晷也震裂了。朕心里很不踏实，找来了天象书看了看，看到里头有这么一句话：‘冬日雷，遍地贼。’这意思就是，朕的大清国并不太平，朕的身边到处有贼人。细想之下，这话也对，把爪子伸进军机处的裕善是贼人么？一把金剪子剪出的十大臣是贼人么？都是大清国的贼人。朕在书上还看到了另一句话，那就是：‘雷打冬，十个牛栏九个空。’也就是说，这冬天的大雷在提醒朕，在朕的面前有一个‘空’字！”

众臣脸色紧张，都屏住了呼吸。

刘统勋的脸色却格外的平静。

乾隆道：“裕善和十大臣这帮子贼人，如今都已下了狱，‘遍地是贼’这句话，今日就暂且不议。贼人之外，那就是‘牛栏之空’了。好吧，朕和各位臣工一块儿来议议，这个‘空’字到底是怎么回事？有谁愿意来回答朕？”

一直在瞅着机会说话的张廷玉见时机已到，迫不及待地出列：“老臣以为，出了裕善和十大臣巨案后，又陆续将涉案的犯官揪出了一大批，皇上身边的可用之臣已是空了不少，这个‘空’字，正是应了此意。”

不少大臣点头附声："对，对!"

讷亲听出乾隆是要为刘统勋的出场打开场锣鼓，也抢着表态："在皇上身边，虽然可用之臣'空'了，可刘统勋大人回来了，足以以一当十，填补这个'空'缺!"

刘统勋声色不动，静静地听着。

张廷玉急忙开口："对！空缺一补，那就实了!"

乾隆道："你们说的都没错，刘统勋回朝，填补了这个'空'字。可你们或许不会想到，刘统勋昨夜在见朕的时候，也给朕带来了一个'空'字！这个字，逼着朕一夜未眠，眼睛一直睁到天明！这会儿，朕要是告诉你们，这个'空'字就是一出戏，一出名叫《空城计》的戏，你们都会信么?"

殿上鸦雀无声。

乾隆道："这出《空城计》是怎么唱的，刘统勋，你来告诉各位!"刘统勋出列，铁靴声在殿上"咚"的一声大响。众臣一惊，回脸看着刘统勋。刘统勋道："我想借一把算盘用用，谁有?"

众臣不明其意，怔然。

刘统勋看向梁诗正："梁大人，你在户部有'铁算盘'之称，那我就借你一用吧。你说，入库的运粮马车，每辆车能装多少粮食?"

梁诗正道："粮食入仓，每袋一石，每辆马车能装粮食二十袋，也就是说，一车粮合计为二十石。"刘统勋道："好！一辆马车能运二十石，那么二千五百石粮食得装几辆马车?"梁诗正道："得用一百二十五辆马车来装。"

刘统勋道："大家都听明白了，要将二千五百石粮食从仓廒里抬出来，搁上马车，等验粮官验过以后再运回仓去，至少就得装一百二十五回马车。我这么算，对不对?"众大臣道："对!"

铁弓南低声问张廷玉："他怎么当真像是上了沙场?"

张六德站在乾隆身边，对着殿上重喝一声："安静!"

殿上安静下来。

刘统勋道："有一座官仓，存粮二千五百石，朝廷派官员下去验仓，那些仓官们便开始劳师动众，将仓廒里的这二千五百石粮食全抬了出来，搁马车上，赶着车来到验粮官的面前重验一遍，这合情合理么？当然合情合理。可是，要是我告诉各位，本该用一百二十五辆马车才能装下的粮食，只用五辆马车就装下了，你们信么?"

大臣们议论起来。

刘统勋道："你们当然会信，一辆马车要是装二十五回，那么，五辆马车装上一百二十五回，二千五百石粮食就运全了。梁大人，我这么算账，有错么?"梁诗正道："没错。"

“可是，要是我再告诉你们，这五辆马车只是装了二十袋粮，在整个验粮之时再也没有装过车和卸过车，就把二千五百石粮食都运了一遍，你们信么?”刘统勋道。

大臣们又议论起来，纷纷摇头：“不信，不信!”

“若按刘大人的说法，这五辆马车上，只有一百石粮食!”梁诗正道。

刘统勋道：“对，只有一百石。我纳闷的是，一百石粮食能变成二千五百石粮食吗？如果我说能变，恐怕这儿的每位大臣谁都会笑话我；如果我说不能变，这儿也有一个人会笑话我。这个人是谁呢，是铁弓南大人。”

就像一瓢冷水泼进了油锅，大殿上顿时炸了起来，臣工们纷纷议论，都把脸转向铁弓南。讷亲眯缝着眼睛，默默地观察着各个大臣的表情。

铁弓南怔愣了一会儿，忽然哈哈大笑：“我还能笑出来，是因为我记起了乾隆元年那会儿的一件事！那天，刘延清就站在这块地砖上，抬进了一座粮仓，给咱们这些大臣们演了一出河南的‘空仓计’。那时的情景，想必各位都还历历在目！实在说，我对刘大人肃贪正纲的勇气佩服之至，不仅如此，还时常提醒户部的司官们，粮仓就是生死场，谁不想活了，谁就上粮仓造假去！七八年下来，据我所知，户部没一个司官敢在粮仓上再做手脚的！不单如此，连各省州县的粮道官员也噤若寒蝉，都将这个生死牌举在头顶，从不敢轻慢！甚至连户部尚书裕善这么一个贪得无厌的大蛀虫，他敢染指的也只是帑银，只是田产，而不是粮仓！刘大人，我说这么一番话，你不会不懂我的意思吧?”

刘统勋道：“这么说，铁大人是不会笑话我不能将一百石粮食变成二千五百石粮食喽?”铁弓南道：“刘大人，在皇上跟前，有你这么开玩笑的么?”

两人对视，都“嘿嘿嘿”地笑起来。讷亲摸着下巴，也笑出了声。刘统勋道：“开玩笑，我不敢；开杀戒，我敢！一百石粮食要是变不出二千五百石粮食，那就是某些人的万幸；如果一百石粮食变得出二千五百石粮食，那就是某些人的万劫，这个杀戒谁也逃不了!”

铁弓南脸色顿变：“刘大人，你一回朝堂就吃上了我，是么?”

刘统勋道：“不是吃，是吐！你得和我一样，一吐为快！当然，我知道你铁大人不会蠢到教别人如何去变把戏，也更知道你压根就没想到诸城官仓的二千五百石粮食在别人的手指上玩得滴溜溜地打转。我只是在告诉你，如果不是你的失误，就不会发生这种骇人听闻的事!”

“听明白了，你说的就是山东诸城那二千五百石贡粮?”铁弓南道。刘统勋道：“看来，你还是记起来了！当着皇上和众臣的面，请你把这二千五百石粮食为何没有运到京城来的事讲个明白!”

铁弓南道：“京通二地的仓廒年久失修，这两年，正在一座一座地修缮，各省每年的贡粮若是全都运到，只能搁在露天。为不损耗山东的这批好粮，我拜托山东巡抚萨哈谅，将诸城的二千五百石粮食暂存在官仓中，待来年京通二地仓廒修成之后，再一并解到。好了，我该说的都说完了，信不信由你！”

刘统勋道：“铁大人所说当然句句是实，可我还是要问你，你把这大宗的粮食存放在诸城，可曾派人去看过？”

铁弓南语塞。

刘统勋道：“你哪怕是派一位司官去过那里，就不会再冒出一百石变二千五百石的天下奇事了！铁大人，你想过这‘借仓’二字的背后，会有什么交易么？你想过有人会借你的手如何瞒天过海、暗度陈仓么？你想过这二千五百石粮食如今在何处飘荡么？”

铁弓南的脸色苍白如纸，突然将头顶的帽子摘下，往地上重重一摔，气得白胡子翘了起来。铁弓南道：“我铁弓南活到五十岁，今日才知道什么叫血口喷人！”他咬破舌头，将一口血向刘统勋喷了过去。

众臣喧哗。一直在默默听着的乾隆抬了下手，制住了众臣的哗然。讷亲掏出帕子，递给刘统勋。

刘统勋说了声“谢谢”，不慌不忙地用帕子抹去脸上的血迹：“血口喷人不怕，就怕有人不知道是谁在张着血盆大口！铁大人，您别捺不住性子，静静心，听我跟您细细道来！把戏人人会变，只是手法不同而已！当年河南的空仓案，是在粮仓的进仓口横了一块木板，一石粮食倒在搁板上，就算是仓满了，于是乎，明明是只装了一石粮食的仓廒，就成了百石粮的仓廒。这手法，十年前就被破了。可是，只隔了短短十年，空仓的把戏又换了一种新的手法！这手法更隐蔽、更高明，也更可笑！这手法是什么呢？那就是让粮食动起来，绕着粮仓转！”

众臣们吃惊，交头接耳，窃窃私语。

刘统勋脸上浮着冷笑。刘统勋继续往下说：“话说诸城官仓这二千五百石贡粮，本该在去年秋收之后由运漕的船队送往京通二地的仓廒，可是铁大人竟然下了一道口谕，告知京通二地的仓廒正在修葺，无法腾出来，吩咐山东巡抚萨哈谅，将这批粮食存放在诸城官仓之内，于是乎，这批粮食就这么堂而皇之地成了户部的账面之数，而粮食呢，却根本就没有一粒进过诸城的官仓之中！”

众大臣震惊。

铁弓南脸色发青，对着乾隆跪下：“皇上明鉴！微臣铁弓南虽向萨哈谅借仓储粮，却未曾有任何造假之念！”

乾隆道：“站起来，听刘延清往下说！”

大殿上一片静寂，静得连喘气声都清晰可闻。

唐思训对梁诗正暗声道："来劲！真来劲！"

刘统勋道："'金殿验鸟'之后，皇上派出户部官员在全国各省普查粮仓，山东诸城官仓自然也在其列。刚才说了，仓中根本就没有一粒粮食，面对查粮的司官，那些知道内情的人能不急么？当然会急！于是乎，户部山东清吏司郎中纪衡业就想出了一个办法，在官仓大门口设了一座验粮台，弄来五辆马车，在车上各装粮二十石，从大门而进，再从后门而出——请听清了，是从大门而进，再从后门而出——就这么堂而皇之地在验粮台前绕起了圈！这五辆马车上的一百石粮食，在验粮官的眼皮子底下，就这么轻而易举地变成了二千五百石粮食！"

殿堂里又"轰"的一声炸开了锅。

铁弓南脸色越来越青："刘大人，你说的可都是真的？"刘统勋道："正殿之上，我刘统勋说过一句假话么？"铁弓南道："据我所知，此次山东诸城验粮官是户部主事侯祖本，莫非他的眼睛瞎了？"

刘统勋道："带证人！"

两个都察院司官带着侯祖本进殿，侯祖本手里提着那个装着银锭的包袱。

侯祖本下跪："户部主事侯祖本，奉命前往山东诸城验仓。户部山东清吏司郎中纪衡业为瞒天过海，行贿于我！下官为避免打草惊蛇，假意收下贿银，与他虚与委蛇。验仓之时，当场看出破绽，立马回京，连家中都未回就赶往都察院，揭露诸城造假之眼见！这包银锭，就是纪衡业的行贿之物，铁证如山！"

满殿又炸开了锅。都察院司官将侯祖本带下。看着侯祖本的背影，刘统勋冷笑了一声。

一列大内卫士执着兵器，沿殿廊小跑着过来，在殿门两侧肃然站定。远远传来"叮叮当当"的铁镣声，有重犯正被押来。

刘统勋道："现在该回到那五车粮食上来了。为了开验的时候能够交代过去，这五辆马车上的粮袋，只有一袋装有稻谷，而剩下的全都是假的！如若不信，各位大人可以见一个人，他会告诉各位，麻袋里到底装了什么！"

乾隆重声道："打开殿门！"

御前侍卫将殿门轰轰隆隆地打开，挂着缠腰铁镣的纪衡业肩上扛着一口沉甸甸的大麻袋，艰难地跨进了殿门。殿内又陷入了一片死寂。

纪衡业一步一步地走到大殿正中，将肩上的麻袋放下，理了理铁镣，对着乾隆跪了下去："罪臣纪衡业，叩见皇上！"乾隆垂下了眼睑，痛楚而又愤恨地扭过脸去。

铁弓南拨开身边的几位大臣，走近纪衡业身旁："纪衡业，抬起头来好好看看，知道我是谁么？"纪衡业道："您是铁大人！"铁弓南重声："我问的是，你还认得这个'铁'字么？"

纪衡业道："认得。"

铁弓南顿时暴怒："你不认得！我对你说过多少遍，身为户部的粮官，不得侵贪一粒粮食，那是铁律！如果你还认得这个'铁'字，那你就不会戴上铁镣了！"

纪衡业道："我有负铁大人的厚望！"铁弓南道："我问你，诸城官仓中真的没有一粒粮食么？"纪衡业道："真的没有！"

铁弓南道："那你告诉我，二千五百石粮食都被谁给侵贪了？"纪衡业道："这二千五百石粮食，从来就没有进过仓！"

如同巨石滚过，满殿俱震，继而寂静，旋即又大哗。

刘统勋抬手道："安静！让纪衡业往下说！"

纪衡业挣扎着从地上爬起："山东缺粮，已经整整五年，每年都在寅吃卯粮，每年都是挖了东墙补西墙，连每年解往京城的漕粮，有一半以上都是向江浙、两广甚至台湾购买的。"

满殿顿时炸开，臣工们大声议论，群情激奋。

乾隆一拍御案，猛地站来："纪衡业，继续说！"

纪衡业道："山东之所以粮食短缺，之所以要外粮代漕，只缘于一个字，那就是：田！也就是说，山东的粮田早已名不副实，早已是个虚数，早已养不活万千黎民，早已供不起百万漕粮！正因为如此，不光山东诸城的官仓是空的，全省州县的官仓十有六七也都是空的！"

臣工们因为震惊而变得哑口无声。乾隆的心像被锥子狠狠地扎了一下，痛得闭上了眼睛。

刘统勋道："看来，纪衡业的话惊着各位了。我刘统勋刚从山东来，我可作证，纪衡业在这儿说的每句话都是真话！"

纪衡业泪水涌出。

殿门打开，刘统勋让侍卫扛一个麻袋进来，道："这口麻袋是我从山东临清舅家的仓房取来的，我想让各位看一看，袋里装着的到底是什么东西！侍卫，将它打开！"

侍卫将麻袋解开。刘统勋拎起麻袋一倒，倒出的是扎成捆的烟叶！众臣吃惊地看着。

刘统勋拾起一捆烟叶，举着："山东的粮田不产粮么？不！它不是不产粮，而是因为种上了黄烟才不能产粮！"

殿内一片沉默。乾隆痛心地扭过脸。良久，乾隆回过脸来，望向纪衡业："纪衡业，你扛来的袋子也当着众臣的面打开吧！"

纪衡业抚了抚"粮袋"，痛悔地摇了摇头，又有泪水涌出："我纪衡业还有最后一句话，这句话只有四个字：谎言误国！这四个字，就是我纪衡业留给大清国的遗言！”话音刚落，纪衡业捞起长长的缠腰铁镣，在自己的脖子上猛地绕了一圈，两只手抓住铁镣往左右狠狠一勒，“咔嚓”一声，颈骨被勒断，重重地倒地死去。

刘统勋震惊。满殿臣工大吃一惊，看向须弥座。乾隆垂着眼皮，沉默。许久，乾隆低声：“谁来打开那口粮袋？”乾隆猛地抬脸，重声道：“铁弓南，你来打开它！”铁弓南咬紧牙关，弯下腰，将粮袋的扎绳抽去，双手往袋里一抄。手突然定住，好久才抽了出来。

众臣们瞪大了眼睛。铁弓南的手掌缓缓松开，落下的是瀑布似的黑沙子！

朝堂上的乾隆痛彻心扉，下朝之后，又让讷亲、张廷玉、刘统勋来到暖阁中，暖阁中却只有一片揪心的沉默。最后只让刘统勋将今日在朝堂上未能骂出口的话，明日早朝全都当着大臣们的面说出来、骂出来！

第二日的乾清宫正殿殿中依然是一片异样的沉寂。满殿大臣恭立着，乾隆坐在龙椅上脸色肃穆。每个人都在看着出班的刘统勋。一夜没睡，刘统勋的脸色难看。

刘统勋道：“皇上昨日要让微臣把肚里的话倒出来，微臣那就索性一吐为快！当今朝野忌惮真言，无不都在粉饰太平；臣工奏闻圣上的折子，无外乎盛世景象，却不知背后掩藏着一个个弥天谎言！其根源之一，他们是将圣上的宽仁当成了宽免，将仁政当成了虚政，将体恤当成了赈恤，将信任当成了放任！继而将国家当成了自家，将天下当成了私下！再如此下去，大清国的前程，必是岌岌可危！究其根源之二，在皇上的身边，竟然有这么一群大臣视《大清律例》为无物，以为天下乃为官者之天下，却不知天下乃万民之天下，更不知天下乃法度之天下！心中无法，必然目中无国；目中无国，必然心中无君；心中无君，必然目中无民！心目之中既然无君无民，那么，定然会祸国殃民！三桩巨案虽为大恶，却也在警告咱们这儿的每位忠君之臣，倘若仍不整饬吏治之松弛、仍不高扬法度之威严，那么，大清国就离亡国不远了！”

刘统勋说罢，扳着铁靴子，艰难地跪下，双手伏地：“皇上！微臣是带棺复任，早已不惧一死，若是说出的话有违圣意，请严惩！”

孙嘉淦、梁诗正、唐思训等一干大臣面露惊色，却频频点头。铁弓南、邹之旺等一干大臣咬紧牙关，目露不屑之色。张廷玉的脑袋伏得更低。

讷亲高高抬起脸庞，让周围的人都能看见他的脸色中充满了对刘统勋的敬意。不用说，乾隆也注意到了讷亲的表情。

乾隆站起，急踱数步，突然站在丹墀前重声：“本朝家法，至皇祖皇考以来，一切用人听言大权从无旁落。但朕只长了两只眼睛，也只长了两条手臂，二眼纵然能看透春秋，双臂却难打天下！刘延清，你放心，朕不会做亡国之君！今日当着满朝大臣的面，朕给你说一句话：你敢放言，朕就敢放权！”

刘统勋抬起身，一脸正肃：“皇上敢放权，微臣就敢放胆！”

乾隆道："说得好！你能放胆，朕就能放心！"

张廷玉闭紧了眼睛。讷亲出列，在乾隆面前跪下，一脸感动道："皇上！刘延清重回朝堂，大清国正本清源就有能臣了！微臣替皇上高兴！"

大臣们急忙齐道："臣等替皇上高兴！"

乾隆道："刘统勋接旨！"刘统勋伏首："臣恭聆圣谕！"乾隆道："着刘统勋为户部尚书兼都察院左都御史，替朕恪慎办差！钦此！"

刘统勋重伏下头去："臣刘统勋不负圣望！"

乾隆道："各位议政大臣，还有话要说么？"众大臣齐道："皇上圣明！"乾隆道："着令军机处会同吏部，将此旨即刻明发六部三院及各省督抚！"张廷玉道："遵命！"

讷亲埋着脑袋久久没有抬起。张廷玉道："讷大人，你怎么了？"讷亲渐渐直起腰，眼里闪着泪光："我是替刘延清高兴！"

刘统勋动容，将一只手递给讷亲。讷亲伸出一只手，与刘统勋紧紧相握，还用力摇晃了三下。

刘统勋和讷亲走出议政大殿的时候，讷亲突然道："对了，裕善案和十大臣案都已经定谳，皇上批下了斩立决。按以往的规矩，刑部大狱就能将斩刑办了，可这一次不一样，皇上下旨要将声势造得大大的、足足的，让每个在京四品以上官员都能到刑场上去观斩，以儆效尤。"

刘统勋道："这事我已知道。回京那天路过刑场，见到里头正在搭台，斩墩也都换上了巨木。"讷亲道："延清，如今你已升任都察院左都御使，犯官的审案与正法，都归你管。行刑那日，就看你的了。"刘统勋道："好吧，这一二日我上都察院熟悉一下案情，到时该说些什么肚里就有底了。"

讷亲道："二案经三法司定谳，那就成了铁案，你若是不得闲，我让人将案子的要点摘抄下来，让你过目。"

"不必了，还是我自个儿细细看一遍吧。金殿验鸟是我提的，而我上户部顶替的又是裕善的位子，说到底这二案都与我有关，案情细末我都得了如指掌才行。"刘统勋道。

刘统勋一瘸一瘸地走出大宫门。梁诗正站在门前等着他。

梁诗正兴奋道："刘大人，朝中好些位大臣们见到你重回朝堂了，心里别提多高兴了！"

刘统勋道："承蒙各位还看得起我刘统勋！对了养仲，你说户部出了裕善案后，院门里人心如何？"梁诗正苦笑："当然是人心浮动喽。"刘统勋道："这么说，收拾人心是头件要务？"

梁诗正道："正是如此！新官上任三把火，大家都在看你怎么烧！"

刘统勋摇了摇头："三把火能烧出什么东西来？能烧熟一只鸭子还是烤熟一只鹅？我看什么也烧熟不了。三把火之说，无非是来个上马威，来个虚张声势。这一套，别指望我会做。得明白，放火我刘统勋不会，可杀人那就难说了！"

梁诗正笑了："刘大人在江湖上走了一遭，说话更带点匪气了！"刘统勋道："江湖之匪可远不如朝中之盗，或许我的这丁点儿匪气，根本就压不住盗胆。"

两人大笑。刘统勋拍拍梁诗正："好伙计，你没变，还是那味！"

下朝之后，刘统勋又分别去孙嘉淦、铁弓男和唐思训府上拜会。孙嘉淦正在府中养伤，但是在刘统勋拿出纪衡业写的名单纸片时，立即决定当日就回刑部，会同刘统勋的都察院，派一批干员到各省去查实这些人的犯案事实，要替朝廷挖出毒根。而拜会铁弓男时却遇到了老臣的眼泪。

铁弓南一看刘统勋来府上，气得胡子都颤起来，指着刘统勋道："朝堂上这么一折腾，我……我铁弓南在皇上眼里，就不再是个忠臣了！我铁弓南在你刘大人眼里，就更不是个忠臣！"说罢连连摇头，眼角挂上了两颗浊泪。刘统勋道："苦耘，为臣忠不忠，谁说了都不算，得靠天下百姓来说。我刘延清要是不把你当朝廷的忠臣，我会登门来拜见你么？"

二人促膝长谈了半天，刘统勋将朝堂之上的种种一一列给铁弓南，铁弓南虽心中委屈，也决意支持刘统勋清查朝中蛀虫。

刘统勋从铁弓南府上出来时，恰巧遇上载着唐思训回浙江的马车驶过。两人在城门外，停下马车，迎着夕阳，交谈许久，得知唐思训要回浙江，刘统勋目光沉重："唐大人，回浙江后，多去省内的粮田看看，到底有没有全都种上粮食！"

"哦？莫非刘大人对浙江粮田有所耳闻？"唐思训道。

刘统勋道："山东粮田普种烟草的事，你在大殿上都看到了。你想想，山东这么一个产粮大省，如今竟然成了一个缺粮大省，于国何堪？于民何堪？我是担心浙江的粮田也有类似情况出现，将大好的种粮之田移作了他用，毁了浙江这座偌大的天下粮仓。"

唐思训抱拳："唐某知道分量！"

刘统勋道："对了，我在诸城遇上了你女儿小放生。实在说来，诸城空仓案，她也立了一功。你回去带上句话，我刘统勋谢谢她。"唐思训惊奇道："还有这等事？真没想到，我这个野丫头，竟然跑到山东去玩耍了！"

刘统勋道："请唐大人上车吧，延清就不远送了，路上多保重！"唐思训道："刘大人也保重！咱们一块儿替朝廷建功！"

两人抱拳作别。刘统勋站在路边，看着唐思训的马车远去，久久没有收回目光。这边刘统勋京城风起云涌，那边杜霄在千里之外的江西也同样天翻地覆。

满脸胡子的杜霄背着行李出现在江西青铜县杜家庄村头时，县衙把总正站在台阶上，手里执着火铳，大声道："杜家庄的刁民们都听着！青铜县令在庄子里陪你们玩了三天，他不想再玩了！今日是最后限期，尔等要是再提那笔银子的事，那就是说，在逼着我把总大开杀戒！"

被火铳包围的村民们攥紧拳头，怒目而视，默不作声。

把总又环视一眼："很好，看来你们都想把脑袋给留着！本大人成全你们！谁要是再敢暗中作祟，蓄意起事，那就只能说声对不起，本大人取你首级，连眼睛都不会眨一眨！"

把总将手一掸，兵勇们猛地架起刀枪，排出一道长长的"刀枪走廊"。把总也一下拔出了剑，高高举着。把总厉声道："想活命的都从这刀枪底下退场吧！不想走的，那就留在这儿，看本大人如何血溅祠堂！"

乡民们又骚动起来，默默地从刀枪底下一个接一个地离开场子。几个年轻后生用目光相互暗示了一下，也默默地退出场去。很快，场子里已空无一人。杜霄冷冷地看了一会儿，拾起一根被人丢弃的萝卜，慢慢吃着，嚅动着胡子拉碴的下巴，反身离去。走到庄子里一座小院门前，放下行李，起身推开屋子的边窗，跳进屋去。阔别八年的家，如今已被翻箱倒柜，一片狼藉。供案上，父母的牌位也翻倒着，香炉倾翻在地。杜霄站在屋子里，默默地环视着。

好一会儿，杜霄走近供案，将牌位扶正，往香炉里重新插上两炷香，将香点着，对着牌位跪了下去，重重地磕了三个头，爬起身，推开了内屋的小门。陈年落尘纷纷，陈年回忆纷纷。当年二十岁的杜霄身着一袭青衫，神情桀骜，将刚刚绘成的《六雀图》挂到墙上，如今这轴落款是"六雀堂主"的画蒙满蛛网和积尘。

记忆里狂放的大笑声、杂乱的说话声、哗哗的铁镣声、捕人的吆喝声、囚车的隆隆声在画下响着，重重地敲击着杜霄的心。

杜霄深深吸了口气，走到一张硬桌前，往桌洞深处摸索了一会儿，摸出了一个记事簿，拍去灰土，借着窗外的阳光看了一会儿，脸上露出抑制不住的痛楚。

好一会儿，他回身将一口柜子打开。柜里，一套白色的麻布孝衣整整齐齐地叠放着。他取出孝衣，抖开。又把挂在墙上的一条桐油雨披扯下，用牙咬着，扯下一大块，又找出针线，将针上的铁锈在靴底下磨去，摊平记事簿，用桐油布包裹住，严严实实缝住，然后贴孝衣的后背下方再缝了上去。

他做完这事，将孝衣贴肉穿上，重又穿回上衣。他感到极累，仰身重重倒在床榻上。

八年的尘灰在他身下澎起。

次日清晨，杜霄在庄里的小食摊前打听哥哥杜云的下落，没想到哥哥却成了庄里人讳莫如深的话题。最后一个小伙计追上杜霄，悄悄告诉了杜霄事情的经过。

原来，朝廷在杜家庄修筑官马大路，征用粮田一百八十七亩，按律须全数复垦还田，并拨下银两，由当地乡民做复垦之需。而杜家庄乡民未曾取到半文拨银，与青铜县衙交涉无果。更可恶的是，青铜知县与把总率数十兵勇，以“开杀戒”恫吓乡人。杜云等八人写了状纸，要去巡抚衙门告状，不想被把总发现，就发生了杜霄刚进庄子时见到的那一幕。被青铜县令和把总追杀的杜云现在正藏身庄头废弃的粮仓里，杜霄马不停蹄地赶到粮仓，告状的八人正在商议如何将状纸送到巡抚衙门，杜云一见身着孝衣的杜霄，两兄弟抱头痛哭，杜云也给杜霄讲了告状被追杀的始末。众人聚头小声说着话，对外头的动静却丝毫没有察觉。

青铜县令与把总也得知了他们的藏身之所，正领着一二十个抱着柴草的士兵，猫着腰向粮仓摸来，在黑暗中指挥着士兵们将柴火堆放在墙边，单等着把总下令放火，要烧他们个尸骨不留。

杜云将状纸塞进一节竹筒，扭紧木塞，双手捧到杜霄面前。众后生在杜霄面前跪下。杜霄道：“这是……”

杜云道：“粮田被征用走了，可又无法复垦，往后的日子就只有死路一条！哥哥我领着大伙向官府讨银子，其实就是在讨命！这事儿，不光是为了一个杜家庄，更为了因修官道而失田的万户百姓！弟弟此时回来，定是天意！就由兄弟你去送这张状子！大哥代杜家庄乡亲跪谢于你！”杜霄庄重地接过竹筒，双手托起，沉声道：“杜霄不负众望！”

突然，门窗外一片通红，浓烟夹着火焰扑卷进来。

一个后生大声道：“坏了！被官兵发现了，他们在放火！”七八个人跳起，向后窗退去。

火势借着大风，顷刻将屋子烧着。

杜云大声道：“大家都别乱！只要杜霄活着就有指望！弟，快走！”

众人不容杜霄分说，猛地打开高高的后窗，一起托起杜霄，将他狠狠地推了出去！

被推出高窗的杜霄重重地朝着屋后的运河落去，轰隆一声沉下了水。杜霄在黑暗中下沉着，头顶水面上，晃动着一片通红的火光。拱在水面上的杜霄震惊地看见，粮仓已经大火冲天，官兵们举着一杆杆长柄火铳，对着后窗方向猛射着。

火焰中，杜云出现在窗口，火铳声成排地响起。杜云中弹，趴倒在窗户上，顿时被火吞没。杜霄狂喊：“大哥——！！”士兵掉转火铳，对着河里放铳。

铁弹在水中四溅。杜霄怒目圆睁，长吸一口气，潜下水去。粮仓在大火中轰然倒塌！

杜霄将竹筒往衣服里面塞了塞，暗下决心，官场如此，要告就直接告到京城去。

杜霄破衣烂衫地到了京城工部都水司，在外面跪了三天三夜，喊着工部郎中讷图的名字，说有冤情上告，打扮架势着实像个进京告御状的灾民。

可是这讷图是个只关心吃喝玩乐的官场草包，只仗着是中堂讷亲的侄子，在工部也混得风生水起。到了第三天，讷图约请铁箭飞和侯祖本，酒正酣时，杜霄又开始在门外喊冤，讷图便让手下绑了杜霄带进公房来。

公房桌上摆满了菜肴，三人喝着酒。讷图抹着鼻子，打了个响亮喷嚏："阿嚏！朝廷在江西征用粮田修筑官马大路，按章程，征用多少粮田，就得补回多少粮田，工部按每亩六两银子拨给地方衙门，再交到乡民手中，让他们把新田给开出来。就为这么点陈猫古老鼠的事，此人就上工部来练上了！"

侯祖本道："朝廷给下六两银子开一亩新田，给的不少了，人不能太贪心嘛！"铁箭飞道："恐怕还另有隐情吧，要不，他傻呀？"

讷图笑起来："铁公子是明白人！谁都知道，地方衙门的那些官员，手掌上都是长锉牙的，就是铁弹子让他们过过手，也得给锉一层皮去！这姓杜的真他娘傻，逮住蛤蟆攥出尿来，这好玩么？不好玩！"

门猛地推开。

杜霄进来，见到酒桌上的讷图，讷图皱眉："你怎么还来？本官问你，带什么来了？"杜霄道："空手而来！"讷图道："要带什么走？"杜霄道："拨银实数！"讷图道："既然空手而来，那就得空手而归！你说，这公平么？"杜霄道："讷大人！您听我说……"

讷图站了起来，怒容满面："放肆！簸箕大的天你见过几个？还真玩上瘾了！告诉你，本官是谁？是讷中堂的亲侄子！也是个吃了扁担、横了肠子的爷！"

铁箭飞默默地打量着杜霄。

杜霄道："讷大人，青铜县杜家庄修官道征田一百八十七亩，却没有拿到一文复垦还田的拨银！您是掌管工程拨银的郎中，我来找您，只是请您给一句话，那笔银子到底有没有拨到青铜？就这么一句简简单单的话，您为何就不能说呢？"

讷图抓起酒碗，往地上重重一掷："你想堵着鸡窝要蛋，本大人就是不给！来人啊，把这个疯子拖出去！"

四个赶到的衙卒冲进来，按住了杜霄。

杜霄重声道："等一等，让我再说一句话！"铁箭飞道："松开他，让他说。"讷图一怔："公子……"铁箭飞道："让他把话说完。"

讷图对着衙卒使了个眼色，衙卒松开杜霄。

杜霄从地上爬起，将破棉袍的大襻口一个一个解开，脱下扔在地上，露出的是一身麻布白衣。

杜霄眼里噙起泪水："讷大人！我听人说，您是个孝子，您父亲过世的那天，您抱棺不放，哭昏了三回。既是孝子，那您一定认得出我这身麻布白衣是什么了。"

讷图道："滚！快滚！本官是不是孝子，关你屁事！"

杜霄道："讷大人不愿说，那我就代您说吧。这是一身孝衣。十年前，我爹娘死的时候，我刚当上钱塘县令，第一回穿上孝衣，此后不久，我去了宁古塔给披甲人为奴，获释回来后，重又穿上了它。我之所以将孝衣贴肉穿着，是因为我不敢将这个'孝'字给放下。我为何会这样？是因为我父亲告诫于我：为儿孙者，对父母须得'孝'字当先；为官者，对百姓、对朝廷须得'孝'字当先！这个'孝'字，就是我杜霄做人的本分。正是凭着这个字，我才千里迢迢赶到京城，赶到都水司，赶到您讷大人面前，跪着讨您的一句话！讷大人，看在你我都是孝子的分上，咱们一块儿替青铜县失田的百姓尽一回孝心吧！"

铁箭飞轻轻鼓起了掌："说得好！这番话，想必在朝堂之上是听不到的。讷大人，愿听我一句话么？"讷图道："请铁公子赐教。"铁箭飞道："你在京城混了不少年，见过几个人是戴孝为官的？怕是没有吧？像杜先生这样的真孝子，如今已不多，好生待他吧。"

讷图脸色尴尬："好吧，看在铁公子的面子上，杜霄你先找个客栈住下，待本官一有空，就让人去找你。送客！"

衙卒拖起杜霄："走吧！"铁箭飞道："慢。"铁箭飞离桌，从地上拾起棉袍，给杜霄披上。铁箭飞道，"外头寒冷，别冻着了。"

杜霄感动道："敢问这位公子尊姓大名？"铁箭飞道："在下姓铁，草字箭飞。"杜霄抱拳："多谢铁公子相助！"

铁箭飞抱拳还礼："戴孝为官者，你是当朝第一人。如果不是我眼拙的话，杜先生前程无量！"

都水司大门口，讷图送铁箭飞、侯祖本出来："铁公子，侯兄，过些日子我再做东，咱们接着玩。"

铁箭飞道："你们二位记住我的一句话，想成大事的人，可以看不起高士，看不起清士，不能看不起死士。告辞！"

护卫牵上马来，铁箭飞骑上马背，疾驰离去。讷图咀嚼着铁箭飞的话，一脸困惑。讷图道："莫非铁公子看出杜霄是个死士？"

侯祖本一笑："铁公子是什么眼力？您不知道，可您叔叔知道，要不能收他当干儿么？"讷图道："这么说，你也知道？"侯祖本又一笑："我敢说，在铁公子眼里，您还不如这个青铜来的不速之客。"

讷图脸一沉："你……"

侯祖本道："咱们都是铁公子的朋友，要是见外，那就是跟您叔叔见外了！"

送走了两人的讷图阴着脸走进大门。笔贴式疾步迎上。

讷图仍在嘟哝："他侯祖本刚换了身官袍，就一脸小人得志！"

笔贴式道："讷大人，您回哪个家？"讷图道："先换身行头，去情天楼。"笔贴式道："好嘞，我这就去备轿。"讷图道："等一等。"

讷图嘿嘿阴笑了起来，在笔贴式耳边咕哝了一阵。

笔贴式脸色一紧："这罪名……安得上么？"讷图狠道："怎么安不上？给人安功名难，给人安罪名还难？如今空仓案余党一个接一个逮出来，也算上他一个！一屎盆子扣死他！"

杜霄从工部都水司出来，坐在路边小酒摊的板凳上，面前是一坛子烈酒，桌上撒着一把茴香豆。他在端着碗喝酒。四个捕兵骑着马驰来，一眼看到杜霄，翻身下马，拔出刀，围上。

杜霄站起："你们是谁？"捕兵道："还废话！你逃不了了！"杜霄道："逃？我干吗要逃？"捕兵道："有人告你是裕善的余党，合伙侵贪帑银，犯的是死罪！"杜霄愤怒："这是血口喷人！"

捕兵拎起铁索子，道："说错了，爷这是血口咬人！"杜霄道："等等！"他端起酒坛，仰脸大口喝尽，重重将酒坛往地上一掷。杜霄一抹嘴，大声道，"下索子吧！我就不信偌大的京城就没有说理的地方！"

捕兵大笑道："又是个大傻子！"

铁索子将杜霄锁住。捕兵骑上马。长长的铁索拖着杜霄，一路狂奔。杜霄跌倒，在地上被拖行而去……

第五章

大扇子复查鱼鳞册　小放生吃醋变情敌

离开宁古塔的这些日子，大扇子在江苏淮安找到了瞎子书吏柴复生，并用一天时间，将当年父亲周伏天记录垦荒田亩的鱼鳞册悉数背下，并与柴复生的两个侄子开始了三千多亩垦田——全县九乡二十五里的漫漫复查之路。谷山与王不易、小放生三人也在行路中感情渐深，三人收留了饥民女孩麦香。小放生则在不知不觉间对谷山产生了异样的情愫。至此，杜霄、谷山、大扇子、王不易——从宁古塔出来的四人，都各自艰难地走在了未知的前路上。谷山也没想到能在不久的将来与自己的妻子大扇子再次相遇。

大扇子带着柴书吏的两个侄子在淮安的荒地里，执着弓尺一弓一弓地丈量的时候，他们的怪异行动很快引起了淮安富商大麻子鲍老爷的注意。这个鲍老爷跟淮安县衙的严县令好得穿一条裤子，所以这事也就很快传到了严县令的耳朵里。这两人就是十年前造假鱼鳞册的主使，害怕十年前的旧案翻出。所以暗地里查明了两个年轻后生就是柴书吏的侄子，大扇子就是十年前被他们陷害的周伏天之女。大麻子鲍老爷和贼眉鼠眼的严县令，知道在这个节骨眼儿上，被兜了老底儿，他们是绝对活不了了，便打定主意要斩草除根。

当夜，大扇子收到了柴书吏让老郎中莫忠仁送来的状纸、血书，都是这些年乡民们写下的，控诉的就是鱼鳞册造假的事。柴书吏将这些状纸和血书都保存了下来，凭着这些东西，就能把鱼鳞册造假的事给抖开，就能证明周伏天当年没有对朝廷说假话。

刚刚送出状纸血书的柴复生，在深夜里被严县令派去的人用石灰捂住口鼻，顿时毙命。十年前被严县令一把生石灰弄瞎了眼睛的柴书吏，十年后又被一把生石灰炝住了嘴，他最终还是死在了石灰里。

大扇子与两兄弟得到柴书吏惨死的消息，痛心至极，对着柴书吏的方向连磕三个响头。在清晨的星光下，柴家两兄弟投奔洞庭湖的渔民舅舅，大扇子则开始申冤路。

严县令的斩草除根计划没有得逞，自然不会放过大扇子三人，派去家丁继续追杀，自己策马径直去了他的财源宝地——石马村粥厂。他没想到大扇子没有逃出淮安，而是与他一同到了粥厂，严县令在石马村粥厂的如意算盘也被大扇子过目不忘的记忆力打得满盘皆输。

石马村粥厂设在村头的空地上，两队兵丁执着刀枪，在门前守着。一群群饥民端着碗，扶老携幼，从四面八方拥来，排起了长长的队。大扇子排在人堆里，向粥厂大门挤来。

粥厂大灶头上有三口大锅煮着粥，灶膛里柴火熊熊。几个衙役高声喊："开锅啦！"排着长队的饥民们骚动起来，往前挤。大扇子挤了过来，被挡开。人越拥越多。谷山、小放生、王不易、麦香挤了过来。王不易眼尖，突然指着一个被人推倒在地的老女人喊起来："谷爷！大扇子在这儿！"谷山往前看去，一眼就认出果然是大扇子，大喊："大扇子！我是谷山！你怎么上这儿来了？"大扇子从地上爬起，也见到谷山，惊喜道："谷山？"

谷山挤了过去，将大扇子拖出人堆，王不易、小放生和麦香也跟了过来。

王不易道："大扇子咱们又见面了！"大扇子看着麦香："她是谁？"谷山道："在山东救下的灾民，回不了家，就带上她了。"小放生走近大扇子面前，上上下下打量着。大扇子看着小放生。小放生道："嗯，干净！"大扇子道："你是……"小放生道："看不出来？本姑娘是谷山的生死之交！"大扇子笑道："你身上挂着鸟笼、鸟网，是捕鸟的？"小放生道："鸟也捕，人也捕，谷山就是让我给捕上了！"

谷山道："别听她胡说八道。走，先吃粥去！"小放生道："吃啥？"谷山道："吃粥啊！"小放生对着谷山的耳朵咬牙切齿："这会儿，我倒想吃醋！"

谷山、大扇子、小放生、王不易、麦香排着队在粥棚子前，等着领粥。后头，传来兵丁的喊声："让开让开，赶快让开！给淮安县令严大人让个道！再挤，谁也别想领赈！"

饥民们让开一道通道。端坐在观赈台上的严县令一拍袍子，被人扶下台，领着七八个官员阔步走向大粥棚。

大扇子看着严县令，咬紧牙关，紧闭上眼睛，竭力让自己冷静下来。

衙役大声道："请严县令验粥！"

严县令站在锅台前，扫视一圈，大声道："本邑百姓都听着！本县今年遭遇百年未遇之旱灾，万顷粮田，皆如火燎！本官奉旨放赈，开办粥厂，惠及生黎！各位或许听说过，早在乾隆元年，山东放赈，刘统勋刘大人路经粥厂，打开锅盖，取过一把筷子，插入锅中。因为锅里煮着的是清汤寡水的米汤，结果筷子根根浮起！依大清律，筷子浮起，人头落地！”

大扇子低声问谷山：“这事当真？”

谷山点头：“此事是我的恩师办的，当年无人不知。”

严县令重声道：“打开锅盖！”

衙役打开三口大锅盖，蒸汽冲起，全是厚粥！严县令取过一柄大木勺，往锅里搅了一下，将一大把筷子分成三股，“唰唰唰”地重重插进三口锅里。三锅厚粥中，稳稳地插着筷子！

严县令踌躇满志，大吼一声：“好一锅厚粥啊！”

饥民们举着碗，往锅台前拥来。

严县令突然大喊一声：“慢！本官的话还没说完呢，眼下是粥少僧多，你们这成百上千的碗，都要盛满，不用说三锅，就是三十锅、三百锅，也不够分的。本官依官仓赈粮之配额，定为每日煮厚粥三锅。各位都已亲眼目睹，本官给你们煮出来的粥，锅锅都是厚可插筷！你们喝上了粥，把命给活下来，别忘了给本官送上一把万民伞！”

饥民们吃惊，看着三口大锅着急。严县令领着官员匆匆离去。王不易早已按捺不住，往前挤，被兵丁重重地推了出来，一屁股跌坐地上。王不易喊问：“粥都煮出来了，干吗还不让人吃！走错棚子了？”谷山挤上前，问衙役：“衙爷，莫非领这份粥，还得去另个地方？”衙役道：“睁大眼睛看清楚，此地是官棚，隔壁是民棚，领粥还得到隔壁棚子里去！”

人丛后传来喊声：“闪开，闪开，快闪开！”

饥民让出一条通道。来了一群家丁打扮的壮汉，抬着三个大木桶，走到锅前，将三口锅里的厚粥全都倒入木桶，抬起就走。

饥民们再次吃惊。

谷山大声喊道：“怎么抬走了？”抬粥的一个家丁重重地踢了谷山一脚：“嚷什么嚷！要想喝粥，上隔壁棚子去！”

饥民们向民棚子拥来。谷山一行也随着人流挤进棚子。鲍老爷被人簇拥着，站在赈粥台上。

三桶厚粥被分别倒进了十口盛满浑水的大缸。拥进棚来的饥民们看着三锅厚粥变成了十缸“米汤”，全都惊呆了。

大扇子问谷山：“你看明白了么？”谷山道：“看明白了。官府怕朝廷治罪，烧了三锅厚粥交差，再把厚粥交给当地商人，借他们的手，把厚粥变成了米汤。”王不易捧着碗，急了："这……这是赈粥么？这些当官的，就不怕筷子浮起，人头落地么！"

谷山道："我找他们去。"大扇子一把抓住谷山的手："'筷子浮起，人头落地'这条放赈法规，对官不对民。民间商人放赈，这句话管不住他们。"谷山道："你怎么知道？"大扇子道："信我就是。"谷山道："这一回得信我！老乡们，把筷子都递给我！"

饥民们纷纷把筷子递到谷山手中。谷山顺手将王不易、小放生、麦香的筷子也收在手中。

谷山高举着一大把筷子，挤到赈粥台前，眼睛逼视着鲍老爷。鲍老爷道："你是何人？"谷山道："饥民。"

鲍老爷瞪眼："我看你是刁民！举着筷子想吓唬谁呀！听着，这儿是放赈的民棚，不是官棚！天大的王法管不到这儿！你要是还想喝到一碗粥，就把筷子扔了，老老实实排队去！"

谷山道："您这位爷不是没看到，在我身后，有好几百饥民，每个人都在等着一碗能活命的厚粥，要是喝了这缸里的汤水，他们能活吗？我把筷子往缸里掷下去，要是浮起来了，刚才严县令也说了，按大清律，筷子浮起，人头落地！"

饥民们一迭声为谷山喊好。

放赈的商人们急了，大声喊道："快把这个泼皮无赖给抓了！"几个家丁冲上来，死死地扭住谷山。鲍老爷道："慢！放开他！"家丁松开了手。鲍老爷道："我就料到会有人来闹赈，所以早把《大清律例》备下了！师爷，将《大清律例》取来，给这臭小子瞅上一眼！"

师爷走过来，把捧在手里的《大清律例》打开，举到谷山眼前，用指甲画着《大清律例》上的条文："瞧见没有，'凡有司官吏，放赈若是粥稀浮筷，处以斩刑'——瞧瞧，这条款是管谁的？管衙门的，管官吏的！这儿是哪？是民间粥棚！放赈的是鲍老爷，不是鲍大人！你小子连青红皂白都分不清，就敢来这儿闹赈，胆子也太大了！"

几个如狼似虎的家丁扑上，将谷山手里的筷子夺下，三下两下紧紧绑住。谷山挣扎着，奋力从家丁手中夺过筷子，狠狠扔向大缸。

大把筷子落缸，溅起稀薄的米汤，随即在缸里全数浮起！

突然，从人堆里传来大扇子的声音："'治罪'二字，能这么轻易说出口吗？"此言一出，饥民们全都回过脸来，看着这个破巾裹头的妇人。

大扇子脸色平静地走到大缸前，问鲍老爷："你就是办这座民棚的鲍老爷吧？能借你一块白布使吗？"

鲍老爷道："白布？莫非你要替谁戴孝？"大扇子道："不是戴孝，是盛粥。"鲍老爷哈哈大笑："刚来了个傻子，又来了个疯子。好吧，拿块白布给这个疯女人！"师爷找了快屉布，扔给大扇子。

大扇子从发髻上拔出一根针，从袖袋里摸出个小线团，往针眼里穿上线，很快就将屉布缝成一个敞着口子的布袋，道："谁帮个忙，将缸里的赈粥舀进这只口袋去？"家丁们望向鲍老爷。鲍老爷丢了个眼色："给她满满盛上一碗！"大扇子道："不是碗，是袋，盛上一袋。"

家丁拿勺子往布袋里舀了一勺"赈粥"。

大扇子将布袋提起，袋底"哗哗"地淋着汤水，一会儿就淋干了。她把干瘪的布袋拆开，袋里只有三五颗米粒。

大扇子双手托着布袋，展示给大家看："这是赈粥吗？"

饥民们大声道："不是！"鲍老爷似乎明白过来，恼羞成怒："你是来羞辱本老爷的？"大扇子仍然从从容容："不是羞辱，是取证。"鲍老爷道："取证？取什么证？"大扇子道："当然是罪证。"鲍老爷发怒："你疯了！快来人啊，将这个女疯子乱棍打出！"

大扇子平静道："等我说完，再动乱棍吧。这位师爷，将你手里的《大清律例》借我一用。"师爷道："莫非你还能看得懂大清国的王法？"

大扇子道："有劳师爷将《大清律例》翻至卷九条例。"

师爷道："什么意思？"大扇子道："打开您就知道了。"鲍老爷道："师爷，打开给她看！"大扇子道："不是给我看，而是给您看。"

鲍老爷冷哼："莫非你要教本爷认字不成？"

大扇子道："不是认字，是认罪。"

鲍老爷脸上一阵抽动，继而哈哈大笑："瞧瞧，女人疯魔了，就是这德行！师爷，照她说的办！"

师爷急忙把手里的《大清律例》打开，翻到第九卷《户律》一章。大扇子道："有劳师爷将本卷施赈的条例念出来。"师爷又望向鲍老爷，鲍老爷做了个"念"的手势。师爷抬起书，用手指找到第六行，念道："民间放赈之法，以赈粥挂袋不漏为度，违者……违者……违者……"

棚子里的人全都屏住了气，紧张地听着。

大扇子道："这可是《大清律例》，谁也不能断章取义，念完它。"

师爷的脸抽搐不止。

大扇子道："师爷还有一字没念出来，我来代你念吧。这个字就是：斩！""斩"字一出，师爷手中的《大清律例》落了地。

鲍老爷道："是……是这个字么？"师爷道："没……没错！就是个'斩'字！"鲍老爷惊得一屁股坐在椅子上。打量着大扇子："你……你到底是谁？"大扇子道："想喝碗厚粥的饥民。”鲍老爷气疯了，狂喊：“快快！把这个想喝厚粥的泼妇给绑了！”几个家丁冲上，将大扇子绑住。

王不易、小放生、麦香和一群饥民冲上来，被家丁挡开。外面传来喊声：“严县令到——！”

严县令疾步走近大缸，看了一会儿，猛地抬起一张怒脸。严县令喝问：“本官熬下的三大锅厚粥呢？混账东西！你有负本官的重托了！赶快煮出厚粥，发放给百姓！给受绑的人赶快松绑！”

家丁给大扇子和谷山松绑之后，大扇子揉着胳膊：“您就是本县严县令？那好，请严大人把《大清律例》第九卷打开，看看上头还有什么王法是管着衙门的。”

严县令脸色涨得紫红：“你……你……本官已下令替你松绑了，你还想干什么？”大扇子道：“既然严县令不想将王法告知百姓，那我就代您告知了。——有谁帮着将《大清律例》拿在手中，以验差错？”小放生挤上前：“我来！”

大扇子将《大清律例》捡起，递给小放生。小放生将第九卷打开。大扇子背出条例：“赈济被灾饥民，以及蠲免钱粮，州、县官有侵蚀肥己等弊，致民不沾实惠者，照贪官例，革职拿问，督抚、布政司、道、府等官不行稽查者，俱革职。”

小放生吃惊道：“一字不差！”饥民们欢呼起来。小放生将《大清律例》递给严县令：“你看看，有漏字么？”

严县令脸上肌肉一阵抽动，突然大笑起来，猛然鼓掌：“奇女子也！本官开眼界了！”突然，严县令感觉到什么，眼睛紧盯着大扇子的脸，杀意毕现。

然而，严县令却没有立刻为难他们，反而让兵丁把他们送回到了客栈。小客栈里，谷山端着一木桶热水进来。大扇子的脚板全走烂了，满是磨破的血泡。谷山心痛地说：“大扇子，你这双脚，怎么走成了这样！先洗洗脚面，我这就找郎中去。”大扇子看着谷山的脸：“谷山，分手才几天，你都快瘦成猴了。囚痛没少发作吧？”

小放生在啃着棒子骨，冷不丁地插上一嘴：“他囚痛一犯，还给自己上烙铁。”大扇子问谷山：“你真用上烙铁了？”小放生道：“不信啊？我撩起衣来你看看？”谷山道：“小放生！没你事，外头吃去！”

小放生身子一拧道：“内人一到，我就成外人了？得，我走！常言道：新婚不如小别。你俩别只顾着说话，一不留神鸡就叫了，天就亮了！”说完重重地将门磕上。

谷山苦笑：“别见怪，她就是这德行，没坏心眼。”大扇子笑笑道：“我连这还看不出来么？”

谷山道：“来，换个脚。分手了才几天，见你长出白头发来了。”大扇子将耳边的几缕白发拢了拢：“女人不像男人，真要老起来，隔夜就见老。”谷山为大扇子洗着脚：“你在宁古塔凿了十年墓碑，好不容易出来了，又上淮安这么不要命地折腾。你这个女人，俩字：苦命。”

大扇子将脚揩干，缠上布。谷山端着木桶将水泼了：“坐着别动，我这就去请郎中。”大扇子道：“别忙，你先告诉我，今晚上你睡哪？”谷山迟疑了一下：“按你的意思吧，小放生、麦香跟你住一屋，我和王不易随便找个柴房凑合吧！”

第二天，晨曦微露。大扇子在铜脸盆里绞出一把手巾，就着一面挂墙上的破铜镜，边擦洗边看着自己的脸。她的目光停留在眼角密密的皱纹上，久久地看着。背后，传来小放生的声音：“钱塘有句俗话：小媳妇喜欢镜子，老婆娘喜欢河水。你对着铜镜照了这半天，看来你还是小媳妇。”

大扇子道：“那你说，老婆娘怎么就喜欢照河水？”小放生道：“这也不懂？河水照脸，晃晃荡荡、模模糊糊的，脸上的褶子也就看不太清了。”大扇子笑起来：“往后啊，我就不照铜镜子了，专照河水。”小放生道：“你办不到。”

大扇子道：“为什么？”小放生道：“你怕见到自己老了，谷山会休了你。”大扇子一怔，想说什么，却把话咽下了肚。

谷山、大扇子一行人在客栈里收拾停顿之后，就匆匆上路了，行到树林茂密的山路时，突然，林子里一声呼哨，一二十个执着刀枪的鲍府家丁冲出，团团包围过来。谷山一惊，急忙护住大扇子。

小放生从腰间拔出火铳，拦在谷山面前，对着家丁厉声道：“都退开！谁敢过来，本姑娘让他脑袋开花！”

谷山大声喊道：“王不易！护住麦香！”

王不易急忙掏出腰袋里的石子，朝冲上来的一个家丁掷去。家丁抱着脑袋号叫。他刚要再掏，几个家丁拥上，刀枪已经架在王不易和麦香的脖子上。

小放生、谷山、大扇子一步步后退。家丁一拥而上，抓住了谷山和大扇子。小放生对着家丁开出一铳，竟然是瞎火。就在两个家丁摁住她的一瞬间，她对着两人的裆下重重踢去，左躲右闪冲出了包围。家丁将四人绑住，扔上马车。马车朝着黑暗驶走。

谷山、大扇子、王不易、麦香被家丁扔进了淮安一间小庙墙边。庙堂的门窗都被钉得严严实实。从门缝里看出去，几个鲍府家丁执着刀枪，绕着小庙逡巡，等着饿死庙里的四人。

小放生手里拎着火铳，猫腰跑来，小放生猛地抬起手，对着家丁开出一火铳。一个家丁被打得跳起来，重重地摔地，打着滚惨叫。

不等家丁们醒过神来，小放生取出弓弩，对着一个家丁射去，一家丁屁股中弩，狂跳着哭爹喊娘。小放生趁乱将腰里的捕鸟网摘下，对着家丁扔去。家丁被网住，在网里滚成一团。

小放生快步奔向后窗，用石头将钉着的木条用力砸开，救出谷山一行人。

伤亡惨重的家丁回县衙向严县令报告情况，脸色青灰的严县令将一封信递给一个衙吏："一到京城，就交到潘八指大人手中！"信中细说了当年周伏天的女儿从宁古塔出来，单枪匹马到了淮安，拿着一把弓尺，在当年她父亲丈量过的垦荒田亩上一块一块地丈量着，想替她父亲翻案，她身边还多了个帮手——谷山，就是被刘统勋从宁古塔放回来的谷山！请求讷中堂速速铲除两人。却没想到讷亲和潘八指，并不想这么早就引起刘统勋的注意，这封信也让严县令在半月之后命丧黄泉。

谷山、大扇子、小放生、王不易跑出十几里地，找了个隐蔽的河滩休整，小放生盘着腿坐在河滩的大石头上，一边啃着苞米骨，一边表情夸张地说着大扇子老女人嫁了个小丈夫，占上便宜了，所以总是这么低眉顺目的，一副逆来顺受的小媳妇模样，谷山应该找个娇滴滴的漂亮小娘子如何如何。

谷山脸色渐变，大扇子急忙扯住他，让他忍下。谷山突然一笑："小放生，这么着吧，有些话我想和你一个人说说。"

小放生眼睛一亮："行啊！大扇子，你可不能嫉妒啊？"谷山站了起来："走。"小放生得意地站起，跟着谷山朝旁边的一座石桥走去。两人上了一座潭桥。桥下的深潭里积着一汪碧水。

小放生高兴道："谷爷，我把你心里不敢说的话都说出来吧？说吧，你该怎么谢我？"谷山道："我当然得谢你。"他突然抓住小放生的衣领，将她高高托起，重重往潭里扔了下去。

潭里"扑通"一声溅起浪花。落水的小放生拼命挣扎，口里连连灌着水。

谷山大声道："你给我多喝几口水，长点记性！"小放生在水里边挣扎边破口大骂："谷山！你这个臭男人，你没听出来么，我这么埋汰大扇子，就是想让你跟我好！你这个臭男人，本姑娘看上你了，我要是淹不死，这辈子，非你不嫁！"

大扇子和王不易听见响声跑上石桥。大扇子惊道："谷山，你怎么把她扔潭里了？"谷山道："灌她几口水，不委屈她。王不易，你会游水么？"王不易道："会点。"谷山道："跳下去，去把她拉上来。"王不易不情愿地脱起了衣。谷山道："还是我来吧。"谷山跳下了深潭。

谷山和大扇子坐在荒庙石阶上，看着地上晃动着的月光。大扇子道："她还是个孩子，你不该这么对她。"谷山："我要是不扔，她非把你我的耳朵给说聋了不可。其实啊，这也难怪这女孩子，她不知道，我和你在宁古塔是怎么过来的，更不知道，你和我自从在坟地里结了婚，身上的经经脉脉都已经连在一块儿了，身上的血也都流在一块了，连身上的骨头都在往一块儿长。这些，她不懂……"

大扇子道："可我觉着，她喜欢上你了。"

被捞上来的小放生也抱着膝盖委屈地坐在小石桥上，王不易跑来与她一起坐着，有一搭无一搭地说着谷山和大扇子在宁古塔的事，小放生越听越难过，站了起来，拍拍屁股往回走。突然，她看到坐着说话的谷山和大扇子，便又站停，忧伤地发起怔来。

天色微明，谷山一行整理行囊。大扇子要去浙江处州府景安县，因为当年那里垦田造假严重，父亲周伏天就是在那儿给皇上写的折子。而谷山要去钱塘，不能与其同路。临走前谷山劝大扇子，人死不能复生，就算赢了，也不能让父亲活着回来，还不如跟他一起去钱塘。大扇子情绪激动，誓死要为父亲讨回清白，谷山见劝阻无用，无奈地告诉了她刘统勋留下的那句“父有冤，女来申”的话，各自道别珍重。

小放生倒是爽快地要替谷爷当一回大扇子的保镖，跟她一块儿去景安县。临行前，小放生送给谷山一只小巧的木盒，盒里是一只小芙蓉雏鸟，叽叽地叫唤着。让谷山替她好生养着。接着将身上的捕鸟工具和鸟笼挂上马鞍，飞身上马，用力一抖缰绳，向着大扇子追去。她上马的一瞬间，眼睛里满是泪水。谷山看着大扇子和小放生的背影，久久伫立。

同时，今日还是十大臣行刑日，天色微亮，京中刑台和观刑台都已修缮完毕，在一圈红灯笼的光亮下，闪着诡异的光泽。

太阳慢慢升高。新修葺的高高斩台上，一个个斩墩前都铺下了沙子，搁着一口口接脑袋的大瓦盆。十大臣和裕善背上插着斩牌，跪伏在斩墩前。穿红衣的刽子手裸臂上架着大砍刀，威不可视地站在每个死囚的身旁。

观斩台之上，坐着监斩的讷亲和几位官员。讷亲身旁一把椅子空着，是留给刘统勋的。午时三刻快到了，刘统勋还没到，忽然，熙来攘往的街面行人中，响起急骤的马蹄声。

观斩台上，众官朝着大门外张望，太阳刺得他们睁不开眼。刘统勋一行策马驰来，在两列执刀持枪的士兵中驰过，冲入大门。讷亲焦急着的脸上露出笑容：“哎呀，延清！午时三刻都快到了，你怎么现在才来？快快请坐！你瞧那斩台上，十大臣和那裕善老贼都跪着了！”

刘统勋回过脸去，看了看斩台，眼皮猛跳，一脸正肃道：“讷中堂！要是我想把他们的脑袋都给暂且留住，你也不会反对吧？”讷亲哈哈大笑：“今日午时三刻开斩，可是皇上御批的斩立决！”

刘统勋道：“这我都知道，可我不得不非常遗憾地告诉你，这十一人的案子还未全都厘清，他们肚里还有一本烂账没拿出来！”

讷亲故作震惊：“是吗？三法司的官员日夜审案，一刻都不敢懈怠，难道刘大人对三法司的定谳有怀疑？”刘统勋道：“不是怀疑，是怀恨！”讷亲道：“怀恨？刘大人何来怀恨之说?”

“我恨这十一人，死到临头了还藏着掖着，不愿干干净净地下地狱！这几日我日夜在都察院公房内彻查卷宗，今天早上全部查完才知道，不光十大臣，还有裕善，他们侵贪的所有银两，来龙去脉都没搞清，这些银两用到何处，也未查明，每一两每一毫都用在了哪儿，都没有笔录和证词，他们侵贪的银两实额和收缴的银两实额还对不上。他们花去的银两究竟花在谁的身上；他们究竟用这些银两办了什么事；他们各自究竟得到了何等回报，也都没有一一查明。人，还不能杀！”刘统勋道。

讷亲长叹一声，摇了摇头，抬眼看了一会儿天空中疾走的大云块，收回目光，望向刘统勋：“这么说，刘大人不是来监斩的，而是来放人的?”

刘统勋道：“刑场之上放不放人，谁说了都不算。可我是皇上任命的都察院左都御史，我没在三法司的定谳书上签字盖章，这案子就定谳不了！未曾定谳的犯案之人，你说，该斩还是不该斩?”

讷亲道：“可皇上的斩令已经下了！”

“我正是为此而赶来刑场！咱们俩一同去养心殿，将案子未曾完全搞清的事实告诉皇上！我相信，皇上听罢之后，定然会收回御命！”刘统勋道。

讷亲牙帮一咬：“好！延清办案这般心细，如此秉公执法，皇上定能收回成命！鞴马！这就进宫面见圣上!”

第六章

铁箭飞意外认干爹　梁诗正蹊跷遭栽赃

乾隆与孝贤皇后在长春宫院落的斜阳里下棋。张六德和小齐儿伺候在旁。

乾隆看着棋盘，手中的玉棋在指间盘转："朕一直纳闷，裕善掌管户部，最容易侵贪的，该是仓里的粮食，他真想贪，完全可以做得天衣无缝，而最不易贪的，恰恰就是灾年的赈银，更何况还得造假，还得瞒着天下人的耳目，他干吗舍易求难呢？朕在想，那一定是因为仓内已经无粮可贪，而仓内为何无粮，那一定是个天大之谜。这个谜，朕非揭开不可。"

皇后道："裕善的案子又卡住了，是么？"

乾隆道："是啊，延清在刑部大狱摆下审案，上了大块肥肉大碗火酒，裕善说，户部藏着大清国最可怕的秘密，一个比密折造假案、验鸟案、空仓案更可怕的秘密，就算有人知道，也没人敢说。因为，这个秘密若是被揭开，朕的天下将难以收拾！哎！他刚要把隐秘之事告诉朕，脑袋一紫，就不省人事了，太医院去了太医，看来是在死马当活马医了。"

皇后道："昨日在养心殿大门外遇着了刘延清，看他的脸，都青得跟袍子一个色了，想必是累成这样的。皇上发句话，让他回府歇几天吧，别把他拖垮了，辜负了皇上劝他回朝的一番苦心。"

乾隆抬起脸，看着皇后，笑着："你啊，要是投胎投了个男儿，定是朕身边的一位好大臣，只可惜投错了胎。"

皇后也一笑："臣妾不是一直陪伴在皇上身边么？"

乾隆道："朕下回破个规矩，让皇后也上朝堂议政，如何？"

皇后道："这玩笑可开不得。臣妾就算是对皇上身边的事有点儿见解，也不过是帘外之雨，权当做弦声听过便罢了。"

一墨一白两枚棋子同时落下，乾隆和孝贤相视，笑起来。

刘统勋在刑部大狱连夜审十大罪臣，讷亲也越来越坐不住了。气氛凝重的讷府厅堂里，潘八指脸色沉重地坐在椅上，讷亲半闭着眼嗅鼻烟。

讷亲道："牢里那几个巡抚里头，最靠不住的是谁？"

潘八指道："安寿国去年给驻大金川的兵营送军粮，十万石扣下了六万石，兑成了银票，送我这儿来了。他要是为了保命，将此事说出来，那不光我遭了殃，还得牵连兵部好几位二品、三品大员！再说，像这种事不是一桩两桩，要是全给抖搂出来，那咱们兵部这摊子就砸锅了！讷爷，要不这么办，往牢里给那几个老家伙再递个话，要是他们敢胡说八道，他们的脑袋和家眷就难以保全了？"

讷亲闭着眼睛道："递话不行，得递刀！"

当天夜里，刑部大牢里安寿国就被冯三鞭拽出舌头，一拍颅顶，断舌而死。这一幕被隔壁牢房的杜霄看见，被刑部杀人的手段震惊到不能呼吸。

东方渐白时，孙嘉淦和几名刑部司官随着冯三鞭前来查看安寿国的尸体，脸色铁重。安寿国的尸体就躺在门板上，一截"咬断"的舌头耷拉在嘴角。孙嘉淦看了看尸体，问验尸官："是断舌而死？"验尸官道："是的！"孙嘉淦道："自己咬的？"验尸官道："牙缝里有舌肉，确是自己咬断了舌头。"

冯三鞭在一旁暗暗松了口气。

孙嘉淦摇了摇头："十大臣的案子还没结，就有人死了！让本官如何向皇上交代？十大臣里，不能再死一个人了！九间牢房里每间都派两名狱卒日夜值守，再死一个人，你冯三鞭顶罪去！"冯三鞭道："下官这就照办！"

孙嘉淦回身离去。从杜霄的牢房里突然传来喊声："大人！我杜霄何罪之有？恳请大人重审！"孙嘉淦问冯三鞭："他是谁？"冯三鞭道："工部送来的，是诸城空仓案余党。"

杜霄急道："我杜霄从宁古塔来京，是为了替百姓讨个公道！我根本就不知道空仓案是什么，更何谈余党！再说，这位冯大人就是宁古塔的守备，我和他的鞭子之交，整整八年，他难道就认不出我么？"

冯三鞭道："住口！本官压根就认不出你！"

孙嘉淦看着杜霄："你是从宁古塔出来的？那你怎么跑京城来了？"

杜霄道："我是从宁古塔出来的！我遭人陷害了！大人，你听我详说！"

孙嘉淦不再说话，匆匆离去。

杜霄大声道："大人！我还得告诉您一件事，隔壁……"

冯三鞭一急，举起鞭重重打下。一道血在杜霄脸上流淌。

冯三鞭道：“杜霄！本爷告诉你一个新规矩！这儿要比宁古塔更狠，受鞭之囚必受九鞭！若是本爷高兴，就让天饶你一鞭，地饶你一鞭，皇上再饶你一鞭，除去三鞭，还得抽六鞭！看鞭吧！”冯三鞭抡鞭猛抽，一道道鲜血从杜霄赤裸的后背上淌下来。杜霄倒下，昏死过去。

刑部大狱里安寿国的惨死的消息还未平静，又有狱卒谈论起，安寿国全家九口于昨夜全部死于非命。九个大臣听闻之后，各自在牢房里发愣，眼珠子瞪得滚圆，额上滚着冷汗，脸色全都青灰如铁。

孙嘉淦从刑部大狱出来，想到杜霄的事，匆匆前去找刘统勋，刘统勋一听学生杜霄居然被当成了诸城空仓案的余党，现在被关在大牢，怒从胸中来，拖着瘸腿，与孙嘉淦立即前往刑部大牢。

受完鞭刑的杜霄手里抓着了一根麦草，往铁门爬去，摇摇晃晃地硬撑着站起，将手里的麦草从铁栅里探出去，一寸一寸地够着挂在外头牢廊石壁上的油灯。将麦草尖梢点着了火，杜霄缩回手，将地上一小堆麦草秸点着。麦草很快化成了灰烬。他往草灰里倒了一碗水，一步一挫地走到牢壁前，用手指蘸着草灰糊，以指当笔，在牢壁上写道：“粮田因修官道被占，按律需如数还田。青铜县杜家庄乡民未得朝廷所拨复垦银两之分毫，交涉无果，反遭杀戮，天理何容！杜霄绝笔。”

黑色字迹越写越红，收笔之处，竟然已是鲜血。杜霄扔下碗，如释重负，两腿一软，重重地倒下。

刘统勋站在牢墙前，看完上头的字迹，又回头看看躺地上满身是血的杜霄，突然怒目望向冯三鞭。

冯三鞭急忙问身后的狱卒：“快说！谁把他打成这样的？”

狱卒苦着脸，替冯三鞭顶过：“小的见他……见他不老实，就……就给了他几鞭子……”冯三鞭重重抽了狱卒两耳光。孙嘉淦和几个刑部司官匆匆进来。孙嘉淦道：“案卷上罗列的罪名全属捏造！”刘统勋道：“谁干的？”一司官道：“讷中堂的亲侄子，工部郎中讷图。”刘统勋一怔，沉默了一会儿：“立马将杜霄送太医院，请太医治伤！”

后来下朝时，讷亲被刘统勋拦住，刘统勋义愤填膺地说起此事。讷亲回到中堂府，重重地给了侄子一个耳光道：“眼下这种时局，你真不知道利害？‘贪赃’二字跟个鱼刺似的，扎在皇上的喉咙口，他是恨不得割脖子将刺拔了！你这畜生偏偏撞在这个节骨眼上，叫叔怎么救你？”

讷图道：“怎么救都行，只要不下狱、不挨刀就成！”讷亲道：“蠢成这样，还穿着这身五品官袍，你是在给大清国丢脸！”讷图道：“侄儿要是押往刑场当众处斩了，更给您丢脸!”

讷亲怒声：“等你挨刀之时，我连断头烧饼都不会给你送一张!”

潘八指抬起脸道：“我说大侄子，你叔不是怕引火烧身，是怕引火烧家。你叔的家当有多大，你不会不知道。这个家当不能因为你就被人点着了火。”

管家匆匆进来：“铁公子来了!”

铁箭飞进来，施礼道：“那笔复耕银该有三万六千两，我已将银子从寸土堂如数运出，不日就可发还乡民手中！为让此事办得万无一失，我让江西按察使亲自前往杜家庄，处理放火杀人之事。”

讷亲道：“办得周全！讷图这个人，只吃了三天素，就想着上西天，心也太急了。让他辞了官，也算是给朝廷剔除了一个庸官。”

“图兄是您的亲侄，再怎么说，也是上天的一方星宿。依我说，官门不开商门开，倘若图兄能进商门，或许大有作为。不如让他开个典当铺，您看如何?”铁箭飞道。

讷亲道：“典当铺?嗯，靠谱!”

铁箭飞与讷亲的交往还得从寸土堂说起，讷亲听闻铁箭飞的寸土堂办得有声有色，便在与铁箭飞喝茶的时候，语气清淡地提了一句：“那寸土堂的内院修得十分精致，所请的修院工匠，都是修圆明园的御匠，是你花了重金将他们请来的。”

铁箭飞心里猛地一震，请御匠的事要是传出去，脑袋不保。那时他就明白自己完全被讷亲拿捏在掌心了。令他没想到的是，讷亲看重他脑袋机灵，手脚利索，不是等闲之辈，随后居然收他为义子，从那以后，两人的交情也随着一笔笔的交易越发深厚。

铁箭飞帮讷图这厢把后路走得稳稳当当，那厢也在密谋着借讷亲的势力，做更大的交易。

又过了几日，杜霄可以下地行走之后，立即前去户部向老师刘统勋辞行。刘统勋看着杜霄，道：“你应该在太医院好好地养伤，为何这么快就要走?”

杜霄点头：“老师的救命之恩，学生无以为报。眼下伤情已愈，我也该回钱塘任职了。无论所干之事是大是小，都是回报于恩师!”

“对了，都察院派员下去，亲眼见到那三万几千两复耕银全都在江西的藩库存放着，如今已实数发下，还田之事有着落了。烧死杜家庄乡民的案子，江西按察使亲自在处理，已将凶手捉拿归案，给死者的抚恤银两都已足额拨下。在此案中怠慢误事、激变良民的工部郎中讷图，也已知罪辞官。你屈死的哥哥和乡民，能得以申冤了。”刘统勋道。

刘统勋将一封信递给杜霄道："我写封信你带上，到了杭州，你去院署衙门拜见浙江巡抚唐思训大人，将信交给他。一是请唐大人协助你和谷山查清当年的那桩旧案；二是告诉唐大人，谷山和你都为朝廷立了功，巡抚署该好好保举你们俩。谷山此次在山东揭露空仓巨案，立功甚伟，你有这样的好兄弟，老师我替你高兴！"

杜霄道："谷山是您的学生，我也替老师高兴！"

刘统勋依依不舍道："走吧！"

刘统勋送杜霄出了户部大门，坐上马车。

刘统勋目送着马车远去："但愿他和谷山在浙江还能干出一番大事来。"

马车摇摇晃晃地行驶在奔向南方的土路上。挂在车厢一角的油灯也在摇摇晃晃。杜霄蜷缩着身子，想到刘统勋夸赞谷山这次在山东揭露空仓巨案立功甚伟的话，杜霄的瞳仁里闪着从未见到过的嫉妒的火焰。

户部出事之后，梁诗正和林剑锋就开始在户部档房里着手查十年前的鱼鳞册，每天夜里在户部档房的窗上挂上黑布帘，翻阅一摞摞鱼鳞册卷宗。这些日子，他们翻遍了保定、河南等地记录田亩数的鱼鳞册，只要将新旧之册相互对照，就会发现里头错谬众多，亩数不是急增就是骤减，上头的这一个个数字，全像是儿戏。而且还发现了一个问题，朝廷发放赈银都是按亩所发，地方为了从朝廷手中多拿些赈银，每逢灾年，田亩数必定比上一年报得多，造假骗赈，这比十大臣犯下的"虚报丰歉案"更胜一筹。刘统勋如今正忙着收拾户部的这副烂摊子，梁诗正和林剑锋当即决定，亲自带上户部的印信，去一趟保定府，实地勘量一下有疑问的田亩，把数字拿准之后，再与鱼鳞册上的数字两相对照，只要有大出入，那就是拿到了铁证。有了证据，再交由刘统勋处置。

虽然两人在户部档房的行踪已经非常谨慎、隐秘，但是每夜都去翻查鱼鳞册，还是被侯祖本在户部的眼线发现了异常。侯祖本知道之后，立即向潘八指邀功，讷亲想要除掉梁诗正，又忌惮刘统勋，便想到了干儿子铁箭飞，他急于替父亲铁弓男剪除仕途拦路虎梁诗正，并且是借梁诗正的老师张廷玉之手，把梁诗正彻底推入深渊，如此，一张大网扑向了毫不知情的梁诗正。

梁诗正与侯祖本按照惯例，在户部银库里一前一后地巡视，一切看起来毫无差错，但是走在前面的梁诗正不经意地问了一句："今年三月，皇上亲批九十万两帑银拨往浙江钱塘县，修理海塘水利工程，银账两讫吗？"就是这句话让他清醒地看着自己跌进深渊。

当时这批运往浙江钱塘的水利银放银的时候，梁诗正是一箱箱亲验的，连账面也是他亲验的，他自己知道不会有任何差错，可是当司务找出两大本账册，翻到三月的页面上一一比对时，司务滑动在页面上的手指停住。

纸面上有一行空白！也就意味着运往钱塘的这批水利银子，账面上没有。九十万两银子真要是放走后没有造册，那就是说，有人故意在销账！

梁诗正脸色沉重，将所有的账册连夜核验了一遍，自己亲自送出去的这九十万两银子在账册上消失了！梁诗正背后一阵冷汗，瘫倒在椅子上。梁诗正是浙江钱塘人氏，这九十万两银子拨往钱塘，而银子运出去了，登记册上却找不到任何记录。此事若一追查，落脚点必定会在自己身上，不管谁来查，第一个想到的就是自己把银子运到了自己的老家，再悄悄地把账册上的记录给抹掉，这批银子就自然落入自己手中！梁诗正意识到有人是做了个局，想借皇上的刀来除掉自己！

但是他怎么也想不通，白纸黑字，为何就能消失得了无痕迹？让他更想不到的是，运往他老家钱塘的九十万两银子，如今就藏在他的老宅里！

梁诗正从户部出来，立即去找刘统勋，可是到了刘府门前又收步了。他突然想到，要陷害他的人，肯定算到他会将此事告知刘大人，而刘大人定然不会因为两人是故交而稍有偏袒，定会先将他解职关押，然后再细查下去。而这一查，正合他们的心意。眼下的关键是要弄清那笔银子到底运去了哪里！如果银子现在安然无恙地躺在钱塘衙门的银库，他便可以理直气壮地去找刘大人解释清楚。

梁诗正立即给钱塘县令汪子复修书一封，交给两位主事，快马加鞭赶赴钱塘。侯祖本站在户部大门前看着两位主事骑上马驰去，脸上露出冷笑，杀意毕现。他早先已将两位主事的肖像交给了铁箭飞，这将是二位主事最后一次出现在京城。

钱塘县此时风起云涌，必将被这场飓风推上巨浪的顶峰。

高高的城门上挂着“钱塘”城匾。城门内外一派车水马龙。钱塘宋五楼宅邸大门前，两尊张牙舞爪的巨大石狮，四五个壮实护院执着刀枪，在门前巡回。

一顶县衙的官轿停下，钱塘县令汪子复匆匆下轿。他年已七旬，佝偻着背，一把大白胡子，干瘦的身子撑着一件宽松的官袍，一下轿就连声哮喘。汪子复提着袍裾，习惯性抬头看看高挂着的府匾，不无惶恐地疾步走上高高的台阶。

刚进宋府内院，就看见宋五楼穿着一身鲜亮的缎袍，一只手背在腰后，一只手盘玩着古玉，笑呵呵地与几个官员寒暄道别。他四十六岁，宽额高颧，长着一颗常人莫比的红亮大脑袋，一双鱼泡眼布满了高深莫测的笑意。宋府大管家李堂跟随在身后。宋五楼看见汪子复，笑道：“汪知县，你亲自登门，是有什么事？”

汪子复道：“今日刚接到刑部寄来的这纸公文，本官就匆匆赶来禀告五爷了。公文上说，八年前犯下重案的钱塘县令杜霄，对了，还有个傻不拉几的县丞谷山，已被从轻发落，要回钱塘来！”

李堂暗吃一惊：“这两人不是终身为奴了么，怎么出来了？”宋五楼道：“汪知县，当初正是你将他们俩给弄到宁古塔去的。如今，一个原县令、一个原县丞又回来了，想必回来的不会是两只光脚，而是一对拳头。”

李堂道：“五爷，这事非同小可，我们该想想办法，做点儿什么！”

宋五楼背着手在客厅里走动一会儿，站停，抬脸看梁：“说起来，将这两人送往宁古塔的，是那场大飓风。这也是天意，那日大风掀起八丈高的巨浪，给本县的护田海塘撕开了一条大口子，将万亩粮田尽数淹没，还连淹了六个村子，死了有……”

汪子复道：“有二十七口人。”

“死人是小事，淹田可是大事！你汪子复当初还是县衙的一名书办，给州衙、省衙、京衙都递了状书，告杜霄谷山犯下‘失察之罪’，结果将这二人给拿下了狱，发配到宁古塔去了。说起来，你汪子复当初在此事上可是功不可没啊，要不，你如何能连升三级，接替杜霄当上县令大人呢？”宋五楼道。

汪子复的额头上沁出汗珠，瞪大眼睛：“……五……五爷，您可不能这么吓唬我！当初，您是为了占田办窑厂，专等着这场大飓风，那天风一到，海浪一起，您半夜里就派李堂带着二三十个家丁来找我，将我带到了海塘上，我可是亲眼看着您领着几十个家丁扛着掘堤的铁锄和铁耙，顶着大雨把海塘挖了个口子的！这万亩稻田被淹，死了人，被淹之田就成了无主之田！当年您开办烧金砖的窑厂，购田买土可是没花一分一厘啊！这两人真要是回了钱塘，准会追查那次大决堤到底是怎么回事，一旦被他们两人给查出来……”

宋五楼打断汪子复：“别说了！八年前的这桩旧事，要是漏了底，别说你汪县令活不了，连我宋五楼也过不安宁！”宋五楼脸色一沉，狠道，“墙上挂棋盘，一个子儿不留！”

汪子复道：“或许五爷不知，杜霄和谷山是刘统勋的学生，听说，刘统勋如今已经回朝，正在拿人头跟咬糖葫芦似的咬着呢！”

宋五楼一怔：“这有点麻烦了！”

李堂道：“老爷，依我之见，不妨来个武戏文唱！等他们二人回了钱塘，先不去理会他们，看他们如何演戏，他们一出招，我们就见招拆招，到了节骨眼上，让他们一招毙命！更何况，您是朝中铁弓南大人的亲家，您女婿铁箭飞更不是等闲之辈，万一我们治不了这二人，还有铁家父子！”

宋五楼想了想：“好，就照李堂说的办！”

谷山、王不易、麦香三人到了钱塘之后，先去了谷山的老家稻香村，却看见一群乡民在掘着稻香村一处粮田的田土，挑往不远处的几座砖窑。谷山一行沿着田埂走来。谷山吃惊地望向高耸在田里的一座座冒烟的砖窑。田埂上一个四十来岁乡民蹲着，谷山一眼认出了他——万春渠。

万春渠是谷山的发小，从生下来就没离开过稻香村。万春渠给谷山讲了稻香村曾经肥沃的百亩湾如何变成现在的御砖砖窑。一行人边说边走，到了万春渠的家。

吃过饭后，万春渠家灯下，谷山从行李里取出小布包，双手捧给万春渠："这是四十两银子，一两不缺。当年我爹娘借银买田，如今连本带利都能还上了。春渠，谷山托你帮着还了这笔欠债。"

万春渠道："行，你放心，当年借谁家的我都知道。"

谷山道："我还想拜托你一件事。我此次从宁古塔回来，头件大事就是找到当年受人陷害的证据，定是有风险，我将王不易和麦香留在你家，等我办完了事，再来接他们。"

万春渠道："好！"王不易苦着脸："谷爷，我还是跟你走吧，我就是小跟班的命！"谷山道："别多说了！"

万春渠的女儿万蛉子道："不易哥，麦香妹子，你们留这儿吧。"麦香抹着泪点头。谷山道："麦香，有蛉子姐跟你在一块，你什么也不用怕。"麦香泪汪汪地看着谷山："谷爷，俺会跟不易哥、蛉子姐天天给你烧香，求菩萨保佑你平安！"

谷山道："但愿世上真有菩萨吧！"

第七章

谷县丞钱塘翻旧事　梁家宅库银惹新篇

正在涨潮的海浪拍打着海塘堤石，推涌着一堆堆白沫。谷山在到处是断石裂缝的海塘大堤上行走着。远处的岬角上，闪着一豆灯光。谷山加快了脚步。那豆灯光是岬角的一间小瓦屋，谷山轻轻地推开竹门进来，吊在火塘上的瓦罐冒着热气，一个白头老妇人坐在火边，在“吱吱呀呀”地摇着纺车。老妇人是当年巡堤老汉龙大爷的妻子，谷山一进门，她一眼就认出了当年的救命恩人。那年闹海匪，龙大爷巡堤的时候被砍了三刀，是谷山带着衙门的官兵把海匪给捉了，还给龙大爷治了伤。一听谷山是来找龙大爷询问那年塌堤晚上发生的事，龙大妈紧张起来，就说龙大爷去了梁家老宅守夜去了，这么多年过去了，那天的事，谁也记不清楚了。

谷山从瓦屋里出来，纳闷梁家老宅自打梁诗正大人去了京城就没人再住过，是个空宅，空宅子干吗要人守夜呢？这里一定有蹊跷，便趁着夜色往县城梁宅走去。月色如水，空荡荡的县城路面上，行人稀少。谷山站在石桥顶上，朝桥下灯火通明的宋府默默地望了一会儿，往桥下走去。

突然，一阵袭来的骨痛像无影的鞭子猛地抽下，他一个趔趄从桥阶上跌下，在地上打起了滚，两只手紧紧抠住砖缝，眼珠暴突，脸上滚下豆大的汗珠。他摇摇晃晃地爬起身，对着桥栏的木柱一下一下地撞起了背。好一会儿，谷山缓过气来，摇晃着继续往前走，跌跌撞撞地冲进了街边保元堂药铺，满脸苍白，淌着大汗地要了一包芙蓉丸，抖动着手指将药包拆开，取出两枚乌黑的药丸，放嘴里嚼起来。好一会儿，他的手垂下了，喘气声渐渐平缓下来。谷山没想到，他前脚刚出药铺，药铺老板就匆匆地进了宋府，将谷山回到钱塘的消息告诉了宋五楼。

当恢复正常的谷山站在梁府门前时，眼前的景象让人惊讶，一座空宅子，紧闭的宅门前，居然有八个执着刀枪的士兵严密看守着，另有一队兵丁沿着老宅围墙来回逡巡。

谷山猫下腰从墙角闪出，瞅准巡兵的空隙，爬上一棵树，攀上墙脊，往宅子里跳了下去。宅子里静悄悄的，漆黑一团。谷山推开通往后院的小门，闪了进来，穿过一个庭院，往前找去。

宅子的夹廊里有亮光移来。谷山急忙藏身，往夹廊深处看去。一个驼背老人挑着灯笼，沿着夹廊走来。谷山眼睛一亮："龙大爷？"

挑灯笼的老头闻声站停，低声喝问："谁在这儿？"

谷山看看四下无人，从暗处走了出来道："龙大爷，我是谷山啊！"龙大爷一惊："谷……谷大人……你怎么上这儿来了？"谷山道："宅子里就您一人么？"

龙大爷点点头："没别人。"

谷山道："您这是在护宅？"龙大爷道："这是县衙派下的差事。"谷山道："那门外的巡兵，他们也是在护宅？"龙大爷道："这事我就不知道了。谷县丞，你是怎么进来的？"谷山道："从后院的墙上爬进来的。"

龙大爷道："你这是在找死啊！要是被官兵见着了，那是一点活路都没了！"

"龙大爷，我进宅子来，就是为了来见见您！八年前，咱们钱塘的那场大飓风您还记得么？那时候您是巡堤工，整天在海塘上巡查险情，您最知道哪儿会决堤，哪儿不会决堤，是这样么？"

"没错，哪处堤石开了缝，哪儿有了白蚁，我都知道。"

"那我问您，那天海塘开了那么大一个口子，真的是被海浪给撕开的么？"

龙大爷叹息一声："谷县丞，事情已经过去八年，我都不记得了，真的不记得了。"

谷山一把抓住老人的双肩，急道："老人家，正是那个口子，让我和杜县令都担当了失察之罪，被发往宁古塔终身为奴！我今晚来找您，就是想知道，那天晚上的海塘，究竟是怎么决口的？"

龙大爷执拗地摇摇头："谷县丞，我真的什么都不能说啊！我要是把真情给说出来，那就没命了，不光我没命，我家老婆子也没命了！你饶过我吧。"

谷山道："您这么说，我就明白了，那海塘不是被飓风给撕开的，而是有人掘开的！"

"我可没这么说！求求你，别再追查这件事，你既然从宁古塔回来了，那就好好活几年吧！"龙大爷道。

前院的门打开，闪起一片火把的光亮，一队巡兵走来。

龙大爷道："今晚上是当年亲手将你送下大狱的洪把总巡夜，快走！"谷山急道：

“老人家，我还会来找您！”火把的光亮越来越近，谷山跳出廊窗，向院楼跑去。

洪把总领着士兵跑来，喝问：“龙老头！有动静么？”

龙大爷嗫嚅：“没……没！”

洪把总重重抽了龙大爷一耳光：“有人看见一个男人跳进了宅墙，你在这儿巡夜，不会没见着！”

这时内院传来瓦罐落地的响声。洪把总一摆手：“谷山就在宅子里！快搜！”士兵们向着内院拥去。

谷山靠在内院厨房的柜子前，门外传来军靴的跑动声，一会儿又渐渐远去。谷山踅到后门，轻轻将门拉开，闪了出去，四下寻找出路。

士兵的搜查声越来越近。谷山闪到楼梯底下，顶起一块梯板，爬了上去，重又将梯板合上。

屋内漆黑一团，上了楼梯的谷山轻轻地推开一道门缝，踅了进来。借着窗外透进的月光，可见满屋子都叠满了一口口大木箱。谷山跑到长窗前，推开一道窗缝往下望去。下面的围墙外，是城河。墙角立着一只大花瓶，谷山捧起花瓶轻轻打开一扇窗，将花瓶朝河里扔了出去。河面上一声大响。

洪把总听见东西落河的声音，急声道：“他跳河了！快，沿着河道搜！”洪把总领着士兵朝门外奔去。楼下恢复了寂静。谷山靠着墙坐了下来。忽然看见对面墙边叠着的一口口大木箱，眼皮突然一跳。每口木箱上都贴着封条，封条上印着“户部库银”的字样！

他站起，走近木箱，将一口箱子打开。满满一箱官锭！又打开一箱，也是银锭满箱！原来这宅子里藏着户部的库银！他们守着的就是这些银子！谷山又合上箱盖，重又将封条贴好，听了听外头的动静，踅出门去，从梁诗正老宅夹廊墙角闪了出来，在黑暗中向前摸去。谷山轻手轻脚地朝前面的一簇灯光跑去。

龙大爷在给屋内灯笼换烛，听见身后门声轻轻一响，龙大爷回头：“你怎么又来了？他们还没走远呢！再说八年前的那桩事，你就别问了，我真的啥都没看见。”

谷山道：“龙大爷，我这会儿来找您，不是问八年前的那桩事，是想问问内院小楼上那些银子的来历。”龙大爷吃惊：“银子？内院的小楼上有银子？”谷山道：“那儿搁着几十箱银子，都是户部的库银。您真的不知道？”

龙大爷道：“真不知道！我来这幢老宅子的时候，楼梯口就已加了门，上了锁，没见谁上楼去过。不该我知道的事，谁都不会告诉我。谷县丞，命比银子要紧，快走吧，要是让洪把总遇上……”

突然门猛地推开，洪把总带了一群士兵冲了进来，刀枪紧逼着谷山。洪把总道：“没想到，这个蟊贼竟然是你谷山！弟兄们，把他拿下！”士兵一拥而上，谷山拎着一条长凳跳上桌，横扫过去，几个士兵闪过，挺着刀矛左劈右刺。小屋里，顿时打成一团。

谷山不敌众士兵，被擒住。士兵用铁链子锁住谷山的手脚，拖着出了小屋，咣咣啷啷地押走。谷山背着的包袱被扒下，扔在牢中天井墙角。几个狱卒摁住谷山，牢头娄大鼠从水桶里提起长鞭，冷笑着走了过来。

谷山从怀里摸出小盒，将小放生寄养在他这儿的雏鸟从盒里捧出，双手往空中一托："去吧。"雏鸟从谷山掌中飞起，飞上屋顶，吱吱地叫着。他收回目光："动手吧！"狱卒拥上，将谷山的棉袄和内衣撕下，对着他的膝窝重踢一脚，谷山跪倒。

突然，娄大鼠和狱卒们全都大吃一惊，怔怔地站着不动了。谷山的胸前背后上，布满了陈年的累累伤痕！这些伤痕重重叠叠地交错着、拱隆着，像一块风化了的岩石，完全看不出是人的皮肉！谷山用两只拳头支着地，从地上站起，缓缓回过脸来。他的两只通红的眼睛布满着谁也没有见过的狠鸷、倔强、愤怒与逼人的杀气！暴声道："打吧！快打吧！"

娄大鼠抡起鞭子，对着谷山重重抽下，狱卒操棍也重重抽来。鞭子和棍子的呼啸声中，裸着上身的谷山被抽得满地打滚。谷山后背上的累累伤疤被打裂，渗出一道道鲜血。谷山喃声："痛快……痛快……痛快……"靴子、棍子抽打得更狠。谷山昏死过去。狱卒拎来井水，对着谷山冲下。谷山醒来，又被鞭子棍子抽打得死了过去。

牢门打开，谷山被狠狠拖了进来，扔在草堆里。哗啦一声响，铁门又锁上，狱卒离去。石墙边，一个满脸伤痕的男人抬起了头，这人是万春渠。万春渠爬到谷山身边，将他的身子扳了过来，抬手抹去脸上的血，突然惊呆，失声："谷山？你到底跟谁结下了这么大的仇，娄大鼠这么狠着手打你？"谷山的眼睛只留着一道细缝："春渠，说说你自己吧，你是怎么进来的？"万春渠道："你知道，万箩墩是我家的祖产，不久前，宋府管家李堂带了家丁赶来，说是用宋府在城里的五间店面来换万箩墩的几十亩粮田，我被逼无奈，一时昏了头，竟然在换田契书上画了押。过了不久，李堂又来了，说是那五间店面压根就没用来换田，派家丁硬是夺了回去！"

谷山道："不是有……有契书为凭么？"

万春渠道："我也这么说，可把契书一拿出来，我傻眼了！纸上一个字都找不见，全都是白纸，上头没一丁点字迹！我去宋府讨说法，被挡着不让进门，就和他们打了一架，然后就被扔进大牢了。我万春渠活得太冤，被人骗了，还不知道怎么骗的，你说我还活着干吗呢？"

他的脑袋对着石墙一下一下地撞起来。

谷山支起身，一把抓住万春渠的胳膊："想想我谷山，还有杜霄县令，我们俩受的冤，比你还大，我俩撞死了么？没有。春渠，我们都得好好活下去！"

谷山的囚痛在牢里又犯了几次，痛得冷汗如雨，脊梁靠在牢房石墙上，一下一下地重重撞击。每次痛到大喊时，为他缓解囚痛的都是娄大鼠和他的鞭子，娄大鼠下鞭如雨，谷山直到皮开肉绽，内里的灼痛才能稍稍减轻。

谷山做梦也没想到，后来在钱塘大牢里居然见到了昔日国子监的同窗——户部主事石有林。

当天谷山披着铁镣，提着一桶水，正冲洗着牢房天井污秽不堪的地面。两个狱卒坐在一旁的小桌上边猜拳行令边喝着烧刀子。到了给犯人喂食的时辰，娄大鼠喊道："姓谷的！到喂狗食的时辰了，端桶去！"谷山拎起食桶，拿着勺子，往牢房走去。

谷山往递出牢栅的一只只瓦盆子里舀上一勺馊食。取了食的犯人们个个狼吞虎咽。谷山皱眉，一间间分食。一间牢房里，没有瓦盆子递出来，谷山望进去。坐在草堆里的是那两个被抓进来的宋主事和石主事！谷山道："二位，把瓦盆递出来！"

两个司官闭着眼不理。谷山劝道："二位凑合着吃吧，别跟自己过不去。"两主事睁开眼，看着谷山。长着长胡子的石主事突然觉得谷山面熟，仔细地回想着。谷山等着瓦盆递出来。石主事道："你是谷山？"

谷山笑了笑："我早认出你来了，你不是石有林么？"石主事惊喜："谷山！能在这儿遇上你，真是天意！没想到，你还认得出我来！"谷山道："当年在国子监一块念书的时候，我们俩在一个屋里住了半年，能不认得么？对了，你们怎么在这儿？"

石主事道："谷山你别多问了，有办法把咱们两人弄出去么？"谷山道："他是谁？"石主事道："户部宋主事！"

谷山道："把瓦盆给我。"两人急忙把瓦盆递出。谷山给瓦盆里舀上食，低声道："石有林，你说实话，你们俩到底出了什么事？"

石主事一把抓住谷山的手，目光急切："谷山，你听我说，梁诗正大人在钱塘遭到陷害，咱们得出去救他！"谷山震惊："莫非你们是为了梁诗正的九十万两水利银来的？"

宋主事道："正是！梁大人发现户部银库的出银记录消失了，就派我们俩前来查看银两的下落，没想到，刚到钱塘，还没查验银两，汪子复就诬蔑我俩是劫匪，意欲打劫银库，把我俩送进了牢里！"

谷山道："我也去过梁诗正的老宅，也是在那儿被抓的！"宋主事道："这么说，咱们都掉进了他们的陷阱！"谷山道："要救梁大人，得有证据！"

石主事道："他们伪造了梁大人的一封亲笔信，单凭字迹看，此信确是梁大人所写，可是，梁大人在写亲笔书信之时，加盖的印章必是落在签名的那个'正'字上，若稍有偏差，都得重写。而这封信的印章落下之处，却是落偏了。谷山，你得想办法把我们俩弄出去！要不然，梁大人他……"话还没说完，谷山就被突然蹿出的娄大鼠当头狠狠一棍抽晕了过去。当天娄大鼠就让四个狱卒拖着被打昏过去的谷山，从门里拖出来，扶着将他摁在天井的一块大门板上，把他的两只手掌死死地抬起。

娄大鼠嘴里咬着两枚长长的铁钉，手里拿着锤子，取下一枚钉，对着谷山的左手掌狠狠地钉了进去。手掌上鲜血迸出！又一枚钉子钉进了谷山的右手掌，鲜血滋了娄大鼠一脸。娄大鼠骂着，对着谷山的脑袋重重打出一拳。刚痛醒的谷山又昏了过去！

梁诗正派去的两位户部主事，迟迟没有书信传回，梁诗正心中隐隐不安，铺下纸砚，伏案疾书："唐中丞大鉴：今年三月户部发往钱塘水利银九十万两，按规出库，运往彼地。而养仲近日查库之时，意外发现银册之中竟无此银出库记录。不知该银是否安然运抵钱塘银库，甚为牵挂。为万全计，养仲派宋、石二位主事前往钱塘查问。今养仲将此事密告中丞，若二主事遇有不便，望中丞相助。梁诗正拜上。"写完他从抽屉中取出一枚小小的腰形印章，蘸了印泥，按自己盖印的习惯在"正"字上端端正正地盖了上去。在信封上写上"浙江巡抚唐思训大人亲启"。又想了想，往信封的左角又添了"急"字。

但是梁诗正派出的这两名主事，没有等到唐思训看到密信，就被铁箭飞和宋府大管家李堂设计，死在了钱塘大牢中。

寸土堂中，李堂来给铁箭飞送了一封密信，是一封伪造的梁诗正亲笔信，是铁箭飞的岳父宋五楼找人按梁诗正亲笔手札仿造的，李堂专程去苏州找了一位仿造宋元名画的丹青高手，亲自操刀。从此人手底下出来的活，别说是一封信，就是仿绘的《清明上河图》也没人能看出一点破绽来。有了这件东西，梁诗正就是长了十张嘴也有口难辩！

那两名户部主事的事情，铁箭飞则给了李堂一个建议：梁诗正既然将这两人派往钱塘，他在审讯之时不会不说，都察院也定会派人去钱塘寻找这两个人的下落。只有让他们死，戏才演得下去。不过，死有多种死法，一定要死得合情合理，让人抓不到把柄。等到都察院派司官追查起来，就让汪子复告诉他们，这两个劫匪不知为何自杀在牢里。都察院司官定会如此推想：这二人是梁诗正派来的心腹，因知道梁案瞒不过去，知道必死无疑，不得不自寻短见。这事，只有这么做，才能天衣无缝。

铁箭飞又让李堂回到钱塘之后，准备好腊梅水，这件事情，马虎不得，他会派人去钱塘亲办。

一切都准备妥当之后，东风已备，现在是时候去把梁诗正这个案子的火芯子点了。铁箭飞沉吟片刻，叫了等在门外的浙江按察佥事马旗门进来。

一个四十来岁、瘦个子、高颧骨的官员躬着身子走进了寸土堂的密室，一对眼窝深陷如洞，长着一张人见人畏的脸，他便是浙江按察佥事马旗门。马旗门道："铁公子，我来京城已经数日了，多谢铁公子把我马旗门引见给讷中堂！今天我是来登门道谢的！"

铁箭飞道："马大人，你好不容易来一趟京城，我想有件事想托你办。"马旗门道："马某若是没猜错，铁公子的这事，不光烫口，还烫手。"

铁箭飞道："这世上，不烫手的事，算不了大事。我想请你去见我父亲一趟，将一件绝密之事告知于他。不瞒你说，我父亲姓铁，对自己的儿子不光有铁脸，还有铁门，更有铁规。所以我不便开口的事，就烦请马大人了。"

马旗门领命之后，来到铁府。临窗旁，摆着一张低矮的小板桌，桌上摆着一大碗老粗叶茶，穿着一身便袍的铁弓南在后院磨坊独自喝着茶。马旗门坐在一旁椅子上。

"下官早就听人说，铁大人府上不设客厅，见客有两处，一处是书房，一处是磨坊，今日可是亲眼见着了！"马旗门道。

铁弓南道："人只有在磨坊，才知道如何为官。要把官做好，就得像驴子拉磨似的，兢兢业业，老老实实，埋头苦干。所以，这间磨坊，既是本大人的见客之处，也是自个儿闭门思过的地方。"

"还有一条，铁大人在磨坊见客，是想让来客明白，不该说的话不能说，不该求的事不能求，要不然，人就连牲口都不如了。"马旗门道。

铁弓南道："既然知道，马大人就有事说事，无事走人。"马旗门笑了笑："铁大人，我来找您，是想告诉您一件惊天动地的事儿！"

铁弓南冷笑一声："你马大人有件惊天动地的事？玩吧你！""户部侍郎梁诗正侵贪了浙江的九十万两水利银，您会信么？"马旗门道。

铁弓南道："当我是傻子？"马旗门道："不敢！下官是按察使，伺候着的就是一个'法'字，敢在铁大人跟前说些无证无据的话么？"铁弓南道："有证据？"马旗门道："有！您要是不信，可亲自去趟户部银库，查一查那笔运往浙江钱塘的水利银有没有记在出库账册上。这笔不在账上的银子如今就藏在梁大人在钱塘的老宅子里！"

铁弓南眉头一紧："证据何在？"

马旗门从袖中取出一沓纸，轻轻放在铁弓南面前。铁弓南沉默，盯视着马旗门的脸，像是要看透脸皮底下的骨头。

突然，铁弓南感觉到什么，回脸朝窗外看去。

窗沿下，站着正在听房的房杠。

一夜未睡的铁弓南却精神特别好，洗完脸将手巾不慌不忙地挂上，从小肚子手里接过梳子，梳了梳辫子，对着镜子看了一会儿自己的脸，用剪子剪了鼻毛。

小肚子站在一旁："老爷，今儿个您有喜事？"铁弓南将剪子一扔："备车！"

铁弓南匆匆走出大门。一辆马车已停在门前等待，侍卫打着车帘。铁弓南向车门走去，突然想起什么，回脸看着站在身后相送的房杠。

铁弓南道："房杠，小肚子说了多回了，你有听房的毛病？"房杠道："老爷，您不是吩咐过，府上的事，事无巨细，让我都留意点儿么？"铁弓南气愤道："我花钱雇的是管家，不是花钱找个听房的三耳朵!”

房杠道：“老爷，房杠我只怕在府上稍有差错，误了您的大事，所以就多长了个心眼。”铁弓南道：“怕是多长了个贼眼吧？你结完账就打铺盖滚吧!”房杠道：“老爷!”

铁弓南不再理会，上了马车，重重关上车门。

早晨铁箭飞也巧合地回到了铁府，目送铁弓南的马车离去，看到房杠阴沉的脸，拍了一下房杠的肩膀，道：“房杠，我父亲不喜欢三耳朵，可我喜欢三只手。若是你还想吃铁家的饭，来寸土堂找我!”

房杠回头，看见铁箭飞抱着胳膊，站在照墙的阴影里。

铁弓南的马车停在神武门宫门外坪场，张廷玉从宫门出来，走向等候着的轿子，猛见铁弓南站在面前，吓了一跳。

“张中堂，我在此等候，是想告诉您，在咱们身边又出了件大事!”铁弓南一脸正色。张廷玉的脸色紧张起来：“不会是……又出了个裕善吧?”铁弓南从袖中取出一卷纸，递给张廷玉。张廷玉接过，飞快地翻看了一下，抬起脸：“梁诗正侵贪九十万两水利银子，会么?”

铁弓南道：“我去了银库，没找到那笔银子的出库记录！要是我告诉您，这九十万两银子眼下在哪，您定然会吓一跳。”张廷玉道：“在哪?”铁弓南道：“全躺在梁诗正的钱塘老宅里!”

张廷玉道：“你有证据?”铁弓南道：“浙江按察佥事马旗门亲口告知此事，不会有错！而且，当地知县汪子复就是奉了梁诗正的亲笔密信，才帮着他将银子秘密运进梁宅的!”张廷玉道：“那他这封密信，有下落么?”

铁弓南指了指张廷玉手中的纸卷：“就在您手中!”张廷玉颤着手，重将纸卷打开看了一会儿，脸色变得惨白。铁弓南道：“张中堂，这几片纸，不会吓着了您吧?”

张廷玉急忙摆手，发出一声冷笑：“真是知人知面不知心！没想到他梁诗正也会干出这等杀头之事来!”

铁弓南道：“张中堂，这儿说话不方便，请上马车，我还有话说!”

张廷玉坐在马车软椅上，急等着铁弓南开口。铁弓南抱拳：“拜托张中堂将此证据亲手交给皇上!”张廷玉道：“铁大人，你为何不拿着这些证据，像上回扳倒裕善那样，自己去见皇上?”

“外界都在传，我铁弓南和梁诗正素有不和，若这些证据是从我手中交出去，难免会有风言风语、节外生枝。”铁弓南道。

张廷玉道：“那你为何不交给刘统勋呢?”铁弓南道：“刘统勋与梁诗正是什么关系，你不会不知吧?”

“可你不会不知，梁诗正是我的弟子，这么重大的事你托我去办，放心么?”张廷玉道。

“宫里自从出了那几桩大案，皇上就指望着军机处能处变不乱，像像样样做个大秤砣子，想必您老定当会尽心尽职！”铁弓南道。

张廷玉一抬手：“不多说了，我这就去见皇上！”

乾隆在东暖阁听了张廷玉的陈词之后，“咣”的一声，将一只珐琅彩的茶碗摔得粉碎，取过榻案上的纸片，拍打着：“上头写着的，都属实么？”

张廷玉道：“铁弓南亲自在户部银库查证，证人证词都经得起三法司会审。而且，这九十万两水利银，并未运至银库，全都藏进了梁诗正的老宅。出库之银未曾造册，而银子全都运至私宅，就凭这两条，此案就已铁证如山。皇上！朝廷拨下的这九十万两水利银，是用来修筑钱塘海塘的，而修海塘是为了保住浙江最大的一块丰饶粮田！梁诗正敢冒天下之大不韪，侵贪这笔银两，就是在夺我大清粮田！其害尤烈，须得速办！”

乾隆脸上泛起一层既憎恶又伤感的暗影：“朕要立个规矩，凡祸害大清粮田者，无论是谁，一律严办、速办，不得有半点拖延！哪怕只是一只鸡，也要用牛刀杀！张六德，朕有旨！”

候在一旁的张六德应声：“奴才在！”

乾隆道：“准张廷玉奏，即刻缉拿梁诗正，交刑部议审，并传朕刚才的这番话！”张六德道：“奴才这就告知内务府拟旨！”

披挂着大铁链子的马拉囚车押上梁诗正的时候，北京城上空纷纷扬扬飘起了雪花。各种市井的叫卖声此起彼伏。

雪朵硕大。空旷的街面，一条孤独的老人身影紧裹在一件棉披风里，拄着一根拐杖，站立着风雪中，整个人像是在等待着一种悲壮的吞噬。他是刘统勋。

刑部大狱门外大街，尖峭的寒风刮得雪片在半空团团打转。

浑身是雪的刘统勋站在路心，口里哈着重重的白气。囚车在刘统勋面前停住，押车的刑部司官认出了刘统勋，行礼：“刘大人何故在此？”

刘统勋道：“囚车里押着的是梁诗正么？”刑部司官道：“没错，正送往刑部大狱！刘大人在刑部大狱门前拦车，有皇上的手谕么？”刘统勋道：“梁诗正与我同院为官，他下了狱，我不能置之不问，故此前来见他一面，问他一句话。”

刑部司官道：“那好吧，刘大人问完了话，立即走人。”捕兵将盖在车上的桐油大布掀起，笼里蹲着一个人，刘统勋探望笼内，吃了一惊。梁诗正苍白如雪的脸像是死了一般，只有两只眼窝还有些生气，闪着柔绵的光亮，圆圆的额头如同一块岩石，脖子上已多了一副厚厚的木枷，一根粗实的大辫落在枷板上，像是一堆黑土。

镣声一响，梁诗正抓住笼栅：“刘大人？”刘统勋的声音发颤：“梁诗正，你还知道我是刘大人？你听着，我前来拦车，只是要听你说一句话，你能如实回答么？”梁诗正道：“能！”

刘统勋道：“我问你，你真是贪官么？”梁诗正突然哈哈大笑起来，“您竟然也犯了糊涂，连自己最信赖的人是清官还是贪官都分不清！我梁诗正不光是个清官，而且一清见底！”刘统勋道：“既然如此，你能洗刷自己么？”

梁诗正看向笼外的一片片飞雪：“刘大人，上苍降下这漫天大雪，是因为老天爷不忍看到人世间的污浊，要还它一个清白！”

刘统勋的嘴唇哆嗦了一会儿：“我听明白你的意思了……”押车司官大声道：“押走！”刘统勋道：“等一等！”囚车停下。刘统勋走近囚车，抓住梁诗正的手：“张廷玉让我跟你说一句话：罐子破了，也别破罐子破摔！”

梁诗正眼里闪起泪花：“记住了！我会好好活下去，为自己洗刷冤屈！刘大人，您也多多保重！”

桐油大布哗的一声盖下，车轮转动，雪浆溅起。刘统勋站在深夜的大雪中，眼里含着泪水。

刘统勋望着隆隆驶向刑部大狱的囚车，心里有了一种自己被轮子轧过身躯的痛感。他无法相信梁诗正会是贪官，也无法不相信梁诗正不是贪官。让他万般揪心的是，他根本就不知道这种痛感还会延迟多久、还会有多少“贪官”会突然冒出来……

脸色沉重的刘统勋跟着张六德疾步进了养心殿东暖阁，施礼。乾隆坐在炕前和孝贤皇后说着话，孝贤见刘统勋进来，退到屏后。

刘统勋道：“启禀皇上！微臣刚从都察院赶来。”乾隆打断刘统勋的话：“先不说都察院的事！听说，昨晚上你冒着大雪拦下了梁诗正的囚车，有这事么？”

刘统勋道：“有！微臣要对案情细究之后才能回皇上的话！”

乾隆道：“那好吧！你听着，从今日起你暂时不要去户部了，待在都察院，朕给你十日时间，将梁案审理出来，让三法司尽快议处。”

刘统勋道：“皇上，此案的发生地在浙江钱塘，若要查清查明查实，恐怕不能操之过急。”

乾隆道：“朕如今最揪心的，就是粮田之事。张廷玉说得好，侵贪水利银就是在害粮田！对于如此祸害大清国粮田、顶风作案的罪臣，朕要斩立决！不要多说了，照办吧！”

刘统勋的目光痛苦而焦虑：“臣……遵旨！”

屏风后面，孝贤皇后听着，脸色不安地轻叹了口气。

刘统勋来到都察院，与孙嘉淦商议之后，派两个都察院司官前去钱塘，沿途驿站都按八百里加急派给马匹，三天就能到钱塘，潜入到梁诗正的老宅去，亲眼看一看那笔银子是否真的在那儿藏着。

虽然刘统勋人没在户部，他的一举一动却都落在户部侯祖本的眼睛里。都察院的两个司官人还没离开京城，侯祖本就已经到了寸土堂，跟铁箭飞汇报了情况。铁箭飞掏出一张银票，给了侯祖本，让他转交给冯三鞭，让冯三鞭在对梁诗正动刑的时候，下手要狠。动刑之后，要让梁诗正有口难开、有手难写，不能让他有喊冤的机会。

侯祖本收了银票，匆匆告辞。

寸土堂里还毕恭毕敬地站着一个人——房杠。铁箭飞抬起眼，看了一眼站在面前的房杠："看来，你还是恋栈的。我留下你了，从今日起，你就是寸土堂的大管家。"

房杠感激道："房杠不才，能为铁公子鞍前马后伺候着，就是天大的福分。"铁箭飞一笑："你不才么？不不，你太有才了！把你的衣襟解开。"房杠一愣。

铁箭飞脸色一沉："莫非要让我动手？"房杠迟疑了一下，将衣襟上的大襻扣一个个解开，露出内衣。铁箭飞道："把内衣脱了。"

房杠迟疑，咬咬牙，将内衣脱去，竟然露出了插在腰里的一把折扇、两杆火铳、四支飞镖和一支缠腰软剑！铁箭飞站起，绕着房杠看着他腰间的"家伙"，嘿嘿地笑起来。房杠浑身一棱棱结实的肌肉鼓起。

铁箭飞重又坐回椅子，架起二郎腿，笑道："房杠，你真以为我不知道你的来历么？在来铁府当我父亲的管家之前，你做过镖局的镖师，还当过两位王爷的贴身保镖，还在健锐营做过一年的教习，端的一身好武功，而且杀起人来从不眨眼。那年轰动京城的铸银局焚厂案和盐局九尸案，都是你的大作。"

房杠脸色变得像死人一般惨白，双目中突然露出从未让人见过的狠鸷凶光，一股杀气咄咄逼人，沉声道："铁公子是怎么知道这些的？"铁箭飞道："你有你的眼力，我有我的眼线，不必多问。"房杠道："公子既然知道了我房杠的来历，那就让您见笑了！"

铁箭飞道："见了这一把折扇、两杆火铳、四支飞镖，外加一支缠腰柳剑，世上还有人笑得起来么？——把衣服穿上吧。我之所以让你来当寸土堂的大管家，是因为我信得过你。你来铁府这几年，你的一举一动全在我的眼里。"

"房杠能得公子如此厚爱，定当以身效命！"房杠抱拳。

铁箭飞道："我要的就是你这句话！你听好，立即动身去浙江钱塘，帮我办一件事。去县衙大牢见两个户部主事，将他们杀了，而且要让人看出是畏罪自杀。"

房杠道："明白！"铁箭飞取出两张造像："这是他们俩的造像，你带上。"房杠看了一眼造像，抬起脸："不用。"

铁箭飞道："很好！记住一条，到钱塘后，去宋府见一下我的岳父，把事情告诉他，若是他有何事吩咐你办，照办就行！"房杠道："我立马就动身去钱塘！"

第八章

两主事命丧腊梅水　杜训导宣平烧烟草

两个都察院的司官一身短打扮，沿着钱塘梁诗正老宅围墙外跑来，准备翻墙入内。四周静悄悄的，看不到一个人影。

两人打了个人梯，翻身上墙，悄悄跳进了宅子，摸黑在楼屋间一间间地寻找着。一间杂房里堆着柴草，十来个执刀的衙兵埋伏在后头。一士兵低声道："有动静了！"

洪把总示意别出声："果然不出五爷所料，来的定是朝廷查案的人！要让他们亲眼看到银子！"

两司官进了杂房看了一会儿，退了出去，借着月光摸向梁宅楼梯口，楼梯门上挂着的锁却是半开的。

两人对视一眼，摘锁推门，蹑手蹑脚地走上楼去。

银箱在楼屋里垒得满满的！两司官震惊。

房杠几乎是与两司官一同到达钱塘，先去了宋府，

宋五楼抬脸看着坐在正堂太师椅上的房杠，惊喜道："梁诗正下狱了？"房杠道："梁案通了天，皇上限十日之内严审定案，要斩立决。"宋五楼眼里放光："我女婿这一招可真灵哪！"

宋五楼将一个小银瓶递给房杠道："箭飞所要的腊梅水，早已配好，你带走吧。"

房杠将银瓶放入怀中，站了起来，头也不回地走出门去。

县大狱环水的后院狱楼墙根下，房杠的脑袋从水里冒了出来。

昏黄的灯光下，两个喝醉了酒的狱卒趴在小矮桌旁打着呼噜，桌上翻倒着酒瓶，满是剩菜残羹。头顶的明瓦被掀开，一条绳索垂下。房杠倒悬着身子，缘绳而下，一

个鹞子翻身，两脚轻轻落地。

一个胖狱卒醒来，拍着嘴打哈欠。房杠取过酒壶，塞到胖狱卒手里。胖狱卒对着壶嘴猛喝了几口，又趴上桌，昏沉沉睡去。房杠从胖狱卒的腰里摘下牢门钥匙，看了看墙上的囚犯挂名水牌，从牌上找到了两个司官关押的牢门号，脸上浮起笑意。

他向走廊深处关押两司官的牢门走去。铜钥匙插进锁孔，锁打开。房杠不慌不忙地走进牢门。

靠在草堆里的宋主事和石主事嘴里塞着大铁丸，听到动静，猛地睁开眼，口里发出“呜呜”的声音。房杠站在黑暗中，打量了两人一会儿，慢慢抬起手，从怀里取出宋五楼交给他的小银瓶，拔去塞子。

两司官看着房杠的举动，顿时明白了什么，挣扎着，欲从草堆里爬起。房杠抬脚，将两人踩住。

他摁住宋主事的脑袋，将银瓶里的腊梅水从鼻孔里面灌了进去，然后取下铁丸，只一会儿，宋主事舌头吐出半截，牙齿狂咬，将舌头咬烂，满嘴淌出紫血，很快咽了气。

房杠利索地毒杀了宋主事后，用同样的方法也将石主事毒杀。见两人已死，房杠收起银瓶，将两人照原样靠在草堆上，然后退出了牢房。

房杠重回酒桌旁，将牢门钥匙重又挂回胖狱卒的腰间，攀着绳，从明瓦窟窿里爬了出去，随后取出两枚小石子扔在狱卒头上。房杠收绳，明瓦覆上，一切如旧。两个狱卒被石子打醒，取过灯笼：“看看去，别出事了！”两人朝牢房走去。

不一会儿，牢廊深处传来狱卒的狂喊声：“死人啦！死人啦！”

梁宅阁楼上，两个司官轻轻打开一口口银箱，银锭排列得整整齐齐。

司官甲道：“九十万两水利银全在这儿！”司官乙道：“咱们能给刘大人回话了！对了，带上一张银箱封条回去，可以作证！”两人扯下一张封条藏起，正要往外走，楼下传来脚步声。

两人急忙在黑暗中趴下。

楼下传来士兵的大嗓门：“洪把总！关在县大狱的两个盗银贼，全都咬舌自尽了！”洪把总的声音：“自尽了？仵作验过尸了么？”士兵的声音：“验了，尸体已运往火化场。”洪把总的声音：“娘的！便宜他们了！”

司官甲道：“怎么又冒出两个盗银贼？”

司官乙道：“走，咱们从窗户爬下去，上火化场看个明白！”

西湖湖面上，“三潭印月”的小石塔上落着一只只白色水鸟，湖风吹过，白鸟惊飞。

杭州清河坊嘈杂而又繁荣的商街挂满了店招和幌子。行人毂击肩摩。人群中，疾走着头上扎着绑带的杜霄。

一家专制官袍的袍服店里，几个官员在试穿着新制的袍子。杜霄站在店门前，往里看着。好一会儿，他脸上露出一丝倔傲的冷笑，拉了拉肩上的褡裢，继续往前走去。

杜霄来到清河坊一家医馆的小客房，积着血污的纱布从杜霄的后背上一圈一圈地解下。郎中给杜霄还未愈合的伤口抹了药，缠上布条，拎起医篮退出房去。杜霄边穿上孝衣，边喊住了郎中。

郎中道："您还有吩咐？"杜霄道："医馆的这间客房能租多久？"郎中道："这就要看先生您带没带够银子。"

杜霄从褡裢里摸出几块碎银放在桌上："这是我的老师送给我的盘缠，我没舍得用，搁你这儿了。等把我的伤全都治好了，再结算吧。"郎中道："行！"杜霄道："对了，送一副笔墨纸砚来。"

清河坊空荡荡的街道上，风打着旋子，在街面上扫着隔宿的积尘。案上的烛火在医馆客房忐忑地晃动。杜霄坐在案前，脸色异常平静，看着执在手中的刘统勋托交的那封信。他动作敏捷而果断，用手指往水碗里蘸了蘸水，抹在信口，将信拆开，抽出信，然后取笔蘸墨，往信笺上涂改起来。

信笺上凡有"谷山"的字迹，都被他一个个抹去。他将信重又看了一遍，将烛火移近，取过一张无字信笺，照着刘统勋的笔迹，在白纸上重写起来。笔搁下。两张信纸放在一块，纸上的字迹竟然一模一样，只是没有了"谷山"二字。

杜霄将刘统勋托付的信件交给唐思训之后，如愿以偿地在唐思训那里谋了个训导的八品官儿做。杭州城内，闲来无事，杜霄便日日泡在浙江巡抚院署档房里翻着一函函历年的《邸报》。因为那里有他曾经骄傲过往的全记录。

十年前，在大清的官场上，暗地里流传着四个字——"六雀堂主"。上至枢廷大臣聘请的幕宾，下至四品道员雇下的师爷，他们都知道，江湖上有个名叫"六雀堂主"的高人。此人擅长代写奏疏，凡经他那双捉刀代笔之手写出的奏疏，十有八九都是名疏。那几年，无论是幕宾还是师爷，要替主子撰写奏疏之时，就千方百计找到"六雀堂主"。

这些找人代笔写下的奏疏，有的是直递内务府的明折，有的是往军机处过手的密折，无论明走暗走，最终都到了皇上跟前，都成了经皇上朱批之后的名疏，都刊在了《邸报》上，传遍天下。六雀堂主代笔的奏疏全都登在《邸报》上，一字不差。这个六雀堂主是个天下奇人！

看着柜上一排排自己捉刀代笔写的《邸报》，一股无比得意、激奋、自豪而又失落、嫉妒、愤怒的感觉，五味杂陈地涌上杜霄的心头。这种感觉逼得他几乎发狂。当年名满江湖的六雀堂主只能像龟一般把脑袋缩在壳中，像狗一般蹲在暗处，像鱼一般潜在水底，像鸟一般匍在枝头！

当年，二十岁的“国子监”监生杜霄在礼部会试考场上，下笔如风，先于众生考毕，得意地放下笔，正要起座，忽又灵机一动，捉笔在文章的最末添起诗来：“胸中有长剑，一日几回磨。”

杜霄无比自负，将笔一掷，用镇纸将卷压住，推椅起身，哈哈大笑着得意地扬长而去。意气风发的杜霄从国子监大门里走出，一群同窗监生围了过来。监生抱拳：“恭喜杜兄！听说此次会考，你得了个满堂彩，三日后殿试，就看你的了！”杜霄抱拳回礼：“哪里哪里，小试牛刀而已！”

谷山背着一个包袱，垂头丧气地从大门里走出。杜霄道：“谷山，怎么，这就回浙江？”谷山苦笑着：“考砸了，回老家待着，听天由命吧。”杜霄道：“记着，别给国子监丢脸！回浙江后，静候佳音吧。依我估计，你弄个县衙的书办当当，不是没有可能。”

谷山抬头看看头顶“国子监”的匾额，真诚道：“杜兄，听说你这回考得不错，恭喜你了。等你考上状元，当上了朝中大员，别忘了给我来封信，我也好替你高兴高兴！”

杜霄春风得意：“那还用说么，一言为定！”

可是杜霄和谷山都没想到，杜霄在卷子上画蛇添足的那两句诗，改变了他的命运。那句“胸中有长剑，一日几回磨”被考官断定此生为狂生，杜霄被开除出国子监，仕途无望，心灰意冷，回到了杜家庄，办起了一间小小的“六雀堂”，以收受学童教书为生。

或许是命中注定，一个偶然机会，杜霄代官员撰写起了奏疏，屡获成功，后来一发不可收，来找他的京中幕宾和地方师爷络绎不绝。短短几年，杜霄竟然捉刀代笔写下的奏疏有六七十篇之多，而且十有六七都成了刊行《邸报》的名疏。他代笔的奏疏，时不时地在朝廷中引起轰动，那些因递了名疏而升官晋爵的官员更是不在少数。然而，唯独他杜霄被撂在了官场之外，默默无闻。

按大清律，替人捉刀代笔撰写奏疏，是犯罪之事。后来，满京城都在传说有个“六雀堂主”凭着一支笔，既可定人生死，又可主人升降，越传越广。为了能安然活着，更为了有朝一日能一酬抱负，杜霄关了“六雀堂”，重又赴京会考，总算出仕任了钱塘县令。可万没想到，在钱塘上任才短短一年，就受人陷害，和谷山一块被发配去了宁古塔。

如今，一切都时来运转，杜霄庆幸自己能重新回到官场，而那个谷山，就让他自生自灭去吧！

在档房闲了几日之后，浙江巡抚唐思训就让杜霄跟他一同出门去往宣平了。浙江巡抚唐思训的车马队伍行进在乡间泥道上，载着唐思训的马车旁，穿着一身八品官袍的杜霄骑在马上，脸色青峻。

唐思训的车窗打开着，与杜霄说着话："本大人在浙江走了十来个县，发现好多地方的粮田并没全都种上粮食，至少有二三成的粮田都在种黄烟，还有不少富户人家买下大片风水好的田地，盖楼造宅、修筑庭院，触目惊心哪！"

杜霄道："占田修宅，对粮田的伤害还毕竟有限，严令之下或许还能禁止，可种黄烟要是蔓延开来，那就麻烦大了，光凭地方官吏喊几声，乡间地头贴几张告示，恐怕禁不了。"

"刘统勋大人在按着《大清律例》整治户部，咱们也得照着刘大人的办法，用《大清律例》处置此事！"唐思训道。

杜霄道："我已查过《大清律例》，禁烟一例写得明明白白。"

唐思训道："好！刘大人没看错你，咱们在宣平县先办个样板出来，然后让那些种黄烟的州县都照此办理。所以，宣平一役打不打得好，不单事关浙江春粮能否播齐，更是事关浙江能否还田于粮！"

杜霄道："下官明白中丞的意思！此去宣平，下官定然不负厚望！"唐思训满意地打量着面前这位刚刚提掖上来的年轻人："杜霄哪，刘统勋大人向我举荐了你，本大人破格让你当上了八品训导，这当然是暂时的，若是这趟差事办得好，本大人自会向朝廷给你请功。"

杜霄道："为朝廷立功，是我梦寐以求之事，要不然，就对不起在刑部大狱救我一命的刘大人了！"

二人到了浙江宣平之后，便在浙江"宣平县署"衙门前的空场上，燃起两盆熊熊大火。旁边是一捆捆烟叶堆积如山。临时搭成的木板高台上，坐着浙江巡抚唐思训和省衙训导杜霄。一队护兵扶着腰刀拱卫在后。场子边，围满了绅商、乡民和镇民。十来个被绑着的吏胥、烟贩子跪在地上。省衙司官大声道："处州府宣平县的各位绅商！各位镇人！各位乡人！浙江巡抚唐思训大人今日来到此地，高坐台上，想必大家都看明白了，是来焚烧烟草的！"

众人骚动起来。唐思训戴上近光眼镜，大咳一声站起，扫视着台下道："有人说，本大人是个傻子，城砖拍在脸上，还以为是请帖到了，当这个巡抚只是徒有虚名。所以，有些人就想来看本大人的笑话。本大人说粮田就得种粮，他们就把话倒着说：想吃粮就得不种粮，得种烟！本大人说，种了那么多烟，要是有个三灾二荒，你能将烟嚼嚼当饭吃么？他们又把话倒着说：老天爷真要给灾，就是不种烟，也没粮食收！行啊，本大人还真是个傻子，没法跟不讲理的人玩舌头！既然本大人舌头不行，还有什么行呢？那本大人告诉你们，只有一样行，那就是能让你们哭，能让你们认不了家门！”

围满场子的众人小声议论起来。

司官厉声道：“安静！”

“什么是哭？就是眼珠子淌水！什么是认不了家门？就是一去不回！把这两句话中‘水’给取出来，再把这个‘去’字取出来，你们说，三点水加个去，是个什么字？”唐思训道。

“是个‘法’字！”众人嚷道。

唐思训大笑了几声：“看来，你们把本大人的话听明白了！本大人没别的本事，只有手里拽着个‘法’字来跟你们玩！怎么个玩法呢？既然你们戴着铃铛在做贼，那本大人就举着火把来抓贼，都玩明的！这么个玩法，玩出什么来了？玩出了今日这场面：火烧烟草！”

众人们“哄”的一声又议论起来。

唐思训道：“一说要烧烟草，有人心疼了，是么？你们要是早知道本大人执法如山，就不会有今日！各位都看见了吧，跪在台底下的这帮人，有蛊惑乡民弃田种烟的吏胥，有坐收烟草收受暴利的商人，有走镇穿乡收购烟叶的贩子，本大人依着这个‘法’字，让人将他们给绑了，待烟草焚尽之后，就将他们交衙门议处，决不宽贷！那么，各位又会问了，你唐中丞凭着的这个‘法’字，到底是个什么玩意儿呢？那好吧，就请浙江省衙训导杜霄来告诉你们吧！杜霄，该你了！”

杜霄背着手，不慌不忙地扫视着台下：“我杜霄跟唐中丞不一样！中丞大人手里攥着的是印把子，我杜霄此刻手里攥着的是刀把子！印把子喊一声斩，刀把子就喝血了！而唐中丞的这个印把子凭什么要喊出个‘斩’字来？凭‘法’！本训导奉唐大人之命，就来告诉你们，这个‘法’字上是如何管着烟草的！《大清律例》中写明：凡文武官员吃烟者革职，旗下人枷号两个月，鞭一百。民人责四十板，流三千里。如官员不行拿获，革职究问，鞭一百，枷号两个月。护军不行拿获，鞭一百，枷五个月。不听劝谕种烟者，罚没所产烟草，从重治罪，屡犯者，斩！”

场子上鸦雀无声。

杜霄脸色威严：“其实，你们不该麻烦唐大人，要是你们不种烟、不收烟、不抽烟，唐大人今日就不该坐在这台上。雍正五年，先帝就曾向天下臣民颁下过一道谕旨，奉劝乡民们要以粮食为重，莫受烟草厚利之诱惑，更不可弃粮种烟！先帝是这么说的：‘米谷为养命之宝，既赖之以生，则当加意爱惜。至于烟叶一种，于人生日用毫无裨益，而种植必择肥饶善地，尤为妨农之甚者也。谆切劝喻乡民醒悟，知稼穑为身命之所关，非此不能生活，而其他皆不足恃。'先帝如此苦口婆心，全为天下粮田计，为天下粮仓计，更为天下生黎计！可是，先帝的这番话，你们听了么，没听！这能不叫唐大人难受么？今日，我将话说到这份上，已是欲哭无泪，不得不奉唐大人之命，将这堆收缴的烟草付之一炬！要是这把火还烧不醒你们，还废了粮田去种烟，那就逼着唐大人明年这时候还来此地烧它一场！——点火！"四个士兵将手中的淋油火把点着，扔向烟草堆。顿时，干烟叶燃烧起来，烈火浓烟腾空而起。

宣平的一把火让处州之行大功告成，杜霄献上的"火烧烟草"之策，烧掉的不单是烟草，还将那帮种烟收烟之人的念想也给一把火烧了。这把火也烧出了杜训导的名声，浙江的烟草商和官员都知道了唐思训身边有个叫杜霄的八品训导。

京城的户部院公房里，刘统勋和孙嘉淦带着四五个勘查案情的高手，拿着西洋放大镜对着梁诗正的那封"亲笔信"与梁诗正的其他书信反复地对照，仍然看不出任何的差异。摆在一旁的那页留有空白的账面，在放大镜前也干干净净一无所有。孙嘉淦站起身，背着手，在屋里来回踱着，梁诗正亲自将这笔银子运出了库房，却没有在账面上做任何登记，而这笔银子据说又全都在他梁诗正的老宅里。此事倘若是真，那只有一个定论，那就是，梁诗正侵贪了这笔银两！

正当两人痛心之时，两个派往钱塘的司官浑身泥浆，相互搀扶着，几乎是跌了进来。

刘统勋急忙起身，道："如何？"

司官甲道："银子果然在梁诗正的老宅里！"说着从怀里取出一张封纸，双手递上，"这是下官在银箱上取下的封条，请二位大人过目！"刘统勋接过封条，看了好一会儿，递给孙嘉淦。孙嘉淦看了一会儿，眼皮狂跳不止。

司官甲道："还有一事！我们俩在梁宅见到银子后，意外见到钱塘县牢里有两具死尸拉出来火化，没想到，这两人是户部的石主事和宋主事！"孙嘉淦道："这两人是梁诗正的亲信！"司官甲道："我们见到这两位主事死了，就设法打听了一下，得知此二人前往梁宅，要汪子复把银子给运出去，被汪子复抓进了牢里，或许是见事情败露，才在牢里自尽了。"孙嘉淦道："自尽的？怎么个死法？"司官乙道："我们在火化场见到两人舌头嚼烂了，想必是咬舌而死。"

刘统勋惊得坐回椅子，看来，梁诗正一案已成铁案了。可是，刘统勋还是不愿意相信，他还要亲口问一问梁诗正。刘统勋到了刑部大牢，将躺在草堆里的梁诗正扶起靠上墙，拉过草垛，垫在他的脑袋下。大声地问道："梁诗正！看清我是谁么？"梁诗正的嘴唇微微动一下，极力想把眼睛睁开，眼缝里淌出血来。刘统勋道："你的眼睛睁不开了，闭着眼说话吧！我是刘统勋！"

又一道血从梁诗正的眼里流出。刘统勋取出一块帕子，拭去梁诗正脸上的血痕。

刘统勋道："你要是能听见我在问话，就点点头，行么?"

梁诗正的头微微点了一下。

刘统勋道："我看到你点头了！梁诗正，你告诉我，你到底干吗要侵贪那九十万两水利银子?"

梁诗正的眼里涌出两道红色的泪水。

刘统勋道："你告诉我，宋主事和石主事为何要去钱塘?"梁诗正的眼睛睁着更大，红泪又涌出。刘统勋道："你的眼泪是不是想告诉我，你是冤枉的?"

梁诗正的喉头嚅动着，却是一点声音都发不出。他抬起被夹烂手指的手，好不容易将内衣的一角扯起，放在牙上，狠狠一咬，扯下了一块布角。他将这块白色的布角颤抖着递给刘统勋。

刘统勋看着布角："给我这块布角干吗?"

梁诗正抬手指指天，指指地，又指指自己的心口。

刘统勋突然明白过来，大声问道："梁诗正，我知道你有许多话要说，可你已说不出话，也写不了字，你想让我明白，在这件事上，你对得起天，对得起地，对得起良心，是不是？你还想借这块白布角告诉我两个字，这两个字就是：清白！梁诗正，你是不是这个意思?"

梁诗正的头艰难地点了一下。

刘统勋将白布角藏入袖中，俯过脸去，贴着梁诗正的耳边大声道："你有没有冤屈，这块白布角说了不算！可既然你把它交给了我，我不能不把它给带走!"

又有两道通红的泪水从梁诗正的眼缝里淌出。刘统勋站了起来："梁诗正，你给我听着，如果你真的是冤屈的，那你就给我挺着，好好活下去!"他转身匆匆走出牢门。

乾隆在乾清宫西暖阁房里急踱着，猛地站停，回脸看着将染血的白布角托举手中的刘统勋，道："你是想告诉朕，他是清白的?"刘统勋道："微臣之所以敢斗胆将此白布角递到圣上面前，是因为微臣担心限期一到，刑台上落下的是一颗不清不白的脑袋。"乾隆道："朕给了你十日办案限期。你别指望朕会改口。"

刘统勋心肠一硬，不再顾忌什么，伏地大声："皇上给下的限期，微臣知道绝不可改，这是皇上的铁律!"乾隆道："既然知道，为何还来扰朕？你以为朕不知道你是梁诗正的好友么?"刘统勋道："请皇上容微臣抬起头来说几句实话!"乾隆道："准!"

刘统勋直起腰，将头抬起，脸上淌着汗珠子："皇上！倘若微臣只念及自己的大帽子，那么，微臣甚至不用十天就能结案。因为对于梁诗正来说，皇上认定他该死，他横竖已是个死人，微臣不用再怜悯他，随便给他定案就成。可是，微臣是都察院左都御史，肩上担着的，是圣上的皇纲王宪，倘若连微臣也违心地说起假话来，那么，天下还有公正明判之案么？皇上，您的身边，说假话的人还不够多么？难道还要刘统勋也算上一个么？”

刘统勋眼里闪起泪影道：“微臣不敢欺瞒皇上，这十日期限，微臣断不能将梁案的细枝末节全都搞清；梁诗正的作案同伙，还未能捉拿归案；那本留有空白的账册，微臣更是没能弄清真伪。所以，微臣前来觐见皇上，想斗胆给皇上说一句话：斩字之下，地狱或添冤屈之鬼；缓字之中，人间或留清白之人！”

乾隆目光锐利：“刘统勋，你在逼朕！”刘统勋摘下大帽子，以额叩地：“微臣不敢！微臣只是在说实话！”乾隆道：“不，你敢！你一进来，朕就看出你要将朕往墙根儿逼！”

刘统勋道：“微臣没在逼皇上，只是逼自己在皇上跟前句句说的都该是实话！这个‘逼’字，微臣不敢想，更不敢用！”

“你想错朕了，朕喜欢这个‘逼’字！满朝文武，没一个人敢用这个‘逼’字来逼朕，只有你，敢逼朕更改圣谕，敢逼朕收回成命，敢逼朕在这块白布角前退让三步！”乾隆道，“那好吧，朕作三步之让，换你三十日限期！你听着，三十日之后，你再不把案情查明，那么，朕给你的只有三个字了：提头见！”

刘统勋深深伏下脑袋，重重叩头，重声道：“微臣刘统勋，不敢辜负圣望！期限一到，倘若还未能结案，微臣自当提头来见！”

乾清宫西暖阁，乾隆背剪着手站在窗前，手里拿着那块沾血的白布角。一旁，坐着孝贤皇后。两人一直在沉默着。

乾隆突然醒过神来：“皇后，你怎么不说话？”

皇后道：“皇上刚才说的那两句话，让臣妾的心……又悲又喜。”

乾隆道：“朕对你说什么了？”

皇后道：“皇上说，刘统勋跪在您面前，说下了这么两句：‘斩字之下，地狱或添冤屈之鬼；缓字之中，人间或留清白之人。’这两句话，正是臣妾想说而不敢说的，方才能从皇上口中说出，臣妾便把这个‘悲’字儿给放下了，心里替皇上在高兴。”

乾隆感觉到一种深深的压抑，将白布角放下，推开了窗。窗外，是一个雪后的布满阳光的大蓝天。

浙江杭州的唐府中，唐家小姐小放生正在院子里坐着发呆，古灵精怪的丫头果然还是不适合这座精致的江南园林。想起谷山，她焦虑地站起身子，径直往大扇子养伤的客房走去。

小放生回唐府的过程，也可谓是一波三折，有惊无险。当时，谷山在钱塘被关进大牢的时候，大扇子和小放生也到了浙江，想要丈量清楚当年父亲在景安县勘察的田亩数，却没想到铁箭飞托岳父派去抓他们的宋府护院也紧随其后，伺机想杀人灭口。大扇子和小放生两人决定先去浙江景安县衙，找周伏天的旧友——景安县令黄留头。

这个黄留头头脑好使，做知县多年，见本县境内那么多粮田都坏事了，被缙绅富户侵占的侵占、圈走的圈走、毁坏的毁坏，加上造假的造假，一年比一年少，而县里的吃口，又一年比一年重，田少人多，景安的粮食就成了稀罕物，不光粮价暴涨，还时常为了点粮食到处开打，闹出了一条条人命，他便想出一个“以田换命”的主意。

凡是夺了田的富户中有人犯了法，只要他们愿意拿出所侵之田来，就能换回性命，就能“以田代刑”或是“以田代命”，交了田他们就能走人。那些被判了砍头的犯人，为了保命，他们都愿意把田交到县衙来。几年下来，先后照“以田代命”的私规办理了几十宗绅商侵田案，把上万亩好田该发还的发还，该保住的保住。那些换回来的好田，被县民们叫做了“留头田”，日子一长，景安县令黄大升也就得了个“黄留头”的外号。

大扇子跟小放生说明来意之后，黄留头先是倒了一碗酒，洒在地上，祭奠前辈周伏天，随即派人与大扇子小放生一同下地丈田亩。

黄留头和派来的几个助手跟着大扇子一块丈量着。几把大弓尺在景安农田里移动着。不远处的沟坎边，小放生已煮出了一锅饭。小放生喊道：“大扇子，还有这几位大哥，吃饭了！”突然，一阵马蹄声响起，六七个宋府护院骑着马，狂驰而来。大扇子刚到景安，铁箭飞就得到了消息，给自己的岳父宋五楼写去急信，让他务必将大扇子斩草除根。宋府护院不由分说地夹马一拥而上！瞬间就将大扇子夹起，扔进马车里，疾驰而去。小放生和黄留头反应过来，率衙卒策马紧随。

两股尘头卷起，两队人马越来越近。很快，马车被追上，停了下来。黄留头勒马大喝：“都给我听着，本大人是景安县令黄留头！想活命的，把人给我留下！”

护院领头稳住马，冷哼一声：“这不是找死么！”

小放生猛地拔出腰间的火铳：“我看找死的该是你！”

“嘭”的一声大响，火铳放出，护院领头的帽子被打飞。护院领头大怒，猛喝：“弟兄们，拔出家伙，给我上！”

护院们拔出剑，朝着黄留头一干人等杀了过来。黄留头冷笑一声，将手一摆，衙卒们纷纷出剑，迎战而上。

剑声交错，铿锵作响！两支人马混战成一团，打得黄尘卷动，尽掩人马。黄留头朝小放生伸出手：“大小姐，借火铳一用！”小放生将铳膛灌上火药，掷给黄留头。

黄留头执着火铳，大笑着拍鞍而上，对着护院领头的大腿猛地开了一铳。护院领头发出一声惨叫。宋府护院护着领头，往前狂驰而去。黄留头不依不饶，放声大笑着，继续追赶。突然，护院领头回身飞出一镖，黄留头中镖，一头栽下马来。

小放生领着衙兵冲上，护院领头见敌不过，弃车而逃。

蹄声远去，江堤边终于安静下来。

小放生翻身下马，跑到马车边，拔出刀子，将捆着大扇子的绳索一截截挑断，黄留头的嘴里咕嘟咕嘟地往外冒着血。

黄留头摇了摇头："来不及了，我得去……去见周老前辈喝酒去了。大扇子，要是哪天能去京城，告诉……告诉京官们……都下来看看吧……看看吧……大清国的粮田快……快没了，得……得保住它啊！"说着头一歪，死去了。

大扇子和小放生狂声："黄留头！"大扇子的身子突然一软，昏倒在地。她的一条胳膊被血染得通红！

如此在外面飘荡惯了的小放生，为了给大扇子治伤，才回到了杭州唐府。

就在小放生路过唐思训书房的时候，突然听见了谷山的名字，一惊，便躲在窗下静静地听里面的人说话。

来人是钱塘县令汪子复，住在来福客栈，特来杭州向唐大人报告案情的。可唐大人不在府上，他便将梁诗正藏银案的种种情形说与了楼师爷，又说京城来了两个劫匪，想要劫走银子，那个谷山也卷进了劫银案里。

小放生听到这里吃了一惊。她转身往廊外跑去，进了唐府后院一间楼屋内，猛地推开门，大声道："我打听到谷山的消息了！"大扇子正洗着手臂上的伤口，急忙站起来道："他在哪？"小放生道："我说出来，你别害怕！他被汪子复抓进了县大牢，还跟两个劫银贼扯上了！"

大扇子震惊道："他下牢了？"突然，窗外响起隐隐的雷声。大扇子脸色沉静，解着胳膊上的绑带。

小放生道："你要干吗？"大扇子道："你刚才说，那两个劫匪上梁诗正老宅去劫九十万两水利银，而现在又死在牢里，这事真要是像你说的那么简单，想必谷山不会跟他们扯在一起。"小放生道："看你的架势，想去牢里救谷山？"

大扇子道："我救不了他，可救不了也得救！"小放生道："你有什么办法？"大扇子道："梁诗正是户部侍郎，如果真出了这么大一件事，朝廷肯定不会不知道。再说，此事又发生在浙江，朝廷定然会有加急公文发给你父亲。若是能见到公文，事情的来龙去脉或许就能弄清楚了。"

小放生道："对，只有弄清楚了，才能救谷山！大扇子，我这就领你去父亲的书房，说不定你说的那封加急公文就在案头搁着！"大扇子道："好，那就快走！"

大扇子和小放生几乎是带着雷声一同进了唐思训书房。闪电将书房照得惨白。小放生将书案上的油灯点亮，两人在案头的公文堆里翻找起来。

小放生抓起一沓没拆开的信件，一封封翻检着。突然，她发现了什么，将一封信抽出："你快看这封！"大扇子接过信看了看。信封上写着四个字"户部梁缄"，上头还加了个"急"字。"这或许是梁诗正写给你父亲的信。"小放生一把将信夺过，"别猜了，看看就知道了！"她一下子就将信封撕开，抽出了信件，凑近灯光读了起来。

信内，梁诗正写着："唐中丞大鉴：今年三月户部发往钱塘水利银九十万两，按规出库，运往彼地。而养仲近日查库之时，意外发现银册之中竟无此银出库记录。不知该银是否安然运抵钱塘银库，甚为牵挂。为万全计，养仲派宋、石二位主事前往钱塘查问。"

小放生抬起吃惊的脸，看着大扇子。大扇子道："看来你我猜对了，事情果然没有这么简单。按《大清律例》，帑银拨下，必须存放在衙门藩库，怎么能进入私宅呢？由此看来，这就有了两种可能：要不是梁诗正自己侵贪了这笔银子，那就是有人故意要陷害于他。"

小放生道："那你说，哪种可能比较大呢？"大扇子道："就算梁诗正侵贪了这笔银子，发现事情暴露，派两名户部主事来处理此事，可他又为何又会写信给你父亲呢？这里面肯定有蹊跷。"小放生道："你是说，梁诗正是冤枉的？"

大扇子道："我看是冤枉的。"小放生道："咱们谁说都不算，救出谷山才是头等大事！"大扇子道："你刚才见到的钱塘县令汪子复，他现在在哪？"小放生道："我听他对楼师爷说，他住在来福客栈。"大扇子道："走，我们这就去来福客栈！"

小放生道："去那儿干吗？"大扇子道："现在唯能解开这桩谜案的，是两样东西：一是梁诗正的这封信；二是汪子复的口证！"小放生道："你是说，我们是要去把汪子复给带这儿来，等我父亲一到，什么事都搞明白了？"

大扇子摇了摇头："不！梁诗正派来的那两位司官如今已死，谷山也被牵涉其中，汪子复又连夜赶来见你父亲说明此事，这里头绝非你我想象的那么简单。再说，我还有一种预感，梁诗正如今已不在户部，而是下了大狱！"

小放生道："那怎么办？"大扇子果断道："带上这封信，再带上汪子复，一同上京城！"小放生开心地笑起来："好啊，又有得玩了！不过，大扇子，带上信容易，要带上汪子复，那就不容易了。"

大扇子拍了拍小放生腰里的火铳："这是干吗的？"小放生眉头大展："我明白了，你是要我去做一回绑匪！"

窗外，大雨在雷声中落了下来。汪子复正靠在来福客栈一间客房烟榻上吸着大烟，两个烟花女子在给他点着烟灯。突然门推开，浑身淋着水的大扇子和小放生走了进来。汪子复猛地从烟榻上坐起："你们是谁？"

小放生手里转着火铳道："谁不谁的，你少问！我先问你，十二生肖里头，有属鸟的么？"汪子复道："什么意思？"小放生道："照本姑娘说的答来就是。"汪子复摇摇头："未曾听说过，十二生肖里没有属鸟的！"小放生道："错！我看你就是属鸟的。"汪子复道："我汪子复不属鸟，属……"小放生道："打住！本姑娘说你属鸟，这是在抬举你。满朝文武的官袍补子上，上至一品，下至九品，绣着的不都是一只只鸟么？"

汪子复的眼睛紧盯着火铳："对，没错！"

小放生道："这么说，你认自己是鸟了？那好，我小放生干的营生，就是捕鸟。今日来这儿，就是来捕你的！"小放生将腰里的捕鸟网抖开，一下罩在汪子复的身上。

汪子复在鸟网里挣扎："唐大小姐，我早认出你来了！你可别胡来啊！"小放生收紧鸟网，将火铳重重地抵在汪子复的腰上，笑着："咱们这就去京城遛遛鸟，走吧！"

大扇子和小放生一块动手，将罩在鸟网里的汪子复抬上了客栈外的马车。马车在雨中疾驰的时候，大扇子想到的是，谷山在大牢里的情形。她没想到的是，谷山也在大雨中越狱了。

这场雷雨将钱塘大牢的所有声响都淹没了，也将谷山浇醒了。被钉在门板上的双手一动，便有大股大股的血涌出来。求生的欲望使他迸尽全身力量，用牙齿用力地把钉子拔出来，二寸长的钉子被一点一点地拔出，留下两个冒着血的窟窿。摆脱了束缚的谷山将扔在地上的上衣拾起，快速穿上，奔到小门边，悄悄摘下门板，斜着靠在石墙上，退后数步，猛地冲上门板，借着惯性纵身一跳，身子跃出墙外！

谷山出去之后找了只船准备走水路去京城的时候，被前来追杀他的洪把总逮了个正着。

谷山逃出去之后，撑着篙行驶在运河里。后船舱的底板推起，洪把总执着火铳爬了出来，不急不慢地走向谷山，举起火铳，对准谷山。谷山道："我还是没躲过你。"洪把总道："其实要杀你，我在钱塘大牢就能杀了你！"谷山道："那你为何不出手？"

洪把总道："我要找的，不光是你谷山，还有你老婆大扇子。我想看看，她是不是和你有点儿夫妻相。"谷山吃惊道："这么说，你连我老婆是谁都知道了。"洪把总道："宁古塔的冯三鞭回京了，你不知道吧？他一回京，宋家的铁公子能不知道你谷山和大扇子的来历么？"谷山道："这么说，你是不放过我了？"

洪把总道："如今不是放不放的事了，而是杀不杀的事了！既然你已死到临头，那我就直言相告吧，大扇子和小放生在杭州府打劫了汪子复，不知下落。不过，用不了多久，我将抓住她。到那时，只要五爷一句话，她就能下地狱找你去了！行了，受死吧！"

谷山急道："慢！洪把总，你得让我死个明白！告诉我，我谷山和杜霄从宁古塔一回来，你就三番两次地追杀，这到底是为何？"

洪把总哈哈笑出两声，脸一沉："这还不明白么？谁让你们俩活着回来了还不安分，还想着查清当年海塘决堤的事，还多管闲事，闹到了梁诗正的老宅！你说，这不是找死么?”

谷山道：“你这么一说，我弄明白了两件事！一件是，当年我和杜霄下狱，就是你们挖下了陷阱！第二件是，梁诗正的事跟你们脱不了干系，他也掉进了你们设下的陷阱！告诉我，有杜霄的消息么?”

洪把总道：“他可比你运气好多了，如今投在了浙江巡抚唐思训的门下，穿上了八品袍服，当上了省署训导!”谷山道：“你在骗我!”洪把总道：“你在我眼里已是个死人，见过大活人骗死人的么?”谷山仍然不信：“我哥要是回到浙江，头件事就是来找我！你再怎么说，我都不会信!”洪把总大笑：“既然你不信，那就等下辈子投了胎，再去问他吧!”

就在洪把总对着谷山的脑袋扣下火铳击铁的时候，谷山猛地将手里的篙子往洪把总身上一掷，趁着洪把总一错愕，纵身跳下了河。洪把总大骂一声，跳上船唇，对着河里开响了火铳。

水面上，渐渐浮起了一团鲜血。

谷山挨了一火铳，居然命大地被河边芦滩打鱼的渔夫救了上来，渔夫还帮他去钱塘镇找到了王不易。谢过渔夫之后，谷山和王不易二人收拾行囊，去往京城。

第九章

阴阳楼解密墨鱼汁　刘统勋大狱劝忠良

乾清宫院里，乾隆背着手走动着，身边跟着刘统勋，两人静静地说着话。

乾隆道："宋人欧阳修的《朋党论》，文中有这么一段话：'大凡君子与君子以同道为朋，小人与小人以同利为朋。'还有一句，'故为人君者，但当退小人之伪朋，用君子之真朋。'内廷发生了这么多巨案，朕就一直在想着一件事，那就是，谁是真朋，谁是伪朋。像张廷玉这样的中枢大臣，其实知道大清国的粮田出了事，只是在瞒着朕而已！像他们这样的人，朕能把他们再视为真心朋友么？"

"不过，二位大人的忠心仍是不可置疑的。"刘统勋道。

"为臣者，忠心有两种，一种是忠职，一种是忠国。"乾隆道，"前者是小忠，后者才是大忠。在朕看来，他们最多也只是小忠。延清啊，梁诗正案看上去是侵贪了九十万两水利银，可关碍的却是大清国造水利、保粮田的大事，说到底，也是粮食安危。为了让你能尽快把案子办完，腾出手来替朕把天下粮田的事管好，朕准备为你把路给扫一扫，让你这只瘸腿走得更稳些、更快些。"

张六德前来报，说张廷玉在西暖阁伏地请罪。乾隆和刘统勋便一同回到了西暖阁。乾隆坐在榻上，两侧椅子上陪坐着刘统勋和讷亲。白发苍苍的张廷玉跪在西暖阁长榻前，对着乾隆老泪如雨。

乾隆道："衡臣快快请起，你在梁案上受到的非议，朕怎能不知？快起吧，朕心里明白着呢！不过，你还须记住朕常说的那句话：为臣之道，不在忠厚，在于忠诚。也就是说，做股肱大臣的，要能识大体，时时以国计民生为念，若是掺了私心，那就成了投机取巧之人了。这样的人，朕不仅不喜欢，还恨之入骨。"

张廷玉刚要站起，听出乾隆话里的意思，更为惶恐，又急忙跪倒："圣上教诲，老臣铭记不忘！当洗心涤虑，痛改前愆，不负圣恩！"乾隆道："怎么又跪了？起来吧，你来替朕拟一道谕旨，今日就得明发下去。"

张廷玉起身，随张六德在一张小案旁坐下，案上摊着几张纸，笔墨都已现成。他取过笔，蘸了浓墨，复又抬起头来。他吃了一惊，乾隆已不在屋里。张六德道："张相爷，皇上吩咐过了，这道谕旨的内容都在另纸上，您只要重新誊抄一遍就成啦。"

张六德将手里的一张纸轻轻放到张廷玉面前。张廷玉看了看纸，目光震惊，脸上顿时沁出一层冷汗。纸片上密密麻麻地写着人名！张廷玉握着笔管的手颤抖起来。张六德催促："请张相爷落笔！"

张廷玉如梦初醒，一边"哦哦"着，一边赶忙照单誊抄。纸上，落下了一个个人名。张廷玉越写手越颤，眼睛里蒙满了不敢掉落下来的泪水。椅子上，刘统勋痛心地闭上了眼睛；讷亲的眼睛虽半闭着，却难抑脸上的笑意。

皇上让张廷玉亲笔誊抄的，是一份革去三十四位官员职务的明发谕旨。这三十四位官员，全是张廷玉的亲属与亲信。皇上这次是要铁了心修剪修剪朋党，为刘延清办理粮田案扫清障碍。

刘统勋与孙嘉淦在梁案上该查的都查了，都对梁诗正不利。只是还有一个死结没打开，就是账册上到底有没有记下过那笔账，若是记下了，字迹为何又找不到了。此事是定案的关键，若是查明白了，案子就会走出迷津。

刘统勋在京城的巷子里兜兜转转，独自一人走在人丛中，边走边寻找着什么。他向路人打听，按路人的指点向一条胡同走去。胡同细长而潮湿，刘统勋在一堵并不起眼的门楼前站停，门楣上挂着一块破匾，上写"阴阳楼"三个草字。

刘统勋轻轻叩响了门环。好一会儿，暗沉沉的门影里，一个戴着兔子帽的小童探出脸来："客官来自何路？"刘统勋道："死路。"小童道："带来何物？"刘统勋道："死物。"小童道："想找何人？"刘统勋道："死人。"小童把门打开："请进吧。"刘统勋撩起袍角，跟着小童进了门。

屋子里挂着黑帘，点着几盏暗沉沉的油灯，摆着各式奇形怪状的器物，有拆散了零件的西洋机器，有还没装配成的奇枪怪炮，有煮着黑稠稠不知何物的大铁锅。屋角堆着各种各样的草药和奇石，墙上挂着用蛇蜕做成的雨衣、用大蜈蚣做成的剑鞘、用猴尾编成的掸子；木架子上是一只只瓦盆、木盒、竹笼子，养着蛇蝎、蜥蜴、双头龟、独脚鸡、无毛鸭……一只戴了刑枷的猴子像死囚似的蹲在屋子的角落里。整个楼屋神秘、诡异，令刘统勋感到浑身发冷。

刘统勋问小童："我是特意来拜访鬼爷的，不知鬼爷在么？"

小童道："客官定是听说了鬼爷的大名，才来阴阳楼的。不知客官来找鬼爷，求的是什么东西？”

刘统勋道：“并不求物，只是求教。”小童道：“这么说，客官是宫里的人了？”刘统勋道：“你怎么知道？”小童道：“阴阳楼常有宫里的官爷前来求教些事儿。”刘统勋道：“童儿，请鬼爷出来吧。”

小童抬起手，摘下头顶的兔儿帽，露出的是稀稀拉拉的几绺白发：“在下就是鬼爷。”刘统勋吃了一惊，旋即笑起来：“失敬！失敬！刘某有礼了！”他对着侏儒“鬼爷”行了一礼。

鬼爷声色平常：“你官居二品之上，是皇上身边的人？”

刘统勋道：“从何看出？”鬼爷道：“人的屁股底下，都有一股气场。从坐上椅子的模样一看，就知道他的底气所在了。”刘统勋道：“实不相瞒，我是户部尚书刘统勋。”

鬼爷道：“听说过。你的那口大红棺材又从山东带回来了，进宫之时，棺中积满雨水，至今棺底还是潮的。”

刘统勋吃惊：“这事儿你又从何得知？”鬼爷道：“宫门虽大，大不过市井之人的嘴巴。宫里出的几件事儿，全在市井之人的口中。”刘统勋抱拳：“服！我来见你，是想问问，一本书上若是写过墨字，可这墨字又不见了，到底是何原因？”

鬼爷道：“刘大人说的不是书，是账册。”刘统勋道：“对，我绕了个弯子。”鬼爷道：“书上的字是用墨印上去的，不是用墨写上去的，故此，书上的字除了烧去，不会墨字全无。所以，我断定你想问的，不会是书，而是账册。市井中都在说，户部出了梁诗正大案。既然是大案，就得大查，既然要大查，就得在账册上大动干戈。是不是户部的账册上有账找不到了，刘大人？”

刘统勋道：“正是如此！”鬼爷从柜中取出一个小瓶，在砚台上倒出了一些黑汁，取过笔，在纸上写了三个字“墨鱼汁”。

刘统勋眼睛一亮：“鬼爷是说，倘若用墨鱼汁代墨写在纸上，会自行消退，直至无痕？”鬼爷道：“三日即消，了无痕迹。”

刘统勋兴奋地站起：“明白了，多谢鬼爷指教！告辞！”他向门外走去。鬼爷道：“等等。”刘统勋回身。鬼爷道，“将这张纸带走，上头的字正是墨鱼汁所写。”

刘统勋将鬼爷的这张纸带到都察院，交给孙嘉淦。“墨鱼汁”三个字解开了多日来账面字迹消失的谜团，刘统勋既高兴又害怕。高兴的是，终于得知了墨字消退之谜；害怕的是，梁诗正真的是动用了此术，把他自己的脑袋搁上了断头台。现在只能希望找不出梁诗正使用墨鱼汁的证据，梁诗正才有可能保住脑袋。

可刘统勋在明处，还有人在暗处观察他们的行踪，铁箭飞得知刘统勋去了阴阳楼，便找人将存有墨鱼汁的小瓶连夜藏到了梁诗正公房柜子的隐秘角落。

当刑部司官将从梁诗正柜子里搜出的小瓷瓶呈到乾隆的御案上时，乾隆震怒，下旨结案之日，斩立决！下朝之后，刘统勋又去了死牢，带去几样小菜和一壶酒。梁诗正的脸仍然肿得厉害，两只手全是血痂，狱卒上前，开锁卸下梁诗正肩头的枷板。

梁诗正按住刘统勋正在倒酒的手，笑了笑："打住吧，这还不是我的临终酒，暂且免了吧？"

刘统勋道："等到皇上批斩的谕旨下来，恐怕我就不能再来为你单独送行了，所以，今晚上……"梁诗正道："我知道，你是来与我道别的。"刘统勋道："也不全是。我想再问问你，那瓶墨鱼汁，你到底为什么还要藏着，难道真的是指望还能第二回得手么？"

梁诗正"哈哈哈"地笑起来。刘统勋道："你笑什么？"梁诗正收住笑，脸上浮起极大的痛楚："我笑我太蠢，死到临头了，竟然不想把话再多说上一遍了。"

刘统勋道："你是说，这是冤枉你的？"梁诗正摆摆手："如今再说此话，已经晚了。重刑之下，我都在供纸上按了血手印，还有何话可说呢？延清，你是我梁诗正最敬重的朋友，我只求你一件事。"

刘统勋道："说吧。"梁诗正道："听说我的恩师张廷玉，在皇上跟前失宠了？"刘统勋道："他从来就没在当今皇上那儿得宠过。"

"正因为如此，他如今对自己的一落千丈才更会伤心。延清，张廷玉虽然对朝廷忠诚不足，可对皇上却是忠心耿耿。"梁诗正道，"无论他老人家会走到哪一步田地，你能帮他之时，得帮他一把，别让他落得个像我一样的下场……说实话，我不怕下地狱见阎王，只怕在地狱里见到恩师……"刘统勋道："放心吧，我深知张廷玉其人，能扶他必然会扶。养仲，你自己的事真的就没有什么话要交代么？"

梁诗正苦然一笑："既然你要我说些私心话，那我就说几句。我不想让你往后想起我的时候，想起的是一张怒气冲冲的脸。阳有官刑，阴有冥罚，该受的，都得受，怨不得朝廷，更怨不得皇上。我此去泉台，不会有一丝恨意。既然此生认定了做官，就不恨自己做鬼。"

刘统勋叹出一声："你啊，要是不当那个贪官，那有多好！咱们在一块，就像当年保粮仓一样，替皇上、替百姓把粮田给保住，那有多好啊！可如今，你我得分手了……想到此，我心里难受……"

梁诗正道："延清，你真以为我是贪官？"刘统勋沉默了一会儿，垂下眼帘："咱们俩，都指望下辈子吧，下辈子要是还能同朝为官，我刘统勋一定好好拴着你，不让你……"梁诗正道："打住！"刘统勋道："我说错了么？"梁诗正眼里闪起泪影："你……你是在逼我……喊冤？"

刘统勋道："你无冤可喊，在刑部、都察院、大理寺的案头上，你的罪条已是铁证如山。"梁诗正脸上的肌肉抽搐起来，身上的铁镣一响，撑着膝盖站起，对着刘统勋跪了下去，眼里满含着泪水，对着刘统勋失望地连连摇头。刘统勋："养仲，这又何必?"

梁诗正将身上的铁镣正了正，抱拳："刘大人！我梁诗正受人陷害，自知已是跳入黄河难以洗清，也就作罢了，愿以自己的头颅留给后世，待有朝一日实情大白后，相信皇上定会还此颅于清白！故此，我打消了争辩的念头，愿意扛着贪官的罪名，坦坦荡荡地上路！可是，让我伤心的是，我平生最好的朋友，竟然也把我认作贪官，认作该下地狱的人，我……我不能再这般委屈下去了!"

刘统勋道："你想说什么?"梁诗正道："刘大人，能帮我带一句话给皇上么?"刘统勋道："说!"梁诗正淌着泪："请刘大人禀告皇上：梁诗正虽然死不足惜，可死不瞑目!"

"咣啷"一声响，狱卒锁上了牢门。

走出门来的刘统勋回过身，望向牢里紧抓着铁栅的梁诗正，望了好一会儿："我没有白来！你让我带给皇上的话，我定当带到!"

梁诗正道："可你已不可能再让皇上给你一月之期了！延清啊，咱们来世再见吧!"他的脑袋重重抵在了铁栅上，紧抓着铁栅的双手在剧烈颤抖。

刘统勋的嘴唇在剧颤："你还有遗言带给家人么?"梁诗正点点头："我对家人，无遗言可留；可对大清国，我有遗言不能不留，我把它写给你!"刘统勋将自己的一只手掌递进栅去。

梁诗正咬破手指，在刘统勋的掌中写下了"鱼鳞册"三个血字。

眼看结案日就到了，刘统勋被皇上的一月之期，逼得日夜连轴转。躲在暗处的寸土堂在这些日子也异常忙碌。铁箭飞现在已然是中堂讷亲面前红得发紫的人物，他为讷图全力操办的"青云当铺"在京城开张，并替讷图立下了规矩：小生意不做，穷生意不做，亏本生意不做！谁要是跟"青云当铺"交上朋友，银子给得大方，"青云当铺"定能叫他们在官路上青云直上!

讷亲在当铺开张的那天，跟铁箭飞说："讷图能办成青云当铺，当然全是你的功劳。往后，他该如何经营，还得靠你多给他指拨指拨。如今，潘八指高升出任吏部侍郎了，今后吏部的门钥匙现如今攥在了自家人手中，往后进进出出，就方便多了。"然后拍了拍铁箭飞的手，意味深长地道，"干爹可是把路已给你们铺好，你们如何去走，就不用我再教，好好干番事出来，为朝廷立功。"

铁箭飞被他的一席话说得热血澎湃，当即将寸土堂的家妓一口红介绍给讷亲。可他没想到的是，这个笑靥如花细腰肥臀的娇俏人儿，与讷亲渊源已久。她的命，是中堂保下的，她能去寸土堂，也是讷亲的主意。她与讷府的白姑娘，平日就在京城的豪华酒楼锦花楼见面，铁箭飞的寸土堂的一举一动，已经全在讷亲的视线之中。

当日，讷府的人叫了一口红去锦花楼伺候，见面之后，白姑娘给了一口红一只小小的红木盒，里头是一块木牌，抬头刻着一条黄龙，镌着“侍卫处”三个字。白姑娘道：“这是宫里的腰牌，往后你要是遇上难事，这块腰牌会让你逢凶化吉。”

第二日一口红回到寸土堂之后，狡黠地轻启朱唇道：“中堂只说了两个字：孝顺！”铁箭飞微怔了下：“就这两字？”一口红道：“不多不少，就这两个字！”铁箭飞突然放声大笑，从锦凳上站起：“好！很好！看来，讷大人是真心认下我这个干儿子了！”一口红也跟着笑了起来，笑得钿头乱颤、千娇百媚。

铁箭飞与岳父宋五楼密谋的梁诗正案，斩期已定，当务之急是不能再出事端，便派出他的秘密武器房杠，守住城门，杀掉来京的谷山、大扇子、小放生和汪子复，一个不留！

衣衫褴褛的谷山和王不易坐在马车里，这条通往京城的土道上满是尘土。谷山从衣袋里翻找了一会儿，将空无一物的药袋掷了。王不易看了看谷山苍白如纸的脸：“谷爷，这一路上你全靠芙蓉丸撑着，药瘾越来越大。”谷山声音虚弱：“不是药瘾，是毒瘾。我染上毒瘾了，要是不吃它，就会……”王不易道：“就会死。你说了一百零三遍了，我替你数着。”

谷山打着哈欠，撑了撑身，硬让自己坐直：“男人到了这份上，最想见的，就是老婆。不知大扇子怎样了。”王不易道：“洪把总不是说，宋五楼也在抓她么？她一个老女人，能逃得过么？我也替她担心。”谷山道：“有小放生在，或许她能逢凶化吉。”

王不易道：“这些天，我夜里都没睡过一个好觉，老觉得洪把总会来抓你，眼下离京城越走越近了，你说，他们会不会在城门根儿守着？索王爷说，当年他抓犯案之人，就专在城门根儿蹲着，一拿一个准。”

谷山的眼睛里、鼻孔里淌着涕泪：“别说了，我让你讨的盐呢？”王不易从袋里摸出一小包盐递给谷山。谷山将盐倒进嘴里，皱着眉头嚼起来，嚼得沙沙作响。王不易急道：“你嚼的不是糖，是盐！你不要命了？”谷山道：“大扇子交代过，哪天我真的吃芙蓉丸吃上了瘾，就嚼盐，要不，我会疯。”

王不易道：“她这话你也信？”谷山苦笑着，嘴边掉着盐粒：“试试吧！”他大呕起来，趴在车架上连胆汁都吐了出来，王不易担心地拍打着他的背。马车轮子突然脱落，两人从车里滚了出来。王不易跳起来：“这车怎么跑的？”

车夫一脸愁苦：“没见车都跑烂了么？”谷山和王不易只能在尘土中拖着两条疲腿往前走着。谷山道：“再走上一两天，就到京城了。到了京城，不知道能不能见到梁大人，他派出的人都被杀了，他自己没准也遭难了。”谷山看到王不易沮丧地踢着路边的土坷垃，眼睛一亮道，“刘统勋大人不是回京了么？咱们先去找他！”

一辆囚车从两人身后驶来。车里坐着个身穿绫绸的商人，脖子上戴着枷板，脸色死灰。两个士兵骑着马，硬着脸面押车而行，停在了前方路边的小吃摊上。

戴枷的囚犯和两个士兵，大口吃着面饼喝着粥。谷山、王不易也走过去端着碗坐在一旁。忽然，谷山站起，坐到囚犯身边。囚犯的腿盘着坐了一路的笼车，都快盘折了，见谷山一副乞丐的样子，便跟谷山商议起了一桩生意。囚犯出二两银子，由谷山扛着枷，往笼里坐着，等进了京城，再换回来。谷山按捺住兴奋，假装沉吟片刻后，咬着牙道："好，我来代囚！"

王不易站在一旁急了，扯扯谷山衣襟："谷爷，这可不是代鞭，是代囚！你不会是两天没嚼盐，真疯了吧？"谷山低声："想活着进京城，有比囚车还安全的地方么？"

王不易恍然大悟。戴着木枷的谷山盘腿坐在笼车里，那个卸了枷的囚犯拄着棍，跟在囚车后头一瘸一瘸地走着。王不易一步不落地跟在车边。两个骑马的士兵仍旧是一脸铁重，在囚车后头跟行着。

远远的，城门越来越近。房杠坐在城门边茶摊前慢慢地喝着茶，一双锐利的眼睛盯视着朝城门走来的行人。囚车往城门口驶来，在茶摊前经过。房杠的眼睛在囚车上瞥过。谷山把脸埋在枷板上。房杠往囚笼看了一会儿，向行人移过眼睛。囚车驶进城门洞。

谷山和王不易借着囚车的掩护安全到了刘统勋府上，刘统勋听完他们说完在钱塘发生的奇事之后，就安排琴衣带他们去厨房吃饭，自己立刻动身去往都察院。明日就要行刑了，不管用什么办法，必须先救下梁诗正，一刻都耽误不得。

紫禁城的凌晨，空气里湿湿润润的，上早朝的乾隆从养心殿里走出来，舒舒双臂，深深地呼吸了一口养心殿院落新鲜空气，正要往大门外走，突然收住了步。刘统勋和孙嘉淦伏跪在地。两人的衣帽上湿漉漉的，满是露水。

乾隆一怔，回脸看向身边的张六德，张六德急忙欠身："昨晚上，刘大人和孙大人就上这儿来跪着了，说是有急事见主子，可又怕惊着主子，就在这儿跪着，还不让奴才往东暖阁惊扰您！"乾隆急道："你们两个快快起来，什么也别说，等上完了朝，再上这儿来回话！"乾隆快步走出大门。两人伏地大声："遵旨！"

下朝之后，乾隆坐在炕沿上，看着刘统勋和孙嘉淦跪伏在地，道："你们又要朕收回斩立决的御令了？刘统勋你自个儿算算，这是第几回了？"刘统勋道："臣刘统勋有罪！未能按期明察梁诗正一案的实情，使梁案更为扑朔迷离！臣冒死前来恳求皇上再次刀下留人，再宽免数日，臣定将此案彻底查清！"

孙嘉淦抬起脸："臣孙嘉淦也有罪！"

乾隆掸掸手："现在不是说罪之时。你们要朕一而再再而三地收回圣命，这不是让朕在王公大臣面前失信么？"

刘统勋道："皇上！梁案确有新的发现！回浙江戴罪立功的谷山，从山东回到浙江，奉我之托，寻找证人，追查当年他们所谓犯案的来龙去脉。可就在寻找之时，他有了意外的发现。”

刘统勋向乾隆讲述了谷山所经历的一切之后，乾隆猛地抬起脸，逼视着刘统勋：“你说的这些，听起来比山东空仓案更为离奇！你让朕如何相信？”

孙嘉淦道：“皇上，谷山能在山东诸城出生入死，揭露大清国粮仓前所未有的弥天大谎，在钱塘银案之事上，他也绝不会有半点虚言！臣愿以身家性命替他担保！”

“刘统勋，你刚才说自己有罪，罪在何处？”乾隆道。

刘统勋道：“臣派往钱塘的司官在梁宅见到了那九十万两水利银，却未在钱塘深查此银是如何运入梁宅，这是其一；司官在钱塘打听到梁诗正派往钱塘的两个主事已经自杀，却未在钱塘继续细查下去，弄清自杀实情，这是其二；微臣为了搞清户部银库账册记录消失之谜，亲自去市井寻访高人，破解了墨字消失的秘术，并在梁诗正的公房里找到了还未用尽的墨鱼汁小瓶，由此断定梁诗正确实侵贪了帑银，此为其三。而昨晚上，谷山冒死前来陈述的一切，使微臣顿时头皮发炸、冷汗直冒！臣知道，自己或许也掉进了别人设下的陷阱之中！身为都察院左都御史，如此草率办案，当是有负皇恩、罪责在身！”

乾隆道：“梁诗正不是还有一封亲笔写给钱塘知县的信么？在信中，他让汪子复将银子藏入私宅，汪子复照办了。你说，此信又作何解？”

刘统勋道：“谷山说，那两位死于钱塘牢中的户部主事告诉他，他们也见到了此信，却发现一个小小的破绽，那就是信上的私印稍稍盖偏了地方。此说是否成立，还待重新比对！”乾隆道：“此信倘若真是伪造，汪子复就不是报案之人，而是真正的犯案之人！”孙嘉淦道：“据谷山说，汪子复已在被人送往京城，若是没出意外，汪子复此时正在途中！审问汪子复，实乃破案的关键！”

乾隆摇头道：“你们太马虎了！连这两个关键都没有弄明白，怎么就定谳了呢？”刘统勋道：“皇上，容微臣直言！倘若不是有十日之限、三十日之限，时间如此紧迫，微臣断然不会这般仓促，以致草率定谳！”孙嘉淦暗暗扯了下刘统勋。

乾隆把手一挥：“别说了！传朕的旨：暂且收回梁诗正斩立决之御批，着令刘统勋、孙嘉淦二位大臣尽快查明案情，奏报御前！”

刘统勋、孙嘉淦伏地：“微臣遵旨！”

听闻谷山没死，还到了京城，现在梁案即将翻转，从不喜怒露于形的讷亲怒冲冲地掷了茶碗，跪在地上的铁箭飞向干爹保证虽然这次没能杀了谷山，可押着汪子复进京的大扇子和小放生想必还在路上，这一回无论如何也会将汪子复那三人给杀掉！不会再让他们逃过！从中堂府出来的铁箭飞立即派人去给房杠送信，让他带上能带的兄弟，见了这三人，不惜一切代价把他们灭了！

第十章

苦鸳鸯洞房花烛夜　鱼鳞册浮出水面来

房杠骑着马，缓缓驰走在京郊土路上，目光如鹰，注视着每个过路的车辆和行人。他突然看见一辆无篷马车风尘仆仆地驶来，车上坐着两个女人和一个男人，一眼就认出自己找的人到了！马车突然往路边的一条空无一人的小泥道驶去。房杠暗暗一笑。他知道，机会来了。他将帽檐一旋，一块只露着两个眼睛窟窿的蒙脸黑布落了下来，遮住了他的脸，手里扶着火铳，紧跟在马车后头。

载着汪子复的马车在月光下驶来，进了庄，在小街上缓缓行走着，要找个食宿之处。马车在一座破庙前停住。

大扇子道："在这儿住一晚，明日就能到京城了。小放生，扶汪县令下车吧，给他找碗酒喝，让他好好睡一宿。"大扇子拎着行李下了车，向庙里走去。小放生把汪子复扶下车，挟着他走进庙门。

小放生喊道："大扇子！哪儿有茅房?"大扇子道："自己找!"小放生把汪子复送进庙里，向庙后的一片树林子走去。

一条人影在庙墙上一闪。小放生道："汪子复，你这么不要脸，看本姑娘上茅房?"人影又从她身边一闪而过。小放生一把拔出腰里的火铳，绕到庙后，突然对着人影举起了铳，大喊一声："老头！看本姑娘饶你不……"她突然噤声。站在她面前的是房杠。

不等小放生再开口，房杠向着小放生一掌打来，小放生滚下深深的坡坎，重重地摔在沟底的乱石堆里一动不动。

房杠对着沟底看了一会儿，确定小放生这一摔肯定摔死了，回过身，朝原路走去。

从庙里天井传出大扇子招呼汪子复的声音。他身形一动，跳上了庙瓦。房杠在庙瓦面上飞跑了一阵，蹲下，从腰里拔出弓弩，朝庙殿的天井里居高临下选择着射弩的位置。

从瓦顶往下看去，大扇子和汪子复靠坐在草堆里吃着干粮。房杠将弓弩瞄准了汪子复的脑袋。

一条细细的黑影无声地落在庙瓦上。来人也穿着黑衣，脸上蒙着一块黑布，颠着脚奔向房杠。房杠似乎感觉到什么，站起身，缓缓回过脸去。蒙脸人也站停，在月光下看着他。房杠沉声："何人?"

蒙脸人不作声，举起了手里的长剑。房杠道："我再问一遍，你是何人?"蒙脸人挺出一剑。

房杠翻身而起，腾空跳下了庙瓦，落到破庙一处荒芜的院子。蒙脸人紧随着也跳下，长剑像追风似的向房杠刺去。房杠从腰间抽出软剑，手指往剑环里勾住，顷刻旋出一圈剑花，将刺来的长剑挡在了光影外。蒙面人突然对着天井大喝一声："大扇子！快带着汪子复走!"

这是琴衣的声音。

房杠一急，软剑搅得更密，剑身发出响尾蛇一般的沙沙声。

大扇子听到喊声，一把搀起吓瘫了的汪子复，往庙殿里退去。蒙着脸的琴衣和房杠绞杀在剑光中，谁也摆脱不出来，向着殿内越杀越近。两人突然撞开破窗，一前一后跃了进去。

房杠无心与蒙脸人恋战，边杀边找着汪子复和大扇子。大扇子夹着汪子复的手臂，在庙殿里躲避。房杠突然看见了两人，剑花一晃，摆脱蒙面人，"索索"两声剑啸，软剑便像蛇似的绕向汪子复和大扇子的脖子。

就在软剑扫过两人喉咙的一刹那，"铮"的一声响，软剑被一丸铁蛋击中，脱手弹起，往一尊四肢不全的金刚菩萨身上拦腰一绕，金刚顿时一分二截，轰然倒下，腾起一片尘土。

大扇子借着浓尘躲开房杠的追杀，用力撞开庙殿后门，挟着汪子复冲了出去。大扇子挟持着汪子复朝庙后的林子里跑去。汪子复喘着大气："我还活着么？我还活着么?"大扇子道："快闭嘴！再出声就死定了!"

两人跑进了黑匝匝的树林子。

房杠挺着火铳从廊间跳出。天井里，已经找不到蒙面人的影子，也无大扇子和汪子复的人影。房杠站定想了想，奔出破庙，往庙后的树林子奔去。房杠冲进林子，四下找着，林子里什么也没有。房杠沮丧地对着头顶狠狠开了一铳。

寸土堂里，"啪"的一声，房杠的脸上重重挨了一耳光。一道牙血从房杠的嘴角淌了出来。寸土堂一间屋内，铁箭飞怒不可遏："谷山跑了，我原谅了你，你又让那三个人跑了，我还能原谅你么？你误我大事了知道么！我……我铁箭飞真是瞎了眼，太轻信你了！你给我……给我滚，我不想再见到你！”

房杠往门外走去。铁箭飞咆哮道：“给我回来！”房杠回过身，看着脸色发青的铁箭飞。

铁箭飞道：“房杠，你知道没杀了那两拨子人，会带来多大的麻烦么？没准就因为这两拨人还活着，我苦心经营的寸土堂就这么垮了，我岳父宋五楼在钱塘苦心经营的家业也这么垮了！这还不算数，我干爹他苦心经营的……得了，你没必要知道这些！走吧，好好想想，真到了大厦倾倒之时，咱们该如何应付。”

房杠道：“现在有一个人能救咱们！”铁箭飞道：“谁？”房杠道：“侯祖本。”铁箭飞眼睛突然一亮：“你是说，梁案的始作俑者就是他？”房杠点了点头。

铁箭飞道：“好！我再信你一回，你务必把这件事办好！”

房杠带着三样东西，放在侯祖本家卧房圆桌上，一张白纸、一包白银、一根白绫，道：“给你送上的‘三白’，你不会不明白，白纸是留给朝廷的，白银是留给家人的，白绫是留给自己的。”

侯祖本绝望地伸出手，颤抖着抓过笔，打开墨盒，抖着蘸了蘸，往白纸上落下了笔，一张纸写得满满当当，颤着拇指，蘸了印泥，往纸上盖了个红指印。回过身哆哆嗦嗦将官袍给自己穿上，又取过大帽子戴上，一把抓过白绫，哆嗦着爬上凳子，将白绫往屋梁上挂住，打了个结，伸脖子往白绫里一套，脚一蹬，凳子倒下，两腿晃荡起来。

黑暗中，蒙面的琴衣赶着一辆布帷马车，飞快地奔驶在泥泞的乡间小道上。

惊魂未定的汪子复缩在马车内一角大口喘着。大扇子怀里抱着昏迷不醒的小放生。马车狂颠着，似乎要散架。大扇子大声问蒙面人：“你是谁？”蒙面人摘下脸上的黑布：“我叫琴衣，刘统勋大人的义女！谷山前两天就到了京城，把你们带着汪子复来京的事告诉了刘大人。我赶着车早就跟在你们后头，可没想到你们会在破庙里过夜，更没想到小放生会被打下深沟。她头上的血止住了么？”

大扇子道：“止住了。”琴衣道：“那就好。你们放心吧，这条小路通往承德，父亲说，要是我把你们接到，就送你们去哪儿，他和都察院的人在那儿等着。”

大扇子道：“刘大人想得真周到！对了，他知道我是那个死在宁古塔的周伏天的女儿，是么？”琴衣道：“是的。”

大扇子沉默。琴衣道：“怎么了？”大扇子苦笑笑：“没什么。不管怎么说，他能救我，我得谢谢他。”

琴衣赶着的马车一路狂奔通往承德。车里，小放生醒来。大扇子道：“小放生醒了！”琴衣笑道：“定是马车把她给颠醒了。”小放生道：“不对……我是听到鸟叫才醒过来的……这不是琴衣姑娘么？”琴衣道：“咱们又见面了。”小放生道：“是你救了我？”琴衣道：“要不是我，你这会儿还在沟底下躺着呢。”小放生道：“我欠了你一回，下回还你。这是去哪儿？”

大扇子道：“去承德。”小放生道：“去承德干吗？”琴衣道：“父亲担心追杀你们的那些人诡计多端、防不胜防，为确保安全，让你们暂时不要进城。”

小放生看着汪子复：“汪子复，这一路上，你什么都不说，一口咬定只有见了刘大人，才把知道的事给说出来。等会儿见了刘大人，你可不能食言。”

汪子复道：“这一路上，我都上阎王爷那儿去过好几回了，该放下的也放下了，见了刘大人，我把知道的都说出来。”

通往承德的驿道上，琴衣打鞭，马车疾驰。

突然，从路边的岔道驰出一匹马来，骑在马上的人穿着一身黑衣，蒙着脸，手里执着火铳。这黑衣人是讷亲派出的侍卫领班冒大人，他一直跟着房杠，见到他没能杀死三人，就易装蒙脸，冲到马车旁，对着车里的汪子复猛开一铳。拉车的马听到铳声，扬蹄惊嘶。

黑衣人拔出另一把火铳，对准了大扇子，就在击铁落下的一瞬间，琴衣已从背上拔出了剑，向着黑衣人扫了过去。黑衣人手里的两把火铳落地，见难以得逞，猛夹马腹狂驰而走。大扇子和小放生扶起汪子复，喊道：“汪县令！汪县令！”

满脸是血的汪子复已经死去。大扇子脸色苍白：“他死了！”小放生欲哭无泪：“咱们白干这一场了！”琴衣提着剑，怔怔地站在车旁，看着死去的汪子复：“还是没能逃过。”

琴衣带着大扇子、小放生到了承德之后，大难不死的谷山、大扇子、小放生、王不易四人又重新聚在一起，小放生看着脸色苍白的谷山，想说什么，却也终究没说出来，低头默默地扒拉着碗里的饭。

谷山道：“你们俩送来的那封梁诗正写给唐思训的信，加上我知道的那些事，都能证明梁诗正是无辜的。眼下，只要找到谁在户部账册上造了假，就能还梁大人一个清白了。”大扇子道：“可惜汪子复死了，要不，就不用这么麻烦。”

小放生给每个人夹菜：“不说这些了，太烦人！吃菜，别只顾说话，这儿不是刘大人的都察院，也不是孙大人的刑部，没那么多公事！”

谷山看看小放生头上扎着的布条：“给伤口换药了么？”小放生道：“这话该问你呢。大扇子一见你的面，就问你在钱塘牢里受的伤怎样了，你都没告诉她。”谷山放下筷，撑开两只手掌：“钉子敲的窟窿眼不是长上肉了？”

大扇子道：“你这个人，不怕外伤，就怕内伤。囚痛还常发作么？”谷山道：“我就怕你问这句话。”大扇子道：“把实话告诉我。”谷山不吭声，埋头扒饭。

王不易看看大扇子和谷山的脸色：“要不，我来说？”桌底下，谷山踢了王不易一脚。桌上四个人互相瞅着，都不再说话，默默地吃完了饭。大扇子收拾着碗筷：“不想说的事，就别说了。琴衣姑娘说，她等会儿带郎中来给小放生再看看伤口。都早点歇着吧，这些天，谁都折腾够了。”

小放生道：“对了，刘大人特意让琴衣给你和谷爷的屋子里换了两支红烛，还添了床红被子，刚才我去看了一眼，还想给你们添样东西。”王不易道：“还添什么？”小放生道：“添个‘囍’字呗！”王不易道：“你真把这儿当成谷爷和大扇子的洞房了？”小放生道：“你不是说，他们俩在宁古塔成了亲，至今还未进过洞房么？今晚上可是他们正正经经的新婚之夜，谷爷，你说是么？”

谷山笑笑：“算是吧。”小放生道：“大扇子，你说呢？”大扇子在灶台上利索地洗着碗：“也算是吧。”小放生笑起来，从灶台上拉开大扇子：“我来洗碗！一刻春宵值千金，还不快进洞房去！”

刘府厢房里陈设虽然简单，但布置得喜气洋洋：红烛、红被、红喜字，床头的茶几上，还放着两个穿红袄的泥娃娃。

深夜，桌上红烛的火苗喜滋滋地摇曳着。挂着红帐的架子床上，谷山和大扇子盖着红被，在床头靠坐着。谷山道：“你说做人奇怪不奇怪，你我拜堂是在宁古塔，可洞房呢，却办在了京城，这也太神奇了。”

大扇子道：“这真像做梦似的。刚才你知道我想起什么来了？”谷山想了一会儿：“嗯，想起自己这么大岁数了，总算有个男人了，没准一年之后又有个孩子了，自己就当上妈了。”

大扇子打断谷山，口气不无苍凉：“不，我想起了我父亲。”

谷山苦笑笑：“这也对，你我是在你父亲坟前成的亲，这会儿进洞房了，做女儿的能不想他么？其实，刚才我也想起他老人家来了，只是没敢告诉你。”

大扇子道：“谷山，有句话，不知该不该问。”谷山道：“我们俩都已经躺在一个被窝里了，还有什么话不能问的。”大扇子道：“还是那句老话，我大了你八岁，你小了我八岁，你说咱们俩般配么？”

谷山道：“做夫妻，不能看般配不般配，得看能不能做到一块儿去。年岁啊，相貌啊，个子高矮啊，长得肥瘦啊，那都不是事，要是做不到一块儿，再般配，也不是真夫妻。”

大扇子道：“你是说，咱们能把夫妻做好？”谷山道：“能！要不，那天我就不会把石镯子给你。”大扇子道：“那时候，你是想着把我从地狱里带走，可没好好想过，娶了我以后，又会咋样。”

谷山道："这倒是实话。不过，这么些日子来，咱们也都一块儿出生入死过了，每回死到临头的时候，我头个想着的就是你；你呢，头个想着的也会是我。这也就是说，你我虽然成了亲，还没来得及进洞房，可心里，早就在做夫妻了。一对人儿能把夫妻做在心里，那就真的能永生永世做下去。大扇子，你说，我这话对么？"

大扇子脸上露出感动的神色，迟疑了一下，将脸靠在谷山的肩膀上，眼里满是幸福的光泽。谷山轻轻地拢了拢大扇子的头发，一脸幸福地闭上眼睛，亲了下大扇子的额头，紧紧抱住了她。

第二日，刘统勋就请了皇命，与孙嘉淦一道用担架把梁诗正从刑部大牢里抬了出来。又过了几日，乾清宫正殿，站满一殿的大臣们听着刘统勋回述梁诗正奇案。乾隆坐在龙椅上，也默默地听着。

刘统勋道："一个人的脖子搁在了斩墩上，脑袋却没有落下来，那是命大，还是运大？依我说，都不是，是法大！三法司依律办案，将这颗本该掉下的脑袋给保住了。这颗该掉的脑袋，长在谁的脖子上呢？就长在梁诗正的脖子上！"

众官望向梁诗正。梁诗正脸色正肃。讷亲、潘八指等官员脸色绷得铁紧。

刘统勋道："大清国常出奇案，可再奇也奇不过梁诗正案！先是户部的账册上明明白白记下的九十万两出库水利银，竟然不翼而飞、了无墨痕了！这一下，就将经手此事的梁诗正惊得魂飞魄散，立即派宋、石主事赶赴钱塘查看此银的下落。可谁也没想到，这两位主事一到钱塘，就被当成了盗银贼关进了县衙大狱，随后便不明不白地'自杀'在牢中，被当地官员运往火化场火化。而更让梁诗正魂飞魄散的是，钱塘县向户部送来惊人消息：那九十万两银子全都秘密地藏在梁诗正的老宅阁楼上！一面是梁诗正经手的账册无单可查，一面是银两进了梁诗正的私宅，这还用说么，侵贪此银的必是梁诗正！此案震惊朝堂，更是震惊了皇上！满朝文武对梁诗正敢于顶风作案无不痛心疾首！于是乎，梁诗正被擒拿入狱、打入死牢！而就在此时，我刘统勋奉皇上之命接下了此案，限定十日之内将此案侦破。时间紧迫，本大人立即派出两名司官八百里加急直奔钱塘。他们潜入梁宅，竟然亲眼见到了密藏的巨银！同时，户部也接到了汪子复转来的梁诗正亲笔信，信中密嘱的藏银之事，居然写得明明白白！就此，梁案想必已能定谳。然而，就在我再次去狱中提审梁诗正的时候，他因身受重刑而口中难吐一字，只是咬下一块白布头交给了我。白布一方，意为清白可证。我知此案或许另有隐情，急将白布头递到皇上跟前，讨得了一月宽限之期。也就在这一月之中，案情峰回路转，结局出人意料——刚刚在山东空仓案立了大功的谷山回到钱塘，意外卷入案中，经九死一生从牢中逃脱，将他所知的真情送到了京城；与此同时，谷山夫人大扇子也意外撞上此案，见到了梁诗正写给唐思训的一封被搁置的亲笔信，于是和唐思训女儿小放生一起，将知情人汪子复带往京城，以证梁诗正的清白。可是，汪子复在途中遭人暗杀。她们俩躲过了重重劫难之后，将能证明梁诗正无罪的这封信交到了我的手中！而本案最大的一个疑点——账册墨字消失之谜，竟然在我市井探访中受到奇人指点，得以破解了！原来，在账册上消失的墨迹，根本就不是用墨所写，而是被使用了三日便能了无痕迹的墨鱼汁！偷换之人侯祖本自知有罪，吊死在了家中。到此时，这么一桩扑朔迷离、波谲云诡、充满了血腥味的天下奇案，就这么给告破了，梁诗正的这颗脑袋也就在挨斩的那一刻，被皇上保了下来！好了，我要说的，就是这些！”

满殿一片静默，空气沉重。

张廷玉、铁弓南的脑袋上也都在冒着虚汗。

乾隆道：“梁诗正，你还有话要说么？”

梁诗正道：“臣只想说一句话，那就是：梁诗正将托着自己这颗尚未落地的脑袋，为朝廷尽忠！”

下朝之后讷亲、潘八指和四五个讷亲的心腹官员围坐在中堂府内室桌前，脸色沉郁。门窗都关着，房里暗沉沉的一片压抑气氛。

“俗话说‘大雨由天，小雨由山’，梁案这场雨，只是来自刘统勋的那座山头，所以只是一场小雨，不足为患。各位振作起来，不要这般垂头丧气。”讷亲道。

“好在铁公子使出的那‘三白’之计，一张白纸、一堆白银、一根白绫，就将此事平息下去了。”潘八指道，“一丁点水沫子都溅不到咱们讷爷的鞋面儿上。”

讷亲一笑：“潘八指，你若是这么想，那就太小看刘统勋了。侯祖本区区一个五品小官，该是多大的鱼，刘统勋不会不知道，凭这么一条小鱼就掀起了大清国几丈高的浪头，他能相信么？皇上急于总结此案的教训，只可能是一个原因，那就是皇上没看出刘统勋收兵的真意，还真以为案子已经了结。可梁诗正回来头件要告诉刘统勋的事，就是户部的鱼鳞册。而刘统勋呢，定然会从户部的鱼鳞册上下手，倘若真这样的话，什么密折案、验鸟案、空仓案、水利银案，都成了小玩意儿，新冒出来的‘鱼鳞册案’，那将真正会惊天动地！”

潘八指道：“听中堂大人这么一说，朝里朝外又得腥风血雨了！”几个亲信官员面露狠色，咬牙切齿。讷亲哈哈笑起来：“看看，看看你们自个儿的脸！别人手里才攥着一杆棉花兔在玩，你们就以为来了漫天大雪！我问你们，鱼鳞册是从哪儿送到户部的？”一个亲信官员道：“是各州县绘制后送到户部的。”

讷亲道：“那不就成了？出再大的事，也到不了我的门庭！潘八指，你看个日子，将咱们自己的人从各省召来京城，我讷中堂要跟他们说些话，兵阵可乱，将营不可乱！”

打发走那四五个亲信官员之后，讷亲叫潘八指在密室单独说话。讷亲低声道：

"在鱼鳞册之事上，本中堂虽然对那些人说得轻描淡写，可你是知道的，裕善在户部经营十多年，就是借着各地的鱼鳞册造假，才从中获取巨利，而其中大半钱粮都入了我的手。眼下最最紧迫的，就是不能再让裕善开口说话!"

潘八指道："现在想来，真有点后悔，当初他下狱之时，就让冯三鞭杀了他，不就万事大吉了。"讷亲道："当初都在指望皇上杀他，可谁想到，刘统勋一到，这个'杀'字就一拖再拖了。"潘八指道："裕善不是已经犯了晕厥之症，一直在太医院昏迷不醒么，他想开口也开不了。"

讷亲道："我派人去太医院看过几回，他的病情大有好转，不日就得送回大狱。那回刘统勋在牢中审他，皇上也去了，这老东西当着皇上的面，说要透露一个天大的秘密，好在晕厥之症突发，才没将这个秘密说出来。倘若这个秘密就是鱼鳞册，那就麻烦大了。"

潘八指道："封他的嘴，一刻都不能耽误了!"讷亲道："这件事，你抓紧去办，绝不能让任何人知道，连铁箭飞也不能告诉。"潘八指点头。

讷亲道："眼下，咱们分布各处的耳目也该都动起来，无论宫内宫外、自己人还是对手，一切都要了如指掌！不然的话，哪脚踩空都不知道!"

御河里映着蓝天白云。刘统勋和谷山沿宫外御河边走着。

谷山道："我被关进钱塘县衙大牢的时候，在同个牢房里遇上了当年的一个发小，他叫万春渠。我问他，你为何下狱，他说，他的一份换田契书明明白白写的是墨字，可事隔三月，再将契书拿出来一看，竟然墨字全无，成了几片白纸。他的这个谜，让我百思不解。可联想到梁案中也有账册消字之事，二者如此相似，不知有什么联系。"

刘统勋道："万春渠的那份换田契书是跟谁换的?"谷山道："钱塘大窑主宋五楼。"刘统勋道："宋五楼？是那个'天下金砖出宋窑'的宋五楼?"谷山道："就是他，在钱塘遍地可见宋家的砖窑。"刘统勋道："据我所知，宋五楼的亲家就是户部侍郎铁弓南。对了，他的女婿铁箭飞在京城开了个挺有名的寸土堂。"

谷山道："寸土堂？这不又跟土地挂上了么?"刘统勋道："他们玩的可是'寸土'，从名号上看，一点儿都不张扬，可内里如何呢，那就难说了。所以，你回了钱塘，得谨慎为好。"谷山道："我想明天就回钱塘去，和我哥杜霄分开了这么些日子，还挺想他的。对了，听说他在唐大人麾下当上了训导，倘若这是真事，我替他高兴!"

刘统勋道："杜霄回浙江之时，我让他带了封信给唐思训大人，让唐大人帮你们俩彻查当年钱塘决堤案的实情，想必这信定是带到了。你回去后，此事还得抓紧。我再说一遍，千万不要因为此案是老师办理的，就有所顾忌。"

谷山道："好吧，这事等有了结果，我和我哥就来禀报。"刘统勋道："你们的案子倘若确是我办错了，我会负荆请罪。”谷山道：“老师言重了！我俩定然不会忘记自己仍在‘戴罪立功’。”

刘统勋道：“谷山，今日我找你来，是想告诉你一个消息。经皇上恩准，擢升你为钱塘县令，敕书不日就可到你手上。”

谷山一怔：“这……这不是唬我吧?!”

刘统勋道：“谷山，此去钱塘任县令，知道自己首要之事是干吗么?”谷山道：“三个字：保粮田!”刘统勋道：“对！这三个字不光是钱塘的大事，也是大清国的头等大事。皇上眼下焦虑的，就是大清国的粮田能不能给保住。你身为钱塘县令，守土有责，替朝廷好好管住这方江南沃土。”

谷山道：“学生明白!”刘统勋道：“可老师对你也有担忧啊。”谷山道：“老师是说我染上的毒瘾?”刘统勋道：“对，你要是不把毒瘾给戒了，挑不起肩头上的这副重担。更何况，你也对不起从宁古塔跟你出来的大扇子。过几天你就去上任了，老师送你一副对联：高瞻才能雅步，远瞩方可看云！还有三句话：不钻裤裆、不尿裤子、不松裤带。”

谷山道：“对联的意思是，为官者只有高瞻远瞩，才能有所作为?‘三裤’是说，做了官，一要有骨气，二要有胆量，三要有节操?”

刘统勋笑起来：“能做到这‘三裤’者，百毒不侵!”

一个侍官捧着一沓纸快步走来：“刘大人，这是大扇子让我交给您的，是她在淮安、景安两地为父亲收集到的平冤证据。”刘统勋道：“好，送我书房去!”

刘统勋在案头认真地看着大扇子收集的证据，不时地点着头，从中摘录着什么。这时响起轻轻的敲门声。门推开，琴衣领着大扇子进来。琴衣道：“父亲，大扇子来了。”刘统勋道：“琴衣，你先退下，我跟大扇子有些话要聊聊。”琴衣退出门，将门轻轻带上。

刘统勋道：“大扇子，坐吧。在梁大人的案子上，你和谷山、小放生，还有王不易，都立了功。”大扇子在椅子上坐下，苦然一笑：“有结果了就好，大清国总算没再多一个冤臣。”

刘统勋道：“这会儿我请你来，就是想和你说说‘冤臣’的事。谷山告诉我，你离开宁古塔的时候就发过誓，一定要为你的父亲周伏天找回清白。所以呢，一到钱塘以后，你就逃出了宋府，自己去了淮安，按当年鱼鳞册上的记载，亲自丈量田亩，替父亲寻找没说假话的证据。而后呢，你和小放生又去了景安，继续在干这件事。”

大扇子道：“你得相信，经我的手丈量的田亩实数，绝不会有差错。”刘统勋笑笑：“你别着急嘛，我敢相信，就凭这堆东西，就已经能为你父亲平冤昭雪了。”大扇子平静道：“想必刘大人定是知道，我为何将这堆东西要交给你。雍正十年，刘大人任刑部提刑官，父亲的案子就是您办的。我想还经您的手，为父亲平冤昭雪。那天你对我父亲也说了一句话：‘大清国的粮田好好的，那是你借着粮田沽名钓誉，以致败家毁身，折煞了自己的大好前程！’刘大人，倘若我父亲现在还活着，你还能对他说这么一句话么？”

刘统勋道：“当然不会。正因为我发现了大清国的粮田确实是出了事，所以我才拖着这条残腿，重新回到朝堂。”大扇子道：“这么说来，刘大人就像我父亲当年一样，如今也看到了大清国的粮田之危。遗憾的是，你比我父亲整整晚了十年才看到！”刘统勋道：“这就是我刘统勋的愧疚所在，也是今晚上我想和你好好谈一谈的原因！”

大扇子道：“刘大人，倘若我父亲当年并没有造假，而我又替他找到了证据，你会痛痛快快替我父亲鸣冤昭雪么？”刘统勋道：“这句话你问早了。”大扇子道：“听刘大人的意思，你还是不相信我丈量出来的数字个个属实？”

刘统勋道：“不，不是我信不过你。你或许还不知道，当年定你父亲犯下‘欺君之罪’的罪款，究竟是哪一条。”大扇子道：“父亲告诉我，他栽就栽在淮安和景安这两桩粮田案上。”刘统勋摇了摇头：“看来，你父亲还是瞒了你一件事，而且是一件最重大的事！”

大扇子道：“这不可能！”

刘统勋从椅子上站起：“那你听我说完。十年前，我刘统勋之所以同意三法司定你父亲犯下了欺君之罪，不完全是淮安和景安的两桩粮田案，还有第三件，那就是发生在甘肃古浪县的粮田案！”

大扇子一怔：“甘肃古浪县？我父亲没有跟我提起过。”

刘统勋道：“他之所以没有告诉你，是因为连他自己都不知道，他在古浪县亲眼看到的事到底是真是假。而他贸然给先帝雍正递上的古浪县粮田以少报多之事，恐怕连他自己都没法拿出证据。正是因为如此，才让雍正帝龙颜大怒，三法司据此才定了他的重罪！”

大扇子脸色苍白：“刘大人，我能求你一件事么？借我几两盘缠，我要去甘肃。”刘统勋一愣，大扇子又道：“你要是能借我几两盘缠，我就能去甘肃，替父亲找到连他自己也不知道的那块将他打下地狱的大石头！”

刘统勋道：“北京离甘肃古浪与去浙江钱塘的路途虽说差不多，可那儿至今未通驿道，到处是荒漠，上百里不见人烟之处比比皆是，你一个女人能去得了么？再说凭着在淮安和景安找到的证据，我刘统勋就有责任替你父亲昭雪？你不用再去甘肃，也能还父亲一个清白之身了！”

大扇子摇摇头：“这对我父亲来说不公平，在他身上，只要有一块污点没有冲去，他就清白不了！”刘统勋背着手在书房里走动一会儿，站停：“看来我真不该把这件事告诉你。大扇子你想过没有，谷山已身负钱塘县令之职，得去浙江赴任，他要是知道你去甘肃，定然会陪你去。真这样的话，他这个钱塘县令还怎么去当？”

大扇子道：“我和谷山成亲的那天，就对他说过，不为父亲平冤昭雪，我死不瞑目。此次去甘肃，我不需要他陪着我。”刘统勋道：“这事你别着急，待我好好想一想。”大扇子道：“那好吧，我等你回话。”

刘统勋戴着眼镜，在户部公房看着厚厚一摞公文。孙嘉淦领着张六德匆匆进来：“刘大人，张公公来了！”刘统勋急忙站起：“张公公请坐！”张六德道：“不了，御医来报，裕善已能开口说话，今日送回刑部去了。皇上口谕，尽快将裕善未能说出的秘事从他嘴里掏出来！”

刘统勋道：“遵旨！我立马就和孙大人去刑部大狱！”

刑部大狱单人牢房，一张流着口水的肥嘴半张着，一勺药汤往嘴里灌了进去。裕善躺在板床上，眼睛一眨不眨地瞪得滚圆，喉咙口发出“咕咕”的响声。

铁门打开，冯三鞭领着刘统勋和孙嘉淦进来。冯三鞭问狱卒：“老东西能开口了么？”狱卒道：“人是醒来了，还不知能不能说话。”冯三鞭道：“给他两个耳刮子，告诉他，就说刘大人和孙大人来了，看他还敢不开口！”

刘统勋示意冯三鞭和狱卒退开，走近板床边，俯下身，看了看裕善的紫脸，大声道：“裕大人，你眼睛瞪得这么大，像是认出我来了？”

裕善的嘴唇翕动了两下。

刘统勋道：“孙大人也来看你了！你好生听着，别的事，咱们今日都不说，就说你想告诉皇上的那件秘事，还记得起来么？”

裕善喘起了重气，眼神有了光亮，刘统勋道：“有水么？给他端来！”狱卒急忙端上碗，往裕善口里灌了两勺清水。裕善呛起来，眼珠子鼓得像鸡蛋似的，嘴角咳出了血。孙嘉淦道：“冯三鞭，快把他扶住！”

冯三鞭急忙将裕善的半个身子托起，靠在墙上。裕善的嘴唇嚅动了好一阵，牙缝里挤出微弱的声音。

刘统勋把耳朵凑近裕善的唇边。裕善道：“延清……你……你救不了大清国……”刘统勋道：“是啊，凭我刘延清当然救不了大清国，不是还有孙嘉淦大人，还有你裕善大人么？”

裕善的眼睛里涌出泪水，舌头僵硬：“谁都救不了……救不了大清国……”刘统勋提声：“裕大人，你快说，那天你想告诉皇上的那个秘密，到底是什么？”裕善道：“……皇上……来了么……”

孙嘉淦道：“刘大人正是领了皇上的谕旨前来见你的！”

裕善脖子一挺，一口鲜红的鲜血从口里涌出，气息更微弱。刘统勋一把夺过水碗，闻了闻，喝问狱卒："这水哪来的？"狱卒道："桶里舀的！"刘统勋看着冯三鞭："水里怎么有毒？"

冯三鞭一怔，看着狱卒，重声道："快回刘大人话！水里怎么有毒？"狱卒面无人色，嗫嚅。

冯三鞭道："有没有毒一验就知！"

他放下裕善，往水桶里舀了一碗水，一把掰开狱卒的嘴，将满满一碗水全都灌了进去。不一会儿，狱卒脸色一变，口里涌出血，一头栽倒在地。

冯三鞭一把抓住狱卒，大声道："果然是你下的毒！快说，是谁让你这么干的？快说！"狱卒已说不出话，瞪着眼珠死去。

裕善口里在大口喷血。刘统勋急忙用手掌托着裕善的脑袋，重声道："裕善！你快说啊！"裕善的眼珠开始混浊，抬起手，做了个握笔的动作。刘统勋道："快！送上纸笔！"

孙嘉淦急忙将一支蘸了墨的毛笔和一张纸塞到裕善的手中。刘统勋道："裕善，趁着你还有一口气，快把你想说的话写出来！"裕善的手指在剧烈地颤动，笔尖在纸面上停顿着，没有落下。血水从他的嘴里不停地往外涌。

刘统勋抓住裕善的两个肩膀："裕善！你要是还认自己是大清国的臣子，你就赶快动笔吧！皇上在看着你！我刘统勋和孙嘉淦大人都在看着你！快写啊！"

裕善的手颤抖着，斜着在纸上落下了歪歪扭扭的一笔。刘统勋一把掐住他的虎口。

刘统勋声音带着哀求："裕善大人！你是王爷，你把这口气给我顶住！把这支笔给拽紧了！"

裕善晃动着的手在纸面上动了起来，歪歪扭扭地写下了三个字：鱼鳞册！最后一笔刚刚收完，他脑袋一歪，在刘统勋的怀里咽了气。

孙嘉淦道："与梁诗正写给你的这三个字不谋而合！"刘统勋道："我有感觉，杀裕善的人，就是想除掉梁诗正的人，他们是一拨子！"孙嘉淦道："裕善毒毙之事，我会往下查。时辰不早了，我让人做了一锅面，吃完了再送你回去？"

刘统勋道："今晚上怕是得干个通宵。"孙嘉淦笑起来："看得出，你想留在这儿，一鼓作气重审十大臣？"刘统勋道："我在想，要是把裕善留下的'鱼鳞册'三个字给十大臣都看上一眼，必有斩获。"

孙嘉淦道："冯三鞭！"

冯三鞭道："在！"

孙嘉淦道："告知下去，今晚刘大人要审十大臣，给牢里每个人送上两个肉馒头一壶酽茶，吃饱喝足了好打起精神来！"

门吏领着潘八指匆匆从讷亲府卧房外的天井外走来。

门吏道："中堂大人喝了一大碗安神汤，刚刚睡着，这会儿叫醒他，合适么?"潘八指道："讷大人等着的就是这十万火急的事，不可耽误!"门吏道："好，下官这就去叫!"

讷亲进了密室，潘八指等候多时。听了潘八指的消息，讷亲一拍桌面，脸浮喜色："好啊！一碗白水就送了这老东西归天了，干得太漂亮了!"

潘八指也一脸兴奋："虽然裕善这老东西给刘统勋写下了'鱼鳞册'三个字，可一句话都没说就咽了气，没捞到工夫把咱们给供出来!"

讷亲站起，双手大叉着腰，来回走动："这是老天助我讷亲！等天一亮，我就让人给老天爷敬高香!"

潘八指道："冯三鞭还密报了另一条消息，刘统勋和孙嘉淦今晚上要趁热打铁，连夜开审十大臣，想从他们嘴里掏出鱼鳞册的事!"

讷亲哈哈大笑："知道本中堂跟鱼鳞册有瓜葛的人，只有裕善，如今他死了，这世上除了你潘八指，已没人知道此事！让刘统勋和孙嘉淦狠狠折腾吧，折腾得越狠越好，我还巴不得折腾死这帮王八蛋!"

潘八指道："往后咱们该怎么办？总不能这么憋屈吧?"讷亲道："清查鱼鳞册，我讷亲不能作壁上观！这盆鲜鱼汤，我得跟姓刘的匀着喝!"

寸土堂楼廊两挂笼鸟叽叽喳喳叫唤着。一笼养着铜嘴雀，一笼养着画眉。铁箭飞在给这两只活口喂食。

房杠走来。铁箭飞道："房杠，你说，这两口笼子里的鸟，你喜欢哪笼?"房杠道："都喜欢。"铁箭笑着摇摇头："没说实话。你的眼睛盯着这只铜嘴在瞅，却没看一眼这只画眉。你是喜欢铜嘴。"房杠一笑："少爷眼力真好!"

铁箭飞道："这只铜嘴，吃的是硬食，喂它得用谷子、苏子、松柏子，还得有花椒粒；这只画眉，吃的是软食，喂它得用绿豆面、精肉、蛋黄，还得有皮虫子。看来啊，你不喜欢吃软食的，喜欢吃硬食的，你是吃硬不吃软。这好么？不好。你得记住，能软硬兼施的人，才能做成大事，才是高手。"

房杠道："我记住了!"

一个黑衣人疾步走来，在铁箭飞耳边低语了数句。铁箭飞脸色一变。房杠用眼角暗暗打量着。铁箭飞道："房杠，我这儿没事，去忙你的吧!"房杠应了声，离去。铁箭飞对着黑衣人目光一逼："裕善真的死了?"黑衣人道："真死了，是被毒死的！冯三鞭说，尸体已验过，运到火化场去了。"

铁箭飞道："裕善死前，还给刘统勋和孙嘉淦写下了三个字？"黑衣人道："冯三鞭说，写下的是'鱼鳞册'三个字！"铁箭飞一愣："裕善怎么也扯上鱼鳞册的事了？冯三鞭有没有说，是谁指使他下毒的？"

黑衣人道："说了，是潘八指。"铁箭飞道："知道了，退下吧。"黑衣人离去。铁箭飞沉思着，眉头拧紧。

铁箭飞内心道："潘八指杀裕善，肯定是受了我干爹的指使……这么说，我干爹跟鱼鳞册有着瓜葛？可他为何不把这事告诉我呢……他防着我什么呢……接下来，倘若刘统勋要查鱼鳞册，真要是查出事来，会不会城门失火，殃及池鱼……"

鸟笼子里，两只鸟在蹦跶着，叫得挺欢。铁箭飞抬手，狠狠地扯下了黑色的笼布。

刘统勋穿着铁靴子，一瘸一瘸地沿宫中长街走来。身边走着孙嘉淦。两人一夜没睡，脸色憔悴，眼睛里布满血丝，目光中饱含深深的焦虑。

刘统勋道："审了一夜十大臣，他们交代的竟然和裕善的这三个字不谋而合。"孙嘉淦道："看来，定是户部的鱼鳞册出事了！如此重大的发现，得赶快让皇上知道！"刘统勋道："在去养心殿之前，我还有一件事要办，那就是问一问张廷玉，身为军机大臣，是不是早就知道鱼鳞册出事了？如果知道，又为何匿情不报？"

孙嘉淦道："别去了，问也是白问。内廷出了这么大几桩案子，这两位军机大臣早已是噤若寒蝉，你再追问，不吓死他们？"

刘统勋道："那好吧，咱们一块去见皇上。"

刘统勋和孙嘉淦匆匆走来。值殿太监正领着两人进养心殿大门，讷亲从门里走了出来。两人微怔。刘统勋道："讷中堂？"

讷亲道："我刚见过皇上，将裕善招供出'鱼鳞册'的事禀报上去了，皇上龙颜大怒，正发着火呢！"

院落内，传来茶碗重重砸地的哐啷声。

讷亲道："瞧，皇上在砸东西呢！"刘统勋道："讷中堂的消息也真灵通！"讷亲道："我也只是才听到了一点风声，本不该这么着急就去禀报皇上，可一想到真要是户部的鱼鳞册出事了，那大清国的老砖底不就松动了么？要是知而不报，我这位领侍卫内大臣也讲不过去啊，越想越觉得麻爪，就往养心殿赶来了！"

孙嘉淦对着刘统勋说："这么说，咱们俩不必再去见皇上了？"刘统勋想了想："既然讷中堂已经禀报了，那就放心了，咱们等着皇上召见再说吧。"讷亲道："对了，皇上发了话，让刘大人将此事尽快给王公大臣们做个通报，让大家都别以为梁诗正的案子洗白了，就没事可干了，更大的事儿已经给各位摊头上了！"

刘统勋道："好吧，议政大殿见！"

议政大殿上，鱼鳞册被端上台面，一番震惊言论之后，大门打开，散会的王公大臣们脸色沉重，三三两两地从殿里走出来。讷亲紧了紧步，追上刘统勋。

讷亲道："延清，刚才你把如何冒出鱼鳞册的事才说了个大概，就让王公大臣们都吃惊了。看来，大家都看明白了，要往鱼鳞册上刨下去，不会是个无底洞，会有好些王八给刨出来。对了，孙大人说，鱼鳞册造假，其实还不在本朝，先帝在位之时，就已成先例，只是没被捅出来而已，这话虽然说早了点，可也不无道理。"

刘统勋道："是啊，你还记得么，当年你在刑部的时候，咱们处置周伏天他们的案子，你我不是都相信大清国的粮田都好好的么？只要有人一说粮田在造假，你我就断定他是在诬陷，因为你我根本就不相信，除了粮仓会被侵贪之外，有谁会去侵贪粮田。"

讷亲道："那时候，咱们打着的是天下粮仓的保卫战，把粮食的根基粮田给疏忽了。"刘统勋道："如此说起来，咱们在此事上都有过啊。"讷亲道："现在补过，为时不晚！"刘统勋道："对，不晚！"

孙嘉淦从后头快步走来。刘统勋喊住了孙嘉淦："锡公，我有几句话想跟你说。"孙嘉淦道："边走边说吧。"两人往前走去。

讷亲眯眼看着两人的背影，脸上露出一丝冷笑。

刘统勋和孙嘉淦从神武门里走出来。

刘统勋道："锡公，我突然有了个想法，要查清当朝鱼鳞册的造假之弊，同时还得查明前朝留下的那些粮田造假案。只有都查清了，才能正本清源，找到纠改的法子。要不然，不把根子给挖出，难以服人哪！"

孙嘉淦道："你的想法好是好，可要查清前朝留下的粮田案子，从何下手呢？"刘统勋道："这事，咱们不能大张旗鼓地干，以免落人口舌，耽误了眼下的清查，只要能抓住几个案例，咱们就有话可说。"孙嘉淦道："大扇子不是在为父亲昭雪么？她查清了淮安和景安的粮田造假，我看，这也算是两例！"

刘统勋道："我把甘肃古浪县的旧案也告诉了大扇子，她执意要往那儿跑一趟，寻找当年父亲留下的未解之谜。"孙嘉淦道："你答应她去甘肃了？"刘统勋道："还没答应，不过我现在改主意了，得支持她去，还得让人陪着她去。"

孙嘉淦道："好啊，大扇子这么干，还真有点阴差阳错，她看起来是在为父亲昭雪，其实也是在为咱们查清前朝的粮田造假旧弊。可也有担心哪，这么个上了岁数的弱女子要远去千里之外，跋山涉水，风餐露宿，怕是完不成此事。"

刘统勋道："我想让琴衣和她一起去，你看如何？"孙嘉淦道："好啊！有琴衣陪伴，那就万无一失了！"

第十一章

谷县令上任保粮田　大扇子休夫赴古浪

刘府书房里，谷山和大扇子坐在椅子上，看着对面面色严肃的刘统勋。刘统勋道："大扇子，你要去甘肃的事，我和孙大人都商议过了，赞成你去。此去甘肃，不完全是你个人的事，也是我刘统勋和孙大人对你的重托！甘肃的粮田案是前朝案，找明实情，就能挖出腐根，催发新芽！大扇子，你明白我的意思么？"

大扇子道："此去甘肃，大扇子义不容辞，已视生死为无物！"刘统勋看了一眼谷山道："大扇子，谷山，你们这对夫妻做得不容易啊，得珍惜才好。我把你们的这间洞房给留着，我相信过不了多久，你们还会有机会住进来。"随后他拉开抽屉，取出两个布包，一个放在谷山面前，一个放在大扇子面前，道，"送你们两样东西。"谷山面前是一沓药方。大扇子面前则是四锭银子。

刘统勋道："这沓药方，是我让太医院的御医专门为谷山找出来的，专治囚痛，你好好看一看，照此医治，定能将囚毒给排出。里头还有一个戒除芙蓉烟毒的秘方，你也得用。可最紧要的是，从今日起，你不可再想着吃芙蓉丸。"

刘统勋望着大扇子："大扇子，此去甘肃，路途险峻，你带着这些盘缠，我让琴衣也陪你去。"大扇子道："不必，刘大人的腿还这么瘸着，身边不能没有人照应。"刘统勋站了起来："不要说了，我意已定。谷山，大扇子，你们在京城再歇一两日，就可动身。"

书房门外窗户底下，小放生和王不易蹲着，显然已偷听了好一会儿。不易怔怔地两眼发呆："小放生，他们说的话，你都听明白了？"小放生道："嗯，听明白了。"

王不易道：“大扇子要去甘肃，你会再跟她去么？”小放生道：“她让我去我就去，不让我去就不去。你苦着脸干吗？”王不易道：“我是在想，谷爷为朝廷白白立功了！”

小放生道：“什么意思？”

王不易一脸愁容：“我还指望谷爷能在京城当官，我和你也好跟着他荣华富贵，可谷爷他怎么就捞了个知县当呢！”

小放生拧了王不易一耳朵：“我真想把你变成一只鸟！不放你的生，活活饿死你！掐死你！”王不易道：“那你不也得改名了？”

当天夜里谷山、大扇子、小放生、王不易四人就偷偷地离开了刘府，留下一张辞行的字条。第二天门吏把字条交给刘统勋，刘统勋长长叹了一声，连连摇头。琴衣问道：“我这就去收拾一下，追上他们，送大扇子去甘肃？”刘统勋道：“不必了。大扇子既然把话说出了口，她就不会改变主意，追上她也没用，由他们去吧。”

谷山一行的马车行驶在土道上。王不易在赶着车，在路边食摊前停下，四碗热气腾腾浮着红油的泡饼吃完之后，谷山、大扇子、小放生、王不易都辣得用手扇嘴。

摊主见四人吃完，端上一盆水，让四人洗脸。谷山绞出布巾，递给大扇子，小放生敏感地瞪着眼，气得转过身去。

大扇子从谷山手里取过布巾，浸下水盆，搓了一把绞干，垂着眼帘：“我说小放生，我大扇子怎么说也和谷山拜过天地的，你着什么急呀？真要是想着把谷山给夺过去，至少也得把我这个老女人给放生了才行，是吧？记住，下回别动不动就跟我顶着拧着，我还没写休书呢，你还得忍着点。”

小放生没想到大扇子会这么说，怔愣着。

大扇子将布巾递给谷山：“你先洗吧，洗完了，我再洗，等我洗完了，再给小放生洗吧。”谷山道：“你们俩什么意思？”小放生道：“没意思！你老婆喊你洗脸，你就快洗吧！要不，你老婆就把你当成了她儿子，替你洗了！”大扇子道：“我还想替我女儿洗呢！”小放生道：“你！”

大扇子道：“说错了么我？”小放生道：“谁是你女儿？我要是你女儿，谷山就成了什么了？成我爹了！爹，爹，爹！谷山，你快应啊！”

谷山来了气，抬起手，重重地将布巾扔地上，重声：“都给我闭嘴！我……我既不是丈夫，又不是爹，我……我连自己是什么玩意儿都不知道了！”

小放生见谷山真生气了，转过身撒腿就跑，一会儿就跑得无影无踪了。王不易急忙扔下碗，朝小放生追去。

谷山一脸坏笑：“大扇子，怎么样，我把她给气跑了！”大扇子道：“故意的吧？”谷山道：“那还用说。”大扇子道：“我算是看明白了，小放生非得把我给废了才罢休。唉，这么操之过急干吗，她会等到那一天。”谷山怔着：“大扇子，这话我怎么没听懂？”

大扇子道：“过些日子就懂了。”夕阳西下。“啪啪”的鞭声在暮色中抽响。王不易驿道上赶着马车，车里坐着谷山、大扇子和小放生。

谷山道：“天又快黑了，前头遇上集镇就住一夜吧，马也该换掌子。”小放生道：“大扇子，你就别死心眼，老想着去甘肃的事，跟着谷爷一块儿回钱塘吧。刘大人不是说了么，就凭着在淮安和景安找到的证据，你父亲就能昭雪了，你还跟自己较什么劲呢。”

王不易道：“就是，谷爷回钱塘当县令，有大扇子在身边，帮着背大清律，谁还敢欺负咱们谷爷？”大扇子不作声，手里在使劲地扎着一把把松针。谷山牵着马进了集镇小客栈院落，大扇子在院子里晾着刚为谷山洗出来的衣裤。

大扇子道：“给马换上掌子了？”

谷山道：“找了好久才见到个铁匠铺，给换了。我让王不易和小放生卸下车轮，也去了铺子，给轮脸换圈铁皮。晚饭吃了？”

大扇子道：“没呢，在等你回来。”大扇子从客栈灶房的锅台上盛了两碗饭，在桌边坐下，看了看谷山的脸：“一整天没见你犯毒瘾，看来，刘大人给你的药方还真管用。吃饭吧。”

谷山取过饭碗，埋下脸，大口扒饭。大扇子突然发现什么，一把抓住谷山的手：“等等，你把眼睛给抬起来。”谷山垂着眼帘：“放开，别这么抓着，让我好好吃饭。”

大扇子道：“把眼睛抬起来！”谷山抬起眼睛看着大扇子。他的两颗眼珠红得吓人。大扇子道：“你的眼睛是红的，囚痛又犯了是么？”谷山苦笑一下：“知道了还问？”大扇子道：“你对我说实话，刚才你还去过哪儿了？”谷山不答话，继续埋头吃饭。大扇子扔下碗，站起身走到谷山身后，将他的外套给脱下。

谷山的后背上满是一道道刚用棍子抽打出来的血痕！

大扇子的嘴唇抽搐起来，眼里晃起了泪光，一下抱住谷山的后背，将脸埋在他的后脖子上，泪水唰唰地往下淌。谷山低声道：“行了，别这样，都不是孩子，哭什么。你放心，刘大人给我的治囚痛药方，我还会照着用，过不了多久，想必骨头就不痛了。”

大扇子哽声道：“这几天我就要走了，去甘肃，我这么一走，放心不下你。”抹了一把眼泪，“治囚痛的药方，你都记住了么？”谷山道：“早记住了，我背给你听：桃、柳、榆、槐、椿、茄各取枝一斤，陈白艾一斤，煎水三大桶，入大盆内浸洗，一日三泡可见效。”大扇子道：“泡药的时候，水冷了还得添热，用桐油布覆盖大桶，蒸出汗来，更能见效。”谷山道：“嗯，记住了。”

大扇子道："其实，我更担心的还不是你的囚痛，是你的毒瘾。刘大人给的戒毒瘾方子，你也得记熟了。路上见着了松树，采一袋松针存着，烟瘾上来之时，就掏一把松针使劲嚼烂咽下，慢慢地烟瘾就可戒除。我给你扎了一布袋松针，一小把一小把的，嚼起来方便，每日早晨给口袋里放上几把，别忘了。"

谷山道："忘不了。"大扇子道："你给我发个誓，我走之后，你得照着这两个方子，把伤痛、烟瘾都给治了。"

谷山道："你不是不知道，去过宁古塔的人都不会发誓，因为发了誓也没人信。"大扇子道："可我信。"谷山道："那好吧，我发誓：按时泡药，见着松针就咬，跟个马似的，早日将这两样毛病给治了。"大扇子扑哧一笑："马可不吃松针！"

到了夜里，谷山的烟瘾又犯了，跑到镇里的一条小街上，跌跌撞撞地奔走在屋檐下的黑暗里，脸上满是被烟瘾逼出来的涕泪。他用手掌抹着脸，沿着街面一家家找过去。

一家烟膏店前挂着一块幌子，上面写着"芙蓉膏"三个字。烟膏店显然关门多日，大门用木板封钉着。谷山看着幌子，喉头咕咕响着，使劲地敲门。

有路人走来，谷山急忙求问道："老伯！这家烟膏店怎么……怎么钉着门？"老伯道："官府封了好多日子了。"谷山道："那……那店主呢？"老伯道："给吊死了。"

谷山嗒然坐在台阶上，狠狠地敲打起自己的头。老伯摇着头，叹息着离去。谷山抓挠着脖子，猛地站起，用力将钉在门上的木板扒开，重重地撞开门，跌了进去。谷山满屋子找着芙蓉膏。

店主早已被抄，柜上除了几副烟具，什么也没有。谷山极度失望，满屋子打转，猛地见到一杆烟枪，一把抓过，颤着手，抠出烟锅里的烟油，满屋子找起了纸片，可又是什么也没找到。

地上，落着一张张黄色的纸钱。他一把抓过纸钱，把桌上的几支烟杆全都抓拢了过来，一支支地抠着，将抠出来的烟油全都抹在纸钱上，找到火石，狠狠地击打，很快将纸钱点着，浑身颤抖着，贪婪地吸起了油烟。烟油在他鼻孔底下嗞嗞地冒泡作响。

突然，店门被重重推开，大扇子一头冲了进来。大扇子吃惊地看着面前狼狈不堪的谷山，扑了上去，一把将谷山的手里燃烧着的纸钱打掉，紧紧抱住谷山的腰大喊道："谷山！你不能变成一个烟鬼啊！你如今已是钱塘县令，钱塘还得靠你去治理，你不能就这么毁了！"

谷山疯了似的重重甩开大扇子，向那团正在熄灭的纸片扑去。大扇子抢先一步，将纸片抓在手里，塞进嘴，狠狠地咽了下去，咽得泪水迸流。丧失理智的谷山一把抓住大扇子的衣领，狠狠地推摇。

谷山狂喊："大扇子！你给我吐出来！吐出来！"

大扇子用泪眼看着面前的丈夫，哽声道："谷山，你不是对我说发过誓了么，从此不再沾芙蓉膏，从此就照着刘大人给的方子解毒瘾么？你怎么就食言了呢？看看你自己，还像是谷山么？你已经不像了！你是废人了！谷山，你已是废人了啊！"

失去理智的谷山抡起拳头，对着大扇子的脸打出一拳。大扇子的鼻孔里淌出两股血，大扇子满眼泪水地晃着谷山："谷山，你醒醒！我是你的妻子！我好不容易找到你！"

谷山咆哮："别说了！你不是我的妻子！我没有妻子！"大扇子道："就算不是你的妻子，可我也是你的朋友，一块儿从宁古塔出来的生死朋友！"谷山双目通红，一步步往后退着，靠在墙上喘着粗气："你再说一遍？"

大扇子道："我可以不是你的妻子，可我是你的朋友！"谷山道："你……你既然是朋友，那你干吗还不还手！"大扇子道："你要我也打你一拳？"谷山道："不是一拳，是十拳！快，快打我啊！"大扇子道："我打了你，你就不犯瘾了？"

谷山声嘶力竭："快打！！"

大扇子狠狠抹去鼻血，咬紧牙，攥紧两个拳头，狂喊一声，对着谷山的脑袋重重地打下了一顿乱拳。谷山的身子摇晃起来，双膝一弯，跪倒在地，咚的一声倒下！

镇子的鸡鸣声中，晨光渐渐升起。阳光从烟膏店门板和窗板的缝隙里透进来，一道一道地照在谷山和大扇子的脸上。两人都已经平静了下来，脸上都挂着血，面对面地靠墙坐着。

谷山抬眼望着屋顶："我……我是怎么了？"

大扇子道："没怎么，和我一块，在这儿坐了大半夜。"谷山摇着头："坐在这儿的不是谷山，坐在这儿的是畜生，畜生！"谷山扶着墙，硬撑着站起，却又滑坐在地。大扇子道："这儿没有畜生，只有钱塘县令谷山。谷山，之前我说过，你定然会遇上让你心仪的女人、漂亮的女人、喜欢你的女人。这个人就是小放生。"

谷山道："你……你什么意思？"

大扇子道："小放生是个好姑娘。她能用命来陪着你，用心来跟着你，要是她没把你爱到骨子里，那是办不到的。你对我说实话，你真心喜欢她么？"

谷山沉默了好一会儿，点了点头。

大扇子道："有话就说出来，别点头。"谷山："我这个人尽管坏，可我不会说假话，我喜欢她。"大扇子苦涩地笑一笑："那我明白了。"谷山道："你不用提起小放生，我就是再喜欢她，也不如你！你是我的老婆，我和你是夫妻！"

大扇子似乎已将心里的重石放了下来，脸色反而平静了许多。她摇了摇头："现在不是了。你已经说过，你没有这样的一个妻子。"

谷山道："我说过么？那一定是我在说胡话！这样的话打死我也不会说！不会！"大扇子道："谷山，我和你很快就要分手了。此去甘肃，还真不知道是生是死。万一要是我回不来，你会怎么办？我知道，你一定会去找我，你会尽一个丈夫的责任，把一个回不了家的妻子带回家来，哪怕是一具尸骨，你也会把她带回家。谷山，你说，你会这样做吗？"谷山道："会，一定会。"大扇子道："要是我不是你的妻子，你还会这样做吗？"谷山沉默。

大扇子长长舒了口气，也把眼睛望向头顶漏光的瓦面："我已经想明白了，从今日起，我大扇子不再是人妇，我又回到了出嫁前的那个时光，那时候，我多自在啊，凿墓碑，给父亲做饭，帮着人挖墓坑，渴了就去找山泉水喝，受伤了就爬到悬崖上去找蜂窝，掏出蜂蜡来给伤口抹上……那时候的大扇子无牵无挂，只要埋着头干自己的事，就不会被人指着鼻子喊滚，被人抡着拳头打脸，被人大着嗓门说你不是我的妻子！"

两行泪水从大扇子的脸上滚下。

谷山道："大扇子，是我犯糊涂了，你说的这些话！"

大扇子将脸上的泪水拭去，笑笑："除了我的丈夫，我从不会在别的男人面前掉泪，可这会儿，我却是在别的男人面前掉泪了。"

谷山道："大扇子，我就是你的男人！"

大扇子摇摇头："现在不是了。你在我眼里，已经是别的男人。"她扶着墙站了起来，拉开门，踉踉跄跄地往外走去。

谷山喊道："大扇子！"

大扇子在门外缓缓回过身来，眼里饱含着凄楚而刚毅的神情，望着一脸震惊的谷山："谷山，高兴点，咱们俩不做夫妻了，还不能做姐弟么？叫我一声姐，行么？"

谷山的脸在抽搐，突然声嘶力竭地狂喊一声："大扇子！你疯了！"

清亮的河水缓缓流淌着。大扇子和小放生在洗着衣物。

小放生道："大扇子，你和谷爷一夜未归，去哪儿了？"

"没去哪儿，到处走走。"大扇子道。

"大扇子，你看出来没有，谷爷的囚痛其实比以前好多了。"小放生道，"记得我跟着谷爷去山东的时候，隔三岔五就见他一个人躲起来，不是拿背撞石头，就是找棍子抽自己。有一回，我见他穿的褂子全是血，就趁他夜里睡觉，把他的褂子给偷了出来，一边洗着，一边还掉眼泪呢，你说怪不怪？"

大扇子停下手，看着小放生的脸。小放生觉得奇怪，也看着大扇子的脸。小放生道："大扇子，怎么这个眼神，像个老奶奶看孙女似的？"大扇子道："小放生，我知道你心里什么都搁不住，有什么就说什么，从不藏着掖着，是么？"

小放生点头：“是啊。”

大扇子道：“那你跟我说实话，你喜欢谷山么？”小放生点头：“喜欢啊！”大扇子道：“要是他没妻子，你会嫁给他么？”

小放生笑起来：“这话你可说晚了，要不是你早早嫁给了他，没准我就跟他拜上天地了。”

大扇子苦笑笑：“女人这辈子啊，能遇上什么样的男人，都是命中注定的，要不是去了宁古塔，我和谷山还真遇不上。”

小放生道：“你是说，人在苦难中才能遇上好人？”大扇子道：“患难见真情，只有在患难中一块生生死死过来的人，或许才能真明白。”小放生道：“听你的意思，不会是我小放生还得再落难一回吧？”

大扇子道：“这句话谁也说不好，人有瞬息祸福，什么时候来祸，什么时候来福，还真说不定。不过，你和谷山也算是患难之交，你们俩能走到一块，也是天意。”

小放生笑了：“大扇子，或许你不知道吧，有的女人啊，来到这个世上，不是为着让人娶走的，而是为着让人看的。我小放生就是这样的一个女人。你别再逗我了。”

大扇子道：“我说的这些，都是认真话。”

小放生似乎感觉到什么，看着大扇子：“你怎么了？”

大扇子的眼里亮晶晶地浮起一层泪影：“小放生，我要托你一件事，不是谷爷的事，是我大扇子自己的事。我想把谷山托付给你。”

小放生一怔：“什么意思？”

大扇子道：“如果你真的觉得他好，他也觉得你好，就嫁他吧。”

小放生愣怔了一会儿，放声大笑，两只手豁着河水，泼向大扇子。大扇子没有躲闪。小放生道：“大扇子，你是笑话我小放生这辈子找不到男人，是么？你啊，心可坏啦！”

她突然停下了手，发怔地看着满脸淌水的大扇子。好一会儿，她伸出手，将泼在大扇子脸上的水渍抹干净，这才发现，两道泪水仍从大扇子的眼里滚滚淌出。

小放生吃惊：“大扇子，你是当真的？”

鸡叫声声。谷山从客房炕上醒来，下炕趿鞋。突然，他感觉到什么，往炕上看去。一条被子折叠得整整齐齐放在一旁，枕头旁放着折叠得好好的男人衣物，衣物旁，放着一个装满松针的布袋。

谷山喊道：“大扇子！大扇子！”

突然，谷山的目光落在枕头上，上面放着一把挂着残破玉坠的蒲扇，扇上放着一张纸。他取过纸看了看，眼皮直跳。纸的抬头写着“休书”二字！谷山扔下纸，猛地拉开屋门，对着外头狂声大喊：“大扇子！！”

谷山骑马狂奔，身后荒野黄尘滚滚。马跃上山岗。谷山停住马，朝前望去。通向地平线的一条小道蜿蜿蜒蜒，空无一人。他猛夹马腹，马冲下山岗，向着无人的小路驰去。

大扇子走了，马车上就剩下三人，缓缓地驶在漫长的土路上，无人说话。马车轮子吱吱嘎嘎像是奏着一支伤感的曲子。太阳升起又落下。他们夜宿在路边荒弃的柴棚里，王不易和小放生坐在火苗颤乱的篝火柴堆旁，避着从棚外刮入的大风。外头，谷山在修着马车。

王不易道："小放生，你说，他们俩真的就这么分手了？"

小放生目光发怔："这几天，我老想着一件事儿。这世上，干吗要有夫妻这档子事，要是没人想着做夫妻，这世上那该多清静。"

王不易道："没人做夫妻，那就断子绝孙了。这话，你可别对谷爷说，他心里，放不下做夫妻的这档子事。"

谷山进来，拎着拆下的车轮，在一边坐下，修理着。

小放生看看谷山，突然笑着推了把王不易："我问你，你喜欢我么？"

"那还用说？上辈子就喜欢上你了。"

"上辈子的事那不是正事！我早看出你喜欢我，我呢，也喜欢你。不过，做夫妻是要缘分的，我和你，缘分不到。"

小放生偷偷看了眼谷山。显然，她的话都是在说给谷山听。谷山沉着脑袋，用力在敲着轮子。

王不易道："缘分是什么？不就是撞大运么？谁说我王不易撞不上你小放生这个大运？"小放生道："我做梦的时候，梦里有个老神仙对我说的。王不易，我想过，我做不了你老婆，可我能做你的老妹。"

王不易苦着脸："好吧，你就做我的老妹，那我就是你的小哥，咱们俩就能整天在一块儿。从今日起，小哥我就跟你寸步不离！"

小放生道："我走到哪，你就跟到哪？"王不易道："对！"小放生道："我要是吃饭呢？"王不易道："你吃大碗，我吃小碗！"小放生道："我要是睡觉呢？"王不易道："你睡床上，我睡地上！"小放生道："我要是读书呢？"王不易道："你捧书，我捧茶！"小放生道："我要是跟谁打架呢？"王不易道："你打谁，我就给你递刀子、递棍子！"小放生道："我要是做了叫花子讨饭呢？"王不易道："你端着碗，我给人家唱小曲！"小放生道："我要是像我父亲一样做上个二品京官呢？"王不易道："你别唬我，朝里哪有女人做二品官的？"

小放生道："这倒也对，女人心气再大，也成不了大事！"她又偷偷睃了眼谷山。谷山埋头干着活，似乎什么也没听见。

小放生有点失望："王不易，要是哪天，我离开了你呢？"

王不易道："我会哭。"

"一个大男人，为个女人干吗要哭？"

"我也不知道，反正啊，我现在就想哭。"

"现在就想哭？莫非我小放生现在就得离开你？"

"我怎么觉着你想离开我？"

"你说，我和你真离开了，你真的会哭？"

"不会，我是说着玩的。"

小放生看了看沉默着的谷山，也沉默了。王不易道："小放生，怎么不说了？"小放生仍不作声。王不易看着小放生的脸，这才发现她的脸上已挂了两行泪水。

半夜谷山躺着睡得死沉，突然，他睁开了眼，猛地坐起，大喊一声："大扇子！"黑暗中，小放生坐在床沿上，声音轻轻地："她走了好多天了。"谷山道："去哪了？"小放生道："甘肃古浪。"谷山道："去干吗了？"小放生道："去找替父洗冤的证据了。"

谷山猛地清醒过来，抬起汗淋淋的脸，看着小放生："你……你怎么在这儿？"小放生道："我在看着你睡觉。"谷山道："我……说梦话了？"

小放生苦笑笑："说的不是梦话，是心里话。"谷山道："你为何看着我睡觉？"小放生道："一个女人看着喜欢的男人，想亲他、抱他，可就是怕这个男人会拒绝、会推开，只能在他睡着的时候看着他。我坐在床边看着你，听你在梦里喊大扇子的名字，你说，这是什么滋味？"小放生抬起泪光晶莹的眼睛，"谷爷，你说，你喜欢我么？"

谷山沉默。

小放生道："大扇子走的时候，托了我一件事。她说，要是我真心喜欢你，那就嫁给你，可我没答应她，不是我不想答应，而是不敢答应。要是你不答应，我答应了又有何用。我知道你心里有我，也喜欢着我，可我毕竟没和你一块儿在宁古塔待了十年、一块儿挨着鞭打棍抽、一块儿跪在坟前拜天拜地拜夫妻。我是个不懂事的女子，家里待不住，以田野树林为家，捕了鸟，又放了鸟，既想快活自己，又想成全别人，心里搁不住一点儿苦难的事，也没想过这辈子要和谁同生共死。谷爷，我就是这么一个人，细细想来，我配不上你，我不怨自己命薄，不怨自己命里注定嫁不成一个爱着的男人，什么也不怨。大扇子写给你的那份休书，我看了，看它的时候我在想，要是我是大扇子，给自己的男人写下这么一张纸，从此就了断了夫妻的缘分，那我会比死还难受。今晚上，我在你的床前坐着，呆呆地坐了这么久，心里就想着一句话，那就是：从明日起，在我小放生的口里再也不提那个'嫁'字了。"

两行清亮的泪水从姑娘的眼里滚滚淌出。

谷山一把抱住小放生的肩，将她搂入怀里。小放生伸出手，也将谷山抱住。突然，小放生将谷山推开，朝门外跑了出去。

自从乾隆知道鱼鳞册造假之后，便夜不能寐，终日眉头紧锁。裕善案一起场，前波未平后波又起。乾隆现在最担心的，是“鱼鳞册”会比“金殿验鸟”更让大清国不得安宁。他也在害怕，要是五年一次的全国人丁统计册也出了差错，那就是两头夹攻。万一查到最后，二册都在造假，查出人丁之数要远远高于吃粮之数的话，那么大清国真的要出大事。

近些天来，乾隆下朝之后，都会召刘统勋、孙嘉淦和讷亲到暖阁中商议此事。

刘统勋给皇上提了一个建议：要彻查鱼鳞册上的田数，同时还得彻查人丁册上的民数，只有双管齐下，才能晓其利害。但是要将全国十八个省的鱼鳞册和人丁册核验一遍，光靠三法司不够，还需讷亲的大内禁卫军和步军统领衙门的旗军一同配合。但是为天下粮田之事，大内禁卫军和旗军一年间两次出京，于大清国来说，还是头一回，规模之大，堪比出征。乾隆下决心要将大清国的腐根挖出，当场就给讷亲下旨，讷亲领命。

清查鱼鳞册和人丁册二册，对于很多地方的官员来说，是揭开他们多年贪腐皮囊的开始。所以一听到风声，就有六七个各省的督抚大员上京向讷亲讨教，讷亲就给了三个字，一众官员就茅塞顿开，这三个字就是——替罪羊。

督抚大员们走后，讷亲又让潘八指把铁箭飞叫到府上。讷亲坐在椅上呷着茶，铁箭飞在一旁谦卑地坐下。讷亲道：“军机处如今只剩下张廷玉这匹老马，独马难驰。况且，皇上对张廷玉早已是失望透顶，吃又吃不得，扔又不舍得扔，那就只有一个办法，将他当成一头肥鹅给养着，喂点儿食，让他自个儿在棚子里一圈圈地遛弯。”

铁箭飞道：“皇上要给军机处补上两位军机大臣？”讷亲道：“这回你说对了，皇上绝不可能让军机处是个瘸子。”铁箭飞道：“一位定然是干爹您，可另一位是……莫非是孙嘉淦？”讷亲道：“孙嘉淦是刑部尚书，如今皇上在肃贪，每日都有获罪官员下大狱，皇上能在这种时候将刑部的顶梁柱给拆了么？”铁箭飞道：“难道会是刘统勋？”

讷亲笑起来：“还记得我之前跟你讲的那些么，皇上让刘统勋当户部尚书只是权宜之计，眼下鄂尔泰死了，军机处绝不可能让它瘫着，皇上定会想到让刘统勋去补这个缺。”

铁箭飞道：“如此说来，干爹您是要和刘统勋搭档了。皇上的这个布局，恐怕连刘统勋都不会想到。”

讷亲道：“他想不想得到，无关紧要，可有一个人不能不想到。”

铁箭飞道：“您是说我父亲？”

讷亲道：“接下来，户部就要开查二册，让你父亲别病怏怏地打不起精神来，也得拼着老命玩一回。至于如何玩，那就看他了！”

第十二章

皇令下举国查二册　宋家窑强占万箩墩

户部公房内，全体官员面容肃然，挺着腰板坐在议事房里，刘统勋道："清查二册，当是户部重务，趁着开干之始，请铁大人帮着念一段《大清律例》之《吏律》中的一款，请在座官员务必熟记！铁大人，请！"

一司官将《大清律例》翻开，铁弓南清嗓念道："官吏将任内审理田土、钱债、人丁等项案件，有隐匿添改作弊等情，照盗取卷案改易例治罪；受财者，以枉法从重论！"

众官面容更为正肃。

刘统勋扶着桌子站起，沉声道："各司司官听令！从今日起，全数打开户部档房，将历年鱼鳞册与人丁册与各省州县新查之二册逐项比对，列明数字，当日汇总，报送铁弓南大人验核，然后呈送我刘统勋案前复核！不得有误！"

众官员们抱拳齐声道："遵令！"

暗沉沉的屋子里尘土飞扬，十几个户部司务在打着算盘，一片"噼噼啪啪"的响声。另十来个司官坐在案前翻看着刚送来的《鱼鳞册》，与早前的《鱼鳞册》做着对比。铁弓南坐在一旁的案桌前，面前堆着大摞纸卷，再将一个个数字圈出来，然后交给司官。司官捧着发现问题的《鱼鳞册》，匆匆进入隔壁的刘统勋公房。房里除了算盘声，静得连咳嗽声都听不到。

刘统勋的案旁，《鱼鳞册》堆得厚厚的。他戴着一副近光眼镜，执着一把玉柄放大镜，埋着头，在案前看着一本厚厚的《鱼鳞册》。放大镜下，《鱼鳞册》上绘着的粮田图像鱼鳞一样层层叠叠，标注着田地的所在区域、大小、肥瘠、数量和主人名姓。刘统勋在一沓纸上不时地记录下一些数字，并用红笔做着一个个形状不一的记号。

一个司官匆匆进来："刘大人，浙江来的杜霄求见！"

刘统勋脸上一喜，摘下眼镜："快请！"

司官领着杜霄快步走来。杜霄穿着一身满是尘土的官服，脸庞瘦削，背着一个包袱，一双靴子露着两个脚趾，脚步飞快。他此次来京，是带来唐思训的一封信，信中将他们在浙江铁腕禁种烟草的事情仔仔细细地写下来。

刘统勋从公房里迎出来，老远就展开双臂，两人紧紧拥抱。

刘统勋在公房看了杜霄送来的唐思训写的信后，眉头舒展，脸有喜色。道："杜霄，你这封信送得好！没想到，唐思训在浙江铁腕禁种烟草，有如此成效！对了，唐大人还提到了你，说你办了两件闻所未闻的大事，一件是动火，一件是动锤，烧了烟草，还敲了带头复种烟草的官员的门牙悬挂于县衙大门之下，既保住了粮田，又惩治了昏官。好啊，真看不出来啊，你还有这两下子！"

杜霄谦恭地笑笑："若不是记住了老师的教诲，这些出格的事，我干不出来。"

刘统勋道："烧烟，大清律有条款可依，可敲断官员的门牙那就有点……怎么说呢，是你的即兴之作了。给你两句话：此愤诚可嘉，于法却不容。往后啊，若是再遇上这类事，得先想想大清律上是怎么说的，不可任着性子胡来。记住老师对此事的批语：惊世未必能骇俗，门牙哪可代刑律！"

杜霄道："学生记住老师的教诲了！"

刘统勋道："这么说，浙江粮田种烟之弊，已禁绝了？"

杜霄道："禁是禁了，可说实话，学生心里还不是太踏实。听浙江按察佥事马旗门说，皇上曾经下过旨，烟要禁，可也允许小种。"

刘统勋道："何为大，何为小？于一家一户来说，全都种上了烟草，自然是'小'；而于一州一县来说，全都种上了烟草，自然是'大'。这'大''小'之间，要是没有尺度，就断难把控。种烟、收烟、贩烟之人就是拿着这个'小种'二字来钻空子，山东、浙江的教训还不够么？那不是小种，而是大种！"

杜霄道："我也是这么想的，所以就动火了。"

刘统勋道："再说，禁止弃粮种烟，在大清律上也是写得明明白白的，你心里无须不踏实。"

杜霄道："有老师的这番话，我回浙江后，胆子就更大了。"

刘统勋道："还真的相信人世间有个'无独有偶'这句话，你当上八品训导，谷山呢，当上了钱塘七品县令。你们这对难兄难弟，又得一块儿做官了。"杜霄微微一怔，却很快掩饰下去："若无老师栽培，我俩断不会有今日！"

刘统勋道："你们俩是同命兄弟，这不容易啊，世间男儿，同道者比比皆是，可同命者，寥寥无几。"

杜霄道："我当珍惜！"

刘统勋道："杜霄，你记住，做官从八品做起，看似平地落脚，实乃至高台阶。在此位上，更能吹到八面来风，更能淋到八方来雨，心里呢，更能将身边的百姓视为至尊八宝。官自八品始，是为官者的福气，为政为民能做出更多的实事、好事来。若是心浮气躁，无山而思登高、无水而思行舟，那就难免将官做得七零八落、七颠八倒，到头来落得个七灾八难，将前程甚至性命都给搭了进去。你须谨记：人之有大本领者，必沉静，眠鹰伏虎，才能发不可当！"

杜霄垂下眼帘想了想，抬起眼："学生在宣平敲了八颗门牙，老师就看出学生的七长八短了。老师的这番话，学生终生受益！"

刘统勋笑起来："老师的这七八句话，正是冲着你的七荤八素去的，你能明白就好。对了，你不必急着回浙江，在我府上先住下，说不定我有大事要交你去办！"

杜霄一怔，旋即站起，克制住内心的狂喜，抱拳一拱："学生杜霄听从老师安排！"

荧荧烛光下，杜霄站在刘府一间屋子桌前，眼睛一眨不眨地看着火苗。

杜霄绝对没有想到，谷山竟然当上了七品县令，而且他坐的这把椅子，曾经就是自己坐过的！他回想起曾经和谷山在宁古塔的情景：宁古塔囚犯营一间木屋，杜霄和谷山被披甲人押进来"配阴婚"。杜霄看了看谷山的眼睛："你眼神有点邪。"谷山笑道："你不邪，不也被人卸了官袍，扛着枷锁在垦地么？"杜霄道："知道鼠目寸光是什么意思？"谷山道："知道，就是老鼠得了近光眼！"杜霄笑了笑："你谷山，从来没看清过我是谁。"

杜霄下意识地猛然站起，失控地狂声大喊："谷山！你给我闭上眼！闭上眼！"

桌上的火苗狂摇。

屋子里没有人回答他。杜霄一把撩起麻帐，抓过桌上的茶壶，对着黑暗扔去。茶壶在门上砸碎，发出一声重响。

刘统勋仍在看着公文，琴衣在收拾书房。两人猛地听到后院传来的响声，都吓了一跳。刘统勋和琴衣匆匆走来。杜霄屋子的窗户上一片漆黑。琴衣欲敲门，刘统勋做了个打住的手势。刘统勋对着门里轻声问道："杜霄，没事吧？"

屋里传来杜霄的声音："老师来了？刚才，我一不留心把茶壶碰倒了，定是惊着老师了。我这就开门！"

刘统勋急忙："没事就好，你睡吧，老师不进来了。"

刘统勋拿着灯，和琴衣往回走。

琴衣道："一把茶壶碰倒了，哪会发这么大的声？"

刘统勋苦笑笑："他是不好意思说。定是发了梦魇，把茶壶当成了那些加害于他的人，狠狠砸了。这怪不了他呀，人受了这么大的折磨，谁都会发梦魇的。一想起他曾吃了那么多苦，我特心疼他。”

梁诗正在家里休养了一阵子，听说户部已经开查二册，便再也躺不住了，早早就来到了户部的公房，刘统勋见了，扶梁诗正到了自己的公房道：“你得给我说实话，身子能挺得住么?”

“伤口还有些疼，不碍大事了。”梁诗正道。

刘统勋道：“说起来，咱们现在查二册，要不是你早早发现了鱼鳞册出了事，开查不可能这么快，你梁大人在这件事上功不可没。”

梁诗正叹息道：“功不可没的该是林剑锋。可惜，却因为密查良田，死在了保定。”

“他的遗体从保定送来了，是喝酒喝死的还是被人害死的，刑部还在查，不会让他死不瞑目。”刘统勋道。

刘统勋道：“这就好，他的家人也在等着消息。养仲啊，咱们办这么大的事，不能皇上指拨什么，咱们就干什么，得先想到一步，把该干的先干起来。只是，我担心你的身子啊!”

梁诗正道：“这不必顾忌，哪怕我躺在躺椅上，让人抬着，也能替你把事给办成。”刘统勋道：“我想办的这件事，恐怕有点难。别的人，我又不放心，想来想去，只有你最合适。”梁诗正紧张起来：“是件什么事?”

刘统勋沉毅地道：“废皇庄。”

梁诗正一脸震惊：“这……这不是在皇上头上……动土么?”

刘统勋道：“从眼下看来，二册出事已不容置疑，接下来必定是龙颜大怒。等皇上发完了火，冷静下来后，就会想到，该怎么样把短缺的粮田给补回来，以供从未在人丁册上登记的几千万张嘴巴。你想，要补上这些粮田，谈何容易?皇上必定会走两步棋：第一步，确保现有粮田不再被侵占；第二步，推行全国性的大开荒。这两步棋，要是走得好，大清国或许会从这场粮食危机中走出来，要是走不好，必定天下大乱!养仲，我说的这些话，有点危言耸听吧?”

梁诗正道：“不，听上去挺吓人的，可句句是实啊。”

“好，我再往下说，”刘统勋道，“开荒不是难事，历朝历代的君王都在粮食短缺之时开荒造田过，大有经验可以借鉴，可要让民间的现有粮田不再流失，却是难事。或许你还不知，这些年，都察院乃至军机处、内务府接报的民变大案，大多与皇庄有关。”

梁诗正打断刘统勋的话：“延清，‘皇庄’二字，在满朝文武中，都是唯恐避之不及，谁都不敢提起它，弄不好，不是摘乌纱帽的事，而是掉脑袋的事，你怎么就……”

刘统勋道：“正因为没人敢碰这两个字，所以大清国的粮田连年被圈走、被吞并，连年在激起民变!倘若我和你都没有胆量把这两个字给顶在自己的乌纱帽上，一直顶到皇上的跟前去，告诉皇上，该把这两个字给砸碎了，那还配做大清国的忠臣么?”

梁诗正道：“皇庄之弊，我当然明白。那些借着管理皇庄的太监、旗校、庄主，打着‘皇产’的旗面，跑马圈地，侵夺民田，与民争利，致使生民失业、流离失所。这些不光我知道，满朝文武中的大多数臣工都知道。可大家之所以不敢碰它，那是因为，做大臣的都信奉这么一句话：‘天子以四海为家，普天之下，莫非王土！’皇庄就是皇上的私产，谁要去动它，不就是动皇上么?”

刘统勋道：“皇庄从明朝景泰年间开始设起，直至当下，正是打着‘四海之内皆属王土’的旗号，才越设越多。我去内务府查问过，分布在口内、盛京、锦州、热河等处的皇庄已有两千多座，所用壮丁加上他们的家眷，已达三四十万人，而且侵占的粮田，大多开办了游猎场、放马场，在良田沃土之上盖起了一座座私家园林，占田侵地的势头连年激增，皇庄四周已到了无田不占的地步！皇庄这颗大瘤子不切除，必伤民心，大清国想保住粮田，那就寸步难行!”

“对了，明朝万历年间，是皇庄最盛之期，到处都在圈地，恰恰就是从那时起，明朝厄运来临，不多年就灭亡了。”梁诗正道。

刘统勋道：“这个教训，别人不敢说，你我难道也不敢说么?”

梁诗正放下碗：“延清，这么大一件事，你难道真的想明白了？真的要到皇上面前把‘废皇庄’这三个字给说出来么?”

刘统勋道：“这三个字说出来还不行，还得喊出来!”他目光逼视，“养仲，你怕了?”梁诗正道：“我是个刚被‘斩立决’的人，阎王爷跟前都转过一圈了，还有什么可怕的？我担心的是你。二册查明后，大清国的首要之事就是保田、增田，要完成如此大业，朝廷之中不能没有你，倘若你因为皇庄之事而触怒龙颜丢了性命的话，失去的不光是你刘延清的性命，还有大清国的前程和天下黎民的生计！延清，我是在担心这个啊!”

刘统勋站起，在房里来回走动许久：“‘废皇庄’这三个字，早晚会从我刘统勋的嗓子眼里喊出来，不喊不足以振聋发聩，不足以让满朝文武大胆响应。但我会掌握好时机，要么不喊，要喊就得惊天动地!”

梁诗正道：“头个响应的，当然就是我了！听你这么一说，我也来豪气了。顺着你的话也来上一句吧：要保天下粮仓，就得先保天下粮田!”

刘统勋接口道：“要保天下粮田，就得先废天下皇庄!”

梁诗正一脸感动：“说吧，想让我怎么干?”

刘统勋走到窗前，将窗关上，低声道：“要把皇庄的弊端都给查清楚，不能明着来，得暗中行事。这几天，你上太医院好好治治你的伤，然后以在家养伤为借口，秘密离京，以商人的身份前往锦州、热河等地，将皇庄之弊一一摸清。我再给你身边配个人，此人绝对不会让你失望。”

“他是谁?”梁诗正道。

刘统勋道：“杜霄!”

傍晚，夕阳染红天空。京城城门口，商人打扮的梁诗正和杜霄坐在一辆马车里，一身布衣的刘统勋从自己的马车里下来。

梁诗正道：“刘大人，快关城门了，回吧!”

刘统勋道：“该交代的都已交代，此时只有一句话：活着出门，活着回来！杜霄，梁大人身上有伤，你要多照顾他!”

梁诗正与杜霄对着刘统勋抱拳行了一礼，马车驶动。刘统勋目送着马车消失在暮色中，向自己的马车走去。

琴衣道：“父亲，回哪?”

刘统勋道：“回户部!”

户部在召开会议，商讨查核“二册”情况。每个与会官员都脸色疲惫，心情沉重。刘统勋道：“铁大人为了查核二册，好多日没回府了，实在辛苦。你先说说吧。”

铁弓南道：“鱼鳞册查核之数，各位都已知道，看了之后，心惊肉跳。粮田缺失这么多，根由有三：缙绅造宅修园，百姓搭庐扩场，工匠建窑烧砖，农人弃粮种烟，占田以万顷计；水、旱、风、虫等灾，年年毁田数以万顷；战乱与瘟疫遗祸不绝，撂荒之田更是难以计数。另加上省省都有沙逼碱侵、村村都在造庙修坟，所失粮田更为惊人。我再说说人丁册。自先帝宽政以来，本朝内外太平，四表无事，举国上下都在解甲卧鼓、散马休牛之中，家家添丁加口，村村香火繁盛，根本无法阻止生齿的暴长。”

刘统勋道：“铁大人说得好！一边是人口剧增无法控制，一边是粮田萎缩无法制止，一高一低，差距越来越大！还有，讷中堂也送来了勘查鱼鳞册的第三批清单，跟各地州县历年所报的数额出入之大，让人咋舌！将实地丈量之数与存档的《鱼鳞册》对照，竟有三五成的出入！各地为了一方私利，更为了脑袋上的红顶子，就造起了假！将鱼鳞册的田亩数往高里写，将人口册的人口数往低里写，力图将其扯平，向朝廷虚设了一个太平盛世的景象！这些，就是咱们这么多人干了这么多活，终于弄明白的事!”

众官议论纷纷。

刘统勋道：“铁大人，你脸色不太好哪，今晚回府上好好睡一觉吧，这儿的事，留给我。”

铁弓南道：“梁大人在养伤，这儿实在是人手不够，还是……”刘统勋道：“不必推辞了，回去吧，这儿有我。对了，存在户部的一些前朝旧档还没查过，我想找出来看看，若是能找到些可作对比的数字，在向皇上禀报之时，就能一目了然。”铁弓南道："那好吧，我吩咐下去，让司官在旁好生伺候！"

一部长梯子架在户部一栋小楼阁楼的通道口，一个司官从阁楼上递下手来。刘统勋爬上梯子，把手伸向司官。

底下的一位司官大声道："刘大人，当心啊，这儿可是几十年没人上来过了！"

阁楼上的司官将刘统勋小心翼翼地拉上了阁楼。

刘统勋道："你确定明朝留下的《大明鱼鳞总图册》，就藏在这间阁楼的柜子里？"

司官道："下官也没亲眼见过，户部的旧档上是这么记着的。"

一线线阳光从头顶的瓦缝里射进来，落在一层层满是老尘、挂满蛛网的柜子上。几只野鸽子惊起，从通风的圆窗里飞了出去。

刘统勋被灰尘呛得大咳。

司官道："刘大人，您不必亲自来，咱们会把您要的东西给找到。"

刘统勋道："少啰嗦，快找！"

两个司官动手，扯去蛛网，在老柜里翻检起来。一堆堆的旧档搬上搬下，一册册地验过。突然，司官从一大堆旧册中抽出了一本足有二尺厚的大册子，拍去封面上的尘土，露出了一张封签：《大明鱼鳞总图册》！

司官兴奋道："刘大人，找到了！"

刘统勋抱过册子，重重地搁在板桌上，急忙打开，借着丝丝缕缕的阳光翻看起来。

一根手指在厚厚的《大明鱼鳞总图册》的页面上移动。手指在一行数字前停住。刘统勋吩咐一司官："快记！"

坐在一旁案子前忙碌着的司官急忙提起笔。

刘统勋念着册面上的文字："万历六年，大明有粮田七万一千一百万亩……万历三十年，大明有粮田十一万四千二百万亩……"

司官飞快地记着。

刘统勋抬起头来，默想了一会儿，急忙从案上的一堆纸中找出了几张，来来回回看了几遍，眼睛渐渐睁得滚圆，瞳孔收紧。

司官不安道："刘大人，怎么了？"

刘统勋神色严峻，站了起来，在屋子里来来回回地走了好一会儿，突然像下定了什么决心似的站停。

刘统勋道："你去告诉琴衣，让她带上我的那口棺材，去午门外等着，我这就去见皇上！"

刘统勋坐在养心殿西暖阁御案前，乾隆神色紧张地听着刘统勋的禀报。

刘统勋道："……微臣已经查实，明朝万历三十年，全国有粮田十一万四千二百万亩，人口七千万，每人平均有田十六亩，而眼下乾隆十年，从《鱼鳞册》上查实的粮田总共有……”

乾隆道：“等一等！”乾隆稳住了情绪，尽量用平静的口吻，“记得朕继位前的两年，也就是雍正十二年，大清国有粮田八万两千零三十五万亩，那时候大清国的人口是一万零九百四十二万，每人摊下来，有粮田七亩五分。雍正十二年到现在也就十来年光景，朕放开胆量再低估的话，每人摊到六亩左右还是有的，朕想跟你刘延清打个赌，要是高于六亩，朕就赢了，要是低于六亩，那朕就输了。张六德！”

张六德道：“奴才在！”

乾隆道：“你说，朕要是输了，该如何罚朕呢？”

张六德道：“奴才从来没敢想过。皇上说的话都是对的，哪有罚皇上的道理？”

乾隆道：“朕偏偏要和刘统勋打这个赌。朕就不信，这短短十来年，朕的子民每个人的田亩数会少过一成！真要是少过了这一成，那朕的这十年不就什么事也没干么？不光没干事，还把祖宗留下的老底子给弄丢了！这个耳光，朕不想往自己的脸上抽！张六德，你说，朕输了该如何受罚？”

张六德步步后退：“皇……皇……皇上……”

乾隆道：“好吧，你张六德不敢说，朕来替你说！如果朕真输了的话，罚朕三日不得食！”

张六德道：“皇上！”乾隆道：“住口！就这么定了！”张六德道：“要是……刘大人输了呢？”乾隆道：“也罚他三日不得食！”张六德道：“君臣不可同日而语，罚刘大人五日不得食吧！”乾隆道：“准！”

刘统勋的脸色渐渐苍白起来，急忙跪下：“皇上，让微臣回去再细细校验一遍，免得有错。”

乾隆笑了：“刘延清，你太滑头！你不敢赌了，是么？你对朕说实话，今日你来见朕，带来的数字，是虚数还是实数？”

刘统勋道：“实数。”

乾隆道：“那好，如实奏来！”

刘统勋硬着头皮，狠了狠心：“皇上息怒，听微臣启奏！经户部司官日夜盘验二册，以及派御林军赴各省核查，剔除二册造假之数，乾隆十年，共有粮田实数七万二千三百万亩，全国人口实数共一万八千三百万，每个人丁摊到的可耕粮田已不足……不足……”

乾隆深深吸了口气，背过身去。

刘统勋伏下脑袋，艰难道：“不足……不足……”乾隆背对着刘统勋，突然暴吼：“说！”刘统勋直起身，两眼发直：“禀皇上，已不足四亩！”

乾隆的背影一颤。

刘统勋道："所谓'粮田'，有水为田，无水为地。水田种稻，全国平均每亩不足二石；旱地种麦，每亩平均不足一石，而每人每年得有五石粮食才能温饱。如此折算下来，每人得有四亩耕地才能维持生计，而眼下已不足四亩，粮田所产之粮，已不能……已不能养活大清国的生黎了！"

窗外猛然响起一声焦雷，打得窗棂嗡嗡作响。

一处乡间村镇井台前，谷山正摇着轱辘吱吱嘎嘎地将一桶水从井里吊了上来。王不易捧着几个刚出炉的烧饼跑来。

王不易道："谷爷，明日就该到钱塘了，吃了烧饼好赶路！"

谷山道："喊小放生来洗个脸，都脏成泥猴了。对了，她有没有说到了钱塘要去哪？"王不易道："说了，死也要跟着你。"谷山四下看着："她人呢？"

此时，小放生正身上背着捕鸟工具，甩着手走着。路边有个算卦的小摊空着。小放生在摊前的长凳上坐下。

算命老头道："算命？"

小放生点头，在长凳上坐下："我天生是个惹祸精。其实啊，我是想替别人算个命，告诉我，怎么个算法？"

老头道："本摊有三种命不算：老人命不算，小孩命不算，死人命不算。除了这三不算，谁的命都算。"

小放生道："那就帮我算一算。有个男人比女人小了八岁，你说，这男人和这女人的婚姻能成么？"

老头道："哦，算姻缘，有句话叫做'七上八下'，听说过么？"

小放生道："本姑娘这会儿肚里就七上八下的。"

老头道："那男人要是小了那女人七岁，或许那女人还能上堂，可要是小了八岁，那就命里注定会下堂，这就叫'七上八下'。"小放生道："下堂的意思就是这姻缘成不了？"老头道："就算成了也得散。"

小放生大笑起来，可渐渐笑得苦涩，笑得满脸显出了悲容。她把几个铜钱放到小桌上，站起了身："老人家，我再问你一句话，你说，我和这男人……姻缘能成吗？"

"想听真话？"

"你刚才没说真话，我看得出。"

"世上莫管有啥样的姻缘，一个男人娶了个比他大八岁的女人，定是有许多难言之隐。"

"他们俩是在流放囚犯的宁古塔遇上的，成亲的那天，是在坟地里。"

"那就是苦命鸳鸯了。姑娘忍心拆散这对苦命鸳鸯么？"

小放生脸上浮起痛楚的笑容，沉默了一会儿，默默地转身离去。天空中，乌云在一块块推涌。

雷鸣电闪。大雨像从大漏斗里倾倒出来，下得哗哗作响。城楼上“钱塘镇”的大匾在闪电里一明一灭。城墙边的泥泞小道上，穿着蓑衣的谷山、王不易一路打着滑，快步走来。

王不易突然发现什么，回头寻找：“小放生怎么又不见了？”

两人站停，四下张望。到处都是雨声，一片漆黑。

谷山喊道：“小放生！小放生！”

王不易道：“谷爷，别喊了，她这一路上两眼白瞪白瞪的，不就惦着大扇子的那份休书，想法子让你娶她么？定是见你不接茬，她也就没兴趣跟你玩了。”

谷山不理王不易，仍喊着，突然听到黑暗中传来奔跑的脚步声，回头一看，小放生披着挡雨的桐油布，手里捧着个鸟窝，兴冲冲跑来。

谷山抹着脸上的雨水：“我还以为你走了呢！”

小放生满脸喜悦：“本小姐拾了个鸟窝，看，窝里还有蛋呢！”

鸟窝里，果然有几枚小小的鸟蛋。

王不易扯扯小放生的衣角，低声道：“别再没事找事了！”

小放生仍笑着：“谷爷我问你，刚才咱们三个人在那片林子里这么跑着跑着，树上突然掉下一窝鸟蛋来，怎么没让你捡着，也没让王不易捡着，偏偏让我小放生给捡着了呢？”

谷山道：“那是老天爷要让你办件事。”

小放生道：“什么事？”

谷山道：“孵蛋。”

小放生大笑：“不对，是要让我滚蛋！”

王不易急忙又扯小放生的衣角。

小放生拨开王不易的手，收敛笑容，脸上露出令人吃惊的认真。

谷山道：“小放生，你怎么了？”

小放生的声音有些发颤：“谷爷，我该走了，要是我再这么缠着你，你什么事都办不成。把你给耽误了，莫说你不饶我，刘大人不饶我，扇子姐也不会饶我。行了，我不想多说了，反正你从来没想过会娶我为妻，再往下说，我会哭。谷爷，多谢你带着我走了这么多日子，让我小放生平生第一回知道，知道跟男人在一块是什么滋味，我得谢谢你！”

她对着谷山鞠了一躬，从怀里掏出个小盒，将鸟蛋一枚枚放入盒中的棉絮，重又将盒子塞回怀里，突然冷不防地一把抱住王不易，在他脸上重重亲了一口，然后狠狠地瞪了谷山一眼，咬紧嘴唇转身跑了。

只一会儿工夫，小放生便消失在雨帘中。

这一切发生得太意外，谷山一时回不过神来。王不易摸着自己被小放生亲过的脸颊，傻怔着。猛然，两人对着黑暗一同大声呼喊："小放生！……"

回答两人的只有响亮而沉闷的雷声。

清晨，谷山、王不易二人到达钱塘城内时，雨已经停了。街上开始忙碌，人们三三两两出现在雾蒙蒙的晨光中。谷山和王不易沿着湿漉漉的石板路走来，王不易的手仍摸着自己的脸颊："谷爷，你不会看不出，小放生不是在亲我，是在亲你。"

谷山道："亲我？我的手怎么没摸在脸上？"

王不易急忙放下手："谷爷，小放生这么喜欢你，你就不能给她说几句好话，给她几个好脸色。这不，她一看没指望了，就走了。"

谷山道："有完没完？"

"没完！大扇子不是给你写了休书，还拜托小放生好好照顾你么？"王不易道，"现如今，你和大扇子都不是夫妻了，是姐弟了，小放生又这么喜欢你，巴不得把你当自己的男人，可你怎么就这样狠心，生生地把这么好的姑娘给退婚了？"

"越扯越没边了你！退婚？我说过要娶她了么？昏话！你给我记着，谷爷我这辈子只认一个女人，她就是大扇子！"谷山道，"王不易，你要是再说这件事，也给我捡个鸟窝快滚蛋！"

王不易拼命摇头："我不捡鸟窝！"

谷山道："那你听着，我们已回到钱塘，该干正事了！从今日起，你就是我的小跟班，别驼着背，挺起腰来，跟我上县衙点卯去！"

过了桥就是县衙了，两人走上桥顶，桥上一群人围着两个姑娘，王不易眼尖，失声叫起来："这、这不是麦香和万蛉子么？"

谷山挤了进去，吃了一惊。衣衫褴褛的麦香和万蛉子跪在地上，面前摊着一块白布，布上密密麻麻写着一片血字，抬头四个通红大血字格外刺目：替父鸣冤！

谷山和王不易把两人带到县城"结义楼"，王不易、麦香、万蛉子围桌坐着，一边吃着阳春面，一边望着在看血书的谷山。

谷山脸色沉重："蛉子，把手递给我。"万蛉子将一只手递给谷山，食指上用布条扎着，渗着鲜血。谷山道："麦香，你把手也抬起来。"麦香将手抬起，食指上也裹着布，红红的全是血。谷山道："这份血书，是你们俩一同写的？"两个姑娘的眼睛里晃着泪水，点头。

麦香道："蛉子姐没嫌弃俺，俺们俩结拜做姐妹了。蛉子姐的爹，就是俺的爹。"

谷山将血书折起，收入怀里："你们俩姐妹听着，我和你们爹一同坐过牢，他的事我都知道。放心吧，你们很快就能见到爹了。你们俩先回稻香村，在家等着消息吧。”

万蛉子担忧道：“谷山叔，听说衙门到处在抓你，要是他们知道你回了钱塘，还不一窝蜂围上来？你先找个地方躲躲吧？”

王不易笑起来：“看把你们俩吓的！听着，谷爷如今不是逃犯了，是知县了！”

万蛉子和麦香道：“知县？哪儿的知县？”

王不易一字一顿，无比得意：“钱塘知县！”

钱塘县署大门两尊石狮前，四挂红鞭高挑着，一队乐班执着锣鼓唢呐等着吹奏。一二十个县衙官吏列着队，等着迎候新上任的谷县令。四个轿班抬着一顶官轿，上桥、下桥，抬向县衙大门，鞭炮声、鼓乐声顿时在衙门前响起。但是当钱塘县的一个官员掀开轿帘迎接县令的时候，才发现，轿座上坐着的不是谷县令，而是一只盛粮的大斛！轿夫带来谷山的一句话：“凡是本衙门的官员，该敬重的不是他，该是钱塘百姓的粮斛！都跪下，迎斛入署！”

四个轿班扛轿上肩，在一片鼓乐声和众官的目迎中，无比庄严地抬进县署大门。

谷山进了钱塘，让一只盛粮的大斛替他进了县衙。自己则与王不易和钱塘旧友叶书办各骑着马，在梁诗正老宅大门前指挥着一队衙兵往外运着银箱。

叶书办大声道：“谷大人有令，将存放在梁家老宅的这九十万两水利银如数运往县衙银库，并派重兵看守，不得有误！”衙兵首领大声道：“遵命！”

装满银箱的马车一辆辆驶走。

谷山道：“叶书办，你记着尽快派人勘察钱塘海塘大堤，拟定修堤文案，抓紧征集民夫，筹办木石，趁着潮汛季节过后，将三十里拦潮海塘大堤给修成。”

叶书办道：“谷大人放心，我都记下了！”

谷山仿佛在自语：“只有如此，才对得起为这九十万两银子吃足了苦头的梁诗正大人。”

谷山从梁宅回到县衙之后，就搬进了杜霄当年做钱塘知县的屋子，后来的知县都嫌杜霄被贬宁古塔晦气，屋子就一直空着，现如今，这间锁了多年的空房堆满陈年杂物，都是当年杜霄留下的东西。一张小板床已塌了架，书案上积着厚厚的尘土和鸟屎。一只放书的柜子成了老鼠窝，书籍已被啃成一堆堆烂纸。书桌上，墨裂笔枯。谷山默默地打量着这间自己的好兄弟当年的旧居。想起当年杜霄穿着知县袍服，坐在这间屋子里伏案疾书，二人官场相携的样子，再看看面前满是积尘的书桌和空空的椅子，不无伤感地笑了起来。

突然，谷山裸背上厚厚的伤疤抽动起来，一阵剧痛向他袭来。他扶住门框，大口喘息。王不易急了：“谷爷，你的毒瘾又犯了，我……我给你找……找芙蓉丸去？”

谷山眼里闪出狼一般的狠光，抬起手对着王不易重重地打了一拳，厉声道：“你听着！要是以后再跟我提……提芙蓉丸，我就……我就……劈了你！”他身子一沉，坐倒在地，脸色苍白如雪。

王不易急得要哭：“谷爷！我不提了，不提了！你千万别生我的气！我……我这就给你找……找什么来着？”

谷山的胸脯起伏着：“……找……找大扇子留下的……松针！”

京城，铁弓南在公房伏案核查着送上来的厚厚一大摞纸册，刘统勋匆匆走了进来道：“苦耘，那天你说粮田缺失的根由主要有三，你再说一遍，头一条中有几类？”

“缙绅造宅修园，百姓搭庐扩场，工匠建窑烧砖，农人弃粮种烟……”铁弓南道。

刘统勋打断：“等等，工匠建窑烧砖所毁田亩，有数字么？”

铁弓南道：“各地尚未统报。”

“我记起一件事来了！”刘统勋道，“之前，我问谷山，万春渠的那份换田契书是跟谁换的，谷山说是钱塘大窑主宋五楼，那个‘天下金砖出宋窑’的宋五楼，在钱塘遍地可见宋家的砖窑。”

铁弓南道：“刘大人是说，谷山此次来京，说到了浙江钱塘遍地烧砖之事？”

“遍地烧砖的背后，必是遍地毁田。”刘统勋道。

铁弓南道：“宋五楼是我的亲家，这不是秘密。刘大人的意思是……”

“‘钱塘遍地可见宋家的砖窑’这句话，让我害怕，若是再任凭毁田烧砖，钱塘这座江南第一粮仓那就毁了。苦耘，既然那个宋五楼是你的亲家，还望你以朝廷大局为重……”刘统勋道。

铁弓南也打断了刘统勋的话：“刘大人的意思我听明白了，你是要我派人去钱塘，查明宋五楼的毁田之事？”

刘统勋道：“对，正是此意。”

铁弓南道：“谁毁田，谁就是大清国的罪人，这个道理，我铁弓南不会不明白。倘若我那个亲家真的是因为一家私利而在这么干，我当然会毫不犹豫地给予严办。”

刘统勋道：“那就好。”

铁弓南道：“可是，‘天下金砖出宋窑’，也就是说，京城的内宫外宫、各处的御园山庄，乃至修筑皇陵、新盖王府，还有满天下的寺庙，凡是这些地方所用的铺地金砖，除了苏州与临清几处有些供给外，几乎都由钱塘的宋家供给，若是将宋家所制的金砖给禁绝了，别处还好说，不用就不用了，可内宫造办处每年都会奉旨采办金砖数十船，该拿什么东西给他们？”

刘统勋的眉头皱紧：“如此说来，是禁不得了？”

铁弓南道：“你是户部尚书，能不能禁，不就凭你的一句话么？”

刘统勋道：“你是在提醒我，宋家的金砖就是御砖，谁也动不得！提醒得好，这事儿，待我好好想一想。”

铁弓南回到铁府就让铁箭飞尽快给钱塘去个信，告诉宋五楼，不能因为是烧金砖就胡乱毁田，按《大清律例》上的条款，用去了多少田，就补回多少田。可宋五楼刚从万春渠那里骗来了“万箩墩”这块宝地，哪里肯轻易罢手。

万箩墩是钱塘出了名的肥田，上千年来，这儿的乡人为了在万箩墩种出江南名稻“玉牙”，年年都要将田泥精心调养，久而久之，这里的田泥已成活泥，如油似胶。这种田泥，如果用来烧金砖，光滑如镜，叩之有黄金之声，可谓天下无二！也正因如此，宋五楼想尽一切办法，终于从万春渠手里把万箩墩这块宝地收入自己囊中。现在的万箩墩已经盖上了新砖窑，宋五楼与手握漕船的窦帮主联手，已经在想象金砖烧出之后，金箔裹金砖，漕船披红绸，敲锣打鼓吹号一路直送京城的景象了。

谷山坐到县署正堂公案前做的第一件事情，就是按《大清律例》中的农忙时节不准审理民间纠纷案，可以将关押的田户放出去回乡农耕的条款将万春渠从大牢里放出来。

出狱的万春渠眼里含着泪水，对着谷山抱拳一拱：“谢谷大人！可是我人虽然出来了，可万箩墩的官司还没打赢，我万春渠心有不甘哪！”

谷山道：“这事别急。你回村后，想办法找到那份契书的失字之谜。如果这个谜解开了，案子十有八九就能打赢，你在万箩墩里的十亩好田就能从宋五楼手中拿回来。对了，我记起来了。那桩梁诗正冤案中，起因就是账面失字。经查，失字的原因是用墨鱼汁代替了墨，那些个写在纸上的字，不出三月就自动消失了。你好好想想，当初写契书的时候，是什么情景。”

万春渠回想着：“那天，是宋府管家李堂取出一只黄铜墨盒，打开盒盖，取笔蘸‘墨’，在一张白纸上写的田契。”

谷山道：“莫非李堂带来的那只墨盒里，不是墨，是墨鱼汁？不过，究竟是不是，还得有证据。你要是能想办法拿到证据，就能打赢官司！”

万春渠道：“好，我听你的！”

谷山道：“稻香村种稻子的万箩墩、百亩湾这些好田，都得从宋五楼手里要回来！不光稻香村的粮田一块不能丢，全钱塘的每块粮田都不能丢！在我手里要是再丢一块田，我宁可先把自己的大帽子给丢了！对了，你女儿万蛉子，还有我从山东带来的孤女麦香，两人结成了姐妹，都在家里等着你呢！”

第十三章

满朝官空碗上朝堂　讷中堂行走军机处

天空中大云疾行。青铜色的太阳高悬在皇宫之上，大铜狮的卷鬃和利爪在日光下泛着火烧一般的紫色。整个紫禁城出奇地安静，静得有点反常。

东暖阁院落阶前，跪着十来个朝廷的股肱大臣，讷亲、刘统勋、孙嘉淦、张廷玉、铁弓南以及几位亲王都在。像十年前天下粮田案时一样，皇上这次也是三天粒米未进。

透窗而望，乾隆盘腿坐在炕上，闭着眼，脸色苍白。讷亲对着窗里哀声："皇上啊！请进膳吧！"大臣们也齐声对窗苦求："皇上啊，请进膳吧！"

乾隆闭目不理。

烛光下，乾隆依然闭目盘腿在炕，脸色更为苍白。窗外，那些大臣们仍在黑暗中跪着。夜色褪尽，日光横移。乾隆盘坐炕上，声音沙哑："张六德！朕饿了几天了？"张六德带着哭腔："回主子话，第三天了！"

乾隆道："告知下去，明日上朝，让大臣们每人都带上一只空碗。朕不要他们跪，朕只要他们捧着空碗站那儿就行。"张六德道："嗻！"

白晃晃的日头照得人睁不开眼。心情无比苦闷的乾隆坐在窗台前的椅子上，背对着陪守在身旁的讷亲和刘统勋。

乾隆仿佛是在对着自己吟哦："谷数较于初践祚，增才十分一倍就，民数增乃二十倍，固常太平滋生富。"

讷亲道："皇上，您又作诗了？"乾隆道："这首诗，题名叫《民数谷数》，你觉得妥么?”讷亲道:“妥!皇上圣明!”乾隆发出低低的一声自嘲:“圣明?朕圣明么?这几句诗,你可知何意?”讷亲道:“诗中的意思是说,谷增一倍,民增二十倍,自然就民不足食了。”乾隆道:“延清?”

刘统勋道:“臣在。皇上对天下粮田的担忧,在诗中说明白了!可是……”

“可是什么?往下说,朕要听真话。”

刘统勋道:“如今大清国的粮田已不足以养民,可真正的原因,却没几个大臣能往根子上去想,都以为人口多了,粮田只减不增,所以养民之事就出了大事,可要是往根子上好好去想一想,其实还是能找出缘由来的。”

讷亲脸上的肥肉不自然地一跳。

“别话到嘴边留三分。既然你知道根子在哪,就往根上说。”乾隆道。

“粮田之所以会短缺,缘由恐怕有这么一些:人口增多,吃口重了,现有粮田自然就显得少了;以往的开垦荒地,因为收受重税,重又被抛荒了;大片的好粮田,改作了他用,比如种烟、烧砖、修宅、建庙、做坟;水利年年失修,水土流失造成了田地大片大片的抛荒;经世代耕种,有的成了盐碱地、沙砾地、水淹地、抛荒地,粮田成了废田;矿业在近些年也与民夺田,从矿里流出的黑水、毒水,一旦流入粮田,那就无法再耕种了;还有就是天灾比以往更为频繁,飓风、洪水、干旱、虫口都一年甚过一年。”刘统勋道,“要找的话,还可以找出若干条来,这些都是大清国粮田不足以养民的缘由,也是根子所在!”

讷亲听出刘统勋并未捅到他心中害怕的东西,松下一口气,脸色缓和过来:“延清说得精辟!这确是大清国粮田缺失之根本!”

乾隆道:“延清,你给朕送来的《鱼鳞册》,朕都看了,你在上头都注了标记,说有些在册子上的田都已找不到,这让朕特别吃惊。”

“各地的粮田越来越少,而人口越来越多,为了扯平,地方官员只能做起假来,粮田是以少报多,人口是以多报少,结果就酿成了眼下‘二册造假’巨案。”刘统勋道。

讷亲一怔,脸上很快浮起夸张的气愤:“各州县的官员竟然连吃饭的本钱都敢造假,实在是太可恶!看来,他们和裕善、十大臣都是一丘之貉!”

“地方官员造假是为了他们头顶的乌纱帽,”乾隆道,“而朝中的一些大员们,明知二册在造假,为何知情不报呢?”

刘统勋道:“他们知情不报,一是怕给皇上的脸面抹黑;二是怕一旦查下去,就会牵涉到他们自己的私利,从而断送了前程。”

“延清,幸亏你把‘二册造假’案给朕查清了,要不然,朕还两眼模糊,近光得厉害。”乾隆道,“裕善那日在狱中对朕说的话,你还记得么?他说,倘若他把知道的秘密说出来，大清的天下将难以收拾。看来，他不是在吓唬朕，他是说了实话。”

“皇上！依微臣之见，裕善和十大臣的案子不能再久拖不决了，该杀该剐，得给天下臣民一个说法了！”讷亲急道。

乾隆道：“朕在等三法司的定谳，延清，这事你和孙嘉淦得抓紧。”

刘统勋道：“微臣明白！”

乾隆长长舒出一口气：“这几日，朕一直在问自己：该如何治理这个缺田少粮的大清国呢？说实话，朕还真的心中无底。明日上殿，朕让大臣们都带一只空碗来，朕要借着空碗说点儿道理。其实啊，朕心里也明白，这没准又是一场空说。倘若拿不出实实在在的办法，或者有了办法却没人实心办理，那无论什么样的鸿篇巨论，到头来只会成为天下人的笑柄；可是，朕若是不说，那不是连笑柄都没有，只剩一把吓唬人的刀柄么?”

乾隆眼里闪着痛苦而又焦虑的光影。

讷亲垂目不语，一脸悲壮。

刘统勋极度不安地看着乾隆，欲言又止。

第二日上朝，铅云厚重，低压在乾清宫的上空。景阳宫的钟声敲响，打破了深宫的寂静。殿坪上渐渐传来越来越响的靴子声。上朝的大臣们表情肃然，列着队，每人手里都高高托着一只空碗，脚步沉重地向乾清宫正殿整齐划一地走来。一只只托着的空碗在晨光中闪着白色的瓷光。

眼睛浮肿的乾隆侧坐在须弥座上，面前的御案上也放着一只硕大的空碗。张六德从屏后走出，站在丹墀旁。

张六德扫视一眼大臣，大声道：“皇上有旨，不用你们跪，捧着空碗站着就成！”众臣齐道：“谢皇上！”张六德展开旨轴：“皇上有旨：饿上三日，方知饥为天下第一难事！”

殿内陷入一片比生铁还沉重的静默。

许久，乾隆开了口：“朕在养心殿的东暖阁饿了三日，这件事，你们都知道了，都在劝朕别这么做。朕难道不是人么，朕难道不知道饿上三日是何滋味么？可朕为何要这么做？刚才，张六德将朕在乾隆元年说过的那句话又说了一遍，这意思就是，朕还想告诉各位，朕当初饿了三日，并没有完全懂得‘天下第一难事’这句话。那时候，朕让你们在乾清宫的殿坪上都这么坐着，而且谁偷吃了干粮，朕都下了重手，免了他的官。”乾隆又道，“朕当初这么做，只是想让你们都明白，要是天下粮仓出了事，不光天下的百姓要受饿，你们这些文武百官也得受饿。打那以后，朕一直以为你们都明白了，这所谓的‘天下第一难事’就是粮仓无粮。可是十年过去了，朕突然醒悟过来，这‘天下第一难事’其实不是粮仓，而是粮田！粮仓空了尚可补，而粮田没了何来救？十年之后的今天，朕才知道这‘天下第一难事’真的将朕给难倒了！”

大臣们齐道：“臣等愿为皇上排忧解难！”

乾隆道：“你们能为朕排忧解难，那就好。这些日子，朕让刘统勋统领六部司官和御林军三千人，在朕的十八个省和将军辖区，对《鱼鳞册》和《人丁册》重做了查核，如今有结果了，各种各样的数字都搁在了朕的御案前。今日上朝，朕就和你们一块议议这件事，谁有话就直说，不必字斟句酌。”

张廷玉出班：“圣上！康熙帝当年宣布‘盛世滋生人丁，永不加赋’，使百姓再无赋税束缚，人丁繁衍如同山丘蚁穴；此后，雍正帝推行‘摊丁入亩’，取消人丁税，人口增长更如脱缰之马。老臣得知，山东人丁由雍正二年的一千一百三十九万到如今已增加了近两倍！而人口暴增，必然要有相应增加耕地。山东之耕地，康熙二十四年有九千二百五十二万六千八百四十亩，而眼下也仅是增加了二三百万亩而已！如此说来，山东的易垦之地，已基本垦完，而人口仍在暴涨！”

“微臣从返回的禁卫军口中得知，他们赴顺天府北路厅验查田亩实额，途经密云东北部的古北口要塞时，见到大批山东贫民不顾封禁，拥出关去，谓之‘闯关东’，每日有二三千人之多！”讷亲道，“此见足以证明张大人所说山东‘田不养民’实乃事实！”

乾隆道：“铁弓南，你专事调查人口编审，结果如何？”

“经臣查实，五年一次的人口清查编审，从无实数！”铁弓南道，“原因众多，比如乡民散处乡僻，县衙派官员下乡查验，难以村村走到，更难户户造册，况且，商旅往来莫定，流民工役聚散无常，以及番疆苗界都未归入清查之列，再加上保甲门牌、土著流寓时常变更，人丁更是难以计数。鉴此，各省州县五年一报的民数册籍中，大多不实，上报人口大大低于真实人口，有违皇上严令各方须掌握民数的圣谕！”

乾隆道：“能举例说来么？”

铁弓南道：“如应城之县，每年只报添丁八口；应山、枣阳只报二十余口或数口，而且每年所报数目一律雷同！”

乾隆道：“笑话！岂有一县之大，每年仅出生八口之理？而且添丁之数还相同，这不是滑天下之大稽么？”

孙嘉淦道：“据微臣所知，更荒唐可笑的是，各省历任督抚明知其中有假，放任州县官吏随意填报，从不复加追查，乃至虚报成癖！”

太阳在铅云中穿行。

乾隆道：“天下粮田已不足饱天下！”

殿里气氛压抑得令人喘不过气来。

“过去历朝历代的帝王，攻城略地，略的不是粮田，而是疆土。那时候，疆土越大，国家就越强盛。”乾隆道，“可如今，朕的疆土已广被天下，朕要的，是疆土之内肥沃的粮田！有了粮田，才能养活人丁；而人丁兴旺了，国家才会强盛。这个道理，是治天下、续春秋的至理！朕问你们，何谓春秋？谁能告诉朕？”

讷亲出班：“五谷各以其生为春，熟为秋！”

乾隆道：“答得好！人间春秋，其实就是粮田！”

刘统勋道：“微臣记得，乾隆元年在浙江钱塘抗旱保田之时，遇到了当地的高僧明灯法师，他曾这么对我说：‘下界烟波如此阔，不知经几变桑田。芸芸众生哪，你们都以为轻贱了活命之田的是头顶上的老天爷，却不知葬送粮田的罪人，除了天，还有你们自个儿！’此言，微臣当初不能全懂，可今日，微臣却领悟了法师的意思：误了春秋大计的，不光是天，更是人！”

乾隆道：“对，这就是人祸甚于天灾！朕每年春秋之时收到的各省奏章，无外乎都在说粮食的事。常见有这样的奏言：‘今旧谷已尽，新谷绝收，民间疾苦在于无米。’朕直到金殿验鸟那天才明白过来，此言谬矣！民间所苦，不是在于无米，而是在于无田！五代先贤李道安说过一句话：‘仓廪者，国之本；粮食者，人之命。固其本则邦宁，重其命则人富。’此话，天下有谁敢不牢记？”

众臣道：“臣等谨记于心！”

乾隆道：“或许你们都觉得奇怪，为何今日上朝，朕让你们每人都带一只空碗来。你们心里会这么猜测：朕让你们带上这只空碗，是想让你们像当年一样，也坐在乾清宫的殿坪上，再饿上三日。如果你们这么想，那就错了。朕让你们把空碗带到乾清宫的正殿上来，是想告诉你们，大清国的粮食出事了，而粮食出事的根由，是粮田出事了！倘若再不补救，那么，用不了多久，你们绝无可能再捧着手里的这只空碗走进乾清宫，只能捧着它像乞丐一样沿街乞讨！朕这不是危言耸听。你们想想，天下的百姓要是断了粮，那会是怎样的后果！张六德，把朕写下的那个字送上来！”

张六德托着一只托盘，从屏后快步走出，盘里放着一张折叠起来的白纸，在乾隆面前跪下，双手托起。

乾隆道：“朕在打开这张白纸前，请各位大臣将放在地上的空碗拾起来，托在手上，这个字只有面对一只只空碗的时候，它才会说话！”

众臣纷纷拾起空碗，托在手中。乾隆扫视了下面前一只只空碗，深深吸了口气，伸手从托盘里将那白纸取过，一抖，对着大臣们展了开来。白纸上，是一个朱笔写下的硕大的“飯”字！乾隆道：“这是一个‘飯’字，一个最平平常常的字。没有‘飯’，人还能活么？不能！天下百业、天下百姓、天下百官都在为着这个字忙忙碌碌、起早贪黑、流血流汗。所以，朕敢这么说，凡是活着的人每天想着最多的字，就是这个‘飯’字！”

众臣齐呼："皇上圣明!"

乾隆冷笑了一下，"刺啦"一声将白纸沿中间一撕为二，然后左右一同拎起。顿时，同一个字被拆成了两个字：一边的白纸上是个"食"字，另一边的白纸上是个"反"字!

满殿臣工震惊地看着这两个字。

乾隆道："朕将这个'飯'字撕开了，你们说，这成了两个什么字?"

大臣们齐道："一个'食'字，一个'反'字!"

乾隆道："说得好！一个'飯'字，说尽了天下人的活命之本！可这个字，若是没有了'食'，剩下的就是'反'了!"

大臣们鸦雀无声。

乾隆将"食"字放回托盘，从须弥座上站起，单手提着"反"字，推向众臣眼前，来回扫视殿内。乾隆道："尔等大臣，你们还要朕站在这丹墀之上说一说'反'字是什么意思么？身为大臣，你们可以将天下万字熟视无睹，可这个字 有谁敢不正眼相看!"

众臣瞪大眼睛看着这个大大的"反"字，全都沁出一身冷汗。

讷亲下意识地垂下眼帘，旋即又赶忙睁开。

乾隆重声道："不知道你们出汗了没有？朕提着这个字的时候，浑身都在冒着冷汗！'反'字之下，安有太平？大清国要是连太平都保不住了，那就只剩下了两个字：亡国!"

大臣们道："臣等牢记圣训，不敢有忘!"

乾隆道："一个'飯'字，就这么厉害，它可以立国，可以兴国，也可以败国，可以亡国！朕让你们把空饭碗托在手中，就是在告诉你们，粮田之危，其实就是空碗之危！你们都垂下眼，好好看一眼手里的这只碗，问一问自己：里头有'食'么?"

大臣们看碗。每只碗空空如也。

众臣沉默。满殿响着沉重的呼吸声。

乾隆走动着："既然你们都不敢说，那就让朕替你们说！这一只只空碗里，没有'食'！也就是说，你们托在手中的，已不是一个'食'字，而是一个'反'字！这个字，此时就在朕的手中，你们都睁大眼睛看一眼！好好看一眼!! 要是谁还没看清，就走到朕的跟前来看!!"

撩袍声哗哗，大臣们纷纷跪倒伏地。

乾隆极力让自己的声音平静下来，却越是克制，声音越是发颤："二册查出了那么大的粮田缺口，补救的办法至此仍是一筹莫展；各省历年所储的库银库粮也还是一笔糊涂账，想动用它来以防万一却是根本无从下手；那么多造假的州县与省衙官员至今仍在想着蒙混过关，竟然没一个人主动来向朝廷做个交代；再加上北方一开春就遇上了百年未有的春旱，今年是个大灾年看来已成定局。这么多事凑一块，九九归一，都归在了一个‘飯’字上，逼得朕不得不亲手写下这个字，再将此字撕给你们看！朕这么做，不是要吓唬你们，而是要告诉各位，倘若真到了碗中无食的那一天，那么，天下就反了!”

大臣们抬着惊惶的脸，满眼泪水。

乾隆重新坐回须弥座，低下声音，垂目看着案面：“今日，朕要你们把这只空碗带回各自的家中，将它放在官帽瓶上。每天回家，你们摘下官帽休息的时候，看一眼它，每日早晨上朝之前，戴上官帽的时候，你们也看它一眼，再想一想朕给你们说的那个‘飯’字。如此一日二思，你们就不会再忘记空碗之危了!”

乾隆拿起放在御案上的那只空碗，托在手中，看了好一会儿。空空的九龙大碗在乾隆手中发颤：“这会儿，朕手里也有一只空碗。它是景德镇的御窑烧造的，上头绘着九条龙，意为九方之天、国祚万年。这会儿，朕想把这只九龙碗放在一个比官帽瓶更显眼的地方。”张六德和两个内宫太监抬着一根蟠龙柱，在御案旁放下。乾隆站起，走到柱旁，将九龙大碗放在了柱顶上，轻轻地扶稳。张六德递上装满五谷的木斛，乾隆接过斛，将五谷倒入空碗中。金子般的五谷缓缓泻入碗内。

乾隆回过身，目光剀切：“各位大臣，你们都看到了，从今日起，朕的身边多了一件镇殿之宝，它就是一只盛满天下五谷的大碗！往后，朕要天天看着它，和你们一同去想：如果哪天碗里的五谷不在了，那么，大清国也就不在了！——退朝!”

天空中响着鸽哨声。白日在云块间急速驰行。

列队走出乾清宫的大臣们步履整齐，手里托着空碗，神色无比庄重地向乾清门外走去。

殿内空空荡荡。乾隆坐在龙椅上，久久看着蟠龙柱上摆着的大碗。

天色渐暗。两个太监将宫门关上，厚重的大门发出低沉的轰隆声。

乾隆倚靠在须弥座上已沉沉入睡，双臂交叉着紧抱在胸前，像是冷极了似的蜷缩着身子，嘴里喃喃地说着梦话。

张六德和田喜不敢打扰，怔怔地等着乾隆醒来。

乾隆入了梦，手指在微微抽动，气息越喘越重。

梦中高天乱云，大云如海。乾隆孤独地站在大片大片的云块中，看着身边一群接一群的臣工手里高托着空碗，头也不回地离他而去。

乾隆焦急地转身奔跑，试图引领自己的臣子走向太阳升起的方向，可他的脚下却是软绵绵的，怎么也奔走不动，而身后的众臣仍在背道而驰。他急得大声呼唤：“众爱卿！大云之东乃是日升之地啊!”

众臣的队列中，讷亲回过脸来，刘统勋回过脸来，孙嘉淦回过脸来，一个接一个的大臣回过脸来。乾隆脸上露出笑容。突然，电闪雷鸣，众臣倏然变成一群红冠蓝羽的飞鸟，扑棱棱地腾空而起，在空中四下飞散，他们执着的空碗一只只脱手而飞，空碗纷纷坠落，残碎的碗片溅起，重又穿越云层，飞向乾隆，在他身边旋转、弹动、撞击，却怎么也无法重新弥合。

梦中的乾隆猛地直起身，大喊："田喜！"田喜急道："奴才在！"乾隆喘着重气："快看看，朕的大碗摔了么？"田喜回头看了看："没摔，好好的呢！主子爷！"

乾隆长长舒了口气，然后枯坐不语，想着刚才梦到的情景，好一会儿才道："张六德，去传刘统勋来这儿，朕有话要与他说。"

张六德道："这么晚了，皇上……"

乾隆道："晚么？朕哪一天不是以夜代昼？不晚，快去！"

乾清宫正殿烛光明亮而又飘忽。刘统勋孤单单地站在殿上，忐忑地看着坐在须弥座上的乾隆。

乾隆道："这么晚了朕喊你来殿上，是要你陪朕多说几句话。朕问你，白天朕说了那么多，臣工们真的都听明白了么？"

刘统勋道："明白的自然明白，不明白的也会装明白。"

乾隆苦然一笑："这会儿静下来，朕在想，白天是不是说得太多了些，说得让大臣们心烦了。朕或许真的是有点儿操之过急，或者说，有点儿傻。一只空碗，难道真的能让百官们都为大清国的生死存亡担忧么？他们从今以后真的能替朕管好天下粮田么？倘若一只空碗有这么大的神力，大清国的事儿不是都好办了么？这会儿，朕心里……不踏实啊！"

"皇上心里不踏实，也是微臣之过。打自回京以后，微臣心里老有件事堵着，不吐不快。"

"那就吐。"

"若是微臣能早几年就发现大清国的粮田出事了，哪怕这条腿再瘸、再废，也不会告老还乡，不会离开皇上，不会私耘一家之砚田，弃顾天下之粮田！微臣真后悔啊！唯能补过的，那就是跟随皇上，为保大清粮田万死不辞！"

乾隆动容："端上椅子来，请刘延清坐下说！"

张六德急忙送上椅子，让刘统勋落座。

刘统勋眼里闪着泪光："不，让我站着说。皇上，倘若微臣没有说错的话，在皇上心里想着的，不单单是一只空碗，也不单单是大清国失去的万顷粮田，而是大清国的生死存亡，是尚未办成的旷世伟业，是梦寐以求的乾隆盛世！眼下的空碗之危，只是上苍设下的一道小小的坎子，皇上定能跨过去，一定能跨过去！"

乾隆道："对！只要跨过去，朕的面前就一马平川，朕想办成的宏图大业就有了办成的指望！——张六德！"

张六德道："奴才在！"

乾隆兴奋道："今天晚上朕高兴，你赶快去传朕的口谕，让讷亲也来殿上，对了，让孙嘉淦也一同前来，朕要和三位爱卿好好聊一聊心里话！"

君臣四人畅聊一夜，时而悲愤，时而信心满满。空气新清而湿润的清晨来临的时候，乾隆看着大清国这三位股肱之臣，仿佛又看到了大清国的希望。

隔天张廷玉又来养心殿，求皇上拨派贤能之臣顶军机处的空缺。军机处是大清国的中枢，如今只有张廷玉顶着，担子确实也重，乾隆便让张廷玉推荐人选。

张廷玉刚说完"刘统勋"三个字，乾隆就打断了他："不行，至少眼下不行。刘延清如今身任二职，扛着的是天字第一号重任，不能让他在这个节骨眼上撂挑子。其实啊，朕让刘延清回京的本意，就是要让他掌管朕的军机处，可眼下不是时候。他一条腿踩在户部，另条腿踩在都察院，两条腿这么大开着，是在给朕这面墙打着人字撑，若是将他的一条腿挪开，朕的这面墙还牢靠么？他什么时候该去军机处，朕自有安排。"

最后乾隆给张廷玉定下的人选是乾隆眼中能办实事、办正事的干臣——讷亲。张廷玉虽有不满却也只能听命。

圣旨立刻就下到了讷亲府上："奉天承运，皇帝诏曰：讷亲着即日起命为保和殿大学士、军机大臣上行走。卿当砥砺德行，忠勇廉介，实心办差！钦此！"

笙乐喧阗的寸土堂门楼里张灯结彩，一片喜气洋洋。宴席已经摆开，铁箭飞一身华服，和一二十个袍冠鲜亮的官员在门前迎候讷亲，等来的却只有潘八指一人。潘八指带来了讷亲的一句话：如今朝廷上下都在重立规矩、正纲禁侈，无论谁替他办的庆贺宴，一律概不到场！

讷亲和潘八指走在花廊间。白姑娘匆匆过来，将一份密笺递到讷亲手中。讷亲拆开看了一眼，嘴角露出笑容。

潘八指道："是内宫大臣们议论军机处换帅之事吧？"

讷亲道："是啊，虽然都是些关着门窗说的话，可也能看出几分端倪。张廷玉、孙嘉淦、梁诗正、赵宏恩，对了，还有浙江的那个糟老头子唐思训，这帮子人都不无微词，有些话，还说得真够难听的。看来啊，早晚得给这帮狗东西敲上几大板了。"

"这帮子人对您如此不恭，不是没有来由。"潘八指道，"他们做梦都梦着刘统勋能在军机处行走，好有一天让他掌管上内廷的实权。可他们万没想到，皇上只给了您讷爷一乘快马，还递上了一根鞭子，让您快马加鞭进了军机处！这帮子人心有不服，当然是可想见的。”

“其实，在皇上的马厩里，早就替刘统勋鞴着一匹马、挂着一根鞭，只是时辰没到，尚未送出而已。”讷亲道。

潘八指道：“刘统勋真要是当上了军机大臣，他的那双铁靴子，不光会让您听着闹心，保不准什么时候就踩了您的脚指头。”

讷亲冷笑一声：“这我早就想到了。皇上给刘统勋的那匹马、那根鞭，既然现在没送出，那我就不会让刘统勋再有机会骑马接鞭！”

潘八指道：“讷爷有办法了？”

讷亲道：“办法办法，到该办的时候就有了法。本中堂与刘统勋同朝为官，同的是朝，而不是道。既然不同道，那就不必再同行，我迟早会让他走岔道的！”

潘八指道：“好！我通知下面，对刘统勋和他身边那帮人，得加紧盯着，一有风吹草动，就立马来向您禀报！”

云掩月稀，大房正中挂着“青云当铺”鎏金大匾。高大的柜台两侧柱子上挂着楹联，上书：“未进龙虎山，先进发财门。”一块巨大的“望牌”上写着“天、地、元、黄、宇、宙、洪、昌、日、月、盈、者、辰、宿、列、章、安、来”十八个字，意为十八个赎月。一个长着一撮毛胡子的朝奉坐在柜内，和几个伙计盘着一堆堆当货。

门声一响，看门伙计领着个手捧锦盒的男人进来，此人是马旗门。马旗门走近柜边，踮着脚将手里的锦盒递进柜去。一撮毛接盒打开，从里头捧出的是一尊晶莹剔透、人脑袋一般大的白玉狮子。

一撮毛不露声色：“本号的规矩听说过么？只当清白货，不当浊水货。您爷这头石狮子，三道裂缝，两块脏皮，当不了几个银子。”马旗门道：“东西是不好，请朝奉估个价，合适就成。”

一撮毛道：“不知您爷尊姓大名？”马旗门急忙递上一张名帖。一撮毛看了看帖：“您爷请稍等，待我将您的这盒破烂拿进内房，请掌柜过过眼，若是不值钱，那就只能打回票了。”

马旗门笑容可掬：“只要掌柜瞅着方便就行！”一撮毛拿起玉狮子和名帖进了内房。陈设华丽的当铺内房里，穿着一身绫绸的讷图一手抹着鼻烟，一手搂着个美人儿，面前堆了一桌的金银珠宝、绫罗绸缎。一撮毛进来，将手里的两件东西递到讷图面前。

讷图捧起玉狮子看了看，眼睛放光：“……娘的！这头玉狮子，透得跟冰萝卜似的！”一撮毛欠身媚笑：“讷爷，您好眼力！这口玉狮子，可是二百年前西域维莱米城送往大明朝的贡品!”讷图道:“值多少?”

一撮毛打了手势:“少说三万两!”讷图取过名帖看了看,一怔,旋即笑了:“马旗门?他不是当着浙江按察佥事好好的么,怎么还不知足,偏要学龟,哪暖和往哪爬?”

一撮毛道:“按察佥事才五品官,看他出的价钱,是想换块三品的补子。”讷图道:“也忒狮子大开口了!三万两能买个三品顶戴?”一撮毛道:“要是杀只活狗,将这玉狮子往狗肚子里埋上个一年半载,成了古物,那就远远不止五万八万了!”

讷图道:“好吧,便宜他了,收货!不过,得给他递支大白烛,要是他懂规矩,明儿就称一万两银子给吏部的潘八指送去,这三品按察使袍子,让姓潘的先给他备着,时机一到就给他穿上。”

一撮毛捧起玉狮子:“行,我这就去喊价,给他开当票、递白烛!”一撮毛坐上柜台,将玉狮递给伙计,拉着长声喊道,“……石狮一头,三绺二皮外加断尾巴!值银十二两!——拳头、逆子!”

票台掌柜听到“收货”的切口,飞快地开出当票,写下底联,让伙计收起玉狮,将十二两碎银称出,递出柜外,同时将一支长长的白蜡烛也递了出去。马旗门收过当票和碎银,又接过白烛,笑了笑:“多谢讷掌柜,这头狮子当得太值了!”

一撮毛道:“您是三月的当期,到时候……”马旗门道:“刚才忘说了,这头石狮子是死当,不取了,请将底联也一并给我吧!”

票台掌柜递出底联。马旗门将白烛点着火,将当票和底联一同烧了。只一会儿,柜上落下两团灰烬。一撮毛长声道:“白烛白灰,死货死当,有来有回,通达八方!”马旗门抱拳:“那就多多拜托了!”

第十四章

查父案沙海险丧命　救亲朋御窑吃闷亏

甘肃古浪县，变形的太阳在寂寥的天空中发出的一种尖尖啸音，在连绵起伏的沙海中嚣响着。空气中布满了像岩石褶皱般的流光，这使得出现在这片流光里的人看上去像是正在蒸发的虚影。

一道虚影跋涉而来，是大扇子！大扇子像蜥蜴一样爬上一道高高的沙梁，又滑了下去。大扇子匍匐着，半张脸埋在沙子里，苍白色的头发被沙漠的劲风吹散着，像一缕缕剪碎的灰白色布条。

阳光直射，大扇子紧闭着的眼睛慢慢睁开，嚅动着满是沙子的嘴唇，头顶的太阳仍在发出金属般的嚣响，绿得像一块巨大的碧玉。她头一沉，晕死过去。

渐渐地，不知从哪儿传来凄凉而又悠长的骨笛声。

骨笛声向着沙梁越吹越近。

一望无际凝固着的沙海。骨笛声清凉如水。在这罕无人迹的沙海中，骨笛声听上去像一股流淌的细泉。

太阳在骨笛声中沉落。沙漠渐渐由金黄色变成红铜色，又由红铜色变成白银色。

一轮满月从沙梁间缓缓升了上来。吹骨笛的是位满头白发、穿着一身褴褛官袍的老叟，老叟牵着一匹干瘦的骆驼，驼背上趴着昏迷不醒的大扇子。老叟把大扇子救回了村庄，一座被荒弃了才几年的古浪村落，像是度过了千年岁月，断垣残墙在月光下一派肃穆。火堆上吊着一只小小的铜壶，壶嘴里冒着热气。老叟取下壶，往一只破碗里倒了些热水，捧着，向一垛残破的土墙根走去。

大扇子躺在一块破毡上，脸色惨白，奄奄一息。老叟托起大扇子的头，将水喂进嘴去。好一会儿，大扇子咳嗽起来，眼睛渐渐睁开，瞳仁里闪着一丝活气。大扇子道：“我到古浪了么……”

老叟指指自己的耳朵，又指指自己的喉咙，摇了摇头，以示他既聋又哑。

大扇子抬起手，用沾满干血的手指在沙子上写了两个字：古浪？老哑巴点了点头。大扇子满是血泡的嘴唇绽出一缕微笑。老哑巴从怀里掏出一块干粮递上。大扇子接过，拼命地吃起来。

大扇子的眼睛落在老哑巴的官袍补子上，破烂如缕的补子依稀可辨绣着的雪雁。

大扇子抖着手，伸出四个手指：“你穿着四品官的袍子，莫非你是朝廷官员？”

老哑巴拾起一根小棍，在沙子上写了两个字：囚官。大扇子眼皮猛跳：“莫非你也和我父亲一样，也来古浪寻找粮田失踪之谜？”老哑巴似乎听懂了，点了下头，又用手指做了个“十年”的手势，用棍子在沙上写下四字：“来此何干？”大扇子往沙窝里跪下，用小木棍写：认得周伏天么？老哑巴盯着字看了许久，满脸的皱纹像岩石一般碎裂开来。显然，他认得周伏天！

大扇子急道：“老人家，我就是周伏天的女儿啊！我来古浪就是要寻找当年粮田失踪之谜，为父平冤！”

老哑巴摆着手，撑着沙子往后退着，匆匆站起，牵着骆驼离去。

大扇子摸过枯树枝，撑起身，对着老哑巴大声喊道：“老人家……老人家……谢谢你救了我！可你得告诉我，当年的古浪县到底发生了什么事……”

老哑巴牵着骆驼已经远去。挂在骆驼脖子上的铃声也渐渐消失。大扇子跌坐在井台边，绝望地看着通往村处的荡荡沙海。

大风呼啸，将烧着的火堆吹得火星四飞。大扇子裹着破毡蜷缩在火堆旁。远远的，不知从哪儿传来狼的嗥叫声。

大扇子惊醒，坐了起来，吃了一惊——

一旁的枯树上拴着那头瘦骆驼！驼背上挂着一只水囊和一袋干粮，一件厚厚的棉衣用绳子扎着，也挂在驼背上。

大扇子挣扎着站起，大声喊道：“老人家……老人家……”没有老哑巴的人影。大扇子朝脚下看去。

火堆旁的沙子上，写着两个大字：速回！

花园池亭，空气清新，一条用黄线绣在缎袍左肩上的蟠龙金碧辉煌、夺人眼目。穿着绣龙五彩大袍的宋五楼握着一管紫毫大笔，在纸面上落下最后一笔，收起笔，纸上出现四个墨光逼人的大字：“宋氏御窑。”

宋五楼扔下笔，站在一旁的丫鬟急忙递上手巾。李堂道：“宋氏御窑……好字！

好字！”宋五楼得意道：“李堂，就按这四个字做块大龙匾，盘一圈五爪飞龙，挂到咱们新开的窑场去！”

李堂道：“我这就上杭州府找最好的匾匠！”

宋五楼道：“想我宋家，当年雍正皇帝在的时候，进贡了造殿用的铺地大金砖，雍正皇帝还召见了我，在我左肩上拍了这么一下，说了两个字：‘好砖。’回来后，我就在被雍正皇帝拍过的左肩上绣了一条龙，每逢喜庆之日就穿上它，以表对雍正皇帝的恩谢！”

宋五楼道：“箭飞从京城寄来了快信，信中说，他干爹如今当上了军机大臣，手中之权已在万人之上、一人之下！咱们宋家的底气就更足了！咱们在钱塘烧的金砖，是为皇上烧的，是为王爷烧的，更是为大清国烧的，有讷中堂撑腰，什么都不用怕，有多少好土就烧多少好砖！”

李堂道：“对，谁要不服，就将您爷肩头绣着金龙的袍子穿给谁看！谁要是还不服，那就给他安个‘抗旨’的罪款，拿他下狱去！”

一个矮个子男人匆匆进来：“禀管家！小的打听到大扇子的下落了！”李堂道：“快说！”矮个子男人道：“大扇子独自去了甘肃古浪县！”

宋五楼皱着眉：“蹊跷！她一个女人，怎么敢一个人往甘肃跑呢？此事得尽快派人去京，告诉我女婿！”

稻香村的万家灶台上已经没有一粒米了，万蛉子和麦香都已经饿了几天。万春渠看着两张蜡黄的小脸儿，越想越气，光着脚就跑出了家门。跑着跑着就来到了万箩墩，在光秃秃的泛着油光的万箩墩农田里奔走着。不远处，一座座新建的砖窑灯火通明、浓烟滚滚。干夜活的乡民在掘着田土、打着砖坯。几头脚挂铁链的耕牛在泥塘里转着圈踩泥。

万春渠失神地看着，突然双膝一弯，跪倒在地，在地里疯狂地刨着、扒拉着，很快扒出了一块石碑，用手掌在碑面上重重地抹着上头的湿泥。染上掌血的石块露出了四个字：“万家田碑！”万春渠抱着自家的田碑失声恸哭。

好一会儿，他从地上爬起，抱着田碑，一步步走向地边，将碑石重重地竖在田埂旁，稳稳地埋土立稳。随后，他对着碑石跪下，磕了三个头，爬起身，朝砖窑方向跑去。

万春渠奔进芦棚，找到一块破布，用棍子扎紧，往布上倒上灯油，就着炉里的余火点着了火把，猛地冲出棚去，冲向一座高高的柴堆，柴堆点着了火，燃烧起来！

一群窑工被家丁从窑门里撵出来，拿起灭火扫帚，扑打火焰。火越烧越旺。万春渠躲过家丁，闪进窑门，用铁棍对着窑膛里炉口狠狠地砸来。炉口砖塌了下来。他疯了似的跨进窑膛，对着满窑叠着的金砖砖坯猛砸猛敲。

窑门外，传来宋府家丁的喊叫声，一群家丁冲进窑膛。几个人一起动手，将万春渠按倒。一二十个宋府家丁团团围着五花大绑的万春渠，宋五楼和李堂骑马驰来。

李堂道："五爷，谷山前些日子将万春渠给放了，没想到，此人自寻死路，竟然跑到咱们的御窑场来砸场子了！"

宋五楼用鞭梢挑起万春渠的下巴，冷声道："万春渠，你好大胆哪！知道这是什么地方么？"

万春渠怒目圆睁："宋五楼，这话该我问你！这儿是万箩墩，是稻香村村民的田产，也有我万春渠的田产！如今这儿被你霸占了，变成了你的窑场！这会儿，我万春渠来放牛、来纵火、来砸窑，就是想要告诉你，稻香村的乡民没了田，就没了活路！你不归还万箩墩，就是在逼人死命！稻香村乡民要想活下去，就得把砖窑给拆了，把自己的田从你手里给要回来！"

"啪"的一声，李堂重重抽出一鞭子。万春渠脸上鲜血飞溅。

宋五楼道："看来，他还真的不知道，这儿办的是御窑场，烧的是皇砖！你不是要砸我的御砖么，那我就成全你！来人，把这胆敢砸皇砖的刁民扔进窑去！封窑烧死他！"

李堂一摆手，几个家丁上前抬起万春渠，奔进窑门，穿过过道，将万春渠扔进了窑膛。然后一阵忙乱，用砖块将窑口飞快地砌死。

泥塘旁，龙大妈挑着水担，在往泥塘里倒水，急忙躲到一边。刚才这一幕，全都被她看在眼里。龙大妈放下水担，匆匆地赶到县衙，把这一切告诉了谷山。谷山和叶书办把能出行的衙吏和县兵都喊了起来，一起去稻香村。让王不易带上一位衙官，立即骑马赶往杭州巡抚衙门求见唐思训大人。

"宋氏御窑"的大匾高高挂在窑门的门楼上。全副武装的宋府家丁和护院分成两排护卫着通往各座砖窑的通道，严阵以待。

那座扔进万春渠的砖窑冒着滚滚浓烟，柴道口有几个窑工在忙着运柴烧窑。空无一人的土路上渐渐浮现一道道黑色的人影。谷山后面跟随着几十个挂着腰刀的衙吏和手执刀枪的县兵，靴子声渐渐震响，尘土飞扬。

李堂抬起手，下令："各位都听好了！咱们护着的是五爷的御窑场，也就是说，护着的是皇家的私产！敢动我御窑一指头的，无论是谁，都给我格杀勿论！"

众家丁和护院举起刀枪，大吼道："是——！"

窑前空地上，宋五楼的人马和谷山带着的县兵衙吏面对面地怒目对峙着，一片鸦雀无声，只有从砖窑里传出的火焰呼啸声。

叶书办道："宋五楼！没见到钱塘县令谷山在此么？快快下马！"

宋五楼一声冷笑："'御'字之下，岂有下马之理！让这位县太爷抬头看看，窑门之上挂着的是什么！"

谷山抬脸，看了看窑门上挂着的大匾："宋氏御窑？这么说，扛着这个'御'字，天下就没有王法了么？"

宋五楼道："这个字就是王法！自古以来，敢动'御'字的人，无一活口！"谷山道："按《大清律例》，敢侵吞粮田者，更是无一活口！来人啊！熄灭窑火，打开窑门！"身旁的县兵和衙吏齐声高吼道："是！"

李堂缓缓拔出腰剑，剑锋指向谷山。身后，骑在马上的护院和家丁也整齐地抽剑出鞘。宋五楼发出一声冷笑，对着自己左肩绣着的五爪龙拍打了一下，重声："谷山，你眼里可以没有头顶上这个'御'字，可你眼里不敢没有本爷肩头的这条五爪龙吧？"

谷山道："我早看到你肩头绣着的这条龙了。这么说，这条你自个儿绣上去的五爪龙，给了你藐视《大清律例》的胆量？"

宋五楼道："大胆谷山！你竟敢连先帝恩赐的五爪龙都不放在眼里！这会儿就凭着目中无'御'、眼中无'龙'，我就能将你身首异处！就带着你的人马快快离开这儿，要是不从，那就莫怪我宋五楼要大开杀戒！"

谷山道："我还从来没听说过，一个地方土豪竟然敢在光天化日之下杀一县之主！宋五楼，你若是不想再触犯大清刑律，就带着你的家丁和护院收起刀枪，让开一条通道，由我的官兵将窑门打开！"

宋五楼哈哈大笑："这么说，你不是来砸窑的，而是来开窑的？窑里正在烧着进贡的窑砖，你为何要打开它？"

谷山道："据本官所知，稻香村乡民万春渠被你的人活活扔进了窑膛，我要找到他！"

宋五楼又一阵大笑："胡说八道！御窑之地，岂容乡民闯入？更何谈将乡民封入窑膛？谷大人，你恐怕是轻信了谗言吧？宋氏御窑堂堂正正，从不与乡民有瓜葛！你要是不想自取其辱，就乖乖地退下吧。"

谷山道："人在窑火之中，皮肉可化，而骨头难消，这个道理你不会不知。倘若真如你所说，未曾将乡民封在窑中焚烧，那为何不敢将窑门给打开，让本官见一见呢？"

李堂插话："中途熄灭窑火，一窑御砖就将全数报废，这个损失，你拿什么来赔？"谷山道："宋五楼！你的管家既然这么说了，那我也就再多一句嘴：粮田乃乡民活命之本，你宋府夺了粮田取泥烧砖，乡民的这份损失，你拿什么来赔？"

李堂语塞："你……你……"宋五楼将手一抬："好吧，既然谷大人要开窑门，我遂你的愿。要是我打开窑门，没有你说的那副骨头，你会给我个什么说法？"谷山道："我会带着官兵撤离此处。"宋五楼道："永不再来？"

谷山道："不，今日我带人来，是来寻找万春渠的尸骨。你违法侵占粮田这笔账，我还会来跟你清算。”宋五楼道：“这句话就说得不地道了！吃着碗里，还想着锅里，你谷大人也太贪心了。既然这般不给脸，这扇窑门，我五爷绝不会让你打开！”

谷山道：“那你是在逼着我动手了？”宋五楼道：“此话该这么说，是你谷山在逼着我动手！”“呛啷”一阵大响，双方人马全都齐刷刷地抽出刀剑。

谷山将破烂不堪的官袍捞起，往腰带间一掖，从身后的士兵手中接过一把大锤，重声道：“宋五楼！我最后再说一遍，打开窑口的第一锤，由我谷山来砸下！”宋五楼毫不相让，重声道：“谷山！我也最后再说一遍，御匾之下砍掉的第一个人头，由我宋五楼来举刀！”

一把寒光闪闪的剑从宋五楼腰间的刀鞘里缓缓抽出。谷山冷笑一声，举起大锤，向着窑门一步步走去。宋五楼稳住马，将手里的剑也缓缓举起。双方人马剑拔弩张，屏住呼吸，一步步逼近。

空场上的空气紧张得要爆裂。铁锤闪着寒光。剑刃也闪着寒光。谷山对着窑门高高举起大锤。宋五楼对着谷山的脑袋高高举起长剑。就在这千钧一发之际，身后响起唐思训的喊声：“都给我住手！”

双方人马怔了一会儿，将手里举着的刀枪垂下。唐思训道：“不是说这儿出人命了么？本巡抚从杭州马不停蹄赶来，就冲着‘人命’二字！”

宋五楼笑了笑：“唐中丞果然是个明白人，想必知道头顶上这块大匾的分量！来到此处，不是来砸御窑，而是来查人命。那好吧，既然中丞大人来了，我宋五楼也就不用再费口舌。李堂，你下马，拾起这把铁锤，给本爷打开窑门，带中丞大人进去好好看一眼，里头到底有没有人的尸骨！”

李堂应声下马，拾起铁锤，走近窑口。里头传出重重的锤声和砖块轰然塌下的响声，一股火焰卷着浓烟从高高的烟囱口冲出。李堂出来，大声道：“灭火！”一群家丁拎着水桶奔上窑顶，往烟囱里倒进水去。白色的烟雾从烟囱里冲出足有十丈之高。

一块块叠放着的砖坯还在冒着余热。一群巡抚署官员和士兵在各个空隙中间寻找着人的骸骨。砖块间什么也没有。唐思训在窑外喊：“好好查，每道砖缝都别漏过！”官员和士兵继续寻找，仍是一无所获。查窑的官员蓬头垢面地从窑里走了出来，一官员满脸乌黑：“禀中丞大人！该找的地方都找了，见不到任何骨骸！”

谷山道：“不，我不信！我自个儿进去找！”唐思训一把抓住谷山的手腕：“你还信不过我的人么！谷山，别固执了，给宋五爷赔个不是，带着你的人退回县衙去！”

谷山震惊：“唐大人，你这是……”唐思训重重一摆手：“照办！”谷山垂下脸，牙帮咬得紧紧的。好一会儿，他猛地抬起脸，眼里满是莫大的疑问和隐忍，对着宋五楼抱拳一拱：“失敬了！”

宋五楼哈哈大笑：“知错就好！大人不记小人过，但愿这种事就此打住，别再有

第二回！趁着唐中丞此时在场，我宋五楼再放一句糙话给你谷山：倘若你再敢冒犯宋氏御窑，那就不会像今日这般了断了！——撤！”

李堂跨上马鞍，带着家丁和护院疾驰而去。宋五楼对着唐思训抱拳行了一礼，也翻身上马，疾驰离去。谷山望着远去的马队，两只拳头渐渐攥紧。唐思训拍了拍谷山的肩：“小老弟，消消气吧。”谷山猛地回脸，怒目逼视着唐思训：“中丞大人！这么说，你信不过我谷山，倒反信得过宋五楼？”

唐思训一笑：“什么信得过信不过，都是狗屁话！你要是长眼睛，就抬起脸看看头顶。”谷山道：“头顶上不就是有块私制的御匾么？”唐思训道：“‘御’字在头，纵然是一品大臣也得见而下马，这你也不懂？再说，敢私制御匾的人，难道就不敢私砍你的脑袋？这么糊涂，我是在保全你！”谷山眼睛泛红：“唐大人，你可知道，失踪在窑场的万春渠，他为何要来这儿么？”

唐思训道：“当然是为了自家的粮田。”谷山道：“不，还为了全稻香村乡民的粮田！这会儿，你都亲眼看到了，在这片大好的粮田之上，如今耸立着的是什么，是一座座毁田的砖窑！倘若不把这些窑……”

唐思训道：“别说了！难道我唐思训不知道这些么？你想想，宋五楼挂上这块御匾，难道只是为了炫耀、只是为了挡住有人来拆窑么？不全是，他是在给你设下一个陷阱，要逼着你来将这块御匾给砸了，然后就有理由取你的首级！你这么个聪明人，难道就会上他的当？”

谷山道：“唐大人……”唐思训低声道：“闭嘴！给你四个字：来日方长！”

卫士牵过马，扶着唐思训上鞍。官员和士兵护着唐思训离去。谷山大声喊道：“唐大人，我还有件事想问您！”唐思训勒停马，却没有回身。谷山道：“我哥怎么没来？”唐思训道：“谁是你哥？”谷山道：“杜霄！”唐思训道：“他奉我的命，去京城办差了！怎么，你想他了？”

谷山道：“请唐大人带一句话给我哥：他在宣平干下的那几件漂亮事，我谷山佩服他！”唐思训道：“又是一句屁话！”

马蹄声急响，唐思训一行匆匆离去。王不易走近谷山，摇摇谷山的手臂：“谷爷，别发愣了，回吧。”

谷山道：“难道龙大妈亲眼看到的事也会有错？”王不易道：“龙大妈老眼昏花，没准是看错了。”谷山暴怒：“你给我滚开！”

隔了几日，一条载满金砖的大船挂着篷帆在运河上缓缓行驶。船头架着“宋氏御窑”的大龙匾，高挂着一面绣有“贡砖”二字的大旗。身穿肩龙大袍的宋五楼和窦帮主背着手，站在船头。船舱内，李堂领着十多个家丁执着刀，弯腰埋伏着。

窦帮主道：“五爷，您设下这个‘引蛇出洞’之计，他们会上当么？”宋五楼道：

“这些天，谷山领着人到处在找万春渠的尸骨，都找得急红眼了，我料定他会来拦我的船，向我要人。只要他一冒头，那他就吃不了得兜着走了！”

一个爬到桅顶张望的水手滑了下来：“禀二位爷，前头河汊子有船出来了！”窦帮主拊掌：“五爷可真是料事如神啊！”宋五楼冷哼一声：“好戏开场了！告知后头，将船架上大橹，迎上去！”

船尾大橹架起，大篷鼓风，向着驶出河湾的木船迎面冲去。

谷山道：“王不易，叶书办，让所有人都撑起竹篙，将来船顶住！”一二十支长篙在船头和船舷旁横起，对准飞快冲来的大船。

宋五楼大声道：“谷山，本爷亲自运送进贡的御砖前往京城，你竟敢半路打劫，可知犯的是何等死罪么？”

谷山大声道：“谷山拦船，不是要砖，而是要人！你把万春渠给我交出来，我活要见人、死要见尸！”

宋五楼道：“放肆！唐中丞已查过本爷的御窑，没见着有人，你怎么还敢口出狂言，向我要人呢？”

谷山道：“这几天，我又找到两位证人，他们亲眼看见是你下的令，将万春渠扔进砖窑，并下令封窑点火的！你怎么敢说此事与你无关？”

两条船越驶越近。窦帮主道：“看来，姓谷的还真上当了！”宋五楼道：“他是不见棺材不掉泪！再加把劲，冲上去！”又一道侧篷挂起，大船驶得更快。王不易大喊道：“谷爷！他们撞上来了！”谷山操起一根长篙，大喝一声：“顶住来船！”

十几支青篙将冲来的船头顶住。一阵“咔咔咔”的巨响，青篙折断。两条船的船头“嘣”的一声撞在了一起。

就在两船相撞的一瞬间，藏在舱里的李堂将手里的绳子一拉，高挂着的那块早已拦腰折断的“宋氏御窑”大龙匾掉了下来，分成两半。

倒坐在甲板上的宋五楼爬起，大声道：“大胆谷山！竟敢毁折御匾！来人啊，将谷山给拿下！”李堂带着家丁，挥着刀从舱里冲出，跳上了木船。几位衙吏大怒，拔出刀大声道：“欺人太甚了！弟兄们上！”

县兵冲上，与宋府家丁交上了手。刀枪迸响，在船板上打成一堆。谷山从一家丁手中夺过刀，也砍杀上来。几个家丁落水。王不易、叶书办拾起家伙，杀入阵中。

甲板上一片刀光剑影。又有几个宋府家丁跳入河中。突然，大木船上一声铳响，十来个漕船水手手里张着弓箭，齐齐地站在船头，对准了木船上的谷山等人。

窦帮主双手执铳，对空开了两铳，暴声道：“有人认得漕船帮主窦爷么？自打本爷在这条千里运河上跑漕船，就没人敢打劫我的货！县衙的官兵都听着，谁想活命，就把手里的家伙放下，将谷山交出来！”

王不易大声道："凭什么?！谷大人只是来向宋五楼要人，没打劫你的漕船!"

窦帮主道："谷山领船冲撞，将'宋氏御窑'的大匾给毁了！这动了'御'字的事，那就是天下第一凶事，该交由省衙严处!"

官兵们大声道："谁敢动谷大人一根毫毛，那就是不想活了!"

宋五楼背着手，大笑着站到船头："谷山，莫非你还想将钱塘这一二十个官兵的性命给搭上么？你抬头看看，箭矢之下，安有活口?"

弓箭张得更满。

官兵们道："谷大人，咱们跟他们拼了!"谷山沉默了一会儿，沉声道："叶书办，让官兵们将手里的兵器放下!"王不易和叶书办齐声道："谷大人，那你……"

谷山重声道："再重的枷板也没压垮过我谷山，我就不信一块断匾就能将我给压趴了！都放下兵器!"

王不易一把抱住谷山的腰，哭起来："谷大人，宋五楼心狠手辣，什么事都干得出!"

谷山道："王不易，放开手，别给谷爷丢脸!"

王不易抹着泪，松开了手。

宋五楼将手一抬："擒了谷山!"

浙江巡抚院署正堂门猛地推开，脸色气愤的宋五楼背着手，大步走进来。身后，李堂领着一帮家丁，抬着那堆被踩碎的大龙匾和砸碎的金砖跟随而进。

唐思训和几个司官坐在堂上，一声不吭地看着来人。椅子两侧站着四个扶着腰刀的戈什哈。

宋五楼一拍茶几，重声道："请问唐大人！你听说过大清国有人胆敢砸御匾么?"

唐思训手里拿着眼镜，用布使劲地擦着，垂着肿眼皮："何人在本官面前咆哮?"

宋五楼冷冷道："唐大人，这不是开玩笑的时候！我把砸烂的御匾和御砖给你送来了，你要是眼睛看不清，那好办，我就让人送到你眼皮子底下看看吧!"

李堂一挥手，家丁将匾、砖抬近唐思训的面前。

唐思训重声道："退开!"

李堂一摆手，家丁退到一旁。

唐思训不慌不忙地戴上眼镜，对着宋五楼看了一会儿，脸上慢慢露出笑容："原来是宋五爷来了！哎呀，有什么大不了的事，还劳您大驾，大老远地跑上一趟呢？您只需递个名帖，交代两声，不就成了?"

宋五楼早看出唐思训在糊弄他，强压住火气，抱拳一拱："宋五楼见过巡抚大人!"

唐思训还礼："五爷请坐！今日来此咆哮……不，来此做客，有何公干……不不，有何私干哪?"

宋五楼道："唐大人已将近光眼镜戴上了，想必面前的这个被砸烂的'御'字还是认得的吧？"

唐思训道："'御'字？怎么，五爷在皇上跟前当差了？"

宋五楼再也忍不住，又重重一拍案子，怒声道："唐思训！你别以为自己是浙江巡抚，就敢糊弄我宋五楼！你瞧瞧，我这身马褂的左肩绣着的是什么！"

唐思训笑了："人什么都能坏，就是眼睛不能坏，还真没看清您这身褂子，要是早看清您肩上绣着一条五爪龙，不就早该知道您在皇上跟前吃粮了么？要不，微臣给您下个跪，磕仨头？"

宋五楼气得脸色发青，猛地站起："此事该如何了断，唐大人自己看着办吧！顺便告诉你，本府已将目无圣上、砸毁御匾的钱塘县令谷山给你押这来了，该如何处置，唐大人秉公执法吧！"

不等唐思训开口，宋五楼已气势汹汹地带着人走出了门去。

两个戈什哈押着谷山沿着走廊走来，进了巡抚院署后院一间屋子。一张床、一张桌子，屋边还放了一个便桶，窗户上钉满了木条。谷山打量着屋子里的摆设，重重朝桌腿踢去。身后响起唐思训的声音："踢错了，该踢你自己的腿！"

谷山道："唐大人！你把我带这儿来，是软禁我么？"

唐思训道："要是本官不把你软禁了，那么，本官就成软蛋了！谷山，你问问自己，长了颗什么脑袋？宋五楼要烧御砖，你不听我劝，偏要去砸场子，就不想想，这个陷阱他宋五楼早就给你挖好了，专等着你往里头跳！而且他宋五楼毒就毒在借着那个'御'字，不光要把你给坑了，还想着把本官也连带着坑了！要是本官不将你收押了，我可以料定，他立马就会把你给绑了，往京城送，借着讷中堂的那把刀，来取你的脑袋，然后再取本官的乌纱！"

谷山看着唐思训一脸装出来的拙相，突然感到哭笑不得。唐思训也不忌讳，干脆可怜巴巴地坐在门槛上，手里拿着大帽子，一边扇着，一边擦着脑门上的汗珠。

唐思训道："我看得出，你瞧不上我这个老头。可不管你怎么想，那是你自个儿的事，我要是不把你给收禁在这，还是那句话，我是软蛋！"

谷山道："唐大人，朝廷当下正在各省追究二册造假大案，为的是什么？不就为着保粮田么？宋五楼把钱塘好端端的一个产粮大村给毁了，你身为巡抚，如何向朝廷交代……"

唐思训道："别说了！我连这些都不懂，还能当中丞大人么？你也别朝廷、朝廷，粮田、粮田的了，这都跟你没关系，好好地回去当你的县令，征粮收税、管好二册、整治市井、审案断刑，把这几件本分事做好，你就是尽职了！"

谷山道："那你放了我，我这就回钱塘去。"

唐思训道："你从陷阱里还没爬出来，就想着走了？能这么容易么？好好在这待几天，眼下能救你的不是我，是你的老师刘统勋！我这就派人去京城，把你砸御匾、拦金砖的事禀报给刘大人，要是刘大人觉着你没犯下'抗旨不遵'的死罪，那么，他自然会来救你！"

谷山笑起来："我听你女儿说，你是大清国最不滑头的父亲，可又是最滑头的巡抚，果然见识了。"

唐思训坐在门槛上，苦着脸，一跺脚："我不滑头，早就没头了！我今日教你一招，你给我记着：遇上大事，七分糊涂，三分明白，大事就能办成；遇上小事，七分明白，三分糊涂，小事就能办成！这一回，你要是大难不死，就按我教你的去做，保准你官虽然做得窝囊，可性命却好好的。"

谷山道："这话我不能听你的。刘统勋大人在送我回钱塘的时候，也给我说过几句做官的诀窍，想听听么？"

唐思训道："你真不想听我的？"

谷山道："真不想！"

唐思训站了起来，走到谷山面前，重重地拍了拍他的肩："好小子！本官没看错你，果然是栋梁之材！——来人哪！"

仆人进来。

唐思训道："去奎元楼炒几个好菜、打几壶好酒，送这儿来，本大人要和谷县令一醉方休！"

宋五楼看着自己被砸得七零八落的砖窑，怒火冲天地跑到京城找铁箭飞给他出气，顺便找自己的干亲家讷中堂套套近乎。却没想到被自己的好女婿浇了个透心凉，铁箭飞也给了他三个字：沉住气，便让他回钱塘等消息去了。

京城中，刘统勋在户部日夜清查二册，造假巨案该查的都已查清，剩下的一些余案，也很快能了结。乾隆皇帝见朝廷上人心惶惶，谁都打不起精神来，粮田仍缺着，粮仓仍空着，就催户部刑部鸣金收兵，案子尽快审定。颁布了一条谕旨：在各省及将军辖区重新普查人口、清查粮田，重修《人口册》和《鱼鳞册》。对那些已经查实的造假案犯，不论官职高低，一律交由各地衙门会同三司议处，该杀的杀，该关的关，绝不宽贷。乾隆做的这些就是为了一句话：以图天下臣民实心办理粮田要务。

讷亲在朝廷的这场大清查中事先给了自己的党羽三个"替罪羊"，所以自己栽在二册上的人并不多，这场速战速决的大戏，没给讷亲带来影响，反而因为协助刘统勋办案获得了乾隆的信赖，可谓"大获全胜"。他现在最关注的，是如何看准机会，抓住刘统勋的破绽，一刀封喉！

第十五章

杜八品秘密查皇庄　铁箭飞设计结金兰

京城中二册案即将收官，可在刘统勋心中，想要根除民无良田，就必须要从“皇庄”二字入手。奉刘统勋之命密查皇庄弊端的梁诗正和杜霄二人，在各地暗访了多座皇庄，所到之处皇庄欺压百姓的事情比比皆是，触目惊心，二人已将目睹之事写成实录，如今只要将这《皇庄弊录》交回京城，定能助刘统勋大人针砭皇庄之弊。

可衣衫褴褛的二人为了密查皇庄，在热河、盛京和锦州的皇庄都露过脸，做过车夫、工匠，甚至有时候还做过粪夫。两人频频露脸，行当又换得异常勤快，早就引起了皇庄的疑心，已经派庄丁乔装打扮尾随他们。杜霄也察觉到了异常，便提议让梁诗正扮成叫花子走小道回京，自己则仍走驿道回京，如此，万一行踪暴露，至少可以保证梁诗正的安全，两人约定半月之后在京城新建的永安寺见面。

两人道别之后，梁诗正扮作独臂老丐，躲过了锦州城门的搜查盘问，杜霄也星夜快马加鞭疾驰在驿道上，风从耳边呼啸着，他不知道自己正在奔向的，不是京城的老师刘统勋，而是一场只对他杜霄一人上演的大戏。

不知什么时候，驿道上悄悄地架起了一条绊索，当杜霄鞭马驰来时，马绊上绊索，往前栽倒，杜霄滚下马来。当昏迷的杜霄被一阵阵的哭喊声和击打声惊醒的时候，杜霄身子一震，以为又回到了宁古塔那不见天日的大牢里。杜霄睁开眼睛，看到自己被五花大绑着，眼前是一间私设的刑房，挂满各种私造的刑具，房里正中放着四个足可塞进一个人去的大坛子，坛口盖着木盖。一口坛子冒着热气，而坛底下竟然没有火炉，只是点着一支小蜡烛。坐在面前的是个细皮嫩肉的白发公公，见杜霄醒来，一边手里拿着铁叉勾着坛子里的东西，一边尖声地审问杜霄奉谁之命来皇庄密查，杜霄一脸不屑地瞪着白发公公。

白发公公见杜霄不开口，倒也不急不忙地给杜霄讲了这一烛坛的来历，这皇庄的煮肉坛子名叫“一烛坛”，是明朝东厂传下来的，把人放进去，只用一支小蜡烛点着，点上一夜，人就连肉带骨头化成糜了。用这“一烛坛”煮肉糜，之所以用一支蜡烛点一晚上就让骨肉全都酥烂如泥，秘密就在于稻草上，用稻草一扎，火力不用大，让小火煨着就大功告成了。说着还让几个庄丁一起动手，从刑架上解下个光着上身的男人，用夹棍将男人的手脚骨头像折一捆柴火似的全都咔咔地折断，折成了一个“肉团”，再用一捆稻草将“肉团”一道道扎住，扎成粽子似的，抬起，重重地塞进了一口坛子，盖上了盖，然后在坛子底下点上一支细烛。烛火慢悠悠地舔起了坛底。很快，坛口冒出了一丝丝热气。

杜霄看得目瞪口呆，汗水大颗大颗地滴下，他咬紧了牙关，闭上眼睛，鼻尖上滴汗如雨。白发公公让壮丁将旁边的一个空坛子打开，把杜霄的嘴塞住，把身子捆成了“粽子”，半个人硬是被塞进了坛口。突然，一声大响，窗户被重重踢开，一阵犹如抽鞭般的剑啸声在屋里“索索”响起！来人是房杠，短短一瞬间，啸声退去，一切都又静谧下来。屋里的庄丁和那个白发公公全都躺在了地上断了气，颈上全都横着一道细细的剑痕。

当房杠带着杜霄来到山道岔路口的一片林子，见到铁箭飞时，杜霄借着月光，看清了此人就是当时自己去工部都水司找讷图时，将官袍替自己穿上的公子。铁箭飞道：“没想到，会在这儿还能见上杜大人！”杜霄抱拳：“杜霄谢铁公子救命之恩！”铁箭飞道：“不必谢！我头一回见你的时候，就说过，戴孝为官者，你是当朝第一人！这样的人，倘若我不救，就对不起天下人了！”

杜霄看着铁箭飞：“铁公子，承蒙错爱，我杜霄有幸得救，你就是我的大恩人！从今日起，只要给句话，我杜霄万死不辞！”

铁箭飞摆手：“不敢当！‘万死不辞’这句话，可是文武百官在皇上跟前说的，轮不到咱们说！你若是不弃，咱们也算是兄弟了！”

杜霄道：“对！兄弟，生死兄弟！”

两人在星空下索性以月为证，俯身对拜，结为兄弟。杜霄抬起头来时，通红的眼睛里满是感激的泪水。两人相扶着回了铁箭飞住的酒店客房中，一醉方休。

中午的阳光透过花窗，斑驳陆离地落在杜霄熟睡的脸上。酒楼客房敲门声轻轻响了下，铁箭飞满脸春风地进来。杜霄猛地惊醒，从床上坐起。杜霄看着窗外：“什么时辰了？”铁箭飞道：“都快到未时了。怎么，昨夜的酒醒了么？”

杜霄下床喝水，笑着摇头：“多少年没如此痛快地喝酒了，多喝了几碗，定是在弟弟跟前失态了。昨晚上，我像是说了好多好多话，还说到了……”

铁箭飞道："说到了怀才不遇。"杜霄苦笑："其实，'怀才不遇'这四个字，该是每个秀才都藏在心底里的话，只是没人敢说出来罢了。我是有点酒后吐真言，在弟弟面前口无遮拦了。"铁箭道："老是惦着'怀才不遇'，日子一久，那就难免'怀恨在心'了，多少人就是这么栽的，但愿哥哥别重蹈覆辙。从你脸上看得出，你对自己的境遇耿耿于怀，只是藏着不说而已。"

杜霄道："说实话，哪个胸怀大志的男儿不'耿耿'呢？可是，想在官员堆里混出大作为者，'耿耿'不成，不是怒发冲冠，就是自暴自弃，得善终者实在不多。越是这么想，越是'耿耿'啊！"又苦笑一下，"上回来京，我在路边卦摊上算过一命，那算卦的老头替我算出了一个'孤'字。"

铁箭飞大笑了一会儿，拍拍杜霄的肩："初为官者，谁不是孤家寡人？不过，在官场上混，得有人缘儿，没人缘儿不成。你若是使着性子几句话跟人一呛，挨呛的瞅着你就越瞅越恶心，用不了多会儿，就会有人恨不得拿刀子零碎了你。哥哥做官才起头，大前程还在后面，只要能学会做官，就成不了孤家寡人。"

杜霄的脸抽动了一下，把涌上来的话咽了。但他的嫉恨表情没能逃过铁箭飞的眼睛。

铁箭飞道："哥哥心里有事放不下，是吧？"

杜霄道："不去想它了。路在靴子底下，得靠自己走。"

铁箭飞目光一凛："这话不对！你想想，眼下，你靴子底下走出的路，是你自己的路么？"

杜霄道："什么意思？"

铁箭飞道："这次要不是我从京城的朋友处得知有人要杀你，让房杠出手相救，你能坐这儿么？咱们俩，能结拜为兄弟么？"

杜霄道："弟弟是说，我在替别人当阵前死士？"

铁箭飞道："不是阵前死士，是阵前死尸！你在我眼里，已经是一具死尸，倘若你再这么盲从下去，必死无疑！"

杜霄猛地站起，看着铁箭飞。铁箭飞道："为何这么看着我？"杜霄道："弟弟，你对我说实话，你对我不存二心，是么？"铁箭飞也站起："哥哥为何这么问？我铁箭飞若是对哥哥有二心，会这么对你么？或许你还不知道，房杠为救你，杀了那个皇庄的公公，还杀了两个庄丁，他担心牵连到我，已经去自首了！"杜霄一惊，道："他……他这么做，不是把性命给断送了么？"

铁箭飞道："所以我想急着回去，将此事告诉我的干爹，请他出一臂之力，将他保下。"

杜霄道："你干爹是谁？"

铁箭飞道：“既然你我是兄弟了，那我也不必瞒你。我干爹是当今朝廷的大总管、新任军机大臣讷亲讷中堂！”

杜霄倒吸了一口凉气，瞳孔放大。铁箭飞暗暗一笑。

铁箭飞道：“对了，进了京，若是有机会，我也引你去见见干爹。他老人家慧眼识珠，若是能赏识你，那么，你的前程就有望了！”

杜霄抱拳：“若以如此，杜霄当效犬马之劳！”

铁箭飞脸一沉，低声道：“那个指使你查皇庄的人，是把你的脑袋架在了铡刀上！告诉我，此次密查皇庄，是谁在指使你？”

杜霄咬紧了牙肌。他知道，此时，只要自己的嘴一松，“刘统勋”这三个字就会从牙缝里蹦出来。

铁箭飞似乎看出杜霄在想着什么，步步紧逼：“其实，你八辈子没欠那个幕后之人的情，若是你想陪着他沉水，你这身好骨头不冤么？告诉我，他是谁？”

杜霄紧闭着嘴唇，避开铁箭飞的目光。

铁箭飞眼睛里闪着刀锋之光：“你不敢说，那好吧，我来替你说！是不是张廷玉？”

杜霄不语。

铁箭飞道：“是不是孙嘉淦？”

杜霄不语。

铁箭飞重声道：“是不是刘统勋？”

杜霄脸上的肌肉猛地抽动起来，紧紧闭上了眼睛。

铁箭飞哈哈大笑，重重拍了拍杜霄的肩头：“哥哥！你已经告诉我了，这个让你万劫不复的人，就是刘统勋！”

杜霄猛地睁开通红的眼睛，看着铁箭飞，目光中流露出从未有过的恐惧。他下意识地后退着，像是在极力躲避着致命的凶器，迸力狂喊：“……不是刘统勋！不是他！不是他!!”

回答杜霄的是铁箭飞的又一阵狂笑。铁箭飞道：“哥哥，你没有什么好怕的！你没有出卖他，而他却早已把你给出卖了！想想，是不是？”

杜霄痛苦地抱住脑袋，靠着墙壁蹲下了身。

铁箭飞看了看缩在墙角的杜霄，默默地冷笑着走出房门，他对白发公公和房杠配合的这出戏很满意，现在杜霄就像他钓竿上的小鱼，他要用这条小鱼去对付刘统勋那只老龟！

半月之后，梁诗正和杜霄都如约到了京城永安寺，当两人身穿积满尘土的民服，风尘仆仆地赶到刘府时，已是深夜。

月色惨淡，刘统勋书房里，三碗冷酒、三盘冷菜、三张冷脸。刘统勋捧着两人带回来的《皇庄弊录》，拧着眉头在翻看。实录纸面上除了文字，还绘着一幅幅图。

刘统勋重重掷下实录："天理不容!"梁诗正道："刘大人，我和杜霄前些日在锦州……"刘统勋道："先不说锦州的事，说说今秋农事如何?"梁诗正看了看杜霄："你说吧。"

杜霄嗓子干涩，道："京师直隶一带的高粱眼看就要收割，连遇大旱，估摸收成只有一二成，人心惶惶的。刮了好多天风，到处是黄沙浮土，那风刮得像战场上四起的狼烟，要是再不下雨，秋粮怕也种不下了。"

梁诗正道："所经之县的几处库仓，大都已见底，怕是青黄不接。"刘统勋默默许久："好吧，说说皇庄的事。"

梁诗正道："这次密查了十多处皇庄，见到之事大致相同，皇庄早已成了京里京外贪官污吏敛财的'铸银局'，跑马圈地、侵占粮田、横征暴敛，处处触目惊心。这等恶行，恐怕连皇上都没想到!"

刘统勋道："刚才我之所以将这《皇庄弊录》掷在案上，是怕自己克制不住，会连夜进宫去惊扰皇上。"

梁诗正道："刘大人，皇庄的贪弊越是骇人听闻，咱们越是要冷静，不能意气用事。先想明白，咱们到底想要干什么，等想明白了再将这本实录递到皇上案头，不然的话，难免会引起皇上的误会，定会以为咱们背着朝廷干这事，是在废大清国的祖产，倘若真是如此，后果就不堪设想了。"

刘统勋道："杜霄，这事你怎么看?"

杜霄的目光心虚地避开了刘统勋的直视，犹豫了一下："梁大人言之有理。皇庄之事牵涉朝廷那么多皇亲国戚、王公大员，若是稍有不慎，刘大人您的一番初衷就前功尽弃了。"

刘统勋皱着眉头想了一会儿，抬起脸："我赞成二位的说法，暂不去惊扰皇上，等咱们想办法把查到的事再一一核实，做到万无一失了，再将实录递上去不迟。"

梁诗正站起，道："那我先告辞了。杜霄这些日子吃了大苦，在刘大人府上好好歇两日。"

杜霄急忙站起："要不，我先找个客栈去住下?"刘统勋道："杜霄，你就住我这儿，哪儿也不去。我送送梁大人。"

刘统勋送梁诗正出来，道："你觉得杜霄此人如何?"梁诗正道："果然是个可以大造之材。"刘统勋道："就没有一点别的批语?"梁诗正道："当然，气盛果然是好，气馁那就不妥了。"刘统勋道："你是说，他遇事常会气馁?"

梁诗正道："恐怕还是太年轻，遇事操之过急了点。还得好好调教，要让他懂得，在官场上，毕竟还是清官多于贪官，好官多于恶官；可怕的不是官场，而是那些为私利不择手段的官员，让他别把官场想得太龌龊了，要不然，就会对朝廷失望，不利建功。”

刘统勋道：“养仲，你这几句话说得剀切，我会转告于他。”

刘统勋越是想皇庄之事暂不透露风声，讷亲那边就越是做好了煽风点火的准备。铁箭飞带来了刘统勋在暗查皇庄的消息之后，讷亲就立刻召集了潘八指、马旗门、邹子旺等七八个大臣商量怎么把“风”给刮起来，刮得它满天飞沙走石、昏天黑地，借着这风，将火点起来，火借风势，早晚让火燎到皇上的鞋面去！到时候，只等着看皇上气得跳脚，如何处置刘统勋。

第二天，还未上朝，朝房里就炸了锅了，都在怒气冲冲地议论刘统勋查皇庄之事。朝堂之上也免不了一殿的官员纷纷上奏，表示对此事的愤慨。乾隆在这种状况下，听到了“废皇庄”三字，看着满朝文武愤怒的表情，乾隆的火，最终还是烧着了。

“哗啦”一声大响，乾隆将养心殿西暖阁案上的杯盏狠狠地撸到地上，碎裂的瓷片溅起在刘统勋的脸前。跪伏着的刘统勋闭紧了眼睛。一旁的讷亲直着腰站着，一脸既惊愕又愤怒的表情。

乾隆对着刘统勋怒道：“殿上百官说的那些话、递上的那些折子，朕还以为听错了、看错了呢！没想到，还真有这回事，你还真的要废皇庄！刘统勋啊刘统勋，朕才重用了你几日，你就如此骄横跋扈，竟然将太祖努尔哈赤定下的祖制都不放在眼里，而且还口出狂言，要废了它！你刘统勋不是胆大包天，而是胆大毁天！”

刘统勋抬起脸：“皇上，您听微臣再往下说……”

乾隆暴怒道：“滚出去！朕不要听你的一派胡言！滚！”

讷亲道：“刘大人，不用再多说了，听旨吧！”

刘统勋用求助的目光望着讷亲，希望让讷亲为他说句公道话，没想到讷亲冷哼一声，转过脸去。

刘统勋又望向乾隆，声声剀切：“皇上，微臣真的是在替朝廷担忧啊！皇上要保天下粮田，就得触动宫内宫外大大小小官吏的私利，要斩断这千丝万缕的私利之网，就得要扶植起一大批敢为皇上赴汤蹈火的干臣，而皇庄不废，谋私者必会无所忌惮，就会以皇庄为借口，固守旧营，逼迫干臣们无法可循、无术可施，到头来，皇上要保天下粮田的夙愿，必会因为皇庄之弊的无法清除而一败涂地！”

乾隆一把抓过案上的茶碗，重重地摔地，瓷片四飞。

讷亲道：“普天之下，莫非王土！天下都是皇上的，你刘统勋连小小的皇庄都容不得，眼里还有皇上么?!”

乾隆怒不可遏："刘统勋，朕看错你了，你立马给朕滚回山东去！朕不要见到你！"

讷亲瞅准机会，不失时机地给乾隆"递刀"："皇上！不能再让刘统勋多说了！他口里说出的每个字，都够杀他一百回了！"又转身愤怒地指着刘统勋道，"刘统勋！你就不怕皇上这会儿就将你推出午门斩了，以谢皇土么？"

张六德在一旁着急，抓住刘统勋的手腕，几乎哀求："刘大人快走吧，快走吧！别再惹皇上生气了，刘大人！"刘统勋摇了摇头，撑着膝盖艰难地站起："皇上，臣刘统勋告辞了！"乾隆道："滚！朕不要见到你！"

刘统勋泪眼蒙眬地对着皇上行了个礼，绝望地拖着他的那只铁靴子，一瘸一瘸走出了门去。乾隆无力地坐回椅子，手撑住了额头，痛心地摇起了头。讷亲俯下身："皇上，要不要请位御医来？微臣瞧皇上的脸色……"乾隆摆了摆手，示意讷亲也退下。讷亲还想说什么，忍下，躬身后退。他用眼睛的余光发现，乾隆发红的眼眶里积满了泪水。

第二天乾隆皇帝又命讷亲前去巡查皇庄，看看皇庄是否真的如刘统勋说的那般腐朽成了大清国的烂根。刘统勋后悔没早把那份《皇庄弊录》递给皇上御览，如果能早一点给皇上看，再在皇上跟前说出"废皇庄"三字，结局恐怕就不会这样，可如果是现在再递，就适得其反了。思索半日，刘统勋深觉杜霄写了《皇庄弊录》，继续留在京中会被自己连累，便荐了他去当江西青铜县的知县，并给了杜霄三句话：一不能听信身边之人吹嘘功绩，二不能看下属脸上的谀笑，三不能收受绅商的钱财美色。让杜霄带上这"三不能"，速往江西上任。

讷亲开始巡查皇庄，虽然是表面动作，但也还是让潘八指通知铁箭飞将自己的屁股擦干净，免得让自己巡查的时候不舒服。

这些年，寸土堂的大买卖都在皇庄，铁箭飞的一半家产都是皇庄的田地。铁箭飞本以为"皇"字当头，无人敢动，却没想到刘统勋竟然打起了皇庄的主意，如果寸土堂与皇庄交易的那些事情走漏出去，铁箭飞就成了皇上刀下的头块肥肉了，寸土堂苦心孤诣营造起来的家业，也就付之东流了。想到这，铁箭飞立即让账房将寸土堂从王公大臣们手中买得的皇庄田地全都清理一遍，将地契和地照统统搬进寸土堂密室，并让房杠带人在讷亲去皇庄巡查之前，将与寸土堂有瓜葛的人统统杀了，一个不留！

讷亲在朝堂上的煽风点火本是指望皇上一听刘统勋要废皇庄，就会下旨来个斩立决，却没想到这第一刀，只让皇上说出了一个"滚"字，还派自己去各处皇庄巡查。本来简单的事变得有些麻烦，讷亲与潘八指就开始策划第二刀，这第二刀不仅是对准刘统勋，还要将刘统勋的党羽，全部斩草除根，永绝后患。

第十六章

谷县令怒砸宋家窑　废皇庄惹怒乾隆帝

钱塘万箩墩，谷山因为砸御匾被关起来之后，万蛉子和麦香姐妹仍然每天偷偷地跑进砖窑，寻找着万春渠。一日，她们再次跑进砖场的时候，被几个宋府家丁发现，关进了窑场的一间小木屋。

这一切被两个正在抬坯的年轻人看在眼里，趁着监工不注意，把万蛉子和麦香姐妹俩救了出去，这两个年轻人，正是大青树、小青树两兄弟。原来当时大扇子分手的两兄弟，本来计划去杭州府，可半路上没了盘缠，又见这里烧窑，就来当上窑工了。可没想到，这里黑得跟地狱一般，窑主从来没把人命当回事，他们也亲眼目睹了万春渠的死。

两兄弟把两姐妹带到一个坟堆前，讲述了那天发生的事。当天，宋五楼让家丁把万春渠扔进了窑里，封上了窑口，点火烧了。可是那天晚上，他又打开了窑门，把这副白骨夹了出来，见两兄弟从来不跟人说话，像是一对傻子，就让兄弟俩抬着骨头埋到了这里。

万蛉子泪水滚滚，捧起父亲的骸骨："爹，女儿找到你了！爹，蛉子我一定要替你报仇！"说完跟麦香在坟前磕了三个响头，又对着大青树、小青树磕了三个头，四人便结伴连夜去了巡抚衙门喊冤。唐思训听了四人的诉说之后，就把谷山放出来了，让他去审理好万春渠的命案。

巡抚院署大门外，谷山手里牵着一匹马，在和唐思训、楼师爷道别。唐思训神情凝重，道："谷山，你给我记住，本中丞之所以把你放了，让你赶回钱塘，是为了要你秉公办事，好好审理万春渠的命案！"谷山道："我明白！如今找到了万春渠的尸骨，这案子就能开审了。”楼师爷道：“前来喊冤的大青树、小青树两兄弟，还有万蛉子和麦香，是这桩命案的证人，我已派人将他们好生看护，送回钱塘等着你。”

谷山道：“多谢唐大人、楼师爷相助！”唐思训道：“谷山，这桩杀人焚尸案给了你一个好机会，让你拆除砖窑，还田于民！既然人是在砖窑里烧的，那么，砖窑就成了杀人凶器。按大清律，如何处置凶器，你不会不知道吧？”

“我明白您的意思了！对了，拆窑之时，要是他们再抬出那块龙匾，那我又该怎么办？”谷山道。唐思训果断道：“今日已非昨日！打着一个‘御’字残杀百姓、焚尸灭口，按《大清律例》那就是斩立决的罪！有万春渠的这副尸骨在给你撑腰，你可以放开胆子干！不过，事情也未必这么简单。我会让俞都司亲自带领二百营兵赶往钱塘，助你一臂之力！”

谷山道：“有中丞大人这番话，谷山胆子就大了。告辞！”翻身上马，一会儿就消失在了黑暗中。

钱塘县署正堂一张长案上躺卧着万春渠的白骨，谷山坐在公案前，大青树、小青树、万蛉子、麦香跪伏在地。谷山重重一拍惊堂木：“来人啊！”

八个衙役出班：“在！”谷山道：“随本官前往宋府，捉拿杀人凶犯！”门口忽然传来李堂的笑声：“不用再烦劳谷大人了，我已将凶犯送来！”

两个宋府家丁绑着一个面如死灰的瘦男人，推进公堂。李堂背着手，随之而入，冷冷道：“本管家听说窑场出了人命，而且还找到了一副骨头，连证人都有了，不敢怠慢，立即往下追查，果然找到了凶手。此人正是巡视窑场的宋府家丁，与死者万春渠向有过节，那日晚上在万箩墩相遇，顿时起了杀心，将他给推入窑中，烧成了这副白骨。为了掩盖罪证，此人将白骨取出，连夜埋入荒滩，恰巧被人所见，于是乎，此案才大白天下。”

大小青树道：“不，不是这么回事！”谷山一抬手：“李堂，这么说，是你把凶手给亲手送来了？”李堂道：“正是如此。”谷山道：“可你有何证据证明万春渠是被此人所害呢？”李堂道：“我知道谷大人会这么问，已把证人如数带到。”十来个换上民服的家丁跪在门外天井里，齐声：“谷大人，万春渠确实被此人所害，小的们都可作证！”

谷山沉思了一会儿，将脸抬道：“好吧，既然凶犯送来了，而且又来了这么多证人，那就将此人收监吧！”瘦男人突然脖子一挺，喉咙里发出“咕咕”的响声，两眼一翻，服毒倒地死去。谷山突然发出一声长长的冷笑，沉默了一会儿，开口道：“李堂我问你，这个杀人凶犯真是宋府的家丁？”李堂道：“当然是，不信，你可问身后的这些证人。”门外的家丁们又齐道：“小的证明，他就是宋府的家丁。”

谷山道：“有谁能证明，万春渠的这副白骨是在窑中烧成如此。”李堂胸脯一拍：“本管家就能证明，不光我，外头跪着的这帮人，都能证明！”跪着的家丁们又齐声道：“万春渠确实在砖窑中烧成白骨！”

谷山取过惊堂木，在案上重重一拍，站了起来，沉声道：“既然案情已清，本官断案如下：宋府家丁仗势杀人、毁尸灭迹，按《大清律例》，已犯下死罪，念其已当庭自尽，不再追加绞刑；宋氏窑场实乃杀人之地，砖窑乃是杀人凶器，按《大清律例》，凡杀人凶器一概收缴，以免凶案再度发生。至断案即日起，由钱塘县兵奔赴现场，将行凶之器如数拆毁，荡为平地；将所占粮田全数归还乡民！”

李堂这才猛然醒悟过来，知道自己上当了，脸色顿时煞白：“谷山！你竟敢拆宋府的御窑，你不要命了么？”谷山冷冷道：“命，我可以不要，我要的是粮田！”李堂指着谷山：“我明白了，你从巡抚衙门逃出来，不是来查人命案的，是来拆窑的！”

谷山怒道：“我不仅要查清是谁杀了万春渠，更得拆光宋氏御窑！”谷山骑着马，领着衙吏和县兵在通往稻香村的土路上一路狂奔，在万箩墩窑前收住马，衙吏与县兵散开，将四周包围起来。

巨大的喊声像雷一般滚来。谷山回身望去，脸露兴奋。一大群稻香村的村民举着铁耙、锄头呐喊着奔跑而来，将砖窑围得水泄不通。谷山道：“《大清律例》上写得明白，侵占民田、私毁稼禾，犯的是重罪！既然有朝廷的王法替我们撑着腰，那么，我们就没有什么可害怕的！钱塘县衙的官兵弟兄们！稻香村的乡亲们！今天我们就要——拆窑还田！”

官兵们和村民们挥着兵器、农具欢呼起来。“我们此次拆窑，是在按《大清律例》办事！在我们钱塘县，只要有我谷山任县令，就决不开毁田这个口子！毁了多少田，我就夺回多少田！钱塘的每亩每分每毫粮田，都得种上粮食！谁不让我们种，谁要占我们的活命田，我们就跟谁拼命！拆完了万箩墩的这些砖窑，我们就去百亩湾，将那儿的砖窑也一同拆了！我现在放一句话在这儿，真要出了事，我谷山一人担着，与你们无关！”谷山道。说完跳下砖台，操起铁锄，挥手道，“拆窑的弟兄们，都跟我走！”叶书办大喊道：“走！跟着谷大人拆窑去！”大青树、小青树、万蛉子、麦香大喊道：“乡亲们，拆窑了！走啊！”

呐喊声震天动地，官兵和村民举着拆窑工具，朝砖窑冲去。只一会儿，万箩墩上空腾起遮天盖日的尘土！

在林子里静静观测动静的李堂，扶着剑，听着万箩墩方向传来的呐喊声和腾空而起的尘土，咬紧了牙关。他身后，一二百个家丁执着武器，在等着命令。一个家丁狂奔而来：“禀李爷！谷山领着县衙的官兵和乡民，已在拆窑了！”李堂道：“五爷临走前有吩咐，就等着他们来拆御窑！只要御窑一拆，咱们就能大开杀戒了！让他们再好好玩一会儿，等他们玩够了，就轮到我李爷出手了！”

乡民们挑着担子，将扒下的砖块挑走。王不易、大小青树、麦香和几十个村民一块，用绳子拉着高高的窑门，喊着号子。挂在窑门上的“宋氏御窑”的新匾摇摇欲坠。满脸窑灰的谷山上来，与众人一起发力，窑门“轰隆”一声倒下。

“宋氏御窑”匾摔得粉碎！农田里响起一片欢呼声！突然，从林子那边突然响起一排火铳声，上百个宋府家丁举着刀枪，放着铳，呐喊着从林子里冲了出来！拆窑的官员和村民停住了手，开始往后退去。谷山大声道：“都别乱！退到窑顶上去！”官兵和村民爬上扒塌的砖窑，顶着刀枪和农具对着冲来的家丁。李堂骑着马，冲到阵前一抬手，黑压压的家丁挺着刀枪，向着砖窑呐喊着冲杀过来。突然，大雨在雷声中倾盆而下。

大雨中，这片还没结束争夺战的窑场上到处是废墟。远远近近的农田一片狼藉。拆了一半的砖窑还在飘散余烟，破烂的砖坯散乱一地。一个个挖了大坑的取土泥潭积满了亮晃晃的雨水。窑场的左右两边，晃动着无数支火把。一边是守窑的宋府家丁，一处砖台上站着李堂，十来个家丁护卫在两旁；一边是拆窑的官兵和乡民，全都站在占据的窑顶上，谷山身边站着叶书办、王不易和一群衙吏。双方人马都在大雨中虎视眈眈地对峙着。

此时，这片“战场”上除了嘈嘈雨声，只有令人窒息的寂静。李堂顶雨而立，脸在火把的光亮中一明一灭。有家丁来报：“李爷！您请来的六十个壮汉，都已经到了！只等李爷您发话，立马就可将对面谷山领着的穷鬼扫荡一尽！”

李堂道：“本爷在这儿和谷山对峙一天了，早已没了耐心！不尽快将他们灭了，等宋五爷回来，我交代不了！这六十援兵在哪？”家丁道：“已在对面林子里集齐！”李堂道：“好！告诉他们，准备驰援！”

谷山顶着大雨站立在窑顶，看着对面砖台前后晃动着的火把。一衙吏匆匆爬上来：“谷大人！从北边赶来了六十多个壮汉，骑着马，带着兵器，这会儿正在林子里等着，看样子是冲着咱们来的！”

谷山道：“定是宋府搬来的救兵！”王不易腰里挂着布袋，袋里满是卵石：“咱们不怕他！谷爷一声令下，我领着乡民冲过去，杀它个片甲不留！”大青树手里扛着一把长柄大刀，匆匆登上窑顶，身后跟着执着刀的小青树和麦香。大青树道：“谷大人！咱们的人数已做了清点，共有三百七十二人！”

谷山看着大青树手里的大刀：“这是哪来的？”大青树道：“上关帝庙向关公爷借的！”谷山道：“可知道关公爷这把青龙偃月刀的来历么？”大青树道：“听说书的说过，这把刀快打造完的时候，天上降下一千七百八十滴血，老天爷告诉世人，这把刀上了关公爷的手，就得杀一千七百八十个人。”

谷山道："有一段你可能还不知道，关公死后，这把刀落入了东吴将领潘璋之手，关公儿子为父报仇，拼着命将此刀夺了回来。"大青树道："为父报仇？这句话说得好！谷大人，万岭子的父亲，也是我大青树的父亲！"麦香道："也是俺的父亲！"小青树道："麦香，你的父亲也就是我的父亲！"谷山道："你们的父亲是为了夺回粮田而死的，要是把夺回的粮田再丢了，对得起他么？王不易！"

王不易道："谷爷，我在这儿！""传我的话！已夺回的万簩墩，寸土不让！"雨越下越大。猛然间，双方占据的营垒里喊声四起、火把摇晃。在一片喊杀声中，双方人马发起冲锋。兵器的交迸声、各种农具的挥舞声、人的惨叫声和马嘶声，在粮田的废墟上惊心动魄地响起！谷山挥剑砍杀着，被执剑的李堂逼住。两人对杀。剑声交迸。一个执弩的家丁对着谷山的脑袋抬起了弩，正要扣下扳机，王不易眼明手快，掷出一颗石子。家丁手腕中石，弩箭射偏，扎在李堂的左肩上。李堂跌倒在地。谷山猛夺一步，将剑抵在李堂的脖间。

谷山怒道："李堂！现在下令收兵还来得及！"李堂冷笑道："这话该我对你说！你听听，我的六十援兵已经到了！"农田里，响起大片马蹄声，渐渐震耳欲聋。闪电下，无数马蹄踩着积水，狂驰而来。李堂哈哈大笑。突然，他脸上的笑容僵住。李堂的脖子间又多了一把剑！赶来的不是六十个援兵，而是俞都司率领的巡抚署营兵。俞都司大声道："李堂！认得我么？"

李堂惊慌道："你不就是巡抚衙门的俞都司么？"俞都司道："听着！带你的人退回去，本都司可以饶你不死！"李堂从泥水里爬起，一步步后退着，突然对着身后狂喊："弟兄们听着！撤回宋府！"宋府家丁听到喊声，急忙后退，抬着几具尸体匆匆奔出万簩墩。

粮田里安静下来。

谷山道："叶书办、王不易，查一下咱们这儿伤亡如何。"王不易满脸血污："禀大人！我已查过，死了一位兵爷、两位乡民，伤了七八人。"谷山道："死者厚葬，伤者救治，快去吧！"

叶书办和王不易匆匆离去。谷山道："俞都司，你来得正好！要不，万簩墩的这场拆窑还田之战，真还不知该如何收场！我得谢你！"

俞都司急忙扶起单腿行跪的谷山："谷大人真要谢的话，该谢唐思训大人！他料定你拆窑还田不会顺利，派本官前来助一臂之力！对了，宋府的六十个援兵已被我阻拦在林子中，都成缩头乌龟了！"

"俞都司您看，我身边这么多乡民！他们为保护住活命田，都豁出命来了！要是没有他们，夺回粮田万无可能。"谷山道。

俞都司道："是啊，得道多助，失道寡助。在乡民眼里，何谓道？那就是粮田！

能为保田尽力，是本官的荣幸！”谷山道：“就凭俞都司这句话，我谷山不能不拜！”“咚”的一声，谷山单腿跪倒，抱拳一拱，膝下泥水高溅！

拆窑还田的事办完了，谷山跟着俞都司回杭州见唐思训。唐思训道：“钱塘拆窑保田的事，你总算办成了，如今又在还田复耕，干得漂亮。这回出生入死，算是又一回历练吧？”谷山道：“窑虽说拆了，可宋五楼不会甘心，机会一到，他还会反扑。这些，我都有准备。”唐思训道：“有准备就好。对了，我听说，大扇子去了甘肃古浪县？”

谷山道：“唐大人怎么知道此事？”唐思训道：“刘统勋大人不日前写来了信，将此事告诉了我。”谷山一怔，看着唐思训的脸色：“唐大人，你提此事，是不是告诉我，大扇子出事了？”

唐思训脸色沉重：“出不出事我还不知道。而她要去的地方，让我想起了一件事。潘八指在雍正年间曾经任过古浪县县令，我早听说过，此人在那儿干过不少见不得人的事。他要是知道大扇子会去了那儿，恐怕会忌讳。”谷山道：“潘八指的为人，我在京城时也有耳闻。经你这么一说，更让我担心了。”

“倘若古浪真藏着天大的秘密，大扇子又去了古浪，潘八指真要有事的话，定然不会放过她。再说，潘八指如今是吏部侍郎，手里攥着百官的大帽子，可谓是红极一时的人物，他真想出手对付一个小小的弱女子，自然不费吹灰之力！”唐思训道。

谷山道：“唐大人！钱塘的窑已经拆了，我也已经交代了叶书办修海塘和乡民正在还田复耕的事，我想跟你告个假，去古浪找找大扇子。”

唐思训道：“好！此事要快，钱塘的事我帮你安排，这会儿就算我准你的假了！”谷山抱拳道：“多谢唐大人！”黑暗中，小放生突然跳了出来，对着父亲也抱拳一拱。小放生道：“多谢唐大人！”唐思训道：“你怎么在这儿？”小放生道：“不是告诉过你么，谷爷在哪，我就会在哪！”唐思训道：“你这抱拳一拱，不会是也想去古浪？”

小放生笑着：“要是不想去，干吗要给你行这么大一个礼？”

从京城回到钱塘的宋五楼，听李堂说了谷山带人砸窑的事，脸色沉重地坐在正堂椅上，道：“本爷去京才这么几天，宋府的窑业就让你们丢光了！”

李堂中了弩箭的手臂吊着，猛地抬起头：“五爷！我李堂再着人马重返稻香村，就是拼得一死，也要将御窑给夺回来！”

“我走之时，不是已将谷山交巡抚衙门处置了么，他怎么又回钱塘了？”宋五楼道。

李堂号叫起来：“都是唐思训那老东西在放水！万春渠的骨头一被找出来，他就把谷山放了！要不是他派俞都司带兵来助谷山，咱们的御窑绝不可能失守！”宋五楼的牙帮错动着："这个唐巡抚看来是不想再穿那身二品袍子了！我这就写信，将钱塘发生的事告诉箭飞，他会有办法治了这个老东西！"

李堂道："您爷发一句话，我李堂立马将咱们的窑……"宋五楼抬手："别说了！在京之时，箭飞给过一个字：忍！眼下是多事之秋，什么都能惹，就是粮田的事少惹。"

"这么说，烧造御砖的事就算了？"李堂道。宋五楼道："笨！退一步就是为了进三步！五爷我从箭飞的口里还听出另层意思，京城那边可能会有大动作，咱们得捺着性子等一等！"

宋五楼在等的京城大动作，随着讷亲皇庄巡查的结束而加速开始。西暖阁屋角的西洋大座钟的指针已移在子时。灯下，乾隆在案头翻动着讷亲交来的《皇庄巡查录》，讷亲、张廷玉、孙嘉淦欠身站在一旁，看着皇上的脸色。

乾隆又拿起一旁六部臣工新递的折子，皱眉，将折子重重往案上一扔道："全是对皇庄的歌功颂德，朕都看烦了！"

孙嘉淦从袖中取出一个折子，道："这是微臣昨晚上写的折子。"乾隆道："拣要紧的念！"孙嘉淦打开折子，念道："普天之下，若是到处峻宇雕墙、高楼广厦，占用的又全是肥沃良田，那么，不出数年，天下将无田可种，无粮可收，无民可活！而民将不活，还要那么多楼宇做甚！皇庄之过，远甚于此。"

乾隆打断："你这不是把刘统勋的话又再说一遍么？"

乾隆又看着讷亲："你巡查皇庄写下了这么厚厚一册，可都是句句属实？"

讷亲道："都属实！"

乾隆问张廷玉："你也看过此录，有何说法？"

张廷玉顿了一下，违心道："讷中堂在巡查录中写道，皇庄不是没有弊端，有几处甚至还十分恶劣，所言甚为中肯。"

乾隆问讷亲："是否有根有据？"讷亲道："句句是实！"

"刘统勋言之凿凿，说皇庄'以广厦而侵粮田，以猎场而荒五谷'，朕在讷亲的这份巡查录中却是没有看到。"乾隆道。

讷亲道："微臣照着刘大人的这两句话遍查了数座皇庄，却未能见到有此类之事发生！"

孙嘉淦道："皇上！设立皇庄，乃大清国之祖制，刘大人不会不知轻重，由着性情使然，贸然密查。他既然敢在皇上跟前说下这么两句话，一定是……"

讷亲道："莫非孙司寇也与刘统勋一起密查了皇庄，才有此断言？"孙嘉淦语塞。讷亲道，"皇上！恕臣直言，今我皇上享有四海之福，开万年之基，尺地莫非王土，一民莫非王臣！而自古乱亡之祸，多滥觞于危言耸听。延清借皇庄发难，编织如此骇人之言，上渎君王，下乱臣纲，万万不可听之任之啊！”

孙嘉淦急道：“皇上！臣以为……”乾隆皱着眉打断两人：“行了！”张廷玉迟疑了一会儿：“老臣有个想法，刘统勋所言似可信而又不可信，既然如此，是否可从六部司官中抽调耿直可靠臣员，再去皇庄彻查一遍？”

讷亲冷笑道：“张中堂的意思是，我讷亲奉旨巡查，是造了假？”

张廷玉急道：“讷中堂言重了，老臣不是这个意思！”

讷亲黑着脸：“那你是什么意思？据我所知，你张中堂在热河的皇庄也有产业，你该当着皇上的面说说，你在皇庄的粮田之上广造楼厦了么？在皇庄的田地上开辟猎场了么？”

张廷玉道：“那当然没有！”

讷亲冷哼：“倘若我讷亲硬说你有，你会觉得冤么？”张廷玉语塞。乾隆道：“不必争了！如此说来，是刘统勋所言不实？”讷亲道：“请皇上明断！”乾隆望向孙嘉淦和张廷玉。

孙嘉淦和张廷玉齐道：“请皇上明断！”

乾隆背着手在房里来回走动，思考着。许久，乾隆开口道：“皇庄虽有积弊，却还没到该废的地步！讷中堂！会同户部、工部，将皇庄查实之弊详尽列出，限期自行剔除，不得有误！”讷亲道：“臣遵旨！”乾隆道：“都退下吧！”讷亲急道：“皇上，微臣还有一事启奏！”乾隆道：“说！”讷亲道：“微臣在此巡查皇庄之时，发现不少弊案与牢中的十大臣有牵连，臣已将证据递往三司！若能尽快定谳，那么，十大臣是罪上加罪，死有余辜！”

乾隆道：“十大臣案早说该结了，为何拖到现在还没有定谳？”讷亲道：“十大臣案是由刘统勋大人在办，之所以拖至今日还没给皇上递上定谳的折子，恐怕……”孙嘉淦眉头一颤，回脸逼视讷亲。讷亲道：“皇上还是问孙大人吧！”

乾隆看向孙嘉淦：“你说！”

孙嘉淦道：“十大臣案之所以至今未能定罪，是因为尚有许多疑问还未查明。微臣与刘大人对此案从无懈怠，仍在对未明之事严加追查，一俟将他们贪用的钱粮去向彻底查明后，案子就可结断！”

讷亲道：“十大臣罪恶滔天、举国共愤，万万双眼睛都在看着皇上如何处置这帮蚀国巨蠹！臣以为，若是要将他们所贪的每一升粮食、每一毫银子、每一厘田地都一一查明，非十年八年所能办成！既然重罪已清，再加上发现的新罪，合起来，斩他们十回百回都已经够了！请皇上明旨，此案不可再拖！”

三人望向乾隆，乾隆沉默。

讷亲着急道：“皇上……”乾隆道：“朕让刘统勋滚，当然是气话，他真走了么？”孙嘉淦道：“还在京中！”乾隆道：“那就好，让他来见朕！”

两个太监将贤良祠的殿门轰轰隆隆地合上。门内，乾隆与刘统勋站在殿中，门外廊庑上，讷亲、张廷玉、孙嘉淦、铁弓南、梁诗正、潘八指、邹子旺等一群官员默默地站着，猜度、疑惑、忐忑，各怀心事地听着殿门里的动静，小声议论。讷亲低声道：“皇上在贤良祠召见刘统勋，让咱们在外头候着。各位大人都别出声，不可打扰了皇上！”

雍正帝御写的祠碑立在殿中，供案上，摆着前朝、今朝功臣的一块块祠位。四壁挂满了从议政大殿移来的一幅幅功臣画像，刘统勋的祠位与画像也在其中。乾隆背着手，站在御碑前，背对着跪伏在地的刘统勋：“殿里立着先帝的亲笔御碑，摆着两朝功臣的祠位，不久前还挂在议政大殿的功臣画像，也都移到了这儿的墙上。朕在这间贤良祠正殿见你刘统勋，你不会不知道朕的用意。”刘统勋道：“请皇上明示！”

乾隆回过身来：“殿内有朕的功臣，殿外有朕的干臣，朕立在他们中间和你说话，就是为着让你明白，你在朕的眼里，既是扬名四海的功臣，也是休戚与共的干臣！刘统勋，你起来吧，坐椅子上，你我君臣开诚布公地说说话。”

刘统勋支着膝盖从地上爬起，抓住椅子扶手坐了上去。乾隆在御碑旁的一张龙椅上坐下：“前些天，朕对你说了个‘滚’字，惊着你了。”

“微臣知道，这个‘滚’字不是皇上的真言。那天，微臣回家之后，反躬自问，方知在皇上跟前太操之过急，未能将皇庄之弊乃至皇庄之恶一一奏闻，便匆匆忙忙说出了‘废皇庄’三个字，伤了皇上的心。这是微臣的罪过！今日，更是没想到皇上会将微臣召到贤良祠来，要微臣在满壁功臣和满廊重臣跟前，把在养心殿西暖阁没说完的话再说出来。”刘统勋道。

乾隆道：“不！朕要是还听你妄说皇庄，就不会把你请到这儿！朕是要你当着朕的面，将‘废皇庄’这三个字给收回去！这三个字，你若是不收回，那么，朕不光对自己交代不了，对满朝文武交代不了，更是对列祖列宗交代不了！”

刘统勋的眼睛痛楚地眯缝起来，沉默。乾隆道：“为何不说话了？”刘统勋道：“皇上要让微臣收回这三个字，微臣不敢不从命！可是，从命不等于服命，更不等于认命！既然是心中不从，那么，微臣也就无话可说了！”

乾隆的脸色在变：“那好吧！你说，皇庄怎么就跟你刘统勋过不去了？”

刘统勋的眼睛里渐渐闪起泪光：“不是皇庄跟我刘统勋过不去，而是皇庄跟天下百姓过不去！微臣已说过，皇庄之弊，不在于圈走了天下多少粮田，不在于瓜分了天下几多五谷，也不在于良田沃土之上盖了多少楼厦建了多少猎场，而在于……而在于人心的丧失！”

乾隆道：“你！”

刘统勋泪光宛然："皇上，让我从心窝子里把话都掏出来，行么？"

乾隆叹了声，摇了摇头，低下目光："说！"

刘统勋动着真情，声音微颤："皇上，此处是贤良祠，那就让微臣说说贤人的良言吧！先贤有言'人心者，国家之命脉也'，先贤还有言'失众心，足以亡'，先贤更有言：'自古天下离合之势，常系民心！'敢问天下君主，谁人见过未得民心者得了天下？没有！自古以来，从来没有！"

乾隆觉得喉干如火，扯了扯龙袍的领子。刘统勋从椅上站了起来，脚下的铁靴子锵然一响，提声道："皇庄恃强凌弱、巧取豪夺，伤的是天下百姓之心！只有废除皇庄，微臣以为，这才是收拾民心之良策，才是普惠天下之重举！王者以民为基，民存则社稷存，民亡则社稷亡，皇上要保住天下粮田、护卫天下粮仓，就得以修复民心为第一要务！而要收复民心、集天下之利，确保粮田于万万年，废除皇庄刻不容缓！"

乾隆脸色发白："刘统勋！你一口一个民心，莫非朕不是万民之主么？朕临天下，十年于兹，朝乾夕惕，日夜操劳，抚育生黎，民依念切，躬行俭约，薄赋轻徭，难道朕所做的这些事，都在丧失民心么？"

刘统勋道："皇上朝乾夕惕日夜操劳，当然是为了万民的福祉。失民心的，不是皇上，而是那些有违圣意、视民为无物的墨吏贪官，以及那些不合时宜的旧制残规！"

乾隆痛心地摇头，重重一拍龙椅扶手："刘统勋！你说的这些话，不是过分了，而是越界了！剪除墨吏贪官，当是为君者的本分，天下自有公论！而大清国的祖制祖规，怎么在你眼里就成了旧制残规？难道你要将大清国祖宗立下的典制和规矩都给废了不成?!"

刘统勋横了一条心，寸步不让："祖制祖规，得民心者当存，失民心者当废！皇上乃天下明君，定然知道这个道理！"

殿门猛地推开，讷亲脸色铁青，指着刘统勋重声道："刘统勋！你说的这些话，我讷亲听不下去了！你口出狂言、目无圣上，竟敢……竟敢教训起皇上来了！"

刘统勋道："讷中堂，没见我刘延清是在奉旨和皇上说话么？你要插嘴，也太心急了！"

讷亲重重一跺脚，脸色青紫："放肆！目无君主者，天下共诛！我讷亲要不是念你刘统勋是大学士、一品大臣，定然会咬下你三块肉来喂狗！"

孙嘉淦疾步进来："讷大人息怒！刘延清刚才说的那些话，我以为句句在理。民心不收，何谈保田护粮？更何谈安邦兴国？"

潘八指夺步进殿："孙大人此言差矣！刘统勋在皇上跟前如此喧嚣，犯下了欺君之罪，臣等当可灭之！"

梁诗正迈进殿来："潘大人住口！刘大人在掏心掏肺向皇上说着治国大计，敢如此直言不讳者，非君子而不能为之！皇上常说：‘天下正理不容有二。’无论刘大人说的这些话是否正理，若是他心有二意，天下自然不会容他，何劳你潘大人磨刀霍霍！”

邹子旺颤颤巍巍地跌进殿来，推开孙嘉淦和梁诗正，在乾隆面前扑通跪倒，老泪纵横，哭喊：“皇上啊！刘统勋对皇上如此轻狂诬谩，犹如疯狗一般，不可饶恕啊！”

铁弓南重重一咳跨进殿门，走到刘统勋跟前，脸色沉重：“刘大人，愿听我铁弓南说句话么?”

刘统勋道：“请说!”

铁弓南道：“我给你两句话：峭直敢谏，令人佩服；沽名钓誉，让人厌恶!”

刘统勋眉尖颤动：“铁大人！前一句，刘统勋不敢当；后一句，刘统勋更不敢当!”

讷亲冷声一笑：“嘿！你敢，你刘延清什么都敢！今日你敢废皇庄、敢废祖制，明日呢？你就敢废朝纲、废皇位!”孙嘉淦厉声：“讷中堂此话可是在杀人!”潘八指狞声：“欺君之人，不该杀么？不光该杀，还得……”邹子旺大声接话：“还得千刀万剐!”梁诗正面容如霜：“真要剐，将我梁诗正也一同剐了吧!”

刘统勋突然放声大笑：“哈哈哈哈……”

讷亲道：“你笑什么?”

刘统勋将笑声敛去，脸重如铁：“身在贤良祠，不说无良话！可尔等这般暴跳如雷，口舌间满是刀光剑影，这不是在辱没贤良吗？先贤有两句至理名言：‘不破不立，不废不存。’我刘统勋正是记着先贤的这两句话，才敢在皇上面前说这个‘废’字！讷大人、潘大人，还有邹大人，你们若是记不起这两句话了，那么，就在这贤良祠的正殿之上好好记下它吧!”

潘八指和邹子旺几乎同声：“刘统勋，你……你是疯了!”

讷亲在乾隆面前跪倒，胖脸涨得紫红，抱拳：“万物繁盛，岂可言废?!狂言废者，当废之！皇上，为保大清国的江山社稷于千秋万代生生不息，皇上不可对刘统勋稍有姑息!”

潘八指、邹子旺跪下，大声道：“皇上！不可稍有姑息!”

一直剪手而立的乾隆脸色苍白，嗓子眼里迸出三字：“来人哪!”张六德和几个内宫太监进来：“奴才在!”乾隆的声音无比痛苦：“将刘统勋的祠位和画像一并取下，扔入火鼎!”

孙嘉淦、梁诗正震惊！乾隆握着拳，背着单臂，匆匆走出殿门。刘统勋满脸悲容，看着离去的乾隆，欲言又止。张六德和几个太监取下刘统勋的祠位和画像，扔入大铜鼎中，鼎中火焰升起！讷亲脸上浮起冷笑。门外，突然传来“咚”的一声大响，一直没敢进殿的张廷玉身子一摇，两腿一软，晕倒在地！

贤良殿的一场戏，让讷亲信心更高涨了，决心要借着乾隆皇帝心头的这把火，把刘统勋一派都烧下地狱。他召了潘八指、铁箭飞、马旗门、邹子旺等人，到京郊的南海子狩猎场议事。

一双双扎着黄绸的马蹄狂乱纵恣地在广阔的京郊南海子狩猎场草场上奔驰。狩猎场营帐外炭火通红，木架上转着一只烤全羊，滴油嗞嗞。十来人围坐在一张大条桌旁，面前搁着肉盘，用刀子削着盘里的大块羊肉。

铁箭飞端起大酒杯："今日干爹在南海子狩猎，射得鹿九头、狼六头、豹四头。为贺干爹箭无虚发，咱们痛饮一杯！"

讷亲哈哈大笑。

酒杯相碰，酒浆溅泼。

讷亲割下一大块肥肉，塞进嘴里嚼着："今日本中堂将各位请到南海子来，一来是跑跑马、射射箭，松松各位的筋骨；二来呢，也是最重要的。潘大人，你来说吧。"

潘八指放下刀叉，一脸严肃，扫视众人一会儿："如今大清国最狠的是个什么字？是个'废'字！刘统勋要废皇庄，声嘶力竭！可他废得了么？当然废不了！各位都已知道，皇上在贤良祠将刘统勋的祠位和画像全都扔进了火鼎！此后，他还厚着脸皮递折子求见皇上，都被拦在了神武门外！也就是说，刘统勋在皇上的眼里，已是一堆灰烬！既然皇上不再待见这个瘸子了，那么，咱们也不必太斯文，该给他落井的落井，该给他下石的下石！"

马旗门兴奋莫名，道："咱们早就等着这一天了！"

邹子旺道："世间最不能随意出口的，就是这个'废'字！此字一出，非但没废别人，反倒废了自己！这叫什么？这叫搬起石头砸自己的脚！"

几个官员连连附和："对对，不然要石头干吗！"

众人全笑起来。

潘八指道："废了刘统勋，国就安宁了么？不，还安宁不了！为何呢？因为他身边还有一群狐朋狗党！今日，中堂大人让咱们在南海子狩猎，意思就是让咱们都明白，要将刘统勋身边的这些跑鹿、饿狼、花豹子全都来个万箭穿心！把他刘统勋身边的这些活口全都灭了，他也就没了同伙，想东山再起，那就断无可能！咱们这次行动，定名为'南海子围猎'！意思就是，咱们要齐着心将猎物团团围住，然后狠狠地放出箭去，让猎物应声倒地！分工如何，请各位仔细听着，本大人不再重复第二遍！"

众人挺直腰板，屏住呼吸听着。

潘八指道："此次围猎，有五支箭要放！讷中堂将放出头一支箭，飞镞之向，直奔核心：会衔百名文武大员，联名递折，废除刘统勋的户部尚书与都察院左都御史之职！空出的户部尚书之位，由军机处与吏部保举铁弓南接任；并保举马旗门出任都察院左副都御史，名为副职，实为正职，掌管都察院生杀予夺大权！”

桌旁响起一片惊呼声。

讷亲用切肉小刀敲了敲盘子：“肃静！”

众人望向讷亲。

讷亲道：“会衔百名大员逼刘统勋乞假归田、退出枢廷，这动静有点大。咱们要不让皇上起疑，得把理由说堂皇了才行。比如，该这么说：吏治不清，始于大臣无进退辞让之大节，终于小臣无奉公守法之小心，无怪乎官常日坏，纪纲日颓，士气消沉，人心嚣杂。”

邹子旺道：“对！这番话的背后意思，就俩字：滚蛋！”

众人颔首大笑。

潘八指道：“这第二支箭，由我潘八指放出，直奔浙江巡抚唐思训的红顶子！此人貌似昏聩无能，实是深藏不露，乃刘统勋的铁杆心腹，不除掉他，后患无穷！眼下，他在浙江禁种烟草，已积怨甚多，本大人将弓给拉圆了，一箭将他射下马来！这第三支箭要射的，不是红顶子，而是眉心！箭镞瞄准之人，或许各位已经猜着，他就是当今皇上的红人、刑部尚书孙嘉淦！此箭，将由铁公子来射！”

众人望向铁箭飞。

铁箭飞笑了笑：“箭有各种射法，浅可扎肉，深可扎骨，请干爹给我个尺寸！”

讷亲道：“孙嘉淦这身老骨头，从来不怕中箭，真要是中上了，他一咬牙就给拔了。可这一回，要是他中了毒箭，再想着拔去，恐怕就来不及了。”

铁箭飞点头：“明白了！”

潘八指道：“灭孙嘉淦，不光是为着砍去刘统勋的一条胳膊，也是为着夺下刑部大权。孙嘉淦一倒，谁来掌管刑部呢？要取尚书之职，恐怕须得费些周章，咱们等不及；可刑部侍郎之职，就如囊中探物。”

潘八指的目光在每个官员脸上来回扫视，停在了邹子旺的脸上。邹子旺极力克制着兴奋，脸上的皮肉疯狂地抽动起来。潘八指重声：“刑部侍郎之职，交给邹子旺了！”众官又发出一片惊呼声，旋即鼓起掌来。

邹子旺颤巍巍地站起，对着讷亲和潘八指深鞠一躬：“二位大人给了老朽一把刀子，老朽日夜磨它！二位大人指哪，刀子就杀哪！”他将马蹄袖一撸，双手做磨刀状，老黄牙里还迸出“嚓嚓”之声。

潘八指重咳一声：“这几箭放出，户部、都察院、刑部就握在了咱们的手心，接下来要办的事，那就轻而易举了！这第四支箭和第五支箭，由马旗门和邹子旺来放！马旗门！”

马旗门倏然站起："下官在！"

潘八指道："你进都察院之后，手中的弓箭就有分量了！你要射的人，就是刘统勋的另条手臂梁诗正！"马旗门道："也对着眉心射？"潘八指道："对，射眉心！都察院给他安上'密查皇庄、图谋篡政'的罪款，他就死定了！"

讷亲一抬手："不！"

众人看向讷亲。

讷亲道："梁诗正刚从'帑银失踪案'上脱身，被皇上平反昭雪还没几天，要将他一箭射死，不是上策。他是个胸无大略之人，只配当跟班，刘统勋这个主子一倒，他也就一事无成了。都察院只要给他安上个'私查皇庄、有违圣意'的罪款就行，削了他的职，将他打发到边关去，走得远远的，那就不光让他的武功废了，人也差不多废了！"

众人笑，纷纷点头。

潘八指望向马旗门："中堂大人的意思，听明白了么？"马旗门道："听明白了！瞄着他的这一箭，得实中带点儿虚。"潘八指道："邹子旺！"邹子旺急忙站起。潘八指道："这第五支箭，就交给你了。你去了刑部后，尽快会同都察院以及大理寺，以霹雳之势将十大臣案定谳具结，御前批斩之后，火速行刑！"

讷亲插话："也就是说，这一箭就得射死十人！"

邹子旺又一撸马蹄袖，双手做搭弓射箭状："老夫张弓，虽不敢说百步穿杨，可真要是一箭射出，也定然是势大力沉！"

潘八指道："我该说的都说完了，请讷中堂面谕！"

讷亲从侍卫手中接过手巾拭拭油汪汪的嘴："五支箭都在咱们手中了，从明日起就可张弓搭箭。别的话，本中堂不再多交代，各自尽力吧。到了下回北远山村的落帆阁会议上，想必咱们就能庆功了！"

桌旁的人全都起立，抱拳："我等不负中堂之望！"

从狩猎场回京的路上，讷亲昏昏欲睡。马车一颠，讷亲惊醒。

潘八指打起车帘："怎么行车的，中堂大人在睡觉都不知道？"赶车的侍从急忙稳住车。讷亲道："猜猜，刚才我梦见谁了？"潘八指道："梦见刘统勋了？"

讷亲道："不，梦见了张廷玉那老东西。你说说，我谁不好梦着，怎么偏偏梦着这老家伙呢？"

潘八指道："张廷玉跟中堂您一同在军机处行走，你们俩是井水犯着河水，串味了。"讷亲笑起来："这话说得好。我琢磨，咱们该射的，不是五箭，是六箭。这第六个该中箭的，是张廷玉。"

潘八指道："对，老家伙从来没跟中堂您同心过，遇着了事，总是偏袒着刘统勋。”讷亲打着哈欠笑着道：“那就射他下马吧！”

军机处窗外，一树知了“嘶嘶”地叫唤，吵得人心烦。一班军机处章京大汗如浆地在案前忙着公务。讷亲穿着绸大褂，摇着大折扇，大叉着两腿坐在椅上，悠悠地喝着冰水。

张廷玉匆匆进来，官袍领子全是汗水，细白的辫子也滴着汗。讷亲道：“哟，这大热的天，张相爷来了！”张廷玉脸色苍白：“讷中堂，有件事我得问问您。我开了口，您可别跟我犯急，要不，这口就开不了。”

讷亲道：“见过我犯急么？我这人胖成了这样，您要是还瞅着我不心宽，那就是您的不对了。说吧，什么事？”张廷玉道：“听说你给皇上递了折子，要罢免刘统勋？讷中堂！罢免刘大人，可不是件小事，他是皇上好不容易从山东请回来的，怎么能……说罢就罢了呢？”

讷亲道：“奇了怪了！皇上将刘统勋从山东请回来，这没错，可皇上请他回来，是要他干点大臣的正事，可没让他玩儿上老祖宗、玩儿上皇庄吧？您是三朝元老，比我讷亲懂事多了，您拍着胸脯想想，连皇上的祖宗都敢拿捏拿捏的人，配当户部尚书吗？配当都察院左都御史么？我身为军机大臣，要是不参他，对得起这身袍子么？对得起咱们的皇上么？啊？您别这么瞅我，想想对得起么？”

张廷玉皱着脸，连连摇头：“皇上把我给叫去过了，问我这事儿怎么看。实不相瞒，我是这么对皇上说的：刘统勋纵然有天大的过错，念在他屡屡建功的分上，也不至于到了夺官褫爵的地步！”

讷亲道：“那皇上怎么说？”

张廷玉道：“皇上说……唉，皇上什么也没说！”

讷亲哈哈大笑。

张廷玉抹着汗：“讷中堂，于私来说，刘大人平日对您可是尊敬有加，从没冒犯过您；于公来说，刘统勋查皇庄之弊，其用意不是要违逆祖制，而是为着从根儿上将皇庄之弊给解决了，让皇上能卸下老祖宗给压着的重担，重新收拾天下民心，一身松快地领着天下臣民保田保粮。”

讷亲的笑声打断了张廷玉的话：“哈哈哈哈……”

张廷玉道：“讷中堂，我……我说的这些话，好笑么？”

讷亲道：“我不是在笑您，是在笑刘统勋。您这么一位德高望重的老臣、大清国的军机大臣，怎么就让一个愣不拉叽、狠不拉叽，又脏不拉叽的大瘸子给糊弄晕了呢？”

张廷玉跺脚：“我没晕！”

讷亲拍拍张廷玉的背："晕不晕咱先别说，看看，这肩骨，这背梁！我说张相爷，您的背都快成骆驼了，还这么替刘统勋跑腿儿，我讷亲心里不安哪，皇上心里也不安哪！听我句话成么，早早给自个儿安个座子坐下，夏喝绿豆水，冬饮红枣汤，换个长命百岁，行不?"

张廷玉道："您这是要撵我走?"

讷亲道："我可没在军机处的大门前下绊。不过，您得给我句话，若是皇上这么问我：张中堂这是怎么了，咋晕成这德行了？我也好照着您的意思回。"

张廷玉听出讷亲在威胁他，嘴皮子哆嗦了一会儿，突然笑起来。

讷亲道："您生着这么大的气，还能笑出来，几十年您没白白养气!"张廷玉道："你去告诉皇上，我张廷玉得告假了！讷亲！我张廷玉这身老骨头惹不起您，还躲不起您么？从明日起，老夫得住进太医院去了，好好治治这条流火腿!"张廷玉一把捋起裤管，小腿红肿得发亮，浮着一条条青筋。

讷亲故意一怔："这是您的腿?"张廷玉气愤："不是我的腿，还会是谁的腿!"讷亲道："我还以为这条腿不是您的，是刘统勋的!"

张廷玉哪受得了这种带刀子的话，重重一跺肿腿，朝地上"呸"了一声。这一跺，他的肿腿让他疼得惨叫一声，一屁股坐倒在地。讷亲收扇往掌心重重一拍，站起身，冷笑一声扬长而去。

养心殿西暖阁，乾隆放下手里的折片，看着站在面前的讷亲。

乾隆道："张中堂的腿发流火了?"讷亲道："他还撩起裤管让我瞅了一眼，不瞅还好，这一瞅，吓了我一跳，跟个大柱子似的，又红又粗。"乾隆道："行了，别说了！告诉太医院，让最好的御医给他治腿，治好了就让他回军机处，别一告假就一年半载的，耽误大事。"

讷亲道："皇上的话，我这就告知下去。"

乾隆拧着眉头，有点心烦意乱："对了，宫外传抄着一份奏稿，上头写着'五不解，十大过'，条条都是冲着朕来的，什么土地失察、赈灾无银，还有什么视民太轻、滥杀无辜等等。上头甚至还有朕的朱批，写着朕如何大发雷霆，如何痛骂递奏之臣等等，全都是一派胡言！这份伪造的奏稿，你见到了么?"

讷亲道："皇上，民间所传的这份密折，确有其事，可微臣以为，此事不足为信，也就……"

乾隆道："这么说，你早就见过了?"

讷亲急忙从袖子中抽出一份奏稿，双手递上："微臣身为领侍卫内大臣，这种有损皇威、祸害朝廷的事，臣丝毫不会放过。只是这份民间流传的所谓奏稿，看上去虽然文笔华美、词义老到，所说之事也似乎有根有脉，可明眼人一看就知道是伪造出来的。为不惊动皇上，微臣已命人暗中追查，限时抓获伪造之人，所以就没有及时向皇上奏报此事。”

“你不奏报，朕就不知道了么？吏部按章程每年都要在民间暗访官员德行，此次竟然暗访到了这么一个伪折，不敢隐瞒，立马就递到了朕的案头。要不是刚才你这么一解释，朕定然要骂你失职。”乾隆道。

讷亲道：“吏部侍郎潘八指眼里容不得一点沙子，对皇上更是忠心耿耿，微臣手中的这份伪折，就是他送来的。”

“嗯，此人实心办差，朕也看出来了。往后吏部的事，让他多担待些。”乾隆道。

讷亲道：“遵旨！”

乾隆道：“这份伪折在民间流传甚广，为害甚烈，得尽快查出始作俑者，严惩不贷。”讷亲道：“皇上，微臣已接密报，伪造奏稿之人，似已浮出水面！”乾隆道：“哦？跟宫中有关么？”

讷亲道：“伪稿正是从宫中传出！”

乾隆眉头一跳：“何人这么大胆？”

讷亲急忙俯下身：“皇上，微臣所查，虽然已剑指宫中某位重臣，却仍是不敢相信这是真的！”

乾隆一惊：“重臣？你是说……此人是朕身边最可依赖之人？”讷亲道：“微臣未能查明，不敢妄言！”乾隆道：“快说，说错了也无妨！”

讷亲装出万分艰难的模样，摇头叹息：“唉！他是……孙嘉淦！”

乾隆震惊，手里的茶碗“砰”地落地！

第十七章

南海子射出满弓箭　铁弓南扛旗挑大梁

讷亲瞄准刘统勋的第一箭在朝堂之上射出来了。他会衔百名官员以私查皇庄、欺君罔上之罪上书罢免刘统勋，而刘统勋也并无辩解，当着乾隆的面，辞去了户部尚书和都察院左都御史之职。散朝时，官员们有的喜形于色，有的痛心疾首，有的幸灾乐祸，唯独梁诗正和孙嘉淦二人真正在担心刘统勋，在担心大清国的命运。

当梁诗正和孙嘉淦赶到刘统勋府上时，琴衣在府门口套好了马车，车后拉着那口大红棺材，刘统勋一只铁靴子和一只布靴子全都灰蒙蒙的，一瘸一瘸地向停着的马车走去。

身后传来孙嘉淦和梁诗正的喊声："刘大人！刘大人！"刘统勋回身，笑道："哟，孙大人，梁大人！"两人看着刘统勋的脸，看了好一会儿。刘统勋乐呵呵道："怎么了，二位？"

孙嘉淦声音有点发颤："延清，你别给自己强装笑脸了，我知道你肚子里满是泪水。"梁诗正道："刘大人，咱们找个地方喝一杯，我和孙大人陪你解解愁？"刘统勋笑起来："今日不会是清明吧？我这两位朋友是怎么了，一个'欲断魂'，一个'问酒家'，把我给当成牧童了？"

孙嘉淦和梁诗正强挤出笑来。孙嘉淦道："延清，皇上虽然准了你的辞官折子，可也并非没有转圜的余地。我孙嘉淦准备豁出去，也会衔百位文武官员，联名给皇上递折子保你！"

梁诗正道："这事，我和孙大人一同来办！"

"二位的心我领了，可真要这么做，那就是在为难我刘统勋。"刘统勋摆手，"讷亲联名这么多官员弹劾我，恐怕不会单单是因为我要废皇庄的事，定是与我积怨已深，只是我平时没看出来而已。如今，他们把我这只鱼泡给一脚踩破，也就知道我刘统勋已是一条死鱼，想必也就作休了。二位若是再联名上书，想把鱼泡再塞回鱼肚子去，这不是让他们又担心我这条鱼会活过来，再使着劲将我给踩烂么？”

梁诗正道：“那怎么办？咱们总不能眼看着你就这么退出大清国的戏台子吧？”

“我本来就不是个好戏子，演砸了，那就自己下台吧。”刘统勋道，“行了，都别再说了，二位千万珍重！往后，咱们虽然不能再同朝为官，却还能同世为友。我回到山东后，若是二位得了闲暇，不妨来那儿聚聚。诸城的潍河鲤鱼和黄樱桃，那可是天下一绝哦！”

孙嘉淦和梁诗正的眼里浮起泪影，把目光移向红皮棺材。

刘统勋道：“我刚才还跟琴衣说，这口棺材就像我儿子，一直跟着我，不离不弃、相依为命。此次回山东，它还得跟着我。这就和二位作别了！琴衣，扶父亲上车！”

琴衣扶着刘统勋进了车门，垂下帘子，又将车门轻轻关住，马车驶动。钉着铁皮的马车轮子碾着砖地，发出“咕咚咕咚”的响声。棺材在马车后头摇摇晃晃。孙嘉淦和梁诗正目送着，眼眶里蓄满了泪水。

夏日阴沉的天空闷热得让人喘不过气，有雷声从远处隐隐传来，孙嘉淦还在想怎么劝皇上留下刘统勋，讷亲的箭又马不停蹄地射向了孙嘉淦！邹子旺任刑部侍郎，代行刑部尚书之职，浙江按察佥事马旗门破格任都察院左副都御史，代替了辞官的刘统勋。孙嘉淦以“伪造奏稿、有损皇威”的罪名被免职！

同时，新任都察院左副都御史的潘八指在公案前正襟危坐，面前搁着一轴圣旨，静静地等待着梁诗正的到来。梁诗正以“密查皇庄，颠扑祖制”之名获罪，降职为五品户部郎中，前往蜀地大金川战区运送粮草，克日离京。铁弓南接替梁诗正任户部尚书。

射向十大臣的那一箭也拉满了弓，箭在弦上。高高的斩台上，九个背插斩牌的大臣跪伏地斩墩前，每个人嘴里塞着闭言的大铁丸；安寿国的官袍连带官帽都铺在斩墩上，上面插着斩牌，代作“囚犯之身”。讷亲以圣谕“十大臣犯下贪渎之罪，虽无耻还不至于透顶，可免其死；然而欺君之罪，已丧心而更是病狂，法当立斩”为名斩了十大臣，终结了因“金殿验鸟”而查明的十大臣造假案。讷亲那些被掌握在十大臣手中的犯罪证据，似乎已从此烟消灰灭。

最后一支箭，也迫不及待地射向了浙江的唐思训，讷亲以“正肃纪纲”之名，贬二品巡抚唐思训为九品皂隶。至此，讷亲的六支箭全部射出，支支中靶，“南海子围猎”大功告成。

刘统勋的车马还没出京城，刑部郎中郭炳安就快马追上刘统勋的马车，告诉他关在牢里的十大臣已被送往刑场即将开斩了。刘统勋立刻掉转车头，赶往刑场，赶到的时候，行刑已经结束，人已散去。一桶水“哗”地冲向斩墩，一股浮着泡沫的血水淌下刑台。刘统勋木木地看着面前空空荡荡的刑台和十个水淋淋的斩墩，旁边棚子的地面上还躺着九具裹了草席的尸体和一身挥为两段的官袍，刘统勋面色无比沉重。他问身边的郭炳安，孙嘉淦为何没有出现在刑场，才得知孙嘉淦、梁诗正也在当天被免职了！刘统勋突然悲从中来，双手扶着车门，滑坐在地，双掌捧着脸，无声地痛哭起来。

第二天，一只苍老的手轻轻拍打着孙嘉淦府门环，门打开，孙府老家丁探出脸来。老家丁一怔：“刘大人？”

刘统勋道：“这么晚了，我来看看孙大人，方便么？”

老家丁淌起了泪：“刘大人，难得还有您记着孙大人，您自个儿也得保重啊！”

“老人家，出什么事了？”刘统勋道。

“孙大人自打被免职后，就疯了，昨天全家人一合计，就请了个老郎中陪着，送他回老家治病去了。”老家丁道。

刘统勋道：“这么说，孙大人不在京城了？”

“对了，孙大人临走的时候还念叨着您，千交代万交代，要是见着您刘大人来访，就让我告诉您，什么事都别怨朝廷，怨，就怨他当初不该把你从山东给接回来。”老家丁道。

刘统勋的眼睛渐渐红了。

“刘大人，要不，您进来坐一会儿？”老家丁道。

刘统勋道：“不了，要是孙大人的病情有了好转，别忘给山东诸城来个信，告诉我刘统勋一声，行么？”

老家丁点头，抹着泪轻轻关上了门。

刘府书房里，刘统勋仿佛一夜间苍老了许多，驼着背，将一函函书往一只藤箱里搬。琴衣敲了下门，带着一个人进来。

琴衣高兴道：“父亲，您瞧谁来看您了？”

一身便服的张廷玉上前，一把扶住刘统勋的手，眼睛里满是老泪：“延清，几日不见，你怎么老成这样了？连头发也都白了？”

刘统勋道：“坐，坐。听说你的腿发了流火，在家养病，腿疾可有好转？”

张廷玉在椅上坐下，揉着腿：“怕是好不了了。人啊，一上年纪，手坏了没事，就怕腿坏了，哪儿也去不了，就算是有车有马，也没了外出走动的兴致。我可不像你啊，一条腿瘸成这样，打了只铁靴子穿上，活蹦乱跳跑京城来自讨苦吃。”

刘统勋道：“不是自讨苦吃，是自讨罪受。”张廷玉道：“你啊，命贱，跟我一样，命里缺点金，缺点火。”刘统勋道：“咱们的命里全是‘土’了，让土给埋了。可话说回来，我被孙嘉淦从乡下接回京城，仍不后悔。能帮着皇上查清了山东空仓案、梁诗正的帑银案，还有遍布全国的二册案，我也算是值了。”

张廷玉道：“这几桩案，其实在你心里，只是小案，你敢把眼睛盯在皇庄上，说明你真的是要替皇上、替朝廷办一件惊天动地的大事。可正是因为你雄心太足了，对自己的估量也太高了，所以我才这么说，你不会恨我吧？”

刘统勋皱着眉在听，急忙摆手：“没没，衡臣的这几句话，其实点中了我刘统勋的死穴：心气太盛、自视过高。”

“延清哪，说句心里话，你辞去都察院左都御史之职，老夫可以不怪你，可你不该连户部尚书的位子也不要了。你把户部一扔，不就是把大清国的‘粮田’‘粮仓’这两宗镇国之宝给扔了么？”张廷玉道。

“你不是不知道，是讷亲在逼着我扔。”刘统勋道，“就算我不辞这个官，也早晚会被免了。你见过椅子上留住过屁么？他们把我当成了屁，我当然就不在这椅子上了。”

张廷玉道：“铁弓南坐上了你的这把椅子，你放得下心？”

“这事我想过。铁弓南虽说处世为人刚愎自用，比我刘统勋还倔，有时候还玩点儿阳谋，可凭我这些日子与他共事下来的感觉，他这个人骨子里不坏，是个真心想替朝廷做事的人，算得上大清国一位难得的重臣。”刘统勋道。

张廷玉道：“可他的儿子铁箭飞，可与他相去十万八千里，做下的那些恶事，早晚会连累了他。”

刘统勋道：“对铁箭飞此人，我也略有耳闻，听说他还是讷亲的干儿子。我猜想，讷亲对我刘统勋下手，对我身边的人下手，铁箭飞恐怕不会不知道。当然，眼下我已经没有权力来查这些事了，精力也不济了。铁弓南将来会不会栽在儿子手上，就看他的造化了。”

“对了，老夫来你这儿之前，让酒家做了几样酒菜，想必该送到了吧？”张廷玉道。门外天井里，琴衣领着一个挑着食担的酒店伙计走来。刘统勋道：“怎么，衡臣你要来个十里长亭把酒送别了？”

月光清朗。刘府天井小桌上几样小菜、一壶淡酒。刘统勋和张廷玉围桌而坐，喝着别离酒。张廷玉筛了一杯酒，端起，道：“这杯酒有二祝，一祝延清的腿疾早日痊愈，脱了这只铁靴子；二祝延清早日回京，为朝廷再建新功！”

刘统勋将端在手中的酒杯放下：“这杯酒怕是不敢喝，一来，这辈子恐怕此腿再也直不了，二来呢，虽有回京之愿，却无回京之门。实不相瞒哪，我虽然替皇上找到了粮田之危的来由，却没能帮皇上找到解决之法，于心不安哪。再说，孙嘉淦、梁诗正也都因为我的缘故，受了牵连，往后或许还有更多的人受我的连累，我刘统勋对不起他们哪！对了，当初裕善在牢里被毒死、梁诗正被墨鱼汁陷害的真正幕后之人，我一直在查，却至今仍无结果，这也是我的一大遗憾。还有十大臣被匆忙问斩，不会没有蹊跷，我不相信他们该交代的事都已交代清楚，定是有人抢在我的前头下了手，我真后悔在办此案之时，办得手脚慢了些。这些事，我都有愧于朝廷啊！”

“其实啊，身为大臣，哪个不欠着朝廷？别想这么多了，要相信，咱们没办成的事，后来之人定会办成，哪怕十年、二十年、五十年，总归会有人替咱们办成的。”张廷玉道。

刘统勋道：“天佑大清，我刘统勋从来就没失望过，眼下仍然如此。”

张廷玉动容道：“老夫此生，知药而难知毒，知书而难知剑，知政而难知君，知国而难知民。正因为如此，到头来落得个君不知我、国不惜我的下场。还望延清吸取老夫做官的教训，不要走此末路。”

刘统勋道：“你如今仍在宦海，而我已是退居江湖，官场之事，恐怕离我会越来越远了。”

张廷玉摇头：“不，只要大清国的粮田之危不解决，你刘延清退居不了江湖，我料定你还会回来的。延清啊，哪天你真的回来了，切记老夫为官三朝的一点心得：身为朝臣，大事不可糊涂，小事不可不糊涂，若小事都不糊涂，这大事必致糊涂。为臣不易，办大事，难免会遇大劫，做臣子的万万要头脑清醒，绝不可犯糊涂！”

刘统勋道：“你不会是在提醒我，在阅人之事上，更不可犯糊涂？”

“这鼓外之音，还是被你听出来了。”张廷玉道，“你长着一双能看透大清国病症的亮眼，可没长一双能看透人心险恶的鬼眼。你要是早就看出讷亲是个什么人，恐怕就会早早防备，不至于落入今日的下场。”

刘统勋笑了笑：“你又点出了我刘统勋的一个大毛病。是啊，我脸盘子上虽说长着一对眼睛，其实是一明一瞎。或许讷亲之流正是看出了我的这副脸相，才会如此轻而易举地将我给拿下了。实不相瞒，近日我已将见到、听到的这么多险恶之事理了一遍，有一种隐隐约约的感觉，这些事似乎都有一条总根，这条总根或许就扎在讷亲府中！”

张廷玉道：“对了，听说钱塘县令谷山向唐思训告了假，前往甘肃古浪找夫人去了，这事，想必你也听说了吧？”

刘统勋一怔：“还真没听说。”

张廷玉道：“潘八指当年就是古浪县令，真要有事，此人会放过大扇子么？潘八指是讷亲的铁杆亲信，不光是讷亲的一张嘴，更是一条胳膊。古浪旧案要是真折腾出来，对潘八指不利自然不必说，对讷亲或许也有牵连。我总有一种感觉，古浪旧案，会不会就是讷亲之流的一个死门呢？倘若真是，那么，咱们就不能让这扇门给关上！”

刘统勋推椅站起，不安地走动着：“我越来越觉得，大扇子此去古浪，办的不是她个人的事，而是大清国的事！”

张廷玉仍笑着：“别着急，我还没说完呢。我已经派出自己的四个护卫，赶往古浪去了，能不能保护住大扇子，我还不敢说大话，毕竟潘八指他们会如何出手，尚不可知。”

刘统勋道：“我有个主意，让琴衣也赶往古浪找到大扇子和谷山，助他们俩一臂之力！”

张廷玉道：“此法甚好，不过要快！延清，你离京之前，对铁弓南没话交代么？”刘统勋道：“户部移交给了铁大人，我这个前任管家，当然得上门去见他，托他好好将户部的家事管好。”张廷玉道：“你不会想着去敲他一顿好饭吃吧？”

刘统勋道：“谁说不会？我要走了，他得请我一次，不为过吧？”

张廷玉道：“铁弓南可是一只铁公鸡，你去吃他的饭，恐怕不容易。听说他有个规矩，每回请客吃饭，必用一只四方的盘子蒸一盘水炖蛋，吃的时候，无论主人还是客人，得吃自己面前的那一小块，不可越界。所以啊，他的那盘水炖蛋，每回都能吃出一个字来。”

刘统勋好奇道：“吃出一个字来？什么字？”

孙嘉淦道：“或是‘日’，或是‘回’，或是‘田’。对了，吃得不走运，没准就吃出个‘囚’字来。”

刘统勋大笑：“你这么一说，我还非去不可了！”

穿着一身单衣的刘统勋手里提着一只荷叶包，走上铁府台阶。一抬头，就看见大门里立着一根大木头，笑起来。

守门长随道：“这不是刘大人么？小的这就去禀报铁大人！”

“不必了，我自个儿进去吧。”刘统勋道，“木头立在门里，那就是一个‘闲’字，不知铁大人把这个‘闲’字立在门口，是何意思？”

长随道：“铁大人的意思是：闲人莫入！”

刘统勋道：“我刘统勋如今已是个闲人，这么说，也不能进喽？”

“刘大人忙中偷闲，自然不能算是闲人！”长随笑道。

铁弓南和刘统勋沿着庭院往里院走。廊间的栏杆上，站着铁弓南的那只早晨叫起的大公鸡。

刘统勋道："看来，铁大人的府上是养鸡不养犬啊！"

铁弓南道："铁某空有这么一个大宅子，其实也是家徒四壁，既然不怕贼偷，还要养犬干吗？这只鸡，虽无金毫铁距，却也高冠昂尾，站于庭中，立毛振翼，啼声洪亮，每日天不亮听它一叫，就知道该起床上朝了。"

刘统勋道："往后，铁大人外出公干，将此鸡带在身边，也不失为朝野间的一段趣谈。"

"好啊，铁某本来就是个无趣之人，抱着鸡打打趣，想必也就不那么讨人嫌了。"铁弓南道。

小肚子跑来："老爷，宴席已在客堂摆齐。"

铁弓南道："好，请刘大人入席！"

铁弓南和刘统勋面对面地坐着。小肚子捧着一个坛子，往两人面前的空碗里倒满了"酒"，退到一边。

铁弓南道："刘大人，你是头回来我铁家做客，没好酒好菜，怠慢了！请！"

刘统勋拿起酒碗正要喝，觉得不太对劲，将碗放下，笑着："是我脸上没鼻子，还是碗里没酒味？怎么像是一碗茶呀？"

铁弓南道："没错，这就是茶。铁某设宴，从来都是以茶代酒。古人曰：'米千粒，酿酒一滴。'要是一大碗一大碗地喝酒，那得耗损多少粮米？"

刘统勋道："铁大人的节俭果然名不虚传。你让刘某想起了这么一句话：国俭则昌，民俭则富。"

一只四方的大盘子放在桌上，盘里是炖得白晃晃的水蒸蛋，在桌子正中一放，送上两只勺子。刘统勋道："这盘水炖蛋，火候正好！"

铁弓南道："这是铁家的私房菜，若是没有贵客，绝不上它。不怕你见笑，铁家祖上都是穷人，好不容易吃上一碗水炖蛋，也得精精巧巧地吃，只可用勺子勺起各人面前的那一份，且还得留出一条'埂'来，意思就是不能越了界，吃到别人那份去。这规矩，从我爷爷的爷爷那辈子就往下传，一直传到今儿。来，尝一勺！"

刘统勋拿起勺子，在靠近自己的一边勺了一勺，吃下。铁弓南也将属于自己的那份勺起吃下。

两人一勺一勺地按规矩吃着自己的那一份。

铁弓南放下勺子："刘大人，请看这盘子里有了个什么字？"

刘统勋看了看："怪了！咱们怎么吃出个'日'字来了？对了，你如今当了户部尚书，这个'日'字的意思，就是铁大人你的前程定会'如日中天'！"

铁弓南道："两人一块儿吃出个'日'字，要如日中天，也该一块儿如日中天。"

刘统勋笑了笑："还有句话，叫做'天不同日'。明日我就得走了，户部的这副万斤重担，刘某人就全拜托给您了!”

刘统勋站起，抱着双拳，对着铁弓南真诚地一拱。

铁弓南扶起刘统勋道：“刘大人，明日真的要走?”刘统勋道：“都准备好了，一大早就动身。”铁弓南道：“你是想趁着文武百官上朝之时，谁也见不着，就这么一走了之?”

刘统勋笑笑：“正是此意。”

铁弓南道：“你留在户部的几件事，请放心，定会按你的意思往下办！说心里话，延清，你动皇庄的土，我铁弓南深为敬佩！有良心的大臣都心知肚明，皇庄再不清理整顿，必会给大清国带来更大的祸害。皇庄能否废除，眼下看来还时机不对，可我有预感，用不了多久，大清国的粮田、粮食都到了难以为继的时候，废皇庄、正国风的日子就到了！到了那时候，还望刘大人能重返朝廷，为国效忠!”

刘统勋动容，抱拳：“有铁大人这么一番话，我刘统勋今日没白来见您！我也说句心里话吧，当初从山东诸城带着一袋沙子上殿，我太过莽撞，将你铁大人给挑在了枪尖上，现在想想，不胜愧疚！借此别离之时，延清我就对你说声对不起吧!”

铁弓南的眼眶湿润起来：“延清言重了！铁某有一欣慰之事，也有一遗憾之事。前阵子能在户部与刘大人一同清查二册，查明大清国的粮田之危，这是我的欣慰；而铁某不能参与刘大人密查皇庄之弊，无法与刘大人同舟共济，这是我的遗憾。不过，来日方长，等下回见面，咱们再一块儿替朝廷、替皇上好好办差!”

刘统勋道：“但愿如此!”

铁弓南道：“你放心走吧。相信我铁弓南的一句话：我会让大清国的文武百官们都知道，刘统勋并没有离开户部，铁弓南这老东西在干着和刘统勋同样的活!”

刘统勋动容，伸出手，铁弓南也伸出手。两双户部尚书的手握在了一块，重重地摇着，充满了信任、寄托和敬重。

第十八章

乾隆爷南下巡灾省　大扇子西北寻真相

养心殿西暖阁中，乾隆看着跪伏在地上的讷亲和几位内大臣，脸色格外沉重。查清了二册造假案，大清国却并没有起色，不好的消息，接二连三地传来。各地盐业、茶业、酒业、矿业、绸布业、造瓷业，都因为大清国的粮田出了事，一批批地在倒闭。春粮的丰歉也禀报上来了，粮食歉收已成定局，各省请求施赈的奏报频频入京。江南春涝之后又连着夏旱，秋粮也定然是绝收了。如此，运河断漕、京通空埠、十三座国仓一起告危已不可避免！

乾隆道："朕要向你们宣布一件事儿，你们都听着！"

几位内大臣都抬起脸。

乾隆道："朕要去灾省巡视，到那儿去亲眼看看，灾情怎么样了，百姓怎么样了，官员又怎么样了，到底有没有法子扭转大清国缺田少粮的危局！"

讷亲震惊得闭紧了眼睛，屏住气，咬咬牙将眼睁开。

内大臣们道："皇上英明！"

乾隆道："这件事，你们几位内大臣知道就行，免得传开了闹得人心惶惶。都平身吧。"

内大臣们从地上爬起。

乾隆道："讷亲，这几天都没刘统勋的消息，他怎么不来见朕了？"

讷亲的眼珠子转着，欠下身："刘大人那日在乾清宫递了辞官的折子后，就闭门不出了，想必正在家闭门思过。"

乾隆道："有过必思，有错必纠，有罪必治，朕向来就这么教诲尔等的。他刘统勋能身体力行，朕感到欣慰。等他想明白了，将身上的骄气、戾气、蛮横之气给收敛了，懂得了如何与满朝文武平和相处，朕再恢复他的官职，让他上军机处行走，当好朕的喉舌。讷亲，你亲自去一趟刘统勋府上，带上朕的口谕，让他振作起来，收拾收拾行李，跟着朕一同巡查灾省。”

讷亲道：“皇上此次外出巡查，要带上刘统勋？”

“将他带在身边，若是朕遇上难办之事，他也好帮朕办理。”乾隆道，“再说，这一路上，朕也少不了要开导开导他，让他明白朕的一番苦心。行了，你快照朕的话去办吧！”

讷亲听出了皇上的弦外之音：皇上虽然同意刘统勋辞去二职，可真正的用意不是要抛弃他，而是要历练他，为的是有朝一日派更大的用场。时机一到，皇上定会让刘统勋上军机处行走。这一条，是讷亲始料不及的。

虽然很想让刘统勋呜呼哀哉，一了百了，可讷亲想到刘统勋若是真死了，皇上绝不会轻易放过，定然会一查到底。想来想去还是让铁箭飞去把刘统勋的瘸腿弄残，让他不能跟皇上出巡才是当务之急。

刘统勋将琴衣派去古浪之后，恰好遇到了山东的老乡老木，就让他当了车夫。老木赶着刘统勋的马车在京郊的一条土路上摇摇晃晃地行驶着，车架上扎着几个简陋的包袱，车后拖着红皮棺材。刘统勋坐在车厢里，一边打着扇一边闭眼养神。

刘统勋道：“老木啊，你来京城看我，没想到才住了一宿，就让你回山东了，还让你又当上了车夫。”老木道：“老爷，老木能跟你在一块，是天大的福分哩。”两人正闲说着话，刘统勋突然噤声。一辆蒙着黑布的双套马车在后头狂奔而来。刘统勋大喊道：“老木，快靠路边！有马车撞上来了！”老木回头一看，也大吃一惊，急忙收住马缰，将马车往路边赶。冲来的马车越驶越近。

两车相撞之时，三匹马突然长嘶。刘统勋的马车向着路边地沟滑去，顷刻间轮子朝天，将车厢里的刘统勋重重地摔在了乱石堆里。

冲来的双套马车停住。车帘打开一道缝，露出铁箭飞和房杠的半张脸。两人朝石堆里看去。

刘统勋满身是血，晕倒在乱石中。老木也满脸淌着血，从地上爬起，扶起刘统勋，拼命喊着。车厢里，铁箭飞冷笑一声，放下帘子。铁箭飞道：“房杠，干得漂亮，他人没死，可那条残腿又残了！回吧，把活留给干爹！”房杠赶过马车，一抖缰绳，双套马车掉了头，向原路驶回。

好一会儿，刘统勋在老木怀里一下一下咳嗽起来，嘴里冒着血沫子，慢慢睁开了眼。

老木道：“谢天谢地，老爷还活着！”刘统勋声音微弱：“老木，看看是谁……是谁撞了咱们……”老木回头看了看：“是辆双套马车，没见着人！”刘统勋道：“他们……没人伤着吧？”老木道：“没见有人伤着。”

老木拼命扶着刘统勋，刚站起，刘统勋突然一声惨叫，又坐倒在地。老木这才发现，刘统勋的铁靴子里满是血。老木惊声道：“老爷！您的瘸腿开口子了！”

老木背着刘统勋向自己的马车走去。刘统勋看着土路上驶走的马车，渐渐拧起了眉：“老木，你说，撞咱们的马车怎么又原路驶回了？”老木抬脸看了一会儿，一脸纳闷：“老爷，这辆车，不会是专门来撞咱们的吧？”

刘统勋苦笑道：“谁说不会呢，虎落平阳被犬欺，什么事都有可能，走吧，回山东！”

养心殿西暖阁，乾隆猛地转身，看着潘八指：“刘统勋被车撞了？”

潘八指欠着身：“微臣奉命去接刘大人，得知他已经回山东，急忙带着司官去追赶，没想到，在京外二十里的一处岗子前，见到刘大人被车撞伤，满身是血。”

乾隆道：“性命无碍吧？”

潘八指道：“微臣追上了刘大人，亲自查看了他的伤口，觉得虽无大碍，可他那条残腿却裂了个大血口子，不能再走动了！”

乾隆道：“他现在人在哪？”

“不论微臣怎么劝，他都执意要回山东。微臣无奈，只得派两位司官将他送往了附近镇子的一家医馆。”潘八指道。

乾隆连连摇头：“怎么巧成这样呢？朕让他随驾出巡，他却偏偏被车撞了！铁弓南，你来代替统勋，随朕出巡！”

午门的正门几乎没有任何响声地打开了。夜里一片静默中，一辆四门紧闭的马车驶了出来。乾隆的这次出巡，几乎没有惊动任何人，除了几位内大臣知道外，几乎不被人知。虽然乾隆交代这次出巡不许告诉任何人，铁箭飞和潘八指还是立刻派人飞速奔赴各省，向同道告知皇上出京的消息，要他们扫净屋子，绝不能在这节骨眼上干出蠢事儿来。

一匹快马奔驰在崎岖的山道，策马而行的是个英气勃勃的穿着二品朝服的年轻大臣，后头几个侍卫骑马紧随。山西巡抚傅恒重重打鞭，马蹄在山石上磕出火星。

载着乾隆一行的马车和护卫的马队一路向南奔驰着。一扇挑起帘子的车窗里，乾隆在默默地看着路边的田野。到处是因干旱而龟裂着的农田。一些衣衫破烂的乡人在荒地里摘着野菜，乾隆目光伤楚。乾隆的马队停在了一座庙殿里，张六德端着水盆在往殿里送，听到一阵急促的马蹄声，回脸张望。傅恒勒住马，跨下鞍来。

张六德笑脸相迎：“傅大人这么快就到了？”

傅恒道：“张公公，皇上这一路上辛苦了吧？”

张六德道："是啊！主子爷此次微服出巡，没惊动地方衙门，吃的、用的、住的，哪能跟宫里比？这不刚烧了盆热水给主子爷端去泡泡脚，自打出宫后，主子爷总睡不踏实。"

傅恒道："都这么晚了，要不我明日再来？"

殿内传来乾隆的声音："是傅恒来了？快进来吧，朕一听马蹄声，就知道是你来了！"

傅恒坐在寺内一间厢房杌子上，面对着靠在榻上的乾隆。张六德递上茶，回身轻轻关上门窗，欠身退了出去。

傅恒放下茶碗，抹嘴，笑呵呵道："圣上，皇后好么？"

"又想你姐姐了？"

"自从我去了山西，就没见过她，挺想的。"

"按理说，朕外巡之时得带着皇后同行，可此次外巡是朕的临时起意，上几个灾省看一看就回，也就不便带她了。她挺好，你回了京，定要去长春宫见见她。"

"那当然！对了，我还给皇后带来了几样山西特产。"

乾隆露出笑容："皇后平日常念叨你这位亲弟弟，老说怎么还没见你从山西回来。说说，给她带了些什么好东西？"

傅恒道："有运城相枣、晋祠大米。"乾隆道："范仲淹所写的'千家溉禾苗，满目江乡田'，说的就是晋祠大米？"傅恒道："对！那儿的乡田引晋水灌溉，才能长出又香又甜的上好大米来！"

乾隆道："没忘了给朕也带点儿特产吧？"傅恒道："忘不了！微臣给皇上带了几瓶新酿的汾酒！"乾隆道："是么？可说起酒，自从朕得知大清国的粮田出了事，每回只要一端起酒杯，心里就会冒出一句话：'一滴琼浆米千粒。'这么一想，常是越喝越觉得不忍下口。这事要是说给天下人听，恐怕没人会信，可朕说的没半点虚言。"

傅恒道："皇上，微臣此次奉命从山西赶来，一路上就在猜想，皇上定是有重任要委派于我？"乾隆道："朕让你十万火急来见，确是有绝密之事交给你办！"傅恒的脸色沉重起来："皇上定是遇上难事了？"

乾隆目光真挚："傅恒，你是朕的至亲，不光皇后对你恩意笃挚，朕也对你优加眷遇。三年前，你才二十三岁，凭着你政务练达、识见高远，众望所归地当上了内务府大臣，不久之后又出任山西巡抚。你经过这番历练，如今已堪大用。"

傅恒道："效忠皇上乃是微臣的第一天职！"

乾隆站起身："今晚月色甚好，陪朕上外头走走。"

月光清淡，林子里虫声唧唧。傅恒陪走在乾隆身边。

乾隆道："想必你已听说，这几个月间，朕身边的那几位信得过的大臣，都一个个走的走、疯的疯、贬的贬，已是所剩无几。这件事，朕心里越想越不安宁。”

“皇上的意思是，要微臣查清在这几位大臣的身上到底发生了什么事?”

“正是此意！这还只是一件事，另有一件绝密大事朕也要托付于你。”

“微臣恭听圣谕!”

乾隆心情格外沉重：“刘统勋密查皇庄，提出了一个‘废’字；而讷亲复查皇庄，提出了一个‘存’字。正是因为皇庄的废存之争，才逼走了刘统勋，使朕丢失了一条能左右开弓的手臂。这些天，朕心里越想越堵，不光觉得对不起刘统勋，还隐隐觉得这里头似乎还另有文章。朕在想，刘统勋不惜弃官也要杠上皇庄，不会没有道理，他如此执拗，说走就走，定然是带去了许多不方便说出来的话。朕要解开心头之疑，看来还得从皇庄下手。”

傅恒道：“皇上想再次复查皇庄?”

乾隆道：“不是复查，是密查！朕要你秘密召集一批得力干员，分头前往各座皇庄，查清在那儿到底发生了什么事，朕要知道实情!”

傅恒慎重地点了点头：“微臣明白此事的分量，一定办好，尽快将皇庄的实情奏禀圣上!”

乾隆道：“你要办成这两件大事，若是再任山西巡抚，怕是已有不便，朕另外委任干员去山西，让你腾出身来。明日一早你就回京，朕已做了安排。日后，你名义上是在宫里替朕编撰《同文韵统》和《御制历代通鉴辑览》，而内里却是替朕担当着两项绝密使命!”

傅恒抱拳，目光炯然：“皇上重托，傅恒万死不辞!”

瘸腿又伤的刘统勋自打撞车之后，就一直吩咐老木别走岔道，专走回山东的大道，为的就是掩人耳目、暗度陈仓，讷亲派去的人一看刘统勋径直地回了山东，也就没有继续跟踪，打道回了府。而此时的刘统勋却让老木不再走大道，专拣小道走，一路向南，去往浙江!

青黄色的太阳下，古浪县大沙漠边缘石碛滩的广阔大地起伏着无尽的沙涛。流动的沙子仿佛在吹奏着成千上万支羌笛，呜呜咽咽。不远处，是几个干涸的水泡子，站着寥寥几棵枯死的大树，被风吹去的沙脊上，散乱着骆驼和马的白骨。

谷山、小放生、王不易骑着马，在坚硬的石碛上奔行着。三匹马驰上了一个沙丘，三人朝沙漠望去。

谷山一夹马腹：“沿着沙梁走！再有三里，就是古浪县城!”小放生和王不易紧紧跟上。忽然看到半截城墙被沙子埋着，几乎埋到了城楼的飞檐，写有“古浪”二字的城匾被沙子埋得几乎难以辨认。

谷山三人驻马城下，望着眼前已不复存在的古城，一脸震惊。小放生道："谷爷，这就是大名鼎鼎的古浪县?"谷山怔怔地看着，不作声。

谷山道："古浪县城被沙子埋了！走吧，一定要找到大扇子！"

三匹马掉过头，沿着城墙向前驰去。

三人骑着马，在沙浪中缓缓行走着，披着日光、披着月光缓缓地行走着。

沙子上，一行弯弯曲曲的脚印。小放生喊起来："有脚印！"三人下马。脚印通往沙梁顶上。沙子里，露着一只草编的女人鞋。谷山拾起看了看，拧紧了眉头。王不易从沙窝里扒出了一块包袱皮，似乎认出了什么。

王不易道："谷爷！小放生！你们快认认，这是不是大扇子的东西?"谷山和小放生急忙奔来，接过包袱皮认了一会儿，抬起惊恐的脸。王不易道："怎么了，跟见着死人似的?"谷山道："这是大扇子的包袱！"小放生道："王不易你没说错，扇子姐把包袱扔在了这儿，她定是死了！"

谷山疯了似的冲上另一个更高的沙梁，朝着远处看去。沙子上留着骆驼的蹄印。谷山喊道："这儿有骆驼脚印！大扇子或许没死！"

一阵狂风好像凭空而来，三个人连滚带爬地下了沙梁，牵着马，贴着沙脊艰难地往前走着。像潮水般卷动的沙浪一层一层地推来，很快将三人掩埋了。

呼啸的风沙中，谷山大喊："小放生！王不易，别把马丢了！要是走散了，咱们到那座小庙……"可是遮天蔽日的黄沙淹没了他的声音，三人在漫天风沙中失去了方向，走失了。

狂暴的风沙吹了一夜，早晨才停歇，沙漠又恢复它的安宁。太阳依然故我地悬挂在空中，发出青色的光芒。

小放生从沙堆里爬出来，找着自己的马，走向那座沙梁边上孤零零的小庙。小放生奔过去，老远就喊道："谷爷！王不易！我还活着！"庙里没有回音。她一跃而起，趴上窗牖，朝庙里望去。破庙空荡荡的，没有两人的人影。小放生这才急了，回过身，对着大沙梁喊道："你们在哪?"

廊下的一堆干柴突然揭开，一个人从草堆里爬了出来。小放生道："谷爷，原来你像狗一样钻这儿睡觉啊！"爬出草堆的是王不易！小放生和王不易牵着马，大声喊着谷山，却依然没有谷山的回应。两人爬上一座沙丘，往四周看去。荒沙荡荡，渺无人影。

王不易一屁股坐在地上，哭起来："谷爷哪儿不好死，咋就死这儿来，埋的还不是土，是沙！"小放生不理睬王不易，牵上马往沙丘下走去。王不易急忙喊道："你去哪?"小放生道："谷爷要是没死，准会去找大扇子。走吧，咱们找到了大扇子，没准就能见到谷爷！"

古浪沙漠深处一座废弃的村落，满天星子，远山像黑色的剪纸贴在天边，隐隐有几声狼嗥凄厉地传来。风很大，擦着荒村刮过时，发出长长的颤音。大扇子打着火把从一间倒塌了半边的石屋里走出来，拎着空空的皮囊向不远处的井台走去。突然，大扇子站定了，她看到了井台前，仰脸躺着的谷山！

大扇子背着晕倒的谷山，踉踉跄跄地走进房间，在草堆里搁下，又倒了半碗水，给他灌下，谷山渐渐睁开眼睛，猛地一惊："大扇子？"大扇子道："谷山，你怎么来古浪了？"

谷山一把抓住大扇子的手："我是来找你的，唐思训大人怕你出事，让我来找你，小放生、王不易都来了。"大扇子道："他们人呢？"谷山道："一场大风沙把我们三人打散了。"

大扇子往架在篝火堆上的瓦罐里添上水，从怀里摸出半块饼子，掰碎，放入瓦罐煮了一会儿，倒入破碗里，吹凉，端到谷山嘴边："快喝吧。"谷山道："我看得出来，这是你最后的半块饼子。"大扇子道："别说了，快喝了这碗面糊，你就有力气了。"

谷山道："走了几天，见到的都是沙漠，没地方能找到食物，你吃下它，独自走吧。"

大扇子道："谷山！你要是不吃，我也不会吃，那咱俩就会死得更快！你现在喝了它，就有力气和我一块去找能吃的东西了，只有这样，你我或许都能活下来。"

两行泪水从谷山的眼角淌了出来，大扇子用手抹去谷山的泪，轻柔道："听我的话，喝吧。"谷山捧过碗，将面糊一口口咽下。

"哐"的一声响，大风将一扇窗户给刮倒，沙子吹进屋来，打在两人脸上。大扇子想起什么，急忙从屋角取过老哑巴留给她的那件破棉袄，让谷山穿上。

谷山道："这老棉袄……哪来的？"大扇子道："前些日，我在沙梁上倒下，快死的时候被一个囚官给救了，他将一头骆驼、一囊水、一袋干粮和这件老棉袄留给了我。"谷山道："囚官？莫非这沙漠也是流放官员之地？"

大扇子道："他是哑巴，没告诉我他到底为何会在这儿。"谷山道："他留下的骆驼呢？"大扇子道："昨日那场大风沙，骆驼跑了。"谷山道："这位哑巴囚官把骆驼、水、干粮都留给你，那他自己呢？"大扇子道："我见他的时候，骆驼背上驮着四五只水囊，想必他是出来找水的。他走的时候把什么都留下了，只是背走了那几袋水。"

谷山道："他既然是来找水的，那沙漠里或许不会是他一个人。再说，他把吃的穿的都留给了你，自己背着水囊走了，说明他要去的地方离这儿不太远！"

大扇子道："我也是这么想的，若是能找到他们，或许就能解开古浪粮田失踪之谜。"

谷山道："等风沙一停，我和你就找他们去。"突然，谷山脱下棉袄，在手里拎了拎，一脸诧异。大扇子道："怎么了？"谷山道："你拎拎，这棉袄重得像一块大泥巴。”

大扇子接过掂了掂：“缝在里头的不像是棉花，也不像是羊皮，拆开看看。”谷山道：“等等，棉袄上有字！”大扇子急忙取过一根火棍照着亮。棉袄上写着两个墨字：粥袄！大扇子道：“粥袄？什么意思？”谷山道：“拆开就知道了！”

两人一起动手，将棉袄里子拆开了一层，露出梆硬如铁的干棉花。谷山用力扯下一小块棉花，放嘴里嚼了一会儿，满嘴稠乎乎的全是米浆！

谷山惊奇道：“我明白了！这件棉袄就是粮食！哑巴囚官把它带在身边，就是带着一大袋干粮！”

大扇子看着板结的干棉花：“我知道这件粥袄是怎么做的了。平日把棉袄浸泡在熬厚的米粥里，然后取出来晒干，干了再泡，一遍一遍地泡啊、晒啊，等整件棉袄都成了干粮，就打个卷儿，穿在身上既可以挡风沙，断粮之时取下一块棉花就能果腹。”

谷山道：“这办法真绝！看来，老天爷是在救咱们俩。”大扇子道：“救咱们的不是老天爷，是老哑巴！”身上背着“粥袄”的谷山和大扇子在古浪沙梁间艰难地行走着。谷山道：“大扇子，这个‘姐’字我叫不出口。你就是再写一百张休书，还是我的老婆。我这辈子，跟定你了。有句话怎么说来着？对了，妻爬刀山，夫下火海！咱们俩，这会儿就在刀山火海上，对不？”

大扇子道：“你说，咱们有没有和老哑巴走反了？”谷山道：“我在说做夫妻的事。你没听？”大扇子道：“你留点神，没准能见到老哑巴的脚印。”

谷山大声道：“大扇子，我在说什么，你真的没听？”大扇子道：“你来找我，就为说这句话？”谷山道：“还有句话……我没说出口。”

大扇子道：“那说吧。”

谷山道：“要是我死在你前头，只求你一事：你一定要重新嫁人！”

大扇子道：“你放心，我不会替你守寡，我会替你守坟。”谷山一愣：“你没上当啊？”大扇子道：“我才不会上你的当呢。没嫁过男人的女人，怎么会做寡妇？你真死在我前头，我会像姐一样，替你守一辈子坟。”

谷山道：“那你……死在我前头呢？”大扇子道：“你什么也不必守，只要守信就行。”谷山道：“守什么信？”大扇子道：“你答应过刘统勋大人，做个好官。”

夕阳西沉，天色暗淡下来。两人爬上一座沙梁，估计着方向。有一群鸟在向东飞去。谷山道：“有鸟！”大扇子道：“鸟也要找吃的，跟着鸟走吧！”两人朝鸟飞的方向走去。

谷山道：“大扇子，你说，咱们俩今天能不能找到他们？”

“明天就知道了。”大扇子道。

谷山道：“昨天你也是这么说的。”

大扇子道："希望总是在明天。快走吧！"

终于，就在谷山和大扇子快要被太阳烤干的时候，一面破破烂烂的旗子出现在他们的视野里，沙漠深处，依稀可辨"囚官营"三个字。旗杆下，搭着两三间低矮的茅草棚。棚后，是一片零零落落的坟地。棚前，有一个脚盆大的水潭和一块方桌般大的稻田。令人称奇的是，在这片一望无际的沙海的包围中，竟然还有这么一小块洼地，顽强地呈现出生命的迹象：水潭里，残剩着一泓浅浅的浊水；稻田里，稀稀拉拉地长着绿色的水稻秧苗！

三个拖着白辫、身着破烂官袍的老人，每人手里拿着一个破碗，佝偻着腰，往潭里舀上水，又佝偻着腰走到小小的稻田边，将水小心翼翼地浇给秧苗。谷山和大扇子出现在洼地旁的沙梁上时，三个老人抬起脸，朝两人默默地望着。一二十座坟丘几乎都被沙子掩埋，若不是插着的招幡，根本无法认出这里就是坟地。唯独一座坟墓是刚垒成的，坟前的墓牌上写着五个字：老哑巴之墓。当时老哑巴把粥袄给了大扇子之后，背着水囊，却没能走回官囚，饿死在了半路上。大扇子和谷山双眼通红地跪在新坟前，磕了三个头。三位囚官给他们讲述了古浪县变成沙漠的往事。

当年古浪县可是一个长庄稼的好地方，一条清水河横贯全境，两岸水草丰茂，庄稼年年丰稔，可自从清水河被断为三截，大片山林被辟为猎场之后，河水改道他走，粮田因断水而荒芜，林木砍伐一尽后，再也挡不住沙暴，短短几年，沙子不光将这处大粮仓给荡为沙海，连新辟的狩猎场也全都变成了沙漠。刑部纂修官周伏天见到此情景之后，向朝廷禀报古浪粮田以少报多之事，朝廷派员下来查证，古浪县二十七位官员如实禀报，却不知为何，周伏天竟然获了欺瞒朝廷的重罪，被贬往宁古塔终身为奴，而二十七位官员，也随同获罪，被罚到囚官营地。当时的古浪县令潘八指宣读圣旨，只给了八个字：贬为农人、永不复官。如今十多年过去了，二十七人如今还剩下三个，偌大的古浪县，也只剩下囚官营里这一小块稻田了。

大扇子对着三个囚官跪下，眼里噙着泪，磕了三个头，又回身向着一杆杆招幡磕了三个头，道："三位大人，我就是周伏天的女儿周道珍！此次前来古浪，就是为寻找父亲当年犯案的实情！你们因我父亲获罪，我代死去的父亲向大人们谢罪了！可是当年要将清水河斩为三截、砍伐林木修建猎场的人是谁？"见三个囚官长叹一声，并没回应，大扇子站起身，"我知道三位大人不敢说出当年的指使之人，定有难言苦衷。倘若三位大人信得过我和谷山，就随我俩前往京城，找到刘统勋大人，将所知之事说出来，刘大人定会为你们洗刷清白！"

三个囚官听完嘴唇剧抖起来，突然放声号啕！狂暴的大沙风推移着沙梁，沙子一层层地覆盖着古浪县这最后一块残剩的稻田。在三位囚官撕心裂肺的哭声中，弱小的秧苗在簌簌颤动。

风沙停后，经过一夜风沙的侵袭，这块小小的稻田更小了，小得像一张方凳。几株没被压死的青苗在沙子间倔强地挺着，贪婪地向着阳光舒展着绿叶。大扇子、谷山跟在三个囚官后头，拿着破碗，在小水潭里舀了水，走向稻田，给青苗一株株地小心浇灌，水渗进沙子。青苗无比翠绿。沙梁上，突然传来小放生和王不易的喊声："谷爷！大扇子！"两人牵着马，顺着沙坡往下滑来，四个人又重新聚在了一起。

烈日下，小水潭干涸得只剩下一层薄薄的浊水。三个囚官跪在潭边，在用破碗舀水。一旁，谷山、大扇子、小放生、王不易牵着马在等着。三只破碗舀起最后半碗水，突然都停住。最后的一点浊水里，一条细小的鱼在跳跃挣扎。三位老人相望了一眼，手里的碗一倾，将水重又倒回潭内。小鱼得水，重又游动起来。

三位老人相扶着站起，拎起各自的破烂行李，对着面前这块在沙子中只露出几茎青苗的"稻田"久久地悲凉地看着，做着永别。

日头完全沉入了沙漠里，黑暗中，铁箭飞骑着马，伫立在沙脊上默默地看着梁下闪烁着的火光，眼里渐渐浮起冷笑。踩死他们像踩死几只小蚂蚁一样简单，在来古浪的路上，铁箭飞就发现了张廷玉派来保护大扇子和谷山的四个贴身侍卫，在他们喝的水里下了尸参，轻而易举地解决掉了四个小麻烦，下面的这几个，也蹦跶不了多长时间了！

三个老囚官在沙梁下的凹地处一堆篝火前躺着，已经睡得死沉。一旁的另个火堆边，小放生和大扇子躺着。两人身上盖着拾来的破羊皮，睁着眼望着天空的星星，说着女人间的悄悄话，等着前去探路的谷山和王不易回来。

突然，一声剑啸声响起！小放生猛地跳起，拔出腰里的火铳，朝剑啸的方向看去。三个老人的脖子间，全都在咕咕地冒着血浆。黑暗中，铁箭飞戴着蒙脸布走了出来，手里举着弓弩。小放生一把将大扇子拉到身后，对着铁箭飞打了一火铳，铁箭飞顺势倒地一滚，对着旁边的大扇子扣下了弓弩的扳机。大扇子肩头中箭，惨叫着倒地。

星空下，谷山和王不易在一条满是流沙的干河床里牵马走着，猛听到远远传来的火铳声，一怔，两人回过头去。王不易道："是小放生放的火铳！"谷山道："那儿出事了！快，上马！"两人飞身上马，冲上河床，朝来路狂驰而去。

铁箭飞一边往弓弩里装着箭，一边走向倒地的小放生。小放生扔下火铳，从靴子里拔出短刀，对准一步步走来的铁箭飞。一旁，肩头插着箭的大扇子撑起身，对着小放生喊道："小放生，快跑……快跑！"小放生疯了似的跳起，举着刀对着铁箭飞扑去。铁箭飞抬着弩，对准了小放生的脑袋。

"索"的一声，铁箭飞身后一股冷风刮来，有剑出鞘！铁箭飞原地打了个旋子，腾空跳起，躲开扫来的一剑，看了眼来人，猛吃一惊，往黑暗里退去。来人是琴衣！蒙着脸的铁箭飞奔上高高的沙丘。琴衣从一个沙包后头无声地走了出来，手里握着剑，默默地逼视着铁箭飞。铁箭飞收住脚步，也逼视着琴衣。

铁箭飞扔了弓弩，从腰里缓缓抽出剑来。琴衣猛地一抬手，空中“铮”的一声长吟，长剑打出一个剑花，剑锋令人胆寒地晃动起来。铁箭飞纵身跳起，身子蹿向沙丘顶上。

月光下，铁箭飞双脚落地，稳稳地站定，脚下的沙子像瀑布似的奔涌，猛地对着身后飘来的影子刺出剑去。可他仍是晚了一步，琴衣的身子瞬间一旋，已轻盈地落在他的面前，长剑如一条柔软的绳子缠住了铁箭飞的脖子！琴衣只需再打一个旋子，铁箭飞的脑袋顷刻就会落下！铁箭飞身形大乱。

琴衣伸出手，往蒙面人的脸上抓去，手指抠住黑布重重一揭，布后竟然发出一阵金属的尖锐啸音。琴衣急忙收回手，四个手指甲已经裂开，涌出血来。

铁箭飞趁势出手，一掌击出。琴衣滚下沙丘。铁箭飞哈哈大笑。琴衣跳起，大声道：“铁面具！听着！你不会再有这样的机会了！”说话间，琴衣手形闪电般地一展，从腰间摸出一支飞镖，对着铁箭飞的面门直奔而去。铁箭飞腾身跳起，躲开飞镖，弹跳着奔下沙丘，一眨眼就不知了去向。琴衣挺剑猛追。

谷山和王不易急马驰来的时候，小放生坐在地上，怀里抱着脸色惨白的大扇子。得知琴衣去追蒙面人了，谷山咬紧了牙：“小放生，你照看好大扇子！王不易，跟我走!”两人骑上马，向着黑暗中冲去。谷山和王不易执着剑，拍鞍冲上丘顶。两人身后，响起流沙声。两人收住马，回头看去，奔上来的是琴衣。

谷山道：“蒙面人呢?”琴衣道：“跑了!”谷山掉过马头，马一声长嘶，独自向另一座沙丘冲去。

太阳从沙漠的地平线上缓缓升起。戴着铁面具的铁箭飞骑着黑马，吃力地在沙梁里行走着。一道大沙梁后头，谷山牵着马缓缓走了出来!

铁箭飞吃了一惊，默默地勒停马。两人在刺目的阳光下对峙着。“锵”的一声，铁箭飞从腰后抽剑出鞘，腰身一紧，挺起了剑。谷山眼睛死灰似的盯着铁面人道：“我不管你是谁，你提着剑来古浪，定是来杀人的！既然是杀人，那你就不该避人，所以更不该戴着这个面具。”

铁箭飞笑了声：“我戴着面具，不是避人，是避沙。只有避开沙尘，我才杀得了想杀的人。”

谷山道：“你想杀的人，都被你杀了么?”铁箭飞道：“还没有。”谷山道：“知道为什么吗?”铁箭飞道：“每个人都是两个时辰，一个是丢命的时辰，一个是活命的时辰。我想杀的人之所以还活着，那是因为时辰未到。”谷山道：“可你丢命的时辰到了。”铁箭飞道：“此话怎说?”谷山道：“往身后看一眼吧。”

铁箭飞回头往身后看去。琴衣、小放生从沙丘后头走了出来，后头，王不易扶着受伤了的大扇子。铁箭飞愣了愣，突然笑起来。

谷山道："你怎么还笑得出？"铁箭飞道："我想杀的人，不是一个人，而是五个人！这会儿，五个人都到齐了，我能不笑么？"小放生大声道："谷爷！别跟这个畜生多啰嗦！我就不信杀不了他！"

铁箭飞不慌不忙地双手握剑，在脸前竖了起来，一道剑光在太阳下闪着逼人的光芒。

琴衣道："王不易，你看护好大扇子，我们三人对付他！"

王不易护着大扇子退开。琴衣、谷山、小放生散开，三支剑对准了铁箭飞。谷山道："铁面人！你不远千里来一趟古浪县不容易，要留下什么正经话，现在说还来得及！"铁箭飞刚要说话，突然，远处传来"隆隆"的响声，一道长长的"黄墙"移了过来，"黄墙"挟带着浓浓的乌云排山倒海而来。转眼之间，四遭一片混沌。沙丘像崩塌似的，一座座地移动着、推涌着、荡涤着、卷削着，黄沙滚滚，锐不可当！

沙丘上的六个人来不及躲避，顿时被掩埋。然而，似乎又只是转瞬之间的事，一切很快都停止了下来。四周一片死寂。太阳依然在天空中像青铜镜一般孤悬着。荡平了的沙海间，谷山、琴衣、小放生、王不易、大扇子一个个从沙窝里爬了出来。

琴衣喊道："快找到铁面人！"三人执着剑，在沙窝里寻找。猛然间，一股旋转的沙子像柱子似的腾空而起，沙落影显，铁箭飞稳稳地落地，对着围来的三人挥剑杀上。四支剑绞在一起，杀得昏天黑地！铁箭飞渐渐力怯，边杀边退。琴衣借着谷山的后背凌空跃起，挺剑刺向铁箭飞。"噗"的一声，铁箭飞胸前中剑，滚下沙梁。他爬起身，吹出一声呼哨。黑马狂奔而来。铁箭飞爬上马背，对着身后的五人狠狠看了一眼，捂着淌血的伤口纵马驰去。

小放生道："我去牵马，一定要追上去杀了他！"谷山道："马还在后头的沙窝里，追不上他了！"王不易扶着大扇子走来。谷山道："大扇子，你的伤，没事吧？"大扇子脸色惨白如雪："没事，咱们该回了。"突然，小放生发出一声惊呼："看！这是什么！"

五人脚下的沙丘上，露出了一块被掩埋的农田！在这片小小的露头的田里，竟然有一大簇收割后留下的稻茬！谷山拔起一束稻茬，看了看，惊声道："是稻田！"谷山突然疯了似的背起大扇子，往身边一座高高的沙梁爬去。一行人爬上梁顶，往下看去，彻底震惊了。展现在他们眼前的，是一块块从前的田畴！

谷山仿佛看到五万亩粮田，稻浪滚滚、一望无际的古浪良田！谷山狂喊道："大扇子！你看！你要找的粮田，已经找到了！粮田没有失踪，全在沙子底下！全在沙子底下！！"

大扇子的脸靠在谷山的背上，看着眼前的"稻田"，嘴唇动着，什么话也说不出来，两行眼水从她满是血迹的脸上滚滚淌下……

第十九章

唐思训二品变皂隶　马旗门粉墨唱大戏

刘统勋的马车已经行到了浙江地界，马上就要进钱塘城门了，这一路上他看到一片狼藉的万箩墩，乡亲们正在复田；也见到了长满了蒿草、芦苇、刀茅的荒滩地，可以开垦。刘统勋的脸上渐渐浮起笑容，虽然辞了穿官袍的官，可他心里藏着的官没辞，在刘统勋的心里还做着大清国的官！他要为大清国没有粮吃的人开垦荒滩，有多少垦多少！

刘统勋的马车驶进钱塘城门。满街一片嘈杂，到处都是慌乱的镇人，挑着粮担的、扛着米袋的，为了在灾年囤下粮食，整个镇子上的人都人心惶惶。这更坚定了刘统勋要在钱塘试点将荒滩变为粮田的决心！

刘统勋在一座拱桥上，遇见老相识唐思训的时候，唐思训正穿着九品皂隶公服，拎两个竹笼，脸色如石地沉步上桥。他的近光眼镜掉了一条腿，虽用半截筷子扎着，却擦拭得干干净净，一身皂隶袍子虽旧，却是一尘不染。刘统勋和老木走上桥来，与对面的唐思训迎面遇见，四目相对。两双眼睛互相打量着对方，许久，两双眼睛里都渐渐浮起泪光。

临窗的结义楼小酒桌边搁着两只笼子，里面趴着两只猫。唐思训和刘统勋面对面地坐着，谁都不说话，满脸感慨。好一会儿，刘统勋开了口道："唐大人，你拎着这只猫笼子，不会是在卖猫吧？"

唐思训哈哈大笑："哪能呢？我还真想做买卖人，可没那份本钱。实不相瞒，自从穿上了这身九品皂隶公服，我就只有一件事可干了，那就是替县衙的粮仓敲更值夜，空了，还兼干捉拿仓鼠的活儿。这不，厚着老脸向人要了两只猫，准备养在粮仓里，替我好好拿鼠守粮。刚才在桥上见了你，差点没认出来，要不是听见你的铁靴子那几声响，你我这会儿就没缘分在结义楼喝上几盅了。”

刘统勋脸色沉重起来：“唐大人，我刘统勋是问心有愧啊。当初，若不是我从山东重回朝堂，恐怕被我牵连获罪的人就不会这么多。你唐大人落入今日这步田地，是我刘统勋之错。”

唐思训伸出手，一把按住刘统勋的手背：“延清，能和你来个约法三章么?”

刘统勋道：“请说。”

唐思训道：“其一，我唐思训无德无能，此生朝中为官，能与刘延清为知己，没白白苟活人间一场，丢官之事，与你无关，从此不可再提。其二，延清你这次辞官告退，我看得出，你是辞而不退、退而求进，你是想避开刀剑丛生之地，找一方安静之处为朝廷办件大事！故此，从今往后，我在你跟前，也不再提你的辞官之事，免得徒生悲凉。其三，你我此次在钱塘布衣相逢，貌似神使鬼差，实是风云际会！你是一品大臣，我是二品大臣，你在我心里从来就没有丢过官，我呢，在你心里也从来没有丢过官，既如此，咱们俩就一同在钱塘做自个儿的无冕之官吧！只要咱们俩活着一天，就把官好好做下去，将这两只还没被人砍走的老手紧握在一块儿，上哪都绞着，不分离!”

刘统勋看着唐思训闪闪发亮的眼镜片：“就这约法三章?”

唐思训点了点头。

刘统勋拿起酒壶，往两只碗中筛上酒，端起：“来，为这约法三章，咱们喝它三大碗!”

唐思训微颤着老斑点点的双手，将碗端起，对着刘统勋一照：“能与知己者谋大事，人生快事也!”

两人酒碗相碰，一饮而尽!

唐思训道：“你说得好，要拯救大清国、襄助皇上成就盛世之业，首要之事就是保粮食；而要保粮食，首要之事就是保粮田；而要保粮田，首要之事就是增粮田；而要增粮田，首要之事就是垦荒!”

刘统勋激动道：“我来浙江，就是想蹚一蹚大垦荒这个深浅莫知的浑水。若是成功了，我就给皇上去信，算是提供一个经验，请皇上在全国各省、各州、各县推而广之；若是失败了，我也得给皇上去信，算是提供一个教训。”

唐思训道：“我任浙江巡抚多年，走遍了境内各州县，对哪儿有荒地可垦大致有数。”刘统勋道：“可这垦荒大业只是我的一个梦，还拿不出施行的办法。我想，人在急途，必有急智。等咱们俩干开了，好办法应该会有。眼下缺的，就是人手。等谷山和大扇子从甘肃回来，你我就能如虎添翼了。”唐思训道：“我倒是有个好人选!”

钱塘乡间一条河汊子，一条小船在横贯荒滩地的河道里划行着。坐在船尾划着双桨的是大青树和小青树。舱板上坐着刘统勋、唐思训、叶书办。

叶书办道："这两位划桨的小哥是两兄弟，一个叫大青树，一个叫小青树，是江苏淮安人氏，曾经帮着大扇子在那儿办过丈田查册的大事。"

刘统勋道："二位小兄弟，愿跟着咱们这几个糟老头子干点事么？"两兄弟齐道："愿意！"刘统勋道："往后，咱们就是一家子人了。"

叶书办道："刘大人的威名如雷贯耳，没想到能在钱塘见上了刘大人，日后，只要刘大人、唐大人发话，我就是舍了命也愿意跟着！"

唐思训道："我这个人不信佛，可那个'缘'字不能不信。今日咱们这些人能凑在一起，不就是凭这个字么？对了，大小青树还跟大扇子有缘，也就是说，跟谷山、跟我女儿小放生都有缘。"

两兄弟高兴地相视而笑。

刘统勋道："咱们说正事吧。我此次离京，刚出京城不久就遭人暗害，差点丢命，要不是老木相救，这条老命就丢在半路上了。再说，从山东到京城复官的那些日子，要不是有琴衣跟在身边，恐怕也难免遭人暗算。如今，琴衣被我派往甘肃去助大扇子和谷山一臂之力，倘若再有暗算行刺的事，恐怕就难以躲过大劫。三位请记住，倘若我刘统勋有个三长两短，还拜托三位将开荒大业给继续下去，拿出功绩来奏明圣上！"

唐思训、叶书办相视一眼，默默地点了点头。

刘统勋道："我和唐大人落到今日这步田地，加害之人就是讷亲！可他背后干的事，拿不到证据。但是，我相信一句话，'恶人自有恶人磨'。不过，现在咱们都得记住，自古以来，脑袋掉在'田'字上的要比掉在'钱'字上的多。咱们不为'钱'，为的就是'田'，那没准就会死得更快。要干成眼下这番大事，咱们得以命相托才行。"

叶书办道："为'田'而死，到了阎王爷那儿，怎么说也不会是个饿鬼，更不会是个恶鬼，对不对？"

船上的人又都笑起来。

唐思训道："其实啊，延清这句话还没说完全。自古以来，为这个'田'字死得最多的，不是被杀死、饿死、诛死，而是累死。'田'字当头方为'累'。为了田，古往今来累死了多少人，难以计数。"

刘统勋道："咱们就是这个'累'命。不过，唐大人提醒得好，咱们真把自己给累死了，那不就是一事无成了？都好好活着，只要有口气在喘，就义无反顾！"

载着六人的小船在浩渺的湖泊中出没，向着对岸的一片烟蒙蒙的荒滩地划去。蓝天白云，水天共色。

一群群白色水鸟在云天之中来回飞翔。

江西境内一条漫长的土路上，乾隆正穿着一身民服坐在马车里。车顶着大太阳，在缓缓行走着。后头跟行的马车上，坐着铁弓南。江西已经旱了三个月，太阳白得像一团雪，燠热地烤灼着干裂的大地。土路两旁，到处是逃荒的乡人。乾隆、铁弓南在车窗里默默地看着路边像泥流似的逃荒灾民。

乾隆一行进入江西，看到的是一幅幅惨不忍睹的灾年图。到处是饿殍塞路、饥民如蝗。干裂的农田尘土飞卷，树皮剥尽，野菜吃空，荒坟弃尸随处可见。他又见到一只只空碗，可这些空碗，不是拿在百官的手上，而是拿在百姓的手上。这一切，使乾隆感到了一种前所未有的刺痛。

尘土中，乾隆一行的马车在孤行。马车缓缓行走在灾民的人流中，乾隆靠在车窗上，默默地看着窗外。不时有孩子伸出手里的空碗，向马车乞讨。乾隆收回凝泪的目光，放下了车帘。

马车出没在滚滚黄尘中。

乾隆道："朕在江西境内亲眼看到的这些，让朕想起了江西巡抚安寿国去年造假的那个折子，上面写着的是'全省喜逢丰年，到处美田弥望'！而朕可以想象得出，去年此时，江西全境定然像眼下一样，田荒地芜，白骨撑天！这帮黑了心肠的督抚大员，为了个人的表功升禄，竟然不顾百姓身受的这等巨灾，实在是不杀不足以解朕心头之恨！"

铁弓南道："贪绩之罪，虽无耻还不至于透顶，可免其死；欺君之罪，已丧心而更是病狂，法当不赦！"

乾隆道："救民于水火，已是刻不容缓！若是百官再视民命为无物，民怨将更为沸腾！韩非子说'民怨则国危'，此言不能不作雷闻！"

乾隆一行的马车缓缓行至江西青铜县县城街道上时，一群群灾民背着粮袋在拥向不远处的一座官仓。乾隆从车窗里探出脸："百姓们在干吗？"铁弓南看了一会儿："像是去官仓了。"乾隆下车："走，看看去！"

挂着"青铜县官仓"大匾的仓门下挤满了取粮的饥民。路面上，挑着筐子、背着麻袋的饥民还在源源不断地拥来。几十个士兵挺着长矛，列队挡在仓门前。门前旗杆上，绑着一个身穿县令官服的官员——杜霄！七八个江西省的官员站在脸色苍白、满脸怒容的江西道员林大人身后。旗杆前，林道台一只手撑着腰，一只手指向杜霄的鼻子大骂道："好一个杜霄！你身为青铜县令，竟然视王法为粪土，煽动小民，私开官仓！本官要拿你开斩，以儆效尤！"

杜霄满脸尘土，脖子上的青筋拱起："林道台！青铜县已大旱三月、滴雨未降，全县二千七百二十一座村子已有三成家家死绝，成了空村，还有三成背井离乡、外出逃荒，剩下的四成都是些老幼病残，为了活命，他们就指望着打开官仓，给他们放粮了！我杜霄身为一县之父母官，赈灾救民，实乃本分，无奈之下才将这全县唯一的一处存粮仓廒给打开，以保父老乡亲、孤儿寡母的性命，我难道错了么？"

林道台跺脚："这是官仓，放粮需得要有本大人的手谕！你跟本大人连招呼都不打，就要私开官仓，你眼里还有本大人么？不要再说了！本官取下你的首级，挂在仓门上，看谁还敢近官仓一步！”

四个执刀的士兵冲上，对着杜霄抬起了刀。乾隆脸色变了。旗杆前，杜霄重声：“林道台！下官死不足惜，可在死前还是有话要说！——在场的官员们，你们都听着！官仓乃济民之用，绝不是下官在擅动！动仓谷，以广皇恩，这不是在邀誉！古人说：‘官有余粟，野有饿殍，乃为官之罪，不可饶恕！’为官者万万不可以仓谷为重、民命为轻啊！好了，我的话就此打住，当着饥民的面将我斩了吧！杜某的头颅高悬之时，或许还能感泣上苍，降下一场透雨！来吧，痛痛快快地下刀吧！”

林道员突然大笑起来：“杜县令说得好！本官这是在考你呢！行，朝廷没有看错你，放你到青铜为官，实乃青铜百姓之幸！好！既然你把本官想说的话说出来了，那本官就不再啰嗦！百姓们，打开官仓，放赈啦！”

饥民们欢呼起来，拥向仓门。乾隆频频点头。杜霄被松了绑，跳到高台上，大声道：“百姓们，别忙动手！我杜霄还有几句话要说！”

饥民们安静下来，一起看着杜霄。

杜霄动情道：“青铜县的百姓们，你们这会儿要进去取粮的地方是官仓！知道什么是官仓？那就是官府的粮仓，是奉着皇上的御旨，将征收的税粮存放在这儿，丰稔之年做漕粮之用，灾荒之年做赈粮之用。今年青铜县又遇上了大灾，我杜霄和林大人一块儿，将这座官仓给打开，粗略估算，可救下上千条人命！你们吃上了官仓之粮、活下来以后，一不要谢老天爷，二不要谢我杜霄和林大人，要谢就谢皇上！”

饥民们纷纷跪下，眼含泪水，举起手里的空碗、空布袋，仰天大喊：“百姓恩谢皇上！皇上万岁万岁万万岁！”

杜霄将手一挥：“打开仓门！”官仓的大门打开，饥民们欢声雷动，拥进门去。在一旁看着的乾隆感动莫名，眼眶里浮起热泪。铁弓南感动道：“是个好官哪！”乾隆道：“这位县令叫什么名？”张六德道：“他叫杜霄。”乾隆默默地点了点头。

令乾隆皇帝热泪盈眶的，其实是铁箭飞派房杠来江西配合杜霄编排的一场大戏。林道台配合杜霄演完了这场戏，他也就该退场了，但当天夜里，就被仆人发现死在了自己书房里。而杜霄也完成了在乾隆心中的初次登场。

乾隆在江西又走了数日，见了逃荒的人，总要分一点粮食给他们，可每次分给他们粮食，乾隆心里都在滴血一般，能救他们一顿，可他们下一顿还是没有着落，最终还是归在一个“田”字上。眼看着乾隆在江西越走越沉重，张六德与铁弓南商量着奏请皇上去浙江看看，那里最近下了几场雨，没有酿成旱情，也能让皇上先缓一口气。他们刚从驿道上的驿馆出来，驿馆的人就给马旗门送去了那几位爷已经往浙江出发的消息。

得知皇上要路过本地，马旗门兴高采烈地领着身穿官袍的一二十个官员，在翻松的土堆里学着“驴打滚”的模样在滚来滚去。每个官员的身上都滚得满是泥土。马旗门大声道：“咱们是在给官袍做旧，大灾之年，就得要有一个大灾的模样，咱们把官袍做得越旧越好！再滚！滚！”官员们在泥堆里更起劲地打滚。衙吏拿起铁铲，铲起土，朝着马旗门泼过去。马旗门闭起眼，很快将自己滚成一个大泥人。“泥人”马旗门领着一二十个已将官袍做了旧的官员，齐齐地甩着胳膊，大步进了县署走廊。

除了做旧官袍的戏码，马旗门还向当地粮商们借了十车粮食，答应办完了事，再还给他们。并且吩咐手下在皇上的必经之路造了六十六座大井架，只要站在高坡上往下一望，十里之内，井架历历可数。为了不露出马脚，他还让官员在路边几口井架的位置上往下打个窟窿，埋一口大缸，缸里盛满水，再用泥巴将缸沿给糊起来，这样“挖”出了几口浇地深井。一切准备妥当，只等看戏的皇上路过了。

乾隆和铁弓南的马车驶来的时候，身穿泥袍的马旗门和一二十个官员正拉着十辆装满粮食的木轮子车，大声喊着号子，吃力地往前爬行着。乾隆从车窗里看见，抬了下手，车停下。马旗门一见皇上到了，急忙停了车，领着官员们趴在地上，齐道：“皇上驾到，微臣未能接驾，请皇上治罪！”

乾隆走近大车，一辆辆地摸了摸车上的麻袋，居然都是粮食，脸上露出笑容。

铁弓南道：“这不是马旗门么？”马旗门道：“铁大人？下官没想到能在江西的地面上碰见您！”乾隆道：“这十大车粮食是从哪儿来的？”

马旗门道：“江西大旱，百姓无以果腹，皇上您瞧，路边的树皮、草根都剥空拔完了，微臣心里着急，想出了一个绝法，向藩库预支了本县上百位官员三年的俸禄，向仓中还有存粮的商户买下了这十车粮食，准备在前头的大庙前盖一座赈灾的粥厂。”铁弓南道：“你们是用自己的三年俸禄买下了这些粮食？”

十几个官员齐道：“这是马臬台的主意，也是下官们的一片心意！”马旗门道：“这是头一批买下的粮食，还有二三十车不日也能运到粥厂，要是都运齐了，大概能让上万灾民免于一死。”铁弓南动容：“马旗门，这一回你干得好！率百官捐出官俸以救民命，大清朝你是第一人！”

马旗门又脸露憨笑：“这是为官者的本分，百姓性命不保，为官的哪里还有脸面活在世上？”乾隆道：“马旗门，凭你这句话，穿着三品臬台袍子是委屈你了。”马旗门道：“今年遇上大旱，百姓都纷纷外出逃荒，可尽往外跑也不是办法，得想出办法，把他们留住才行。”乾隆道：“对呀，你有什么好法子么？”马旗门道：“微臣在干旱的粮田间勘察多日，发现只要深挖下去，还是能挖到水的。”乾隆道：“哦？你是说打井就能保田？”

马旗门道：“微臣自作主张，找来了各村没走的乡民，带着属下的这些官员，在旱田里干了一二十个昼夜，在方圆十里之内，打出了头一批井。”

乾隆脸露惊喜之色："开挖的井都出水了么?"马旗门道："大多已经出水。"乾隆道："这办法好！大灾之年倘若没有大办法，就保不了大粮田。"

铁弓南道："马旗门，你打的井在哪儿?"马旗门道："在前头不远处就能看到。"乾隆、铁弓南、张六德走到旱田旁的一处高坡，顺着马旗门的手往坡下的广袤农田看去。一眼望不到头的旱田里，远远近近地耸立着几十座木头支着的井架。乾隆满意地频频颔首，铁弓南和张六德脸上也布满了赞许。

乾隆道："开挖了这么多水井，想必就能把粮食给补种上了！走，看看新打的水井去!"马旗门脸上的肌肉不由自主地抽搐了一下，堆出笑容："皇上请！二位大人请!"

马旗门领着乾隆和铁弓南、张六德走近一座井架，道："皇上，二位大人，小心脚下！这口井冒水冒得厉害，小心靴子陷进泥去。"

乾隆、铁弓南、张六德探首往井架下看去。井架下，"井口"内一汪白晃晃的清水映着天上的云朵。乾隆与铁弓南交换了下目光，满意地点了点头。乾隆脸上露出笑容："马旗门，你为江西的百姓立大功了！朕要将开井救灾的办法专发一道明旨，凡是遇上旱灾的省份，都得开井取水、保田补种，以确保灾年的收成!"

马旗门急忙跪下："皇上轸念百姓，乃天下苍生之福!"乾隆道："马旗门，你站起来!"马旗门从地上爬起。乾隆道："大灾之年，用人第一！朕倘若让你来重回户部，升任你为户部侍郎，专管各个灾省的赈灾救灾，你能干得好么?"

马旗门狂喜，却极力掩饰，急忙跪下："微臣马旗门上任之后，定为皇上赴汤蹈火!"

乾隆道："那就好！马旗门，你就穿着这身泥袍子快紧去浙江上任，替朕将浙江的粮田管好!"马旗门泪流满面，伏首道："微臣领旨!"

乾隆大步向路边的马车走去。

铁弓南道："马旗门，本官也小看你了，这一回，也算是看到了你的本色。你得记住，做巡抚像像样样做，要不，想过我铁弓南手里这根铁索子，有点儿难!"

马旗门抱拳："下官听从铁大人吩咐!"

铁弓南道："不是听我吩咐，是听你自个儿的脑袋吩咐!"

马旗门的戏演得好做得足，摇身一变就从三品臬台，升任了二品户部侍郎。同样是演戏，可在杜霄那里，皇上的雷打得响，却没下下来几滴真金白银的雨。杜霄一想到马旗门那副得意样子，就气得牙根痒痒，亲自去打听出了马旗门的十车粮食是借来的，并且那"井眼"竟然是一口接了水的大瓦缸。杜霄气不过，闭门谢客三天三夜，终于让他想出了一个绝佳的主意！江西这场戏没做足，他杜霄就再转场浙江再演上它一场！

杜霄让县吏将青铜县的两千灾民聚集起来，牵上耕牛，带上农具，连同锅灶碗筷一并收拾好，往浙江逃荒去。这一去浙江就不回来了，将逃荒的农户变为垦荒的棚户，将流民变为垦民，这次一定合皇上的意！

第二十章

青铜县难民变垦民　钱塘县一心垦荒滩

叶书办和几个衙吏匆匆走往钱塘县署。守门的衙役急忙打开门："几位大人来了？"叶书办道："听说谷大人他们回来了？"衙役道："对，刚到一会儿。"

叶书办道："同来的都有什么人？"

衙役道："回来了五个人。对了，有个上年纪的女人，像是受了伤，是从马车上被抬下来的。"

叶书办道："那就是大扇子了，伤得重不重？"

衙役摇了摇头："小的没敢问。"

叶书办领着身边的衙吏疾步走进大门。后院一间屋子床上躺着面无血色、沉睡不醒的大扇子。谷山在为她一层层地解开肩头的血布。小放生端着一盆热水站在一旁。王不易在门外蹲着，扇炉煮粥。谷山从盆里绞干手巾，擦拭着大扇子肩头已经溃烂的伤口。

叶书办领着几个衙吏疾步进来，一把抓住谷山的双臂，打量着他的脸："悬着的心总算能放下了！"衙吏道："衙门的吏员都盼着谷大人能安然回到钱塘！"

谷山道："大家都好吧？"叶书办道："都好！对了，躺着的这位就是大扇子吧？"谷山点了点头："她就是大扇子。"叶书办道："听说她受伤了？"谷山道："我们在古浪遇上了蒙面杀手，大扇子中了箭，伤得不轻。"衙吏道："钱塘有治箭伤的名医，下官这就去请。"

谷山道："不用了，有位叫琴衣的姑娘已经去请。"叶书办道："那就好！谷大人，我得告诉你一件大事。"谷山道："是不是宋五楼他们？"

叶书办摇摇头："不，打自你走后，宋五楼不知为何，并没有在稻香村夺田建窑，也没见着在外闹事。我说的大事是刘统勋大人，他辞官了！向朝廷递了辞呈，离开京城了。”

谷山道：“老师他……他重回山东了？”

叶书办道：“没有，他来钱塘了！”

三匹马疾驰前往城门大街，马上骑着叶书办、谷山、琴衣。

钱塘龙大妈家，刘统勋的一只手掰着一头驴的嘴，一只手往里灌着药汤，灌完，他拍拍驴脑袋，站了起来。龙大妈在一旁好奇地看着。

龙大妈道：“刘先生，这就没事了？”刘统勋道：“天亮的时候再给灌一碗，想必就能站起来了。”龙大妈道：“谢谢您了！”

叶书办和大青树、小青树、万蛉子、麦香脸色沉重地进来。刘统勋道：“跟乡亲们说得怎么样？”叶书办道：“说了半天，嘴皮子都磨破了，就是没有人愿意垦荒。”万蛉子道：“乡亲们倒也不是不愿意，只是怕。”刘统勋道：“龙大妈，您说，咱们带着乡亲们在钱塘垦荒，到底怕什么呢？”

龙大妈道：“当年，钱塘开了那么多荒地，可开出来了也白搭，种不上粮食。上头来了官，就是要什么来着？对了，要清丈征税，新开的田地里这么一丈量啊，三亩变成了六亩，庄稼还没种下，也都成了多年的熟田，要是交不出税，那就只有两条道可走，一条是下牢，一条是丢了田地逃命去。这么折腾，老百姓一听说‘垦荒’二字，全都吓破胆了，哪还有人听你们的？”

刘统勋紧皱着眉头：“龙大妈说的，我都记心里了。咱们走吧，再多跑几户人家，把老百姓想着的事，都给掏出来。”

门外响起马蹄声，屋里的人一怔。谷山、琴衣、叶书办走了进来。谷山盯着刘统勋的脸久久地看着，眼里渐渐晃起了泪水。突然，他对着老师单腿跪下。刘统勋弓下腰，看着谷山的脸：“谷山，你怎么了？见着老师怎么就想哭？”谷山双手抱拳，抬着泪眼看着刘统勋，哽声：“学生谷山……拜见老师！”

两行泪水从谷山的脸上滑落。刘统勋道：“男儿有泪不轻弹，更何况你这位从宁古塔出来的男儿。是不是瞅着老师这般破衣烂衫的模样，心酸了？”

谷山道：“老师回京复官还没多少日子，为何又要辞官？”刘统勋道：“不是老师要辞官，而是有人逼着我辞官。他们逼我辞了官还不够，后头还给了个‘杀’字。往后啊，你若是要为朝廷办点出彩的事儿，还须记住老师的一句话：识人第一。如何才能识人呢？那就得要有眼力。何谓眼力？那就是：初眼见肉，又眼见筋，再眼见骨！只有把人的骨头都看清了，你不光有了防身之术，更能进退自如了。”

谷山道：“老师如今到了钱塘，想杀你的人，恐怕仍是不会放过。”

刘统勋道：“没错。我要是一点儿事都不干，解甲归田、颐养天年，恐怕无论哪路恶鬼都会将我视若死人，放我一马。可我要是想干点大事出来，而且干出的大事对他们又是个威胁，那么，他们定然不会放过我。二鬼拍门、三鬼叫窗、四鬼爬瓦，这种恶心事，恐怕日后还会遇上。可话说回来，死，不就是掉个脑袋么？掉个脑袋算什么？还不如折下一束麦穗让我心疼。这人的脑袋啊，不就如儿歌所唱‘前面五个洞，旁边两扇窗，后门一根葱’么？五洞二窗一葱，何足贵也？他们真要看不过，那就来砍吧。脑袋落地，滚路边肥田，不也挺好？”

谷山道：“老师的这番话，谷山当奉为官做人的金玉良言。”

刘统勋道：“这倒不必，你有你的活法，老师有老师的活法。实不相瞒，老师自从来到钱塘，就天天盼着你早日回来，一同干大事。”

谷山道：“叶书办在路上都跟我说了，老师来钱塘，就是想带领钱塘的百姓来个大垦荒！”

“对！老师这次辞官隐退，已把功名放在一边，扎扎实实地走到百姓中间，替大清国找到解决粮田之危的办法。”刘统勋道。

随后又道：“对了，谷山，你去看看唐思训大人吧。他如今已不是浙江巡抚，被贬为九品皂隶，在钱塘跟着我一块儿厮混呢。”

谷山震惊道：“唐大人被贬职了?!”

油灯下，穿着皂隶服的唐思训戴着近光眼镜，在县城一间民房缝补着破袜子。门猛地推开，小放生走了进来。

唐思训将眼镜推到额头上，看着进来的女儿：“你游荡一圈又回来了？”小放生眼里噙着泪花：“父亲，您怎么变成这么个人了？”唐思训哈哈笑起来，抬起两条手臂：“怎么了？父亲光膀子了么？没有吧？”

小放生跺脚：“父亲你快告诉我，我走之后，到底发生了什么事！”

唐思训道：“父亲不就是被贬官了么？二品变九品，一二三四五六七，不就是降去了七品么？没什么大惊小怪的。皂隶皂隶，芝麻一粒。从今往后啊，飞鸟投林，黄鹤骑远，朝廷哪能再管得上我这个不要脸的老家伙？哈哈哈！”

小放生道：“这不是父亲的真心话！父亲，你哭出来吧，我知道你想痛痛快快地哭一场！”

唐思训一笑：“哭之笑之，你知我知，天知地知，白纸黄纸，正正反反都是几个字：此时不死，可活八四！”

小放生道：“父亲！你别找话折磨自己了！你不哭，我替你哭！”唐思训盯着女儿的脸，认真起来：“你真想替我哭？”小放生道：“替你哭！”

唐思训摆摆手：“你哭白哭，哪天等父亲死了，你再哭不迟！女儿，从今往后，父亲能叫你小放生么？”

小放生噙着泪点了点头："能。"

唐思训道："那好！小放生，你听父亲跟你说两句。从今往后，你就不再是官宦人家的大小姐了，也没人把你捧着哄着了，你就是一平民！往后啊，啥事都得靠你自个儿做主，吃饭穿衣啊，说媒嫁人啊，生儿育女啊，全得靠你自己张罗。你不是爱抓鸟放生么？这行当挺好玩，你也别放弃，有空了喊上父亲，你我父女俩一块儿玩！"

小放生抹着泪，"扑哧"一声笑起来。

唐思训道："笑什么？父亲可是说话算数的。再记住父亲的几句话：出外十日要想着风雨，出外百日要想着寒暑，出外千日要想着生死……出门十里改规矩，出门人，三分小心，出门三步远，又是一层天……出门一根绳，遇事不求人……总而言之，言而总之，你不管走到哪儿，不管干什么事，都得让爹放心！"

小放生道："我喜欢鸟，我追了这么多鸟，抓鸟、放鸟，到现在才知道，到头来，还是我的父亲把我这只鸟给放生了！"

门又猛地推开，谷山冲了进来："唐大人！"唐思训道："谷山，我知道你回来了。路上没出事，挺好。"谷山看着唐思训的模样，心里涌起一阵阵痛楚。

唐思训道："谷山，别替我难过。有空了，翻开史书看看。历朝历代，哪位想干番大事的臣子，不是盾上磨墨作檄文的。从做官的头一天起，就好比上了战场，战死则罢，要是能活着，一盾一墨一文，当为终生相随。所以啊，来点儿诽谤，来点儿攻忤，再来点儿刀枪之声，已成沙场之外的别趣，听上去，岂不乐哉？如今好了，我已是无官在身，就能放下身架，丢下得失，和刘大人一块好好干一番了。"

小放生道："谷爷，这是我父亲的真心话。"

唐思训道："想必你已经见过刘统勋大人，他遇到的事，也就是我遇到的事。我和他，都放下了一副花翎顶戴，岂不痛快？往后，咱们一块儿在钱塘好好干，做点儿该做之事。日月在转，风水也在转，将来谁能青史留名，还说不准呢！老夫我就指望你了，懂么！"

谷山对着唐思训苍老的脸点了点头。

突然门外一阵门板敲击声，王不易大喊道："谷爷！出大事了！"

两匹马在岗顶停下。谷山顺着王不易手指的方向往岗下的一条土路看去，大吃一惊。远处，蜿蜒的土路上黄尘滚滚，大群大群的流民正拖儿带女地向着钱塘镇拥来！

逃难的人流越走越近。人流中，夹杂着一辆辆挂帆的独轮车和慢吞吞拉着板车的牛车，车上坐着妇孺老人，堆满了各种各样的农具和炊具，人丛里竟然还有人牵着一头头驮着犁铧的耕牛！

谷山震惊地看着。突然，谷山眼皮一跳。带着灾民队伍的竟然是杜霄！杜霄也发现了谷山，站停。两人在这遮天蔽日的卷尘中对望着。杜霄的四方脸比在北京的时候更冷峻了，眼神冰冷如铁。

谷山强笑起来：“哥！这么多日子了，终于又在钱塘见到你了！”杜霄道：“没错，你我又见面了。”谷山道：“看上去，你比上回老了一圈。”杜霄道：“古人有句：一回相见一回老，能得几时为兄弟？”

两人展臂拥抱。

谷山松开手，看了看一眼身边望不到头的人流：“哥，你把青铜县的难民都带到我的地盘上来了？”

杜霄道：“钱塘有三万户人家，十二万人口，一人一碗，那就是十二万只饭碗。我身后的饭碗不多，不到两千只。”谷山道：“你是说，这两千只饭碗，要让钱塘的百姓给盛上饭菜？”杜霄道：“没错。”

谷山苦笑起来。

杜霄道：“你笑什么？”谷山道：“皇上快来钱塘了！”杜霄的脸上露出一丝察觉不出的笑意：“是么？什么时候到？”谷山道：“不知道。”杜霄道：“放心吧，我带着的这支逃荒队伍，不会给你惹麻烦，更不会给皇上惹麻烦。”

谷山把从青铜县来的灾民安顿在钱塘镇“普怀寺”寺内，寺院各处，一个个搭起的灶头，炊烟四飘，到处都在生火做饭。一群僧人在帮灾民们搭着窝棚。牲口和农具也都安置在一块空地上。牛叫声和孩童的喊爹喊娘声，一片热闹。

明灯法师陪着谷山和杜霄走来。谷山道：“青铜县来的这么多灾民能在寺里住下，多谢明灯法师的关照了！”明灯法师道：“阿弥陀佛！天下的寺院就是天下大众的庇荫之所，能容下这么多人，也是本寺的功德。杜县令，灾民有何用度，只要寺院能办到，吩咐就行。”

杜霄合掌：“多谢法师！”

万蛉子和麦香抬着一筐菜进来。

麦香道：“姐，俺把家里晒着的过冬菜都拿来了，要是不够，把腌着的咸菜也抬来吧？”万蛉子道：“行，让灾民把眼前的日子过过去再说。”

大小青树两兄弟扛着米袋走过。万蛉子的脸一红，急忙扭过脸，催着麦香快走。麦香低声道：“姐，你咋一瞅见这两兄弟，脸就红成大柿子了？”万蛉子道：“瞎说，你才脸红哩！对了，你告诉姐，大青树和小青树，都长得这么俊，你喜欢谁？”麦香道：“喜欢谁？这么大的事，俺不敢想。”

万蛉子道：“放大胆子想，有姐在，别怕。”麦香想了想：“俺喜欢小青树！”万蛉子心里暗喜：“他哪儿招你喜欢了？”麦香道：“他笑起来眼睛好看。”万蛉子道：“对，还真好看！记住，喜欢一个男人，不能变心。今日觉着小青树好，明日又变了心，觉着大青树好，那可不成！”

麦香道："俺不变心，一辈子不变。姐，你喜欢谁？"

万岭子的脸更红了，低声："还用问，大青树呗！"

杜霄坐在寺内僧房椅上，谷山却坐不住，在房里走动着。

谷山道："哥，逃荒的人我没少见，可从没见过带着耕牛、农具、缸缸盆盆一股脑儿把家当都带出来的。你对我说实话，你把他们带到钱塘来，是想干什么？"

杜霄低声道："我把他们带来，留在钱塘不走了。我把青铜县的灾民带往钱塘，不光是讨一碗饭吃，而是要讨一块地种。等你发一句话，这一两千人就会立马动手，将钱塘还没开出的荒地全都开出来！青铜县田少人多，十年九荒，只有向外地谋生路，百姓才能活下去。"

谷山高兴道："走，我带你去个地方，见个人！你见了这个人，他一定会告诉你，你帮了他一个大忙！天一般大的忙！"

杜霄脸上的肌肉不自然地跳动了一下："帮别人的忙？谁？"

谷山大声道："刘统勋大人！"杜霄的脸又僵住了，好一会儿，才浮起笑容："刘大人来钱塘了？那你说我带来的两千灾民，是送来了一场及时雨，什么意思？"

谷山道："不久前，我去了古浪，帮着大扇子办成了一件大事，回来后，没想到竟在钱塘见到了刘大人。他已在朝廷辞了官，一身布衣来到钱塘。"

杜霄暗吸一口凉气，急声："知道为何辞官么？"谷山摇了摇头，苦笑了下："我也是这么问老师的，他没多说。"杜霄硬挤出笑来："他在你面前提到过我么？"

谷山道："提到过。"杜霄又一惊，声音微颤："他怎么说？"谷山道："他说，今年江西又是大灾之年，你在那儿当知县，定是遇上难事了，他在替你着急。"杜霄长长松了一口气，笑起来："一日为师终身为父，他像父亲一般在替儿操心。对了，你往下说。"

谷山道："刘大人告诉我，他来钱塘，是想在这儿替朝廷办件大事，将钱塘的荒地能开垦的全都开垦出来。若是成功，他相信皇上就会在各地推行大垦荒，不用数年，大清国的粮田之危就能得以化解。"

杜霄一怔："刘大人他也想到要开荒救大清国？"谷山道："刘大人想到的开荒，和你我想的开荒不一样。"杜霄道："此话怎说？"

"刘大人说，大清国开国以来一直没少开垦荒地，可是越垦越少，越少越没人敢垦。"谷山道，"为何？虽然朝廷每回下旨垦荒，都严令不准对新垦之地滥开税赋，可各地的衙门乃至大大小小的贪官污吏，却把新垦之田当成了大肥肉，用征税之法盘剥垦民，没等新田养成熟田，没等地里长出粮食，就派人下去将每块地丈量出来，谓之清丈，然后逐地逼令纳赋缴税。更可怕的是，一边清丈还一边造假，往往将一亩垦地丈成三亩，逼着垦民按三亩缴纳钱粮，百姓非但没在垦荒之中得到实惠，反而增添了更重的税赋。正因为如此，大清国的垦荒增田之举就成了一纸空文，再也没人愿垦了。刘大人来钱塘，就是想找到办法，消除垦民的这种忧虑，让百姓放心垦荒、放心种田。可是一朝被蛇咬十年怕井绳，刘大人风来雨去跑了几十个村子，到处游说，在钱塘试行垦荒之地绝不清丈征税，可就是没人相信他的。”

杜霄道：“既然没人相信，他还不放弃？”

“是啊，刘大人可真是犯上倔了，硬是不信井绳也会咬人，仍在各个村子奔走。”谷山道。

“这么说，刘大人的想法或许也只是空想？”杜霄道。

谷山笑了：“老天爷把两千青铜县垦民送到钱塘来了，不就能让刘大人先从这儿开始么？哥，这就是我说的及时雨！”

杜霄道：“可你说错了一句话！”谷山一怔：“什么话？”杜霄道：“这两千垦民不是老天爷送来的，是我杜霄带来的！”

谷山笑笑：“都一样。”

杜霄严肃道：“不一样！这两千人是我的人，不是谁的棋子！这事，你谷山就别多管了，等见了刘大人，我自己跟他说！”

杜霄翻身上马，重重一夹马腹，朝前驰去。谷山怔怔地想着杜霄的话，苦笑着摇摇头，跨上马鞍紧追而去。

日落山峦。刘统勋拄着杖，在村庄前一条坑坑洼洼的泥路上一脚高一脚低地从村子里走出来。身旁，跟着神色沮丧的琴衣、老木、万蛉子和麦香。

万蛉子道：“这些村里人也真该死，碰上灾年没粮吃，卖儿卖女、投井挂梁，什么事都能干，可仗着今年没遭灾、有粮食吃，就啥事都忘了，连刘大人带着他们垦荒都不愿意了！”

刘统勋道：“不是他们不愿意，是他们心里怕。看来，要打消他们的顾虑，光说不行，得要有法子。不然，垦荒喊得再响再好听，也没人愿意干。”

老木叹息：“这么好的事，咋会闹成这样呢？”

刘统勋道：“这几天，我在想哪，凡是朝廷定下的要策，无论哪个衙门、哪个官员，都不能私作擅改，要不然，就乱了套，就后患无穷。如今咱们开个荒这么为难，不就是因为如此么？”

前面传来响亮的马蹄声，杜霄和谷山一前一后策马驰来。杜霄挥着手，大声喊道：“刘大人——！刘大人——！我杜霄给你送来及时雨啦——！”

刘统勋猛地抬起脸，惊喜道：“杜霄来了？”

沉重的寺门被打开，明灯法师迎了出来，身旁跟着几个打灯笼的小僧人。门外，站着刘统勋、杜霄、谷山、琴衣四人。

刘统勋双手合十，对着明灯法师行了个礼："这么晚了，延清还来打扰法师，实在过意不去。"明灯法师道："小僧说您来了，老衲唯恐迎之不及。快快，寺内请！"

灯笼引着刘统勋一行沿廊走来。廊下的空地上、僧房里亮着灯烛，躺满了青铜县的垦民。

刘统勋道："杜霄，你从青铜县带来的两千垦民，都在这儿住下了？"杜霄道："回老师话，他们仰仗明灯法师的恩庇，能住人之处都住人了，还有二三百人住进了寺后新搭的棚子。"刘统勋道："他们的吃粮有着落么？"

明灯法师道："吃粮之事，刘先生不必操心。普怀寺有个传统，每日大灶做饭，必将锅巴留下，收储于库房，几年积下来，锅巴已有一二万张，凭这些锅巴，就能对付一阵子了。"

刘统勋道："那真是太好了！不过，两千人的吃口也不是小数，看来，谷县令还是得费点心思，将粮食给筹好。我在山东亲眼见过，灾民一旦断了粮会是何等后果，咱们得未雨绸缪。"

谷山道："老师放心，筹粮的事，我会想办法。今年显然是丰收年景，地里的庄稼长势非常好，只要秋粮一登场，就无大碍了。"

刘统勋道："走，上僧房看看去。"

房里躺满了老老少少的灾民，屋边搁满了他们从青铜县带来的各种农具。刘统勋一行轻手轻脚地进来。杜霄正要开口，刘统勋做了个噤声的手势。

刘统勋低声道："别吵醒他们。咱们出去说。"

师生三人悄声出去，带好门，在星空下兴奋地说着话。刘统勋道："你对我说他们不是来逃荒的，而是来开荒的，这句话可说到我的心里去了。瞧，这廊前廊后堆了这么多农具，只要大垦荒一声令下，全都用上了！"

杜霄道："我让他们从青铜县带来的耕牛有一百二十七头，路上死了十来头，活着的全都在寺后的山头上圈养着，吃上几天好草料，就能帮着开垦了！"

刘统勋目光炯然："杜霄，你说说，将灾民变成垦民，这主意你是怎么想出来的？"

"青铜县人多田少，又是常年遭灾，几乎每年都有大批乡民外出逃荒，灾后能活着回来的，也就二三成人，大多死在了外乡，而回来的，还仍旧是有口无田，一旦来年再遇上灾，又得外出逃荒。"杜霄道，"如此周而复始，青铜县是一年穷过一年，永无出头之日。我就在想，有什么解决的法子呢？想了几天，终于想到了这么个'变'字，让灾民都带上农具、牵上耕牛，找一个荒地多的地方，让他们留住下来，变逃荒为开荒！"

刘统勋道："你怎么会想到要来钱塘呢？"

杜霄道："我做过钱塘县令，钱塘有多少荒地可开，我心里有数。"

"杜霄啊杜霄，你这真是歪打正着啊！老师我在钱塘想搞一场大垦荒，到处游说，响应者寥寥，这下好了，你给了我一个启示：在缺粮少田的非常时期，可以打破各州各县甚至各省的疆界，将流动的灾民、难民、游民，能留下的都留下，招募他们大开荒！此举，不仅解决了灾民的活命之难，也为当地的开荒增田增添了人手！”刘统勋道。

杜霄道：“荒地开成后，这些地归谁呢？”刘统勋道：“谁垦归谁，即为永业，这是大清国的律例所定。”杜霄道：“那就好，要不，谁愿意白干？”

刘统勋感觉到什么，看向谷山，“谷山，你怎么不说话？”

谷山笑笑：“我想听杜大人多说说。”

刘统勋道：“很好！你们俩是生死兄弟，如今阴差阳错又在钱塘相聚了，垦荒之事就全靠你们俩了！”又转头问谷山：“大扇子的伤情好些了么？”

谷山道：“好多了，小放生在照看着她。”

刘统勋道：“对了，杜霄还没见到大扇子吧？谷山和她在古浪寻找粮田失踪之谜，遭人追杀，中了弓弩之箭，伤得不轻。”

杜霄道：“有这种事？谷山你怎么不告诉我？”谷山道：“你不是也没打听么？”

刘统勋对杜霄道：“咱们明日一块儿去看看她。”

县衙后院一间屋子外的药罐扑扑响着，药味弥漫。大扇子靠在屋内床上，肩头的箭伤扎着厚厚的白布，布上红红的。谷山端着药碗，给大扇子喂着。

刘统勋坐在椅上，默默地看着。

琴衣道：“扇子姐，你气色好多了。”大扇子道：“你给的箭伤药真管用。”谷山打趣道：“琴衣，你得留着点药面，下回谁再中箭，还得用上。”

小放生道：“谷爷别咒我，下回没准就轮上我了！”

屋里人笑起来。

杜霄道：“大扇子，打自上回在钱塘分手，就没再见到你，挺想你的。这伤，不要紧吧？”大扇子道：“中箭之时，我还以为自己这回准活不了了，可没想到，竟然挺了过来。”谷山道：“看来，宁古塔没白去，十年贱命，反倒将身子骨给练硬朗了，这叫因祸得福。”

大扇子道：“刘大人，您来找我，不会没事？”

刘统勋道：“杜霄带来了两千垦民，钱塘垦荒就能干起来了。不过，人能留下，心未必能留下。我在想，该用什么法子让垦荒的人都放下心来，能一心一意地跟着咱们干？”

大扇子道：“您和谷山不是商议好了嘛，告诉百姓，在钱塘垦荒，一不清丈、二不征税？”

谷山道：“该说的都说了，可磨破了嘴皮子，就是没人相信。”

刘统勋道：“大扇子，你精通《大清律例》，我想问问你，你能不能在近几日里，将《律例》之中有关开垦荒地的条款都写出来？”

大扇子道：“能。”

刘统勋道：“律中有何条款，你先说几条我听听。”

大扇子道：“各直省荒地，听民开垦，不得稍涉抑勒，州县官册报开垦，须如数相附，取结送户部，若以熟报垦及以荒报熟等弊，严加议处。”

刘统勋点头：“嗯，明令不准官府和官员借垦荒之名造假。”

大扇子道：“凡劝民开垦而垦种成熟者，计数予以奖叙，但应从民便，地方官员不得私开税赋。”

刘统勋一拍膝盖：“好！有《大清律例》撑腰，咱们就更气壮了！大扇子，这事就拜托于你，尽快如数写出！”

大扇子道：“刘大人放心，我会一字不差地写出来！”

刘统勋道：“谷山，现在就看你的了。”谷山兴奋道：“我看，要让百姓信得过，该由县衙贴出告示，上面写明：谁垦荒谁拥有，而且绝不清丈征税！可这一条，又如何能取信于民呢？”

大扇子道：“我有个主意，我问过叶书办，往年钱塘开垦荒地，衙门是如何清丈收税的，叶书办说，据他所知，前任县令黄子复从稻香村一个村子就违法征税一千九百多两。倘若咱们能将这些冒征之税退还给乡民，定能取信于民，让百姓都相信，开荒不清丈不征税，不只是布告上在说，而是真的在做！”

刘统勋激动道：“将冒征之银退还给当年的垦户，比贴百张告示都管用！此事既然要办，就得快！咱们这是在替贪官污吏还债，虽说有点冤，可为了挽回丢失的民心，值得这么做！”

杜霄道：“我从青铜带来的两千灾民，何时可以带往荒地开干？”刘统勋道：“唐大人他们在勘查荒地之数，很快就会有结果，等咱们把开荒的地块都掌握了，就能动手。”

谷山道：“青铜县来的两千灾民转于垦民之后，虽然都归在了垦荒这杆大旗之下，可是，如若仍将他们分散而垦，定然也会争肥弃瘦，耽误垦期，搞不好，甚至会弃垦抛荒。”

刘统勋道：“这也是我的担忧，谷山有好主意？”

谷山道：“我在宁古塔开了八年荒，日升而起、日落而归，周而复始，开出了大片荒地。为了便于劳作，他们都归‘垦荒营’所管，由专人分派荒地、人力和牲口。咱们不妨也办个垦荒营，当然，此营非那营，宁古塔的垦荒营是逼着囚犯垦荒，而咱们要办的垦荒营，是招募乡民垦荒，这么做，定然会受乡民的拥护！”

刘统勋想了一会儿：“靠谱！你再说说，垦荒营该怎么办？”

“其实很简单，就是将大家招募在一块，将一家一户开荒变为统一大开荒，统一规划、统一分派，统一出工，然后按家家户户的人口、家址与出力多少，将垦出的新田分给大家。”谷山道，“我觉着，办起了垦荒营，至少可定下四条营规：其一，垦出的新田由垦民拥有；其二，新田不清丈不开征税赋；其三，垦荒期间的用粮由官仓和义仓拨给；其四，所需耕牛种子由衙门帑银拨分到户。办起了垦荒营，可将游惰之民尽数招募，更可将那些在市井玩坑人把戏、卖假药假酒、请仙扶鸾、炼丹祷禳、偷鸡剪绺之徒，一并招徕劝垦，使之改为良民。这些人只要入了垦荒营，实心开垦，等垦出了新田新地后，就给予田亩，编入版图，让他们自食其力。得让百姓都明白，咱们办垦荒营，不是办官田，而是辟民田。等开成了一块块通水沟田后，就全数分给开垦之人。”谷山道。

刘统勋道：“钱塘的荒地，大多沿海傍河，咱们办起了垦荒营，募丁垦种，还可坚固海塘河防！”

谷山越说越兴奋：“办垦荒营更大的好处，就是大大小小的事儿，都有人替垦民棚户出头担当！”

“说得好！顺、康、雍三朝都号令百姓开过荒，可都是半途而废。究其原因，无外乎是因为垦民刚将荒地开出，官府就上门来清丈征税，没等生田长出一粒粮食，就按熟田之数将税赋给收走了，而垦民要将生田养成熟田，至少得三五年，这笔账算下来，百姓自然就不敢多垦荒、再垦荒了。”刘统勋道，“咱们办了垦荒营，若遇此事，就能由营里掌事之人出面阻止，实在不行，还可依律打官司。”

谷山摩拳擦掌：“有这么多好处，垦荒营定然能办成！我看，告示得重新再拟，把办营的好处都说明白！”看了看杜霄，笑着，“哥，这事要是定下，你带来的两千垦民就能把垦荒营给撑起来了！”

杜霄笑了笑，没有说话。

寺外溪边小道，刘统勋和杜霄单独走着，两人都面色沉重。

杜霄道：“恕学生直言，钱塘垦荒未必要这么大动干戈，既在告示上承诺一不清丈二不征税，又将前任知县冒征的税银退回去，这么做，树大招风，消息一旦传开，钱塘难免成众矢之的，一旦四方压力涌来，恐怕老师难以抵挡。”

“你的担忧完全不必。”刘统勋道，“倘若不这么做，大清国要开荒增田，那只能是一句空话。这个风险，我是冒定了。”

杜霄道：“由我带来的这两千人在钱塘开荒，想必定能大有斩获，老师到时回京请功，也就有了说法。老师何必冒着这么大的风险，要和天下的百官唱起对台戏来呢？”

刘统勋眼皮一跳，看着杜霄：“你是说，老师在钱塘开荒，就是为了邀功？”

杜霄不自然地笑了笑：“老师当然是为了朝廷的前程所想，不过，若不建功，何能建言？倘若连言都建不上，那又何谈建业？”

“你的意思是，告示也别贴了、税银也别退了，闷着脑袋开荒就成，是么？”

“学生就是这个意思。”

“倘若我不这么做呢？”

杜霄道：“真要这么做，那我就不想让我的两千垦民跟着老师一块儿冒这个险了！”

刘统勋脑袋“嗡”的一声炸响，怔了好一会儿。

杜霄带着哀求之声：“老师，我真的是为了您好啊！您想想，您如今已是一官不名，只是一介寒士，任何人想踩您、攻您、打您，都能不费吹灰之力。您要是带着头，在钱塘宣布开荒不清丈、不征税，还将以往的冒征之银如数退还，您结下的仇，那就不是一个县、一个州、一个省，而是在跟大清国的一大批官员结下了死仇！要是他们真想弄死您，他们根本就不用动手，只需动唾沫就行！老师，听学生的一句话吧，打消这个念头，带着我的两千垦民先干起来吧！”

刘统勋突然嘿嘿嘿地笑起来：“你的这番话，有点儿鸡贼了！你以为老师是个撅头拍子、不懂人情世故是么？可你想错了，我刘统勋的眼睛里什么沙子都可以揉，就是有一种沙子不能揉，那就是盘剥百姓！谁要是想从百姓的碗里不光夺饭，还要砸碗，我刘统勋就跟谁玩命！你说要是我不听你的话，你就会把两千垦民给带走，你说这话，是在逼我就范！”

杜霄咬紧牙道：“不是逼，是求！”

刘统勋重声道：“你分明是拿着两千垦民来要挟于我！我现在就告诉你，你立马带着两千人给我走。我就不信，在钱塘开不起荒来！”

杜霄的脸色渐渐泛青：“老师，现在不是我在逼你，而是你在逼我了！这会儿，你把话收回还来得及，我给你这次向朝廷立功的机会！”

刘统勋轻蔑地笑起来，突然将笑声一收，怒声：“杜霄！你给我滚，现在就滚！”

杜霄的脸色煞白，双目中浮起狠光：“那好，学生就此告辞！”他对着刘统勋抱拳一揖，猛地转身，大步离去。

天空中猛然响起一声惊雷！

刘统勋的心脏在绞痛，瘦削的喉结不停地上下嚅动，额头上浮起一层冷汗。他双手抚着胸口，抬起一只手，招向越跑越远的杜霄。

刘统勋哑声嘶喊：“杜霄！你给我回来，好好听我把话说完……”

杜霄已跑得不见人影。突然，刘统勋的口里涌起咸腥，一股鲜血从嘴角淌了出来。

天空中，雷声隆隆！

窗外干雷不止。僧房榻上，老木托着刘统勋的脑袋，不安地给他擦着嘴角边的血迹。门推开，谷山急匆匆地奔进来：“老师！”

刘统勋紧闭着眼睛，脸色苍白如雪。谷山急声道："琴衣，这到底怎么回事?"琴衣道："杜霄跟父亲争吵了一番，赌气走了，父亲就气血上涌，吐了血。"

谷山震惊道："我哥走了？他、他怎么会走呢？不是说得好好的么，咱们跟着老师一块儿开荒，再大的难事咱们都一块儿扛着，他怎么会走了呢？你们在这儿看护老师，我这就去找他！"谷山回身，朝门外跑去。刘统勋睁开眼，声音虚弱："谷山，好好劝劝杜霄，留……留住他！"

谷山道："老师放心，我一定把他给留下！一定！"

两只手捧着酒坛，坛口大股大股地泻着酒浆。杜霄扔下坛子，将满满一大碗酒捧起，大口喝干。碗从他的手指间滑落在桌。他又去捧酒坛子。一只手猛地伸过，将酒坛按住。

按住酒坛的是谷山。

杜霄抬起酱紫色的醉脸，目光邪异，大着舌头："你是来这儿求我的吗?"谷山道："对，我这会儿就是来求你，求你把刚才跟老师争吵的事全都告诉我！"

杜霄哈哈笑起来："不，你求的不该是这件事……你该求我杜霄将带来的两千人……全都留在……留在钱塘……好、好让刘统勋踩着他们……往上爬！"

"啪"的一声，谷山重重地一拍桌子，怒目圆睁："杜霄，你告诉我，这一日之间，你怎么就会变成这么个人呢？你让谷山我认不出你来了！"

杜霄道："不对，是你让哥认不出你来了！你想想，我在京城的刑部大狱，九死一生，好不容易生还人间，回到浙江，又替唐思训鞍前马后地奔命，烧烟草、敲门牙。后来又替刘统勋密查皇庄，又差点丢了性命。我这么做，图的是什么？不就是想图一个官职，既扬名立万，又为朝廷立功！可是，刘统勋给过我什么了？他只是把我打发到江西最穷的青铜县，去当了一名七品知县！你说，他对得起我么？他不光对不起我，而且还要害我！"

谷山道："老师对你寄予厚望，这番苦心，你难道不知道？此次你从青铜县带来两千垦民，老师是多么高兴！"

杜霄咆哮道："别说了！他高兴，是因为他有了机会向朝廷表功，以赎前罪！"

谷山道："你说老师要害你，那好吧，你说，到底怎么在害你?"

杜霄冷哼一声："这还不明摆着么！刘统勋自知已是老朽之人，早已将自己的这条老命置之身后，他图的就是要在大清国的青史上留下其名！为此，他就来到钱塘，想借开荒之名，行立功争宠之实！为了给自己的功名加码，他竟然撺掇了你，想出了不清丈、不征税，还要退还税银的馊点子！瞎子都看得出，他这么做，就是在与天下百官为敌，在与天下衙门为敌！这世上，与百官为敌者，难逃百死！与衙门为敌者，必进死门！我杜霄经历了那么多磨难，生生死死一路走到今日，你说容易么？不容易！你说，我能将自己的这颗脑袋，就这么随随便便地交给刘统勋任意摆布么？他已经摆布过我好多回了，这一回，我杜霄不做傻瓜了，我不能将脑袋再交给这个老瘸子了！”

谷山震惊地站起，陌生地看着面前的杜霄：“哥，你说的这些话，都是真话？”杜霄道：“我早已不是你的哥了！所以，我没有必要在你面前不说真话！”

谷山更震惊：“这么说，以往你在我面前说的话，都是假话？”杜霄道：“是真是假，你自己琢磨吧！谷山，现在再拿兄弟之情来说事，已经晚了，没有必要了！你去告诉刘统勋，倘若他还认我是他的学生，就让他替我办一件事。”谷山道：“什么事？”

杜霄道：“等一会儿，我就去普怀寺，带走我的两千垦民上别地去，还望他别阻拦！”

谷山道：“你真要这么干？”杜霄道：“真这么干！”谷山道：“你把两千垦民带走，老师在钱塘办垦荒营的事不就又泡汤了么？”

杜霄哈哈大笑起来：“泡汤？在大清国的这口汤锅里，他刘统勋如今已是个什么玩意儿？他就是连一颗花椒都不是，连一粒葱花都不是，他只是在汤锅里浮着的一个油屁！”

谷山再也忍不住，猛地一把抓住杜霄的衣领，对着他的脸重重打出一拳。两股鼻血从杜霄的脸上淌下。杜霄毫不示弱，一把抓起酒坛，对着谷山的脑袋重重地砸下！

酒坛四裂，谷山身子一软，倒在了地上。杜霄掏出几块碎银往桌上一扔，迈脚跨过谷山的身子，摇摇晃晃地朝大门外走去。躲在店堂角落里的酒保和吃客们，个个看得目瞪口呆。

杜霄骑着马，疯狂地沿着低矮的普怀寺内长廊驰来。马长嘶，被勒停。廊下空坪上，站满了青铜县老老小小的垦民。每个人都抬着脸，拿着农具，默默地看着骑在马上的杜霄。

杜霄声嘶力竭：“都看清了没有，我是你们的县令杜霄！这会儿，我骑着马来见你们，是为了把你们给带走，带离钱塘！”

垦民们沉默。

杜霄大声道：“我把你们从青铜县带出来，由灾民变为垦民，本想着就是为你们找一个安身立命之所。可是，到了钱塘我才明白，这儿虽然有地可垦，可这儿不是你们的家！想带着你们加入垦荒营的刘统勋，还有那个谷山，他们竟然不顾你们的死活，将你们的性命拿来做了赌注，赌他们自己的前程，赌他们自己的官运！你们说，能答应么？”

垦民们沉默。

杜霄冷笑一声：“你们不敢说话，是么？我杜霄是你们的父母官，既然我把你们带出来了，我就得将你们的生死担当在肩！废话少说，如果你们愿意跟我走，就扛上你们带来的农具，牵上你们的耕牛，抱上你们的孩子，驮上你们的父母，这就离开钱塘！倘若你们不想走，那也行，这对我杜霄来说无伤大雅！我劝你们走，只是我怜悯你们的性命、怜悯你们的家业而已！要是不听我的话，那咱们就各奔前程吧！”

垦民们仍然沉默。

杜霄大声道：“赶快做决定，我在等你们回话！”人丛里传来刘统勋的声音：“不用等了。”

垦民们默默地让开一条通道。琴衣和老木抬着一个靠榻走了出来，榻上半躺着脸色惨白的刘统勋。杜霄一怔。刘统勋声音平静：“杜霄，就在你来之前，我把该说的话都告诉这些兄弟姐妹了。我告诉他们，开垦荒地是为了立命，也是为了立家，更为了立国。多少年来，老百姓垦出了荒，都免不了遭受相同的命运，那就是被清丈、被造假、被强征税赋。由于如此，天下垦民吃了多少苦，受了多少冤，坏了多少事，死了多少人，败了多少家，只有四个字能形容，那就是：难以计数！我刘统勋还告诉他们，要是他们能相信我，我就给他们组成一个清清正正、廉廉明明的垦荒营，把他们带进营去，并且承诺他们，凡是入营的垦荒者，再也不用为清丈征税担惊受怕，等开出了粮田，他们就能安安稳稳地拥田自给。当然，我知道这么说，有人还信不过。可我向他们保证，谁要是来向他们清丈征税，那么，先来丈量我刘统勋的这把骨头，先来征我这颗头颅！”

垦民们一片唏嘘。

刘统勋道：“杜霄，看来你还真不知道这些从青铜县来的灾民有多好！他们宁可舍命留下来陪我刘统勋共举开荒大业，而不愿意跟你杜霄离开钱塘！我该说的，都说完了！”

杜霄瞪大了震惊的眼睛，好半天才回过神来，大声道：“你们……你们真的不愿意跟我走？”

垦民们齐声：“不愿走！”

杜霄牙关一错，嘿嘿嘿地大笑三声：“那好吧，天地之宽，左边江湖右边庙，都自个儿看着走吧！”

马又一声长嘶。杜霄勒转马，向着寺外冲去。

垦民们一片静默，突然高举起手里的农具，一片欢呼：“垦荒营！垦荒营！垦荒营！”

落日的余晖中，杜霄骑着马，一路向北狂奔。钱塘的经历终于让杜霄明白，他的赌注下错了地方，半途杀出的刘统勋将他的美梦化为了泡影。然而，他不相信命运会如此捉弄于他。他手里还握有一张更大的牌，那就是赶往京城，掀翻马旗门，踩着这个大贪官的后背，登上他梦寐以求的高台。

马鞍上，杜霄一边策马一边扯着嗓子大吼起高腔：“猛然间，一声鼙鼓动渔阳，谁吹芦叶声悲壮？愁眉向，关山比恨长。只怕梦魂归无处，问钱塘！”

第二十一章

纸官袍荒唐迎御驾　垦荒营君臣画蓝图

刘统勋带着留下来的两千垦民意气风发地开始了垦荒大业。在听了大扇子所描述的古浪粮田因风沙变成荒漠的情形之后，刘统勋得出了一个结论：要保一方粮田，山水不可违！垦荒若是随性而为，犯了忌讳，必受其惩，纵然是垦出了粮田，仍会退为荒地！并为垦荒营定下三条新规：开垦之区，一不可动江河之貌，二不可毁林木之盛，三凡已划入开垦范围的河滩地与山林地，一律不准开垦。

刘统勋与谷山几人在普怀寺庙堂的墙上绘出了一幅巨大的《钱塘垦荒图》。图中画着钱塘地形，写着“近水荒地六千亩”“近林荒地八千亩”“河滩荒地十万亩”的字样。

动听的江南歌谣声在垦荒营响起。一望无际的荒地里，千人垦荒队伍像一条条长龙在游动。一间间垦民居住的草棚被搭起；万蛉子、麦香和垦民一起，掘沟、挑土，埋草、垒埂、搬石。大小青树两兄弟驾着载满泥土的牛车在泥沼地里跋涉前行；谷山、叶书办在拉着长长的草绳，划定着可垦荒地；小放生、王不易带着普怀寺的一群僧人，挑着饭菜往工地送来；大本营芦苇棚里，刘统勋坐在小凳上，和几个老农在安装木犁；铁匠棚里，老木和琴衣在打着铁锄，火星四溅。

大清国的希望也与垦民们的歌谣、号子一道变成了在这片荒地上渐渐生长的声音。

而此刻，新任浙江巡抚马旗门却在浙江巡抚院署大院里迎来送往，收着各方送来的奇珍异玩。马旗门正因为在江西给皇上演了一出好戏，才从三品火速提拔成二品巡抚。刚到浙江任职，收到皇上又要来浙江的消息，马旗门心里是既高兴又是忐忑。刚到钱塘立即派人去给宋五楼打招呼，皇上要来钱塘，当敛则敛，不可节外生枝闹出事来，行刺刘统勋、谷山和大扇子的事，也得先缓一缓。并通知宋五楼去安排驻跸之处，将宋府的几座小楼装饰一番，代做皇上的行宫。又给各州县颁下口谕，让他们都到巡抚衙门来等着，做好接驾准备。

一条偌大的商船，高挂着布篷，沿着河道向着钱塘方向行来。船头甲板上，身穿便袍的乾隆坐在椅上，身后站着铁弓南、张六德和十来个大内侍卫。运河上船篷孕风，哗哗作响。

马旗门领着一大群官员整齐地鹄立岸上，个个鲜衣亮袍，焦急地等待着皇上驾临。官员后头，是前来迎驾的地方富商和名士，也全都衣冠楚楚。官员与商绅们既兴奋又忐忑，翘首等待着。

石拱桥顶上，几个打探的官员奔上跑下，遥望着河面，不停地向马旗门通报着消息。

马旗门满脸油光，执着扇子用力扇着，大声："接驾的规矩都别忘了，那可是掉脑袋的事！谁给本大人出丑，本大人就给谁出丧！"

官员们齐声道："明白！"

他没发现，接驾的官员中，并没有钱塘县令谷山。此刻的谷山正在垦荒工地的泥坑里，与大小青树两兄弟将一头陷入泥坑的牛使劲往外拉，叶书办来通知皇上已经到了，速去接驾的时候，谷山正满脸泥浆，王不易急着拎起谷山的破烂官袍，拼命绞着泥水。谷山将水淋淋的袍裾往腰里一掖，狂跑起来。进城的路上被大扇子拦了下来。大扇子道："你穿着这身补丁摞补丁的破官袍见皇上，按大清律，犯的是'大不敬'的死罪！我和小放生想了个主意，要是能行，或许能保你一命！快脱了！"不等谷山开口，小放生已动了手，将袍子三下两下扒了下来。大扇子和小放生拎着袍子就跑。谷山喊道："就让我这么去见皇上？那不是更活不成了么？"大扇子回喊："你快去码头等着，我一会儿就给你送袍子来！"

谷山的破官袍摊在冥铺内案板上，大扇子飞快地往官袍上抹着糨糊，小放生手里拿着大白纸，利索地往袍子上糊裱。掌柜和几个小伙计站在一旁，看得发愣。破官袍经裱糊了几层白纸，变成一件"纸衣"。大扇子道："掌柜，取七种色来，再借你的画笔一用。"掌柜突然明白过来："你们俩是要画官袍？"大扇子道："做新袍子来不及了，用这办法救急吧。"七只染料盆和一把毛笔取来。大扇子和小放生一起动手，麻利地将"纸衣"挂起，一人在前，一人在后，取笔蘸色准备开画。小放生画补子上的鸂鶒，大扇子画五蟒四爪袍面。

乾隆乘坐的大商船向着钱塘缓缓行来。钱塘的高大石拱桥已遥遥在望。石桥上探望着的官员大喊着奔下桥："马大人！马大人！见着皇上乘的御船了！见到皇上了！"

马旗门急忙扶正大帽子，表情肃然，啪啪两声将马蹄袖甩下。“接官亭”前，十来个执着长筒响铳的汉子将响铳翘上了天，准备放铳。桥下，两列乐手执着乐器，对着河埠用力又吹奏起来，将一曲《云开日出》迎驾曲奏得声遏云天。

奏乐声从码头上传来。大扇子手里拿着画好的官袍，向着码头奔跑。小放生跟在后头。临近码头时，大扇子将官袍抖开，朝小放生画的补子看去，吓了一跳。补子上画着的是一只大凤凰！大扇子惊声道：“你画的鸂鶒呢？”小放生道：“这不就是么？”大扇子道：“你自己看看，这哪里是鸂鶒，分明是凤凰！”小放生看了看，笑了：“你这么一说，看上去倒也真像凤凰。”大扇子急道：“你把官袍上的鸂鶒画成了凤凰，这不是告诉皇上，谷山当上了皇后！”

小放生大笑：“看来，这下谷爷可真的要挨斩了！”

大扇子道：“你……你还笑得出来？这袍子，还能让谷山穿么？”

小放生道：“不就一件纸画的袍子么，本来就是拿去救急的，管不了这么多了，救急要紧！——快走呀！”

大扇子怔怔地站着。

穿着一身内衣的谷山奔来。小放生一把从大扇子手里夺过贴了纸的“画袍”，朝谷山奔去。天上，传来隐隐的雷声。大扇子看看天上滚动着的乌云，面色更惨白了。

震耳欲聋的乐声中，乾隆的商船渐渐靠近码头。有官大声喊道：“皇上驾到——！跪迎皇上——！”

红地毯两侧，众官和商绅齐齐地跪下，战战兢兢地伏低脑袋，等候着乾隆登岸。穿着“画袍”的谷山伏着腰奔来，找了个空处急忙跪下。身边一个官员看了看他，打量了一下谷山身上的袍子，眼皮突然一跳，目光中流露出惊恐，急忙装作什么也没发现，把头贴地埋下。

天上，又一声大雷滚过。雷声中，小放生和大扇子坐在街边的石头上，两人都在发愣。

小放生道：“扇子姐，别生我的气了，都是我不好，我觉着画鸂鶒不好看，就画了只大凤凰，没想到会给谷爷惹出天大的祸来。”

大扇子道：“别说了。这事儿都怪我办得不妥，本想着画一件官袍，让谷山能在接驾的时候过关，可没想到要是画得不像，会招来更大的祸。更没想到的是，要是下起了雨，纸就化了。”

话音未落，小放生的鼻尖落上了一颗大大的雨点！

急雨中，御船靠岸，侍卫架上跳板。岸上，十支炮铳再次放响，号角齐鸣。侍卫打着伞，护着乾隆走上码头。

马旗门伏地大声：“浙江巡抚马旗门，率钱塘百官与地方商绅，恭候圣驾！”

乾隆跨上“接官亭”，脸上带着久违的笑容：“钱塘好地方哪，朕此次出巡，遇上的是一路干旱，可一到钱塘，就喜逢甘霖，一扫朕心头郁积的愁闷！”

马旗门道：“苍天知圣上驾到，特降下如饴甘霖，这绵绵雨丝，都是在迎候圣上驾到！”

天空中，雷声更响。马旗门道：“微臣已在钱塘名邸宋府设下驻跸御楼！”跪着的宋五楼偷偷看了看乾隆，脸露喜色。他的目光与铁弓南相遇。铁弓南避开。

张六德道：“马大人，皇上口谕：登岸之后，见过接驾官商，就去护守粮田的海塘看看。”马旗门一惊，急忙大声回话：“微臣遵旨！”

乾隆往前走去，向接驾的官商频频示意。跪着的谷山把头垂得低低的，极力在避开越走越近的乾隆。“画袍”上的色彩已被细雨打湿，四根蟒爪洇化成了三爪。雨越下越大。

乾隆看天：“雨下大了，是场喜雨哪，下得越大越好！朕心里高兴，让各位都平身吧！”

张六德大声道：“皇上有旨：都平身吧！”

跪着的人纷纷站起。谷山无奈地从地上爬起。他身上的纸袍洇化得更厉害了。乾隆突然想起什么：“对了，刘统勋常跟朕说起的那个谷山，听说当了钱塘县令，他来了么？”

马旗门急声：“他来了！”马旗门对着谷山喊了一声，“谷山！快来叩见皇上！”

谷山一震，站着没动。马旗门又喊道：“谷山！还不快见驾！”

谷山自知必死，反而镇定下来，朝乾隆大步走去。两旁的官员和商绅看着谷山身上的“画袍”，全都惊呆。谷山走到乾隆跟前，跪下：“钱塘知县谷山叩见皇上！”谷山的“官袍”在淋漓着花花绿绿的水渍。铁弓南目露惊色，简直不敢相信自己的眼睛。雨越下越急，把谷山的纸官袍上的染料全给化了，淌下的全是一摊五色杂陈的染料，纸也被泡酥，一层层脱落下来，很快就露出了补丁叠着补丁的官袍。

乾隆的目光从谷山身上的官袍上移到脸上，细细地看了好一会儿，弯下腰，从地上拾起一团纸，展开，又细细地看了看上面的图案。

乾隆道：“画得挺像僧袍，莫非钱塘县还有做官的和尚？”

谷山埋着头：“罪臣该死！”

乾隆将手里的湿纸团展开：“谷山，回朕的话。这是补子吧？”

谷山抬脸，点了点头。

乾隆道：“上头绘的，怎么就像是凤凰？”

众官和商绅哗然。

谷山道：“罪臣该死！”

乾隆道："一个七品知县，穿上了凤凰袍子。天下人都知道，能穿凤凰袍的，只有皇后。这事儿传出去，朕成什么人了？谷山，你为何要给官袍外头糊一层纸，还画得这么一塌糊涂？"

谷山道："谷山当上钱塘县令之后，本该置一身新袍，可一身袍服须得白银至少三百两，谷山拿不出这笔银子，更不敢向衙门属员摊派，无奈之下，找出了前任知令十年前留下的旧官袍，缝补之后给自己穿上了。为在皇上面前不失体统，就给破袍外头糊了一层纸，画上了图，没想到天不作成人之美，竟然下起了大雨，让谷山这身破官袍暴露无遗，犯下了辱君的死罪！"

众人又一阵大哗。谁都知道，从皇上口里很快就会蹦出一个"斩"字！

在场的每个人都屏住呼吸了。雨声哗哗。好一会儿，乾隆开了口："谷山，朕问你，为何买不起官袍？"

谷山抬起头："世人都会说，为官者富。民间也说'一任知府，白银十万'，可这是说的贪官。而要做清官，那他的十年俸禄才够做一身官袍！罪臣谷山如今穿着这身前任留下的破烂官袍，没觉着有丝毫对不起县令这个官名，更没有觉得穿了这样的破官袍就没法做个好官了！"

乾隆道："既然你是这么想的，那又为何要在这袍上裱糊一层纸，画上飞禽走兽？"

谷山道："皇上驾到，文武百官叩见之时，须得鲜衣亮冠，不然犯的就是'大不敬'的死罪。谷山还想在这个县令之位上坐下去，替钱塘的百姓办成几件实事，所以还不想死，就绘了……"

一阵骚动，侍卫拦住了拼命往里面闯的大扇子，乾隆听见道："什么事？"侍卫道："禀皇上，有个妇人要见驾！"乾隆道："哦，这倒新鲜！让她进来！"

侍卫松开手，浑身淋得湿透的大扇子走了过来，对着乾隆跪下。乾隆打量着大扇子："这位民女，你是谁，为何要到这儿来下跪？"

大扇子道："民女大扇子，曾是谷山的妻子，如今是谷山的姐姐！谷山的这身纸袍，是我给糊的，上面的飞禽走兽，也是我绘的！民女之所以要让谷山穿上一身鲜亮的官袍来见驾，是为了表示对皇上的恭敬！谷山全然不知情，请皇上恕罪！"

小放生头上淋着雨水，也挣脱侍卫的手，挤了进来跪下："皇上！那只凤凰是我画的，跟大扇子没关！小女子只是觉得好玩，没想到，让谷大人当了一回……皇后！"

众人不敢发笑，硬忍着。

乾隆打量着面前的两个女人："这么说，你就是大扇子，你这个小女子就是小放生？朕早就听说过你们的大名了。"

小放生惊奇道："皇上知道我？"

乾隆道：“听刘统勋大人说过多回。你在山东差点打出人命来的事，朕也听说了，好个厉害的小女子！而大扇子呢，帮着谷山破了梁诗正一案，为朝廷立了大功。你们俩，都平身吧。朕最见不得的，就是跟前跪着女人。”

大扇子和小放生站起。

乾隆道：“大扇子，你曾是谷山的妻子，怎么又成他的姐姐了？”

大扇子道：“谷山已收了民女写的休书，所以就不能算是夫妻了。我长他八岁，自然得以姐姐相称。”

乾隆笑了起来：“这么说，是你休了丈夫？”

大扇子道：“正是。”

众人发出笑声。

乾隆道：“马旗门，你刚才说，谷山穿着一身纸糊的官袍，是来诓骗朕。这话你说错了，他没有诓骗朕，而是在匡扶朕！”

在场的官员和商绅震惊。宋五楼暗暗吃了一惊，目光失望。马旗门急忙顿首：“微臣失言了！”乾隆道：“谷山，你也站起来。”谷山从地上爬起，补丁摞补丁的官袍淋着水。

乾隆伸出手，将谷山的破官袍扶正，又扶了扶他的红缨帽，拍了拍他的肩，说出了两个字：“好官！”谷山动容，长长地松了口气。在一旁的铁弓南、张六德也长长松了口气。大扇子和小放生的目光中闪起了泪光。乾隆继续往前走去。

谷山突然想起什么，对离去的乾隆喊：“皇上！城外的荒滩地上，也有位好官！”乾隆站停，回过身：“他是谁？”谷山大声道：“刘统勋！”乾隆一怔：“刘统勋？他也在钱塘？”谷山道：“来了好些日子了！忙着在钱塘收留外来流民、招募当地乡人，开办了一个垦荒营，要将钱塘的闲旷之地全都开垦出来！”乾隆震惊：“他在这里办垦荒营？”

城门轰轰隆隆地打开。载着乾隆的带篷马车驶出城门。两个侍卫穿着便装，骑马跟在后头。

乾隆道：“刚才还有雨，才一会儿工夫就万里无云了！朕一到钱塘，胸中郁勃之气为之一解，心情顿时舒畅了！”

雨已停。日头高照，天空一派晴朗。王不易拿着一面大锣，边敲边奔来，锣声在工地“咣咣”地响着。

王不易大声叫喊：“喂——！各位垦民都听好了，刚才下了一场雨，水渠堵塞，到处都有积水！刘大人说，趁还未将沟渠疏通，大伙可以歇一歇，若是有兴趣，可去大本营的芦棚里听刘大人授课——！”王不易敲着锣往前走去，边敲边喊。

垦民们放下工具，拴了牛，向一座小山岗跑去。这是“垦荒营”的大本营所在，站在岗顶，能俯瞰整片垦荒工地。岗顶插着一根旗杆，上面挂着一面大旗帜，上绣“垦荒营”三个大字，一旁搭着一间大芦棚，是大本营公干场所，里面摆着简陋的桌子、椅子，芦席上挂着一幅简易的《棚户垦民地段划分图》。

棚里坐满了垦民。大小青树、万蛉子、琴衣也坐在人丛里。

刘统勋穿着一身青衫，手里拄着拐杖，站在一张小桌前道：“咱们干了才几天，就把一大片荒地给开出来了，我统计了一下，画了一张图，还真吓了我一跳，有多少呢？少说有三百多亩新田开出来了！”穿着一身便服的乾隆悄悄进来，在棚后的空椅上坐下。

刘统勋道：“大伙儿这么拼了命垦荒，我啥都不担心，就担心你们会累倒。我担心哪一天你们趴下了，我刘统勋恐怕得把挂在外头的那面‘垦荒营’大旗给扯下，换一面挂上去，旗面上的三个字改成‘趴下营’。”

垦民们被逗乐，大笑起来，乾隆也忍不住笑了一下。

刘统勋道：“有人问，开荒不就那么回事么？举着镐头，撅着大腚使力气往下刨就成。没错，这么干也能成。不过，咱们要把钱塘的河滩地、荒滩地、山丘地、乱石地、沼泽地、荒草地，凡是能开出来种上粮食的都把它开成，还得讲究办法，还得各显神通。俗话怎么说来着？‘大佛三百六，各有成佛路。’哪块地该哪样开，都不同，别死着心眼用一个办法狠干，还得讲究巧干。”刘统勋一阵咳嗽，麦香捧着一碗水上来，刘统勋接碗喝了一口，放下碗，“麦香姑娘给我递了一碗水，接碗的时候，我手里沉甸甸的。我在想，为何一拿上碗，手里就觉着沉呢？其实，碗沉是因为另有一物比碗更沉。这物就搁在碗里，那就是田！咱们之中，有不少人是识字的。有谁知道，天下何字为重？我以为，最重者，乃‘田’字！记得我四岁那年，老父亲让我猜一个字谜：‘四山纵横，两日绸缪，富是它起脚，累是它起头。’这个字谜，当时我没能猜出来，父亲就带我到了粮田边，指着一块田说：这个字就是田字！咱们活在世上，做人一遭，要是没田，那有多难哪。缺衣，还可用麻草裹身；缺粮，还可以野草果腹；可缺田呢？家家无粮，人人饥馑，就算有麻草和野草可以苟活，却不能维持长久，一旦连麻草、野草都用尽，那就谁也逃不了冻死、饿死！一旦此祸降临，那又会是何种情景？早在千年之前，先贤就已告诉了咱们这么一句话：天下大乱，无有安国；一国大乱，无有安家；一家大乱，无有安身！”

乾隆被触动，表情沉重地点了点头。高挂着的“垦荒营”营旗被风吹得哗哗大响。

刘统勋道：“有一位叫晁错的古人说：‘地有遗利，民有余力，生谷之土未尽垦，山泽之利未尽出。’这意思就是说，地还没垦尽，力还没用完，老天爷恩赐给咱们的东西，还没全给咱们呢！就拿垦荒一事来说，两千来年过下来了，能开荒的地都开出来了么？你们身上的力气都用尽了么？咱们就按古人说的，将未垦之地给垦出来，将山泽之利用起来，将各位的浑身力气都使出来！”

一位老书生站起来，颤巍巍道：“刘先生说得没错。古人道，国乱有三事：无食以聚则乱；治国无法则乱；有法不用则乱。这三乱，首要之乱那就是年饥民散、无食以聚、聚嚣成众，最终由流民而成流寇，以灾省而成灾国！”

刘统勋道：“老先生说得对！先贤孟子就说过，诸侯之宝有三：一是土地；二是人民；三是政事！头一件重宝，那就是土地！”

乾隆站起身，慢慢地鼓起掌来。刘统勋猛然一震：“圣上？”

乾隆坐在大商船舱内椅上，看着站在身边双手支着拐杖、骨瘦如柴的刘统勋，眼睛在渐渐泛红。一旁，站着铁弓南、马旗门、张六德。

刘统勋扶着残腿好不容易跪下：“皇上，微臣跪得歪歪斜斜，对不起皇上了。”张六德急忙上前，扶起刘统勋。刘统勋抬起脸，突然一怔。乾隆的眼睛里满是泪水！乾隆道：“延清，是朕对不起你。”

铁弓南的眼眶里也浮起了一层老泪。马旗门装模作样地掏出帕子，拭了拭眼。

乾隆道：“延清，朕与你几日不见，没想到你又瘦又黑，竟然老成了这般模样。朕刚才留意看你的铁靴子踩出的靴印，朕发现，铁靴的底儿磨平了。朕便想，这该走多少路啊，该走多少崎崎岖岖、坑坑洼洼的乡路、山路哪！朕这么想着，心里就像有东西在戳着，痛！”

刘统勋道：“前些日，听说圣上出宫外巡，上灾省巡视民情，统勋我不能替皇上解忧，问心有愧。”

乾隆道：“问心有愧的是朕。你那回递了辞官折子，朕不该与你赌气，放你出宫。”刘统勋道：“其实，官有两种做法。一种是在皇上跟前做，一种是在百姓跟前做。统勋我只是脱下了官袍，到了民间，在老百姓跟前做起了无冕之官。于统勋来说，官袍虽然脱了，可从来没一天把为官该做的事给放下。在统勋心中，圣上交办的事仍是第一要事，不敢有误。”

乾隆道：“你不会以为朕是打下了江山杀韩信吧？”

刘统勋道：“我若是这么想，还会上钱塘来么？”

乾隆道：“朕真的没想到，能在钱塘见你。更没想到，朕还会坐在垦荒营的芦棚子里，像个百姓似的听你讲了那么多掏心窝子的话。今日，你让朕更明白了何谓忠臣！说说，你是怎么想到要来钱塘办垦荒营的？”

刘统勋道：“统勋是这么想的：与其登泰山而小天下，还不如下朝堂而垦粮田。”乾隆道：“不过，朕得替你把后句话改改，改为：垦粮田而知天下。”刘统勋道：“在朝中为官之时，总觉得天下就是目力所及之处，看出去已是大得无边。可是，到了民间再看天下，那就全然不一样了，只要有粮田的地方，那就是天下。在钱塘数日，统勋我更明白了一个道理：地大而不垦，如同无地；民多而不用，如同无民。”

乾隆道：“好！回宫之后，朕要把这四句话御笔写出，装裱后挂于议政大殿！”

蓝天白云之下，海边雪浪舒卷。刘统勋领着乾隆和铁弓南步上海堤，马旗门和谷山紧跟在后。乾隆朝垦荒工地望去，一脸惊喜。乾隆背着手，极目远眺，胸中渐渐升起一股从未有过的豪气。朝山下望去，是一幅热气腾腾的垦荒全景图。

乾隆动情道：“朕眼前看到了一幅大图！若是大清国的各省、各州、各县都像钱塘一样，热火朝天地干起垦荒大业，那么，朕的子民手里的那只饭碗，还会是空的么？”

“刘大人说，用不了多久，垦荒营还会壮大。”谷山道。

乾隆道：“对了，青铜县的灾民如何加入垦荒营，你细细说来。”

“青铜县遭遇大灾，民不聊生，再加上那儿田少人多，灾荒不断，外出逃荒也往往是九死一生。”谷山道：“青铜县令杜霄带着灾民来到钱塘，带来的不光是讨饭碗，还带着农具和耕牛，也就是说，他们不是来逃荒的，而是来垦荒的；他们不是来吃粮的，而是来种粮的。”

铁弓南道：“杜霄？皇上去青铜县的时候，见过此人。”

刘统勋道：“哦？这么巧？”乾隆道：“杜霄在青铜冒死开仓，和谷山一样，也是个好官哪。对了，他人呢？”刘统勋道：“或许回青铜去了。”乾隆道：“嗯，让他在青铜好好历练，将来朕要用他！”

“逃荒为的是救命，垦荒为的是救国；吃粮是为了活下来，种粮是为了富起来。只有一字之变，民心稳了，国基就扎实了。”铁弓南道。

马旗门道：“历朝历代，只要垦荒，国库里的帑银就会盈满，既增了粮又添了银，一举两得。”

“二位大人所说，还没有说到垦荒的根本！”谷山道。

铁弓南与马旗门俱一怔。

乾隆道：“哦？那你说来，垦荒之根本在哪？”

谷山道：“刘大人在钱塘办垦荒营，并不一帆风顺。大清国开国以来，都没少垦过荒，也都明令禁止对开垦荒地清丈征税，严格规定了征收税赋的年限。可是，上有严令，下有宽法，一到州县全都走了样，没等荒地垦出，就开始清丈征税，而且还造假虚报，变着法子盘剥垦民。正因为如此，垦民实在无法交税纳赋，不得不弃耕抛荒，再提垦荒，无人再敢响应！”

马旗门道：“谷县令所说，有点言过其实了吧？历年的开荒鱼鳞册，都是如实……”

铁弓南打断马旗门：“如实么？倘若如实，户部复查二册，不是多此一举了么？”

乾隆道：“谷山，如果都有据可证，明日写一个折子给我看！对了，延清，朕心里还有个疑虑。孔子说，惠在爱民。朕要推行万民垦荒，难道不会有人说，朕这是在累民么？”

“避过一年之灾，这只是小避；而开万年之田，那才是大救。”刘统勋道，“这个道理，百姓都懂。只要皇上颁旨，定能四方响应。”

乾隆道：“要让万民开垦，定然要禁绝各地官员借垦荒之名，行清丈征税之实。若是此弊不除，垦荒那就成了空话。回到宫中，朕要将此事说明白，惕怵百官。”

刘统勋道：“只有这么办，万民大垦荒才能确保无虞。我与谷山商议过，先在钱塘将‘不清丈、不征税’这两条写入告示，并将往年衙门冒征的垦荒税，都退还给垦民。”

乾隆道：“这样就得民心了。延清，钱塘的垦荒营能不能办成，能不能办好，不光朕在看你，满朝文武都会看你，只可成功，不可失败！对了，你还有什么难处，现在就告诉朕。”

刘统勋道：“现在缺的就是粮食，只要粮食充足，垦荒营就不会散去，而且垦民会越聚越多。”

乾隆道：“好，朕这就派人尽快从各地调集粮食，运来钱塘，按你所需发放给垦荒营。”他看向身后的马旗门道：“马旗门，垦荒营的粮食筹措，朕交给你来办，有难处么？”

马旗门道：“今年多省蒙灾，官仓大都已开仓放赈，筹粮万无可能，民仓之中，或许还能筹措到部分！”

“广东、福建、乃至台湾诸省，尚有粮食交易，你从藩库中调出些银两，前往该地购粮，想必不会空手而归。”乾隆道。

马旗门道：“微臣定然办妥，速将购到之粮运往垦荒营！”

乾隆放下了心：“好！朕此次来浙江，亲眼见到各处一片丰稔之景，百姓安居乐业，将朕胸中的郁勃之气一扫而尽。明日朕就回京城了，传下令去，沿途官民都不必相送，免得耽误农商百业。”

马旗门道：“臣遵旨！”

乾隆道：“退下吧！”

待众人退去，只剩刘统勋和乾隆两人时，刘统勋思索良久，对乾隆开口道：“皇上，我想带一个人来见您！”

第二十二章

大扇子面圣展绝技　天难测熟稻入蝗口

乾隆坐在大商船椅上，一旁坐着刘统勋。张六德领着大扇子进来。大扇子欲行礼，乾隆抬手止住。

乾隆道："朕已见过你两次了，不必再施礼。张六德，给大扇子端把椅子，让她坐下。"

张六德端椅。大扇子仪态端庄地坐下。

乾隆道："记得朕幼年在畅春园读书之时，师傅曾让朕猜过一个谜语：'有风就不动，一动就有风，你要它不动，等到起秋风。'当时，朕还真没能猜出谜底就是扇子。师傅说：你之所以没猜着，那是因为你手不执扇，只知有风，不知有扇。这么多年过去了，这件童年之事，朕还一直记得。为何还记得呢？就因为朕从这件事上记住了一个道理：世事如扇，不亲自执在手中，就不知扇为何物。言归正传，朕刚才问了刘统勋，将你父亲周伏天的案子大体问了一遍，回京后，朕会下旨重查，这你放心吧！"

大扇子眼睛红了，起身："民女替父亲谢皇上了！"

乾隆道："对了，刘统勋对朕说，你记忆超群，过目不忘。这就让朕更好奇了。能让朕考考你么？"

"皇上真要考民女，若能宽宥差池，就请出题吧。"大扇子道。

刘统勋有点儿不安："大扇子，倘若为难，那就……"

大扇子道："刘大人，皇上这么说了，就让民女试试吧。"刘统勋道："那好。"乾隆道："张六德，将朕的书箧打开，取出《康熙御制耕织诗图》，递给大扇子。"

张六德从书箧中取出一本厚厚的诗画册，大扇子双手接过。乾隆道："朕给你半支香的工夫，你将此册上的序文和四十六首耕织御诗看一遍，然后朕有话问你。"

大扇子道："民女遵命。"

张六德点起了一支香。

大扇子阅着诗图册，就像平日看书一般，边看边一页页地翻过。桌上的香才燃了一小截。大扇子抬起脸，将册子合上，双手捧还张六德。

乾隆微微吃惊："还不到半寸香，你都看完了？"大扇子道："看完了。"乾隆道："御制的每句话、每句诗，你都已记住？"大扇子道："十有八九吧。"乾隆摇头："朕不信。才这么一会儿，你就能将这么一本册子全记住，断无可能。"

刘统勋道："我也觉着玄。"

乾隆取过《康熙御制耕织诗图》，打开："玄不玄，一会儿就考出来了。皇祖为此册写了一篇长序，就从'序'中开始吧。皇祖在开篇首句中这样说的：朕早夜勤毖，研求治理……"

大扇子背道："念生民之本，以衣食为天。"乾隆念道："朕每巡省风谣，乐观农事……"大扇子背道："于南北土疆之性，黍稌播种之宜，节候早晚之殊，蝗蝻捕治之法，素爱咨询，知此甚晰，听政时恒与诸臣工言之。"

乾隆念道："于丰泽园之侧治田数亩……"大扇子道："皇上念错了，不是亩，是畦。"张六德脸一沉："大胆！你怎敢说皇上念错了？"乾隆一笑："张六德，别难为她。朕是有意的。对，治田数畦。"

大扇子继续背："环以溪水，阡陌井然在目，桔槔之声盈耳，岁收嘉禾数十种。"

乾隆念道："古人有言……"大扇子背道："衣帛当思织女之寒，食粟当念农夫之苦。"乾隆抬起脸："康熙三十五年……"大扇子也抬起脸："春二月社日题并书。"

乾隆面露吃惊之色，却很快掩饰住，平淡道："序文流畅，一气呵成，当然易记，阅一遍而能通背，并不是难事。而难背之句，当属诗句，朕再接着考你。耕第二图，皇祖的御诗是如何作的？"

大扇子背道："耕：土膏初动正春晴，野老支筇早课耕。辛苦田家惟穑事，陇边时听叱牛声。"乾隆道："耕第七图。"大扇子背道："初秧：一年农事在春深，无限田家望岁心。最爱清和天气好，绿畴千顷露秧针。"

乾隆道："耕第十五图。"

大扇子背道："收刈：满目黄云晓露晞，腰镰获稻喜晴晖。儿童处处收遗穗，村舍家家荷担归。"

乾隆道："耕第二十二图。"大扇子沉默。乾隆道："怎么，背不出了？"大扇子道："在二十二图上，民女并未看到诗句。"乾隆沉下了脸："胡说！二十二图分明有诗一首！你定是背不出来了，才托言没有看到！”大扇子道：“民女确是没有看到！”乾隆冷声：“若是有诗，你该给朕一个什么说法？”

大扇子欠身：“民女确是未能看到！”

乾隆道：“嗯，那首御诗，朕夹着一张纸盖着，你当然没能读到！”

大扇子道：“民女在此页上并没读到康熙皇帝作的御诗，只读到宋人楼璹作的《入仓》诗一首。”乾隆道：“这不是有诗么？”

大扇子：“皇上让民女背的是御制诗，若是民女将楼璹之诗背出，那不就是犯有欺君之罪么？”

乾隆看了看刘统勋。

刘统勋道：“她说得有理。”

乾隆道：“嗯，朕收回刚才的责怪之言。这本图册，就是以宋人楼璹的底本复绘的，他的诗也都配在册中。既然在此页中未能读到先帝御作，那就将楼璹的入仓诗看上一遍，背它出来让朕听听！”

大扇子道：“民女在阅御诗时，也将楼璹的诗全都记下了。让民女将二十二图上楼璹所作之诗，背给皇上听一听。”

乾隆道：“朕已知道你身怀绝技，不必再往下背。”

大扇子道：“方才，皇上在让民女读册子时，民女读到此诗，强忍着没让眼泪流出。民女想，诗能催泪，必可催问。皇上若是能允民女背完此诗，民女想在皇上面前催问一件事。”

“朕当皇上十余年，还是第一回听到有人敢在朕面前说这个‘催’字！好吧，朕允你先将诗背出，然后再追究于你，到底要‘催问’朕什么！”

大扇子点了点头，背诗：“《入仓》：天寒牛在牢，岁暮粟入庾。田父有余乐，炙背卧檐庑。却愁催赋租，胥吏来旁午。输官王事了，索饭儿叫怒。”

乾隆道：“背完了？”大扇子眼里含着泪光：“背完了。”刘统勋似乎明白了什么，不安地看着乾隆。乾隆沉默。

大扇子欲言，乾隆突然抬起了手，止住了大扇子开口。乾隆道：“这首秋粮入仓诗，朕听懂了。你不必再催问于朕，让朕自己催问自己吧！”大扇子道：“皇上！”

乾隆道：“朕只告诉你一句话：朕不会让农人辛辛苦苦种出的粮食入了胥吏之手！更不会让一个官员为了索饭而让乡人怒在心头！你还有话要催问于朕么？”

大扇子道：“没有了。”

乾隆道：“不，朕敢断定，若是日后你再见到朕，定是不会放过朕，会拿更大的事催问于朕！甚至有可能不是催，而是逼！”

大扇子一时无言以对，想挤出笑来，却将满眶的泪水生生逼了出来。乾隆道：

“把泪擦了，趁着天还没黑，陪朕去海边大堤看看！”

海边大堤上，乾隆背风而立，大扇子、刘统勋陪随在旁。几个侍卫站在不远处。大扇子道：“民女并非身怀绝技，而只是平日苦练所得。父亲在宁古塔有个习惯，入夜之时必看一段《大清律例》，评说一番才能睡去。后来他眼睛瞎了，就让我每夜替他念上一段。日子一久，整部《大清律例》三十多万字我都给背了下来，无论父亲问到哪律哪例，我都能一字不差地背给他老人家听。”

乾隆道：“大扇子，你有这等奇技，还得谢你的瞎眼父亲。”大扇子道：“没有父亲，不会有我今日。”乾隆道：“朕听说，你与谷山做夫妻，是拜坟结亲，这等奇婚，天下当有几人？好好珍惜吧！”大扇子道：“民女记住皇上的话了。”

刘统勋道：“皇上，大扇子的古浪之行，还查出了一个惊天秘密，那就是：那儿的千顷粮田之所以失踪，是因为河水断流、山林被毁，以至于难挡沙侵，将大好粮田成片成片地掩埋殆尽。”

乾隆道：“嗯，这事儿，四川、贵州巡抚去年就有奏报。朕回朝后，将向全国颁发开荒谕旨，其中必须添上一条：禁止借开荒为名，对山林河川乱加垦伐截流。在这件事上，朕得谢大扇子！”

大扇子道：“皇上，民女担忧的还不止于此。”

乾隆道：“快快说来！”

“据民女所知，康熙、雍正二朝都对垦荒田亩有过谕旨，下令对新垦之田永不许圈，更不准将生田报为熟田，向乡民开征税赋。”大扇子道，“可是，严令之下，地方官吏绅衿并未将此视作金矩铁规，瞒着朝廷另行其事，找出种种借口，寻出条条理由，仍在向乡民开征重赋重税。更可怕的是，在丈量新垦之田时，以少报多，使得乡民雪上加霜，逼得他们有荒不敢开，开了也不敢种，到头来纷纷弃耕、流离失所。”

乾隆道：“刘延清，这事你怎么说？”

刘统勋道：“有旨不遵，已成通病。我以为，要搞大开荒，须将上令无法下达之风狠狠刹住。”乾隆点头：“没错！朕此次要在全国号令大开荒，再不能功亏一篑，该说的重话必须说，该行的严令必须行！”

挂着的“御”字灯笼往船头投下红晃晃的光亮。乾隆和刘统勋步出舱门，在船头站下，看着河面上的粼粼波光。

乾隆道：“微风习习，大有爽意。可惜的是，今晚就得与你刘延清作别了。此行钱塘，让朕倍感振奋，增田保粮大计也油然而生！”

刘统勋道：“大清国缺田缺粮确已到了刻不容缓之时，皇上回京之后，尽快颁下在全国大开荒的谕旨，速速扭转困局。”

乾隆道："对了，朕要在十八个省及各将军辖区实行开荒增田，得用几个字就将这意思给说明白才行。你替朕想想，如何将这意思言简意赅地说明白，让臣民们一听就知道是怎么回事。"

刘统勋沉思了一会儿："有八个字，不知能不能概括。"乾隆道："哪八个字？"刘统勋道："万民垦荒、举国增田！"

乾隆道："万民垦荒、举国增田……好！这八个字，将朕的意思都给说明白了！朕要搞大开荒，就指望用这八个字管住八荒，延及八方，广至八极！"

刘统勋道："八个字能不能八达，还得看皇上身边的八座。"乾隆道："对，朕身边的八座大臣要是不动心、不动情、不动手，那么，这八个字就算是八面来风，也奈何不了他们的四平八稳。"

乾隆和刘统勋会心地笑起来。乾隆目光中充满了信心："不过，也不用担心，今非昔比了，既然朕下定了决心，想办的事就不会半途而废。朕在想，万民垦荒之日，也就是举国增田之时！这两句话若能坚持三年、五年，大清国增田就何止几千万顷？"

刘统勋道："是啊，到了那时，无论人丁如何滋生、吃口如何暴涨，都有足够的田亩长出五谷，有足够的粮食养活他们！民有温饱，国有余粟，那么，国库就能得以充盈，而国库盈满，皇上要办的那些大事，就有了足够的钱粮一一办成。"

乾隆道："到了那时候，朕念念不忘要实现的'三代之治必可变，尧舜之道必可行'的愿望，不再是遥不可及了。"

刘统勋道："圣上要行尧舜之道，第一要务就是施行粮政。"

乾隆道："说得好！'万民垦荒、举国增田'这八个字，就是朕的粮政之要。而要施行这一粮政，还得要有新法、新策、新举。"

刘统勋道："圣上说的这'三新'，其实也连着'三民'，那就是爱民、养民、足民！"

乾隆道："还得加一个'民'，那就是教民！要让万民都受到教化，懂得这么一个道理：粮政就是国政，也是民政！政兴则国举，国举则民富，民富则国强，国强则天下大同也！"

刘统勋兴奋道："圣上之心声，须让天下皆知！那就是：立教化之本，以臻汉唐之盛治！"

乾隆豪气满腔，面对着河面上闪动跳跃的波光，双目炯然。乾隆对着浩荡的流水自语："汉唐盛治，汉唐盛治，是啊，这就是朕的梦中所念啊！"

在大扇子在商船上面圣之时，谷山也趁铁弓南仍在钱塘，将铁弓南带到宋五楼被拆的窑场，面对着一堆废墟，看着远处还完好无损的一大片砖窑，向铁弓南讲述了自己带人毁窑的始末。铁弓南听完之后，铁青着脸一言不发，回到商船将所见所闻原封不动地告诉了乾隆。乾隆听说钱塘最肥沃的粮田竟然不种粮食盖砖场，震怒之下，颁下圣旨：

“钱塘烧砖，取用粮田之土，日积月累，江南粮田必定毁于窑口，下令永行禁止，不得取土造砖；已毁之田，一尺一寸如数复还，不得再犯！若查明再暗中毁田建窑，以律惩治！”

送走了皇上的商船，马旗门懊丧地回了巡抚衙门。他刚当上浙江巡抚，又得天之佑，恰逢皇上到浙江巡视，如此千载难逢的机会，本该一展风采才对，可偏偏事与愿违，不仅一句正话没说上，还在宋五楼那几座破窑上差点被烩进去。风头全让刘统勋和谷山给抢走了，连大扇子也让皇上给记住了。想到这，马旗门恨得牙根痒痒，突然想起皇上临走之前，让他尽快找一批粮食运到钱塘垦荒营去，眼珠一转，心生一“挂着大鱼饿死猫”的计策。粮食给他刘统勋堂而皇之地运到，但是他收不收得到就不关他马旗门什么事了！

稻田一片金黄，一群农人在放水晒田。田埂上，穿着一身便服的谷山和叶书办走来，后头跟着王不易。谷山道：“今年的稻子长势真好。你看，乡民都在放水晒田了，再有三五天，稻子就能开割。”

“田里有了收成，就能向乡民买到粮食，加上皇上下旨接济垦荒营的粮食，钱塘大垦荒就能越来越红火。”叶书办道。

谷山道：“等秋收之后，乡民就有了空闲，到时候让县衙的人都到各村各户去，把能垦荒的人全都召集起来，将划定的荒地分给大家。”

叶书办道：“我这就去张罗此事。对了，马旗门答应皇上运来的粮食，想必这几日该到了吧？”

谷山道：“马旗门让人送来消息，已从闽南买到这批粮食，粮船启运已有好多天。王不易！”王不易道：“在！”谷山道：“记着，等粮船到了码头，要连夜抢运入库，不得耽误！”王不易道：“谷大人放心，有我王不易在，一粒粮都不会给落下！”谷山道：“那就好。”

突然，王不易对着自己的脑门重重地拍打了一下，往手掌上看去，是一只拍死的蝗虫，叫起来：“咦？哪来的大虫子？”

谷山笑起来：“是只母虫子吧，准是看上你这个小白脸了。”

话音未落，谷山感到头顶上和脖子上一片刺痛，用手一抓，竟然抓到了十来只大大小小的蝗虫！叶书办的脸上、身上全都叮满了蝗虫！三人朝身后看去，顿时惊呆！

一片“沙沙沙”的声音在半空中响起，越来越近。只一转眼工夫，一片黑压压的“云块”贴着稻田席卷而来！在田里忙活的乡民惨声喊叫：“来虫爷了！虫爷来吃粮了！”

从稻田上漫过的大片像浓烟似的蝗虫，很快将田和人全给吞没！只片刻工夫，“沙沙沙”的咬噬稻子的声音渐渐远去。

太阳重新出现在这片稻田上。

谷山、叶书办、王不易从田埂上爬了起来，抬眼看去，惊得目瞪口呆：刚才还一望无际的金黄色稻田，像被一把巨大无比的镰刀拦腰割过似的，全都消失了稻穗和稻叶，只剩一根根站着的光秃秃的稻秆！

蝗灾过后，恐慌笼罩着垦荒营。刘统勋、唐思训、谷山、大扇子、叶书办在垦荒营工棚开着会。

谷山道：“真没想到，粮食眼看着要入仓了，突然来了一场大虫灾！各乡遭灾的地亩都已报到县衙，六成颗粒无收，二成减半，只有二成没遭虫口！”

唐思训道：“这场灾太吓人了！飞蝗蔽天，无田不进；蝗虫由东而来，仅仅一瞬之间，就将千顷熟稻几乎吃尽。”

大扇子道：“这是雪上加霜啊，钱塘大垦荒，缺的就是粮食，本指望秋之后能从各村收到些粮食，以作垦荒营今冬之用，可眼下看来，不光垦荒营的粮食买不到，连乡民自己吃的粮食都没了。”

“一转眼工夫，钱塘就成了灾省，这老天爷也太损人了！分明是跟咱们过不去！”叶书办道。

刘统勋道：“现在最怕的就是灾民不想再留下，全都背井离乡外出逃生。眼下，要让灾民不外出逃荒，只有一个办法，那就是将他们都收到垦荒营来，以工代赈。这么做，既能让灾民活了下来，也能垦出大片荒地，来年就可耕种。”

“只要咱们手头有粮食，就能将灾民给召进垦荒营来。”大扇子道。

唐思训道：“马旗门送来的粮食，这一二日能到钱塘吗?”

谷山道：“我已派人骑马沿运河观望，刚才接到飞报，十二条运粮船已经在浙江境内，要是风顺，三五日就能到钱塘。”

“十二船粮一运到，咱们就能将钱塘的灾民给留住了！”叶书办道，“对了，写有‘五条营规’的垦荒营告示，还得贴，要家喻户晓！”

刘统勋道：“眼下，接到十二船粮食是头等大事，不可出一丁点差错！谷山，这事就交办给你了！”

谷山道：“明白！”

微明的天色中，神武门打开，一群群上朝的官员鱼贯而入。乾隆坐在须弥座上，面对着满殿文武百官。这是他出巡归来后的第一天临朝。在朝堂上，乾隆给满殿的大臣们，讲了此次外巡的所见所感。

乾隆看着大臣们表情各异，道："刚才，朕讲了此次外出巡视的那么多见闻，看你们的脸色，都像是在听戏似的，有听懂的，也有没听懂的，更有装听懂的。好吧，不论怎么说，听戏总是件雅事。朕想问问你们，除了听戏，天下雅事还有多少呢?"

讷亲道："依臣愚见，天下雅事无外乎这么八种：栽兰、赏竹、折桂、采菊、抚松、分柳、看山、数峰。"

张廷玉道："读书更是雅事：晒书、论画、敲诗、临帖。"

马旗门道："闲艺之中，焚香、调弦、煮茗、得石，也算是雅事。"

乾隆道："铁弓南，你说呢?"

"天下的雅事，在殿的大臣还能说出几十种来，比如：澡雪、追霞、坐雨、浴露、听霜、闻雷、卧风、忆云等，诵经、礼佛、布施、放生，当然也是雅事。"铁弓南道，"可有一件最雅的事，他们都没能说出，那就是'务农'！在微臣眼里，天下最雅之事，莫过于：犁田、播种、插秧、除草、施粪、收割、入仓。"

众臣纷纷议论。

讷亲出班："铁大人说得好！务农是家国之本，自商周起，就把务农当做头等大事；秦国之时，凡努力务农者，都能得到封赏；到了汉朝，更是将勤于耕耘的农人破格提升为官吏！"

众臣点头。张廷玉嘴角露出一丝不易察觉的冷笑。讷亲暗暗瞪了张廷玉一眼，收回目光。

乾隆道："听了铁弓南刚才这番话，朕心里突然冒出这么两句：尔将农事作雅事，得罪古今多少人！果真是得罪了么?得罪就得罪吧！铁公此次随朕出巡，朕能见到的，他都见到了，所以，他刚才说的这些话，也就是朕想说的话！"

众臣满脸感慨。

乾隆道："要问朕此次出巡最大的收获是什么?那就是，在朕的心中理清了一团乱麻！铁弓南说，务农最雅，其实务农最苦。务农的头绪千条万条，归根结底只有一条，那就是种田！孟子说，天下之本在国，国之本在家，家之本在身。朕要说，务农之本在于增粮，增粮之本在于增田，增田之本在于增垦！大清国幅员广阔，空地甚多，要告知天下百姓，唯垦荒增田之道，才可望富庶；也得告知天下百官，若是舍此不为，束手无策，那就是坐视民穷财尽，国家永无安宁之期！"

讷亲瞅出垦荒已是乾隆决断，再不可更改，当即出班，朗声道："臣讷亲，恭请圣断，立见恩施，仰答上天仁爱之心、下慰四海苍生之望！"乾隆道："宣旨！"

宣旨官从屏后走出，缓缓展开旨轴。

"圣旨下，务农之本在于增粮！增粮之本在于增田！增田之本在于增垦！新垦粮田不准清丈征税！山林河川不准乱垦滥伐、肆意截流！"

第二十三章

鬼杜霄京城勤钻营　漕运帮火烧运粮船

杜霄离开钱塘之后，并没有回到江西青铜县，而是写了一纸状书，骑马来到了京城。杜霄站在刑部公房内，刑部侍郎邹子旺坐在案前，看着一沓状书，脸上浮起冷笑，抬起脸打量着杜霄："告马旗门大人的，就是你?"杜霄道："是我。"邹子旺道："你写的这沓告状书，字不错，可话有点糙。你说马大人在江西借粮造假，打的抗旱井也在造假，告他欺瞒了皇上。你这些话都属实么?"

杜霄道："全都属实。所告之事是下官亲自核实，证据都在。"

邹子旺重重一拍案面："属实个屁！莫非皇上还不如你一个小小的七品知县？你以为皇上是瞎子么？皇上是九天真龙，世间万事洞若观火，谁能欺骗得了？你拿着这份杜撰的告状书，不光是要诬陷马大人，骨子里更是在给皇上栽赃！你说，居心何在！来人哪！将这个诬陷忠良、栽赃皇上的畜生给送进死牢去!"

旁边的戈什哈应了一声，取绳三下两下就将杜霄捆得结结实实，拔出腰刀，将杜霄往门外推去。

杜霄大喊道："我杜霄状告马旗门，告的就是他欺瞒皇上之罪，怎么反倒诬我栽赃皇上了呢?"

"哐"的一声，公房大门重重关上。

杜霄进了刑部大牢，又遇到了宁古塔的老相识冯三鞭，冯三鞭看着二进宫的杜霄，不免又是一顿鞭子当做问候。不过杜霄还没在牢里过夜，他那义结金兰的"弟弟"就来将他接走了。

两人坐在寸土堂的马车上，挂在车上的羊角灯一直晃荡，铁箭飞开口道："哥哥，我奉劝你一句，吃药三分险，告状七分险。当然，敢干没把握的事，也是男儿本色。可你想过没有，上一回你冒死告状，告的是一桩村案，而这一回，你告的是二品大臣，而且还是皇上给破格擢升的二品大臣。根基如此之深的大员你也敢告，可见你糊涂到了哪个份上。”

杜霄沉默，脸上的鞭伤在渗血。

铁箭飞掏出帕子递上：“把血擦擦。再说，‘反’字出了头，就是‘友’字，这么一折腾，或许也是好事。”

杜霄擦着脸上的血迹：“你这么一说，我什么都明白了。”

铁箭飞道：“明白就好。其实啊，踩着别人的脊梁往上爬，不是升官的良策。你踩人家，人家就没长脚么？两败俱伤的事，是蠢人干的。记住我的一句话：脖子硬不过银子。只要有银子，就能有帽子！在弄银子的时候，你玩什么心计、要什么手法，我都欣赏你！要是玩成了，谁都会把你当爷！你要记住，在官场上，只要有银子就能有帽子！干爹说了，只要站对了台阶，你又真能干，就送你个二品尝尝！”

杜霄会意，暗暗捺住惊喜，抱拳：“多谢铁公子扶携！也请铁公子给干爹送句话：杜霄能鞍前马后跟着干爹跑，不怕跑死！”

送走了杜霄，坐在车里的铁箭飞冷笑一阵。杜霄的这一状，让铁箭飞看清了杜霄的狠劲，杜霄不是一条拿来钓刘统勋的小鱼，而是一只不要命的大螃蟹。铁箭飞和讷亲如今不缺抬轿子的人，缺的恰恰是像杜霄这种不晕血、臂弯上架着大刀片子的人。铁箭飞打定了主意要用官和财来让杜霄变成讷亲阵营里的一把刀！

杜霄进了客栈，左思右想着铁箭飞的那句“只要有银子，就能有帽子”，仿佛已经看到了桌上放着一顶二品巡抚的顶戴花翎。

脸上被冯三鞭抽出来的鞭痕还在渗着血，杜霄就已经计划好了第一笔银子要跟这个旧相识讨去了。当时十大臣与杜霄同被关在刑部大狱，杜霄亲眼看见冯三鞭用了一招“断舌”将安寿国第一个送下了地狱。当晚杜霄就用安寿国二品命官的性命作要挟，从冯三鞭那里讨来了五千两白花花的雪花银。

杜霄的银子来得快，自然台阶上得也快。五千两的银票换来的是户部侍郎的五品官服。铁箭飞在京城为杜霄请了几位官场上的“老油条”，教了他几招官场上的为官之道：第一条，想要在百官堆中混得好，既得厚颜，更得无耻！第二条，要学会走官步：见上司，须得“疾步而行”；见同僚，须得“徐步而行”；见下属，须得“沉步而行”。此为官步三字诀“趋”“徐”“沉”。第三条，要会喝官酒，与上司喝酒，能喝三碗喝六碗；与同僚喝酒，能喝六碗喝三碗；与下属喝酒，端杯舔一舔。杜霄人聪明，几天下来，就已经能放下身段，与不同道者同道而行了。

浙江钱塘遭遇蝗灾，刘统勋正翘首以盼的十二船粮食，正乘着漕船帮主窦爷的船只，运往浙江。粮食距离刘统勋越近，马旗门心里就越不踏实。如果十二船粮食全数到达刘统勋的垦荒营，那他就如虎添翼，不光留住了青铜县的两千垦民，更是把钱塘的灾民也都给吸引过去了。不出数年，钱塘垦荒大功告成，刘统勋就为朝廷立下了大功！想到这里，马旗门就如坐针毡，便连夜找来宋五楼、窦帮主在杭州巡抚院署一间内室密商此事。

马旗门道："十二条粮船，得堂堂皇皇地运到，只有如此，我才能向皇上有个交代，剩下的事，就交给二位来办了。"

宋五楼道："窦爷，你是漕船帮主，这十二条运粮之船都是你管着的，船上也都是你的弟兄，如何处置船上之粮，你不会没办法吧？"

窦帮主沉吟片刻："这十二船粮食要在转眼间就让它没了，叫刘统勋的人扑上个空，这事说容易也容易，说难也难。粮不怕水，只怕火。水淹之后，粮还是粮，可过了火，那就是灰了。一把火点着了船，将粮烧去，这就是易。而说难，此事既然是皇上交办的，真要将粮给烧了，那就是通天的大案，刑部定会派人来追查，到时候追查到我窦爷头上，这帮主的头衔恐怕也保不了我这条人命，这就是难。"

宋五楼嘿嘿地笑起来："其实，我五爷早就替您想到这个'难'字。可天下的难事遇到一样东西，那就能化难为易！送上来！"

李堂进来，将一个布包放到窦爷面前。窦帮主将布包打开，是厚厚的一沓银票，两眼不由发起光来。

宋五楼道："这是苏州万隆号的银票，天下通兑，共是二万两，事成之后，再有二万两银票送上！"

窦帮主一摸脑袋，哈哈大笑："痛快！有马大人、宋五爷这般抬爱，我窦爷豁出命也得干这一票了！"

窗户开着，窗下的运河码头波光粼粼。窦帮主和漕船的运丁头坐在桌旁喝酒。窦帮主道："后天深夜，十二条粮船就会在杭州拱辰码头泊岸，马大人会和刘统勋一块儿验粮交割。然后呢，这十二条船就连夜驶往钱塘，天亮时分，这把火就该点着了！"

运丁头道："这十二船粮食，为何不到钱塘码头来交割验收，而要在杭州就交割验收呢？"

"这你就不懂了吧？只要在杭州交割完毕，这十二船粮焚于大火之后，就与马大人无关了。"窦帮主道。

"这马大人也忒狡猾了点，他是脱了身，可您窦爷烧了粮，能脱身么？"运丁头道。

窦帮主道："我就是为此事来和你商量的。这十二船粮是皇上钦点的御粮，别说烧了，就是缺了一袋两袋，也逃不了是个死罪。咱们得想个万全的法子，火得点，人也得活！”

运丁头想了想：“有了！几个月前，一帮子听说在山东当人贩子的青铜县游民没了活路，上咱们的船当了运丁。要是借上这伙子人的手来点火，那就万无一失了！”

窦帮主道：“可这伙子人虽不是我的弟兄，也算是运丁，这笔账还得算在我的头上。”

“这好办！到拱辰码头之前，咱们给这伙子人安个‘盗粮’的罪名，全给绑了，当着刘统勋的面交给马大人查办，再事先告诉马大人，让他下令将这伙盗粮贼交由钱塘县衙处置。”运丁头道，“只要这帮家伙在船上，咱们就在天亮之前趁黑将火点着，就说是他们解脱了绳索，为掩盖罪证，纵火烧船。这样一来，粮烧了，您也没事了，不就万事大吉了么！”

“好，就这么办，务必要将十二条船如数烧尽！”窦帮主道。

“窦爷放心，一粒粮都不会给刘统勋留下！”运丁头道。

入夜，十二条粮船挂着大篷，在运河里顺风顺水地行驶着。粮船船舱里，七八个壮汉在喝酒打牌，桌上搁着一串串铜钱。

一个独眼男人光着膀子架着腿，赢了钱将一吊吊铜钱取来挂在脖子上，哈哈大笑。

几个壮汉道：“大亮眼，你的手气可真不坏，弟兄们每回和你打九字牌，你这脖子就变成了挂钱的大柱子！”

舱门被重重推开。十来个运丁执着刀冲入，三下两下将壮汉连同大亮眼全都绑了。大亮眼挣扎：“瞎狗眼了！怎么绑到了老子头上？”

运丁头冷笑着从舱门外进来：“大亮眼，你带着手下的这帮人贩子，混上窦爷的船，名为当运丁，实为盗皇粮！昨晚上，舱里少了五十袋粮食，有人亲眼看见你带着这帮人，将粮偷偷运上了一条尾随而来的小船！”

大亮眼暴怒：“血口喷人！我大亮眼做过人贩子这不假，可那是被灾荒给逼出来的！如今我和弟兄们改邪归正了，上漕船当了运丁，你怎么能诬我盗粮呢？”

被绑的壮汉们大喊：“我们没盗粮！”

运丁头道：“要喊冤，那就上钱塘衙门去喊吧！弟兄们，将这干盗贼关入底舱，船到杭州之时，禀报马旗门大人！”

执刀的运丁们大声道：“是！”舱板被打开，大亮眼一干人被推了下去。舱板重重地关上。一根大木头套进铜环，将舱盖压死。

马旗门派人前往钱塘通知刘统勋十二条粮船会在午夜到达杭州，请刘统勋前来杭州交割粮船。虽然刘统勋对此有些许疑虑，按理说，这十二条粮船该到钱塘来交割的，他马旗门却非要在杭州拱辰码头验收。但转念一想，马旗门新任浙江巡抚，自然要摆足架子，在杭州码头交割粮船，比在钱塘码头交割风光多了。只要船能将粮食安然运到，哪儿交割都行。

码头上挂着一盏盏孔明灯，将粮船照得雪亮。马旗门领着几个下属官员，在船上陪着刘统勋和谷山验粮。十二条船全部验过，按运来的粮数，没有出入，而且粮食也是去年的新晒仓粮。刘统勋、谷山两人便在马旗门递过来的交割单上签好名字。马旗门将交割单小心翼翼地藏入袖中，下令马上开船，确保天亮之前船到钱塘码头。

刘统勋和谷山刚坐上马车要回钱塘等待接粮，马旗门对着运丁头使了个眼色，运丁头会意道："对了，还有一事得禀报马大人！"马旗门道："快说！"

"不久前，船上因缺人手，招了七八位流民充为运丁，不承想，这帮子人竟是盗粮贼！昨晚上，他们盗走了五十袋大米，幸亏我等警觉，将盗走的粮食从小船上追回，并将这伙盗贼全数拿下！"

马旗门装出一脸怒容，重声："还有这等事！这班竟敢偷盗皇粮的盗贼长得何等模样，拖上来给本官瞧瞧！"

运丁头一摆手，几个运丁将大亮眼等七八个壮汉从舱里拖了上来。每个人的嘴里都塞了脏布，呜呜地发不出声。马旗门道："刘大人、谷县令，你们看到没有，运一趟粮食还真不容易啊！若不是运丁多长了个心眼，这帮盗粮贼还真不知会干出何等恶事来！"

刘统勋道："此事多谢船上的运丁了！"马旗门道："此船的粮食是运往钱塘的，那么就将这帮盗贼押往舱底，送到钱塘交由谷县令严办！"

猛然间，大亮眼用肩膀左右开弓撞倒两个身边的运丁，往运河里纵身一跳，"扑通"一声大响，朝水底潜去。一群运丁立刻回舱里取来弓箭，对着河面猛射。只一会儿，背上插着七八支箭的大亮眼的尸体浮了起来。

运丁头道："禀马大人，巨盗头子大亮眼已被射死！"谷山突然一怔："他叫什么？"运丁头道："大亮眼。"谷山想说什么，将话咽下。

马旗门道："剩下的这几个关进舱内好生看管，不能再让他们跑了！"运丁头道："是！"

运丁将七八个壮汉押进舱去。

刘统勋道："马大人，我和谷山这就告辞回钱塘了，多谢费心！"

马旗门抱拳："不远送！"

熹微的曙光中，谷山、大扇子、叶书办、小放生、王不易手里拿着运粮的工具，和上百个垦民在码头上等候着。

扇子道："谷山！马旗门说好在天亮前将船送到，是么？"

谷山道："是这么说的。对了，在船上发生了一件蹊跷之事。去年我在山东诸城，碰到一个人贩子名叫大亮眼，想不到此人就在漕船上。运丁头说，大亮眼带着他的七八个弟兄在船上盗粮，全被活捉。”

大扇子道：“有这么巧的事？这伙盗贼呢？”

谷山道：“运丁将这伙人拖上甲板，让马旗门和刘大人都过了眼，马旗门下令将他们押往钱塘衙门受审。可就在被押回船舱之时，盗粮贼头子大亮眼跳了河，被乱箭射死在河中。”

大扇子的眉头拧紧：“这事越说越蹊跷了。粮船冒出一帮盗粮贼，这情有可原，可为何运丁要将这帮盗粮贼在马旗门和刘大人面前露脸呢？而马旗门不是将这帮盗贼留在杭州受审，却让运丁将他们押回船舱，随船来钱塘受审？再说，粮船的运地是钱塘，交割也该在钱塘，为何改在了杭州呢？对了，管船的帮主窦爷也不在船上，天一黑就在垦荒营逛荡。这些，说明什么呢？”

谷山紧张起来：“大扇子，你这么一说，我的心提起来了，你不是在吓唬我吧？”

大扇子道：“你想到什么了？”

谷山道：“倘若这都是事先安排好的一出戏，那就麻烦大了！粮船连夜从拱辰码头驶往钱塘，夜色正黑，这帮盗贼倘若解脱了绳索，点着了火……”

谷山一脸焦急，大声道：“小放生、王不易，跟我走！”

此时粮船船舱内，运丁头手里提着刀，后头跟着十来个拿着绳索的运丁，闯进舱来。七八个被绑着的壮汉惊恐地蹬着腿。运丁上前将绳索绕住壮汉们的脖子，使劲拉勒。只一会儿，壮汉们倒地死去。

运丁头道：“把他们身上的绳子解了，尸体搁到每条船的船舱里，再给每个人手中塞一个铁皮油灯，日后验尸，一定要看出就是他们放火烧的粮！”

运丁们答应着，背着尸体往外走去。

三匹马在运河堤上狂奔。王不易大声道：“谷爷，到底出什么事了？”谷山用力打鞭，谁也不理会，策马狂驰。突然，运河的上空亮起了火光和浓烟。谷山猛地勒住马。

小放生惊叫：“河里怎么有火光？”

王不易道：“火越烧越大了！”

谷山脸色惨白：“大扇子说的没错，我和刘大人都上当了！快走！”

三匹马朝着火光狂驰！十二条粮船都在起火，火光冲天！运丁们全挤在一条条小舢板上，拼命地往岸上划，边划边喊：“盗粮贼逃出来了，他们放火了！”

三匹马勒停着，在火光中狂躁地尥着蹄。船越烧越旺。运河上空，火光弥漫、浓烟滚滚！三人默默地看着河里起火的粮船，眼里布满了震惊和绝望。

小放生道：“这船远不烧，近不烧，离钱塘还有五里地的时候烧了，想救都没人来救。”谷山道：“这都是……精心算计的！”王不易带着哭声：“这些人太狠毒！他们干吗要跟刘大人、谷大人过不去啊！”

谷山咬紧牙关：“不是跟刘大人过不去，更不是跟我谷山过不去，是跟粮田过不去，跟大清国过不去！”

当谷山手里提着一只烧成了残片的麻袋，绝望地交到刘统勋手上时，刘统勋正脸色惨白，怔怔地坐在垦荒营工棚木凳上发呆。他颤着手，将满是烟炱的麻袋残片抓在手中，久久地看着。突然胸脯一挺，一大口鲜血从嘴里喷出，喷在了麻袋上。

粮船被烧的消息，已经传遍了垦荒营，也传遍了整个钱塘，垦荒营的两千垦民已是人心惶惶。留不住他们，那就意味着，垦荒大计彻底失败。这时最重要的就是如何再找到粮食。可如今，浙江各州县都有灾情，而且都在开荒，粮食成了宝中之宝，要向那些地方去筹借粮食，万无可能。再去外省筹买，也是远水不解近渴。

正当众人陷入绝望之时，明灯法师说了一句：“浙江天台禅寺有千亩庙田，寺中的住持是老衲的师兄，若能去那儿借粮，想必不会空手而归。”又使刘统勋重燃希望，让谷山跟随明灯法师前往天台借粮，以解燃眉之急；让唐思训带上县衙筹集的银两，立即动身去闽省买粮。若是粮食能及时到，那就有可能将逃荒的钱塘灾民重新召回，参加钱塘的大垦荒。刘统勋自已则留在垦荒营，就是拼了老命，也要把垦民留住！

海塘边高坡，挂在旗杆上的“垦荒营”旗帜被风吹得猎猎作响。芦棚的门开着，被大风吹得时开时闭。棚里棚外见不到一个人。垦荒工地平日热火朝天的场面已经不见。新修的水利渠边，扔着打夯的石礅，已经成形的像棋格一般的四方田埂上，本来满是挑土造田的人群，可这会儿空空荡荡，几乎看不到人影。青铜县来的垦民走了！

远处破破烂烂的海边堤路上，缓缓行走着正在撤退的青铜县垦民，牵着牛、拉着车、挑着担、拖儿带女。

刘统勋一行快步走在通往大堤的泥路上。为了能留住垦民，能让垦民再听到刘统勋的挽留，大扇子骑着马，奔到县署大门前，将衙门口的那面大鼓搬来，又让琴衣去大本营将垦荒营的旗帜取来，四人抬着大鼓和鼓架，夹着旗帜，在堤上烽火台高高的砖砌台顶上，敲起大鼓，扬起旗帜，对着正在缓缓撤退的队伍，大扇子、琴衣、小放生大喊：“大伙听着！垦荒营没有散！刘大人已经派谷山他们找粮食去了，熬过这几天，什么都有指望了——！”

远远的，流动着的队伍停了下来，正在撤退的垦民全都朝烽火台方向望来。他们听到了鼓声和喊叫声，看到了挥动的旗帜。站停着的垦民们朝着远处的烽火台张望。有人喊道：“看！是刘大人！他在留咱们！”垦民们迈下堤坡，向着烽火台拥去。

台下，黑压压地全围满了垦民。

刘统勋将旗帜交给大扇子，喉结嚅动着："鼓把你们都招来了，旗帜让你们留下了。咱们的垦荒营，还得办！天大的难处，咱们一块儿扛！"刘统勋支撑不住，双膝一软，跪了下去，枯瘦的手指紧抠着砖面。

垦民们大声回话："咱们不走了！死也要留下来，跟着刘大人垦荒！刘大人放心吧！"

刘统勋的十个抠着砖缝的手指渐渐松开了，身子滑坐在地，被老泪打湿的脸上露出了一丝笑容。

京城，乾清宫殿廊四周旌帜招展，各省进京的地方官员手里执着"报喜"旗牌，在偌大的殿坪前整齐地一字排开。报喜的各地官员齐声大吼："务农之本，在于增粮！增粮之本，在于增田！增田之本，在于增垦！"

《垦荒令》管用了，大清国全都动起来了！

伴随着鼓乐奏响《云开日出》，报喜的地方官吏们像翻江倒海似的摇晃起大红旗牌，齐声欢呼，声震如雷。乾隆踌躇满志，颁旨户部：凡开荒有功者，无论官民，一律有赏！按各省奏报垦荒之数，动用库银，补贴耕牛、农具、种子之用，不得借口耗损，耽误垦荒耕种之需！

第二十四章

满朝堂哭讨金银财　唐思训风雪恨归天

荒开起来了，喜报也送上来了，棋子们也都在盘面上摆齐，讷亲要出手了。他要让皇上知道一个“钱”字能逼死英雄，也能逼死皇上，朝廷缺银子，不仅是因为所支太巨，而是进项太少。只要满朝都是哭穷喊酸的嗓门，缺钱的压力自然能让皇上吃到分量，到时候皇上下旨增银是早晚的事，那新垦田亩的田赋也就要敲锣打鼓地开征了！

讷亲将散落在各部的棋子们一调动起来，乾隆的案上就多了一厚摞哭穷的折子。

兵部报，准噶尔开战，大小金川的战事时好时坏，军饷浩繁，已难以为继，若是再不及时追补拨给，恐出大事。

内务府报，因为各地大开荒，衙门所投帑银甚巨，若不及时补给，恐怕有不济之虞。

造办处报，内宫的三座宫殿常年漏雨，今年非得修缮不可，求请内务府拨银。

工部报，今年修理黄河的河工银，已到拨银限期，倘若再有耽搁，黄河一旦决堤出事，万亩粮田农事将毁于一旦。

海鸥声中，钱塘海边，海浪刷打着礁石，激起浪花朵朵。

谷山跟随明灯法师从天台国清寺借到了粮食，唐思训买到的七船稻米也安然运抵钱塘。垦荒营不仅生存了下来，而且由于本地灾民的加入日益壮大。钱塘三万人在这年的冬季来临之前，全都投入了轰轰烈烈的大垦荒之中。然而，就在刘统勋踌躇满志、准备在浙江创办更多的垦荒营时，他接到了一封张廷玉给他写来的密信。

垦荒营一间小工棚，坐在炭炉上的药罐扑扑地冒着烟。琴衣将药倒入碗里，端到桌前。谷山和唐思训穿着棉袍、搓着冻僵的耳朵从门外进来。唐思训道："这大冷的天骑马，俩耳朵跟没长着似的，一摸，没了。"谷山往手上哈着热气："这么快就到了冬天，得备些炭，给垦荒户送去。"刘统勋道："有人在办这件事么？"

谷山道："大小青树两兄弟带着人去天目山烧炭了。"刘统勋道："你们来得正好。张廷玉大人给我来了封密信，说了几件事，听起来都不是好事啊。他说，自从皇上下旨'万民垦荒、举国增田'，朝中突然间像遭了巨贼似的，无论是户部、工部、兵部，甚至连刑部、礼部、吏部都开始哭穷，纷纷给皇上递折子，哭诉帑银短缺、支供见绌，什么事都办不成了。"

唐思训摘下破得裂缝的近光眼镜，哈着气，用手指擦着："不至于吧？雍正三年，十八个省有十四个省都遭大灾，而且那几年还得动兵，用银如此紧迫，库房也没见空虚成这样，更没见哪个大臣哭着喊着要向皇上讨银子呀！"

刘统勋道："这就是怪事！芝麻炒过了头，油味就变了。衡臣在信中说，他已看出，这场泪如雨下，不过是往眼里抹了芥末，装出来淋给皇上看的。意在何为呢？那就是要逼着皇上收回垦荒之时'不许清丈征税'的谕旨！"

唐思训道："张大人这老家伙，眼毒！"

"衡臣之所以把这些告诉我，就为着提醒我先做个防备，万一这事被得逞了，恐怕会殃及浙江，更殃及咱们办的垦荒营。"刘统勋道。

谷山道："张大人提醒得好！看来，咱们还得在垦荒营多贴告示，告诉三万垦民，只要垦荒营在，决不清丈征税！"

刘统勋脸色凝重起来："我现在担心的倒不是钱塘，也不是浙江，而是在替大清国担心哪！讷亲这帮子人老谋深算、心狠手辣，看似向皇上逼银，其实是向皇上逼宫！而逼宫，那就是为了逼权！我心里不踏实啊！皇上身边，如今还有谁能在挡风遮雨、顶枪抵剑？我刘统勋走了，孙嘉淦走了，梁诗正走了，你唐思训走了，另外还大大小小走了一大批，剩下的那些还有点骨头的大臣，已是寥寥无几，我是在替皇上着急啊！"

"延清的这番话，若是能让皇上听见，那多好啊！"唐思训道。

"我想亲自回京城一趟，见见皇上。倘若皇上真遇到了万难之事，也好说上几句话，哪怕我刘统勋人微言轻，只要能给皇上扶一扶椅子，那也好。"刘统勋道。

谷山道："您要去京见皇上，这当然是好事。可您的身子，挡得住这一路风寒么？再说，既然眼下朝中暗潮涌动，难免不会波及钱塘，真要再发生像上回火烧粮船那种事，咱们辛辛苦苦办起来的垦荒营，那就真的完了。"

刘统勋站起，在棚里踱着，不停地咳嗽。琴衣、谷山、唐思训不安地看着刘统勋。刘统勋道："你们说的有道理，我留在这儿恐怕更好。这么着，我连夜写一封信，你们俩带上它，代我去一趟京城，亲手将信交给皇上！"

谷山和唐思训对望了一眼，朝刘统勋点了点头："好!"

谷山、唐思训牵着马，在钱塘城门口和大扇子、小放生、王不易、叶书办等人告别着。

大扇子从怀里摸出一副"跪垫"，交给谷山："此去京城见皇上，未必顺利，万一受阻了，你就戴上这副跪垫，跪在午门之外，想必有良心的大臣见到后，定会在皇上跟前代为奏禀。"

谷山笑了："我和唐大人还没上京，你就泼凉水了，这可是大冬天哦，别让我和唐大人直打哆嗦!"

在场的人都笑起来。

大扇子道："但愿我的担心是多余的。"

唐思训看着女儿："小放生，你眼睛红红的，怎么，怕爹回不来了，没法跟你一块儿玩耍了，是么?"

小放生含着泪"扑哧"一笑："父亲这么大年纪了，还风来雨去到处跑，我不放心。"

唐思训道："那你就改个名，不叫小放生，叫小放心，行不?"

"名我不改，可话还得说。我把你交代我的话，再还给你吧：出外十日要想着风雨，出外百日要想着寒暑，出外千日要想着生死!"小放生道。

唐思训道："这'三想'，父亲记住了。"

"大扇子，我想好了，等咱们的垦荒营办成，我就向你求婚，到时候，你只能对我说一个字。"谷山道。

大扇子眼里含着别离的愁笑："哪个字?"

谷山道："'行'字!"

大扇子道："要是我说不行呢?"

谷山道："那我会说：不行也得行!"

小放生看着两人，偷偷地笑了下。大扇子道："谷山，此去京城，好好照顾唐大人，千万别出差错。"谷山道："你放心，给皇上交了信，我和唐大人立马就回来。"

叶书办道："谷大人，采买修海塘的木料和石条都有着落了，等你一回来，咱们就开工。"谷山道："好！钱塘的事就拜托给各位，告辞!"唐思训笑着道："小放生，天快下雪了，想父亲的时候，别忘堆个雪人!"小放生点头："忘不了!"

两人上马，打鞭驰去。大扇子、小放生、王不易、叶书办等人默默地目送着。小放生的眼里浮起了一层泪影。大扇子的眼里也闪起了泪光。

谷山刚走，马旗门和宋五楼就在巡抚院署一间内屋里打起了放在钱塘银库里的那九十万两水利银的主意。

马旗门将九十万两银子收归省衙支配，分成五份，每份都是十八万两！十八万两让宋五楼找人修筑海塘；十八万两归入宋五楼的私人钱袋；十八万两密运进京，送给讷亲做垫箱钱；十八万两运入寸土堂，送给铁箭飞做酒钱；最后的十八万两，就是他马旗门口里的肥肉了。

几辆大马车上堆满了银箱。钱塘县署银库大门外，省衙的营兵押着车，一辆接一辆地驶走。

池亭里，宋五楼穿着熊皮大氅和窦帮主在钓着鱼。

宋五楼道："上回火烧粮船，你窦爷干得是天衣无缝，还发了点小财。看你脸色，滋润多了。对了，钱塘要修海塘的事，知道么？"

窦帮主道："这么大的事当然知道。听说马大人将九十万两水利银收归了省衙，由他来亲自拨银。"

"银子收回去了，可海塘还得修。这事，他交给我五爷来操办，我呢，好事也不想独吞，你窦爷办事如此周到，我就将修塘的工程交给你吧。"宋五楼道。

"那好啊！您放心，只要我窦爷出手，再难办的工程都不在话下！"宋五楼道："想必马大人这一回也有点难处，拨下的修堤银子只有五万两。我把这五万两都交给你，你呢，用个二万两采买修堤的木料和石块，剩下的三万两，就作为你的辛苦钱。"窦帮主道："用二万两修这么大的海塘，那可不够。"

宋五楼道："嗨，什么叫倒腾，你窦爷会不懂？买些干柴代替木料，那条石也不必用，买些碎石就成，反正都是埋地底下的东西，谁都见不着，只要能搪塞过去就行。过个三年五年，海塘又裂了口子，那怪谁？怪巨风、怪大浪，怪不到你头上来。到那时，朝廷一看，不修不成哪，不就又拨银了么？"

窦帮主笑起来："行，就照五爷说的办！用二万两将个十里海塘给修起来！"

乾隆执着一把洒水壶，在乾清宫院落给梅花浇水。水洒得稀稀拉拉的。张廷玉在一旁站着，垂着手听乾隆说话。

乾隆道："看你走路的模样，流火腿像是好些了？"

张廷玉道："治了这么些日子，好多了！"

乾隆道："做大臣的，头等大事就是要将路走得踏实。等你的腿痉愈了，朕也就放心了。这几天，大臣们殿上递的折子、说的那些话，都与清丈征税相关。这么大的事儿，朕想听听你怎么说。"

"老臣以为，国家库银，有备无患，当今虽说有不济之困，可开荒增田更是纾解国危之策。"张廷玉道，"一困一危，自然得处理'危'字当先。从长远着眼，清丈征税之说，无利垦荒增田，不可听之！"

"治天下的道理，莫先于爱民。朕御极以来，已多次蠲免赋税，四海之内，无不称颂。如今，朕推行万民垦荒、举国增田，要不要纠改诏令，朕有点拿不准主意，想让大臣们就此事再好好议它一次，你觉得如何?”乾隆道。

洒水壶已空。壶嘴的滴水滴在乾隆的靴子上。张廷玉看在眼里，急忙将目光移开。

张廷玉道：“皇上，老臣以为，该让大臣们放手殿议一次才好，要不，此事再拖下去，有误政事。”

乾隆将洒水壶递给候着的田喜：“对，朕要让他们把各自的想法都说出来。田喜，灌水去。”

张廷玉内心道：“其实，在皇上心里，决不纠改诏令早已铁定。皇上之所以要再来一次殿议，为的是要更看清某些大臣的嘴脸……皇上这么做，对了!”

张廷玉欠身：“老臣告退!”

谷山和唐思训在京师闹市一家小店吃着爆肚，琢磨着怎么才能把刘统勋的信送到皇上手里去，

唐思训道：“这可是京城最有名的爆肚店，京城有句老话，叫做‘要吃秋，有爆肚’。可过了这个节气，京城人都还想着来吃一口。”

谷山大口吃着：“真好吃。”

“店家也做得精细，按着羊肚做成肚板、肚葫芦、肚散丹、肚仁，客人喜吃哪样，都有。吃完了，要是再来碗茶汤，那别提多舒服了。”唐思训道。

“店家，来两碗茶汤。”谷山回脸喊道。

店小二道：“好嘞!两碗茶汤!”

谷山道：“唐大人，你说，咱们如何才能将刘大人的信交给皇上?”

唐思训道：“我也犯愁呢。京城的不少官员，认大帽子不认大脸盘。若是我戴着二品官帽，上哪儿都成；可这会儿戴着这顶皂隶瓦片帽，上哪拍门都跟个叫花子似的，没人理睬。让我也想想，刘大人的这封信该如何递进养心殿去。”

谷山道：“对了，给刘大人去信的，不是张廷玉大人么?咱们能不能找找他?”

唐思训和谷山牵着马，在张府大门前焦急地等着。门吏出来，脸色铁板。唐思训赔着笑脸：“张中堂怎么说?”门吏道：“我将你们俩的名姓给中堂大人禀报了，他说，这两个名他都没听说过，不见!”

唐思训摘下戴在头上的瓦片帽，露出满头白发：“再烦您给中堂大人传句话，就说他可以不认我的名，可不能不认我的头!我可是和他一块儿朝中为官，一块儿白了这头的呀!”

门吏道：“说这话就难听了!”

唐思训急忙摘下破眼镜，递给门吏：“他不认得我这头白发也没事，他总能认得

这副近光眼镜。这副眼镜，皇上在乾清宫正殿还多回说起过，谁都认得!”

门吏道：“走吧走吧，爱上哪上哪!”

谷山气愤道：“您这位大人怎么这么说话？唐大人和我来京城，是带着刘统勋大人写给皇上的亲笔信，咱们只是求张大人将此信交给皇上!”

门吏道：“你这么一说，中堂大人就更不会见你们了！给皇上送信，哪有这么个送法？走吧!”

不等唐思训和谷山再开口，门吏回进大门，轰隆一声大门关上。

谷山和唐思训牵着马，心事重重地走着。

唐思训摇头道：“……真没想到，张廷玉会如此势利眼。按理说，他得知我唐思训来了，定会出门相见，可没想到，他不仅不见，还像打发……”

谷山道：“打发叫花子似的。”

“对，就是一叫花子！可这么溜达也不是事，让我再想想办法，该敲哪位大臣的府门呢?”唐思训道。

“对了，杜霄在京城，咱们先去找个小客栈住下，我去找他，看他愿不愿意帮。”谷山道。

空荡荡的屋子里，谷山独个人坐着。部门厅候见房外头天井里，户部官员在来来往往地走动。一户部官员进来，谷山急忙站起。

官员道：“你找杜霄大人，是么?”

谷山道：“是。”

官员眉头一皱：“说吧，见杜大人有何事?”

“没大不了的事，只是……想和他聊聊!”

“你一人来京?”

“和唐思训大人一块儿来的。”

“唐思训？不就是那个被贬为九品皂隶的浙江巡抚么？你和他一块儿来京干吗？递冤状?”

“这位大人，我是来找杜霄的，您就告诉我他在不在就行!”

官员上上下下打量了谷山一会儿，把手一摆：“不在!”谷山道：“他什么时候能回来?”官员道：“这话问的！户部官员的行踪，能随便打听的么？走吧，别再坐这里耗着了。”

谷山拎起行李，一步一回头地往大门外走去。

穿着五品官服的杜霄坐在户部一间公房，阅着一堆册子。

那官员匆匆进来：“杜大人，找您的那个谷山走了!”杜霄抬起脸问道：“他没说什么?”官员道：“他说，是和唐思训一块儿到京城的。”杜霄一怔：“和唐思训一块儿来京城的？没说来干吗?”

官员道：“没说。”

杜霄道：“唐思训来京城，可是无事不登三宝殿！知道了，退下吧!”

那官员退出门去。杜霄急忙起座，取过大帽子戴上，匆匆出门。

铁箭飞和杜霄在寸土堂回廊走着。

“要是我没猜错，刘统勋是嗅出了朝廷这口池子里的腥味，派唐思训和谷山来京城。倘若不是打探消息，那定是要见一个人。”铁箭飞道。

杜霄道：“见谁?”铁箭飞道：“还会有谁？皇上!”杜霄道：“他们俩真要是见到了皇上，这事就有点……”

“进庙还得三烧香，他们现在连庙门还没摸着呢。这事你就别管了！对了，户部近况如何?”铁箭飞道。

“都疯传皇上有可能收回‘不清丈征税’的谕旨，有伸脖子等着的，也有不信的。”杜霄道。

铁箭飞道：“我见过干爹，他说，此事很快就见分晓了，熬几天吧。”

杜霄道：“好！咱们养足精神，准备好好干一场!”

夜深人静，京城一家小客栈各间客房的灯都已熄灭。店小二打着灯笼，在廊间巡看。一条黑影从墙上跳下。他是房杠。

房杠闪到廊下，一把掐住店小二的脖子，低声：“从南方来的一老一少，住哪间屋?”

店小二打着抖：“住……住东头第一间。”

房杠将店小二的脖子一拧，店小二咽气倒地。

房杠向东头的屋子闪去，在窗户纸上戳了个洞，取出一支蒙烟杆，打开装火核桃的盒子，将蒙烟杆点着，往屋内吹起了烟。突然，两个蒙面人从瓦面跳下。

房杠一怔，猛然回身。两把雪亮的砍刀已经当头劈来。房杠闪过，自知无法再下手，打了几个虎蹦，跃出墙去。两个蒙面人将插在窗上的蒙烟杆拔出，踩碎。

张廷玉坐在张府内房椅上，显然在等着人。门吏带着两个蒙面人进来。蒙面人抱拳：“禀中堂大人！果然有人要暗害唐思训和谷山，小的们已将杀手打退!”

张廷玉道：“认出这个杀手是谁么?”

蒙面人道：“寸土堂管家房杠。”

张廷玉嘿嘿笑了两声：“不出老夫所料，果然是寸土堂的人！这笔账，我替他们记着!”

京城上空飘起了大雪，朔风呼啸。鹅毛大雪飘飘扬扬，乾清宫殿坪上的雪片在风中打着旋子。一列列侍卫扶刀站在雪中，犹似雪人。

殿里站满了大臣，都在轻轻地跺着冻僵的脚。讷亲和铁弓南的位置空着。大臣们狐疑地看着这两个空位。

一双满是雪浆的破靴子沉稳地跨进殿门，铁弓南在自己的位置上站定。紧接着，一双崭新的钉了铁钉的硬底新靴也迈进殿门，讷亲迈着扎扎实实的步子，“橐橐”地响着，在自己的位置上站定。

两人抬起脸，相互望了一眼，威严地收回目光。大臣们松了口气。

殿门轰轰隆隆地关上。乾隆穿着暖袍，从屏后出来，在须弥座上坐下。众臣如仪山呼，被赐平身。乾隆扫视了一会儿满殿臣工，目光落在讷亲的新靴子上。

乾隆道：“朕在屏后就听见马蹄声在响，还以为是刘统勋上了殿。这会儿，朕坐定了才明白过来，刘统勋此时在办他的垦荒营，而不在朕的殿上，朕将讷中堂的靴子声听成了刘统勋的铁靴子声了。”

讷亲下跪：“微臣愿为皇上分忧解难!”

乾隆道：“讷亲，你平身吧，今日谁都别跪，有话好好说!”

众臣齐道：“谢皇上!”

乾隆道：“……朕要说的是，朕的肱股大臣若是都能像刘统勋，那么，还有办不好的事么？望讷中堂不负朕之所望，也能像刘统勋那样不存私念，替朕担当重任。”讷亲道：“微臣愿为皇上赴汤蹈火!”乾隆道：“开议吧!”

邹子旺重咳一声出班：“皇上！众所周知，康雍二朝七十四年间有过数次大垦荒，虽然推行‘新垦水田六年起征、旱地十年起征’之良策，可大量垦民却不记恩，仍然瞒报新垦亩数……”

乾隆道：“邹子旺，把你嘴角上的白沫子擦了，慢慢说。”

邹子旺一抹嘴角：“更有甚者，大量田户将原有熟田也充作新垦之田，逃瞒税赋，从而造成国库之空虚！现如今，朝廷急等用银，却已是处处捉襟见肘，挖了东墙补西墙。微臣记得，朝廷多次因为举国赈灾不济，差点造成流民殃国之危!”

马旗门道：“据浙江署衙历年所记，凡有垦荒造田之区，棚户顽劣，专以抗税为事，相仿成风！当禾谷登场之际，即便砻米出粜，以供其吃酒赌钱之用，实属可恶!”

“官仓为何无粮？国库为何缺银？官员为何破衣？这三道考题，几十年来难倒过大清多少臣子？可是，要答出这三道题，只需用四个字便成，这四个字就是：瞒田抗税!”潘八指道，“当年康熙爷与雍正爷为了鼓励开荒，颁下了禁清丈、开荒之地按年升科的条令，几十年过去了，咱大清国开出了多少荒地？而这些荒地又有多少变成了熟地？可在这些熟地上，给官仓纳过了多少粮？给国库纳过多少银？给官员纳过了多少衣？少之又少啊！为何如此？究其原因，就是新垦田亩从不纳赋交税！正因如此，咱大清国才落得今儿个仓空、库虚、官穷的地步！才逼得咱们有些官员为了给朝廷多征几两银子，不得不对着朝廷说假话！说空话！说屁话！”

官员甲道：“粮税收不上，受损的虽说是国家，可得益的是百姓。这个理，过去我做知县的时候也这么想。咱们替朝廷做着县官，何尝不想当地的老百姓都能过上好日子？可是，微臣自从当上了布政使，担当的事儿就不是一县一乡的窄界了。粮税收不上来，官仓何盈？官库何满？官员何活？”

乾隆道：“继续说。”

官员乙道：“就是！皇上统辖万里，咫尺之地亦为君土，匹夫之人亦为君民，此乃天经地义！故此，免究垦民一人，皇上则少一人之税；免丈垦地一亩，皇上则少一亩之赋！就以兵部来说，以目前计之，一岁之赋，不敷一岁之饷，况且此后，民力日疲而有限，兵食日增而未穷，更何以给之！”

官员丙道：“兵有枵腹之忧，国之危也！一旦良民化为乱民、群氓变成群寇，再发兵剪除，就无勇猛之士了！”

官员丁道：“若是不改原有之策，不征该征之税，那么，国将无银，库将无粮，君将无计，臣将无策，民将无救，最终将殃及国基！”

一大批臣工纷纷点头赞同。

有人望向讷亲。

讷亲正容以待，显然还不到说话的火候。

潘八指大声道：“各位大人所言极是。生田若不征税，那么，熟田造假之风断难刹住！大清国的祸害，圣上说了，在于这个‘假’字。‘假’字不除，国无宁日！而要不给‘假’字一丝机会，就得如各位大人所说的那样，对生田熟田一视同仁，开一亩清丈一亩，丈完一亩征税一亩，决不可此长彼消！”

一批大臣纷纷赞同此说。

讷亲脸上露出一丝微笑。

“微臣再说上两句。”邹子旺道，“凡长眼睛者，都已看出天朝的国库早已空虚！故此，臣等万万不可容忍小民耕田无赋、吃粮无税！若是容忍此风盛行，国库银粮就成了空穴来风！”

马旗门道：“官帑无着，君用不取，国家势必就乱得一塌糊涂了！当下最要紧的，是丈量新垦田亩，并下令垦荒农户自首已垦之田地，各地衙门派出精兵强将，把田税地赋给收上来，除此之外，国库之充盈无从谈起！”

殿内一片静默，望向铁弓南。

铁弓南咳了一声，出列：“邹大人、马大人、潘大人，还有这几位大人，你们说的这些话，尽管言之凿凿，可我铁弓南以为，垦荒之田地若是收税，于情理不合。比如，所垦之田，近水则腴，远水则瘠，连腴瘠都没区分就征赋收税，那准会出事……”

讷亲见时机到了，出班，打断铁弓南的话：“正因为如此，首要之事就是清丈！”

众臣又将目光投向铁弓南。

铁弓南冷然一笑：“历朝历代的贤明君主，都深知这么一个道理：收粮之法，不在重器，在于重价。而开荒之法，以微臣愚见，不在重税，而在重奖！”

众大臣一怔，望向讷亲。

讷亲冷哼一声，针锋相对：“当今之世，商贾之财不足以左右天下，而各省盐课粮税，却在支撑江山！尤其以粮税为重，方有国用、政用、兵用、民用！如若任凭开荒之地免收税赋，那么，已有粮田的佃户也难免效法，抗税不交！”

铁弓南道：“倘若对新垦之田收以重税，那么，势必会有垦荒之名，而无垦荒之实；会有仁民之政，而无仁民之利！别忘了，当年河南巡抚王士俊借劝垦之名，横征暴敛、肆毒中州，是如何激起民变的！”

众臣面色沉重，看看乾隆。

乾隆面无表情。

铁弓南继续往下说：“当年，我铁弓南就在河南！据我所知，棚户与垦民开掘的荒地，实为未熟之田地，沟渠不通、沙石尚在，草根盘结，盐碱难退，真种下粮去，须得精心莳弄，才能数年之后略有收成！如若向这些未熟之田征收赋税，咱们这些做朝臣的，明知不可为而为之，于心何忍？难道就不怕被万民唾骂么？”

讷亲重声：“当然不怕！农谚道：‘地变田，肥三年。’以地辟田，落叶可沃，烧草可肥，播下种去怎么会不长粮食呢？你铁大人定是不知道还另有一句农谚：‘肥土芝麻瘦土麦。’只要不去种芝麻，全都种上麦子，自然就有好收成！”

潘八指、邹子旺、马旗门等人纷纷称是喊好。

乾隆道：“这是殿议，不是听戏！朕不愿听到有人喧哗！”

潘八指等人安静下来。

铁弓南道：“讷中堂引用民谚，意在证明清丈征税之可行。然，民谚虽可敬，民心更可畏！百姓辛辛苦苦在野草荆棘、乱石荒滩之中一点一点给抠出泥土来，改成可耕种的田地，这得付出多少血汗甚至人命？贸然向他们征收田税，这得民心么？民心一失，还要粮田作甚！”

讷亲又哼然一笑：“这话说得火气有点大！可尽管火大，我讷亲还是要套用一句俗语来解你铁大人的这句话！”

铁弓南道：“我洗耳恭听！”

讷亲道：“这句俗语是这么说的：‘一斗米养个恩人，一石米养个仇人。’若是一味施恩，小民眼中哪里还有国家？只有照章严管、丈田征税，小民才知田从何来、粮从何出，才会对朝廷的恩泽永记在心！”

“看来，讷中堂是不做和尚不知道头冷。此次随驾去了浙江，刘延清告诉我，加入垦荒营的垦民和棚户，大多是失田的乡民和逃灾的流民，他们辛辛苦苦垦出荒来，为的是什么？为的就是有一块田种，有一口饭吃！”铁弓南道，“刘延清还告诉我，新垦之田地，若无三五年之工，难有上好收成，更何况他们的牲畜、农具，都在垦荒之时消耗殆尽，盼着新垦之田有所收成，除日常果腹之外，还能将牲口、农具、种子给补回来。若是田税一开，他们的希望就会落空，耕作难以为继，失田的乡民仍然失田，逃灾的流民仍是流民。谁都知道，无田者一旦无救，那就成了无命之徒；而流民一旦自流，那就成了夺命流寇。这样的事例，咱们见得还不够多么？”

讷亲寸步不让：“大清国从来不缺收服流寇的办法，别拿‘流寇’二字来吓唬人！请铁大人谨记，本朝的岁入岁出有这么一本账：地丁税课，约计每年三千八百万两，每年所用俸饷，约计三千四百万两；加之水旱、蠲免、赈恤，所余不过三百万两。一遇兵兴及地方巨务，每用不敷，只能开捐，以补不足。国帑艰难如此，倘若任凭各省地方开荒者免升税课，国库充盈还有何指望？”

铁弓南绝不后退：“征收开荒之税，名为收国帑、充国库，实乃强搜平民、横剽额外！朝廷若是只见微利，不见大害，颁下收税政令，全国开荒之省必将深受其苦！百姓用血汗开出的生荒之地，见无利可图，必将纷纷抛弃。倘若如此，皇上旨办的万民开荒、举国增田大策，必将前功尽弃，毁于一旦！”

讷亲对着乾隆跪下：“皇上！新开田亩之税若是不收，任凭坐失其财，国库必将空虚，民生必将日艰，边衅必将渐开，真到了那时，皇上定然追悔莫及……”

铁弓南也急忙跪下，抢话：“皇上！讷大人之言，耸人听闻！臣以为……”

乾隆打断：“让讷亲把话说完。”

讷亲大咳一声，继续：“皇上！古人有训：既操天下之利权，何难揽天下之政权！先贤的这两句话，请皇上三思啊！”

铁弓南抬头，目光急迫：“皇上！清丈征税之弊，上违国法，下失人心，养奸滋事，关乎治乱……”

乾隆有点听烦了，拍了下御案：“你们以为朕是那个不识菽麦的晋惠帝么？都听着，各位大臣回去以后，把垦荒征税的利弊都写出来，上个条陈！——退朝！”

殿门轰轰隆隆地打开，刺目的雪光一拥而入……

午门外，大雪纷飞，寒风呼啸。谷山和唐思训双双跪在雪中。对面是紧闭着的宫门。雪越下越大。两人直着腰，跪得一动不动。

风雪中，谷山和唐思训身上的雪在加厚。两人的眉毛、鼻子上全是白雪。

谷山从怀里掏了一副跪垫，递给唐思训："这是大扇子让我带在身边的，看来还真有用。唐大人，你套上吧，别把膝盖骨冻坏了。"

唐思训摇头："不用。"

谷山道："不！用上它！"

唐思训眼睛发红，接过。

雪越下越大，满天皆白。谷山和唐思训全身都白了，像两个低矮的雪人。

谷山道："唐大人，你还扛得住么？"

唐思训点了点头。

谷山伸出手："唐大人，把你的手给我，我替你暖着。"

唐思训将一只手递给谷山。

两只手在飞雪中紧紧相握。

谷山和唐思训在雪中相靠着。雪片盘旋，发出尖峭的啸声。

唐思训道："……谷山，你觉着……咱们这趟来京……值么？"

谷山不作声。

唐思训道："……要是我没丢官，还是二品巡抚，这会儿，恐怕就能在乾清宫的正殿里，堂堂正正地说话……堂堂正正地将刘统勋的这封信递给皇上……可是，嘿嘿……我穿着这身皂隶之服，别说进宫，恐怕连冻死在这儿……也……也不会有人来……来埋……谷山，你怎么……不说话……是和我一样，有点儿……有点儿冻僵了吧……"

谷山道："我在想，刘大人这会儿在干什么，在想大扇子这会儿又在干什么……也在想小放生、王不易他们在干什么……"

唐思训的嘴唇在动着："……我……我也想……想他们……想……想小放生……"

谷山道："我把眼睛一合上，就会见到他们……他们和垦民们在一块，顶着雪，在荒地里开垦……不对，江南还没下雪吧……但愿真的还没下雪，要是下了，垦荒就难多了……唐大人！你怎么了?!"

唐思训身子一斜，倒在了雪地上。谷山扶住唐思训，用手摸了摸他的嘴，顿时瞪大了眼睛。唐思训脸色发青，已经断气！

谷山抱住唐思训，摇摇晃晃地站起，狂声大喊："唐大人——!!"

回答他的是满天飞雪！

第二十五章

邹子旺诬人反送命　讷中堂避走大金川

大雪已停，紫禁城一派银装素裹。乾隆背着手，在屋里不安地走动着。桌上，堆着两大堆折子。前几天的那场殿议，并没得出什么结果，大臣们递的折子不少，可支持清丈征税的和反对清丈征税的，是五五开。所以此时，在乾隆面前的这架天平上，谁都压不住谁。唐思训用命递上来的刘统勋亲笔信在这时就变成唯一可以加重的砝码。

刘统勋信中说，清丈征税断不可开，若开，则垦民亡、垦荒亡、垦业亡。三亡之下，那就是粮田亡、粮仓亡、国基亡、朝廷亡。

看着这封信，乾隆心中在全国大办垦荒营的决心更重了，放下信件，便让张六德安排厚殓唐思训的事宜，并且亲自踏着满地雪片，出宫去通州码头送唐思训最后一程。

通州码头停靠着一条大船，船上搁着唐思训的灵柩。灵帐上挂着唐思训的遗像。谷山披麻戴孝，跪在棺前，在往铜盆里烧着纸钱。

皇帝的辇车在骑马的大内侍卫护卫下疾驶而来，在码头停下。张六德长声道："皇上驾到——！"

岸上、船上的人纷纷跪倒。乾隆看了看灵帐上的遗像，眼睛渐渐泛红。张六德递上一碗白酒，乾隆接过，在唐思训的棺前缓缓浇祭。张六德从袖中取出一个盒子，打开盖，将一副近光眼镜递到乾隆手中。

乾隆看着唐思训的遗像："朕在钱塘的时候，听说你也在垦荒营里，帮着刘统勋。朕没能见到你，这是朕的遗憾。刘统勋告诉朕，你的眼睛更近光了，那副常年不摘的眼镜也碎成花了。今日朕来为你送行，带来了一副近光镜。你戴着它，在另个地界上，无论是白日还是黑夜，都别摘下，就这么戴着，放放心心地走你的路。”

遗像上的唐思训，面容忠厚，目光倔强。乾隆将近光眼镜轻轻用手拭了拭，轻轻放上棺盖，摆正。

乾隆转身对谷山道：“谷山，平身吧。”

乾隆打量着一身白麻衣的谷山：“官袍外头再添孝袍，你这个官，做得仗义！”谷山道：“微臣没能保护好唐大人，也没能及时将刘大人的信交到皇上跟前。”

乾隆抬了下手：“不，你尽职了！回垦荒营后，告诉钱塘的垦民们，朕在等着他们将钱塘的荒地都给垦出来，在等着他们在新田里种上粮食，还等着他们的粮食年年丰稔！”

谷山道：“微臣定然将皇上的口谕带到！清丈征税之事，刘大人在信中……”

乾隆道：“这事你不要多说了，朕下的谕旨绝不会更改。谁要想借此次万民垦荒的机会，欺侮垦民、盘剥棚户，朕一个都不会轻饶！”

谷山道：“唐大人要是能亲耳听到皇上的这番话，定当含笑九泉！”张六德取出一块御制铜牌，递给谷山：“谷山，刘大人在给皇上的信中说，他准备在浙江再多开办几个垦荒营，皇上觉着这是大好事，还望加紧措办。皇上念及刘大人免不了要行走各处，特赐‘通行御牌’一块，见了刘大人你交给他，或许用得上。”

讷亲府内房门窗紧关着。讷亲抱着暖炉，浮肿着脸，坐在椅上不停地抹鼻烟。一旁，坐着潘八指。两人在密谈。

潘八指道：“据各地的眼线来报，皇上不久前调傅恒从江西回京，虽然是改行当了编撰官，可暗地里却让他干着另一件秘事，那就是在查皇庄！”

“意料之中。这件事，定然是皇上秘密交办的，恐怕就是为了让刘统勋复出。”讷亲道。

“皇庄历年办下的那些事，真要是被傅恒查出来，废皇庄恐怕也是迟早的事。傅恒还在密查唐思训、孙嘉淦、梁诗正的罢官降爵之案，用不了多久，这几桩案子恐怕都会被查清，于咱们不利。对了，在那封弹劾刘统勋的百人签名弹章上，好些签过名的大臣都在暗地里反了水，写下密折，通过铁弓南的手递到了皇上跟前。”潘八指道。

讷亲放下暖炉，背着手在房里走了一会儿：“看来，铁弓南大有取代我讷亲的势头哪！当初，咱们的那六支箭，有点射偏。现在看来，头一支要射的就该是铁弓南！”

潘八指道：“您是看在铁箭飞是您干儿的分上，以为铁箭飞能将铁弓南给收归在咱们身边，才扶他当上了户部尚书。可没想到，事与愿违，如今他成了朝中的刘统勋，和朝外的那个刘统勋一唱一和，配合得天衣无缝。”

讷亲道："这几天我在琢磨，有什么办法能将铁弓南给一箭射下，可就是想不出良法来。"

潘八指道："对了，据咱们埋伏在铁府的眼线来报，就在铁弓南卧室的床底下，有一个银窖，里面藏满了几大箱银子！"

讷亲道："哦，铁弓南能干这种事？不会吧？"

"当然不会。铁府和邹府比邻而居，铁弓南和邹子旺的卧房只隔着一座墙，邹子旺有个每夜都要听着倒腾铜钱声才能入睡的毛病，日子一久，铁弓南听得心烦，让用人捡了几大车坟砖来，在床边又砌了一堵墙，才把那响声给拦住。可铁弓南没想到的是，邹子旺藏银的地窖就挖在他的床底下！我去找邹子旺，让他给密道的门砌上砖，将邹府隔断后，那银窖不就成了铁弓南的私窖了么？"潘八指道。

讷亲道："好！等拿住了铁弓南，我就立刻去禀报皇上，不把他打得个脑汁四溅决不罢休！"

马嘶声中，铁府大门口蹄声杂乱。邹子旺坐着轿，领着刑部的一群士兵蜂拥而来。士兵打着灯笼，拿着铁镐，撞开大门，将那根竖在门里的大木头推倒，一拥而入。

杂乱的脚步声从卧室门外传来，铁弓南被惊醒，从床上坐起，伸出手从床头柜上摸到一小截残烛，用打火石将烛点着。门被重重地撞开，不等铁弓南下床，士兵就将床拖开，举着镐对地面猛刨。

铁弓南从倒塌的床上爬起身，拢上满是补丁的内衣，穿上靴子，怒道："你们这是在干什么？"

邹子旺冷笑着从门外走了进来："干什么？还用我告诉你么？刨！刨开了床底下的砖头，就什么都知道了！"

七八支铁镐一阵猛刨，地底下顿时露出一个大窟窿，士兵往里探进火把照了照，大喊道："邹大人，找到了，里面都是银子！"

邹子旺捋了捋山羊胡，冷声笑起来："铁大人啊铁大人，瞧您这身打扮，穿着满是补丁的破褂子，蹬着一双露脚趾的破靴子，连点亮的蜡烛也跟乌龟头似的一小截，不知情的人还以为你是天下第一廉官，可谁会想到，你就躺在五万六千两白银上头，跟个守财奴似的，守着被你侵贪而来的银子！"

铁弓南道："且慢！你刚才说，我侵贪了多少银子？"

邹子旺道："五万六千两！"

铁弓南哈哈大笑："很好！地窖刚刨开，还没一个人下去过，你邹大人就知道里面有五万六千两银子了，岂不奇哉！那我问你邹大人，你是如何知道地底下有五万六千两银子的？"铁弓南大笑着从衣架上取过官袍，不慌不忙地给自己穿上，戴上大帽子，斜着眼睛，不屑地瞥了一眼邹子旺，冷冷道：“快到上朝的时辰了，走吧邹大人，咱们当着皇上的面再说此事！”说完将袍子一撣，背着手，大步走出门去。

养心殿东暖阁，乾隆在房里洗漱。张六德匆匆进来。

张六德道：“皇上！讷中堂在外头跪了好一会儿，说有急事见您！”乾隆将蘸盐牙刷从嘴里取出：“急事？好吧，请他进来。”

讷亲欠着身疾步走进房门，跪下：“臣讷亲，恭祝皇上晨安！”乾隆刷着牙，从镜子里看着身后的讷亲：“说，什么事？”讷亲道：“刑部接到铁府用人密报，在铁弓南的床下藏有侵贪而来的巨银，邹子旺大人……”

乾隆停住手：“谁？”讷亲道：“刑部侍郎邹子旺！”乾隆道：“往下说。”讷亲道：“邹子旺带人前往铁府追查此事，想必已有斩获。”乾隆仍看着镜子：“想必已有斩获？斩获的事，是想必的么？”

讷亲道：“微臣口误了，是已有斩获！”

乾隆洗完脸，回过身来：“如今，到处都在出贪官了，连铁弓南也成了贪官，朕还能信谁？上朝的时辰到了，你先去殿里站班吧，这么大的事，朕会派人严查。”

讷亲语声急切：“皇上！大清国建国以来，隐藏如此之深的巨蠹莫若铁弓南！此恶不除，天理难容！”

乾隆冷声：“不光是天理难容，还有一句话，叫做天网恢恢！”

夕阳的余晖斜斜地投进议政大殿窗来，照在跪伏着的讷亲脸上。讷亲双手伏地，两只鱼泡眼不安地转动着，额头上渗着汗。门推开，乾隆带着张六德和几位内务府官员进来。

乾隆摇了摇头，声音平和：“讷亲啊讷亲，你是朕的军机大臣，怎么听风就是雨呢？啊？倘若连铁弓南这样的人都是贪官了，那么不就是说，满朝文武之中，除了你讷亲，就没有一个清官了？这就是朕让你跪在议政大殿的原因，朕要让你记住这个教训，不能再有下一回了！”

讷亲抬起汗淋淋的脸：“皇上！难道邹子旺说的这些，都是假话？”

乾隆道：“他之所以说假话，就是为了栽赃！朕派人去查了那个地窖，竟然在窖里找到了刚被砖头封死的一扇门，而这扇门，直通邹子旺的卧房，连那些新砌上的砖头，还都是潮的！邹子旺带着人刨开铁弓南床下的地面，他自己并没有下去，脱口就说出下头有银五万六千两，这么隐秘的事，他是怎么知道的？这还用朕多说么？”

讷亲抹了一把汗：“对，对！这说明那个藏贿银的银窖，就是邹子旺的！幸好皇上明察秋毫，没有冤枉铁弓南大人，要不然，大清国就失去了一位忠臣！”

乾隆道：“所以啊，你就不能耳根子软，没把事情搞清楚，就上朕这儿来告状！记取教训，别再犯错了。退下吧。”

讷亲从地上爬起："微臣险些酿成巨错，恩谢皇上宽宥！对了，邹子旺该如何处置？"

"这会儿，他恐怕已在刑部大狱里蹲着了！"乾隆道。

"好，抓得好！这样的人，关他十个、杀他十个也不为多！"讷亲道。

乾隆道："朕如今搞举国增田，闹出了这桩邹子旺诬陷案，恐怕不会是巧事。讷亲啊，你是朕的股肱大臣，朕再给你提个醒，朕要推行万民垦荒大业，有的人就想给朕来个万箭穿心。对这样的人，朕一个都不会放过！"

"微臣谨记皇上教诲！臣告退！"讷亲欠着身，一步步退出殿门，匆匆离去。

讷亲回到自己府中之后，越想越后怕，从今天的事上可以看出，傅恒回京之后，皇上已经不信任自己了。他把潘八指叫到府中，对他说了三件事。

第一件，邹子旺是个软骨头，不能让他把底给抖搂出来，得赶紧让冯三鞭把他的嘴封上。

第二件，要让皇上改旨，实行清丈征税，显然已无可能，这次只能自己动手了。好好利用这次"万民垦荒、举国增田"的机会，狠狠地赚一把，把该榨的都榨干，连骨头渣子都不剩下！只要能把该得的银子全都抓到了手心，就有了本钱，就不怕皇上到时候翻脸！若是哪一天，皇上真翻了脸，那就对不起了，就给他来个改朝换代！真到了那天，只要手里有银子，就能收罗天下各色人等替自己卖命。一旦真豁了出去，那就摽着膀子干，只许成功，不许失败！

第三件，如今大金川战事正酣，皇上也在着急，讷亲主动请缨去大金川督战，皇上自会准许。到时候，身在城池之外，无困兽之忧，而且一旦有风吹草动，便能进退裕如、纵横捭阖。只要在大金川一跨上马鞍，便能长驱千里，立马就兵临紫禁城下！所以京城中的事，就交给潘八指去做。讷亲给了潘八指三只锦盒，让他时刻带在身上，一旦得知刘统勋要进京，就打开白锦盒，里头写有如何处置的办法；倘若白锦盒中的妙计失效，就打开蓝锦盒，按计行事，不可有误；万一两只锦盒都失效了，就将第三只红锦盒打开，务必按里头写的秘计行事。

讷亲率兵前往大金川之后，乾隆在议政大殿对着跪满一地的大臣，宣布了一条谕旨：

"奉天承运，皇帝制曰！治天下之道，莫先于爱民，爱民之道，以减赋蠲税为首务。如今施行万民垦荒、举国增田之策，须谨记皇祖谕训：新垦田亩、永不许圈。为防流弊再生，确保垦民乐业，敕命六部各调官员百名，分赴各省郡县州邑，督察垦荒增田，力行尧舜之志，普惠万民之心。若有发现地方官吏逆章违制情弊，按律严惩。钦此！"

乾隆颁布谕旨让六部调派官员，去督察垦荒的情况，户部尚书铁弓南也挑选出来十多个官员去各地监察垦荒。马旗门、杜霄也在其中，而且他们去的是浙江。

从铁弓南府上出来，马旗门与杜霄就进了铁箭飞的寸土堂。寸土堂的一张大桌上摆满了美味佳肴，一群美女在旁伺候着。

铁箭飞站起，举起了金酒盅，对着四座一照："听说各位即将前往浙江，铁某在此先祝各位在浙江旗开得胜！"

众官举盅一饮而尽，齐道："谢铁公子！"

"喝了这杯酒，从今以后，在座的各位就是咱们同一条船上的兄弟了！何谓兄弟？那就是同一个爹生下的！"铁箭飞道。

潘八指道："对！讷中堂就是咱们的爹！"

众官兴奋，交头接耳。

潘八指道："皇上此次让各位下去办督察，各位也就是巡检官了，马大人呢，那当然是钦差大臣喽！你们这批首到之地，就是浙江，到了那儿，就看你们各显神通了！"

杜霄露出一丝难以察觉的冷笑。

潘八指道："杜霄，你刚从浙江来，多说说。"

杜霄道："我只说六个字，想必各位大人都懂得这六个字的分量。这六个字就是：刘统勋在浙江！"

众官拿在手中的筷子都定住。

潘八指一笑："吓着各位了吧？其实，不用怕他，他干他的，咱们干咱们的！他若是不犯咱们，那咱们也不犯他；他若是六指头挠痒痒，多管闲事了，那就对不起老泰山了，扳倒他！"

众官纷纷点头。

马旗门站起，抱拳一一作拱："马某拜托各位了！到了浙江，咱们就得清丈征税。要办成此事，不能像从前那样大张旗鼓，得动着脑筋干。"

铁箭飞笑了笑："说实话，我还是更看好杜霄。倘若遇上最难啃的骨头，我建议交给杜霄办。潘大人、马大人，你们说成不成？"

潘八指和马旗门同时击桌："当然成！"

喝完酒，铁箭飞和杜霄站在会馆池亭扶栏边，朝大门口望去，赴完宴席的官员正在打轿离去。

铁箭飞道："杜霄，此去浙江的头等大事，就不用我再说了吧？"

"头等大事就是，在清丈之时，必须在十亩之中多丈出两亩，所征之税银如数扣下，然后秘密解往宋五楼之处！"杜霄道。

"税银这还是小头。将抛荒的已垦田亩如数收下，按三两银子一亩的价，一部分卖为公田，一部分卖给当地的绅商。你在浙江若是能将五十万亩收到手，再转卖出去，就能收银一百五十万两。这才是大头！”铁箭飞道。

杜霄道：“真到了那天，那可就富可敌国了！”

铁箭飞道：“所以，浙江这一仗，我看好的人就是你！到时候，我按功论赏，绝不亏欠有功之人！”

临行前，铁弓南又把马旗门和杜霄叫到铁府，上了那盘黄澄澄的水炖蛋，三个人同时对着自己面前的一小方动勺子，不一会儿竟吃出一个“囚”字来，铁弓南道：“这个‘囚’字，做着官的人都怕这个字。不光你们怕，我铁弓南也怕。”

马旗门道：“这盘里的意思，我和杜霄都看懂了。要是此去浙江监察垦荒出了错差，咱们就该下大狱了。”

铁弓南摇了摇头：“不是下大狱，是下地狱。”

马旗门道：“铁大人放心，咱们会按皇上的谕旨办！”

铁弓南道：“做官记住一个‘囚’字还不够，还得记住一个‘斩’字。‘斩’字一旁是个‘斤’。古人造此字，意在告诉世人，人的脑袋只有六斤重，须得好好扛着，免得丢斤了。”

杜霄道：“水炖蛋也尝过了，‘囚’字也识得了，‘斩’字也记住了，此去浙江，杜霄知道该怎么办。”

铁弓南道：“那就好。万民垦荒、举国增田的大策，归户部在管，我铁弓南是户部尚书，你们真要是出了事，我就得陪绑。所以，这个‘囚’字，咱们三人一块儿再看上一眼！”

三人看向盘里，“囚”字赫然。铁弓南取过盘盖，“咣啷”一声将盘子盖上。

钱塘大雪弥漫。

纷飞的大雪中，头上扎着孝带的小放生独自一人跪在烽火台地上，默默地垒着一个巨大的雪人。一捧捧雪团用力地拍在雪人的肩上，拍在额上。雪人渐渐神似唐思训。

小放生站起，看着面前的“父亲”，喃声：“父亲，您这辈子留给女儿的最后一句话，就是要女儿堆一个雪人。这会儿，女儿把雪人堆起来了。这雪人不是别人，是父亲您。女儿之所以让您立在这座烽火台上，就是想让您再多看一会儿前面的垦荒营，多看一眼新垦出来的粮田！女儿知道，只有这样，父亲的心里就踏实了，别无牵挂了，就能到别个地界快快活活地跟人说笑了，跟人喝酒了，跟人说你这辈子遇上的每件快活的事了。”

雪朵越飘越大。

小放生从怀里摸出父亲的那副破裂的近光眼镜给雪人戴上。戴上眼镜的雪人更为神似唐思训。小放生看着“父亲”的脸，将泪水拭去，突然笑起来。

小放生道：“父亲，您还真活过来了！女儿把眼镜给您戴上了，您想看啥，都能看到了!”

“雪人”一脸微笑，望着一望无际的蒙在大雪中的新垦田亩。小放生感觉到什么，回过身去。

身后，默默站着刘统勋、谷山、大扇子、琴衣、王不易。每个人的身上都被盖满了大雪，也像一尊尊“雪人”。

雪过天晴，蓝天如洗。

旗杆上，“垦荒营”的旗帜在风中高高地飘扬着。

河淤地上一片人欢马嘶。掘土、运泥、排水、修堤、夯坝，垦民们干得热火朝天，一派万民垦荒的繁忙景象。

王不易推着一辆独轮车在新筑成的田埂小路上，车上竖着一根长长的杆子，上面挂着一小块船帆，风鼓着帆，将小车推得飞快。后头，小放生头上扎着一朵白棉球，脸色苍白，一路跑来。

小放生喊道：“王不易，你这是在摇船还是在推车，跑这么快!”

王不易停住独轮车，取出一块石头将轮子卡住：“小放生，你不是在为父亲守坟么，怎么跑这来了?”

小放生道：“昨晚上，我在父亲坟前迷迷瞪瞪睡着了，梦见父亲从坟里坐了起来，对我说，你是小放生，干吗守在坟地里，你该给自己放生才对。我问父亲，我该去哪放生？父亲说，垦荒营啊！就这么着，我跑来了。”

王不易道：“人心里有了苦处，一干上活就忘了。来，帮我推车吧!”两人推着车，沿泥泞小路往前走去。车上搁着两大桶饭菜。小放生道：“刘大人去了别的州县筹建垦荒营，走了这么多天，你说，会出事么?”王不易道：“其实啊，昨天我还听谷爷和大扇子在说，他们俩心里也在担心着刘大人。”

小放生道：“有琴衣在刘大人身边，再大的事，想必也能扛得过去。”王不易道：“大扇子说，她担心的倒不是刀刀枪枪的事，而是担心有些州县的官吏瞒着朝廷，借这次大垦荒，勾结乡里恶霸，暗地仍在清丈征税。真要这样，刘大人想在各州县都办成垦荒营，恐怕就难了。”

大扇子、万蛉子、麦香和垦民们一块儿挑着泥担，给垦出的新地覆盖上新泥。大扇子发现许久未见到大青树和小青树，便问万蛉子，才得知大小青树接到从淮安寄来的一封信之后，天不亮就去了海塘边。大扇子心中忐忑，把泥担放下就去了海塘。

远处，石岬旁冒着一股青烟。大扇子朝青烟跑去。大小青树跪在地上，在烧着一堆纸钱。面前垒着一个小石堆，石堆上插着一块木牌，上面写着：柴叔之灵。

大扇子走近两人，看了看木牌，一下就明白了，在两人身边也默默地跪下，取过纸钱，一片片地点上了火。

大扇子道："我记起来了，今日是柴书吏遇害的忌日，日子过得真快，一年晃眼间就过去了。咱们给他老人家多烧点纸吧。"

火堆添了纸，又旺了起来。

小青树道："我们两兄弟爹娘死得早，是叔叔将我们俩给养大的。本想着能回淮安，好好地给他修修坟、多磕几个头，可昨日收到莫老先生的来信，让我们俩千万别回去，免得再生事。想着回不去了，我们俩就上这儿来祭祭他。"

大扇子道："莫老先生就是那位医馆的老郎中吧？记得那天晚上，是他来报信让咱们赶快逃离淮安的。那天要是没他报信，咱们恐怕都没命了。大青树，他的信，我能看看么？"大青树从怀里摸出信，递给大扇子。大扇子将信拆开，看着，眉头渐渐拧紧。

莫老先生在信中说，前些天，朝廷下来了垦荒督察大员，不知为何，才短短几日，就给乡间的新垦田亩做起了清丈，列出了征收赋税的条款，在逼着垦民交垦荒银子。老人家怕两兄弟回去见了这些事心有不平，会帮着垦民说话，万一闹出事来，那就性命难保。劝两兄弟先在钱塘垦荒营里多干些时日。

看完信大扇子的脸渐渐冷峻起来，将信递还给大青树。大片大片的火纸被大风吹起。

当天夜里，大扇子就骑马离开了钱塘，小放生只在大扇子的房里找到了一张纸片，上面两个字"勿找"！谷山间清楚白天的事情，知道大扇子是只身去了淮安，查清丈的事情，便嘱咐小放生几人，不要声张，免得宋五楼知道大扇子落单，再起杀心。

垦荒营中，一张五六丈长的巨大芦席裱糊着白纸，上面画着块块田畴、条条水渠、片片禾苗、畈畈熟稻，写着一行大字：《钱塘千顷新田图》。

谷山和小放生爬在芦棚梯子上，手里拿着颜料碗，在为画幅添色。地上排满一只只大瓦钵，里面盛满五颜六色的颜料。

小放生道："这幅画，今日就能完工，垦民们早就想看看这十万亩粮田修成以后会是什么模样。到时候，他们只要往这跟前一站，就全看明白了。"

"十万亩粮田垦成后，就像伺候亲爹亲娘一样好好伺候它五年，才能长出像画上这样的好庄稼来。我打听到一个办法，新垦的粮田只要两三年就能变成熟田。"谷山道。

"什么办法？"小放生道。

谷山道："种萝卜种草籽！那萝卜既能卖钱换种子，萝卜叶还能沃田，第二年再种上草籽，等开满了紫花，就用牛犁一遍，来年的田里就能见到黑水，第三年就能种上稻子了。"

小放生道："这办法好！赶明儿，咱们一块去跟垦民们说说，让他们就这么干。"

棚外响起马蹄声，马一声嘶叫，在棚前停住。从马上下来的是省衙的一个衙官。衙官进门："谷县令，要在这么大的垦荒营找到你，还真不容易。赶快收拾一下，随我去杭州。马巡抚传下口谕，让各地的知府和知县都上省衙接官。"

谷山道："接官？谁来了？"

衙官道："京城派来浙江的垦荒督察大员到了！"

靴声整齐划一，步步惊心。

马旗门带着的十来个赴浙江清丈的官员，一脸严肃地疾步走来。谷山和一群衙门官员站在廊下迎接。

衙门官员长声："浙江巡抚马旗门大人到——！户部郎中杜霄大人到——！"

杜霄与谷山双目对接，谷山一怔。杜霄回过脸，似乎什么也没看见，高视阔步地进了正堂。谷山怔怔地看着杜霄的后背，欲喊又止。

杜霄并没有在杭州逗留，而是马不停蹄地去了景安。让杜霄没想到的是，刘统勋也在景安！

狂飞的碎雪中，一把大弓尺在景安县新开垦出来的田地上一下一下地丈量着。四五个衙役执着弓尺，一边丈量，一边在做着记录。十来个士兵扶着刀，虎视眈眈地站在路边。

荒坡上，十多个衣衫褴褛的垦民脸色悲怆，在默默地看着。一个脸上长着麻子的衙吏大声唱报："兔不拉屎沟南侧，新开荒地八亩六分九厘八毫六丝二忽！每亩征税银七分三厘，合计征税银六两三分五厘，限十日之内交清！否则，新开之田地，予以没收，抗税之人，交由官究！"

观望着的垦民一阵骚动，女人和孩子放声大哭。士兵拔出刀，严阵以待。一旁的小路上，琴衣赶着马车缓缓驶来。刘统勋道："琴衣，停车。"

车停下，刘统勋取过竹杖，拄着，拖着铁靴子往哭喊着的垦民们走去。突然，琴衣一把拉住了他。她看到土路上，又一辆马车驶来，在地边停住。从车里下来的是杜霄！

刘统勋一怔："杜霄？"琴衣道："他怎么来景安了？"刘统勋道："看他的袍子，他升官了。"琴衣道："父亲去见他么？"刘统勋道："等一等再说。"

地里，杜霄走来，麻子衙吏急忙迎上。

衙吏道："杜大人！今日已清丈了二百四十来亩新垦田地，都已如数入账，您看看!”

杜霄接过册子看了看，递还给衙吏，朝一旁哭声震天的垦民走了过去。窝棚边，女人和孩子停住了哭声。杜霄道：“这些新地，都是你们垦出来的?”女人道：“官爷，我们都是垦荒的棚户，这些地……”杜霄道：“行了！衙吏不是告诉你们了么，新垦田地一律得清丈征税，谁也不能免，这是王法!”

女人和孩子又大哭起来。

杜霄脸色如铁，疾步走向马车，吩咐赶车的士兵：“走，去下个地看看!”

马车驶走。清丈的衙吏和几个士兵向另块地走去，翻过土岗。刘统勋瘸着腿，从坡上快步下来。窝棚前，女人和孩子哭得更惨。

刘统勋道：“别哭了，能听我说句话么?”

哭声停下。

刘统勋嗓子沙哑：“看来，官府是来清丈你们刚垦出的新地了，是不是?”一位老人抹着泪：“这位爷说得没错，清丈的又来了!”刘统勋道：“县衙号令大伙儿垦荒，不是贴过告示么，凡是新垦田地，一律不准清丈征税。这话，你们没对他们说?”

老人道：“说了！可没等我们说完，衙吏就打上了，你瞧我嘴里，两颗牙刚被打掉!”老人张开满是血的嘴。

刘统勋看了看，痛心地回过目光，看了一会儿求助似的望着他的女人和孩子们，心里渐渐抽紧，道：“你们都别哭了，该垦荒的垦荒，该开水渠的开水渠，我会找到衙门去，帮你们讨个公道!”

老人、女人和孩子全都跪下，喊道：“老爷！救救我们垦民吧！救救我们棚户吧!”

刘统勋道：“琴衣，走，送我去衙门!”

一块“景安路哨”的大木牌挂在路边的树上，路中央架着拒马。几辆要往景安县城去的牛马车辆被拦在哨卡前。琴衣的马车行来，也被几个挺着长枪的士兵拦下。管着哨卡的骁骑尉走了过来。

骁骑尉道：“景安在奉旨清丈，封路了！不是景安人氏不能进城!”几个做买卖的商人苦求，被士兵推开。

琴衣回到车旁：“父亲，进不去了，怎么办?”

刘统勋想了想，从腰里摘下通行御牌，递给骁骑尉。骁骑尉看了一会儿，吓了一跳，往刘统勋的脚下看去，见到一只脚上穿着铁靴子，更是一惊，急忙将通行牌递还，亲自拉开拒马。

琴衣赶着车，继续前行。

骁骑尉冲着士兵喊道：“快牵马来，刘统勋来景安了！我得赶快去禀报杜大人!”

他骑上马，向一条小道疾驰而去。

泥路上，景安县城城门外行走着大批逃避清丈的垦民，就像大逃荒似的，挑着担，推着小车，拖儿带女、背老驮残。

琴衣赶着马车，在路边缓缓地行走着，边走边看着两旁的难民。坐在车里的刘统勋沉默着，也在看着难民一群群地从车边走过。

刘统勋让车停下，下了车，问一对老夫妻："大爷，大娘，你们是景安县的垦民吧?"老大爷道："是啊，一家老小垦出的地，全给丈走了，地里一棵苗都还没长，就征上了田税，没法子，就奔荒去了。"

刘统勋道："垦出来的地，也不要了么?"

老大娘抹泪："想要也要不起啊!"

刘统勋目送这一家子往前走去。

琴衣心情沉重："父亲，这一路走来，弃地逃荒的垦民越来越多。看来，您没说错，一搞清丈征税，皇上的垦荒之策就废了。"

刘统勋看着背井离乡的垦民，忧心忡忡。

马车行到一条小路上，路太窄，刘统勋和琴衣站在车旁让着，默默地看着一辆牛车吱吱嘎嘎驶来，车上堆满了死尸。

刘统勋喊住赶牛车的老人："老伯，车上的死尸有老有小，都是运出去埋的吧?"收尸老人道："这些人，都是外地来的垦民，好不容易垦出了几亩田地，说是要交田税，交不出就得见官，害怕了，全都藏了起来，被官府的兵爷搜出来后，吊打了几天几夜，眼看着没了活路，就一家子全吊死在树上。唉，真惨哪!"

刘统勋把一条从车上挂下来的手臂放回去，目送着牛车离去。

县署天井里，七八个工匠在用竹子做着弓尺，有削竹的，有烤竹的，有绷绳的，一片忙碌。麻子衙官陪着杜霄，在用一把长尺子检查着弓尺的精度。

杜霄道："这些弓尺没错么?"麻子衙官道："您给看看。"

杜霄取过弓尺，用长尺子量了量，突然发出一声冷笑，将一把弓尺狠狠地拗断，摔在地上。

麻子衙官道："杜大人瞧出什么来了?"

"这把弓尺一分一毫都没有差错，不过，若是用这把尺子去丈地，有你们的饭吃么?"杜霄道。

麻子衙官明白过来："杜大人言之有理！你们这些做弓尺的都过来好生听着！要将每把弓尺放长半寸！都明白了么?

一工匠脸色为难："大人，弓尺自古就是一个尺寸，短了、长了，都丈不准了!"

"放屁！杜大人要的，就是放长了尺寸的弓尺！谁要是不按杜大人说的做，那就是找死!”麻子衙官道。

工匠们无奈，散开，将弓尺重新换绳。

杜霄往内院走去，麻子衙官紧跟一旁。

麻子衙官道：“杜大人，咱们将弓尺放长半寸，一亩地就能多丈出一亩二分来，十亩地就多丈十二亩，一百亩……”

杜霄道：“行了！清丈完毕后，立即就开征亩税，三天后，我要见到银子!”麻子衙官道：“三天？怕有点紧。”杜霄道：“你戴的红缨帽，嫌紧么?”麻子衙官急忙赔笑：“不嫌紧！不嫌紧!”

杜霄道：“那就不用多说了！听着，给你个办法，你这儿要是税银凑不够，就找弓尺要，再多放一寸，银子不就多了?”

骁骑尉匆匆奔来，大喊：“杜大人！杜大人!”

杜霄道：“什么事?”骁骑尉道：“刘统勋到景安了!”杜霄一惊：“亲眼所见?”骁骑尉道：“下官亲眼所见！他腰里挂着一块通行御牌，脚上穿着一只铁靴，烧成灰都认得出!”

杜霄牙肌咬了咬：“他来景安干吗呢?”

第二十六章

琴衣女临终知身世　垦荒营炮火护粮田

四把铁锄在垦着积雪的乱石滩，将滩地的石头刨出来。这是老老小小一家八口人在垦荒，男人在执锄，女人和孩子在往筐子里捡着石子。边上，两三亩地已被垦得平平整整。

突然，女人发出一声撕心裂肺的尖叫，男人们回头看去。四个衙役正执着弓尺，在丈量着那块已开垦出来的新地。

全家老小对着丈地的衙役全都跪下，磕起了头，哭着哀求："官爷行行好，这是咱们全家开了三个月，才开出来的地呀！放过咱们吧，官爷！"

四个衙役像是没听见，继续清丈。一家老小号啕大哭。小路上，琴衣赶着车驶行而来。刘统勋听到哭声，让琴衣停车。两人朝垦民快步走去。四个衙役继续丈量。刘统勋拄着杖，走进地里，拦在一把弓尺前头。

衙役一怔，打量着刘统勋："哟嗬！哪儿冒出个土地爷来了！"

刘统勋道："四位衙爷，这一家人都哭成了这样，你们就不能停一停手，听听他们为何要哭么？"

衙役道："看你这老东西也不像是土地爷！你是谁？胆敢在此阻拦官爷清丈征税？"

几个衙役围上，撸袖瞪眼，显然要打。

琴衣喝了一声，将衙役推开，大声道："听说过刘统勋是谁么？"衙役吃惊道："这位爷就是刘统勋大人？"刘统勋道："我就是。既然听说过我的名，不会没听说过我的这只铁靴子吧？"

衙役们看了看刘统勋的铁靴子，全都吓得跪倒："刘大人！您饶命！饶命！"

刘统勋道：“起来吧，看你们也是在奉命办差事，我不为难你们。告诉我，是谁让你们拿着弓尺来清丈的？”衙役们不敢爬起，拼命磕头：“小的不敢说！说了就没命了！”刘统勋道：“为何说了就没命了？”琴衣抽出半截剑：“快回刘大人话！”一衙役道：“小的是奉麻子衙官的命！”

刘统勋道：“麻子衙官又奉谁的命？”

另一衙役道：“听说京里来了督察大员，面儿上是在督察垦荒，可私底下让咱们这些做小的找上垦户，只要见到新垦出的田地，全都要清丈征税。”

刘统勋道：“来景安的督察大员，是杜大人？”衙役道：“对对，听说就是杜大人！麻子衙官就是听他的！”琴衣道：“父亲，您没猜错，杜霄肆虐到浙江来了！”

衙役道：“刘大人，我们都是奉杜大人之命在行事，怨不得我们呀！要是漏丈了一块，咱们全得挨板子！”

一个白发苍苍的老头一脚高一脚低地走来，对着刘统勋老泪纵横：“大人啊！前阵子，听说朝廷能让老百姓垦荒了，咱们全家八口人就搬进了这山沟子，在这块荒地上，想把石滩地给垦出来。大人啊，您是长眼睛的，看看这块地是怎么垦出来的吧！”

老人把两只手掌摊开，颤抖着抬在了刘统勋的面前。老人身后，全家老老小小也一同将手抬起，展开手掌。八双大大小小的手掌上全都血肉模糊！刘统勋捧着每只手看了一遍，把目光望向锄把。

八只锄把上都是血迹！

老人道：“这地里的每块土，都是咱们用血换来的啊。”

刘统勋道：“琴衣，你去棚里将他们的锅给我端来。”

琴衣走进地边的一间小窝棚，端出了一口破锅。刘统勋打开锅盖，捞起一把尝一尝，眉头一下拧紧。

琴衣道：“他们吃的是糠！”

刘统勋眼睛发酸，示意那四个衙役爬起。

刘统勋道：“清丈之后就得征税，说，每亩征税多少？”衙役道：“每亩征税折银七分三厘。”刘统勋：“你们看看这锄把，再看看这锅里，还忍心清丈么？还忍心征税么？这些棚户都是穷人，正因为穷得没法活了，才出来开荒的。要是把他们用血汗开出来的地一弓一弓地丈下来，再按每亩七分三厘收他们的税银，你们的良心还长在肚子里么？这么死命地逼着垦民，他们只有三条路可走。第一条路，要保地就得卖儿卖女卖老婆，才能将税银给交上！第二条路，若是交不起税银，官府要追究，他们只能抛弃已垦的荒地，举家逃命，沦为流民！第三条路，把他们给逼得山穷水尽，再无活下去的希望，就会全家一块儿寻死，不是挂树，就是投水，甚至还有举家跳崖的！这些日子，我只跑了半个景安县，看到的棚户和垦民只有这三条出路！”刘统勋剧咳起来，枯瘦青灰的脸上布满了痛楚。

琴衣急忙解下腰里的水葫芦，递上："老爷，喝口水吧！这几天，您就像在跟老百姓一块儿滚钉板似的，再这么下去，您就拖垮了！"

刘统勋道："把这四把弓尺递给我。"

衙役将手里的弓尺递给刘统勋。刘统勋咬紧牙，将弓尺一把把地拗断，扔在地上。

棚户全家人眼里含泪，对着刘统勋跪了下去，大声喊："青天大老爷啊！您可救了咱们全家人的命啊！"刘统勋道："世上只有青天，没有大老爷。该跪的不是你们，是我。"

刘统勋扶着残腿，对着一家子人跪了下去，膝盖深陷在新土里。琴衣也在刘统勋身边跪下，眼里满是泪花。四个衙役也动了容，在刘统勋身后一个个跪了下去。额头上冒着冷汗的刘统勋紧紧咬着牙关。

门边，景安一家小客栈小炭炉上坐着的药罐冒着热气。琴衣将药汤倒入碗里，端进房来。刘统勋靠在床上，不停地咳着。

"父亲，药煎好了，您把它喝了吧。"琴衣道。

刘统勋面色黑灰："琴衣，你说，杜霄怎么就变成这么个人了？他也是个穷人家的孩子，也是个苦学生，在宁古塔又受了那么大的罪，怎么就对穷人、对老百姓下得了这么狠的手？前年，他帮着我查皇庄的时候，还不是这样的呀！"

琴衣道："我也纳闷呢，可仔细想来，也不奇怪。自打父亲您在查皇庄这件事上被讷亲弹劾了之后，我就觉着他也变了。在钱塘，他不光跟您翻了脸，还跟他的生死兄弟谷山也翻了脸。他这么做，一定不会是无缘无故的。再说，他从七品知县一下就穿上了五品官袍，这里头，恐怕不会跟讷亲没有关系。"

"倘若他真的跟讷亲有了瓜葛，那他定然是将我这个老师给卖了。不过，我还是想见见他，有些话，我该对他说明白，不能眼看着他掉进万丈深渊。"刘统勋道。

琴衣道："父亲，您怎么还想着这样的人呢？"刘统勋道："他毕竟是我的学生，也是谷山的兄弟，该出手救他，就得救上一把。扶我起来，我找他去。"琴衣道："您又不知道杜霄住哪，怎么找？要不，我先去打听一下他在哪儿，再用车将您送去，行么？"

刘统勋道："那好吧，你快去快回。"

琴衣给刘统勋盖好被，往炭炉里加了炭，佩上剑，拉开了门。呼啸的大风将一片片雪花吹进门来。

琴衣道："父亲，外头又下雪了。"刘统勋道："这雪下得还真悄无声息。路上当心！"琴衣道："唉！"

漫天飞雪。琴衣快步走来。大门灯笼下，景安县衙门官邸大门外，一个值夜的衙役坐在角落里喝酒。琴衣走上台阶。

衙役指了指头顶的灯笼："认字么？这儿是衙门官邸，是各路官员的下榻之处，你来干吗？"

琴衣道："我来找杜大人。"衙役道："哪位杜大人？"琴衣道："京城来的督察大员。"

衙役脸上有了笑："原来你找的是户部郎中杜霄大人！哎呀，真不巧，傍晚的时候他就走了。"

琴衣道："走了？去哪儿了？"衙役道："听说他在景安的公差办完了，回杭州巡抚衙门给马旗门大人交差去了。"琴衣道："他回了杭州，你怎么知道？"衙役道："住衙门官邸的客员，放上个屁、往哪块瓦面臭出去，都瞒不过我。"琴衣道："您爷还真有本事，让守着这门还真委屈您爷了。"

衙役道："这话爱听！对了，你不是找杜大人么？杜大人的一个朋友今日从钱塘赶来，两人说了半天话，杜大人回了杭州，那人却是留在了景安。要不，有事你跟他去说说？"

琴衣道："这人叫什么？"

衙役想了想："叫李堂。"

琴衣一怔，旋即笑起来："我认识这位李爷，他就是钱塘宋五楼府上的管家。"

衙役道："没错，看来你还真认识杜大人！姑娘，往北走，见着同庆楼酒家，就上二楼的雅房，李管家就在那儿喝酒。"

琴衣不再说话，转身匆匆离去。

麻子衙官和李堂在同庆楼酒家一间雅房喝酒。李堂拿起酒坛往麻子衙官的空碗里又斟了一大碗。两碗相碰。

李堂道："喝！这年头，咱爷们也就碗里这点乐趣了！"

麻子衙官已半醉，舌头含混："李……李管家！杜……杜大人说您这人面相粗，可心细。您办……办事，杜大人放心！"

李堂道："这还用说，要不，这么大的事儿，杜大人怎么会交我来办？您爷说，是不是？"

麻子衙官得意地嘎嘎大笑。

雅房隔壁，一只手握着小酒壶，往小盅里筛着酒。琴衣放下壶，默默地听着隔壁的说话声。

一筷子大肥肉塞进嘴去。

麻子衙官道："杜霄这人，看上去一脸正气，可心里可邪乎呢！那狠劲，如狼似虎！听说那回他上宣平，不仅烧了山一般高的烟草，还一锤子敲下了八位官员的大门牙！这回他来景安，那张脸硬得就像马蹄铁！举个小例来说吧，他让咱们上垦民的地里清丈，硬是让工匠将弓尺给放大了一寸！你可别小看这一寸之长，一亩地就能多丈出四分来，十亩地就能丈成十四亩，收的税，当然就按十四亩收！”

李堂笑起来：“这叫沉了芝麻船，撇油花的来了！”

麻子衙官摇了摇头：“其实啊，咱们这么闹腾，可是在跟朝廷对着干，心里也悬着哪！就拿我大麻子来说，不是个坏人，可头顶上有杜霄这样的大官给管着、逼着，我能不坏么？炒豆子大伙吃，炸锅了我一人认倒霉，就是这命！如今，上头一督察，景安衙门的大大小小官吏全都下了乡，玩着命在扒拉银子。说起来也够担心的，哪天真兜底了，绑着上法场的还不是咱爷们？唉，谁不想好好做官？可能行么？不行！不卖油光敲梆，老吃亏，好处都让别人给拿了，我就是这样的人。”

李堂道：“您就这话，就不怕隔墙有耳？”

麻子衙官自知失言，急忙打了一下嘴，笑着：“酒碗里没真言、没真言，李管家只当我放了个屁，别把话往杜大人耳朵里传！”

李堂道：“怎么，信不过我？”

麻子衙官点着自己脸上的坑坑洼洼：“哪能！我都不要脸皮了，总不能不要舌头吧？舌头上没坑坑洼洼，你得信我！”李堂道：“那就好！我听说，石家山那几个村子，清丈了一千来亩新垦地，可往马旗门大人手头报的，只是八百亩，那还有二百来亩征收的税银呢？上哪去了？”麻子衙官一愣：“这事，您也知道？”

李堂道：“银子的事，瞒得了别人，瞒不了杜大人！你们景安县衙门这么干，可是在冒杀头的风险哪！”

“可您这话，就得有点糙！苦活累活咱们在干，扣点碎银，也不为过吧？马大人、杜大人吃了大饼子，也得掉点渣子给喽啰们解个馋吧？再说难听点，他杜大人拉完屎，顺便放个屁，我要是能接着，那就是我的，不是么？”麻子衙官道。

李堂哈哈笑起来：“跟您爷闹着玩呢！你们给扣下的，不是渣子，是块饼子，杜大人不会从你们手里再夺回去！我这么一说，就是想给你们提个醒，别把活儿做过了，要不然，马刀就砍上来了！”

麻子衙官一怔：“马刀？”

李堂道：“就是马旗门大人！给你透个底吧，杜霄跟我李堂一样，也只是个跑腿的，浙江的总管家可是马旗门！”

琴衣在隔壁听着。

麻子衙吏道：“马大人将这么多银子往自己兜里畚，那得要有多大的口袋才行？”

李堂道：“我来景安找你，就是来告诉你，从景安县征到手的银子，全都得往钱塘运！明白么？”麻子衙官道：“杜大人都交代过了！”李堂道：“那就好，你听着，明日晚上，有个叫窦爷的人会找您，见了面，您就将银子往他的船上运！”

麻子衙官道：“窦爷？不就是大名鼎鼎的漕船帮主么？”

李堂道："就是他！"麻子衙官道："都明白，来，今晚咱俩喝个痛快！对了，给您叫了两位景安最漂亮的小娇娘，在房里等着伺候您呢！"

李堂快活地大笑起来。

马车轮子在崎岖的山道上摇摇晃晃碾动着。车里铺着旧棉被，脸色苍白的刘统勋躺着，身上盖着大棉袄。

琴衣赶着车："父亲，您还在生气？"

刘统勋深陷的眼窝半闭着，下巴的白胡子动了动："生气也没用，这不是他没出息，是我刘统勋没出息！没把学生教好，我咎由自取！"

琴衣道："您怎么老放不下杜霄，为何不想想，马旗门才是横征暴敛的总管家？"刘统勋道："那个李堂没说对，马旗门其实也只是个跟班，总管家是讷亲。"琴衣道："父亲，那咱们接下来去哪？"

刘统勋沉默了一会儿："去京城！再不阻止他们，大清国搞万民垦荒、举国增田，那就只能是黄粱一梦了。"

"咱们见到的这些事，也该让谷山他们知道。"琴衣道。

"是啊，也得让他们做好准备。钱塘垦荒营这面旗帜绝不能倒！"刘统勋道。

琴衣打鞭，马蹄放开，马车快了起来。路上路过驿站，刘统勋将一封信交给驿馆，让其务必交给钱塘的谷山县令。琴衣掉转拖着红棺材马车，载着刘统勋向京城驶去。二人却没发现红棺材的盖不知什么时候，开了一道缝，里头躺着一个人！

刘统勋出现在浙江景安的消息传到京城之后，潘八指焦躁地叫来铁箭飞商议对策。潘八指不停地在内室走动，铁箭飞却脸色镇静，坐在椅上。

潘八指道："刘统勋出现在浙江景安，亲眼目睹了底下那些官员清丈征税的事，很可能要回京城面见皇上。倘若他再找皇上告上一状，那么，皇上这一回举起的头一把刀，就会砍向我潘八指的脑袋！"

"不，会是讷中堂的脑袋！刘统勋为何会辞官隐退？不就是因为讷中堂会衔百位文武大臣弹劾了他么？他正是为了避开讷中堂的刀锋，才辞官离京的。他这么一走，将讷中堂也给麻痹了。没想到，他是以退为进，伺机反扑。眼下看来，这刘瘸子是得逞了！"铁箭飞道。

潘八指拍打着手背："这怎么办呢？讷中堂在大金川回不来，咱们这副烂摊子该如何收拾呢？"

铁箭飞道："讷中堂不在，那就全仗潘大人一锤定音了！若是需我铁箭飞帮忙，尽管吩咐！"

潘八指道："好！你稍等片刻，我去去就来。"

潘八指进了一间密室，屋子暗沉沉的，墙上挂着一幅《猛虎下山图》。白姑娘拿着一根丫杆将图取下。图后的墙壁上，有一块可移动的砖墙。白姑娘将砖墙推开，从密橱里将一只白色锦盒取出，双手递给潘八指。

潘八指匆匆将锦盒打开，从盒里取出一张小纸卷，展开。

纸卷上四个字：刘归即杀！

潘八指猛地抬起脸，眼露凶光，咬牙切齿："刘统勋啊刘统勋，这一回你该命绝了！"

铁箭飞从潘府回到寸土堂，将一把挂在寸土堂密室墙上的双箭弓弩取下，慎重地将弩交给站在面前的房杠，弩箭淬过剧毒，中箭必死！这次务必要取刘统勋的首级！

琴衣驾着马车。车轮子碾着碎石，咔嚓咔嚓一路响着，在阳光下驶行着。车厢里坐着刘统勋。

车后，红棺材随着车轮的颠动，也在一下一下地摇晃。

车杆上点亮了羊角灯，驶行在夜色中，贴着悬崖的一处官道。车厢里，刘统勋在沉沉入睡。突然，马惊嘶。琴衣勒停马，朝前看去。

月光中，路中间站停着一匹黑马。马背上骑着蒙面的房杠。

琴衣道："何人在此拦车？"房杠道："我跟着你这辆车已有两天，不想再跟下去了。"琴衣的手摸向搁在身边的剑把："你是何人？"

房杠道："夜里出来杀人的，还须打听名姓么？"琴衣道："既然无名无姓，那你就不是人，是鬼了！"琴衣对着车厢大喊一声，"父亲，您别动，这有我！"

黑暗中，琴衣身形一展，从马车上跃起，"锵"的一声拔出剑，对着房杠凌空刺去。房杠腰间一亮，软剑已在手中，对着直刺而来的长剑一绕一抽，剑从琴衣手中飞脱。

就在软剑缠向琴衣脖子的一瞬间，琴衣飞出一支袖镖，扎中房杠的一条手臂，软剑落地。琴衣一个箭步朝自己的落剑扑去。

就在琴衣刚刚抓到长剑的一瞬间，房杠已从腰间取出双箭弓弩，两支淬毒短箭顷刻飞出，扎在琴衣的身上。

琴衣惨叫一声，不等挣扎爬起，口中喷出黑血，软软倒地。房杠俯身看了看琴衣，认定她已死，向马车走去。马再次狂嘶，突然奔跑，拖着马车向悬崖奔去。

拉在车后的小板车被石块卡住，马车轰然一声冲下悬崖，小板车上的红棺材摇摇晃晃地在悬崖边停住。房杠捂着手臂下了马，走到悬崖边，朝下看去。马车碎裂在深深的崖底。

房杠重新上马，朝着通往崖底的一条羊肠小道驰去。

马蹄声渐远。官道上一片死寂。突然，红棺材的长盖缓缓地移动了一下，盖被用力推开。刘统勋从棺里站起，跟在他身后站起的，竟然是王不易！刘统勋一手扶着残腿，焦急地寻找着琴衣。

王不易道："刘大人，快看！"

琴衣躺在乱石堆里，口里不停地涌着血。

刘统勋震惊："琴衣！"

一根粗大的断树旁，刘统勋靠着树，怀里抱着奄奄一息的琴衣，替她拭着嘴边的涌血。

琴衣半睁着眼睛，看着刘统勋，声音微弱："父亲……我……我不能……不能再陪伴……陪伴你了……往后……往后就靠您老人家……自个儿……自个儿……"

刘统勋眼眶里满是老泪："琴衣，好女儿，别说了，父亲已让王不易去找郎中，一会儿就到了！你能活下去，能活下去！父亲还得坐你的车呢，父亲半夜里饿了，还得等着你煮的汤面呢！对了，你还对父亲说过，哪天见到铁匠铺，就让父亲把铁靴子脱下，你给送铺子去，给磨平的靴底再贴一块厚铁皮……"

琴衣道："父亲，女儿中的是毒箭，谁也救不了。女儿死前，想问父亲一件事。女儿自打八岁那年，死了亲生父亲，不久又死了母亲，是您将我收养为义女。这么多年了，女儿一直不敢问您，我亲生父亲，他当年在山东的粥厂，为何会被处斩？他到底犯了什么王法？父亲，女儿想知道这件事，等女儿在另个地界见了他，也好……也好知道……他是不是个好人。我母亲死的时候说，往后等我长大了，不管听到什么风声……都不能怨恨刘统勋大人……要不然，做爹娘的……就不会认我这个女儿……您收我做义女后……好多年里，我一直想问您，我母亲为何让我不要怨恨于您……可我……从来没有勇气开这个口……我不想……不想失去您这位好父亲……不想……让自己再成为一个没人疼的……孤儿……"

刘统勋的泪水淌得大串大串的。

一大口血从琴衣嘴里淌出。

刘统勋将琴衣抱紧："这件事，父亲瞒了你十多年，一直没敢说出口……可这会儿，我要是再不说，那就……那就不光对不起你，对不起你母亲，更对不起头顶上那个死不瞑目的冤魂！乾隆元年，我刘统勋奉旨去山东救灾，来到了一座新办的粥厂，见到大锅里煮出的赈粥，清汤寡水，稀可照容，于是就追查赈粮去了何处。有位名叫沈石的粥厂把总匆匆赶来回话。他的所答之言，让我误以为这些救活百姓的赈粮都被侵贪私分了，于是我……我就按《大清律例》，粥厂施粥，筷子浮起，人头落地，把他……把他……处斩了……可当我打开仓门，却发现，仓里已无一粒粮食！我冤杀了一个好官啊！这么多年了，此事就像一把刀子，深深扎在我心里，无法拔出来……琴衣，这位沈石大人，就是你父亲啊……这不是我不敢开口，而是怕开了这个口，你会记恨于我，会不认我这个父亲，会弃我而去……琴衣，我把此事瞒了你整整十年，其实一直在担心会瞒不下去……老是在想，哪一天我将自己犯下的这桩过错，原原本本告诉你，让你也能好好祭一祭你这位清清白白做官的父亲……可没想到，我会在你生死关头……才说出此事来！我……我刘统勋这是旧债未清，新债又添啊……我不单误杀了你父亲，还要让你为我这副残躯赔上性命……我对不起你们父女俩啊……”

突然，刘统勋感觉到什么，打住了说话，看向琴衣。琴衣脸上挂着一缕微笑，早已没有了呼吸。刘统勋大呼：“女儿！女儿！女儿！……”

琴衣的手在月光下软软地松开、垂下。

树林边草地，一口新挖的土坑里，搁着入殓着琴衣的红棺材。几个乡人和一个郎中默默地站在一旁。

刘统勋双手支杖，面容无比憔悴，看着坑里的棺木。

王不易抹去泪水：“刘大人，咱们把琴衣先留这儿，等您回京城办完了大事，再将她运回山东老家去。”

乡人拿着铁铲：“老人家，咱们这就盖土了？”

刘统勋摆摆手：“让我给女儿……给女儿再说几句吧。琴衣，你跟着我刘统勋闯南走北，吃了那么多苦，冒了那么多险，无怨无悔……我狠着心肠，今日将你留在这林子边了……”

几个村民赶来：“这位大人，雇下的船已停在江边，要走的话，现在就能走。”

王不易扶住刘统勋：“刘大人，天快亮了，我们把土埋了就走吧？”

刘统勋道：“……女儿，父亲把他自己的棺木让你先躺着了……暂且埋在这儿，父亲若是此次能大难不死，办成了大事，就来这儿替你移棺，运回山东，与你父亲、母亲葬在一块！”

一片片树叶飘落棺中。

几个乡人与王不易一起铲土，覆土沙沙。

刘统勋对着新坟老泪纵横，他狠了狠心，快步往林子外走去。

落叶纷纷，覆盖着新坟。

运河一条民船上，王不易端着一碗药弓腰进舱。

王不易道：“刘大人，您的药。”

刘统勋道：“王不易，你是怎么藏在那口红棺材里的？”

王不易道：“您在各地办垦荒营，谷爷一直不放心，前些日让我来找您，有事多帮帮琴衣姐。在那个驿站，我好不容易追上了您的车，却又听说您要去京城，怕您撵我，我就藏在您的棺材里了。”

刘统勋道：“有大扇子的消息么？”

王不易摇头。

刘统勋不安地拧着眉："有大半年了吧，她到底去哪了呢？"王不易道："我昨日梦见她了，她告诉我，说她去了京城。"刘统勋苦笑："她真要是去了京城，恐怕就更危险了。"

王不易道："刘大人，再过几天就到京城了，您就能见到皇上了？"

刘统勋望向舱外："恐怕没这么简单。若是有人知道我没死，在京城也定会劫杀于我。咱们俩到了京城，还须避开人眼。"

王不易道："那您就扮作老叫花子，我扮作小叫花子，谁也不会想到，堂堂一品大臣会拿着个讨饭碗，跟着个小叫花子走在大街上。"

刘统勋道："这办法好。对了，到了京城，若是能安顿下来，别忘了替我上棺材铺再买口棺材。从乾隆元年起，我身后总有一口棺材跟着，我得让它跟到底啊！"

王不易道："记住了，刘大人！"

李堂带着几个家丁站在悬崖边官道上，朝下望着。崖底，破马车散着架。

家丁道："没错，这就是刘统勋的马车！"

李堂道："这么说，有人抢在咱们前头，将刘统勋给除了！见着他的那口大棺材么？"

家丁往崖底又瞅了会："悬崖那么深，想必那棺材早摔烂了！"

李堂摆手："上马，给五爷回话！"

一行人骑上马，掉头驰去。

宋五楼站在门前，八个家丁打着灯笼。马蹄声急响，在一大队护卫的簇拥下，马旗门、杜霄策马驰来，在门前停住马。宋五楼和李堂急忙迎上。

宋五楼道："二位大人里面请！"

马旗门道："请！"

帘子重垂，厅堂里燃着大油灯，照得通明。

宋五楼道："刚才家丁来报，看见刘统勋的马车摔下了悬崖，马车都散架子了，而且那副棺材也摔烂了，他这下必死无疑！"

马旗门笑道："刘统勋死了，浙江的天下，就是咱们的了！这是老天要灭他！"宋五楼得意地捋须："他在钱塘办垦荒营，搞得乌烟瘴气，如今他死于非命，那是报应！"李堂道："刘统勋这老东西要是不死，咱们别说捞银子，还得往里贴银子！"

杜霄沉默着，脸色如铁，一声不吭。

潘八指道："杜霄，依你之见，该在钱塘如何干法？"

杜霄沉默了一会儿："钱塘办了这么大一个垦荒营，已是积重难返。我从青铜县带来的两千垦民，经过刘统勋和谷山的驯化，都变了种，不会再听我杜霄了。我以为，要在钱塘清丈征税，远比景安、宣平、丽水、遂昌难多了，非另辟蹊径而不能为之！”

宋五楼道：“没错，钱塘就是一块硬骨头！”

杜霄道：“咱们若是效以往之法，再玩杀鸡儆猴、各个击破、暗度陈仓这一套，在此处断然难行！我以为，要毕其功于一役，就凭一句钱塘俗话就成！这句俗话只有八个字：店外磨刀，店内割肉！”

马旗门道：“说说，这把刀如何磨，又如何割？”杜霄道：“磨刀不必急，得先弄清哪儿是店内，哪儿是店外。离钱塘最近的州县，是湖州，那儿就是店外！”马旗门道：“你是说，先上湖州把刀磨快，再回钱塘来割肉？”

杜霄道：“对，钱塘才是店内！若是不把刀磨快，钱塘的肉谁也割不到手！”

宋五楼道：“那为何要上店外去磨刀，店内就不能磨么？”

杜霄笑了笑：“五爷或许小看了谷山，他如今代刘统勋统领五万垦民，犹如一支军队，谁也攻他不下。咱们要从他手中把垦田给丈出来，把银子给掏出来，难如登天！只有将谷山从店里引到店外，借他的血将刀磨快了，到了那时，钱塘这家肉店不就乱了套么？咱们不就能举着刀轻轻松松地回来割肉了么？”

马旗门听懂了，抬手拍起掌来。宋五楼也拍起了掌。

宋五楼道：“杜大人这个借血磨刀计，实在大妙！可不知如何实施？”

杜霄道：“此事我与李堂会细细谋划，要将每个细尾末梢都做得天衣无缝！”

马旗门道：“好！讷中堂慧眼识珠，保举杜霄出山，看来真是有先见之明！杜大人，实不相瞒，铁公子和潘大人都放了话，等浙江清丈征税完毕，让本大人会衔众官，联名向朝廷递个奏章，举荐你为二品户部侍郎，掌管天下钱粮！”

杜霄站起，牙关一紧，抱拳一拱：“大功还未告成，杜某不敢丝毫懈怠！等旗开得胜之时，再恩谢各位！”

钱塘“结义楼”一间雅房，两只酒盅相碰，一饮而尽。在对酌的是杜霄和窦帮主。窦帮主有点不放心地看着帘外。

杜霄道：“窦帮主放心，我已吩咐掌柜，楼上谁也不能上来。”

窦帮主道：“那就好！杜大人，其实你不说，窦某也早就看出来了，宋五楼是在把本爷当刀使，要砍人了，就抽出鞘来，给刀片子淋水磨刃；砍完了人，就又插回鞘去，连污血也懒得擦！如此跟着他混，总归不是长久之计，哪天他栽了，头个倒血霉的就是本爷！”

杜霄目光如刀：“那你认准我杜霄了？”

窦帮主道：“我这人虽不在官场，可对官场上来来往往的各式人等从来没漏过眼。您杜大人干下的活儿，出不出彩？太出彩了！追银工部、血书狱墙、火烧黄烟、敲牙悬门、密查皇庄、扛刀开仓、流民迁境等等这些狠事儿、奇事儿，满朝文武莫管官职高低，有几人拿得出手？我早就看准了，您爷要么不走运，一旦走了运，那就是大运！在官场上，没几个人能走上大运的。您不一样，且不说学问、胆魄、谋略、权术这一套您不输于人，就凭您这副钢牙、这双铁拳，再外加这双铜眼，往人跟前就这么一站，气场全是您的！带着这么大的气场来闯荡官场，您不成功谁能成功？"

杜霄端起酒盅，对着窦帮主一照："知音！"

两人一口喝干，又满斟。

杜霄道："人的气场，就是人的气局，是靠才干、抱负、志向与勇气来撑着的，它不在其外，而在其内，在心里！可是，长着眼睛能识得气场的，世上没有几人；在官场上，那就更是寥寥了！"

窦帮主端起酒盅："别的就不说了，咱们俩的事，心照不宣！来，双臂合一，生死同命！"

杜霄也端起酒盅，与窦帮主的手臂一绞，两人张开嘴，手腕一震，将酒浆一滴不漏地全都泼进了口里！

掘土造田的垦民打着堆，在三三两两地议论着。谷山匆匆走来。垦民围上。

谷山爬上一辆马车，对着垦民大声道："钱塘垦荒营的各位乡亲，你们一定都听说了，在我们邻近之县，都在对新垦田地清丈征税！大伙心里，都没了底，担心这股风也给刮到钱塘来！在这儿，我谷山吹糠见米、开门见山，把话都亮开了说！咱们五千多垦民将钱塘的十万亩荒滩地给开成了粮田，这容易么？不容易！有人背着大弓尺，说是要垦出一亩，清丈一亩，征税一亩，这不是明摆着是在打劫么？"

垦民们齐道："对！是在打劫！"

谷山道："有人打着官府的旗面，领着官兵真要这么硬干，这不是明摆着要死人了么？狼会不会来？哪儿有羊，就一定会有狼！各位乡亲，我在这儿告诉大家，他们真要是来了，谁都别怕，也别躲，操起我们手头的家伙，将我们开垦出来的粮田团团围住，决不让一个人往里闯！有我谷山、小放生、叶书办，还有大青树、小青树、万蛉子、麦香领着头，谁也别想进来一步！我谷山在这儿发个誓，为保护钱塘的垦荒成果，我的肋巴骨哪怕被剁成了一寸一寸的，也决不后退半步！"

垦民们壮声："好！咱们听谷大人的！决不后退半步！"

县衙的那口鸣冤大鼓架在垦荒工地高坡坡顶上。两旁，十来支长管鸟铳也威严地架起。一群头上扎着白巾的年轻人执着梭镖、扶着腰刀逡巡着，白巾上写着"护田"两个墨字。

坡道上，小放生、叶书办和十来个汉子抬着一门锈迹斑斑的大铁炮，喊着号子，一步步走上来。

叶书办道："小放生，这门炮你是从哪儿找到的？"

"龙大妈带着我，在海塘边找到的。龙大妈说，在明朝的时候，这门炮就架在那儿打过海匪。"小放生道。

叶书办道："对了，县城街面上不是有家火铳铺么，我在火铳铺当过学徒，造弹丸的事不难，交给我办吧。"

"好，尽快将弹丸给造出来，这门大铁炮就活了！杜霄真要是带着官兵敢来冲营，那就是逼着咱们开炮了！"小放生道。

大铁炮在坡顶的大石旁架起，炮口对着通往县城的大路。叶书办道："谢谢大伙，都歇歇手。小放生，去棚里把茶桶拎来。"小放生道："好嘞！"

汉子们围着大铁炮，兴奋地议论着，谷山和几个垦民扛着鸟铳匆匆走来。叶书办道："谷大人，我正要找你，想跟你说点事。"谷山放下鸟铳："什么事？"

叶书办道："我有个亲弟弟在省衙军营吃粮，昨晚上，他偷偷从杭州赶到钱塘找到了我，告诉了一个消息，杜霄借着督察大员之名，调集了六百营兵，配备了火枪，准备同咱们的垦荒营硬干一场。"

谷山道："这么说，杜霄是豁出命来要清丈钱塘的十万亩新田了？"叶书办焦急道："他们真要是来了，咱们凭着手头这些武器，恐怕抵挡不住。"谷山道："是啊，我们不缺敢拿性命保田的男人和女人，缺的就是管用的武器。"

叶书办道："我有个主意，不知行不行？"

谷山道："请说。"

叶书办道："钱塘北去几十里就是湖州，那儿自宋代以来铜镜业发达，沿骆驼桥一带，造镜的铺子有上百家。近些年，西洋玻璃镜在市面上有卖了，用铜镜的人就少了，那些造镜世家为了活命，大多改了行，用上现成的坩锅和铜铁料，秘密造起了火器，全都走私到了外洋。"

谷山道："哦？这事我还是头一回听说。你是怎么知道的？"叶书办道："我的那个吃兵粮的亲弟弟每回坐兵船出海巡岸，都会帮他们走私火器。"谷山道："湖州镜匠造的火器可知有哪几种？"叶书办道："听说不光有火铳，还有蹲地蛤蟆炮。"谷山道："那弹药呢？"

叶书办道："当然是配齐的。"

谷山想了想："这么办，趁着眼下杜霄他们还没动手，我们去一趟湖州，买一批火器回来！"

叶书办道："好，事不宜迟，要去就得快！"谷山道："对了，买火器的银子如何筹划？"叶书办道："这不用担心，湖州的镜匠最讲信誉，只要是熟客上门，先赊再付。"谷山道："你有把握么？"叶书办道："只要报上我亲弟弟的名姓，定然有把握！"

谷山道："那就好，咱们今晚上就去湖州！"

谷山和叶书办换成了车夫打扮，各驾着一辆带篷马车，在黑暗中悄悄地驶出钱塘城门。

天亮之后，谷山、叶书办赶着马车，缓缓行走在一片湖州乡间水田边。田里，三三两两的乡人执着小鞭子，赶着牛在耕田。那一头头耕牛全都是无角的！

谷山停住车："叶书办，看出什么来了？"叶书办道："这一路上，看到的耕牛全都没长角。"谷山道："真奇怪，这是怎么回事？"

两人往田里看去。每头耕牛的头顶上，都有两个血窟窿！

谷山道："白天进城太招眼，天黑关城门前再进吧，找个地方把马车存起来，去看看到底发生什么事了！"

荒败的庙门前挂着一块"放牛局"的木牌，庙廊前的木桩上，拴着几条锯去了双角的老牛和病牛。一个苍发老头在给牛喂着药。

谷山、叶书办赶着车在庙前院落里停下。

谷山道："老人家，有豆子吗，马累坏了。"喂药的老头警觉地打量着两人，摇摇头。谷山见柱子上挂着个酒葫芦，取下摇了摇："还有酒，给马喝上两口，就有劲了。"老人道："看来，你懂牲口。"谷山道："走南闯北，不懂牲口寸步难行。"老头道："二位是赶脚的？"

叶书办道："来湖州收点土货。"

谷山道："能讨碗水喝么？"

两人坐在"放牛局"破桌边喝着水，老头在一旁切草药。

谷山道："老人家，这间'放牛局'办了不少年了吧？"老头道："有几十年了，远近凡是有不能再干活的耕牛，都送到局里来寄养，有病治病，无病养老，等牛死的时候，就为它送终。"谷山道："这么说，这儿是善地。"

从窗后传来牛群哞哞的叫声。

谷山道："听牛叫声，后头牛棚里寄养着不少牛吧？"

老头道："近月来，送进局子寄养的牛一天比一天多，棚子都满了，正愁着缺人手呢。"

门外，一个妇人牵着一头长角的耕牛走来。妇人隔着门喊道："老丁头！帮着把牛角给锯了吧！"老丁头急了，急忙出门，向妇人示意屋里有人，让她赶快走。妇人牵上牛，疾步离去。谷山与叶书办相视一眼，站了起来。

谷山道："老人家，多谢你的茶水，有事再来打扰！"

老丁头道："二位走好！"

庙后小破门轻轻打开，老丁头探出脸，见没动静，对着林子学着牛叫了一声。刚才离去的那个妇人牵着牛从林子里出来，匆匆牵进了门去。老丁头又瞅瞅四周，将门关上。

牵进来的牛被拴在“放牛局”内一间屋子柱子上，老丁头操着一把锯子，准备锯牛角。一旁的地上，堆着小山丘似的被锯下的牛角，散发着一阵阵血腥味。

妇人眼睛红着，取出一块布，将牛眼给包住。耕牛凄惨地叫唤，牛眼里泪水滚滚。妇人抚着牛头，哽声：“大牛，你在我们家一块过了五年，哪块地你没踩过、犁过、耙过，前阵子开荒，牵你去石滩地背犁，陪着全家九口人，没日没夜地干活，吃的是草，喝的是生水，你没哼过一声，也没淌过一滴眼泪……可你听说要锯去双角，大牛你就叫个不停，眼里的泪水也淌个不停，大牛，你别再哭，是我们老王家对不起你！下辈子你投胎，别再投在湖州，投得远远的，找个没人来清丈收税的地方，做一条清清净净干活的耕牛吧！”

牛眼里的泪水淌得一串串的。

屋里，老丁头叹息着摇头：“王嫂，你也别哭了，你再哭，这头牛就更停不住眼泪，背过脸去吧，我得赶快开锯，要不，等会儿又有人送牛来。”

妇人取出手巾，轻轻拭去牛泪，哽咽着转过了身。

谷山和叶书办站在窗口，默默地看着屋里。谷山道：“叶书办，你在外看着点，我进去问问，到底是怎么回事。”叶书办道：“行，我就在院子里等着！”

老丁头抄起大铁锯，对着牛角正要下锯，门推开，谷山走了进来。猛地看到有人出现在面前，老丁头和王嫂吓了一跳。

谷山取下耕牛的蒙脸布，抚了抚牛肩：“这头牛五岁了吧？”

妇人点头。

谷山道：“拉了五年犁，牛肩上的皮子都厚成老铁块了，要是连它的两只角都保不住，这对得起它么？老人家，干吗要把牛角给锯了？”

老丁头道：“看你们两人也不像是来清丈征税的，实话就对你们说了吧。湖州乡村里大垦荒，才几个月，就垦出了几十万亩荒地，乡民心里正高兴，衙门的官员来了，还带着衙役，硬是要对垦荒田地清丈征税。可乡民们不依，护着田地不让清丈。听说京城来了名叫杜霄的督察大员，想出了一个恶法子，凡是不愿自首、不让清丈的农户，不论垦荒多少，一律按耕牛牛角征税，一对牛角抵一亩新田，收税七分三厘。这么一来，乡民全慌了，为躲税，都将牛角给锯去了！”

谷山脱口而出：“杜霄？”

老丁头道：“莫非你认识此人？”谷山道：“听说过这个名。”老丁头道：“天杀的大恶人哪！逼人逼不出银子，就逼牛交银子了！”

谷山道：“如此征税之法，若是在各地推行开来，那就是大灾难，谁还愿意开荒？谁还愿意千辛万苦地造田？谁还愿意没日没夜地刨石缝、劈荆棘、匀积水，一寸泥土一寸汗地垦出可耕之地?”

老丁头道:“耕牛都锯了角,天下就没有耕牛了!”

谷山道:“牛为国畜,天下人吃的粮,都是从它的脚底下长出来的,怎么能收它的牛头税呢?想出这种点子来的人,丧尽天良!”

牛眼里淌出滚滚泪水。突然,牛的两条前腿一屈,跪了下去。

谷山道:“这些话,牛都听懂了。”

叶书办在车旁给马喂豆子,突然,身子一挺,一股血从口里涌出,一把细剑插进了叶书办的后背。剑缓缓地拔出,叶书办仆倒在地,拔出剑的是杜霄。

窗外的牛栏里,一阵阵苍凉的牛叫声传来。

谷山道:“老丁头,跟您商量个事,能给我一对锯下的牛角么?”

老丁头道:“你要牛角干吗?”

谷山道:“带着牛角,帮乡民告状!”

谷山背着一对牛角走出门来。突然,他猛地站定,眼睛睁圆:“叶书办!”马车旁,叶书办躺在血泊中。他奔到车旁,抱起叶书办。

叶书办口里在涌血,喃声:“谷大人……快……快回钱塘去……”

谷山道:“快告诉我,谁对你下的手?”

叶书办道:“快……快回钱塘……我……我对不起你……是……是李堂……绑了我的……我的妻儿,逼……逼着我对你……说了……说了谎话……骗……骗你离开……离开钱塘……”

叶书办头一沉,死去。谷山狂声喊道:“叶书办——!!”背后传来杜霄平静的声音:“他死了,喊不回来了。”

谷山回头。穿着一身官袍的杜霄背着手,佩着剑,冷笑着站在院中!谷山站起,怒目逼视着杜霄。谷山道:“叶书办是你杀的?”

杜霄道:“这么小的事,还值得我回答你么?你该问:才时隔一年,为何你还是知县,我却成了郎中。”

谷山暴声:“杜霄!你在景安干下的事,刘大人都告诉我了!一开始我还不敢相信,可现在,我不能不信!你变了,变得让我认不出你这个哥了!你对我说实话,收牛头税的点子,是你出的么?”

杜霄冷笑一声:“这么好的点子,除了我杜霄杜大人,天下还会有谁能想得出!”

院门口,突然传来大扇子的声音:“杜霄,你不配为官!”谷山和杜霄回头,都吃了一惊。

大扇子一脸风霜,一头黑发间夹杂着大绺大绺的白发,人消瘦得近乎已经干瘪,身上背着一个沉重的大包裹。谷山震惊:“大扇子?你怎么在这儿?”大扇子没有回答谷山，看着杜霄的目光里充满了痛楚与悲悯。

杜霄道："为何这么看着我？"

大扇子道："我说你不配为官，你一定不服。那就让我告诉你吧，《大清律例》上写得明明白白：凡加重民间疾苦、使民无可控诉者，革职，永不叙用！《大清律例》上还写得明明白白：对于官员，无论文职、武职、世职，若有行止不端例应革职者，不论任何事发，将所有各职俱行议革！杜霄，摆在你面前唯一的生路，就是向朝廷自首悔罪去！"

杜霄"哈哈哈"地狂笑起来。

大扇子道："你用大笑来掩饰恐惧，已经晚了！你这么做，定然不会仅仅是为了升职，更是为了发财！而你要发财，唯一可行之法，那就是侵贪！你打着督察大员的旗面，瞒着朝廷，在各地清丈征税，不就是为了捞银子么？那好，我再告诉你，《大清律例》上更是写得明明白白：贪污折银二十两流放，四十两斩决，如果浮财不够罚，严厉追赃至倾家荡产，不论原因如何，只要受赃，皆绞死！"

杜霄冷笑："那就看看，咱们这三个一块从宁古塔出来的人，到底是谁先死吧！"

"锵"的一声，杜霄拔出剑，对着大扇子刺去。大扇子肩头中剑，倒在地上。谷山扑向大扇子，抱起，大喊："大扇子！"

杜霄向谷山刺过剑来。谷山像一头被激怒的豹子，慢慢从地上站起，扒去外衣，露出伤疤叠着伤疤的后背，握紧了拳头。杜霄扔下剑，也脱去了官袍，露出穿在里头的麻布孝衣，将两个拳头握得铁紧。

谷山道："你不配穿着这身孝衣！你只对自己的父母尽孝，却干着残害天下父母的恶行！你不是孝子，你是逆子！"

杜霄道："说得好！那我也和你一样脱干净！"

孝衣脱下，在杜霄的身上也露着累累鞭痕！雪又下起来了，纷纷扬扬满天皆白。两个宁古塔的生死兄弟像两头狼，鼓着浑身是疤的肌肉，面对面地逼视着。

突然，谷山大吼一声，朝杜霄冲去！杜霄出手更快，挥拳重重打在谷山的脸上，谷山鼻血飞溅！谷山回拳，重重打在杜霄的脸上，杜霄鼻血溅出！

两人倒在地上，仰面朝天，大口喘息着，面前雪花纷飞。

谷山看着天空："杜霄，倘若你还有一点做人的良心，带上一对牛角上京去，向朝廷请罪！或许你还不知道，刘大人已经去了京城，你去找他，把自己做下的事全都……"

杜霄哈哈大笑起来道："要是我告诉你，刘统勋已死在去京的路上了，你会信么？"

谷山猛地坐起，暴声："你胡说！"

杜霄道："你在我眼里，看来只配做个代鞭的傻瓜！你怎么不想想，若是刘统勋还活着，我会这么干么？马旗门会这么干么？那个宋五楼会这么干么？"

谷山的眼睛睁圆："老师他……真死了？"杜霄道："死了！"谷山道："琴衣呢？"杜霄道："要杀刘统勋，当然得先杀琴衣！"谷山脸上肌肉抽动起来，大吼："杜霄！我要杀了你！杀了你！"

两人绞打在一块，在雪地里打着滚，厮打着，号叫着。两人满脸是血。谷山的后背上，伤疤绽裂，淌出一股股通红的血来。两人从院里打到院外，打进牛棚，又从哞哞惨叫的牛群中打出，打进破庙，重新又打回到院落。谷山拼尽最后的力气朝杜霄打去。两人一块倒地。

好一会儿，杜霄挣扎着爬起，抹去嘴边的血水，拾起剑，一步一晃地朝谷山走去。

就在杜霄对着谷山下剑的一刹那，杜霄的头顶上猛地重响了两声，身子一挫，剑落地，重重地倒下。谷山支起身，透过满是鲜血的眼睛看去。在老丁头和王嫂的手里，握着大牛角！

老丁头赶着马车，车里坐着肩头扎着绑带的大扇子。谷山赶着的马车里，躺着叶书办的尸体。两辆马车在岔路口停住。

谷山道："你真的想好了，这就去京城？"

"老天爷留给大清国垦民的时辰不多了！刚才你也看到，他们向垦民清丈征税，连耕牛都不放过！看看你背着的这具牛角，你就会明白，我为何这么急着去京。"大扇子道。

"你真以为到了京城，就能把大清国的垦民给救下么？"谷山道。

大扇子道："我总得试一试。"

谷山道："你想过没有，凭着你这么个单薄女人，能力挽狂澜么？"

大扇子道："凭我一人当然办不到，我能做的，就是喊醒更多的人，和我一起办到！"

谷山道："到了京城，你打算见谁？"大扇子道："见皇上！"谷山道："唐大人是怎么死的，你忘了么？你见不到皇上！再说就算你能见到皇上，将你看到的事都凭着记性说出来，可怎么才让皇上信服？让大臣们信服？你说的话是不是真实的，又会谁来替你作证？这些，你想过么？"

"我想过。就算我说的话没有一个人相信，我也不会放弃把真话说出来！人的胆，不长在肚里，长在舌头上，这个胆，我有！"大扇子道。

谷山沉默了一会儿："还是得把难处想透。琴衣死了，刘大人死了，孙嘉淦大人听说已经疯了，梁诗正大人也去了边关。你到了京城，恐怕连个落脚之地都没有，更别说有人引见你进宫。"

大扇子道："人在万难之时，总会说'天无绝人之路'这句话。我知道，你不想听我说这句话。可我还是相信，只要是替天行道，脚下就会有路。哪怕是绝路，那也是路。"

谷山道："你的伤，能挺得住么？"大扇子道："老丁头懂医术，他会帮我。"老丁头道："谷大人，你就放心吧，大扇子是去为老百姓请命，我老丁头就是拼了老命，也要将她送到京城!”谷山道:“那就多谢老人家了!”

大扇子道:“谷山,你赶快回到钱塘。刘大人一死,马旗门他们就无所顾忌,很快就会在钱塘清丈征税。弓尺亮开之日,就是剑拔弩张之时!钱塘的五万垦民定然会奋起反抗,一场恶战在所难免。你得把垦荒营的乡民给带好,将新垦的粮田都保住!”

谷山道:“粮田生我、我生粮田,这就是我谷山的命。放心吧!”说着将背在背上的牛角取下,双手捧给大扇子,“要是真能见到皇上,就将这具牛角给皇上看!”大扇子接过:“人状、牛状我会一起告!”谷山道:“忘了问你一句话,你是怎么来到这儿的?”

大扇子道:“我跑了几个省,该找到的证据都找到了,就返回浙江,途中听说湖州一带在征牛头税,就找到这儿来了。我也没想到,会在这儿碰上你。”

谷山道:“你此去京城,生死未卜;我回钱塘,也生死未卜。老天爷安排咱们俩在此处一别,不会是生死之别吧?”

大扇子道:“那只有老天爷知道了。”

两人笑起来。

谷山道:“记住,我在等着你回来,亲手将那份休书给撕了!”大扇子道:“那份东西,你还留在身边?”谷山道:“你撕了,我就不留了。”大扇子笑了笑:“那好,等着我回来吧!”

两声鞭响。

马蹄放开,两辆马车朝着两个不同的方向狂奔而去!

铁箭飞在潘府内室屋里坐等着。穿着内衣的潘八指匆匆进来。

铁箭飞道:“房杠回来了,他……他失手了,只杀了琴衣,刘统勋的马车坠崖,却没找到刘统勋的尸体,或许他还活着。”

潘八指一惊:“连琴衣都杀了,还能让刘统勋给活着?这……这可能么?”铁箭飞道:“既然没有找到尸体,那只能当他没死。”

“对,见尸还不行,还得埋土里,那才算是死!这事真他娘棘手,刘统勋真要是还活着,回到京城,带来的可不是麻烦,而是麻布!几块麻布将咱们缠巴缠巴,全给讷中堂披麻戴孝去!”潘八指道。

铁箭飞道:“昨日没死,不等于今日不死。刘统勋不是长生鸟,置他于死地还来得及。”

潘八指道:“你说说,他要是到了京城,会上哪儿?”铁箭飞道:“当然哪儿都不去,径直进宫见皇上!”潘八指道:“那就是说,要阻止他进宫,不光宫外得拦他,宫内也得有人要拦他。”

铁箭飞道:“对,京城九大城门都要有咱们自己的人看守,一旦见到他进城,就将他给杀了。宫里也得动用干爹在侍卫营的亲信，只要他跨进宫门一步，就立马灭了，而且要灭得不露痕迹。”

“宫里的事，你不用担心，我会差侍卫领班冒大人亲自去办。九门提督前两天刚换，全都派出咱们自己的人恐怕不容易，还得仰仗铁公子多费心。”潘八指道。

“行，我会动用手下的弟兄满城守着，只要一见到刘统勋，立马就灭！为防万无一失，还得算一算，他到了京城，除了进宫，还会去找哪些能带他进宫的大臣。”铁箭飞道。

潘八指掰着手指算了算：“张廷玉、铁弓南、赵宏恩，都有可能。”

铁箭飞道：“赵宏恩还在河工上没回来；我父亲那儿，我会安排，刘统勋就是到了大门前，他也进不去；张廷玉府门前，还望潘大人调几个侍卫，扮作长随去守着。”

潘八指道：“好，这样就万无一失了！如今刘统勋只是一草民，若是进京，他不敢穿着官袍。杀个草民，就像杀只鸡，谁也不知道杀的是谁！”

“刘统勋逃过了那一劫，绝对想不到，天子脚下、皇城根前到处埋伏着杀他的刀斧手，只要他没本事变只鹰，越墙飞瓦，那他准是死定了！再说，他的那只铁靴子，走路跟马蹄似的，认起来也方便，万人堆里找他，不难找！”铁箭飞道。

“对，万一这老瘸子脱了铁靴，想蒙混过关，可那条瘸腿还得露馅。他的两条腿，一条长一条短，走路斜着膀子，再怎么装，他也没法将两条腿走得一般齐，凭这，好找。”潘八指道。

铁箭飞道：“让冒大人转告他手下的侍卫，在宫里守候刘统勋的时候，千万别光瞅着那只铁靴子，还得瞅那条斜着的膀子。见着斜膀子走路的人，都有可能是刘统勋。”

潘八指道：“嗯，这就万无一失了！浙江钱塘清丈有消息么？”

“杜霄已在钱塘，很快就能收银子了。”铁箭飞道。

“讷中堂临走前有交代，收银子的事要快，万一皇上察觉了动静，要拿咱们开刀，咱们就能拿出银子来买下天下死士。”潘八指道。

铁箭飞道：“我再给杜霄捎信去，让他下手快些。眼下的心头大患是刘统勋，他不死就得我亡！灭他之事一刻不能耽误，我这就去安排。”

铁箭飞行了个礼，匆匆离去。

潘八指大声：“来人啊！”

府吏进来：“下官在！”

潘八指道：“吩咐备轿，这就送本官去见冒大人！”

内宫中御道上，侍卫领班冒大人脸色威猛，扶着剑，领着一队侍卫向神武门走来。

守门太监道："冒大人，在巡宫呢？"

四个穿着盔甲的侍卫在宫门两旁扶刀站定。

太监道："这怎么了？大内侍卫出了内宫，上这儿来守大宫门了？"

冒大人道："侍卫营接获密报，近日有刺客意欲闯宫，本官奉命派侍卫守护各座宫门，见有可疑者，立斩无赦！——走，去午门！"

剩下的侍卫跟着冒大人离去。

太监怔怔道："这么说，来刺客了？"

几十个地痞、流氓、嘎子会聚在烟雾腾腾的京城一间赌馆大屋里。"哗"的一声，大窗帘子拉下，门"轰"的一声关紧。脸色冰冷的房杠拿着一卷布帛，从一间小屋里走出来。

满屋子喊喊喳喳的嘈杂声顿时静下。房杠将手里的布帛往墙上挂住。布帛垂下，上面绘着刘统勋的头像和那只铁靴子。

房杠扫视着满屋子人："这张脸，这只铁靴，都看清了么？"

满屋子声音："看清了！"

房杠道："此人是谁，我就不说了，只记住一句话：白刀子进，红刀子出！"

满屋子声音："明白！"

房杠手一摆，两个铁府家丁抬上一筐银锭，"哗"的一声往地上一倒。满屋子地痞、流氓、嘎子的眼睛全都发了绿。

房杠道："一人取一个，这是本爷付给各位的买刀钱。买命钱呢？我也给搁这了，等着红刀子来换它！"

家丁抬起另一只筐子重重地搁桌上，扯去盖布，满满一筐官锭！

张廷玉的轿子抬到，在门前停住。师爷从大门里匆匆迎出，打起轿帘，扶张廷玉出轿。张廷玉踏上台阶，忽然感觉到什么，回脸看着身后几个面相陌生的带刀长随。

师爷道："哦，是这样，宫里增派了几个长随来咱们府，帮着守门。"

张廷玉警觉道："为何？"

师爷道："听说侍卫营接到密报，有刺客闯宫，在紫禁城里里外外都重新增添了守备，宫里担心咱们府也有不测，就增派了这几位长随前来。"

张廷玉道："宫里？是哪位宫里的大人发话的？"

师爷道："冒大人。"

张廷玉眉尖隐隐一抖："宫里有刺客？怪不得神武门多了侍卫。"

师爷道："冒大人还有话，要是您还嫌人少，可多派几个过来。"

张廷玉脸上浮起笑容："冒大人想得周到！"

第二十七章

躲杀机贤良扮作鬼　贤良臣终回大朝堂

熙熙攘攘的行人、商旅中，曾在赌馆里露过脸的几个行刺地痞在走动着，暗中打量着每一个从城门外进来的行人。

突然，鼓号声大作，一队“出抬阁”的戏班子吹吹打打地从城外进来。穿着戏服的众鬼卒、牛头、马面引着阎君、东岳大帝、长解都鬼蹦蹦跳跳地走来。戏子们全都抹着青红白三色鬼脸，蹬着粉底朝天靴，看不清脸面。行人纷纷围拢，听着鼓乐和唱戏声，连声叫好。行刺的地痞急忙挤入人堆，对着戏子一个个辨认着。

东岳大帝跳将出来，唱道：“世态云翻雨变，奈何人心反复，难定愚贤。”长解都鬼甩着大袖，跳出，唱道：“你在世间多般，阴曹俱见，此日须穷问，报应不差分，毫发难容忍。”

路人大声喊好。锣鼓声更欢。众鬼卒在前挥着招魂开路。喝彩声中，阎君穿着大红袍挫步出场，唱道：“掌阴司生杀权，审阳间贤与奸，生前谁恶谁为善，白白明明在案前。”唱声苍劲老迈，字正腔圆，路人大声喝彩不止。行刺的地痞没找到刘统勋，退出人丛，望向城门口。戏班子一路跳着唱着，越走越远。

查家楼戏庄屋子外头的戏台上，戏子在排戏。两侧柱子上挂着两副对联：“凡事莫当前，看戏何如听戏好；为人须顾后，上台终有下台时。”屋里，“阎君”擦去脸上的油彩，露出刘统勋的脸。不用说，一旁的“鬼卒”就是王不易。

刘统勋道：“王不易，念得出戏台上的这副对联么?”

王不易结结巴巴地将对联念了一遍。

刘统勋道：“知道什么意思么?”

王不易道："意思就是说，要是买不起戏票，就别来看戏，上园子外听戏就成！要是演戏老朝着前走，不往后头瞧，就得一屁股栽台下！"

刘统勋笑了笑："差不离，就这道理。依我看哪，要是将这副对联拿到宫里去，挂在乾清门的柱子上，恐怕做贪官的就少啰！"

戏班查班主端着饭菜进来。查班主道："刘大人、这位小兄弟，先吃点饭塞塞肚子。"刘统勋抱拳："多谢查班主相助，请受刘某一拜！"查班主急忙扶住刘统勋："哪里话！要不是认出了您的这只铁靴子，我还不敢相信您就是大名鼎鼎的刘统勋大人！"

刘统勋道："看来，我这只铁靴，帮着我的不光是腿，还有命！实不相瞒，刘某若不是遇上了万难之事，要不然，就不会麻烦于您了！"

查班主道："刘大人本就是天下奇人，能帮上刘大人的忙，那就是天下奇事！对了，刘大人将个阎君扮得如此神似，莫非看过这出《劝善金科》?"刘统勋道："看过几回，可没想到此生还有机会扮他一回阎罗王。"查班主道："其实您不用扮，铁靴这么一跺，那就是阎君！"

刘统勋道："我真要是个阎君哪，进京城还用得着避三躲四，来个易容换装才能进城?"

查班主道："您过谦了。不过，说到底，这人哪，就像一只萤火虫，在荒山称作鬼火，在名山称作神灯，谁也别把自个儿钉死喽。"

刘统勋道："说得好！岂止是人，为官者不也如此？这不，堂堂一品大臣刘统勋，今日不就是一阎罗么？官场风水，转得可比市井风水快多了！"

查班主兴奋道："我可遇上知己了！对了，不知刘大人如何打算?"刘统勋道："若是方便，想在您这儿小住数日。"查班主道："好啊！您踏踏实实住这儿，想出去办事了，我给您备车！来，先吃饭！"

查家楼戏庄戏台子上，一群角色行当在排着昆剧《鼎峙春秋》。

扮演刘、关、张的戏子在三人合唱："千寻浩气薄云天，会风雷功名欲建，霜凝朱胄冷，风动绣旗掀。"

王不易盘腿坐在台下，看得津津有味。刘统勋从屋子里走出来，手里拿着一封信。王不易急忙站起："老爷，这戏唱得真好听，刘关张全都上齐了！"

刘统勋低声："你立马去一趟张廷玉大人府上，务必将此信送到他的师爷手中。这事你办得了么?"王不易道："老爷放心，办得了！"刘统勋道："张大人的府址，我已告诉过你，不会忘吧?"王不易道："忘不了，我就是眼睛瞎了也摸得着。"刘统勋道："那好，多加小心，我等你的消息。"

王不易将信揣在怀里，匆匆出门。

台上，刘关张仍在唱："车马奔腾黄尘卷，顷刻风云变，要持撑半壁天！"

刘统勋看着戏台，心被高亢激越的唱词触动，有板有眼地低声哼唱起来：“名将出幽燕，同心好把凶顽剪！”

他的手势斩钉截铁！

两道灰白的长眉在颤动。坐在内室桌边阅信的张廷玉放下纸笺，不无吃惊地抬起脸，怔得说不出话来。

师爷恭候在旁，小心翼翼：“张大人，信中写什么了？”张廷玉伸出微微发颤的手：“把拐杖递给我！”一旁的小童急忙将拐杖递上。张廷玉支着拐杖从椅子上站起，颤颤巍巍地向外走去。走到门前，他又迟疑着站停，缓缓回过身来。师爷不安道：“张大人，怎么了？”

张廷玉的老嗓门里带着颤音，一字一顿：“刘统勋没死！”师爷吃惊：“刘大人还活着？”张廷玉道：“他就在京城！”

师爷道：“张大人莫非您要去见他？”张廷玉道：“那送信的走了么？”师爷道：“没走，在轿厅里等着回话。”

张廷玉颤巍巍地走回桌边，在椅上坐下，将拐杖往身边一搁，表情复杂地思考着。

师爷道：“老爷，府门内外都有讷亲布下的侍卫，您若是去见刘大人，逃不过他们的眼睛；若是请刘大人来府上，那更是危险。看来，您和他绝不能在此时见面。”张廷玉道：“我当然明白！”师爷道：“那我该如何回话？”

张廷玉道：“刘延清的脾气我知道，此次进京，他急着要见的是皇上。眼下，他定是知道了身处危境，才在京城藏匿了起来。他心里有数，此时在京城，只有两个人可求，一个是我张廷玉，一个是铁弓南。可铁弓南的儿子是铁箭飞，这个登门求见的风险，他不会冒。于是，他就想到了我张廷玉，可我又不便见他，两人都见不着，他肯定会急眼，无奈之下，定然会独闯神武门！”

师爷道：“您不是说，宫里宫外都布下了讷亲的亲信侍卫么？”

张廷玉道：“我担心的就在于此！刘延清要是进宫，不管是白天还是夜晚，都会被当成刺客而斩之！倘若他自作聪明，易装换容，想让人认不出他是谁，那就正中他们的下怀，会死得更惨！”

师爷道：“那怎么办？刘大人危在旦夕，老爷您不会不救！”张廷玉道：“让我再想想。”张廷玉闭上眼，靠在椅子上，默思了一会儿，老眼猛地睁开：“快取一块纸来！”

师爷急忙将一张纸笺放到张廷玉面前，打开墨盒，捧上毛笔。

张廷玉在纸上匆匆写下四个字：“不可进宫”。将墨字吸干，又将桌上的一把小巧的裁纸刀取过，将两样东西递给师爷。

师爷道：“老爷用这把刀和这四个字告诉刘大人，宫中有刀斧手，千万不能贸然进宫？”张廷玉道：“他收到之后，自然会明白！”师爷道：“好，我这就让那送信的人带给刘大人。”

张廷玉道：“吩咐那人千万小心，不可将任何人引到刘大人身边！”

师爷道：“明白！”

怀里藏着裁纸刀和信笺的王不易匆匆奔走进一条胡同里。他身后，两个穿着便服的侍卫紧紧跟随。王不易见到拐角处有口井，急中生智，爬进井洞，手脚撑在井壁上，屏住了呼吸。

两个侍卫跑来，见王不易消失，四下寻找着，向另一条胡同奔去。听到脚步声远去，王不易像猱猴似的爬出井口，朝着来路狂奔。

查家楼戏庄小屋，裁纸刀和纸片从刘统勋手中放下。

王不易道：“我跑了这么大一趟，张大人就给了这两样东西，他也太小瞧刘大人您了！”

刘统勋脸色沉重：“不对，他在救我！”王不易道：“这把刀的意思是，有人想杀您?”刘统勋道：“他在告诉我，宫里已有了对付我的刀斧手。”王不易急道：“那不就见不到皇上了?”刘统勋道：“王不易，在来京的路上你对我说过，你我可以扮成叫花子，是么?”

王不易道：“是啊！我从小就是个叫花子，不用扮，换身破衣烂衫，挎上个破篮，那就是个叫花子！”

刘统勋道：“我不能就这么困在戏庄，得想办法，一定要见到皇上！眼下，只有一步棋可走，能不能走成，那就看天意了！”

京城街面上，衣衫褴褛的大扇子肩头挑着根短竹竿，竹竿上挂着沉甸甸的包袱。包里除了别的东西，还有那具锯下的牛角。一家小客栈门前，大扇子站停，看着挂在门上的招客灯笼。她摸摸口袋，抽出手，继续往前踽踽走去。

大扇子蹲在胡同口一家小饭馆的后门边，从泔水桶里捧起残渣剩饭，拼命地往嘴里塞着。店小二捧着一筐烂菜叶出来，倒在地上，被蹲着扒食的大扇子吓了一跳。

店小二骂道：“哪来的母狗，吓了本爷一跳，快滚！”

大扇子抬起满是污垢的脸，看着烂菜叶，猛地一捧捧抓起塞进怀里，背着包袱，匆匆离去。

铁府门楼旁的墙角边，两只破碗搁在地上。一老一少两个“乞丐”坐在墙根下要着饭。府门口，几个黑衣人在“闲逛”。

“小乞丐”满脸污黑，向路人乞讨着：“过往的大爷大娘，行行好吧，给爷俩一口饭吃吧！”小肚子从铁府大门里走出来，捧着个碗，往两人碗里倒上些剩饭，往回走。“老乞丐”喊住了小肚子：“小兄弟，你家老爷回来了么？”

小肚子道：“你问老爷干吗？扒拉几口快走吧，这口饭，还是我小肚子省下来给你们俩果腹的。”一顶绿呢大轿抬来，在门前停下。小肚子急忙上前打起轿帘。从轿里下来的是铁弓南。

两个“乞丐”对了个眼色，起身走到轿前。“老乞丐”将脸上的锅灰抹去，低声：“苦耘，认出我是谁了么？”

铁弓南一怔：“这不是刘大人么？”

刘统勋道：“这儿不是说话的地方，快带我们俩进府！”

几个黑衣人突然感觉到什么，从靴子里拔出刀，围了过来。铁弓南看了看黑衣人，对门前的长随大声喊道：“赶快护住来人！”几个长随拔出刀，护住刘统勋和王不易。

铁弓南急道：“快！跟我进府！”

刘统勋、王不易跟着铁弓南疾步奔进府门，长随将黑衣人挡住，小肚子急忙将府门关上。两个黑衣人疾步走出胡同。黑衣人甲道：“他就是刘统勋，没看错吧？”黑衣人乙道：“没看错，就是他！走，去禀报房管家，就说刘统勋进铁府了！”黑衣人解下拴着的马，飞身上鞍，疾驰而去。

铁弓南和刘统勋匆匆进了书房。王不易和小肚子跟在后。铁弓南道：“延清，你先坐下喝口水，我得办件事。”刘统勋道：“你先忙。”

铁弓南打开柜子，捧出一只盒子，从盒里取出两把西洋火铳，在灯下看了看，望向王不易和小肚子。铁弓南道：“你们俩，拿着火铳站在门外，不管是谁，见着了就给我放铳！”

王不易乐了，从铁弓南手里接过火铳和装火药铁砂的两只小葫芦：“这玩意我摆弄过！小肚子，别愣着，接家伙！”他将一把火铳扔给了小肚子，自己掂着一把。两人出了房门，将门关上。

刘统勋道：“没想到铁大人还玩洋玩意儿？”铁弓南道：“实不相瞒，这洋玩意儿儿，还是对付你的呢！”刘统勋道：“此话怎说？”

铁弓南道：“前年你回朝的时候，不是掐上我了么？那时候，我以为你要置我于死地，便托人从洋人手里买下了这两支火铳，一支准备在你逼得我无路可退时，一铳将你打死，另一支呢，不用说，就是朝这儿打了！”他指了指自己的大脑门。

两人相视，哈哈笑起来。铁弓南道：“怎么来京的？”刘统勋道：“说来话长了。”铁弓南道：“那就长话短说吧！”

潘府正厅，潘八指抱着拳，大笑着与马旗门等十来个各省到京的督抚、按察使一一还礼、让座。

众官入座。潘八指道："讷中堂走了以后，咱们还是头一回开群英会吧？各位大人从各省远道而来，还来不及洗尘，就来潘某的府上相聚，让潘某不胜感慨哪！其实啊，讷中堂虽然身在千里之外，可心和眼还在京城。我让各位办的事，都是接了他老人家的密谕，才吩咐下去的。"

"潘大人，各省恭遵皇上'万民垦荒、举国增田'的谕旨，大垦荒已有一年了，收获可观哪！"马旗门道，"就拿咱们浙江来说吧。承蒙朝廷厚爱，派来了垦荒督察大员，诸位司官不辞辛劳，跑遍了浙江的山山水水，将每块新垦田亩都踏勘一遍，事无巨细、亲力亲为，实在是劳苦功高！"

"江西按察使托穆齐图，才几日不见您，您怎么就瘦了一大圈，想必江西的垦荒之事没少操心吧？"潘八指道。

托穆齐图道："潘大人过奖了！江西垦荒之宏图，若是能入潘大人的法眼，本官欣慰至极！"

潘八指感慨道："是啊，各位吃了那么多苦，其中三昧，潘某岂有不知？对了，叶大人，听说安徽开荒，深得万民拥赞，数日之间就收万民伞三百六十五把。"

安徽巡抚叶存仁道："潘大人说错了一个数，该是三千六百五十把，每把伞上有民众签名一千有余。"

江苏巡抚巴阳阿表情夸张："哦？这么算来，三千六百五十把万民伞上，歌功颂德的百姓就有三百六十多万签了名？"

叶存仁道："没错！民心所向，拦都拦不住啊！"

众官点头笑起来。

云南总督陈题道："咱们云南开荒之数虽不在少数，可万民伞却是比叶大人的安徽少了两成。这么着，我立马就吩咐下去，让他们把这两成给补上，尽快给送到京城来。"

直隶总督张德荣咳嗽了一声，显然要说话。

潘八指道："张督宪怎么说？"

张德荣道："讷中堂让咱们将各地的万民伞收齐之后，送进宫去，在皇上跟前来它个铺天盖地、排山倒海。各地的伞都已送到，要是陈大人再吩咐从云南补造送来，那就耽误时辰了。"

湖南巡抚西琳道："张督宪所言极是，再回云南补上怕是来不及了，就在京城找人补造吧。伞上的人名，上庙里找几本功德册，照抄就成！不瞒各位，我湖南送的万民伞，就是这么弄出来的！"

众官笑道："彼此！彼此！"

潘八指道："心照不宣的事，不外传就行。今日，我代讷中堂给各位下个数字，每省至少送万民伞三千把！如此算来，十八个省，还不算上将军辖区，就有五万四千把万民伞送进宫去。各位想想，要是这五万多把万民伞全都撑开，偌大的紫禁城还见得着日月么?”

众官大笑，纷纷点头。

广东巡抚朱阶圭道：“不过，据我所知，尚有六七个省的督抚大臣和布政使不是咱们的人，不仅没有造送万民伞，而且对清丈征赋皆有怨言、暗中抵制。所以说，得把这几个省给剔除在外，不能算在其列。”

潘八指的脸色阴沉下来，发出一声冷笑：“有咱们这十来个省进宫送万民伞，已够了。那些不听话的大员，是在顶着大风撒尿，全都撒在自个儿的鞋面上，让他们穿着尿鞋焐着吧，甭管他们！各位大人记着这件事：送上的万民伞，那还只是民意，皇上要看的不光是伞，还有折子。各位回到下榻的官邸，将表功折子再细细磨一磨，把开了多少田亩，尽量往大里写；尤其是要写明，咱们严遵圣谕，无论官绅吏役，都对垦民秋毫无犯，没丈一亩地，没征一分税！”

众官点头。

潘八指道：“对了，这批折子得递出讲究来，得跟捞粉条吃一般，一筷一筷往嘴里送，别跟喝粥似的，稀里哗啦往肚里倒，得让皇上听出个抑扬顿挫，免得他生疑。”

众官起身：“好，咱们就按潘大人说的办！”

张六德领着傅恒匆匆进了养心殿西暖阁。乾隆坐在案前批阅着折子，听到脚步声，放下了朱笔。

乾隆高兴道：“傅恒来了?”

傅恒行了礼，在杌上坐下：“皇上！经微臣严查，吏部弹劾唐思训的折子所言不实，都是捕风捉影之说，比如参他密谋私查皇庄、放纵二册造假官员、怠懒浙江政务等等，都查无实据。”

乾隆道：“朕记得，这份折子是讷中堂亲手递给朕的。如此说来，讷中堂是明知证据不足就递上了这份弹章。梁诗正和孙嘉淦的案子，复查得如何?”

“梁诗正是因为参与了刘统勋的密查皇庄而被降职，等微臣将皇庄的真相彻底查清后，就能给他一个说法。孙嘉淦伪造奏稿案，十分吊诡，微臣密派六位干员从源头查起，发现所有证人都不明不白地死于非命。不过，有两个知情人已被找到，经严审，案子已清，这起惊动朝野的伪造奏稿案，是一场惊天阴谋！”傅恒道。

“是么？这样说，又是一桩冤案?”乾隆道。

傅恒道：“确是冤案！”

乾隆坐不住了，在房里踱着：“如此说来，朕又差点误伤了一位忠臣！傅恒，这几桩案子的背后，到底发生过什么事，你帮着朕再好好查一查！这背后的大真相，朕想知道！”

傅恒道：“微臣遵旨！”乾隆道：“今日去长春宫见过你姐姐了么？这些日子，她正在患病。”傅恒道：“昨日去问候过了，给皇后送了点细果子去。”乾隆道：“去过就好。走，陪朕出趟宫！”

月光下，孙嘉淦披发跣足，在天井里舞之蹈之，口里唱着谁也听不懂的戏词。

老家人打着灯笼，引着两位穿暖袍的年轻人快步进来。孙嘉淦一怔，垂下手，“咚”的一声跪倒。进来的是乾隆和傅恒！乾隆笑起来：“孙嘉淦，你可以发疯，但不能装疯！”孙嘉淦猛地抬起脸，嘴唇剧动。

乾隆道：“你瞒不过朕，要是你真疯了，还认得出朕来么？见了朕的面，你还能跪么？朕听说你回了老家，可有人告诉朕，你根本没走。凭这，朕就知道，你是想借着‘发疯’二字瞒人耳目，等着朕来为你平冤昭雪！”

孙嘉淦的眼里涌出滚滚泪水。

傅恒上前，扶起孙嘉淦：“孙大人，这些日子让你受委屈了！圣上密谕我复查伪造奏稿案，如今已查清，那伪稿根本不是你写的，而是有人在陷害你！”

孙嘉淦两只手哆嗦起来，蒙着脸突然放声大哭。

一只乌黑的女人手轻轻地叩着门环。门打开，孙府老家人提着灯笼，探出脸来，照了照站在门外的“女乞丐”。

老家人道：“这是孙大人的府邸，你怎么上这儿要饭来了？”大扇子道：“老人家，我不是来要饭，是来打听孙大人消息的。”老家人一怔，重又打量大扇子：“你是……”

大扇子道：“民女叫大扇子，曾和孙大人有一面之缘。听刘统勋大人说，孙大人因故得病，民女今晚前来，一是为了打听孙大人的消息，二是为了找个住处。”

老家人吃惊道：“哎呀，你就是……在钱塘画纸官袍的大扇子？”

大扇子道：“莫非老人家听说过我？”

老家人道：“岂止是听说！我还知道，你长着一双‘天下第一眼’，凡经你见过的东西，都过目不忘。快快请进，孙大人刚练完剑，在休息呢！”

大扇子道：“孙大人他好么？”老家人道：“大人官复原职了，仍是刑部尚书！”大扇子震惊：“您老人家……再说一遍！”老家人道：“皇上查明孙大人是被冤枉的，给孙大人复职啦！”大扇子的眼睛里渐渐浮起泪水。

老家人道：“你是在替孙大人高兴吧？快进来！”

仿佛见到曙光似的，大扇子的脸上露出了久违的笑容。

房杠一只手吊着绑带，进了铁箭飞的房间道：“铁公子，有刘统勋的下落了！”铁箭飞道："我要的不是下落，是下场！把他杀了么？"房杠道："没杀。他在咱们想不到的地方露脸了。"

铁箭飞道："在哪儿？"

房杠道："您父亲的府上！"

铁箭飞一怔："铁府门前不是派了咱们的人？怎么让他进去的？"

房杠道："他化装成叫花子，咱们的人一时漏眼，没把他给认出来。铁大人的轿子一到，他就喊住了铁大人，一同进府了。"铁箭飞道："既然见了人，怎么不下手？"房杠道："您父亲认出了刘统勋，这刀就下不了了。真要杀刘，那就得连您父亲一块儿灭口。"

铁箭飞怒道："我让你们投鼠忌器了么？他铁弓南早就不是我铁箭飞的父亲了，要杀，就该两个一块儿杀！"

房杠道："那我明白了，我现在就赶去动手！"

铁箭飞道："你以为铁弓南是傻瓜么？刘统勋进了府，肯定会把一切告诉他，他定然会让人防守着，谁也动不了手！去把我的弓弩取来，我亲自去铁府！"

铁弓南书房门窗紧关着，铁弓南和刘统勋在密谈。

铁弓南满脸愤怒："你在浙江所见，以及回京途中见到的那些清丈征税之事，让我不敢相信这双耳朵了！可话从你嘴里说出，我不能不信！真没想到，皇上再三严令不准清丈征税，他们竟当成了耳边风！户部派往浙江的那些督察大员，临走之时，我还带他们观了刑，为的就是让他们守法。马旗门和杜霄临行之时，我还将他们俩带到府上，吃了一盘水炖蛋，吃出了一个'囚'字，这意思就是告诉他们俩，要是他们不听皇上的话，干出伤天害理的事来，那么，不光是他们，连同我铁弓南也逃不了成为大清国的囚徒！"

"我在浙江没见到马旗门，可见到了杜霄。他在景安借着督察之名，对垦民大肆清丈征税，逼死的人命难以计数。而被他们征到手的银子，全都由漕船帮主窦爷秘密运往宋五楼府上。也就是说，那个宋府就是他们分赃的大本营！"刘统勋道。

"你扮着乞丐来见我，想必这一路上极不太平吧？"铁弓南道。

刘统勋道："被人追杀了一路。我的女儿琴衣为救我，死在了途中。"

铁弓南跺脚，咬牙切齿："这帮逆贼，罪该万死！"

刘统勋道："他们定是知道我没死，在京城也布下了天罗地网，要不是遇上了好人，这条命，恐怕早丢了。对了，讷亲近况如何？"

"你还不知道吧？讷亲为了避开风头，在督察大员下去之前，就已请缨去了大金川，走了已有好些日子。"铁弓南道。

"他人走了，可影子不会走。要是有人踩上影子，他立马就会知道。"刘统勋道，

“苦耘，我冒死前来见你，就是想请你想个法子，尽快将我带进京宫去，我得见皇上，而且越快越好，若是今晚能行，这就走！”

铁弓南道：“我猜出你急着要进宫。可你想过没有，既然满京城都有人在找你、杀你，若是不做妥善安排，你动得了么？”

刘统勋道：“我派王不易给张廷玉大人送过信，他给了我四个字：不可进宫。还随信捎了把小刀给我，意思就是……”

“宫里也布下杀你的人了？”铁弓南道。

“对！”刘统勋道。

铁弓南一脸急容：“这就麻烦了，就算我用马车把你带到宫门口，可你仍是过不了进宫这一关。宫里的侍卫营都是讷亲的人，想必守着你的，就是大内侍卫！”

刘统勋道：“咱们再合计合计！”铁弓南道：“对了，告诉你一个好消息，孙嘉淦大人的冤案已经查清，皇上亲自上门为他复了官！”刘统勋惊喜：“是么？我料到会有这么一天！那梁诗正大人呢？”

铁弓南道：“听说，皇上已经派人去了大金川，让他尽快回朝赴任！”刘统勋振奋：“这么说来，皇上又有手臂了！”铁弓南道：“要不，我派长随去一趟孙府，将孙大人请到这儿来，咱们一块儿商量您进宫的事？”

刘统勋道：“好！”

铁弓南道：“我这就去安排！你放心，我会让孙大人从铁府的后门进来，谁也发现不了！”

小肚子和王不易站在铁弓南书房门前，双手握着一把火铳，紧张地对着黑暗。书房的窗纸上，映着铁弓南和刘统勋密谈的身影。小肚子的牙打着战：“这……这位哥爷，咱们铁府出啥事了？”王不易道：“小声点！铁大人让咱们守着门，你好好守着就成！”小肚子道：“这火铳咋放啊？”

王不易道：“见到人，把手指一扳就行。”

小肚子的手指下意识地一扳，“嘭”的一声大响，黑暗中火光一闪，一只花盆被打得粉碎。书房的窗上，烛火一下被吹灭。

铁箭飞腰后插着弓弩疾步走来，听到响声猛地站停。两个长随扶着刀站在院门前，见到铁箭飞走来，拔出了刀。

长随道：“铁公子要去哪？”铁箭飞道：“里头谁在放铳？”长随道：“老爷今晚有客，让人守在门外，谁也不见，刚才这一响，或许是走火了。”铁箭飞道：“这么说，有人拿着一支火铳在里头守门？”长随道：“不是一支，是两支！”

铁箭飞道：“客人是谁？”

长随道：“不知道。”

铁箭飞道："退开，我这会儿必须见父亲！"

长随脸无表情，猛地挺出刀，将院门封住。铁箭飞道："怎么了？这是本公子的府上，谁敢拦路！"长随道："铁大人有令，无论是谁走进院门半步，杀无赦！请公子退下。"

铁箭飞的牙帮紧咬着，突然冷笑一声："今晚来的客人，我非得见上一面不可！那好吧，我就上外头等着！"

铁箭飞将袍角重重一撩，回身朝外走去。两个长随挺刀看着，目光冰冷。

京城街面上，一辆马车飞快地奔驰。身后，跟着两个骑马的侍卫和报信的长随。车里坐着孙嘉淦、大扇子。

孙嘉淦一脸兴奋："真没想到，今晚上不光见到了你大扇子，还得知刘大人来京了！"

"刘大人没死，您孙大人又这么快就复职了，这我做梦都没有想到。孙大人，等会儿见了刘大人，我还是要说那句话，我此次来京，是要见皇上。"大扇子道。

"大扇子啊，我给你解释多次了，不经皇上允诺，无论哪位大臣，都没法将一个民女带进宫去，更不可能带着你去见皇上。"孙嘉淦道。

大扇子道："可我此次来京，什么都不为，就为在皇上跟前把我看到的事都……"

"别说了，刚才你在我府上说的那些事，已让我震惊，凭着大臣的良心，我该立马将你带进宫去。"孙嘉淦道，"可是，宫里有宫里的规矩，见皇上有见皇上的成例，一步走错，那可就是杀头之罪。这样吧，等见到了刘大人，你把所知、所见都告诉他，请他在见到皇上的时候，如实奏禀。我若是有机会，也一定把你说的都奏禀给圣上！"

大扇子道："既然我来了，还是那句话：要见皇上。"

孙嘉淦想了想："那好吧，等见了刘大人，你自己对他说。"

马车悄悄地在铁府后门前停住。孙嘉淦扶着大扇子从马车里下来。两个侍卫下马，在门外守着。长随轻轻敲了几下门，门打开。孙嘉淦和大扇子跟着长随走进门去。门悄无声息地关上。

孙嘉淦领着大扇子快步进来。刘统勋急忙从椅上站起，铁弓南按了下刘统勋的肩膀。

铁弓南道："今晚的时辰比黄金还贵，既然都见面了，谁都不要问候谁，把寒暄都免了，直奔主旨吧。来，孙大人、大扇子，你们都坐下。"

刘统勋道："大扇子，你先说。"

大扇子道："我只有一句话，此次前来京城，就为着见皇上。"

刘统勋的眼皮一跳："这么说，你和我刘统勋是同路了。可你知道么？别说你大扇子要见皇上，连我刘统勋见皇上也是难上加难。"

孙嘉淦道："这一路前来铁府，大扇子想必也看清了咱们的处境。"刘统勋道："我见皇上，会将浙江的清丈征税之惨景如实奏禀，你大扇子呢？"大扇子道："我能如实奏禀的不是浙江一个省，还得加上三个省：江苏、安徽、江西。”

刘统勋道：“莫非你失踪的这大半年，将这几个省都跑了一遍？”大扇子道：“不光跑了，还都记下了。”铁弓南道：“记下了就好，交给我吧，我一手捧着这顶官帽，一手托着你的记事册，去见皇上！”刘统勋道：“倘若我没说错，大扇子从不往册子上记事，看到的全都记在脑中。”

“对，对，当初在钱塘，大扇子在皇上跟前一字不差地背了十首御制耕田诗。”铁弓南道。

“大扇子要进宫见圣上，现在咱们再议，也是白议，只有让皇上发了圣谕，那才有可能。这事暂且搁一旁，眼下的关键，是如何送延清进宫。”孙嘉淦道。

铁弓南道：“讷亲的亲信已在宫中布下杀刘延清的侍卫，无论是谁将他带进宫去，都无胜算。”

孙嘉淦抬眼看着头顶：“让我再想想，对了，这些日子，孝贤皇后在患病，皇上让张六德掌管长春宫的问诊和给药，每天要有两回领着御医进宫，一回是上午巳时，一回是夜里子时。我在想，能不能将刘大人带到太医院，求一求张公公，让刘大人扮成御医混进宫去？”

铁弓南道：“这办法好！此时到哪个时辰了？”

孙嘉淦掏出打簧表看了看：“刚到亥时，还来得及。”刘统勋道：“看来只有这个办法了。”孙嘉淦道：“且慢，满京城的人都知道，只要听到铁靴子响，就知道是刘统勋到了。来，延清，我看看你的腿。”

刘统勋将两只裤管撩起。房里的人都一愣。在刘统勋的两只脚上，一只脚穿着平底软靴，另只穿铁靴子的脚竟然穿着一只厚底蹬天粉底靴。

铁弓南道：“铁靴子不是换去了么？这穿着一高一低两只靴子，怎么回事？”

刘统勋道：“说来还是一位戏班的班主给出的点子，他怕我被人认出来，不光让我换去了铁靴，还将阎王爷的一只蹬天粉底靴让我给穿上了。这一高一低，走起路来，两只肩膀也就一样平了，谁也瞧不出我就是那个平日耷拉着膀子的刘统勋。”

“铁靴子换了，走路的模样也虽说改过来了，或许能骗得了宫外的杀手，却一定骗不了宫里的侍卫。延清若真能进宫，还得千万小心。”孙嘉淦道。

刘统勋从怀里摸出一副白胡子，给自己戴上。

铁弓南道：“这又是什么玩意儿？”刘统勋道：“也是那位班主给的。”孙嘉淦道：“这一下戴上白胡子，就成戏台的老生了。”刘统勋道：“该是老太医才对。”

屋里的人都笑起来。刘统勋取下胡子藏入怀里。

孙嘉淦道：“延清，有一事必须告诉你。明日早朝，皇上要表彰开荒造田的各省有功大员，给他们赐功德匾、赐黄马褂，随后还将亲自带着大臣们去议政大殿，观瞻各地送来的五万多把万民伞!”

刘统勋一怔：“是么？这么说，我来晚了？”

孙嘉淦道：“面对那么多大员的表功奏折和五万把万民伞，你刘统勋纵然口有刀剑、腹有狂澜，也难免会力不从心。既然如此，你再好好想一想，还有必要进宫么?”

“锡公的意思是，任凭我在皇上跟前说什么，都将于事无补?”刘统勋道。

“虽不敢说于事无补，可凭你一人之力，而且还手无实证，皇上就算是信你，也不会踏实。”孙嘉淦道。

铁弓南道：“扫兴话不必再说，正因为如此，这宫非进不可。再说，除了刘大人，不是还有你孙嘉淦大人，还有我铁弓南么？咱们三人……”

孙嘉淦道：“铁大人或许疏忽了一条，延清如今身无一官半职，只是个一介平民，就算是皇上能让他上殿，也轮不到他来开口说话。”

铁弓南道：“要是皇上能恩准他说话呢?”孙嘉淦道：“那就另当别论了。”铁弓南望向刘统勋：“延清，就听你的了，进还是不进，现在说还来得及!”刘统勋不容置疑道：“进!”铁弓南道：“那好！孙大人带着大扇子暂且先回府上，延清坐我的马车，直奔太医院!”刘统勋道：“就这么办!”

大扇子平静道：“我还有句话要说。”孙嘉淦看表：“快说。”大扇子道：“刘大人，我求您一件事。见了皇上，您务必替我带上一句话，就说大扇子有件大事相告。”

刘统勋道：“在皇上眼里，从来就没有小事，这句话打动不了皇上。”大扇子道：“那您就告诉皇上，民女大扇子想给皇上背出三十万字的《大清律例》，倘有一字差错，甘愿受死。”刘统勋道：“这也打动不了皇上。”

大扇子道：“这么说，我就没有半点儿见皇上的指望了?”刘统勋道：“大扇子我问你，万一你能见到皇上，万一皇上能让你上殿，你能‘三不失’么?”大扇子道：“哪‘三不失’?”刘统勋道：“不失礼、不失言、不失措。”

大扇子没回答。

刘统勋道：“我再问你，你有没有‘三把握’?”大扇子道：“哪‘三把握’?”刘统勋道：“一、有没有把握对付那么多督抚大员？二、有没有把握不被五万把万民伞给压倒？三、万一你敌不过对手，有没有把握让自己不死?”

大扇子沉默。

孙嘉淦催道：“大扇子，快回刘延清话!”

大扇子摇了摇头：“我都不能。恕我直言，进了宫，无论是在皇上跟前，还是在大臣面前，我都做不到‘三不失’。我要说出口的那些事，都是失礼、失言之事，若是被压着不让说，那我难免就会惊慌失措。至于‘三把握’，那就更没把握了。面对这么多二品、三品的大臣，还有那五万把万民伞，说真话，我一点也没把握能直着腰扛住。至于有没有把握让自己不死，这话更不敢说。一年前，我离开钱塘，前往诸省查访的时候，我就没把自己当成一个活人，每天都没把握还能活着见到明日的日头。这会儿我之所以还能站在三位大人跟前，那是我的幸运，也是老天爷还暂时想留着我。”

铁弓南与孙嘉淦对视了一眼，暗暗摇了摇头。

刘统勋道：“是啊，倘若换作我，也没有一点儿把握。大扇子，明知道你这是去送死，我刘统勋不会答应。”

大扇子道：“刘大人您想过没有，当初，您向皇上建言金殿验鸟的时候，有把握么？您从山东诸城扛着一袋沙子进殿，想着要揭开大清国粮仓满盈的弥天大谎时，有把握么？您清查二册、将大清国粮田之危暴露于光天化日之下时，有把握么？再说，您罢了官，穿着一身破衣烂袄来钱塘办垦荒营的时候，有把握么？我敢断言，您在干这些大事的时候，心里确实没有把握，而且连自己如何死法都已经想好。要不然，您的马车后头，就不会拖着那具红棺材！只要是办大事，办险事，办天下百姓等着、盼着的事，谁都不敢说‘有把握’这三个字。要办这些事，正是因为没有把握，才逼着咱们去办；要是有把握了，还要您刘大人做什么？还要我大扇子做什么？”

刘统勋目光炯然：“大扇子，就凭着你‘没把握’这三个字，倘若我能安然进宫，一定会这么对皇上说：一个没把握进宫的人，想进宫来办一件最没有把握的大事！”

铁弓南动容：“咱们说了这半天，无非就是说了这么一句话：置之死地而后生！‘死’字都扔了，还有什么可怕的，走！”

孙嘉淦道：“时辰不早了，走！”

铁府后门悄悄打开。孙嘉淦领着大扇子登上马车，悄无声息地离去。侍卫紧随在后。

不一会儿，铁府长随牵着另一辆马车从黑暗中走出，停在门边。铁弓南和刘统勋出了门，登车。几个长随骑上马，护着马车同行。两辆马车向着两个不同的方向驶去。

铁府书房瓦面上，一条人影闪过。“嗖”的一声，人影落下。落地的是铁箭飞。

书房的窗纸仍亮着，里头映着一高一矮两条人影。铁箭飞从腰间拔出弓弩，对着“刘统勋”的人影射出一弩。

短箭飞出，破窗而入。铁箭飞紧夺几步，一脚踹开房门，顿时怔住。挂在窗纸前的，是两身长衫。铁箭飞狠狠骂了一声：“他娘的，上当了！”他给弓弩重又架上短箭，向后门奔去。

铁箭飞大步向后门奔来，突然站停。小门紧闭着，王不易、小肚子死死靠在门板上，双手握着火铳，对着跑来的铁箭飞。

王不易大声道：“本爷的火铳谁也不认，要想从这里出去，没门！”小肚子苦着脸：“他是铁公子，你……你好好说话！”王不易踹了小肚子一脚：“铁大人怎么交代你的？无论是谁，只要想出这扇门，就放铳！”铁箭飞抬起弓弩，厉声：“小肚子，没你的事，走开!”

小肚子的声音带着哭腔：“铁公子，老爷发话了，谁敢去追他，就让我俩打……打死谁!”

铁箭飞道：“老爷去哪了?”小肚子道：“老爷去……老爷去……”王不易一把捂住小肚子的嘴：“老爷去哪，不能说!”铁箭飞沉声：“让开!”王不易大声道：“你让开!”

“嗖”的一声，短箭朝着王不易飞去。王不易猛地将身子一缩，将箭躲过，对着铁箭飞放了一铳。铁箭飞也躲开，飞快地给弩装上箭。

王不易大喊：“小肚子快放铳!”小肚子道：“他是……是铁公子，我……我不敢放!”王不易一把捂住小肚子的眼睛：“这儿没公子！快放!”

小肚子扣下扳机，一声大响。铁箭飞迅疾倒地，突然一个鱼挺跃起。王不易一把拉开门，拖着小肚子冲出门去，将门紧紧拉住，在外头上了锁。

铁箭飞拉不开门，跳上墙，往外跳去。铁箭飞落地，朝前看去，路上不光没有车影，连人影都没有。显然，马车已经不知去向。铁箭飞回身再找王不易和小肚子，两人也已跑得无影无踪。

他狂奔着上了一座石桥，四下张望，也不见车影、人影。他发狠地重又奔下桥，重重地将挂着锁的后门踢开，往院内走去。

“太医院”里灯笼高挂，外间大堂正墙上是康熙亲笔恩赐的御医黄运的诗句：“神圣岂能再，调方最近情；存诚慎药性，仁术尽平生。”

听差处屋内，张六德坐在椅上，一旁坐着铁弓南和刘统勋。

张六德道：“铁大人说的这些话，我都听明白了，就是要让本公公将刘统勋带进宫去见皇上，这事儿啊，还真有点为难。都快到子时了，就算把刘统勋给带进了宫，怕也见不着皇上。”

刘统勋道：“张公公只要将我带入养心殿的院落就成，我在廊下坐着等到天亮，等皇上起来了，再请公公向皇上禀报。”

张六德想了想：“其实啊，也难说今晚上不能见到皇上。这些天，为皇后的病，皇上没少操心，子时时分还得去趟长春宫探视，问问病情、看看药方，然后把事安排妥了，才回养心殿歇着。可就是不知道今晚皇上会不会也上长春宫去。”

铁弓南道：“明日早朝，皇上不是要金殿验田么？要办这么大的事，皇上今晚上恐怕还得忙一阵子?”

张六德道：“对，对，铁大人提醒我了。皇上说，今晚上他还得去议政大殿，看一看那五万把各地送来的万民伞，准不会早睡。”

刘统勋道：“那就请张公公帮忙，务必带我刘统勋进宫，觐见皇上!”

张六德搓着手心，犹豫了一会儿，终于下了狠心："好吧，就当我今晚上两眼全瞎了，踩不踩空，看命吧！刘大人，我这就给您借一身太医的袍子穿上，戴上大帽子，拎上医箱，跟在我后头，我领你进宫去！"

刘统勋抱拳："多谢张公公！"

张六德看着刘统勋的脸，连连摇头："不过，您这张脸，也太像门神，谁都认得！"刘统勋摸出白胡子，给自己挂上："还认得出来么？"张六德道："那铁靴呢？"刘统勋道："换了。"张六德领着换了装的刘统勋和两位老太医，各拎着一口医箱，从太医院大门里走出来。几个打灯笼的小太监急忙挑灯引路。

铁弓南道："张公公，那我就先告退了。"

张六德道："铁大人放心吧。对了，皇上这些日子啊，除了对皇后的病在担忧着，别的事，皇上都觉得挺顺，尤其是'万民垦荒、举国增田'这大事儿，一提起，更是笑逐颜开。明日上朝，铁大人可不要拂了皇上的兴致才好。"

铁弓南道："我明白。"

刘统勋听着张六德的话，一股不祥的感觉袭上心头。

张六德道："走吧，路上小心，别踩了夜行小鬼的鞋跟！"

两个守门太监靠在紧闭的神武门前打瞌睡。冒大人派出的四个大内侍卫扶着腰刀，一动不动地站在两侧。

几盏灯笼的光亮渐渐移进。张六德一行快步向宫门走来。守门太监惊醒，看了看越走越近的"御"字灯笼，急声："快快打开门，张公公领着太医来了！"宫门匆匆忙忙打开。

张六德对着刘统勋使了个眼色，让他跟紧。

守门太监道："张公公辛苦！"张六德板下了脸："满眼窝子小屎，又睡着了不是？就不怕挨板子么？"两个守门太监急忙欠身："奴才不敢了！奴才不敢了！"

张六德回过身："三位太医，步子紧点，别让皇后等急了！"

身后三人急忙紧了步子，跟着张六德走进宫门。四个侍卫眼睛紧盯着。一侍卫突然将手一抬："请留步！"

张六德一愣，旋即镇定下来："怎么？认不得本公公了？"侍卫道："平日此时都是张公公领着两位太医进神武门，今日怎么来了三位？"张六德道："哟哦，奇了怪了！皇后咳嗽加重，多带了位太医来会诊，有何不对么？"

侍卫道："下官奉侍卫营冒大人命令，凡进宫之人都需盘查！"张六德道："是么？难怪这几天本公公就觉着哪儿在不安宁，出什么事了这大门沿儿？"侍卫道："侍卫营接报，有刺客进宫！"

张六德道："进宫好啊，平日皇上花这么多银子养着你们，不就是为了让你们抓个刺客什么的么？行，好好瞧瞧我张公公，再瞧瞧后头这三位太医，看是不是刺客!”

侍卫道：“张公公您当然不是刺客，可今日多了位太医，下官要好好看看。”

张六德道：“那你看吧。小奴才，挑上灯笼来!”

两个小太监挑起灯笼。侍卫指着两位太医：“这两位都是熟脸，不用再盘查。”张六德指着刘统勋：“你们好好瞧瞧，这是谁？这是太医院的白太医，专治咳嗽的神医！长了这么把白胡子，想必你就是递个白刀子给他，他也没力气使。要不，试试，看他能刺了谁?”

四个侍卫不理会张六德，眼睛全都盯看着刘统勋。

刘统勋笑了笑：“平日进宫都挺太平的。莫非今日真有刺客?”

张六德在一旁暗暗着急。侍卫狐疑道：“白太医，请往前走几步。”刘统勋道：“行，老朽腿脚不便，请多包涵。”侍卫道：“开走!”

刘统勋不慌不忙地放下医箱，在侍卫的眼皮子底下一步步地往前走动。四双侍卫的眼睛盯着刘统勋的脚和刘统勋的肩。张六德故意大声发笑：“怪了去了！这不是想让白太医改行学操练，也去当大内侍卫吧?”

侍卫看不出破绽，脸色松弛下来，对着刘统勋大声道：“行了，回来拿上医箱，跟张公公进宫吧!”

张六德一脸不悦：“完事了?”侍卫抱拳：“给公公添了麻烦，抱歉!”张六德狠狠一甩马蹄袖，大声：“耽误了皇后的病，看皇上砍不砍你们的脑袋!”

铁府书房门推开，一身疲乏的铁弓南跌跌撞撞地进来，打火石点着油灯，猛地吓了一跳。

黑暗中，坐着铁箭飞!

铁弓南沉下脸：“你在这儿！长随禀报说，你带着弓弩，要闯进书房来见我的客人，有这回事么?”

铁箭飞道：“你把刘统勋送哪了?”

铁弓南一怔，冷声：“看来，我早该想到，刘统勋来见我的事，瞒不过你。”

铁箭飞笑起来：“那年，裕善密折案、梁诗正案都是经我的口让你捅出去的，那时候你就该知道，在京城，我铁箭飞无所不能、无所不知！可惜的是，我在别人手上没栽过，却栽在自己的父亲手上。你用两把火铳、两件破长袄，就在我的眼皮子底下将刘统勋保下了又送走了。我真是小看了你，没想到你这个年岁了，还有这把后劲!”

铁弓南发怒：“给我滚出去，你这个畜生!”

铁箭飞道：“这个‘滚’字，你早就说出口了，今日你不说我也会滚。不过，你得告诉我，你把刘统勋到底送到了哪?”

铁弓南道：“真想知道？”铁箭飞道：“我就是为这个来的。”铁弓南道：“那好吧，现在告诉你也无妨。刘统勋被我送进宫去了。”铁箭飞猛地站起，脸色顿变：“他去见皇上了？铁弓南……你……你不光坏了我的大事，你还害了讷中堂的大事！”

铁弓南“哈哈哈”地大笑起来：“你给老子记着！要想碰火不烧着自已，就别把火镰子敲着玩！”

铁箭飞猛地拔出弓弩，目光狠鸷地抬起手，对准父亲的脑门：“老东西！你太不仁义！不光谁都要害，连你儿子都想害！”

铁弓南冷声道：“说得好！像你这样的人不死，世上的忠良之人还会有活路么？怎么，想杀了我？”

铁箭飞的手抖着，猛地将眼睛一闭，扣下机簧。短箭飞出，射偏，插在柱子上。铁弓南又一声大笑：“小子！谅你也没这个胆！”铁箭飞将弓弩一把扔下，冲出门去。

铁弓南道：“慢！我最后问你一件事。”

铁箭飞在门外站停。

“你对我说实话，你的岳丈宋五楼，在浙江有没有参与对新开田亩清丈征税？”

“为何问这件事？”

“我把实话告诉你吧，钱塘的大扇子到京了，或许明日就能进宫见到皇上！她要是将浙江清丈的事都说出来，那你想救自己、救宋五楼就晚了！告诉我，宋五楼到底有没有参与？”铁箭飞道：“他是你的亲家，你怕受牵连？”

铁弓南咆哮：“我怕对不起皇上！对不起朝廷！对不起浙江百姓！”

铁箭飞冷笑：“好吧，那我也对你说实话。找几个鸡子，炖一碗水炖蛋，自个儿吃出个‘囚’字来，等着皇上砍你的脑袋吧！”

铁弓南一屁股跌坐在椅子上，发起怔来。铁箭飞大笑着匆匆离去。

堆满了银箱的屋子里，从明瓦上落下的阳光照在库房狭窄的走道上。宋五楼陪同着杜霄清点宋府库房一口口高叠着的大银箱。

宋五楼道：“这是景安、丽水、绍兴运来的赋银，这两天湖州、德清的银子也该运到了。”

杜霄道：“看来，你的这两间库房还是不够用，大宗的银子运到还在后头。本官让人交给你的那张分银名单，收到没有？”

宋五楼道：“李堂正领着人按开具的名单称银呢！”

杜霄道：“看看去！”

李堂领着几个院丁，执着一杆大秤在另一间库房称银，称出的银子一堆堆地放在地上，上面压着人名条子。宋五楼陪着杜霄进来。

李堂道："杜大人来了，五爷来了！称出的人头银，今晚上就可以解往各位大人指定之处。"

杜霄走到一处角落。靠墙叠着十个大银箱，上面贴着写有"潘八指"名字的笺条。宋五楼道："这十箱银子是潘八指大人的。"一处大架子上搁着八口大箱子，上面压着马旗门的名条。

宋五楼道："这八箱是马旗门大人的。"

杜霄清点了下银箱，又打开一只箱子，用手指码了码银锭："都说人为财死，这话不对，该倒过来说：人为财活。人只有活着，这些银子才是自己的，要是死了，还要这些银子干吗？"

宋五楼道："人就是为着要活得好好的，才想着要银子，不然，能活得好么？对了，你杜大人的银子，往哪儿送？"

杜霄想了想："暂时存你这儿吧。"宋五楼道："这可不是小数，你能放心？"杜霄笑了笑："铁公子的那份银子，不也存在你这儿么？"

宋五楼道："李堂，就照杜大人说的办，将银子好好收着！"

李堂道："行！"

宋五楼陪着杜霄从库房出来。宋五楼道："垦荒营这些天在秣马厉兵，看来是决不让咱们清丈了。"

杜霄道："一不做二不休，将垦荒营连根拔了！"

宋五楼道："端了果然是省事了，可朝廷那儿，马旗门大人还没送消息来，送去的万民伞，也不知……"

"多虑了！据我所知，此次潘大人召集十省督抚大进京，是冲着大领赏去的，若是没有把握，绝不会干这票大活！马大人他们想必很快就会扛着功德匾、穿着黄马褂返回浙江，大局必然已定。"杜霄道。

"那就好！咱们钱塘也该出真活了！"宋五楼道。

杜霄道："记住，谷山的垦荒营咱们把它拔了，可'垦荒营'的旗子还得打着！灭了谷山、大扇子这帮人，你五爷就把垦荒营的大旗给接过来，由你来当垦荒营营头，咱们清丈征税就更方便了！"

宋五楼拊掌大笑："好！等我宋五楼接管了垦荒营，那么，钱塘的天下又是宋家的了！"

议政大殿内灯火通明。一把把五颜六色的万民伞插着、堆着，几乎占满了整个大殿。一群太监还在忙着将万民伞整齐地排列起来，进进出出，忙得不可开交。

殿外喊道："皇上驾到——！"

太监们急忙垂手恭立。

乾隆穿着一身暖袍，戴着一顶大结籽暖帽，单手背在腰后，健步进殿。

太监们齐道："给皇上请安！"

乾隆打量着满殿的万民伞，一边浏览着，一边兴奋地问："各地送来的万民伞，都在这儿了么？"

一太监道："禀皇上！各地送来的万民伞计有五万六千四百六十九把，全都运进议政大殿了。"

乾隆道："好！该插的插起来，该摆的摆整齐。明日，朕在乾清宫给各省垦荒有功的大臣记完功，就带着他们上这儿来，让他们好好看看，何谓万民，何谓万民伞！朕得让他们都明白，要办成一件大事，就得万民拥赞，不然，一事无成！"

张六德匆匆进来："皇上！"乾隆道："太医去长春宫了？"张六德道："去了！奴才刚从长春宫出来，听说主子爷也刚去过。"

乾隆道："皇后的病，今日略见好转，朕挺高兴的。更高兴的是，你瞧，这五万六千多把万民伞搁这儿，是不是在告诉朕，一年前，朕向全国颁下的'万民垦荒、举国增田'，已是大获成功？"

张六德道："是啊，要不，哪来这么多万民伞献进宫来？对了皇上，奴才冒昧将一个人给带来了。"乾隆道："这么晚了，你还带谁来见朕？"张六德道："刘统勋！"

乾隆一惊，急道："谁？"

张六德道："奴才将刘统勋领进了宫！"

乾隆脸上露出了笑容："好啊张六德，你办了件好事！刚才朕还在想，要是刘统勋能站在这儿，看着这么多万民伞，会作何感想！他人在哪儿？"

张六德道："就在殿外。"乾隆道："还愣着干吗，快快请他进来！"张六德回身喊道："传刘统勋——！"

刘统勋穿着一身便袍，准备下跪。乾隆急忙扶住。乾隆道："朕不是早对你说了么？见朕之时，不必行跪！对了，怎么没听到你的马蹄子声？把裤腿撩起来，让朕瞧瞧！"刘统勋将裤腿撩起，露出一高一低两只靴子。乾隆道："莫非你的腿已经治愈？"刘统勋道："未曾治愈，只是穿着它有所不便。"

乾隆道："这只铁靴，朕一直惦着，不会被你扔了吧？"

刘统勋道："没有，我将它留在查家楼戏庄了。"

乾隆大笑："对了，朕已得知，你在浙江又办了三个垦荒营，立下大功了！"

"皇上……"刘统勋道。

"立功就得授勋，朕不会亏待干实事的大臣！明日，朕要在乾清宫验收新开田亩，给立功的大臣赐功德匾、赐黄马褂。本来啊，朕想着等让你回到朝堂，任了新职之后，再给你记功授勋。可你既然来了，那就遂了朕的心愿，明日你上了殿，就将浙江办垦荒营的事给朕说说，也给文武百官说说，朕要给你记大功！”乾隆道。

刘统勋目光中闪着焦虑：“皇上，延清今晚冒冒失失进宫来见皇上，不为自己，为了另外一件事……”

乾隆道：“再大的事，等朕验收完田亩后再说！”刘统勋：“皇上……”乾隆道：“延清，看你一脸倦容，好好睡一觉，把精神养足，明日朕就先听你的！”不等刘统勋再开口，乾隆单手背腰，疾步离去。

殿内烛火摇晃。

刘统勋孤站在大殿内，目送着乾隆离去的背影，苍凉、凄清、悲壮、无助的感觉涌上刘统勋的心头。他回过脸，看着四周密密麻麻竖着、搁着、堆着的万民伞，目光伤痛。

张六德道：“刘大人……我给您找间屋子睡一会儿吧，明日，皇上赐匾赐黄马褂，您会是头一个！”

刘统勋苦笑：“不麻烦公公了，我在这儿找把椅子靠一会就行。”张六德道：“那也好，我让人给您送条驱寒的毯子来。”刘统勋道：“不必了，打个盹天就亮了。”

潘八指、铁箭飞、马旗门、冒大人和那些曾经密会过的省衙督抚、按察使，在内室紧张地商议着。

潘八指道：“铁公子带来的消息，不光刘统勋进宫了，钱塘民女大扇子也到京了！这个女人绝对不可小视！”

马旗门道：“没错，这个大扇子不光胆识过人，而且还身怀绝技，什么东西只要经她的眼一过，就全记住了！一部《大清律例》，几十万字，她全能一字不差地背出来！”

众官惊愕。

潘八指道：“这个母夜叉是咱们的灾星！要是让她与刘统勋联起手来，那可是一拳能打四狗！铁公子已派他手下的兄弟在满城找她，只要一见到人，就送她去见阎王！”

马旗门道：“好！得让她死得越快越好！”

“明日金殿验田，是咱们立功的机会，也是刘统勋露牙咬人的时候！咱们必须死守这么一条：在底下丝毫没有清丈征税，让五万六千把万民伞替咱们作证！”潘八指道。

“要是刘统勋一口吃定咱们干了这票活，那又怎么办？”马旗门道。

潘八指道：“那咱们就问他，哪个省、哪个州、哪个乡、哪块地被清丈征税了？退一万步，就算是被清丈征税了，那清丈之人是谁？征税之人又是谁？让他拿出证据来！”

马旗门道：“对，咱们只要这么反问，刘统勋就会慌手脚！只要他有一句答不上来，咱们就拿住了他的死门！”

“对，只要他语无伦次了，皇上必会恼怒，那么，他想在朝廷中再来个咸鱼翻身，那就断无可能了！”叶存仁道。

“我清点了下，明日验收田亩，咱们至少有十位督抚和按察使能抱成一团！十个巴掌拍下去还拍不倒他，那可能么？”巴阳阿道。

“那年金殿验鸟，验出了举国悲哀，皇上定然是耿耿于怀；明日金殿验田，验出的是举国欢庆，皇上自然是无比期待！咱们没什么可值得担心的，都等着接功德匾、穿黄马褂吧！”挖穆齐图道。

潘八指道：“冒大人！”冒大人道：“下官在！”潘八指道：“如今孙嘉淦回到了刑部，刀把子的事就看你的侍卫营了！天一亮就着落一辆囚车停在午门外，只等皇上发了火，下旨拿刘统勋，你就立马派禁卫军将这老瘸子给拿下，锁入囚车！”

冒大人道：“误不了！”潘八指道：“告诉各位一个消息，讷中堂十万火急递来了一封信，告知在大金川屯田的梁诗正已接到回朝复职的赦令，启程返京了。”

众官脸色不安起来：“哦？还有此事？”

潘八指道：“这至少说明两件事：一、皇上瞒着讷中堂，暗中不光在密查唐思训、孙嘉淦的案子，还在密查梁诗正的案子；二、皇上已对讷中堂失去信任，难说会不会在暗中对讷中堂也在做着密查。讷中堂在信中说，咱们已临决战关头，绝不可输，不然，那就万劫不复了！”

马旗门道：“咱们已无退路，一定要抓住金殿验田的机会，将刘统勋给狠狠打下去，至少要让他在皇上跟前再无立足之地！”

“金殿验田，是一场决战紫禁之战，赢了，天下就是咱们的了；输了，地狱就是咱们的了！依我之见，咱们不能光想着赢，还得想着输！”铁箭飞道。

众官脸色紧张起来。

铁箭飞道：“输，当然可怕。就因为输了没有翻身的机会。咱们得留出一个人来，置身局外。万一金殿验田验输了，各位像当年十大臣那样举着钥匙下了大狱，也好有人替你们在外头周旋，救你们出来。”

众官纷纷点头：“对对，铁公子想得周到！”

朱阶圭道：“留有后路，方无后患！”马旗门道：“咱们想想，这局外之人该留谁？”张德荣道：“那还用说么？当然留潘大人！”众官道：“好！”

潘八指抱拳拱了拱：“承蒙各位大人厚爱，要让潘某置身局外，潘某领情了。我发个誓，若是各位身遇不测，潘某定当会同讷中堂保全各位！”

马旗门道：“这样咱们就敢放开胆子干了！”

第二十八章

乾隆帝金殿验粮田　大扇子一人抗群臣

西洋穿衣镜里映着乾隆神采奕奕的脸。田喜捧着一身新龙袍，在旁伺候着。

乾隆道："田喜，朕在想啊，今日给垦荒造田立下巨功的大臣们赐匾，不该由朕去，该由你去。"

田喜道："主子爷又在说笑话了。"

乾隆笑着："你的名不就叫田喜么？田逢喜事，当然该由你去贺喜才对。"

田喜道："那行，主子爷颁个旨，田喜就去乾清宫的龙椅上坐着……"

张六德匆匆进来，瞪了田喜一眼："大胆，说话没个轻重！"

乾隆道："没事，朕心里高兴，在跟田喜说笑话呢。"张六德道："皇上，孙嘉淦大人来了！"乾隆道："哦？他有事么？"

张六德道："奴才也这么问他，他说，那年金殿验鸟的时候，他也是在皇上上殿之前到了乾清宫将一样东西给皇上看过，今日皇上要金殿验田，他也有一样东西要给皇上看。"

乾隆从镜前回过身来："朕记得，那回验鸟之时，孙嘉淦从腰里摘下一串刑部大牢的大钥匙，莫非今日他又带着这串钥匙来见朕了？"张六德道："奴才这倒没问他……"乾隆想了想："好吧，让他进来。"

张六德道："传孙大人觐见！"

小太监领着孙嘉淦匆匆进门。

乾隆道："孙嘉淦，不必跪了！把袍子撩起来让朕看看。"孙嘉淦一怔，将袍子撩起。果然，在他的腰上挂着一串沉甸甸的刑部大钥匙。乾隆笑了起来，直点着孙嘉淦："尽职！"

孙嘉淦道："皇上，微臣赶在上朝之前来见圣上，不光又带来了这串刑部牢房的钥匙，还带来了一句话。"

乾隆道："什么话？"

孙嘉淦道："倘若像那年金殿验鸟那样，今日也验出了一批吃田的大耗子，请皇上允准孙嘉淦将这串钥匙从腰间摘下，让这些巨蠹自个儿下牢去。"

乾隆的眉尖隐隐一跳。乾隆道："这么说，这一大早的，你是来告诉朕，今日金殿验田，也会像上回金殿验鸟一样，朕又得折去一班大臣？"

孙嘉淦垂下头："但愿这只是微臣的担忧！"

乾隆道："你是不是听到什么风声了？"孙嘉淦道："不是风声，是杀声！这杀声从'田'字上而来！"

乾隆的脸沉下："说这话的人只有一个，就是刘统勋！"

"皇上，刘大人在浙江办垦荒营，亲眼目睹了那些派下去的督察大员是如何勾结地方官绅，对垦民横征暴敛的！"孙嘉淦道。

"刘统勋在浙江办垦荒营不是办得好好的么？除了钱塘，还将松阳、云和、龙泉三县都办成了垦荒营，要是有人在浙江清丈征税，他办得成么？"乾隆道。

孙嘉淦道："皇上……"乾隆道："不要再说了！"孙嘉淦道："皇上……"乾隆道："你还想说什么？"孙嘉淦道："臣有一谏言，趁着还未金殿验田，恩准刘统勋前来养心殿，将他所见所闻一一禀奏。"

乾隆背着手，在屋里有点烦躁地走动着。从乾清门隐隐响来响亮的鸣鞭声。张六德道："皇上，都已鸣鞭了，该上殿了！"

乾隆道："孙嘉淦，你说，朕真要是再次被大臣骗了，在乾清宫上，又会是如何结局？"

孙嘉淦道："结局有二：一、皇上法外开恩，赦免了这些罪臣；二、下令孙嘉淦取下牢门钥匙，让罪臣门高高举着下牢去！"

乾隆道："要是正相反，朕在验田之时，验出的全都是真实的，那么，在殿上又会是如何结局？"

孙嘉淦沉默。

乾隆道："为什么不说话？"孙嘉淦道："圣上是明君，绝不会再受人之骗。"乾隆道："你是说，你腰里的钥匙，定然是要取下了？"孙嘉淦道："这就要看皇上愿不愿意让微臣取下！"

外头又传来一阵悠长的鸣鞭声。乾隆道："把钥匙取下递给朕。"

孙嘉淦将腰间的大串钥匙摘下，伏跪在地，双手托给乾隆。乾隆接过钥匙串，一把把地抚着，目光像被火灼了一下，痛楚地眯缝起来。“哗啦”一声，乾隆将钥匙串扔在孙嘉淦面前，疾步朝门外走去。

门外传来乾隆的声音：“朕谁也不听，你们在殿上见分晓吧!”孙嘉淦颤着筋骨嶙峋的手，将地上的钥匙串一把握住!

乾清宫正殿殿前，就像那年金殿验鸟一样，摆着一溜铺了黄绸的长桌，桌上按省份分别放着一块块御制功德匾和一件件黄马褂，各省的《垦荒田亩实数》奏折，在黄马褂前一份份地摆着。殿中，几十个文武大员跪伏在地。众臣身后，身穿破棉袍的刘统勋跪在角落里。

殿内一片沉寂。

丹墀上，乾隆在须弥座上坐下，扫视了一圈跪伏着的大臣道：“今日，朕要在乾清宫金殿验田，也就是说，朕要在殿上验收天下新开田亩，表彰功臣！都平身吧!”

众臣从地上爬起。刘统勋支着膝盖艰难地爬起。

乾隆兴奋道：“一年前，朕颁令大垦荒，本以为这是天下第一难事，可没想到一呼百应，不对，一呼万应，普天之下全都动起来了，垦出的荒田何止千万顷!”

众臣齐道：“皇上圣明!”

“朕已吩咐将各省送来的五万六千多把万民伞，全都搁在了议政大殿。这么多万民伞，都是在给朕报喜！也是在给各位大臣报喜!”乾隆道。

马旗门等一干大臣相互看了一眼，脸上露出得意的笑容。

铁弓南看了眼一旁的孙嘉淦，目光焦急。孙嘉淦示意他稳住。

乾隆道：“各位定是在想，大清国开国以来，收到如此多的万民伞，还是头一回。朕得告诉你们，‘万民垦荒、举国增田’也是大清国的头一回！有何等大计，就有何等大业；有何等大田，就有何等大伞！江山就撑在这个‘大’字上，撑在万民之心!”

众官齐道：“皇上轸念万民，感天泣地!”

“万民垦荒在全国铺开只短短一年，就获如此成效，实乃罕闻。可是，开垦既然是大业，那就难免出点毛病。偌大一个清国，亿兆百姓同干着一件事，要让它不出点毛病，那就是一个笑话。有病就延医求治，没有大不了的事!”乾隆道。

马旗门等官员兴奋，大声道：“皇上圣明!”

乾隆道：“今日，朕金殿验田，说实话，难免会想起那年的金殿验鸟。若没有那回验出了十大臣造假案，没有孙嘉淦大人将十把牢门钥匙扔给那些巨蠹，那么，就不会有朕的垦荒大计！朕要将普天之下的荒地开垦出来，全都种了粮食，一改大清国缺田少粮的危局，那就断无可能！所以，今日之验田，源于昔日之验鸟！提到那次验鸟，朕要感谢一个人。这个人，就是此时站在角落里的刘统勋！金殿验鸟的主意，就是他告诉朕的！没有他的那次献计，大清国的粮田之危，如今恐怕已是难以收拾!”

众臣望向刘统勋，刘统勋面无表情。

乾隆道："朕还要告诉你们一件事。一年前，辞官而去的刘统勋，并没有在朕的眼里消失，他去了浙江钱塘，办成了一个五万之众的垦荒营，将县境之内十万亩荒地开了出来！不仅如此，办成了钱塘垦荒营后，他又穿着那只铁靴子，跑了三个县，历经千辛万苦，将三个垦荒营又给办成了！这会儿，朕要给各位大臣看一样东西！——送上来！"

张六德捧着一个木盘，盘上盖在一块黄绢。众臣瞪大了眼睛。刘统勋也感到意外。乾隆从龙椅上站起，将盘里的黄绢掀去，拿起的竟是刘统勋的那只铁靴！

殿里一片静默。

乾隆道："这只铁靴，每位大臣都听到过它的响声，却未必能够细细地看过它。昨晚上，朕发现刘统勋没穿这只铁靴，就让人把它给找来了。你们都看看，这只铁靴的靴底，已磨成了何等模样？"

乾隆转过靴子，将靴底朝向众臣。厚厚的靴底已被磨得平坦、发亮。孙嘉淦、铁弓南等一批大臣动容。

"这是铁啊，这是厚厚的熟铁啊！要将铁磨成这样，那该走多少路？朕在钱塘亲眼看见刘统勋就穿着这只铁靴子，在钱塘穿乡走户、日夜奔波，踏勘过每一块荒地，也踏上过每一块新地，钱塘的十万亩垦出来的田地，都留下过这只铁靴子的靴印。不光钱塘，还有松阳、云和、龙泉三县的荒地新田，都留下过它的印迹。所以说，浙江的新垦田亩都是这只铁靴子给踩出来的！这份巨功，朕只能用四个字来说它：感天泣地！"乾隆道。

孙嘉淦、铁弓南带头鼓起了掌，殿内响起一片掌声。潘八指、马旗门等大臣脸上强挂着敬佩之色，也在拼命地鼓掌。

乾隆将靴子放回木盘。张六德端着退下。乾隆道："朕说了这么多题外话，就是为着要在金殿验田之前，宣布一件事。宣旨——！"

宣旨官走出，展开纸轴。众臣屏住了呼吸。宣旨官道："刘统勋接旨！"刘统勋一怔，扶着膝盖跪倒。宣旨官道："命刘统勋为内阁大学士、领班军机大臣，钦此！"

殿内大臣发出惊叹声。

刘统勋咬紧牙关，将脑袋深深伏下："臣……接旨！"宣旨官道："给刘大人送上一品袍服！"

张六德捧着袍服和大帽子走来，在刘统勋身边停住。

刘统勋硬撑着站起，那条残腿却怎么也无法伸直，将一只手递给身边的铁弓南："铁大人……搀我一把……"

铁弓南将刘统勋搀起。铁弓南低声："刘大人，大清国有望了！"张六德道："请刘大人穿上袍服!”

刘统勋抬起两只手，在袍服上抚摸了一下，垂头沉默了一会儿，将脸抬起，望向乾隆。

众臣纷纷看着刘统勋。

刘统勋道：“皇上，这身一品大臣的官服，刘统勋不敢穿上!”

乾隆微怔：“这又为何?”

“刚才，皇上将我的这只铁靴子示给各位大臣看，靴底虽已磨平，却有该走的路尚未走完，想到此，延清我深有愧疚。我之所以不敢穿这身袍子，不是不敢挑起皇上交与的这副重担，而是怕此时穿上了，一会儿皇上就会让我给脱下来。”刘统勋道。

就像一把盐扔进油锅炸起，殿里顿时响起一片惊声。

乾隆脸色吃惊：“这么说，你是信不过朕，以为朕在戏弄于你?”

“延清不敢这么想！这一品官服，若是我将它穿戴在身，不想再被脱去的话，那么，积压在我肚里的怒火，就不敢再喷射而出！我会为了保这身官服，强压住无数垦民像河流一般流淌的血泪、像高山一般沉重的愤懑！倘若真是这样，皇上让我穿上这身一品官袍，那就是看错了人！我刘统勋根本就不配穿它！既然不配，我还不如不穿！让我自己仍以一介平民的身份，将我亲眼目睹的垦荒实情说出来!”刘统勋道。

大殿里又跌入了一片死寂。

马旗门等一干官员的脸色全都紧张起来。孙嘉淦、铁弓南等一干大臣向刘统勋投来敬佩而又鼓励的目光。

刘统勋在殿上给满殿大臣讲了在浙江景安发生的清丈征税的事情，气氛紧张得令人喘不过气来。乾隆背着手，在丹墀上来回走着，突然站定，望向刘统勋。

乾隆道：“你刚才讲的浙江景安发生的这些事，有何证据?”

刘统勋面容苍白：“我所说出的这一些都是亲眼目睹。本来，琴衣能做证人，可是，就在她送我来京的途中，被蒙面人杀害！我侥幸逃脱一死，跟着一个戏班扮作巡街的阎王，才躲过了层层密密的杀手，随后在铁大人和孙大人的帮助下，前往太医院，求张六德公公将我带进了宫中！皇上请想，若是我所说的都是不实之言，为何会有人这么记恨于我，一路追杀到京城，甚至在紫禁城内也布下了刀斧手，要取我的性命!”

乾隆猛地回脸：“张六德，可有此事?”

张六德欠身：“禀皇上，昨晚上确是奴才将刘大人在太医院易容后带进宫来。”

殿里又一片惊呼，各臣表情各异。

刘统勋道：“皇上，琴衣虽死，可还有一个人没死。倘若皇上能恩准此人进宫，可请她说出实情!”

潘八指给马旗门丢了个眼色。

马旗门大声道："皇上！微臣身为浙江巡抚，对浙省各州县的垦荒亲历亲为，事无巨细，尽数了然！刘统勋所说之言，纯属臆造，全无真凭实据！"

大臣甲出列："皇上！微臣是被派往浙江的垦荒督察大员，也在浙省各处奔走，对每县每村的新垦田亩，都已走遍，并无发现刘统勋所说之清丈征税之事！微臣敢用头上的这顶大帽子担保，马大人所说，并无一句虚言！"

同伙大臣一片附和之声。

铁弓南出列："皇上！就算马大人所说是实，也未必能证明刘大人所说就是假的！"

孙嘉淦出列："皇上！刘大人提出有人能说出实情，微臣以为，可召此人上殿，将实情说出，倘有不实，可依例追究其罪！"

一批大臣附议赞成。

乾隆沉默。

铁弓南道："皇上！微臣敢坦言，此人若是进殿，所说之事，定然能让皇上惊心动魄！"

乾隆冷声道："是么？天下之事，有几件能让朕惊心动魄的？对了，金殿验鸟、二册造假、饿殍天下，这些事确让朕惊心动魄了几回。难道此人想告诉朕的事，比金殿验鸟、比二册造假、比饿殍天下更为骇人听闻？"

刘统勋道："皇上若能开恩见她，就都明白了。"乾隆道："要是朕不听你刘统勋的呢？"刘统勋道："那延清我只能向皇上问一句话了。"乾隆道："什么话？"刘统勋道："那延清就斗胆问皇上一句：殿与田比，孰大孰小？"

乾隆一怔："当然是田大！没田哪来殿？不光没殿，连国都不会有！"

"有皇上这句话，延清就心定了。我给皇上引荐的这个人，她想说的，就是一个'田'字！此人之所以要将新垦粮田的实情说给皇上听，是因为她知道，皇上心里有田，皇上在为田着急！"

殿上又响起各种惊声。

乾隆沉默了一会儿："好吧，说，这人是谁？"

刘统勋道："钱塘民女大扇子！"乾隆道："是她？朕见过这个女人。莫非她也到京城了？"刘统勋道："她此次到京，不是来画官袍，也不是来背御诗，更不是来唱昆戏，只是为着'田'事而来！"

马旗门等人急起来，潘八指暗示他们稳住。

乾隆道："只要是忠言，朕不怕逆耳！来人哪！传朕的旨，宣民女大扇子进殿！"

孙嘉淦出列："禀皇上！民女大扇子就住在微臣府上，微臣可立即前去将她带来！请皇上恩准！"

乾隆道："好，快去快回！"

载着孙嘉淦的马车狂奔着。马车后头，跟着四个挎刀的侍卫。孙嘉淦探出脸来："快！走小路！"马车驶进一条胡同。孙嘉淦的马车冲出胡同，向另一条马路狂驶。

此时，蒙着脸的房杠正从孙府瓦面上跳下，他奉铁箭飞之命，务必取大扇子首级，这次只能成功，不能失败！两个在屋内的侍卫听到动静，拔出刀，冲向天井。

侍卫道："来者何人？"房杠一声不吭，手影一抖，缠在腰间的软剑已在手中。顿时，天井里绞动起一片刀光剑影。

老家人领着大扇子匆匆上楼。老家人道："大扇子，一定是冲着你来的，快上阁楼躲起来！"大扇子道："那您老人家……"老家人道："快上去吧，千万别开门！"

大扇子奔上阁楼。

老家人将阁楼前的吊门拉下，用铁锁锁住。他操起一根棍子，守在楼梯口。

窗台上，房杠跳入，四处寻找起来。老家人贴墙靠着，举起棍子。房杠寻向楼梯。老家人猛地从暗中打出一棍，房杠软剑掉地。不等老家人再抡起棍，手臂一动，一只袖镖射出，扎在了老家人的胸口。老家人靠墙滑坐，胸口大口大口地涌着血。

房杠拾起软剑，走向楼梯。突然，两扇窗户被踢开，四个侍卫破窗而入。四把刀几乎同时杀向房杠。房杠朝楼上狂奔，被吊门封住去路。四把刀闪电般地扫来。房杠知道已无法得手，对着一口圆窗扑了出去。孙嘉淦匆匆进来。

坐在地上的老家人抬起一只手，手里握着一把钥匙："老爷……她……她在阁楼上！"

孙嘉淦接过满是鲜血的钥匙，狂喊："老人家——！"

正殿殿门打开。孙嘉淦一脸沉重地领着大扇子进来。大扇子背着一个大包袱，脸色沉静。众臣望向大扇子，用各种神情的眼光看着她。大扇子对着刘统勋、铁弓南微微点了下头，对着乾隆跪下。大扇子道："民女大扇子，奉诏来殿，叩见皇上！"

潘八指、马旗门等众臣打量着大扇子，面色在变。

乾隆道："起来吧。大扇子你听着！是刘统勋、铁弓南、孙嘉淦三位大人保举你进殿的。这三位大人，都是一品大臣。大清国开国以来，三位一品大臣同时保举一个民女进殿，从未有过，你是头一个。朕问你，知道什么是金殿验田么？"

大扇子道："就是要在金殿之上验收各省新垦田亩。"

乾隆道："知道就好！你站在这儿好好看着，等朕验完了，有话问你。张六德，开始吧！"

张六德长声："皇上问：各位大臣所递之折，如实么？"众臣大声："如实！"张六德道："皇上问：各位大臣所说之言，如实么？"众臣大声："如实！"张六德道："乾清宫验收各省新垦田亩，开始——！"

一只巨大的筒形大算盘抬出，两个太监站在筒圈内，准备拨子。一太监长声："请刑部尚书孙嘉淦大人出列，念奏折之实数！请督察垦荒大员领班马旗门大人出列，验查复核实数！"

孙嘉淦与马旗门同时出列，走到长桌前。张六德道："福建启验——！"孙嘉淦取过福建省的奏折打开，念道："福建省新垦田亩一百八十二万九千七十七亩！"

马旗门打开手中一个厚厚的册子，念道："经复核，福建省新垦田亩一百八十二万九千九十二亩。"筒形大算盘拨动，两个太监回出话来："多十五亩！"福建巡抚李潜长长松了口气，笑起来。

乾隆脸上露出笑容。殿上，潘八指等人对着刘统勋露出一丝冷笑。刘统勋平静地站着，脸无表情。

张六德道："江苏启验——！"孙嘉淦取过江苏省的奏折打开，念道："江苏省新垦田亩二百六十六万七千七百七十亩！"

马旗门看册子，念道："江苏省新垦田亩二百六十六万七千七百四十四亩！"筒形大算盘拨动，两个太监回出话来："少二十六亩！"

众臣望向乾隆。乾隆道："如此巨数，多计几十，少计几十，不足为怪！"江苏巡抚巴阳阿露出笑脸。同道大臣松了口气，纷纷点头。

突然，大扇子开口："皇上，民女有话要说！"殿上的空气顿时又紧张起来。乾隆道："你想说什么？"大扇子道："民女想问问江苏巡抚巴阳阿大人，江苏新开田亩之数，能详说么？不知巴大人有否带着各州各县各乡新开田亩的细册？"巴阳阿一怔："什么意思？"大扇子道："总数有了，若是能与细数相符，那才能算是验田无误。"

巴阳阿道："你……你懂什么！"

乾隆道："巴阳阿，户部告知尔等要将细册也带在身边，以备复查，你带了么？"巴阳阿急忙从袖中掏出一个册子："回皇上，带了！"乾隆道："大扇子，你想问什么？"

大扇子道："请巴大人将句容县的明细账报出。"巴阳阿望向乾隆："皇上……"乾隆道："报！"巴阳阿念册道："句容县新垦田亩三万四千二十二亩！"众臣望向大扇子。

大扇子欲开口，乾隆打了个手势，两个笔录官搬上一张桌子，在桌前开始记录。大扇子望向笔录官："可以开始了么？"

笔录官道："开始吧！"

大扇子道："我先不说巴大人的这些数字对不对。我想说的是，在这一年里，我走了四个省，去了八个州、二十七个县，也有自己的一本账。"乾隆道："你也有本账？那好，将账册取出，给各位大臣看看！"大扇子道："这本账册，都在我的头脑里。”

殿上响起笑声。

大扇子道：“看来，有人信不过我。那好，就从句容说起吧！句容县的各个乡我都跑了，记下的新垦田亩之数是二万六千零五十三亩，也就是说，巴大人多报了七千九百六十九亩！”

转筒算盘一阵响，两个太监长声：“民女所计无误！”

殿里嗡的一声闹起来。

乾隆道：“大扇子，我问你，你的数字从何而得？”

大扇子道：“亲自查验而得。”

乾隆道：“难道你说的就是准的，巴大人说的就是不准的？”

大扇子道：“我所说的每个数字，都有一本细账。仅句容而言，来潮乡垦田六百四十三亩六分、草头乡垦田一百零七亩二分、石篮子庄垦田四十二亩九分、黑木乡垦田二百六十四亩七分、阳照乡……”

巴阳阿打断大扇子：“你随口报出这么多数字，谁能证明你说的都是实数？”

大扇子道：“我报出的数字是不是实数，先不必论。民女想问问巴阳阿大人，你刚才所报江苏新垦田亩之数，可是你们清丈征税的田亩实数？”

巴阳阿一怔：“你说什么？”

大扇子道：“我说，这是不是你们清丈征税的田亩实数？”

殿里一下炸了。

巴阳阿失态了：“你……你血口喷人！皇上三令五申不准清丈征税，你怎敢信口胡言，诬我江苏在清……清丈征税？”

马旗门等一干大臣嚷起来：“对！不许胡言！你拿出证据来！”

乾隆道：“听她往下说！”

“还是拿刚才那几个乡为例吧！来潮乡垦田六百四十三亩六分，清丈之后，变成了九百五十五亩九分，每亩按七分三厘银子开征，共被征税银六百九十七两八分；草头乡垦田一百零七亩二分，清丈后变成了二百零五亩，被征税银一百四十九点六分五厘；石篮子庄垦田四十二亩九分，清丈后变成六十九亩八分，被征税银五十两九分五厘；黑木乡垦田二百六十四亩七分，清丈后变成三百亩整，被征税二百一十九两。还需我往下说么？”大扇子道。

殿内一片沉默。

转筒算盘响个不停，终于停下，两个太监长声：“民女所计无误！”

殿里一下惊然了。

巴阳阿道：“这种事，我怎么不知！”大扇子道：“那我告诉巴大人一个实数吧！

仅句容一个县，清丈征税就有二万四千八百三十六两！其中多丈的田亩又被多征收税银五千八百一十七两！”

两个打算盘的太监长声：“民女所计无误！”巴阳阿跳起来：“你……你这是一派胡言！”

大扇子道：“我大扇子是不是一派胡言，也暂且放一放。刚才我说了，这一年里，我跑了四个省八个州二十七个县，我将所知的这四个省垦荒之数报出来，再将清丈征税之数也报出来，而且都是每个乡的细数，倘若谁有疑问，我可将各乡各村各户的细数全都告知于你！”

马旗门大声道：“大扇子！皇上这是在验收新田，不是在听你信口胡言！”

乾隆道：“刘统勋，你怎么说？”

刘统勋道：“既然是金殿验田，微臣以为，凡是与田相关，都在必验之例！”

乾隆道：“准！”

太阳在殿瓦上移动。

殿里一片沉寂。马旗门等一干大臣的脸色在变。两只转筒算盘在噼噼啪啪惊人地响着。大扇子用一串接一串的数字将满殿大臣都惊住了。

大扇子道：“刚才，孙大人和马大人已将江苏、浙江、安徽、江西四省的新垦田亩都念了，与民女所说的数字显然不符；民女所报八州二十七县清丈征税的银两，合计起来就有七十二万九千九百两！”

转筒内的太监拭汗：“民女所计无误！”

广东巡抚朱阶圭道：“皇上，大扇子所说谬也！微臣只用一句话，就能破她的谎言！”

乾隆道：“是么？那你说说！”

朱阶圭道：“倘若这些省对新垦田亩都在清丈征税，那么，这些省的百姓如何能送上这么多万民伞？皇上，民心不可辱啊！”

直隶总督张德荣出列，满脸气愤：“皇上！请恩准将议政大殿的万民伞取来，给咱们这些蒙受奇耻大辱的官员们撑撑腰！”

乾隆道：“允张德荣所奏！”

马旗门等大臣看到了一线希望，脸露喜色。不一会儿，几十个侍卫和太监举着打开的万民伞，列着队，轰轰烈烈地走了进来，在丹墀前排成了两列。紫红色的万民伞辉煌而又耀眼，遮住了外来阳光，使殿内顿时暗沉下来。

乾隆道：“大扇子，朕收到的万民伞有五万六千余把。你可知道，这五万六千把万民伞，有多重的分量么？”大扇子道：“皇上，我有一物，或许比这五万六千把万民伞重得多！请皇上恩准民女将这个包袱打开。”乾隆道：“准！”

众臣的心再度拎起，屏息观望。

大扇子蹲下，不慌不忙地将放在地上的包袱打开，从里头取出一大卷白布。乾隆道：“朕这是在金殿验田，不是在金殿验布！刘统勋说，你大扇子上了殿，要给朕说的，就是一个‘田’字。朕问你，田在何处?”大扇子道：“皇上！民女所知的田，就在这十丈白布中！若是皇上恩准，请六个侍卫帮我一把!”乾隆道：“准!”

六个侍卫上前，将白布缓缓打开。白布在侍卫手中越展越长，竟然在大臣中绕了两圈才全部展尽！整条白布上，密密麻麻盖满了一个个大大小小的泥手印！满殿俱惊。刘统勋、孙嘉淦、铁弓南也都满脸惊色。乾隆惊得从龙椅上站起，看着万民伞前的十丈白布。

“在这块十丈白布上，盖满了泥手印。民女要告诉皇上，告诉各位大臣的是，这些手印是八州二十七县的垦民和棚户盖下的。手印有大有小，有女人有男人，有小孩有大人，还有手指不全的，共有三千八百六十九个泥手印！在这些手印旁边，都有我帮他们写下的名字。刚才，我所说的那一个个数字，到底是不是真实的，可以按着这一个个手印去查实！若是有一点错谬，民女大扇子甘当死罪!”大扇子道。

乾隆震惊：“这就是你能给出的证据？盖上这三千八百个泥手印的垦民，都是被清丈征税了的?”

大扇子道：“正是！垦民受清丈征税之苦，罄竹难书！民女去了安徽山区，所见新开垦的山田都为小块‘鱼鳞田’，层层叠叠，十余级还不足一亩，开田之民仍用刀耕火种之法，只求有微薄收成，若是缺水，不得不忍痛放弃。这样的新垦山田，州县官吏仍狠着心每亩征收税银七分三厘！民女所到的三十个乡，走了四十二座山的山田，访了二百七十九户垦民，他们垦出的一万四千二百九十九块鱼鳞田，最小的如饭锅，最大的也不过像一领草席，总共才三百五十五亩九分七厘山田，清丈之后，竟然被征去了二千五百九十八两八钱税银！垦民被逼无奈，才交足三成计八百六十六两，就再也无力缴纳，只得将山田重新抛荒，拖儿带女离开了村子！民女亲眼看到逃难的垦民有一百一十九户半，那半户是因为老人全都挂树自尽，只剩一对幼儿幼女!”

算盘声大作着，停下，两个太监长声道：“民女所计无误!”

乾隆再度吃惊：“往下说!”

大扇子道：“民女寻访江苏乡间，那些本来就在碱地、盐地开出的新田，因遇冬春二季多风而旱，新田全都返碱返盐，无法再种，只得抛荒，而当地官吏却已将该地清丈记册，派武弁上门逼交田税，结果举村逃亡，百里之内一片鬼哭狼嚎，形如地狱!”

乾隆道：“有数字么?”大扇子道：“民女所到九乡，寻访垦户二百七十七家，垦田六百五十五亩九分，每亩按八厘交税，该交五千二百四十七两，而实交却是六千八百九十两!”乾隆道：“为何会多交?”

大扇子道：“垦田被多丈二百零五亩!”

算盘声停，太监道：“无误!”

乾隆道：“也就是说，这六百五十多亩垦田，被多丈了近三成?”

大扇子道：“对！也就是说，垦民为这三成子虚乌有的田亩交了血汗钱!”乾隆道：“这六百五十多亩垦田，都已抛荒?”大扇子道：“因返碱抛荒一百九十八亩，因返盐抛荒三百二十二亩，剩下的一百三十五亩九分，也只有不到一半在耕种!”

一股被大臣们捉弄与欺骗的耻辱感涌上乾隆心头，他嗒然坐回龙椅，垂下脸，痛苦地连连摇头。

乾隆道：“大扇子，把你知道的、看到的，都说出来吧。”

“民女还在安徽山区看到，那里因为干旱，田亩难以养水，当地的垦民就发明了一种名叫‘石子田’的垦荒之法，先是将垦过的生土施上肥料，然后运来沙石一层层铺在土上，以保住土中的水分，随后再在沙石上播种。当地老农告诉民女，这种垦荒之法已传了数百年，头年尚有收成，往后便逐年贫瘠，二三十年后乃至绝收。故此，当地乡民有这么三句话：‘垦出石子田，累死老子，撑死儿子，穷死孙子。’据民女亲眼所见，那些早已抛荒的‘石子田’，当地衙门也都在趁火打劫，全都归入清丈征税之列，仅吕岗村和大棚庄两处，这类‘石子田’连老带新就被征走了税银三百八十七两五钱！因交不出税银，寻死自尽的有冯大根一家九口、安国良一家七口、冯仓满老夫妇俩、李全山和他的舅家五口，总共冤死二十四人，外加肚中婴儿二人！另有外出逃难十九户，计一百零七口!”大扇子道。

“这些都可一一查实?”乾隆抬起脸。

大扇子道：“他们都在这三千八百个手印之外，若是要查，也全能查实!”

乾隆望向笔录官：“都记下了么?”

笔录官道：“禀皇上！民女所说的每句话、每个数字都已记下!”

大扇子继续道：“民女在四省行走，时常会遇到各省外出逃灾、逃荒、逃难、逃命的乡民，他们告诉我，其地官吏与乡里绅衿相互勾结，向新垦之田私加每亩七厘至九厘的赋税还不满足，更是别出心裁开征杂税，名目之多，闻所未闻!”

乾隆道：“举例说来!”

大扇子道：“广西难民窦三娘、雷震山告诉民女，他们那儿的乡人开出新田后，另被开征了二十八种税，如草蒜税、灰面税、地豆税、西瓜税、冬瓜税、菱角税，与田亩八竿子打不到一块的也变着法子开征，比如笔税、墨税、砚税、鱼苗税、猪苗税、花麻税，甚至连江河之中捕鱼的鸬鹚也被借来一用，称为鸬鹚税!”

殿内哗然。

乾隆道："广西巡抚管采龙，朕问你，民女所说属实么？"

管采龙急忙垂首，结巴起来："臣……臣……臣略有耳闻，可……可……可也未曾目……目见！"

乾隆冷声讥讽："要不要朕给你送上一副近光眼镜？"

管采龙觳觫，急道："臣……臣不敢！臣回广西后就……就去严查！若有此情，严……严惩不贷！"

"大扇子，继续说！"乾隆道。

"民女曾遇广东难民，他们告诉我，该省的新田不仅亩亩加派、私征分肥，而且所征杂税都与粪相关！如粪铺税、粪船税、粪缸税、粪桶税、粪勺税、稀粪税、干粪税、童粪税、鸡粪税、猪粪税、狗粪税等等，连老人死时拉下的临终粪，也有税名，称作死粪税！初算下来，仅一个县的垦田征税之名，就有六十六个'粪'字！"大扇子道。

众臣大哗，连连摇头，望向广东巡抚朱阶圭。

朱阶圭取帕抹着汗，出班："皇上！民女所说虽然属实，却不尽然！广东地方墨吏不单开征粪税，还开征了……尿税！"

有大臣笑起来，急忙敛声。

乾隆道："连便溺之物都要收税了，还有什么不能收的？百姓之可怜，莫过于此了！"大扇子道："可怜的还不光是百姓，还有耕牛！"乾隆道："此话怎说？"

大扇子从包袱里取出那副血迹斑斑的牛角。张六德急忙奔下，将牛角接过，捧到乾隆面前。

乾隆道："这锯下的牛角……怎么回事？"

大扇子道："这是民女受钱塘县令谷山所托，从浙江湖州乡间取来了这副牛角！在该县清丈征税的官吏，竟然还想出对垦民征收牛角之税！垦民实在无法交税，只得将耕牛的双角全都锯下！"

满殿一片哗然。

乾隆拍案而起："现在还需要朕一一查明么？"马旗门等大臣脸色顿时惨白。乾隆道："在朕的面前，有五万把万民伞，也有三千多个泥手印。伞上、帛上，都有名姓。既然有名有姓，那就不难查实，孙嘉淦！从明日起，调集六百名京官，驰驿各地，核证名姓，开具清单，缮折具奏！并命三法司、九卿、科道从速审理，查实无误，即行正法！"

孙嘉淦道："遵旨！"

心虚的大臣浆汗如雨。

乾隆道："再调各部司官若干，分赴郡县州邑各地乡间，将田册与垦户直接见面，掌握吏役造假侵蚀证据，立即按律严惩！金殿验田，验出了这般结果，朕万万没有想到！朕想说的是，孙大人很快就会将查实的证据交到朕的手中，到了那时，垦田造假、狂征暴敛的督抚大员，一个都逃不了！此时，倘若有知罪的、有认罪的，尽早坦白还来得及！”

殿里一片死寂。

许久，响起一下接一下的膝盖磕地声。

巴阳阿、西琳、李潜、叶存仁、明德等七八个大臣一个接一个地跪了下去。马旗门看看挨不过，也跪倒在地。

潘八指的眼珠转着，突然重重一跺脚：“你们……你们这班畜生！原来……原来如此可恶！”

跪下的大臣齐声哭喊：“皇上！罪臣该死，请皇上原谅微臣的失察之罪！”

乾隆看着一地跪臣，痛楚地摇了摇头：“上回，朕金殿验鸟，验出了造假的十大臣，这回，朕金殿验田，又验出了十大臣，这大清国到底怎么了？为何一而再再而三地要让朕痛心？为何一而再再而三地逼朕将牢门打开？为何一而再再而三地让朕要看着自己的大臣被推上断头台？侵渔之案，日积而多；侵贪之员，比比皆是！再不整顿，则营私蠹国之风由兹日长，一旦酿成痼疾，那就无药可救了！——孙嘉淦！下牢门钥匙，将这窝子祸害粮政、无利不搜、坏法荼民的巨贼押下去！”

孙嘉淦摘下大钥匙圈，将钥匙一把把取下，扔在了十个大臣的面前。侍卫上前，押起十大臣。殿门轰轰隆隆打开，阳光涌入。十大臣排成一队，每人手里高举着牢房钥匙，垂着脑袋往殿门外走去。

十大臣被押走。刺目的阳光下，十把举着的大钥匙像一条长长的刀锋，划伤着乾隆，也划伤着殿内的每个大臣。刘统勋与大扇子的目光中充满了悲愤与悲悯。

乾隆垂目望向放在面前的一块块功德匾和一件件黄马褂，像被什么蜇着似的，身子突然一颤，下令将这些全部付之一炬！

一块块功德匾和一件件黄马褂堆积着。四个禁卫军手执火把站立在乾清门殿坪四角。文武百官垂手站在坪上，默默地等着即将点燃的大火。

宣旨官表情肃然，环顾四方，威严地展开旨轴，重声：“皇上有旨：功德匾下，无功德之臣；黄马褂前，有黄马之耻！统统付之一炬、化为灰烬，是为永记教训！钦此！烧——！！”

火把掷出，火焰腾起。积垒成小山丘一般的功德匾与黄马褂熊熊燃烧，烟火冲天。刘统勋、孙嘉淦、铁弓南、大扇子看着升腾的火焰，神情悲怆。功德匾在火中发出噼啪声，黄马褂在化成片片黑蝶。

一口红房内，“啪”一声重响，铁箭飞重重抽了房杠一耳光。

铁箭飞道："你失手多少回了！你说！"

房杠抹着牙血，狠鸷道："我再去找他们！"

铁箭飞道："晚了！咱们现在得做好大祸临头的准备！你将寸土堂能带走的金银细软连同田契，都给我打包装箱，密运到船上，驶往钱塘出海口等着我！"

房杠道："铁公子要出海？"

"要真玩砸了，出海是唯一的生路。"铁箭飞道。

"那为何要去钱塘出海口？"房杠道。

铁箭飞道："这还不懂么？我得去趟钱塘，宋五楼的家产连同清丈征到手的税银，我全都得带走！"

房杠道："那好，我就按公子的意思办！"

铁箭飞道："听着，又有十大臣下狱了！这个消息很快就会在京城传开，我不信潘八指能沉住气，要是连他也被拿了，我干爹的底牌就会被翻出来。真到了那时，咱们全都得一锅烩！脱身之事，刻不容缓！"

"铮"的一声，垂帘后响起琴弦被拨断的声音，断弦弹跳不止。

拨琴的一口红惊得脸色煞白。

在密室急踱着的潘八指猛地回过身，看着站在面前的白姑娘。

潘八指道："你说什么？铁箭飞要跑？"白姑娘道："这是一口红刚送来的密报！"潘八指怒容满面，重重一拍案子，重声道："这个畜生！"

白姑娘道："一口红还说，铁箭飞让房杠将寸土堂的家当全都运上船去，运往钱塘出海口，等他去了钱塘，将宋五楼的家产和存在那儿的税银一并运出后，再亡命天涯！"

潘八指暴跳："他连清丈的税银也不放过了？我得杀了他！杀了这头牲口！"

白姑娘道："讷中堂临走之时说，第一个锦盒中交办的事要是失败了，就让你打开第二个锦盒。"

潘八指道："快，把锦盒给我取出来！"

白姑娘挑下墙上的画，打开壁间密橱，将一只蓝色的锦盒取出，递给潘八指。潘八指打开盒盖，掏出一张纸片看了看，上写四字："知情者死！"白姑娘道："中堂在纸片上写了什么？"

潘八指脸色狠鸷："这不该你问，听着，你哪儿也别去，我会去找你！"

白姑娘欠了欠身："好！"

六个精干的黑衣杀手蒙着脸，站在潘八指面前。

潘八指目光狠毒："这是讷中堂留下的亲笔密谕，你们都看一遍！"

小纸片一亮，六个杀手往纸片上看了看，点头。

潘八指道："都看清了吧？讷中堂密谕'知情者死'！也就是说，那些不是中堂大人的心腹，而知道中堂大人秘密的人，都得死！名单已拟出，你们再看一眼，今晚就动手！"

当天晚上，一口红和冯三鞭就命丧黄泉了。当两个黑衣人到了白姑娘房间准备动手时，房间里空无一人，半扇后窗却打开着！

阳光温和。乾隆和孝贤皇后坐在养心殿院落的椅上，身边的杌子上坐着刘统勋和大扇子。张六德、小齐儿站在一旁等着使唤。

乾隆道："金殿蒙耻，朕算下来已经是第三回了。'三验'之下，验出了大清国的耻辱，验出了朝廷的腐败，更验出了吏治的无能！"

刘统勋道："可这'三验'，也验出了正本清源之紧迫，验出了铁腕治吏之紧要，验出了解困去危之紧急。'三验'之下，斩获'三紧'，这笔账算下来，还是值了。"

乾隆道："昨日乾清门殿坪上的一场冲天大火，朕本以为能将心头的积郁也一同烧去，可越是不想留着的东西，越是挥之不去啊。朕一夜未能成眠，就像身有烈火在烤灼似的。"

皇后眉头蹙紧，脸色不安。

刘统勋与大扇子对视一眼，站起。刘统勋道："皇上保重！微臣和大扇子这就告辞了。"乾隆道："不，再陪朕坐一会。"皇后道："二位坐下吧。"

两人复又坐下。皇后道："大扇子，你还有话对皇上说么？"大扇子道："有些话，民女本想在殿上说的，可没来得及说出口。"乾隆道："朕想多听听你对如何垦荒的见解。"

大扇子道："民女在乡间所见，凡是开荒的山田和水田，垦民在七月之间就将草割倒，待草晒干之后，就放火烧荒，自来年春天再予开垦，遇上灌木，也一概砍去，待三年后树根枯烂，再放火烧荒，然后用农具遍耙，再至来年，种为谷田。由此可见，要开出一亩荒地，不仅费时费力，而且还得三年才可以下种。"

皇后道："《齐民要术》中的'耕田'篇，也这么说。"

乾隆点头："嗯，生地要成熟地，须得至少三年之养。"

"熟地也还不全是长粮之地，下种之后，还得看上一年或数年，看它到底能不能适宜种粮，若是不宜，还得改作他种。"大扇子道。

"这个道理，朕得告知百官，莫以为只要将荒地垦出，就成了长粮的熟地。垦荒还只是刚下战书，大战尚在后头。"乾隆道。

刘统勋笑着："这比喻大妙！"

皇后道："大扇子这番真知灼见，让我这个不懂农事之人也都听明白，垦荒不可操之过急，不然，于地无补，于粮无补，于治假更是无补。”

“还有一条，或许更得重视。古人说：‘积石曰山，钟水曰泽，不生九谷。’若是将新开的山地、溪地、洼地一概都算作新垦田亩，实有虚假之嫌。这些新开之地，四周仍受莽野所困，风灾、水灾、旱灾、虫灾，时时相侵，不得不重又抛荒，非人力所能挽之。若是将这些只是动了土而未能长粮的新垦荒地记录在册，充作地方衙门和官员的政绩报给朝廷，那么，难免又是弄虚作假，到头来，不光坑了朝廷，也坑了百姓。”大扇子道。

“皇后，看出来没有，大扇子是在教朕如何当农夫了。”乾隆道。

皇后和刘统勋都笑起来。

乾隆道：“大扇子，经你这么一说，朕又懂得了一些垦荒的学问。统计实垦之数，须得以长粮田亩为准，只有如此，才不至于此长彼消，摊在面前的仅是一堆不实的数字。”

大扇子道：“皇上，皇后，民女要说的，就是这些了。简简单单地说，知稼穑艰难，察地力肥硗，量天时晴雨，明垦殖时宜，这才是养民务本的要诀。”

乾隆动容道：“这几句话，朕记住了。是啊，朕也得简简单单地告诉天下子民们，人是靠什么活着的，是靠田活着的！”

皇后赞赏地看着大扇子。这个饱经人间百般苦楚、像农妇一般淳朴却又忧国忧民的充满智慧的女人，已在皇后心里无法抹去。

入夜，刘统勋的书房里，乾隆和孙嘉淦带着两位太医前来探病，两位太医看完病开了方子包好了药就离开了，油灯的光亮映着君臣三人的脸。乾隆道：“今晚上，朕来见刘统勋，不光是带来了两位最好的太医，还为着将压在朕心头的这块石头给挪一挪，想请延清再使一把劲，将这块石头给推出去。”

这番话，乾隆由心而发，字字真诚。刘统勋、孙嘉淦都看出来了。

孙嘉淦道：“金殿验田，虽惊心动魄，可说句实话，那十丈白布并没有破掉十面埋伏！若是下回金殿再验，说不定我腰间的这串牢门钥匙，又得分出去十把！如此周而复始，哪是尽头？”

乾隆道：“锡公，你这是在告诉朕，又有十个大臣拿着钥匙下了狱，只是在治吏，而非在治国？只是在救田，而非在救民？朕手中拿着的，并非斩妖孽的利斧，而是割韭菜的镰刀？”

孙嘉淦眼里浮起泪光：“皇上，微臣或许将话说重了……”

乾隆道：“不！这些年来，正因为有大臣害怕将话说重，朕心中的石头才会越压越重！日后，朕要颁一道旨：重言误不了国！恰恰是那些不痛不痒的轻言，实无拨重之功，确有误国之弊！朕得告诉每位大臣：重臣就得说重言，朕也会将重言视为国之重宝！”

刘统勋道：“那微臣就说一句重言吧：皇上敢不敢拿皇庄下刀？”犹如大雷轰顶，乾隆猛地一震。刘统勋道：“这刀砍下，不光将王公贵胄私利百年的大树给砍倒了，连当年种树的先帝也难免会被带出血来！”

乾隆将案子一拍，双目放光：“朕就等着你这句重言！‘沉舟侧畔千帆过，病树前头万木春’，这两句诗里的意思，今晚上让朕又心领神会了一回！”

由于兴奋，刘统勋“吭吭吭”地剧咳起来。

乾隆道：“延清哪，太医开的这几服药，需得照嘱服用。记住，你要是垮了，朕失去的就不是一条手臂，还有一条腿！这也是朕对你说的一句重言哦！”

乾隆、刘统勋、孙嘉淦都笑起来。

一只女人的手重重地拍打着张廷玉府大门门环。门开了一道缝，探出管家的脸。管家一怔：“白姑娘来了？”白姑娘闪进门，门轻轻地合上。

白姑娘坐在内室椅上，桌子上放着她带来的一个扎得结结实实的包袱。管家打着灯笼，领着一边拢着衣襟一边急匆匆走来的张廷玉。

张廷玉的额头上扎着湿布，一脸病容。

白姑娘站起：“张大人，出事了！”张廷玉道：“讷亲留下的三只锦盒，你都打开看过，那第三只红锦盒里写着的纸条……”

“也是四个字：火烧酱房！”

“这么说，潘八指要是没能将知情者杀尽，他必会将红锦盒给打开，然后火烧鸦儿胡同酱房，将讷亲的秘密银库给烧了，来个毁灭罪证？”

“他定然会这么做。”

“看来，大清国这场‘田’字号大战，该见分晓了！这些年你在讷亲身边收集的证据，都带来了么？”

白姑娘捧起桌上的包袱：“全都在里头！”

张廷玉接过，掂了掂分量：“万千头颅还不如它重啊！”

白姑娘道：“只是我有一事不明白，您安插我在讷亲老贼身边这么些年，收集了他这么多结党营私、贪渎侵腐的证据，为何您不早早禀报给皇上呢？”

“说傻话！讷亲在皇上跟前如日中天，而军机处出了那么多事情，皇上对老夫也不甚信任，若是贸然将这些东西交给皇上，皇上也未必就会相信。如此一来，不仅会打草惊蛇，反而也让老夫陷入危局之中。如今好了，乾坤扭转，老夫已敢将这包东西亲手交给皇上了！”张廷玉道。

白姑娘抱拳："张大人，我的事都已做完，该告辞了。"

管家将一包银子捧给白姑娘。

张廷玉道："白姑娘，老夫耽误了你这么多年青春，对不起你呀！带上这包银子，离开京城，好好找个夫家，过安稳日子吧。"

白姑娘将银子放回桌上，眼里噙着泪："大人，银子我不会带走。这些年来，我很高兴能帮着大人为朝廷除害，有今日这样的结局，我就满足了，这辈子的青春年华没有虚度。大人，就此告别，日后您要是告老还乡，我会常去安徽桐城看望您！"

白姑娘跪下，对着张廷玉磕了三个头，起身离去。

张廷玉送走白姑娘，将头上的湿布一把扯下："若是不出老夫的预料，宫里出了这么大的事，皇上会去圆明园落帆阁，在那儿与心腹大臣商议下一步大计。管家！"

管家道："在！"

张廷玉道："让门吏往军机处跑一趟，捎句话去，就说老夫的药罐帖封纸了！吩咐备上好茶、好烟，凡提神的都给备上，老夫就坐在这儿干等着。不出一二日，皇上定会来旨，让老夫赶往落帆阁去！只要老夫往落帆阁一坐，一屁股墩地的就该是讷亲那个窃国巨贼了！"

嘭！嘭！嘭！嘭！一连串土制炮弹在钱塘垦荒营大本营的阵地前猛烈爆炸。李堂挥着刀，狂喊："弟兄们，踏平垦荒营，换上咱们的旗帜！"宋府的几百院丁举着大刀和长杆火铳，呐喊着，在土炮的掩护下发起冲锋。

长长的壕沟里，谷山率领上百垦民，拿着大刀长矛和火铳，来回奔跑着，躲避着炮弹。

小放生从瞭望架上奔下来，大喊道："他们来了！快开炮！"谷山点着大铁炮的火捻。一声巨响，炮弹飞出，将冲在前头的宋府院丁炸得人仰马翻。

院丁回击。壕沟前，一个个放铳的垦民被炸飞。铁炮又一声巨响，院丁死伤一片。李堂光着膀子，舞着双刀，疯狂地冲锋。后退的院丁紧紧跟上。双方短兵相接，肉搏成一团。

小放生嘶喊："谷大人！炮弹没了！"谷山眼睛杀红，拿起刀："拿上刀，跟他们拼了！"小放生、万蛉子、麦香、大小青树挥舞着刀，跳出壕沟，向阵地前杀去。阵地上响起一片厮杀声，刀光与血光交迸……

天空中，乌云滚滚，雷声隆隆。四个院丁团团围住谷山，号叫着举刀劈上。小放生大喊一声，与一群垦民杀上前来，院丁纷纷被砍倒在地。李堂挥刀，从背后猛插过来。一个垦民中刀，惨叫一声仆倒。

十几支枪尖刺下，垦民身子一挺，对着谷山瞪大了眼睛："……谷山……要保住……保住垦荒营……”

“啪！啪！啪！啪！”一阵火铳响，垦民又倒下一批。

越来越多的宋府院丁拥上，号叫着，几十把刀剑将浑身是血的谷山、小放生团团围住。

李堂大笑：“冤家路窄，咱们又见面了！弟兄们，五爷要见活的，将这两人给绑了，押回宋府水牢！”

谷山大喊道：“小放生！快跑！”

谷山从地上拾起一把火铳，对着身后开去。一个院丁倒下。小放生挥刀左砍右杀，冲出包围圈，见着一匹马，飞身上鞍。李堂从身边家丁手里夺过一把弓，搭上箭，对着小放生射去。小放生手臂中箭，刀落地，单手紧紧抱着马脖。马狂驰而去。

院丁们一拥而上，将谷山摁住，结结实实地绑了起来。

杜雪独自一人坐在烽火台堞口，手里握着一只酒坛，脸上挂着微笑，胸有成竹地看着不远处杀成一片的垦荒大本营阵地。

喊杀声、刀枪声渐渐稀薄下来。杜雪喝完最后一口酒，将坛子重重一掷，猛地站了起来。从阵地上卷来的硝烟在杜雪的身边滚滚流动。

“垦荒营”的旗帜破破烂烂，在风里拂动着。旗子被降下。一面白底黑字的“垦荒旗”升上了杆顶。

旗杆下，站着宋五楼、李堂和大群的院丁。

宋五楼哈哈大笑：“从今日起，本爷就是钱塘垦荒营的营主了！传本爷的话，立马制出一千把弓尺，本爷要在这十万亩新垦荒田上替讷大人、马大人清丈征税！”

李堂带领院丁们嗷嗷地欢呼起来。旗杆顶上，“垦荒营”三个大黑字在旗面上格外扎眼。天空中雷声不止。乌云翻江倒海般地滚动着。

大雨倾盆。空无一人的垦荒工地上，扔满了开荒农具和空空的车辆，到处都是积水的脚印。雨珠在每个脚印间溅弹。挑了一半的泥担扔在地边。插在土中的铁锹木柄上全是雨水……

一阵“哈哈哈”的笑声渐渐在空空荡荡的工地上响起。杜雪踉踉跄跄地漫无目的地行走在工地上，浑身上下全是雨水。杜雪大声喊道：“有人吗……有人吗……”

除了雨声和远处传来的海涛声，工地上没有一点人声。

杜雪张开手臂，转着身子，四喊：“谷山！你的垦荒营呢？大扇子！你的垦荒营呢？刘统勋！你的垦荒营呢？哈哈哈哈……哈哈哈哈……你们都去哪儿了，你们都给我出来……好好看一看，这儿站着的是谁……是我杜雪！是我杜雪！是我杜雪……”

巨大的雷声中，杜雪像疯了似的举起双臂，对着天空大笑不止。

第二十九章

挥大刀银龙斩九段　小夫妻水牢诉衷情

圆明园北远山村落帆阁，乾隆、刘统勋、孙嘉淦、铁弓南、傅恒坐在椅上商议着事。

乾隆道："皇上身边的股肱大臣倒了这么大一批，此时回过头去再想，难道不是有人在举着刀要把朕左右手臂乃至两条腿都给斩断么？满朝文武都不作声，莫非他们是瞎子、聋子？不是！他们是在忌讳着一个人，这人就是讷亲！"

"是啊，'小人善谤贤，君子忧中伤'，忠臣怕的就是这个，所以在此事上来了个'大智知止'，为的就是保全自己。"傅恒道。

"有人在搞清君侧，在搞杀鸡给猴看，目的不光是要架空朕，还要切断朕的言路，继而再断朕的进路和退路！"乾隆道。

孙嘉淦道："不久前，铁大人敢单枪匹马挑滑车，与讷亲的那班家臣们扛着干，那真是难能可贵。反观之，那些要清君侧、切言路的势力，已是猖狂到了何等地步！"

乾隆道："如今该回到朕身边来的，大都回来了。梁诗正到哪了？"傅恒道："近几日就能到京！"乾隆道："好，他一到，就尽快下一道旨，官复原职，让他做铁大人的助手，把烂透了底的户部给扶起来。"

"如今总算明白过来了，讷亲不除，天下不宁！"铁弓南道。

"是啊！该到剪除巨恶之时了！"孙嘉淦道。

"讷亲的恶行，朕虽然早有察觉，可苦于没有找到他行恶的证据。"乾隆道。

张六德匆匆进来："禀皇上，张廷玉大人到了！"

乾隆道："这么快就到了？快请！"

张六德对着门外："有请张中堂！"

张廷玉手里拄着拐杖，背上背着个大包袱，颤巍巍地进来，对着乾隆伏地跪倒。张廷玉道："老臣受命赶往落帆阁，觐见皇上！"

乾隆道："快起来吧，地砖儿凉。"刘统勋站起，扶起张廷玉。张廷玉摇头："延清你也是半个残人，老夫自己爬起来吧。"

刘统勋道："衡臣不会是来落帆阁打尖的吧，背了这么个大包袱，不沉？"

屋里的人都笑起来。

张廷玉扫视了一下屋里的人，突然将牙一咬，脸上一扫平日的中庸之相，目光中燃起从未有过的咄咄逼人的火焰，重声："皇上！老臣犯下了杀头之罪，瞒着皇上在某人身边安插了一个耳目！"乾隆道："某人？某人是谁？"张廷玉心一横："讷亲！"

在场的人全都为之一震。

乾隆道："往下说！"

张廷玉道："若是老臣说了，皇上能免老臣死罪么？"

乾隆道："这儿是落帆阁，不是菜市口！"

张廷玉道："老臣那就胆大了！早在几年前，老臣就发现讷亲心有不轨，可又知其心狠手辣、狡诈无比，若与他公开叫板，绝不是他的对手。再则，老臣私心太重，犯下过营结朋党之罪，更不敢与讷亲白刃相见。然，出于为官的良心，也出于对皇上的忠诚，为掌握讷亲的背叛朝廷、横征暴敛的罪证，老臣私自将一个名叫'白姑娘'的人安插到了讷亲身边，打入了他的玹心，几年下来，已将讷亲的罪行全都收集在手！"

乾隆道："这么说，你有讷亲行恶的证据？"张廷玉道："有！全都在我手中！"

刘统勋、铁弓南、孙嘉淦、傅恒四人目光相碰，脸色凝然。张廷玉将包袱高高托起："讷亲的罪行，全都在这个包袱里了！"乾隆道："孙嘉淦，打开！"

孙嘉淦将包袱接过，匆匆打开，取出一沓沓纸片，双手捧给乾隆。乾隆阅着纸上的文字，眼睛渐渐睁圆，双手微颤，脸面渐渐惨白。

好一会儿，乾隆突然往后跌了一步，在椅子上木然地坐下，手一松，纸片纷落，将地面儿盖得白了一片……

刘统勋、孙嘉淦、铁弓南、梁诗正、傅恒围在圆桌旁，桌上堆着张廷玉献上的讷亲罪证记录。显然，每个人都被讷亲的罪行所震撼，小声议论着。只有铁弓南脸色沉重，失血的嘴唇紧抿着，一言不发。

乾隆进来。众臣急忙起身。乾隆摆手让各位坐回椅子。

乾隆道："梁诗正，你在大金川送军饷时，发现讷亲私办键锐营、训练家兵，还私铸刀枪万件，此事确凿么？"梁诗正道："回皇上话，千真万确！"乾隆道："嗯，这与朕掌握的情报完全相符！这么说来，他讷亲早就有了盘算，到了万不得已之时，就将后路当前路，要来一场改朝换代的大兵变。嘿嘿，他也太小看朕了！”众臣脸色沉重。乾隆道：“看了这堆罪证，各位有何说法？”

刘统勋道：“罪证中说到一件事，讷亲离京之时给潘八指留下过三个锦盒，其中第三个锦盒中，讷亲的四个字是‘火烧酱房’，不知‘酱房’是何意？”

张廷玉道：“讷亲的秘密银库就设在鸦儿胡同的酱房内，这四个字的意思，定是要潘八指去烧了银库，毁灭证据。”傅恒道：“讷亲火烧库房的本意，并非为了死无对证，依我之见，他是宁可留下一把大火也不愿留下一堆巨银给朝廷！”孙嘉淦道：“没错！于他来说，至少是个鱼死网破！”

乾隆道：“孙嘉淦，傅恒。”

孙嘉淦和傅恒站起：“臣在！”

乾隆道：“你们俩立即带上人马，去鸦儿胡同阻止潘八指火烧酱房！”

孙嘉淦和傅恒抱拳：“臣领旨！”

京师街道，马蹄声急响。孙嘉淦和傅恒领着禁卫军，策马狂驰进鸦儿胡同。

潘八指领着两个黑衣人，拿着油灯，匆匆从鸦儿胡同酱房一间黑屋子通向地下银库的一部木梯爬下去。潘八指满脸是汗，着急道：“快！快！下了银库就点火，明白么！”黑衣人道：“明白！”

堆满了山一般的银箱，各种奇珍异宝扔满一屋。

潘八指三人进来，将拎着的一桶桶桐油泼到箱上。潘八指咬着牙，将手里的一条布块点着火，扔了过去。很快，银箱烧了起来，越烧越旺。

潘八指暗暗掏出两支火铳，在背后对着两个黑衣人的脑袋扣下了扳机。“砰砰”两声大响，黑衣人倒在了火堆里。潘八指扔掉火铳，急忙爬上木梯。他脚下，木梯也烧了起来。

浓烟滚滚。潘八指捂着嘴，连爬带跌地奔出来，拉开了门。门外，停着一辆囚车，一队禁卫军团团包围着。潘八指大吃一惊，想往里逃，却被火逼了出来。

孙嘉淦和傅恒骑在马上，出现在门前。孙嘉淦厉声道：“潘八指！讷亲交给你的‘火烧酱房’四个字，你还真办成了！是自己进囚笼，还是送你进囚笼？”

潘八指的脸疯狂地抽搐着，目光绝望，突然对着门柱撞去。几个禁卫军早有防备，一把将他给抓住，塞进了囚笼。潘八指在笼里像野兽似的狂跳，疯喊：“让我去死！快快让我去死！我潘八指不活了！”

傅恒冷声：“潘八指！你别以为死了就能一了百了，也别以为死了就能保住你侵贪的财产！我告诉你，哪怕你死了也得追缴，一毫田、一片瓦、一钱银子都得挖出来！从你这儿挖不出，从你老婆、儿子那儿，也一定要挖出来！”

潘八指绝望了，瘫倒在笼里。

孙嘉淦大声道：“留下一拨人跟着傅大人灭火，其余的跟着我，分为两队，一队将潘八指押入刑部大狱，一队前往青云当铺捉拿讷图！”

禁卫军齐道：“是！”

火焰中一声大响，银锭像瀑布似的一泻而下，几乎将整个银库全都给填满！火焰倒逼，没烧着的银箱也熊熊燃烧起来。银锭在熔化，一股股银水蜿蜒淌出。

熔化的白色银液从地下淌出，弯弯曲曲像一条白色银龙向着长长的溜水沟爬去，然后沿着溜水沟又弯弯曲曲地向前游动。

傅恒领着一队禁卫军和百姓在灭火。

地底下，白色“银龙”在溜水沟里缓缓爬行，往上方的青石板缝里透着一股股热气。一个禁卫军感觉到脚底下发烫，将青石板撬起，吃了一惊。沟里，卧着一截白晃晃的东西。

禁卫军喊道：“傅大人！这是什么东西？”

傅恒奔来，看了一会儿，大声道：“将石板撬起！”

救火的士兵闻声拥来，一块儿动手，将青石板一块块撬起。很快，傅恒和士兵们都惊得目瞪口呆。沟里，银水已经凝固，仿佛卧着一条弯弯曲曲足有十来丈长的一个人都抱不过来的巨大“银龙”！

乾清宫殿坪上站满京城四品以上官员。每个人的脸上都无比沉重，看着紧闭着的乾清宫正殿大门。内宫太监走上丹墀，挥动手中长鞭，“啪啪啪”地猛抽三下。殿坪一片肃静。

“轰隆隆”一阵响，殿门打开。

乾隆背着手，从殿内走出来，站在丹墀上，扫视一会儿站满殿坪的臣工，目光冷重，大声道：“都说江山是铁打的。可真的是铁打的么？不是。在有些人眼里，江山就是银子打的。没有银子，江山就垮了。所以说，他们宁可说江山是银打的，而不愿说江山是铁打的！朕今日把你们都请到殿坪上来了，就是想让你们见一见银子到底是什么东西！——抬上来！”

十六个禁卫军士兵抬着一条覆盖着黑布的长长的东西，像抬棺似的一步套一步地走来。禁卫军在丹墀前停住，猛地掀起黑布，露出的是那条弯弯曲曲的巨大的白色“银龙”！众官不由自主地猛地发出“哦”的一声惊呼！

乾隆道：“你们好好看一眼，这是什么?!”

众官沉默。

乾隆道：“你们既然不敢说，那就让一个人来告诉你们，押上来！”

两个侍卫押着穿了一身破烂官袍、双脚拖着铁镣的潘八指，一步步地走来。

乾隆道："潘八指，你来告诉各位臣工，朕让禁卫军抬上来的，是什么东西？"

蓬头散发的潘八指仰起死人一般的脸："是我把讷亲的秘密银库烧了……库房的银子熔化，沿着溜水沟往外淌，淌成的一条……一条银龙！"

众官发出一阵惊呼。

乾隆怒道："讷亲在九卿班内，貌似清正廉洁，暗地里却结党营私，党同伐异，贪赃枉法，蚕食国帑！他是一个阴阳两面的恶鬼！——将讷亲的领班家臣潘八指押下去，交三司议处！"侍卫拽起瘫成烂泥的潘八指。铁镣声"叮叮当当"地响着，很快远去。

乾隆走下丹墀，走到"银龙"前，细细地看了一会儿，然后又绕着"银龙"走了一圈，又重新回上丹墀。

乾隆道："银子是无辜的！这是大清国库的银子，也是老百姓的银子！今日，朕把这条'银龙'让人抬到这儿来，是要让它告诉大清国的官员一个道理：不是你的东西，你拿不走！"

众臣屏住呼吸。

八个执着砍头刀的禁卫军士兵奔来，在"银龙"前排开。乾隆将手一挥，声如雷震："开斩——！！"众章京大声吼："开斩——！！"八把大刀高高举起，对着"银龙"猛然砍下，"咚咚咚"的一阵巨响，被砍成九大截的银段滚落在地上！

众大臣欢呼。只有两个大臣面无表情。

一个是刘统勋，一个是铁弓南。

乾隆、张廷玉、孙嘉淦、梁诗正、傅恒坐着，在落帆阁开着会。

乾隆道："前几天的落帆阁会议，被冒出来的讷亲巨案打断，只开了一半就散了，今日朕把你们召来继续往下开。刘延清病倒了，向朕告了假。他是积劳成疾，才在大殿上支撑不住，晕倒在地。见他倒地的那一刻，可知朕想到了什么吗？朕想到了'累臣'两个字！"

在座的大臣沉重地点头。

乾隆道："倘若天下百官都能像刘统勋那样做个'累臣'，朕还怕创不下盛世么？朕要下个旨，为官者都要做'累臣'，而不是做'闲臣'！对了，朕又说到了盛世，锡公，你能告诉朕么，何谓盛世？"

孙嘉淦道："孟子曰：'乡田同井，出入相友，守望相助，疾病相扶持，则百姓亲睦'，这番光景，恐怕就是盛世。"

乾隆道："衡臣，你说呢？"

张廷玉道：“老臣以为，官无腐蠹之藏，国无流饿之名，此乃贤君之国、盛世之象也！”

乾隆看着傅恒：“傅恒，你怎么说？”

“轻刑薄赋，兵革罕用，生者有养，死者有葬，行旅万里，宿泊如家，前人都说此乃盛世之景。可臣以为，粮田有保，仓廒有盈，民粮有余，兵炊有足，这‘四有’才是盛世之大观！”傅恒道。

乾隆道：“说得好！”

梁诗正道：“盛世之象，无外乎上能整肃，下有忌惮，其弊久而自除；吏治日渐澄清，贼匪自然消灭！”

“天下之重，非独治可安；帝王之功，岂一士之略。没有圣上的治国方略和大臣的呕心沥血，要保住粮田万万不能！”张廷玉道。

孙嘉淦道：“所以，要成盛世之景，就得向天下臣工亮出八个字：弯腰种田，直腰做官！”

“光亮字还不行，还得亮刀！如今，地方官员与地方绅衿之间同流合污、狼狈为奸，或序齿换帖，称兄道弟，言必‘老大’；或依权倚势，招优酬酢，称必‘同年’。这些衿监士子，以安分为耻，以抗法为荣，若再良莠不剪，则嘉禾不生，非动重典而不能止之！”傅恒道。

乾隆道：“各位爱卿所说极是。朕要澄清吏治、整饬官方，须得给各部堂官、各地督抚、提镇、藩臬、知府及将军、都统等官员立下三条新规：离奸佞之言以绝祸源；严贪墨之罪以惩巨恶；明参劾之权以正国体！朕要每个官员都知道：朕可宽，刑不可懈，别指望朕还会法外施恩。那些贪渎不法的官员，朕要关一批，杀一批！”

傅恒道：“来落帆阁之前，微臣去看望了刘统勋。他在病榻上让微臣带上几句话。他说：大清国的危机，其实不在于粮田短缺，而在于官员腐败。贪官淘汰了清官，恶官取代了好官，庸官排挤了能官，大清国不是因为粮田出了事才岌岌可危，而是因为官员腐败才有了亡国之危！”

“延清这番话，一针见血。清丈征税，贻害百姓，流毒之广，罄竹难书！皇上，为禁绝此类恶行再蔓延下去，须得重立新法！并将新立之法成为乾隆朝的金矩铁律，以此来管束天下百官！”张廷玉道。

乾隆道：“对！在粮政上，要有新法、新策、新举。”

孙嘉淦道：“微臣建议在《大清律例》之户律册中，添加如下一款：各省丈量田亩及抑勒首报垦田之事，永行停止；违者，以违制律论。”

梁诗正和傅恒点头赞同。

“这一款添得好！无法就无天，该改一个字，无法就无田！要保大清国的粮田，必须修改旧律，定下新法！”乾隆道。

梁诗正道：“民间多辟尺寸之地，即多收升斗之储。修订新法，将世代凛然恪守，其心感天泣地！”

乾隆道：“粮政新法，就是立圣朝养民之大法！”随即接连下了两道圣旨，敦促粮政新法的推行。

傅恒和孙嘉淦站在乾隆面前。

乾隆道：“新法颁下，想必朕推行的‘万民垦荒、举国增田’就会顺畅多了。傅恒，讷亲之案三法司已定谳具结，不杀不足以正国法。你带上朕的尚方宝剑立即前往大金川，亲手处斩讷亲巨贼！”

廷官捧上镶满宝石的尚方宝剑。

傅恒接过：“微臣今日就动身去四川！”

乾隆道：“孙嘉淦，你也该动身了，立即去钱塘，将铁箭飞、宋五楼，还有那个不知天高地厚的杜霄，一并捉拿归案！并带上朕的任命敕书交给谷山，命他来京任职！”

孙嘉淦道：“臣遵旨！”

惨淡的星光下，王不易赶着马车驶来。车轮摇摇晃晃地碾行在坑坑洼洼的泥路上。四周一片死寂。垦荒营工地到处是遗弃的农具、倾翻的车辆。几头耕牛跪在积水的荒田里哞哞地叫着。

大扇子坐在马车里，震惊地看着渺无人影、惨不忍睹的工地。

王不易吃惊道：“垦荒营怎么成这样了？”

马车在一个大坑前停住。

大扇子下车，走到坑边蹲下，捧起一把土闻了闻。王不易道：“哪来这么大的坑？”大扇子道：“是火炮炸出来的，这儿开过战了。”

王不易从坑边捡起几条染血的破衣和几双烧焦的鞋子，递给大扇子：“大扇子，快看！”大扇子接过血衣和焦鞋，看着，目光痛楚。王不易指着身后的山岗：“看，咱们大本营前的旗子也换了！”

大扇子回脸望去，岗顶上，旗杆挂着的已是一面白底黑字旗！

普怀寺空地上坐满了垦民。明灯法师领着僧人，在给垦民分发大锅巴。麦香突然喊道：“扇子姐、不易哥来了！”寺院门口，大扇子和王不易疾步进来。

万蛉子、大青树、小青树回脸惊声：“扇子姐！王不易！”

僧房里，明灯法师将垦荒营发生的事都告诉了大扇子和王不易，他们俩沉默着，一旁的麦香、万蛉子、大青树和小青树也眼睛红红的。

麦香抽泣着："扇子姐，这半天了，您一句话都不说。俺知道您心里着急，可就是不往嘴外说，怕俺们跟着难受。刚才，俺们还在合计，想法子去找宋五楼，向他讨回谷爷！"

大青树道："我已召集了七八十位垦民兄弟，大伙都说，拼了命也要将谷大人给救出来。"小青树道："对！弟兄们修复了八杆火铳，找回了几十把大刀，可惜的是，咱们的火炮被宋府的家丁给炸烂了。"

万蛉子道："扇子姐，您回来就好，赶快领着大伙将谷爷给救出来吧！垦荒营没了谷爷，就没了主心骨！"

大扇子仍然沉默着。

麦香着急道："扇子姐，您就说句话吧。"大扇子声音喑哑："死去的垦民，都掩埋了么？"明灯法师道："都埋在了寺院后头的山上。"

大扇子道："受伤的人呢？"明灯法师道："受伤的太多，僧房里住不下，大多躺在大雄宝殿和观音殿，能请来的郎中都给请来了。"大扇子站起身，从小僧人手里接过灯笼："走，看看他们去。"

太阳在云层里，天空灰暗。普怀寺大门外空地上，垦民们在默默地修理着农具和破烂的车辆。有人在给几头淌血的耕牛用药面抹着伤口。每个人都脸色沉重，谁都不说话。

随后，大扇子为救谷山悄悄潜入宋府，为了不让其他人送命，她谁也没带。

宋府中，宋五楼在指挥着家丁将一箱箱新运到的银子过秤送入库房。

账房道："这都是杜霄大人派人送来的清丈税银，今天晚上也会有两条船要到咱们码头。"

宋五楼道："垦荒营的那帮打散的刁民，有动静么？"账房道："都在普怀寺里住着，未见有动静。"宋五楼道："吩咐护院严加看守，见他们一离开普怀寺，格杀勿论！"

两个家丁匆匆奔进来，脸色紧张："五爷！五爷！谷山的老婆大扇子来了！"

宋五楼一怔："来了几个人？"

家丁道："一个人。"

宋五楼道："她的胆子还真够大的！看来，她要见我定是为了谷山，想求我将谷山给放了。"

账房道："老爷，谷山可不能放！您要是放虎归山，那咱们这一屋银子恐怕就……"

宋五楼道："别说了！既然来了，我非得会会这个女神仙不可！"

宋五楼背着手，脸色铁重，快步往前院走去。两个家丁手里握着刀，紧随在后。院门外，李堂慌慌张张地奔来。李堂脸色惨白："五爷！出大事了！"宋五楼站停："李堂，慢慢说！"

李堂道："奉五爷之命，我去了趟巡抚衙门，没想到，不光没见着马旗门大人，连衙门里大大小小的官员也没见着一个！"

宋五楼道："怎么？衙门的官员也都刨银子去了？"李堂道："谁还敢刨银子？都逃命去了！"宋五楼道："怎么回事？"李堂道："我好不容易找到贝千总，他告诉我，就在数天前，皇上在乾清宫金殿验田，本想给马大人他们赐功德匾和黄马褂，没想到，刘统勋没死！还将大扇子引荐进了金銮宝殿！那大扇子凭着三寸不烂之舌，竟然将十个二品大臣全都当殿掀翻！到头来，皇上让这十大臣每人举着一把钥匙，全都下了刑部大狱！"

宋五楼顿时惊得面无人色，手中的执扇落地："那潘八指大人呢？"

李堂道："贝千总说，潘大人毁得更惨！他将讷中堂的秘密银库给烧了，银子烧化，居然淌成了一条银龙！皇上让人将此银龙抬到乾清门，当着文武百官的面，令禁卫军一段段地斩成了九截！贝千总怕那九十万两水利银的事牵涉到他，正准备带着家眷逃命呢！"

宋五楼气得脸都歪了："如此说来，这一巴掌倒转了乾坤，全都出在大扇子的手劲上？"

李堂道："就是！"

宋五楼牙一错，从家丁手中一把夺过刀，大步往前院走去。

李堂道："五爷，您要去哪儿？"宋五楼道："大扇子就在府上，我这就去杀了她！"李堂道："五爷，能听我李堂一句话么？"

宋五楼站停："说！"

"虽说官场上该倒的都倒了，可咱们跟官场沾的不是明边，是暗边，还不至于一败涂地。想必铁公子很快就会来钱塘，等他一到，听听他的说法再下手不迟！"李堂道。

宋五楼道："讷亲、潘八指一倒，铁箭飞的寸土堂必倒无疑，他还会想着来钱塘见我？"

李堂道："就算是冲着咱们库房里的银子，他也会赶来见您。"宋五楼道："他来不来，和留着大扇子这条人命何干？"李堂道："大扇子在京城这么一闹腾，定然已成皇上的红人，您将她拿在手中，真到了万不得已之时，或许还能跟谁做个交易。"

宋五楼想了想："这么说，谷山这条命，也得暂且留下？"

李堂道：“他们俩是一口笼里的鸟，要留一块留，要斩一块斩，这就看到时候买卖如何做了！”

宋五楼将刀掷给家丁，厉声道：“听着，立马将大扇子送进水牢，和谷山关一块，严加看管！”

家丁道：“是！”

“啪！啪！啪！”一只手在自己的脸上重重地掴着。掴着脸的是铁弓南。小肚子满眼泪水，站在一旁看着老爷。

铁弓南脸色泛青：“小肚子，上洗脸房去，把……把老爷那块照脸大镜子给砸了！”

小肚子道：“老爷……您……您这是怎么了？”

铁弓南道：“别给我结巴！快去砸！从今日起，老爷再也不想看自己这张脸！”

小肚子急忙跑出门，不一会儿，便传来镜子砸碎的哐啷声！

一顶民轿抬来，在寸土堂门前停下。门两旁，站着禁卫军。铁弓南穿着一身便袍，从轿里下来。禁卫军认得铁弓南，放行。铁弓南抬头看了看匾牌，往大门内快步走进。

铁弓南背着手，脸色铁青地穿行在寸土堂一幢幢楼堂亭轩间。

各处都已人去楼空，可奢华之景依然可见。垂着各色纱帘的窗内，传出女人和男人的调笑声、官员的劝酒划拳声，其间还夹杂着不荤不素的昆腔京戏声、清点银两的哗啦声……

铁弓南猛地睁开眼，脸色越来越难看。

铁弓南回到铁府，在磨坊推着磨。小肚子在一旁帮着一块儿推。

铁弓南眼里晃着泪光，低声吟着：“……无官何患，无钱何惮，休教无德人轻慢。你便列朝班，铸铜山，只不过为了衣和饭。官，君莫盼；钱，君莫盼。……”

铁弓南咳嗽起来，停住口，与小肚子一同大笑。

小肚子道：“老爷，我看出来了，哪天您丢了官，成了草民，凭这几口嗓子能学成戏，照旧有地方吃饭。”

铁弓南道：“不，老爷从今往后呀，就找一家上好的戏园子，端一条小板凳，坐角落里，听别人唱戏。”

小肚子信以为真：“老爷，您要找的是哪家戏园子？我陪您去！”

铁弓南嘿嘿地笑起来，笑出了泪水：“傻小子，你可知老爷说的戏园子，在哪儿么？”

小肚子摇头：“不知道。”

铁弓南道："坐直了，听老爷跟你说。"

小肚子坐直了腰。

铁弓南道："小肚子你听着，老爷说的这个戏园子呀，你想想，总得要有人演戏吧？好多官员哪成了戏子，在台上'出将''入相'，生旦净末丑杂那各色人等，都高高矮矮地挤着，有吼高腔的，有唱皮黄的，有喊正音的，有哼小调的，各人都拿出力气，你来段秦腔、乱弹，他来段西调、梆子，就看谁的唱功好。都这么费劲地唱啊、吼啊、蹦跶啊，腾挪啊，到头来不过是亮了个相、走了个场、转了个圈，全都是在台面上或是跑了个龙套，或是演了个妖魔……"他接不上气，咳嗽，才把满腹的话打住。

小肚子道："老爷，时辰不早了，小肚子伺候您歇下吧。"

铁弓南道："别管老爷，今晚老爷还得外出办件事，你早点歇吧，别忘打桶热水泡泡脚。对了，老爷到头来演的收场戏，没想到演的会是《鼎峙春秋》里的那个心魔。"

小肚子道："啥叫心魔？"

铁弓南道："老爷的心被亲儿子这个恶魔给扎刀了，拧血了，揉碎了，也就变成……变成心魔了！"

清晨，小肚子在铁弓南房里扫着地。突然，他弯下腰，从地板上捡起一颗东西，细细地看着。这是一枚火铳的弹丸！

小肚子急忙打开柜子，拼命翻找，破衣烂裤扒拉了一地，垂下了手，嘀咕："老爷的洋火铳呢？"

城门打开，等着出城的人拥出门去。人丛里，一辆马车驶来。

车里，坐着紧闭着眼睛的铁弓南。车夫回脸："这位爷，您这么大年纪了，还去江南，您行么？"

铁弓南闭着目，掸了掸手："走吧，到了钱塘，车钱少不了你的。"

鞭响，马车驶出城门。

大雨狂暴，钱塘一带海面上的风暴即将形成。

大雨中，一群乡民被宋府的家丁押着，运着一捆捆柴草和一筐筐碎石奔走着，向有块口的坍陷处倾倒着。

监工挥着鞭子大声道："快！别磨蹭了！这可是在替朝廷修海塘大堤！宋五爷说了，必须在今晚上把堤给修好，要不，扔你们下去填坑！"

鞭子声中，万蛉子、麦香、大小青树两兄弟抬着柴草和碎石快步奔走。鞭子在他们头上呼啸。

堤下，海浪在一层叠一层地向着大堤推来。

宋五楼府内天井里、走廊上、花园中，到处扔着搬不走的箱柜、绸缎、字画。女眷哭喊着，在雨中争夺珠宝，扭打在一块。

李堂带领着一群院丁抬着大大小小的箱子，向后门的私家码头来来回回地奔忙着。

宋五楼匆匆走来，李堂紧跟在身旁。

李堂道："老爷，按您的吩咐，已将宋府能带走的财物都打箱运到后门码头。"宋五楼道："铁箭飞雇来的那八条船都到了么？"李堂道："到了，只等你一句话，就往船上搬。"

宋五楼道："别犹豫，搬船！"

李堂道："五爷，在这种节骨眼上，咱们要是全听铁箭飞的，把家当运上了他雇的船，要是万一有个闪失，那就后悔莫及！"

宋五楼道："虽说铁家败了，可不管怎么说，铁箭飞还是我的女婿，当年我答应过他，我宋五楼的家产就是他的家产，他没有必要来争夺。别再耽误工夫，赶快把东西运上船，今晚就走！"

窗外雨檐长挂。楼下的拴马桩上拴着杜霄的马。钱塘"结义楼"一间雅房，杜霄和窦帮主坐在桌前密商着事。

窦帮主低声道："杜大人，宋五楼让备下的八条木船，都已到宋府的后门，等装满了货，就能与铁箭飞一块上船，沿运河往东走，从那儿进入钱塘出海口，然后下大洋！"

杜霄道："我存放在宋府银库的那些银子，他们留下了么？"

窦帮主道："全都运到船上去了，一两都没留给你！"

杜霄冷笑道："当初我之所以将银子留在宋府，就是为了今日能搭上他的船！窦帮主你听着，我要将宋五楼这八船金银珠宝全带走，一点不留！实不相瞒，如今一切都翻了，我在仕途上已走到绝路！常言道，官路不通走商路。我杜霄只要有了这八船财宝和银子，就有了从商的本钱！你将此事替我办好，等咱们俩到了海外，就在一块儿干一番大事！"

窦帮主兴奋地一拍大腿："好，仗义！杜大人，我已挑选十八个能卖命的弟兄在船上！"

"铁箭飞武艺高强，你有把握拿下他么？"杜霄道。

"如今他身边房杠已不在了，又是单枪匹马一个人，不难对付！再说，我手下的兄弟，个个都是江湖上滚钉板踩刀梯混出来的，灭一个铁箭飞没一丁点担心！"窦帮主道。

杜霄道："宋五楼身边还有李堂和一大帮护院，你如何对付？"

窦帮主笑起来，神秘道："我已在宋府后门码头埋了暗雷，只要见到李堂带着护院冲出来，就点着火捻子，轰——！炸烂个王八尿了！"

杜霄道："记住，只有灭了铁箭飞和宋五楼，咱们才有机会走得了！"窦帮主道："杜大人放心！咱们今晚何时动手？"杜霄道："这要看铁箭飞和宋五楼何时上船！"

窦帮主道："那好，等他们俩一到船上，我就动手开杀，将船夺下后，你就立马上船，咱们直奔运河，下大洋！"

杜霄道："好，就这么定了！"

"咣"的一声，被大风吹断的窗户重重地掉落到楼下。

狂风暴雨中，孙嘉淦的禁卫军领着三辆宽大囚车，奔向钱塘。小放生带着箭伤也骑马奔向钱塘。狂风暴雨已至，钱塘今夜无眠！

大雨从檐间瀑布似的泻下。宋五楼和李堂匆匆走来。

宋五楼道："东西都上船了么？"李堂道："都上船了！"宋五楼道："铁箭飞人呢？"李堂道："他说临走之时，要见两个人。"宋五楼道："谁？"李堂道："谷山和大扇子！"宋五楼道："这两人在水牢里都泡死了，他还想着见尸？"

齐腰深的宋府水牢，谷山和大扇子泡着。谷山昏沉沉地向水下滑去，大扇子将谷山抱住。

大扇子道："谷山，你千万挺住，不能睡过去。你一睡过去，那就再也醒不过来了。谷山，咱们俩强打精神，就是死，也要死得快快活活！"

谷山睁开眼，嚅动着嘴唇："大扇子，你我……怎么个死法，才是快快活活的死？"

大扇子道："咱们想点高兴的事，行么？"

谷山道："高兴的事，自从你我在宁古塔相识，一块儿走到今日，能在一块儿才几天，我都能扳着手指一天天算出来，你我是聚少离多，还得以姐弟相称……我知道，你不把我当你的丈夫，不是因为嫌弃我，而是……而是要成全我……可你知道么大扇子，每回你让我叫你姐的时候，我心里有多难受……我不是叫不出口，而是怕叫出了口，我就觉得我谷山就不是一个男人，更不配做男人……你想想，自打你把休书留给了我，我没叫过你一声姐，我在心里还喊你妻呀！"

大扇子的眼睛红了："其实……你心里叫着我的时候，我心里……也在应着你……"谷山又闭上眼，半昏半睡了过去。大扇子从水里抬起泡肿的手，托住谷山的脑袋，大声喊道："谷山！醒醒，你一定要醒醒！谷山，我和你猜个谜，行么？"

谷山半闭着眼，对着大扇子翻动了一下眼皮。大扇子道：“你说，有肉无骨，那是什么?”谷山的嘴皮动了动：“花。”大扇子道：“对了。有骨无肉，那是什么?”谷山道：“石。”大扇子道：“又对了。有骨有肉，那是什么?”谷山道：“那是……人。”

大扇子道：“你都猜对了！这会儿，我抱着你，就是抱着一个有骨有肉的人……这个人呀，是我的亲人!”

谷山露出笑容：“这话……是你我做夫妻这么久……你说出的最好听的话。”谷山伸出手，将大扇子的一只手抓紧。大扇子道：“抓紧，才知道温暖。”谷山道：“松开，才知道牵挂。”大扇子道：“那就别松开了。”谷山道：“不松开，一辈子不松开。”两人抓着手，把脸靠在一起。

大扇子的脸靠在谷山的肩头：“身子这么泡着，背上的伤疤，又作痛了吧?”

谷山点了点头：“有点儿，但我能忍，我这个人，就这么点出息。”

大扇子道：“那天见到你身上有这么多伤疤，我还真吓了一跳。在宁古塔的时候，有一年，我见你在采石场上拖着脚镣，爬在悬崖上干了一冬天，和你一起干活的九个人，七个都死了，只有你和杜霄活了下来，可如今，你和杜霄，恐怕你得先走了。”

谷山道：“可说起来，他这么活着，一定比我还不如。”“是啊，人在世上走一遭，生和死，只是睁着眼和闭着眼的事。倘若睁着眼看到的自己是个恶魔，那还不如闭上眼睛，看到自己是个圣贤。带着魔障活着，其实生不如死。这个道理，要是杜霄能懂，那有多好。”大扇子道。

“哪天我和他在来世相见了，头句话要对他说的，就是你刚才这句话：人活于世，不能带着魔障活着。”谷山道。大扇子抱紧了谷山：“……谷山，不说杜霄了，再说说你我……自己，行么？我这辈子做女人，最遗憾的是什么事，就是……就是没给自己的男人生个孩子。”

谷山道：“你想要孩子?”大扇子道：“想。哪个女人会不想?”谷山道：“我还以为你不想。”大扇子道：“不是不想，是不敢想。”谷山道：“现在真的想了?”

大扇子苦然一笑：“想也白想。下辈子吧，要是下辈子我还做你的妻，一定给你生个儿子。”

谷山道：“女儿也行。”大扇子道：“你说，下辈子见了我，还会……喜欢我么?”谷山道：“难说。”大扇子道：“为什么?”谷山道：“要是你不喜欢我，我不是空喜欢你么?”

大扇子动情地将谷山抱得更紧：“谷山，我发誓，我不会再给你写休书了！打死我也不会写了!”

谷山道：“那我也发誓，一定好好做你的男人，不离不弃，要生一块生，要死一块儿死!”

大扇子看着谷山的眼睛:“谷山,亲我一口,要是你我真的分手了,真的各自去了别处,也就……没有枉为夫妻一场了。”

谷山看着大扇子,将她抱在怀里,在她的嘴唇上亲了过去。两张嘴唇紧紧胶合在一起。两人疯狂地亲吻着,越抱越紧。

“哗啦”一声大响,铁门打开!

燃烧着的大油灯下,被五花大绑着的谷山、大扇子靠坐在宋府正堂墙角,嘴里塞着破布。李堂执着剑,站立在两人身旁。宋五楼坐在椅上,默默地抽着水烟。铁箭飞也坐在一旁的椅子上,脸上挂着他惯有的冷笑。

铁箭飞道:“我铁箭飞和你们两人没见过面,可你们的大名如雷贯耳。我之所以把你们请到这儿来,就是想会会你们,和你们说上几句话。这也是缘分。谷山、大扇子,我替你们算了下,你们从宁古塔回来后,有五不该。一不该和刘统勋一块,打开大清国粮田这个谁也动不得的魔匣子;二不该招惹梁诗正的案子,坏了我铁箭飞精心谋划的大计;三不该六亲不认,毁了宋五楼的敛财之路;四不该与杜霄分道扬镳,跟着刘统勋在钱塘办垦荒营,与清丈征税交上了手;五不该在金殿之上将潘八指、马旗门等一干大臣送上斩台!正是这五不该,将你们俩的性命也给葬送了!”

大扇子冷笑着回过脸去,谷山双目圆睁,却说不出话来。

一个家丁匆匆进来,对宋五楼耳语:“老爷,有人来报,朝廷派来的禁卫军已进杭州地界,正朝钱塘而来,要是再不走,来不及了!”

宋五楼一拍桌子:“行了,下刀吧!再不走,晚了!”

铁箭飞道:“好吧,还有一件事,办完之后就走!李堂!”

李堂道:“在!”

铁箭飞道:“把两人带到我夫人的房里去!”

宋五楼猛地站起,脸色顿变:“箭飞,你想干什么?”

铁箭飞冷声:“老丈人,失敬了!请你也一块过去,看看你的女儿,好跟她道个别,不然的话就没机会了!”

宋五楼道:“你……你……”

铁箭飞道:“走吧!”

汹涌的海浪撕裂着大堤。“轰”的一声巨响,一处堤坝被撕开一条大缝,海水灌入。修堤的宋府家丁四下奔逃。

万蛉子大喊:“麦香!大青树!小青树!海塘要是决堤,我们垦出来的几万亩新田就全完了!我们分头把散去的垦民召集到堤上来,一定要将大堤给保住!”

四人分头奔跑,消失在雨中。

大风大雨狂扫着园子，落叶满空。宋府后院黑暗无光的楼廊上，李堂挑着摇摇晃晃的灯笼，侧着身，走到一间挂着锁的房门前，“咔嚓”一声打开锁。门轴发出骇人的响声，被推开。

两个家丁狂奔而来，喊道：“五爷！不好了！海塘大堤扛不住大潮，快决堤了！”宋五楼狠声：“钱塘已不是我宋家的了，让它淹了吧！”谷山和大扇子震惊，回望身后的大雨，被铁箭飞推进了房门。

铁箭飞推着谷山和大扇子走进屋。宋五楼也走了进来。屋里漆黑一团。李堂打着火石，将桌上的一排红蜡烛点亮。屋里亮堂起来。排窗上的窗纸被风刮得哗哗作响。谷山和大扇子抬眼看去，吃了一惊。这是一间根本就没有人住过的洞房！

房里装饰得富丽堂皇，衣架上挂满一套套崭新的女人衣裙；妆台上，放着一排排从未使用过的金银首饰和胭脂花粉；红木圆桌上，放着一副棋盘，盘上的棋子工工整整，没有动过一子；婚床上，垂着一块密密实实的红帐，上面贴着两个大囍字；床头踏板上整整齐齐地摆着一双女人的绣花红鞋和一双男人的黑漆靴子！

整间屋子却弥漫着一股强烈的死亡气息！

铁箭飞将谷山和大扇子推到床前：“我听说，你谷山和大扇子曾经配过阴婚，可你们知道什么才是阴婚么？我把你们俩带到这间洞房，我就是要你们亲眼看一看，阴婚是什么！”

不等宋五楼阻拦，铁箭飞一把扯下婚床前挂着的一顶红帐。谷山和大扇子往床上看去，又吃一惊。床上，并枕躺着两个用纱巾蒙着脸的人！更骇人的是，两人合盖着一条绣满牡丹花的大红缎被，躺着一动不动。

铁箭飞猛地将纱巾和缎被一同掀起！并枕躺在床上的新娘，脸上贴着金箔，钗环整齐，额间一朵紫红绢花，穿着一身新娘的婚服，尖尖一双小脚！与新娘并枕躺着的新郎，穿着一身簇新的长衫马褂，从面容和双手上可以看出，他竟然是玉石雕成的！

谷山和大扇子震惊！

铁箭飞大笑起来：“现在看明白了吧，这就是阴婚！躺在外头的这个石头人，就是我铁箭飞！躺在里头的女人，脸上贴着金箔，头上戴着花，她就是我铁箭飞的夫人！”

宋五楼抖着嘴唇：“女婿！你说得太多了！”

铁箭飞道：“宋五楼，你让我把话说完！这对床上的同枕夫妻，已经一块躺了整整八年！这个女人，在八年前就已经死了，为了给她找个男人配阴婚，你宋五楼满天下寻找如意郎君，结果找上了我！只要我答应这桩阴婚，陪这个女人一同做阴间夫妻，你宋五楼就答应在你死后，将家产全都留给我！正是看中了你宋五楼的这份家产，我瞒着父亲，没把阴婚的事告诉他，还违着心骗他说，我娶了个足不出户的钱塘绝色女子！就是从‘成亲’的那天起，我铁箭飞的女人就在脸上贴了金箔，和我这具石头人同枕共眠了！这一眠，就是八年！”

宋五楼用拐杖重重跺地：“够了！说够了！我宋五楼的家产不是全运到你的船上去了么？”

铁箭飞笑起来：“这就是你将死了的女儿嫁给我的代价？”

宋五楼道：“我不食言！等我死了，宋府的财产全是你的！”

铁箭飞笑起来，一把扯出谷山和大扇子嘴里的破布。两人大口地喘息。铁箭飞道：“我把我的身世告诉你们了，你们临死之前，还有什么话要对我说？”

大扇子冷冷道：“我现在才知道，你为何这么歹毒！因为你时时想着，躺在你身边的是一个死人，从那时候起，你不光将自己当成了死人，把别人也当成了死人！”

铁箭飞目光疯狂：“说得对！这是我平生听到的最有见识的话！想必这几句话，你谷山不敢说，因为你们俩配的也是阴婚！”

谷山道：“可你说错了！在我身边的，不是个死人，是个活人！这就是我和你的区别！”

铁箭飞哈哈大笑：“可你忘了，你我的区别不在于此，你马上就会成为死人，而我将继续活着！李堂，动手吧！”

谷山道：“且慢！宋五楼，我能问你一件事么？”

宋五楼道：“我知道你想问当年你和杜霄下狱的事！好吧，让你做个明白鬼！当年，就是我宋五楼派人掘开了海塘大堤，嫁祸于你们俩。”

谷山道：“原来如此！要是现在杜霄在场，他不会放过你！”

宋五楼道：“错！他早就变了，他不会放过的不会是我，而是你！”

铁箭飞道：“都该结束了！李堂，送行吧！”

李堂牙帮一咬，横剑一抖，一道血滋出，一人应声倒下。倒下的是宋五楼！

铁箭飞嘿嘿地笑起来：“没想到吧，我让宋五楼先赶到奈何桥去，好在那儿给你们引路！”

谷山道：“铁箭飞！我求你一件事，放过大扇子，行么？她一辈子最大的事，就是为父亲洗刷清白，这件事，她还没有办成！”

大扇子重声道：“谷山！他这样的人，不值得你去求他！我不是跟你说过么，要死，一块儿死，咱们还有下辈子！”

谷山双目通红对着铁箭飞道：“我再求你一遍，给自己积点德，将大扇子放了！”

铁箭飞沉默了一会儿，笑了笑，从腰后摸出弓弩，往弓槽上架了一支短箭，手缓缓抬起，对准了大扇子的眉心，手指渐渐勾紧！不一会儿，箭头又移向谷山的眉心，手指再次渐渐勾紧。

大扇子把自己的头和谷山靠在了一起，两人绝望地闭上眼睛。扳着弩机的手指猛地扣下，短箭出槽，呼啸着缓缓飞行。短箭不偏不倚地扎在李堂的眉心上！剑从李堂手中掉落！

李堂瞪大眼睛："铁公子……铁公子……为何要杀了我？"

铁箭飞冷声："这世上，连我父亲都可以将我置之死地，我还能相信谁？"

李堂嘴里喷出一大口血，往身后倒去，倒在了那两具"尸体"上。

就在他倒下的一瞬间，一把火铳从他的腰间扔了出来，直飞谷山！

火铳在半空缓缓落下。被绑着的谷山一把将大扇子推开，腾身跳起，用膝盖接住缓缓落下的火铳，拼尽全力用力一蹬，火铳再次腾空飞起，在空中划了个弧线，铳把不偏不倚地落在床上那具石头人的额头上，击铁落下！

"嘭"的一声，散弹射出，铁箭飞一声惨叫，紧紧捂住脸，指缝间鲜血飞溅，仰身倒地！

谷山一脚踢翻梳妆台，一堆女红散落一地，他用一只手掌抓起剪子，剪断绑着自己的绳索，又将大扇子的绳索剪断。

谷山一把扶住大扇子："快走！去大堤！"

铁箭飞睁开了眼，满脸是血，从地上爬起，找到弓弩，重重地踢开宋五楼的尸体，狂喊着朝门外跌去。狂风暴雨扑打着满院树木，到处是断枝败叶。铁箭飞踉踉跄跄走出门，放声大笑着。

铁箭飞道："哈哈！宋五楼死了，李堂死了，后门停着的八条船，就是我铁箭飞的了！哈哈哈……哈哈哈……"他抹着血，摇摇晃晃地向着后门走去。一条人影出现在廊上。铁箭飞猛地站停，吃惊地看着。他又抹了抹眼睛上的血，这才看清，站在面前的是父亲铁弓南！铁弓南的官袍被树枝剐破了一道大口子，耷拉着一大片；一只靴子已掉，满脸披着白发，恶狠狠地看着儿子。

铁箭飞道："父亲？你怎么来了？"铁弓南道："跟我回京！"铁箭飞道："你要我回京干什么？"铁弓南道："送你下狱！"

铁箭飞笑了一下："我知道你去过寸土堂了，我做的事，你都该知道了。可你想错了，你以为去过了寸土堂，它就能被毁了么？你真要是这么想，那就大错特错！好多人都说，我铁箭飞取寸土堂这个名字，是冲着'寸土寸金'去的，可谁也没说对！我之所以取名'寸土堂'，意思就是'寸土不让'！你想想，我会跟你回京么？"

铁弓南道："你的干爹死了，你没有靠山了！"

铁箭飞道："这个靠山，我从来就没想过要一直靠下去！其实，你根本就没想到，我最大的靠山，不是别人，而是你！没有你这个二品大臣、一品大臣，讷亲会收我为干儿么？潘八指会认我是他的同党么？一大窝文武官员能与我称兄道弟么？你不是去过寸土堂了么？那你想想，要不是有你这座靠山，满大清的黄烟能让我给收入库房么？南北盐道这么多的盐税能孝敬我四成么？十八省的粮田田契几百万顷之数能入我的柜子么？还有那些绸缎庄、瓷器行、铸银局、铜铁矿、五行八作无数家送来的银子，能哗哗啦啦滚进我的银箱么？父亲啊父亲，这一切，都是你给我的呀！你现在总该明白了吧，铁家有今日，全是你这顶官帽给害的！你要是还戴着这顶官帽，不舍得摘下，死了也想罩脑袋上去拜见阎王爷，那么，你就是个老混蛋！”

儿子的话像重锤一般重击着铁弓南。老头浑身颤抖得厉害。铁箭飞看着父亲摇摇欲坠的模样，像是完成了一次最痛快的报复，心满意足地哈哈大笑起来。

铁弓南颤着手，指着儿子：“老混蛋是么？不，不是老混蛋，是老不死！我铁弓南在朝中为官，清清白白，从不沾染一点污浊，却没想到一世英名会毁在自己儿子手中！你听着，你要是还把我当父亲，就随我回去，批斩之日，你好好跪在刑场的斩台上，将自己犯下的罪恶全都告诉世人，然后带着铁家最后的一点正气，在地狱里重新投胎！”

铁箭飞又放声大笑：“你还是这么不开窍！那些没再把大清国当回事的官员，那些打心底里就看准大清国会日薄西山、无可救药的官员，不光已经腐烂，而且早已透顶！你想借儿子的头颅去唤回他们的良心，那只是你一厢情愿！你救不了他们，更救不了你自己！回去吧，我不会听你的！”

铁弓南目光暗了下来，从马蹄袖里掏出一支打开机头的火铳。铁箭飞一惊：“莫非你想打死我？”铁弓南道：“最后一遍问你，回不回？”

铁箭飞哼笑一声，对着父亲抬起了弓弩。铳口与箭口在廊外大雨的狂啸中对峙！铁箭飞扣下了机簧，射向父亲的短箭突然在弩槽上卡住！

一团火从铳口喷出，铁箭飞中弹，飞了出去，重重地倒下。

铁弓南握铳的手仍抬着，脸如一块生铁。铳口，慢慢飘着一缕淡烟！

后院假山前，闪电猛然划亮。杜霄站在雨中，目光苍白地看着在廊上倒下的铁箭飞和呆站着的铁弓南。铁弓南的手终于垂下，转过身，走进暴雨，在闪电的光亮中拖着苍老无比的身影，向着前院一步步走去，很快消失在雨声之中。

大风将门摔打得砰砰作响，门板上雨水狂流。杜霄从门里奔了出来。码头上空荡荡的，除了满河跳动着的雨珠，一条船影都没有！

杜霄惊呆，狂喊：“窦帮主！窦帮主！船在哪儿——！”

闪电划亮。石拱桥上，明灯法师拄着禅杖，在默默地看着杜霄。杜霄猛地回脸，望向桥面：“明灯法师？”明灯法师道：“杜霄，你是在找那八条载满金银珠宝的船么？”杜霄道：“你……你怎么知道？”明灯法师道：“阿弥陀佛！若要人不知，除非已莫为。”

杜霄道："窦帮主他人呢？"明灯法师道："他带着船早就走了！你没想到吧？"杜霄咆哮："畜生！畜生！畜生！"

明灯法师道："杜霄，我问你，可知蝉的背后是什么？"杜霄道："螳螂。"明灯法师道："螳螂的背后呢？"杜霄道："黄雀。"明灯法师道："黄雀的背后呢？"杜霄道："笼子。"明灯法师道："那笼子后头呢？"杜霄狂躁道："不知道！不知道！"明灯法师道："既然不知道，就让老衲来告诉你吧，是油锅！"

杜霄浑身一震，一步步后退着，脚下积水溅弹。

明灯法师道："退步而行，那就不是正路。你要去哪？"杜霄道："海塘！"明灯法师道："这么说，你还忘不了谷山。听老衲一句话，苦海无边，回头是岸！"

杜霄步步后退着，狂声道："你给我闭嘴！我杜霄什么都没有了，可还有一样东西留着，那就是这个——！"

他使劲地拍打着自己的心口，拍得雨水飞溅，拍得声嘶力竭，拍得泪水横流！巨大的雷声中，闪电划亮。当闪电熄灭之时，杜霄已经消失在黑暗中。明灯法师长长叹出一声，摇了摇头："阿弥陀佛，业障啊业障！"

暴雨中，孙嘉淦领着的禁卫军马队向钱塘狂驰着。小放生迎面驰来，猛地勒住马。

孙嘉淦道："这不是小放生么？"

小放生道："你是……"孙嘉淦道："你忘了？在京城刘大人府上，我见过你。"小放生道："你就是孙嘉淦大人！"小放生突然哭起来，"孙大人，钱塘垦荒营被宋五楼的院丁攻破了！谷爷也被抓走了！"

孙嘉淦道："别急！本官领着禁卫军，正是赶往钱塘捉拿宋五楼！"

小放生道："我跟着你们回钱塘！"

马蹄踏响。马队后的囚车隆隆跟行。

惊心动魄的铜锣声在海塘大堤上响起。大群大群的垦民拥来。巨大的海浪扑打着堤坝，将被冲刷出来的一捆捆柴草和一堆堆碎石卷入海中。谷山、大扇子奔来。万岭子大喊："谷大人、大扇子来了！"麦香、大小青树和垦民们欢声雷动。

轰的一声巨响，被撕出大裂缝的海堤猛然崩塌，露出几丈宽的大口子，汹涌的海水疯狂地涌向堤内的粮田。护堤的垦民们纷纷退开。

万岭子道："谷大人！你看，这就是他们修的海塘，用的全是柴草和碎石！"谷山大声："我都看到了！保住大堤要紧！垦荒营的弟兄们，跟我跳下去！咱们用身子堵住缺口！留在堤上的兄弟们赶快运石运木头，将缺口堵住！"

大扇子冲上："谷山！我俩一块儿跳！要是大堤内的垦田保不住，刘大人的心血就白费了！跳！"两人紧紧拉住手，朝着越裂越大的缺口跳了下去。万蛉子、麦香、大青树、小青树一个接一个跳下。明灯法师带着一群僧人赶来，大喊一声，也全都跳进了缺口。垦民们一群一群跟着往下跳。

缺口里的人手挽着手，用身子挡着一道道像山峰般崩裂的巨浪。他们身后，垦民们抬着巨石、扛着木头，朝大浪中扔下。救堤的垦民越聚越多。被撕开的缺口在渐渐合拢。一捆绳子从堤上扔下。谷山接住，大声道："咱们用绳子把腰缠在一起，别让大浪给冲走！"垦民们喊道："好！把绳子传过来！"谷山在水中游动，往每个人的腰里缠上绳索。

大浪一个接一个盖头打来，一道闪电猛然划亮。谷山从水里钻出来，猛吃一惊。就在他身边的咫尺之处，站着杜霄！谷山惊声："杜霄?!"杜霄蹚着水，靠近谷山。

两人在狂风巨浪中都像狼一般地逼视着。谷山道："杜霄！十多年前，你我受冤去了宁古塔，不正是因为海塘决堤么？刚才宋五楼告诉我，那年根本就不是海浪冲开了大堤，而是宋五楼为了淹田，派人挖开了大堤！"

杜霄道："你说的这些，我早已不感兴趣！"谷山道："那你来这儿干什么！"杜霄道："来找当年的兄弟！"谷山道："如果你愿意改邪归正，认我这个兄弟，那你就挽住我的手，和我一块儿保住钱塘的护田大堤！"杜霄道："好吧，你把手伸给我！"

谷山向杜霄伸出了手臂。

猛地，匕首一闪，谷山的手臂上被重重地划了一刀，一股鲜血淌出！杜霄收回匕首，对着谷山的脸面迅疾刺去。

谷山一把抓住杜霄的手腕，大声道："我听说，你当上了户部郎中，官居五品！你……你想要的官品，已经有了！你就不该再冒这么大的风险，跳下海来，找我玩命！"

杜霄冷笑着，咆哮："五品郎中？我杜霄只配当个五品郎中么?"

谷山道："你没混成小鬼，那你就是阎王了！"

话音未落，谷山对着杜霄重重打出一拳。两人在水里你死我活地扭打成一块。谷山体力不支，身子一软，松开了手。杜霄趁机举起匕首，对着谷山的胸口猛地刺去！就在千钧一发之际，大扇子挺身而出，替谷山挡住这致命的一刀！一股鲜血喷出！

大扇子带着匕首，向海底沉去。谷山疯了，大喊："大扇子——！大扇子——！"他拼尽全力，对着杜霄的脑门重重地打出一拳。杜霄被打晕，也往水底沉去。谷山潜入水中，拼命游向渐渐下沉的大扇子。大风暴渐渐停息，海浪在岸边发出最后的喘息声。大堤劫后余生、惨不忍睹。那处缺口已经合龙，垦民们在修补着一处处坍塌的堤岸。

小放生驾着一辆无篷马车，沿大堤走来。车上躺着重伤的大扇子，谷山守护在一旁。孙嘉淦骑马驰来，在马车旁下了马。谷山跳下车："孙大人，多谢你及时赶到!"孙嘉淦看了看车里的大扇子："大扇子伤势如何?"谷山道："刀尖伤着了骨头，还昏迷未醒。"

孙嘉淦道："一定要救活她！对了，等她醒来，你告诉她，皇上让我带了口谕，她的父亲周伏天罪名不实，蒙冤十载，朝廷已为他平反昭雪，绘了功臣画像，已挂在贤良祠!"

谷山和小放生的眼里都浮起了泪光。谷山道："等她醒来，我一定告诉她!"小放生道："扇子姐为父昭雪吃了那么多苦！这些苦，她没白吃!"

孙嘉淦道："谷山，本官已派人追上被窦帮主劫走的八条大船，将船中的财物如数追回，解押进京以做罪证！你看，他们押过来了!"谷山回头看去。禁卫军押着被绑着的窦帮主和一大群帮凶走来。后头，禁卫军押着一辆囚车驶来，囚笼里蹲着戴了大枷的杜霄。

杜霄与谷山的目光相遇。两人相互盯视着，目光犹如剑锋磨砺，似乎能让人听出沙沙声来！囚车摇摇晃晃的，越走越远。两人的脸仍扭着，逼视着对方，目光里近乎都能迸出火星！囚车的吱嘎声终于消失。谷山痛苦地摇了摇头，收回目光。

孙嘉淦道："谷山，我在临行之时，皇上让我带了一份敕书，要你尽快进京，有重任交办于你!"身边一位官员取出敕书，双手递给谷山。谷山接过，回脸看了看车里的大扇子，将敕书放到了大扇子的耳畔，低声道："大扇子，我和你……又得分开一段日子了!"

一颗泪珠从大扇子紧闭的眼睛里慢慢淌了出来。

第三十章

铁弓南自杀洗污名　刘统勋累臣扬天下

大金川一处军营辕帐外，一队士兵在值守。不远处的山冈上，战争的余火还没有熄灭，在一处处地燃烧着。几辆运粮马车驶过，士兵拥上争抢，一片混乱。

营官挥鞭，驱散抢粮的士兵，进入帐内："启禀帅爷，京城来人了！"讷亲一喜："京城来人了？是来给我送粮的么？"门外响起傅恒的声音："不！是来让你送命的！"

帘子挑起，八个禁卫军护着傅恒大步进来。

篝火熊熊。傅恒佩着尚方宝剑站在火旁。五花大绑的讷亲被禁卫军从帐内推了出来。

讷亲看着傅恒，也许意识到自己末日已临，突然笑起来，大声道："本爷问你！你小子是哪口酱坛子里爬出来的大尾巴蛆？"傅恒道："讷亲，你死到临头了还这般嘴硬！"讷亲道："我是王爷！不是嘴硬，是牙硬！"傅恒道："你咬牙切齿已经来不及了！"讷亲道："看架势，怎么，是想斩我？"

傅恒道："不是斩你，是斩贼，窃国巨贼！你以为当着一品大臣，是孩子玩的'扳不倒儿'？错！无论官怎么大，其实风一吹，谁也别戳指头，他就自个儿倒了！要问这风打哪来，哪儿有这么大的劲？那我告诉你，风打人心来！做官失了人心，只需一口风，就刮倒了。"

讷亲双目怒睁，咆哮："傅恒！我想问问你，你哪来那么大的权力，连我都敢杀？"

"杀你的权力，正是你给的！"傅恒道，"你是将军，不会不知道，有的时候杀人的权力就是敌人给的！你想想，如果你不这么邪恶、不这么贪婪、不这么肆无忌惮地要将大清国的财富都据为已有，不这么变着法子想要变天，皇上就不会把杀你的尚方宝剑交到我手中！你说，这杀人的权力，难道不是你给的么?!”

讷亲哈哈大笑，抬起脸，看着天空：“都明白了……都明白了……很好！我讷亲能死在这么个万里无云、满天星斗的好天气，老天爷太抬举我了！傅恒，开斩吧!”

傅恒抬起手，重声：“斩——!”

军士举刀，猛然砍下！

鸟惊飞。军营上空，明月如镜!

铁弓南脸色青灰，跌跌撞撞地进了磨坊。

小肚子正躲在石磨旁，手里捧着一钵白米饭，用手指扒拉着，大口大口地往嘴里塞，猛地见到老爷回来，吓了一跳，撑着塞满了米饭的嘴怔住。

铁弓南默默地看了会儿，苦笑着摇了摇头：“原来你不是小肚子，是大肚子呀?别怕，继续吃，把肚子吃得饱饱的。”

小肚子捧着瓦钵，仍在怔着。

铁弓南道：“为何不吃？吃，老爷让你吃，你就吃。”小肚子道：“……老爷，您回来了?”铁弓南惨然一笑，点了点头。小肚子道：“见着……少爷了?”铁弓南摇了摇头：“……他死了……死了。”

两行泪水唰的一声从小肚子的眼眶里淌了出来。

铁弓南道：“孩子啊，别哭了，把瓦钵里的饭都吃干净，然后帮老爷办件大事，办完了，收拾收拾包袱，支上十两银子，就回老家去吧。”

小肚子道：“老爷，您今儿个是怎么了，您不要我小肚子了?”铁弓南道：“不是我不要你了，是老天爷不要我了。既然我都不在了，你还留在我身边干吗呢？听话，支上银子就走人，啊?”小肚子道：“我不要老爷的银子，老爷不欠我的。”

铁弓南道：“老爷本想多给你些银子，可老爷虽说做过那么多年京官，还官居一品，可真的没攒下过银子来。这十两银子是老爷的俸银，是干干净净的，没沾过一点龌龊，你放心带走吧。”

小肚子道：“老爷，您有银子就自己留着，买件好衣穿，买双好鞋穿，别再穿‘百衲衣’‘千孔鞋’了。”

铁弓南道：“老爷这辈子光顾着伺候朝廷，没顾着伺候自己，这是老爷命该如此。若是有来世，老爷没准就倒过个儿来，先伺候好自个儿，再去伺候朝廷。看，老爷又犯糊涂了，真要是还有个下辈子，老爷我真不知道做个啥样的官呢。”

小肚子放下瓦钵，一把抱住铁弓南衰老的身子，放声哭起来。

小肚子道：“老爷，您的头发又白了，我给您再染一染吧。”

铁弓南摇了摇头："不用了……不用染了，本想着'黑发为人，白须做官'，看来也只是一厢情愿啊……"

刘统勋靠在榻上正在喝药。仆人老木匆匆进来。

老木道："老爷！刚才梁大人来过，听说您还没下床，他就没进来。"

刘统勋道："梁大人留下什么话了么？"老木道："梁大人说，铁弓南大人在钱塘杀死儿子，回京城了！"刘统勋一怔，急忙放下药碗："老木，快备车！送我去铁府！"

铁府餐堂桌上放着一盘水炖蛋和一碟一勺。铁弓南独自一人坐在桌边。他一下一下地卷起一只袖子，拿起小勺，在水炖蛋的中间舀了一勺，放嘴里慢慢咽了下去。

盘子里出现一个"回"字。

铁弓南看着水炖蛋，淡淡地笑："一人吃，就吃出了一个'回'字来。这个'回'字，作何解呢？难道是'回肠荡气'的'回'？不是。难道是'回光返照'的'回'，恐怕也不是。哎，不必再解，它准是想告诉我，我该回家了，回到来的地方去了……"

铁弓南放下勺子，取过盘盖，将水炖蛋轻轻盖上。

铁府磨坊，一桶清水猛地冲在地上，将草屑、驴粪冲走，砖块地面被冲洗得干干净净。小肚子冲完地，放下桶，怔怔地站着，看着坐在桌边慢慢饮茶的老爷。

铁弓南垂着红肿的眼睛，声音很轻："地面儿干净了么？"他抬起眼睛，看着屋顶，眼里全是老泪。

小肚子递上一块布巾："老爷，您擦擦眼，别哭了……您这辈子，流了那么多泪，不该再流了，再流，伤眼……"

铁弓南轻轻笑了一下："傻孩子，做官不流泪，那就不是好官啊。这道理，你不懂。不光你不懂，满朝文武之中，有几人能懂啊？"

小肚子道："老爷，您要的干净鞋，我给您取来了，帮您换上吧？"

铁弓南道："好，连袜子也一块儿换。"

他托着脚，艰难地抬起，让小肚子把一双新袜新鞋换上。小肚子看着心疼，轻轻按摩起老爷的腿脖子来。铁弓南抚抚小肚子的脑袋："小肚子，平日老爷腿痛，你就蹲这儿给老爷按摩，老爷从不说你一声好，可今日，老爷得谢谢你……"

小肚子道："老爷干吗要谢我？"铁弓南道："你让老爷的腿舒服了，能好好上路了。"小肚子道："老爷要去哪？"

铁弓南嘿嘿嘿笑了几声："老爷也不知道去哪。一是天上，一是地下，只有这两个去处。等老爷闭眼了，才能知道去了哪儿。"

小肚子似乎明白过来："老爷真要……死?"

铁弓南道："不是要死，是必死。老爷我无脸再活在这个世上。家有不孝子，国有不忠臣，都让铁家摊上了。老爷要是苟且偷安，一日三碗米饭，硬是把命给撑着，那就不是老爷的本色。孩子，到什么时辰了?"

小肚子道："快到午时了。"

铁弓南道："午时是上路的时辰，老爷该走了。小肚子，你帮老爷把屋角柜子里的那只小箱子取来。"小肚子在柜子里取出一只小箱子，轻轻放到桌上。铁弓南打开箱子，取出三把洋火铳，一把把放在桌面上道："老爷花了一年的俸禄，共买了四把火铳。一把用来打死了自己的儿子，这三把，是留给自己的，铳里灌足了火药和弹丸。"

"不，不，老爷别往下说，小肚子知道老爷想干吗!"

铁弓南道："小肚子，老爷我已想好，上路之时，身上该留下三个洞眼。这三个洞眼合在老爷身上，就是一个'品'字。老爷我吃了几十年的水炖蛋，还从来没吃出过一个'品'字来。今日，这个字，老爷得见一见。"

小肚子害怕，一步步后退："老爷，您说疯话了……"

铁弓南道："老爷没疯。老爷要带上这个'品'字，下辈子再做官的时候，好让人瞧见……"

小肚子放声哭起来。铁弓南似乎生了气，重声："小肚子，过来!"小肚子没动。铁弓南又说了一遍："过来呀，小肚子!"小肚子蹑手蹑脚地过来，脸上已被泪水打湿。

铁弓南用手指蘸了茶水，在桌上写了一个大大的"品"字。铁弓南道："认得这个字么?"小肚子点头。铁弓南道："认得就好。小肚子，取上第一把火铳，对着老爷的左胸膛打个洞。"小肚子退缩。铁弓南威严道："取!"

小肚子泪水滚滚："老爷……"

铁弓南再次重声："取!"

小肚子狠着心，取过一把火铳，双手抱着，打着战。

铁弓南道："这就对了。记着，别打战。你该明白，铳声一响，你打掉的不是老爷的性命，是打掉了老爷的污名。打吧，孩子!"小肚子闭着眼，扣下扳机。铁弓南身子一震，左胸膛炸出一个血洞。铁弓南脸上露出一丝笑容："取第二把，照着老爷的……老爷的右胸膛打……"

第二声铳响。铁弓南的身子又一震，右胸炸出一个血洞。小肚子扔下铳，大哭。铁弓南重重地喘气，口里涌出血来："两个口都有了……再添一个口，品字就全了……孩子，取上第……第三把……对着老爷的……老爷的眉心……眉心……眉心……打……”小肚子浑身打战。铁弓南目光逼视：“……快……快啊……求……求你成……成全老爷吧……”

小肚子操起第三把火铳，咬紧牙关，对准铁弓南的眉心。扳机缓缓扣下。铳口缓缓喷出一簇火。铁丸缓缓飞出铳膛。铁弓南的眉心缓缓出现一个血洞。在铁弓南的身上，出现了一个通红的“品”字！

铁弓南堪为乾隆王朝的重臣，他在自己的仆人开出的三枪中，终于在生命的最后时刻给自己留下了惊世骇俗的一个“品”字。或许正是因为有这个字的支撑，他的身子在椅上并没倒下，而是睁大着眼睛，充满信心地等待着天堂的使臣。

门猛地推开，老木扶着刘统勋走了进来。

小肚子放声大哭：“咱们老爷打了个‘品’字，走了！”

刘统勋看着坐在椅上死去的铁弓南，垂下了手，泪水在眼眶里渐渐浮起，身子一摇，倒在了地上。

乾隆的朱笔在疾书：“朕要办一件大事！这件事只有九个字：废皇庄、退民田、保天下！”

巍峨的皇宫在阳光下闪着金色的光芒。从明朝景泰年间就设立的皇庄，经过近三百年的苦心经营，终于被身陷粮田困局的乾隆给废除了。这给乾隆决心打好天下粮田的保卫战扫清了障碍，也让满朝文武看到了乾隆要将此役坚决打赢的决心。

杜霄戴着重枷，坐在刑部大狱草堆里。铁门打开，谷山进来。杜霄抬起脸：“你怎么来了？我已经是鬼，你还想着来见一见鬼么？

谷山道：“畜生道中，有四万八千鬼。你算哪一类呢？”

杜霄一笑：“我也说不上，留给世人评说吧。这些日子，我常在想，我在宁古塔待了八年，怎么就没想明白一个道理：只要做了官，就得时时想到，既然能受爵，为何不能受刑？当初要是想明白了，恐怕我就不会这么气盛了。”

谷山道：“在这世上，阳有官刑，阴有冥罚，记得小时候我爹就这么说过。”杜霄抬眼望向屋顶，叹了一声：“这官场哪，太过凶险，我该早早想到才是，如今后悔也晚了。”谷山道：“说错了，官场并不凶险，凶险的是一些官员的野心和贪婪。”

杜霄道：“想当初，你我从宁古塔一起回钱塘来的时候，那么踌躇满志，那么想为朝廷办点儿大事，可后来呢，你变了，我也变了，咱们俩从同一条道上走上了岔口，你上了东，我上了西，再后来，我们俩也就有了各自的结局。我后悔么？不后悔。什么事想明白了，就不用再让‘后悔’二字给自己添堵！我之所以没将官做好，就是屁股太大，没找到一把合适自己坐的椅子。谷山，你给我记住，你要在大清国把你的官给做下去，一不能屁股太大，二不能不把椅子给找对。”

谷山摇了摇头：“杜霄，你说的这些话里，带着一股子怨气。”

杜霄苦笑："是么？我杜霄落到今天这步田地，你知道么，不是我的错！"

谷山道："那是谁的错？"

杜霄道："上有衣冠之盗，下才有干戈之盗。正是因为有了讷亲、潘八指、邹子旺、马旗门这么一班衣冠之盗，我杜霄才成了一个十恶不赦的干戈之盗……宦海的水太深，刚下水就淹了你的腰，再往前走就淹了你的脖子，还想往前走，那就会淹了你的脑袋……"

谷山道："不，可怕的不是水深，可怕的是水浑。"

杜霄笑了笑："这么说，我被浑水呛着了。"谷山道："刘大人常说，贪官有三类：一类如蝙蝠，静观四遭，唯吸所过虫蚁；一类如虎狼，胆大爪利，专扑食大畜壮人；一类如鼠獾，钻穴蚀物，人不可知。而你杜霄，又该是哪一类呢？"杜霄道："三类都全了。"

谷山痛心："杜霄啊杜霄，以前你如此聪明能干，本可为大清国建功立业，可你堕落成今日这般模样，你让我谷山痛心了！你说，你为何会变成这样？还记得当初回浙江的时候么？那时候你对贪官是那么咬牙切齿，恨不得咬他们的肉、喝他们的血，可才多久，你自己就成了贪官！你说说，这到底是为了什么？"

杜霄道："谷山你问得好！你问我当初为何会恨贪官，此后自己为何又成了贪官，我也一直在这么问自己，却一直没想明白，为什么我杜霄会堕落成这般模样？在牢里，我想了好久，总算有点儿头绪了。那时候，我之所以恨贪官，是因为那时我就是个穷人，没机会成为贪官。正因为这样，贪官在我眼里就是最大的恶魔，我与他们不共戴天。可是，当我发现，我自己没了施展才华的机会，而有了侵贪的机会，只要凭着一点小小的手腕和手里的那个权印就能日进斗金，我还有什么理由再去恨贪官呢？我不再骂贪官了，若是骂，那也只是假骂，是装模作样的骂，是违心的骂……就是从那时起，我的内心就已经是个贪官了……谷山，什么都不说了，不说了。你走吧，走吧！"

谷山对着杜霄久久地看了一眼，反身离去。杜霄突然大喊："谷山！见了大扇子，告诉她，我杜霄……对不起她！"

谷山咬了咬牙："你的案子，三法司很快就会具结，无论你去哪，我都会来送行。"杜霄道："那当然是去地狱。"谷山道："我也会来送行。"杜霄道："谷山！我想托你件事，行么？"谷山道："说吧，只要我能办到。"杜霄道："我想……我想……"谷山道："想什么？"杜霄苦笑着摇摇头："算了，什么也不想了，你走吧！"

谷山长长吐了口气，转身快步走出门去。

"哗啷哗啷"的铁链声响起。在两排士兵的监视下，杜霄拖着铁镣、戴着重枷从监舍小门里走了出来。一辆即将远行的囚车停在院里，车旁站着孙嘉淦和几位刑部司官。

杜霄仰脸看了看白花花的太阳，脸色平静，一步步走向囚车。押车的士兵打开笼栅。孙嘉淦道："杜霄，此次三司会审，念你曾为朝廷立过功，判你不死，发往宁古塔终身为奴，你服不服？"杜霄点了点头："服。"孙嘉淦道："那就好。此去宁古塔，路途遥远，还望保重！"杜霄道："谢孙大人！"

杜霄正要钻进笼门，忽又回过脸来，望向孙嘉淦："孙大人，罪官杜霄有一事请求，不知能不能说？"

孙嘉淦道："说吧。"

杜霄道："此去宁古塔终身为奴，定然是有去无回了。杜霄身边已无亲人，最好的朋友谷山，前些日也已见过面，眼下杜霄最放心不下的，是刘大人。听说刘大人的病仍未痊愈，若蒙孙大人开恩，我想和刘大人道个别。"

孙嘉淦想了想："念你们师生一场，允你见上一面吧！"

刘统勋书房，鼓枰一口，铁棋数枚，残局一副。刘统勋坐在鼓枰前，苦苦地思索着面前的这副残局。

仆人老木领着一位刑部司官进来。刑部司官道："刘大人，您的学生杜霄前来道别。"刘统勋一怔："他人在哪？"司官道："在大门外的囚车里。"

刘统勋脸上的肌肉抽动了一下："带他进来吧。"

鼓枰前，面对面地坐着刘统勋和杜霄。杜霄脖子上的枷板已暂且卸下，手上戴着铁镣。两个士兵执着刀，看护在门外。师生俩对望着，谁也不说话。许久，杜霄开了口："当下故事皆无事，当初无事尽故事，都已事过境迁了。老师您其实不必打开府门，屈尊见我这个囚徒的。"

"屈尊不可怕，可怕的是屈辱。"

"我戴着刑具来见老师，让老师受辱了。"

"受辱也不可怕，可怕的是受罪。"

"学生带着有罪之身来与老师道别，心中的负罪之感重如山岳。"

刘统勋："知道你为何会有今日么？"

杜霄道："一个自作聪明的人，到头来难免要自作自受。"

刘统勋道："给你讲个故事吧。前朝皇宫中来了个献宝的人，说要献上'三色宝珠'一枚。皇上问：'何谓三色宝珠？'献宝人说：'此珠外面是青色，切开之后可见里头是白色，更里头是红色。'皇上说：'呈上来！'接过一看，殿上的大臣们都笑了。献上的三色宝珠，其实就是一只咸鸭蛋！"

杜霄道："老师是想借这个笑话告诉我：莫把别人当傻瓜！"

刘统勋道："对，把别人当傻瓜，他自己不就是更大的傻瓜么？这位拿着咸鸭蛋骗皇上的人，当然是断送了自己的性命。想想，这几年，你的手中不就是拿着这么一枚蛋，在冒充宝珠么？"

杜霄道："或许老师说反了，在我手中，拿着的正是一枚宝珠，却被人当成了鸭蛋！"

刘统勋失望地摇了摇头："看来啊，你是至死都不知道自己到底为何落到今日这步田地！你走吧，我没有你这么个学生！走吧！"

杜霄道："老师！你真以为我在胡说么？"

刘统勋道："你走吧！走吧！"

杜霄站起，看了看鼓枰上的残局，抬起脸："学生今日的下场，是一副残局。可即使是残局，也要有个结局。学生的结局，自然是哪一天葬身在宁古塔的坟岗之中。而这面鼓枰上摆着的残局，它的结局又如何，老师您知道么？"

刘统勋道："这么说，你是想看一看这副棋的结局？"

杜霄点了点头。

刘统勋道："好吧，我成全你！坐下吧！"

镣声一响，杜霄重又坐下。

刘统勋道："你在我府上住过不少日子，在这个鼓枰上，没少与我对弈过。你的棋艺，非同常人，每回对局，输棋的总是我。可这副棋，虽残犹全，似柔犹刚，若是掘不到它的九尺深根，万难了断！你执红，我执黑，开始吧！"

杜霄执起一枚红子，落在黑方营垓。沉重的铁子落下，鼓皮发出"咚"的一声大响。刘统勋也回敬一子，鼓面重声如雷。

刘统勋垂着眼皮："没看出来么，这一两年里，你是戴着面具在做人。你之所以要戴面具，不是因为不要脸，而是因为要变脸。"

杜霄道："戴着面具将脸变了，那就不是在做人，而是在做鬼。"

"增田保粮之战一打响，何等惨烈而诡谲。此战有枯枝而不见败叶，有乱云而不见飞渡，这场刀斧来风，何其大也。刀收斧落，山野归寂，远处林间又有多少杀机，几人可知？老师本以为你杜霄能赢得这场血战，可没想到，你不仅没赢，而且输光了本钱。"刘统勋道。

"人生如棋，有赢的，必然有输的。"杜霄道。

一枚红子杀入，黑棋告紧。

刘统勋执着黑子，沉默了会儿，砰然落下道："山有百里之阔，云仅几尺之厚，若是不知这等云山之势，何必登山？"

"既然是云山，登高者未必就不会失足。老师是在借此说官场吧？"杜霄道。

“或许你根本就不配进这个官场。做官不是在骑马，而是在骑虎，做久了，就骑虎难下了。”刘统勋道。

杜霄道：“是啊，数次下狱，我才明白过来，做官其实就是一张麦饼。火大了，可烤成烧饼；火小了，可摊成面糊饼。”

刘统勋道：“可你当初定是没这么想，你是把当官看成了吃肉。肉，谁都想吃，这没错。可是啊，有的人总是忘了，最能吃肉的，不是牙齿，是刀子！官场并非游乐场，想凭着三寸官帖、三寸喉管，再加三寸不烂之舌，吃遍天下、用遍天下、拿遍天下，又害遍天下，到头来，那就三灾临头了。这个天下呀，从不缺官，只缺大好头颅。”

鼓枰上又接连二震。

杜霄道：“我知道，好人早晚会有天赐，恶人早晚会有天惩。可我杜霄，不是恶人，是被这个世道、被一群狐朋狗党逼成了恶人！”

刘统勋不屑地笑了笑：“是么？人活于世，无时无刻不在受逼之中。怎么你就被逼为巨恶了呢？”

杜霄抬起了脸，看着刘统勋。渐渐地，杜霄眼里浮起泪水。刘统勋道：“怎么了？”杜霄用手指蘸了茶水，在鼓枰的空处写了“君子不器”四个水字：“‘君子不器’这四字，当年老师教过我。”

刘统勋道：“孔夫子说的这句话是为何意？”

杜霄道：“君子不甘沦为一件器物，君子的用途，在于他的志向与才干。可我杜霄空怀为国效忠之志，若不是我花了那么多银子，买下了五品郎中的顶戴，至今仍是个七品芝麻小官。在朝廷眼里，甚至在老师您的眼里，不就如一件想到了就用、想不到就永不使用的器物一样么？”

刘统勋发出一声冷笑，伸出手，将“君子不器”的“器”字下的两个“口”给捂住。

刘统勋道：“再念一遍。”杜霄念道：“君子不哭。”刘统勋重声：“可你是君子么？”杜霄沉默了一会儿，摇头：“不是。”刘统勋将“君子”二字抹去：“再念一遍！”

杜霄道：“不器。”

刘统勋怒道：“这就是你杜霄，不成器的东西！”

杜霄猛地站起，双目通红：“老师！此话……重了！”

刘统勋道：“重话还没说呢！”

杜霄道：“老师问过我属什么吗？”

刘统勋道：“你不配有属相！”

杜霄摇头：“不，我配！我属的是鱼！这条鱼，浑身长着骨头长着尖刺，可谁能看见了？只有等这条鱼死了、腐烂了，才会有人见到，这条鱼原来没有肉，没有血，只有骨头只有刺！”

刘统勋暴声：“放肆！我这会儿才知道，你来见我，不是来道歉的，更不是来道别的，而是来……吭吭吭……吭吭吭……”刘统勋剧咳起来，杜霄伸手去扶。刘统勋拨开杜霄的手，镣声哗啦。

杜霄眼里含着泪水：“老师，今日是我踏上黄泉之路的日子，我求孙大人恩准前来见您，为着两件事。一件是向恩师道歉，求得宽宥，以图来生再做恩师的学生；二件是向恩师道白，说出一桩无人知道的秘事，然后轻轻松松地上路！老师，您能听我往下说么？”

刘统勋默默地坐回椅子。

杜霄道：“当初……”

刘统勋道：“还是听我说吧！当初，你刚从宁古塔回来，就冒死将杜家庄修官道、侵贪复田银的命案报到京里，为此独闯工部都水司，结果反被诬陷，打入刑部大狱，受了鞭刑；此后，你回到浙江，助唐思训清查浙江粮田，火烧烟草、敲牙震贪，又立下了大功；后来，你听从我刘统勋的密嘱，冒着掉脑袋的危险密查皇庄，结果差点被煮死在肉坛中；好不容易死里逃生，你被派往江西青铜县出任七品知县，面对青铜巨灾，你再次顶着砍头的风险，打开官仓放赈，活人无数；更让我刘统勋刮目相看的是，你凭着一双锐眼，看出大清国要走出缺田危局，必须大垦荒，于是你领着青铜的两千灾民，带着农具和耕牛来到钱塘，想凭着此举说出你的治国见解！杜霄，你在老师眼中，曾经就是这样一个好人、好官哪！”

杜霄眼里涌出泪水：“老师看到的，只是穿着人衣、披着官袍的杜霄，而没看到长着禽兽模样的杜霄！我把实话都说了吧！为杜家庄乡民争复田银，那是因为我立功心切，要借此机会在偌大的京城亮相，并非全是出于公心；我回浙江的那天，老师您写了一封给唐思训大人的信托我亲手交给他，这封信不仅被我私拆了，还改去了老师让唐大人保全谷山的那段话，编造了老师举荐我在浙江为官的话；查完皇庄，在回京城的途中，我被铁箭飞收买，不仅出卖了梁诗正大人，还将老师也出卖了；在青铜县，是铁箭飞派房杠来告诉我皇上要到青铜的消息，为了立功，我当着皇上的面，演了一出冒死打开官仓的苦戏，随后为了灭口，我杀了一同演戏的林道员；我之所以带着两千灾民去钱塘垦荒，是因为得知皇上转道钱塘，为了在皇上跟前再次表功，可当我听说您要严禁清丈征税，担心我自己会因此被你陪绑，得罪朝中百官，更因为见您已被贬为平头百姓，难有复职指望，所以就公开背叛了您。此后，我隐瞒了马旗门在江西造假欺骗皇上的罪行，受潘八指、铁箭飞指使，投靠了讷亲，与他们结成了死党。后来干下的那些恶事，您都知道了！”

刘统勋的声音带着颤音："告诉我，你为何会变得这么快、变得这么恶!"

杜霄道："我立功心切，为了要得到赏识，为了在仕途上大展宏图，为了报国，为了光宗耀祖，更为了名扬千古!"

刘统勋道："你本不该是这样一个人，倘若你老老实实做人，就有机会堂堂正正做官，就有机会明明白白实现你的抱负!"

杜霄像被利器狠狠地扎了下："不，根本就没有人给过我机会!"

刘统勋道："那是因为你没有让人看到你有机会!"杜霄道："这话更不对！老师，学生冒昧地问一句，您可记得，十年前大清国出了那么多名折名疏的事么?"刘统勋道："当然记得。你说这干吗?"杜霄道："那您一定知道，著名的《请禁改田疏》是谁写的?"

刘统勋道："潘八指。"

杜霄道："曾被人津津乐道的《八旗屯垦疏》，是谁写的?"

刘统勋道："舒赫布。"

杜霄道："那么，被称为疏中至宝的《勘报垦荒虚实疏》，是谁写的?"

刘统勋道："讷亲。"

杜霄嘿嘿嘿地笑起来。

刘统勋道："你笑什么?"

杜霄道："我笑我竟然没有忘记这些奏疏，竟然还对它们耿耿于怀，竟然还在提起它们的时候，心里愤愤不平！老师，倘若学生告诉您，这几十篇曾经震动朝野的名疏，都是我杜霄代笔撰写的，您会信么?"

刘统勋怔住。

杜霄道："老师，您告诉我，您会信么?"刘统勋摇了摇头："不信。"杜霄道："我知道老师不会信，可要是我将一件东西交给老师您看一看的话，您就会信了。"

刘统勋道："什么东西?"

杜霄道："这件东西，就缝在我贴身穿着的孝衣上。这会儿，我的手缠着铁镣，没法将它取下，老师您能帮忙么?"

刘统勋大声道："老木!"站在门外的老木匆匆进来："老爷!"刘统勋道："将杜霄藏在孝衣里的东西取出来。"

老木将杜霄的长衫捞起，找到孝衣上缝着的油布包，拆了下来，双手捧给刘统勋。刘统勋看着杜霄："这是什么?"杜霄道："这块油布里裹着的，是个记事簿，是我从宁古塔回来后，在杜家庄老屋的'六雀堂'找到的。"刘统勋道："等等！'六雀堂'? 难道'六雀堂'就在杜家庄?"

杜霄道："不光在杜家庄，而且就在我家！'六雀堂'这三个字，就是学生的堂匾。”

刘统勋震惊：“当年宫里宫外到处都在密传，有位叫‘六雀堂主’的书生，他捉刀代笔写下的奏疏，十有八九都是名疏，而且递疏之人都能升官晋爵，莫非你就是那位隐忍于市井的‘六雀堂主’?”

杜霄点了点头：“学生杜霄正是‘六雀堂主’!”

刘统勋道：“六雀……六雀……明白了！定是你借了杜甫的《杜鹃》诗，将诗中的六只杜鹃之说来暗喻你的‘杜’姓。”

杜霄道：“正是如此。”

刘统勋匆匆将油布包打开，取出记事簿，将折页长长地拉开。密密麻麻的蝇头小楷顿时映入眼帘。刘统勋飞快地读着，越读越震惊。

杜霄道：“当年，我代写的那些奏疏，都复录在这个簿子上。刚才所说的那些折子，也都在其内。只是当时代笔之时，我并不知道为谁人所代。不久前，我在浙江巡抚衙门档房翻阅过《邸报》，这才知道，这些代笔奏疏的主人是谁，它后来又是如何被厚待的。”

刘统勋一折一折地翻动，眼皮狂跳。

好一会儿，刘统勋猛地抬起眼：“讷亲的《请考核实政疏》曾名震朝堂，怎么也是你代笔的?”

杜霄道：“记得当时我在代写此疏时，曾写下这么一段话：‘吏治贵有实效，奉行务去虚文，请敕下各省督抚，酌量各州县地方之大小、事务之繁简……’”

刘统勋接背：“‘……定以一年半年之限，令该州县官，遍历境内乡村，逐一体访确实!’”杜霄急切道：“敢问老师，讷亲递上此疏后，朝堂上下官员有没有照此办理?”刘统勋道：“皇上朱批了此疏，上下官员不光照此办理了，还定为常例！如今考核官员，还用它作为标尺。”

杜霄微笑着摇了摇头：“总算没白写。”

刘统勋道：“能写出这等奏疏，若不是对军国大事及朝野日常琐事深有了解，以及对请示、汇告、陈情、表意、议事、建言、对策、申述、乞恩、谢恩、劝勉、警戒、游说、驳斥、弹劾、认罪、告假等等要诀了如指掌，是断难写出！而且行文之态度、口气、措辞，尤其是避讳，都得拿捏精当、丝毫不差。纵观周遭，有资格递疏的四品以上官员，他们为官一世，若能写出二三篇名疏，那已是凤毛麟角。若是凭着一人之才智、一人之手笔，写出数十篇传世名疏，这简直……不可思议，无人能信！若不是亲眼所见，我当然不会相信。可手中托着这个记事簿，我不能不信!”

杜霄道：“想当年，我在‘六雀堂’干这门营生的时候，是那么痛快！平生之志，在笔下横冲直撞、汪洋纵恣！那时候，我目空一切、身若巨人，放眼看去，山仅几尺，云仅几寸；石如豆渣，铁如饴糖；雪可点火，酒可变色；雷能擒拿，电能绕臂；龙会卧榻，凤会鸣歌，仿佛捉日可作蹴鞠之球、揽月能当收禾之镰！每写下一个字，就会觉得脚下多了一块登天的金砖！正因为如此，我无所顾忌，下笔有神，如有天助；更神奇的是，无论说什么事，都见解独到、游刃有余。那时候，我真是一副狂生模样，狂得都不知道自己只是一只被踢出宦海的哀哀杜鹃！”

刘统勋道：“十多年前，你若无忧国忧民之心，若无明察秋毫之眼，你再狂，也狂不出这一篇篇名疏来！你杜霄，骨子里就是一位铮臣！那时候，倘若你被朝廷所识所用，你干出来的事，那将只有四个字：石破天惊！”

两行泪水从杜霄的眼中涌出。

刘统勋道：“杜霄，你让我刘统勋想起了王勃在《滕王阁序》中的抛泪之言：嗟乎！时运不济，命途多舛，冯唐易老，李广难封！”

杜霄突然双膝一弯，在刘统勋面前跪倒，大声道：“知我者……老师也！”

刘统勋扭过脸去：“不！知你者，不是我，是这本记事簿！”

杜霄道：“那就是我的可怜了！”

刘统勋道：“不是你的可怜，而是大清国的可悲！在乾清宫的大殿上，挂着的是‘光明正大’的匾额。‘光明’之宇，可曾光庇天下英才？‘正大’之殿，可曾正立栋梁之士！杜霄，是大清国对不起你啊，也是老师我有目无珠，与你失之交臂啊！”

杜霄满脸泪水：“老师！现在说这些事，都已经晚了！我这只无林可投的杜鹃，到头来仍未能逃脱电打雷轰、雨浇风扑的命运。我已褪去了一身五彩羽毛，长出了遍体黑羽，成了一只乌鸦！我的一颗报国之心，已化作尘渣；我的一腔热血，已结为冰霜；我的两眶泪水，已凝结成石；我的一管大笔，已变为朽木！老师！但愿大清国的林子里，我杜霄只是最后的一棵被蛀空了的朽树；但愿林子里的每一株树，都能在我杜霄的枯枝败叶上往天而长、枝繁叶茂！老师，杜霄的这个愿望，能不虚盼么？”

刘统勋道：“我会将你的话带进宫去，说给皇上听！眼下的大清国，缺帑银，缺仓粮，可更缺的，就是人才！尧有九佐，舜有十友，禹有五丞，汤有三辅。自古及今，成天下者，人才也！杜霄，你能将这个记事簿留给我么？”

杜霄道：“学生来见您，就是想将此簿留下！往后，若是有人提起，曾经有个捉刀代笔写下若干名疏的囚犯杜霄时，您就拿出此簿作证，告诉他们：此人虽不可赦，却非十恶！”

刑部司官进来，抱拳：“刘大人，该送杜霄上路了。”刘统勋将杜霄从地上扶起。杜霄含泪抱拳：“老师，杜霄该说一声永别了！”刘统勋道：“不是永别，是道别！你看，你我的这副残局，还未决出输赢，我会等你来将它下完。”

杜霄摇了摇头：“老师没看出来么，我只要再走一步，鼓枰上就有结局了。”刘统勋道："那好吧，动子！"杜霄取过红车："车是绝杀之棋，此车一落，就该收场了。""咚"的一声巨响，棋子落下。

刘统勋点了点头："没错，是该收场了。这盘棋，老师输了！"

镣声一阵响，杜霄从怀里摸出一张折叠着的纸片，双手递上。

刘统勋道："不会是你也代老师写了一份奏疏吧？"

杜霄道："老师没说错。杜霄在牢里，整日想着的，除了对谷山的愧疚外，那就是对背叛老师的悔恨！学生知道，三司定谳后，此生将就此打住，断难有重生之日，再也见不到恩师了，便不揣冒昧，替老师写下了一份奏疏，作永别之礼。务请恩师收下！"

刘统勋接过纸片："好吧，我会好好读它！"

杜霄抬手抱拳，对着刘统勋拱了三拱，往门外走去，又回过身来，微笑着看着刘统勋："学生与老师下的这副鼓棋，走棋太快了，若是再慢一点，要分输赢或许还得费些时辰。而且，这么好的一盘残局，竟然无人观战。若蒙老师不弃，能收下不肖之徒一副胡诌的对联么？铁棋一局无人看；鼓枰百响有鬼听。"

刘统勋道："那我也送你一联带走：已有铁声告杜雀；再无鼓音送霄云。"

杜霄道："已有铁声告杜雀，再无鼓音送霄云。"

两行泪水从杜霄眼里再次涌出。杜霄缓缓回过身，向门外走去。镣声渐渐响远。好一会儿，院里一切都静谧下来。刘统勋紧闭着眼睛，再睁开时，他的眼缝里多了一道泪线。

不久，一辆囚车从北京城门洞子里驶出，木栅子笼车里坐着肩扛枷板的杜霄。车后，马蹄声传来。谷山骑着马奔来，喊停了马车。

杜霄道："知道我去哪儿么？"

谷山道："知道，去宁古塔。"

杜霄哈哈笑起来："不是去宁古塔，是回宁古塔。"

谷山心情沉重："杜霄，你的这个'回'字，像把刀在扎我的心！当年，你我一块儿从钱塘被送往宁古塔，后来又一块儿从宁古塔回到了钱塘，可才几年哪，你就又……又回宁古塔去了。这把刀子，你往我心里扎得深啊！"

杜霄道："谷山，从此以后就忘了我吧，你就把我当成棺材上的钉子，烂就烂了吧！"

谷山道："你还记得吗？在宁古塔的时候，你有个习惯，爱在枷板上刻狼。那时候，咱们心里都恨着手里挥着大鞭子、恨不得将囚犯敲骨吸髓的冯三鞭，把他当成了狼。可让我没想到，离开了那头狼才几天，你杜霄就成了一头狼！"

杜霄道："骂得好！到了宁古塔，我还会在枷板上刻狼，这头狼，不是冯三鞭，而是我杜霄自己。我要看着这狼，每日问自己三遍：杜霄啊杜霄，你怎么会变成这么一头披着人皮的狼呢！"

谷山眼里闪起泪光："杜霄，有你这句话，我就放心了。你走吧，不远送！"

押车的军士跨上马，驱车前行。谷山咬紧牙关，默默地望着囚车渐渐远去。囚车里，杜霄也在回望着谷山，眼里饱含着痛苦、自责、无奈的泪光。突然，谷山大声喊道："杜霄！你能让我再喊一声哥么？"

杜霄身子猛地一颤，泪汪汪地看着谷山，嘴唇抖动着："……能……能……"

谷山拼尽力气大喊一声："哥——！！"

泪水从这两个曾经同生共死过的兄弟眼里一同滚滚涌出……

乾清宫殿里站满了大臣。须弥座上坐着乾隆。殿门外，渐渐传来铁靴的响声。一条长长的人影投进殿来。刘统勋穿着那只磨平了底的铁靴，手里拄着杖，艰难地跨进殿门。

大臣们纷纷回首目迎。刘统勋脸色沉毅，一步步走到丹墀前，喘着粗气，欲下跪。乾隆猛地从龙椅上站起，抬手阻止："免跪！"刘统勋道："谢皇上！"

乾隆扫视着殿中的众臣："昨日，朕去刘延清府上，和他聊了三个时辰。从乾隆元年朕登基的时候聊起，聊到了眼下乾隆十三年；从当年保护天下粮仓开始，聊到了眼下保护天下粮田；从当年的田文镜、苗宗舒、米汝成，聊到了眼下的裕善、潘八指、讷亲；还从那时候的米河、柳含月，聊到了眼下的谷山、大扇子。更是特别聊到了一个人，那就是前些日被送往宁古塔终身为奴的杜霄！朕和刘延清聊到最后，都看到了一样东西，那就是，君臣两人眼眶里含着的泪水！"

众臣们脸色凝重，默默地听着。

乾隆道："朕临走前，刘延清给朕看了一份奏疏。这份奏疏，朕连看了三遍。每看一遍，就如有一面大鼓在面前猛然敲击，敲得朕到现在还胸作雷霆之鸣！"

众臣们的心都提了起来。

乾隆目光灼然："你们都看出来了，刘延清眼下正患着病。可是，朕还是把他请到了殿上，要让他亲口将这份奏疏咏念一遍！朕要让这份奏疏告诉你们这些臣子：民是什么，官是什么，田是什么，粮又是什么！——给延清送上一把椅子，让他坐下！"

刘统勋道："不必了，就让微臣站着吧。"乾隆道："你行么？"刘统勋抖动着白胡子："行！"

乾隆坐回龙椅："那就开始吧！"

众臣望向刘统勋。

刘统勋缓缓回过身来，面朝大臣，将拐杖放地上，又把自己戴着的大帽子轻轻摘下，放到一边。往地上放帽子的时候，他的那根灰白色的辫子耷拉到了胸前。

众臣们都屏住了呼吸。

刘统勋的目光望向殿门，慢慢又望向头顶的藻井，尖峭的喉结无声地嚅动着。好一会儿，他的老嗓子里终于发出了声。

刘统勋的嗓音苍劲而又充满了感染力："《救田疏》：高山多雪，平地多霜。禹贡之田，本属穷乡。黄流最浊，以斗计量。田庐尽复，流徙它方。寒屋絮衣，生计愁怆。下痛庶黎，上忧君王。困在民间，计出朝堂。举国增田，万民垦荒。以人督牛，膏腴土壤。变出仓猝，农事之常。赤日停空，青亩飞蝗。秋旱刚去，雪大如掌。灾及田谷，不时雨旸。新田糊口，筷不成双。胥吏横征，弓尺清丈。府官暴敛，亩税徒涨。人无遗食，以土为粮。树有悬绳，门有吊丧。千家怨盗，万户抛荒。臣子不怒，愧对金榜。蒙冤之臣，桎梏锒铛。所幸生还，岂又无恙。黄土高耸，红棺低藏。墓碑如琴，无弦弹唱。民怨勃沸，国将沉亡。君主拍案，还我国帑。不可久溷，再跳火塘。百姓亿兆，都得吃粮。碑版大律，光耀八方。保住粮田，方有粮仓！"

殿内一片肃静，只能听见刘统勋大口大口的喘气声。每位大臣的眼里都浮着一层泪水。龙椅上，乾隆的眼里也泪光闪动。

乾隆道："延清将奏疏念完了。各位有何感受，朕不便揣测。可朕要是告诉各位，这份奏疏不是刘统勋所写，而是另有他人，那定然会让你们吃惊！此疏正是朕刚才提到过的正在押往宁古塔的罪官杜霄所写！"

殿里发出"嗡"的一声惊呼。

乾隆道："各位或许都还记得，十年前，在官场上暗地里流传着'六雀堂主'这四个字。这个神秘的'六雀堂主'，专干一件事，那就是受人之托，代写奏疏！令人称奇的是，此人写出的奏疏，竟然十有六七都成了朱批的名疏！此人就是杜霄！这些名疏中的名句，朕若干次地在这乾清宫引用过！可是，朕万万没想到，这些有见地、能实行、可传世的铮言，都出自杜霄之手！昨日，刘延清对朕说，朝廷的言官倘若能慧眼识宝，早早地发现像杜霄这样的人才，江湖上就不会被逼出像'六雀堂主'那样的荒唐之事！朕要问：有才不用，怀才无用，这个后果有谁好好想过？一旦将有才之士弃之如帚，那么，此帚就未必只扫垃圾了！"

众臣道："皇上圣明！"

乾隆道："杜霄有旷世奇才，却沦为祸国殃民的罪官，就是教训！朕还要你们记住：人才一旦入了歧途，就如刀磨双刃、箭淬剧毒、马披铜甲、车裹铁刺，杀阵之上，何有敌手？那些靠着找人代笔、投机取巧、弄虚作假混上来的官员，咱们一个个替他们盘算下来，他们虽然都得一时之逞，都能名声显赫，可终究是个庸官！"

刘统勋道："讷亲、潘八指、马旗门、邹子旺不就是这么一帮在大清国混吃混喝、为非作歹的巨恶么?"

乾隆道："庸才得志，危害更甚！他们剑开血刃、枪带倒钩，杀戮忠良，连皮带肉！要不是如此，就不足以掩盖他们庸常之辈的嘴脸!"

阳光明媚。乾隆和刘统勋散着步。

乾隆道："皇庄废了，该退的民田已在由户部拟出条例，很快就能退出；皇庄遗留下的后事，有个两三年工夫就能办完。如此一来，朕身上放下了一个大包袱，轻松多了。"

刘统勋道："这件事，还得感谢傅恒大人。"

乾隆道："其实，该记头功的，是你刘延清。"

刘统勋道："梁诗正也功不可没。当然，还有那个如今去了宁古塔的杜霄。说起来，当初他查皇庄，胸中确是涌着一股烫血，想着的确是要为朝廷办下一桩轰轰烈烈的大事。可惜的是，在官场这块大冰面上，他自己踩上了薄冰，从裂缝里掉了下去。"

乾隆道："杜霄办下的那几件事，除了那些恶事之外，几乎件件可圈可点。他从一个戴罪立功的皂隶开始干起，才一两年就干到了五品郎中，说起来，朝廷也对得起他了。可他仍不满足，欲壑难填，总以为自己怀才不遇，是天下的奇才，朝廷若是不给他个三品、二品的顶子，那就是对他的不公，就是欠了他的。正因为如此去想，他就与朝廷过不去了，人就变了。"

刘统勋道："这些天，我常在想，像杜霄这样的怀才之士，朝廷若是能早早发现，量才而用、丈德而任，恐怕就不会出那么多与朝廷背道而驰的士子了。"

乾隆道："吏部治吏，不单要治，更要识。吏若是重治而轻识，必失吏而不得，治有何为？上苍每年都将一大批士子推出来，就是要让他们人尽其才、为国所用，若是识才不当，弃之如敝屣，那就上负苍天、下愧书生了。"

刘统勋道："臣以为，识吏、用吏之事，单靠吏部独家之言还不行。吏部看重的是官员的才具，常常顾此失彼、有失偏颇；而都察院专事监察官员的品行，对官员的清廉与德望了如指掌。若是吏部与都察院能互有沟通，共同担当官员任用之职，朝廷的用吏之弊就少多了。"

乾隆道："这个想法好。你有空了拟个奏本，详尽说一说识吏用吏之重策。朕坐朝十多年，一直觉得身边空荡荡的，一有风起，便是袖笼鼓胀，浑身都凉飕飕的。究其缘由，是起用的贤良之士太少了。若是哪天朝堂之上能臣如林，那么，起再大的风，朕也不会觉得身若羽毛了！对了，你别急着去浙江，千万得等病见好了再动身。"

刘统勋道："太医说，我的病已无大碍了。"

沉重的乌云压在紫禁城的上空。

三个月后，有消息传到京城，刘统勋在奔赴钱塘的途中，累死在自己的马车上。

大云疾走。

谷山用力鞭马，马奔得几乎要飞起来，谷山在马上狂声大喊："老师——！我来送您了——！！"

马驶进长长的胡同。刘府灵堂的门被重重地推开。

仿佛一切声音都消失了，灵堂里寂静得能听清遗像上的刘统勋在一下一下地呼吸。

遗像旁，挂满了一副副巨大的挽幛。挽幛纸面上什么挽句都没有。可每张纸上全都写满着一个巨大无比的"累"字！

无数个"累"字飘飘扬扬、沙沙作响。

大红棺材上，搁着刘统勋的那只磨平了底的铁靴子！

后来刘统勋的铁靴子被搁在了养心殿西暖阁御案上。乾隆眼里闪着泪星，默默地看着跪伏在地的谷山："朕曾听刘统勋说过一个字谜：'四山纵横，两日绸缪，富是它起脚，累是它起头。'这个字，就是'田'字。朕万万没有想到，刘统勋打的这个字谜，竟然一语成谶。他为着大清国的粮田，活活累死了！谷山，刘统勋的这只铁靴子，朕让你带走吧，别忘了朕对你的厚望！"

谷山面容肃然："臣谷山，不忘恩师教诲，牢记皇上重托，扛着那个'累'字，像刘大人那样做一位大清国的累臣！"

张六德捧着一幅立轴过来，乾隆将立轴取在手中，递给谷山。

谷山展开立轴，动容。

两个巨大的朱笔御字：累臣！

乾清宫殿上站满了大臣。张廷玉、孙嘉淦、梁诗正身边站着谷山。

宣旨官道："谷山听旨！命谷山为都察院左副都御使，领正三品衔，赐尚方宝剑一把，替朕行使垦荒造田监察大任，钦此！"

谷山道："臣谷山接旨，谢皇上！"

一位御官将捧着的尚方宝剑掀去黄绸，递给谷山。谷山跪接，将尚方宝剑高高托起，重声："臣不负皇上重托！"乾隆道："谷山，你上任之前，先回浙江一趟，与大扇子完婚！"谷山道："臣遵旨！"

殿里响起会心的笑声。

乾隆从须弥座上站起："将西暖阁的那尊虎镎给朕搬上来！"御官道："嗻！"不一会儿，御官领着两个内宫太监抬着一只搁在架子上的虎镎，在御案前放下。乾隆道："这虎镎之内，供着的是什么？"

大臣们齐道："贡着的是吉祥草！"

乾隆道："这尊虎镎，是古人的乐器。以槌击奏，可用以鼓舞士气。此物流传至今，成了大清国的一件礼器，在里头供着的是吉祥草。为何要把吉祥草供在这里头呢？无非是为了要让朕图个吉祥。可是，你们说，朕吉祥了吗？朕吉星高照了吗？朕祥云驾临了吗？一句话，朕逢凶化吉了吗？朕知道，你们心里都明白，前阵子出了那么多事，眼下看似过坎了，可其实粮田之忧并未解去，百姓之困并未消弭，朕不光未曾吉祥，仍然是凶险连连！这会儿，朕想问你们，虎镎里的吉祥草该不该换？"

众臣齐道："该换！"

乾隆道："你们回答朕，要让天下粮田连年吉祥，要让朕的子民都能吃饱饭，将日子过得好好的，靠的是什么？"

大臣们齐道："靠的是五谷！"

乾隆道："对，靠的是五谷！"

大臣们又齐道："五谷为养，天下无恙！"

乾隆道："凭着你们的这两句话，这虎镎之中就有吉物可换了！传朕的旨，取来五谷，代替虎镎中供奉的吉祥草！"

御官道："嗻！"

乾隆道："谷山，你上来，替朕打开虎镎！"

一群鸽子鸣着哨声掠殿而起，消失在蓝晃晃的天空中。

在乾隆和众臣们的注视下，谷山将虎镎的盖子打开，取出一束干枯的吉祥草，然后从御官手中接过五束五谷长穗，轻轻放了进去。

谷山长声："五谷入镎，天下大稳！"

众臣们齐声："五谷入镎，天下大稳！"

谷山抬起双手，将虎镎盖子跪递给乾隆。

乾隆接过青铜镎盖，对着头顶的"正大光明"匾一照，"呛啷"一声盖上！

乾清宫殿门轰然打开，退朝的大臣们走出殿门。

由于阳光太过猛烈，走出殿门的大臣们都不由自主地眯起了眼睛，望向头顶那轮白晃晃的日头。

围绕天下粮田的这场惊心动魄的较量，终于在轰轰烈烈的"万民垦荒、举国增田"的大潮中画上了句号。然而，大清国的粮田危机并没有就此解决，保田保粮的斗争更没有就此结束。不久之后，又一场关乎粮食安危的更为激烈的生死之战，再次拉开帷幕、震惊朝野！

天空中，大日如轮，乱云飞渡！

穿着一身白衣白裤的谷山骑着枣红马，向着站在钱塘海塘堤上的大扇子放飞也似的驰来。

红色的马鬃飞扬。

大扇子身后，站着小放生、王不易、万蛉子、大青树、麦香、小青树和大群垦民。

《鲜花调》的动人旋律渐渐响起。谷山勒住马，飞身下鞍，奔向大扇子。大扇子迟疑了一下，也奔向谷山。两人面对面地凝望着，眼睛中充满了劫后深情。渐渐的，两人的眼眶里都浮起了泪水。这是经历了万般苦难之后的幸福的泪水。两人拥抱在了一起！

不远处，小放生和王不易牵着手，脸上露出了微笑；万蛉子与大青树、麦香与小青树的脸上也布满了笑容。

垦民们放响了一挂挂鞭炮。

红红的鞭炮震耳欲聋！